李超琼古今体诗笺注

苏州工业园区档案管理中心 编

章新明 章添云 校注

上

文匯出版社

编委会

主　任：卢　渊

副主任：邹小伟

委　员：陆万良　陈宏根　姚皓雁　曹吉超

校　注：章新明　章添云

序

　　自 2011 年李超琼后裔将李超琼日记稿本、诗集等资料捐赠给园区档案管理中心后,我们高度重视,以强烈的历史使命感挖掘档案资料价值,让档案资料活起来、动起来,积极开发利用,已将李超琼日记整理出版。这次再次组织相关专家、学者将李超琼《石船居古今体诗剩稿》点校、注解、整理,并以"李超琼古今体诗笺注"为书名出版,相信必将为晚清诗歌文化研究、长三角近代史研究乃至整个中国晚清社会研究提供第一手资料。

　　李超琼在《自序》开头就明言"生平喜为诗"。事实确实如此,其自撰《年谱》说他十三岁时就写出了"梅落栏干雪未凝"的诗句,被认为"读书可望有成"。这本诗集从他走出四川合江的《家山集》开始,每到一地必结有一集,前后有九百余首,真实反映了当时的社会现实及其个人感受。从内容上看,极其丰富翔实,从政治到经济,从教育到文化,从基层治理到国防建设,从内政到外交,从家长里短到社会风气,从革故到鼎新,从为官之道到个人修养,等等,无所不包,用他自己的话说,就是"诗不必作而作,不可存而存"。在诗的表现形式上,三言、四言、五言、六言、七言、长短句,格律诗、古乐府、自由体,只要能表现强烈的思想感情,形式不拘,尽为其所用。从思想上看,李超琼绝对是一个地地道道的儒士，阅读其诗，"修身齐家治国平天下"是永恒的主题，即使写游记、节气方面的诗也无不透露出儒家入世思想。

修筑李公堤是李超琼对园区的突出贡献。俞樾在《李公堤记》中写道：李超琼"下车之始，咨访疾苦，以兴锄利氓为己任"。在乡绅的捐助下，他贡献出自己的养廉银及俸禄一万余两，又发动民众利用农闲时节清理城里的断垣残壁、碎石破砖，以供筑堤之用。大堤筑成，"护以菱芦，守以渔护，荫以桃李。登堤而望，则南湖北湖，柔纹碎浪，潏潏其波，楫马船车，如行几席，夹岸数十里，原隰龙鳞，有濡腺泽槁之功，无钻崖溃山之患。咸喟然而叹曰：'美哉斯举乎！'"

前人栽树，后人乘凉；先人掘井，后人解渴。今天，我们徜徉在李公堤这条国际风情商业水街上，怎能忘记它的初建者呢？站在李超琼雕像前，似听到他的诗句掷地有声："生平痴求谋氓利，岂闻佳音饰寒亭""忧国忧民谁为先，王侯苍生两徘徊""不忍忘计黎氓悲，敢号临风栋梁材""社稷重曦终有时，雄关不挡波峰在"。

勤政为民，廉洁奉公，这应该是出版《李超琼古今体诗笺注》的现实意义。

卢渊

二〇二一年十一月十日

（作者系苏州工业园区党工委委员、管委会副主任。）

目录

凡例

一、本诗集以苏州工业园区档案馆所藏的《石船居古今体诗剩稿》二十卷及李超琼之子李侃手抄的《上海集》卷为蓝本，总计二十一卷。

二、原稿本为繁体字，本次点校时全部改为简体字，竖排版改为横排版。原稿本中大量的异体字、通假字，一律改为现行通用的规范汉字。稿本中少数缺损字和字迹模糊难以辨认的字，以"□"代替。

三、诗集中不少人名、地名，有许多不同的写法，但读音相同或相近，点校时未作改动，如：张金颐、张金坡，吴仓石、吴仓硕，高澂岚、高澂南，潘酉生、潘卣笙，陶霖普、陶霖溥，窦殿高、窦殿皋、窦殿膏，黄埠墩、皇甫墩，阳澄湖、洋澄湖，清明山、清名山等。

四、原稿本中的补充说明文字均采用小字夹注形式，笺注本中沿用了此种形式，人的姓名、字号连用的，亦用小一号字标出。

五、李超琼在当时的江苏七个县做了八任县令，其中在元和做了两任。本着"公暇辄一编""以一官为一集"，原稿本中有《鸿城集》三卷，但内容与《元和集》初、次三集卷内容基本相同，仅有十来处不同，点校时已在相异处标出。

六、为便于阅读理解，在笺注本的最后附有李超琼年谱。

李紫璈先生传

弟子潘昌煦

先生姓李，名超琼，字紫璈，五十后更字惕夫，四川合江县人，同治癸酉优贡，光绪己卯顺天乡试举人。初以优贡应朝考，用教职出佐陈海珊观察（本植）东边道幕。时辽沈初设治办理边务，查丈升科地亩。凡所设施，悉出其手，既兼大东沟榷税。积功保知县，分发江苏，充乙酉江南乡试同考，官补溧阳县，历元和、阳湖、江阴、无锡、吴县、南汇、上海。所至皆有善政，两膺大计"卓异"，四奉传旨嘉奖，补授长洲县，未赴任。宣统元年闰二月十二日卒于上海县署，年六十有四。先生性仁笃忼爽，内行肫挚。事太夫人黄氏以孝，板舆侍奉，曲尽婉愉，至九十余于江阴任所弃养。号痛哀瘠，须发顿苍。与兄超元、弟超瑜相友爱，从无间言。先生少自刻苦，既壮遍交当世贤达，故其学问淹博，周知古今，为文下笔数千言立成。公暇辄手一编，至老不倦，著有《石船居杂著》若干卷，诗则自《家山》《东游》《南来》外，以一官为一集，又合刻为《石船居诗集》若干卷。

自序

生平喜为诗，四十以前，未尝一以示人。自知于古今作者门户，未能识途径也。又旋作旋弃，无所谓稿。乙亥初冬，由京师走辽左，往返九阅月，得诗百六十余首，始钞于册。再入都，寓东城泡子河僧舍。亡友武抑斋，深于诗者也，来索观。不敢匿，求其一言。抑斋性简重①，徐曰："以诗论，子非长贫贱者。"余色然以骇，请曰："子何相谑之甚？是非我请益意也。"抑斋迟之又久，乃曰："子盍多读而少作乎？"余甚佩且感，自是颇重藏拙。其明年，榷木东沟。以事出海，舟过朝鲜之獐鹿二岛间，飓风骤起，波涛山立，白昼晦冥。榜人急掷铁锚三，凫縈②巨缆岩腹。舟犹颠簸不已，轩轾之势，与天下上。浪汹汹击舟如震雷，激溜横飞，若百万蛟龙争来吞攫者。余时适启行箧，诗册在焉。取以投之海，戏语从事，海若有灵，当避臭恶自去。俄而风定日晶，转舵迎夕阳西返。共庆无恙。后尝述以为笑，而诗遂不常作。然持禁不严，间有技痒之病。己丑七月，自溧阳移元和，公私多棘手，侘傺③悒郁，辄以诗为谤台④。且衰老日增，自谓心血系之，多不忍弃。积五年，所剩稿已二百七十首有奇。客秋偶病不寐，渐苦怔忡，濒长至几不起，万念灰冷矣。绵惙中，独时翻近作以自遣。儿辈因请付手民，盖疑余垂死犹惓惓于此也。余亦念刻之以遗故人，俾知迩年心迹，亦复无害。床第⑤昏瞀，率尔颔之。旋钞旋刻，病亦旋解。病既去而刻已成，偶一展阅，怋怩汗下者累日。嗟乎！诗不必作而作，不可存而存，问有若余之颠者乎？昔时矜慎，若或忘之，非衰病不至此。微特愧吾亡友，实益增老大徒伤之恨。移官有日，留之以志此间鸿爪，知我者或不深罪耳。若出而问世，余其何敢？

光绪阏逢敦牂⑥之岁春王正月中瀚⑦

合江李超琼自记于元和官廨之藤亚轩

注：

① 简重：庄严持重。

② 絷：zhí，用绳子拴捆。

③ 侘傺：chà chì，失意的样子。

④ 谜台：yí tái，古台名。相传为周景王所筑，周赧（nán）王曾避债于此，故又有"逃债台"之称。此处借用为"借口""发泄处"之意。

⑤ 床笫：chuáng zǐ，床铺，此处借指妻妾辈。

⑥ 阏逢敦牂：yān féng dūn zāng，甲午之年。

⑦ 中瀚：中旬。

家山集卷第一

里中早发

鹿角溪头曙色苍，白沙江畔晓风凉。

行人去家未半日，孤云回望空伥伥^①。

炎天六月黄尘恶，吾亲意逐征途长。

功名拾芥亦何物，使我内问心悲伤。

注：

① 伥伥：chāng chāng，无所适从的样子。

腰滩晚渡，夜至佛集场

江名思晏^①似澄潭，艇载行人止两三。

十里幽篁^②随岸曲，绿阴尽处到桥南。

玉蟾^③山色满江村，小市人稀夜不喧。

茅店二更灯未上，一轮新月正当门。

注：

① 晏：yàn，安定，安乐。

② 幽篁：yōu huáng，幽深的竹林。

③ 玉蟾：yù chán，月亮的别称。

内江县

一棹沿江下，城东路又回。

试循前岭去，翻向上游来。

芽菜香盈市，霜糖雪作堆。

此间山水异，葱郁气佳哉。

龙泉驿

万山起伏作龙蟠^①，斗落西南气势宽。

石凿岩腰声四应，舆穿谷口路千盘。

地形险隘从来著，天府膏腴^②到此看。

官道槐黄^③风细细，斜阳影里拥吟鞍。

注：

① 蟠：pán，屈曲；环绕。

② 膏腴：gāo yú，肥沃。

③ 槐黄："槐花黄"的简称，古指忙于考试的季节。

昭烈祠

割据雄图未尽荒，龙髯犹堕武担^①阳。

艰难记种芜菁^②菜，瑞应终符羽葆^③桑。

白帝贻谋严伐魏，紫阳正统大尊王。

閟宫^④丞相祠堂近，古柏参天绿过墙。

注：

① 武担：成都市区内的一个历史景点。

② 芜菁：wú jīng，大头菜。

③ 羽葆：yǔ bǎo，古时葬礼仪仗的一种；亦泛指卤簿或作为天子的代称。

④ 閟宫：bì gōng，神庙。

舟中望峨眉

乌尤山下舣^①归舟，天际孤烟接远眸。

万里回环通佛国，三峰缥缈隔嘉州。

何年影落平羌水，今夜魂飞瓦屋秋。

更拟凌云高处望，手招晴翠到苏楼。

注：

① 舣：yǐ，停船靠岸。

舟次叙州，望吊黄楼，哭表叔赵鹏飞（有序）

公原名文标，为余从祖姑丈龙山先生之子，性豪迈，不拘小节，习技勇。咸丰己未秋，闻滇匪起，投募充提标马兵，随营赴叙州解围，以骁果敢战拔把总。时贼分踞吊黄楼险隘，官军攻之不克。公请于营率，只身探贼垒，欲焚其巢。将举火矣，为贼所觉，逐之，亟出短刀死斗，手杀数十人，始被执。贼恨之甚，渍油于絮而缚之，露其首于外，悬之高杆，自下爇①之。公骂不绝声，卒成灰烬。死事之惨，殆所罕闻。后仅得附祀省城昭忠祠，而龙山先生未及知也，至今犹望其归，亲故亦不忍告之，洵可哀已！

滇尘乍起蜀无兵，豕突狼奔困此城。

偶隶马曹三月浅，独探虎穴一身轻。

捐躯不惜成灰烬，望信谁怜有父兄。

日莫②忠魂去何处，隔江怅望③泪纵横。

注：

① 爇：ruò，点燃；焚烧。

② 日莫：rì mò，同"日暮"。

③ 怅望：chàng wàng，失意；伤感地看望或想象。

舟望

戎州放棹刚亭午①，系缆江阳日已斜。

里闬②明朝侵晓入，偏教一夜苦思家。

注：

① 亭午：正午，中午。

② 里闬：lǐ hàn，里门，泛指乡里。

再赴成都

家食曾无分，饥驱又远游。

不堪衔恤①去，更重倚闾忧。

官道渝泸合，春江内外流。

锦城千里近，徒步日悠悠。

注：

① 衔恤：xián xù，含哀；心怀忧伤。

雨夜投南津驿

荦确①缘坡十里斜，南津驿外雨交加。

布鞋半破衣全湿，行路难时倍忆家。

夜深茅店尽扃门，扣遍村南又北村。

茧足蹒跚泥滑滑，不堪孤影立篱根②。

注：

① 荦确：luò què，怪石嶙峋的样子。

② 篱根：lí gēn，竹篱靠近地面处。

石室行，赠仁寿邹吉生益谦

君不见牧羊小儿冠带新，助边不须输万缗^①。

又不见窜名^②军籍卧乡里，白衣几日拖长绅^③。

贩夫博徒半得志，咄咄富贵能逼人。

腐儒迂钝钻故纸，咿唔伏案如嚬呻^④。

白日堂堂送年少，误我何必非儒巾。

自顾生成有穷骨，弃书不读仍长贫。

锦江二月城南春，蜀士萃集何莘莘。

君出兰溪足重茧，我来符水踵为皲^⑤。

石室轩爽^⑥可横笈，比舍骈接疑鱼鳞。

文翁高跱^⑦虽已邈^⑧，苏湖教授今新津。（时掌教为新津童莽庵师械。）

经义治事共条贯，文章尔雅去陈陈。

师严道尊古所尚，择友非刻求贤仁。

此心此语试印证，相视莫逆情弥亲。

推襟送抱意未尽，作诗唱和重引伸。

未期窃听从邻舍，笑我胶柱^⑨空断断^⑩。

稽古^⑪之力仅若此，案萤枯死^⑫非无因。

吁嗟乎！功名自昔多途径，捷足之捷逾奔轮。

吾曹岂望强有力，圣贤轨辙犹能遵。

讲堂遗迹已千载，鹅湖^⑬鹿洞^⑭此其伦。

与君啸咏共晨夕，吟风弄月皆天真。

注：

① 缗：mín，绳子的一种，用于将物品串联起来。

② 窜名：cuàn míng，谓以不正当手段列名其中。

③ 绅：shēn，古代士大夫束腰的大带子。

④ 嚬呻：pín shēn，嚬亦作"颦"。蹙眉呻吟；苦吟。

⑤皴：cūn，皮肤因受冻或受风吹而干裂。

⑥轩爽：xuān shuǎng，轩敞高爽。

⑦瞚：shùn，同"瞬"，眨眼睛。

⑧邈：miǎo，遥远。

⑨胶柱：jiāo zhù，比喻固执拘泥，不懂变动。

⑩龂龂：yín yín，争辩的样子。

⑪稽古：jī gǔ，考察古事。

⑫案萤枯死：书桌上的萤火虫已经枯死，比喻苦学。《晋书》记载，车胤（yìn）少时贫困，无钱买灯油，夏季时便用煮得柔软发白的布袋装入几十只萤火虫放在桌子上照明，夜以继日地读书写字。

⑬鹅湖："鹅湖之会"的简称。南宋时，吕祖谦为了调和朱熹理学与陆九渊心学两派的争执，在信州（今江西境内）鹅湖寺举行了一次著名的哲学辩论会，在中国哲学史上堪称典范，首开书院会讲先河。

⑭鹿洞：指白鹿洞，宋朝朱熹讲学著书的地方。

谒①赵顺平侯祠②

百代英名妇孺知，子龙潭北尚新祠。

来看落日游鳞影，想见澄波饮马时。

胆壮一身轻国贼，鼎分三足老雄姿。

髡奴③史笔多疏漏，不载将军直谏辞。

注：

①谒：yè，进见。

②赵顺平侯：三国时赵云，死后追谥顺平侯。

③髡奴：kūn nú，髡，古代剃去男子头发的一种刑罚。秃头奴才，对僧人的蔑称。

戏赠同舍生新都叶新亭文光

空轩坐听桐花落，窗外履声惊橐橐^①。

自携瓷盏觅新茶，口里咿唔^②犹间作。

排门就座意温其，数语未终仍谔谔^③。

哗然争辩邻舍惊，一笑两情非枘凿^④。

多君爱我交忘年，冷面热肠苦攻错^⑤。

我惧君家好未真，似龙非龙将焉托。

看君吻润反忘言，闲踏梧阴返书阁。

注：

① 橐橐：tuó tuó，象声词，硬物连续碰击的声音。

② 咿唔：yī wú，象声词，读书声。

③ 谔谔：è è，直言争辩的样子。

④ 枘凿：ruì záo，枘，榫（sǔn）头；凿，榫眼。比喻两不相容。

⑤ 攻错：gōng cuò，原意是指琢磨，比喻借鉴别人的长处，改正自己的缺点。

生日独登锦官^①南城

岁寒风雪旅愁新，况是今朝客里身。

亲舍孤云心一片，女墙斜日步千巡。

叔牙^②几见能知我，邓禹^③相逢正笑人。

数遍归鸦天又晚，苍茫暮色下城闉^④。

注：

① 锦官：四川省省会成都的别称。

② 叔牙：指春秋时齐国的鲍叔牙。他善于知人，举贤让能，曾推荐管仲辅佐齐桓公成就霸业。后世就以叔牙代称能知人荐贤的人。

③ 邓禹：东汉开国名将，为刘秀建立东汉政权立下汗马功劳。

④ 城闉：chéng yīn，城内的重门，泛指城郭。

庚午初春，家兄箸臣偕同里张筱石思印至省，共读一室漫赋

去家已逾岁，寸心常恻恻。

栖迟① 石室中，小技事雕刻。

闭门即孤影，哪禁泪沾臆②。

悬知念子殷，更比思亲亟。

今朝骨肉来，翻讶无消息。

徒步十日程，面目苦鳌黑。

释笈即语我，慈帏③ 善眠食。

虽切倚闾情，望肆稽古力。

再拜奉此言，敢不敬铭勒④。

斗室只一椽，东西为两屋。

于此联床居，綦屦⑤ 恒相蹴⑥。

张子何洒然，伴我一榻宿。

白日抱书眠，似苦几案蹙。

凄凄短灯檠⑦，夜照三人读。

尚似儿时青，一笑弛六目。

春宵深复深，转道更鱼速。

渴吻⑧ 苦呀呀，饥肠鸣辘辘。

起视月痕斜，引枕且负腹。

此室近函丈^⑨，杖履^⑩在咫尺。

笑言不敢轻，恐辱先生责。

岩岩^⑪通渭公（是年掌教为通渭牛雪樵师树梅），道貌树高格。

经师与人师，当世推专席。

步趋有模范，指授善诱掖。

朋来抑何盛，著籍盈千百。

蜀产多英豪，取友唯所择。

文藻^⑫挹芬苾^⑬，规戒资药石。

叶李常过从，两君即三益（谓新都叶新亭文光、巴县李奎棂光璧）。

为学不废游，此语闻自古。

出门风露香，半里皆菜圃。

红认芋掀泥，翠看芹带雨。

日暮上南城，烟景饶媚妩。

远树接草堂，近水环花坞。

眺览意陶陶，鸢鱼会灵府。

颇闻邻舍言，锦里妙歌舞。

千金何足豪，寸阴不易补。

归来共下帷^⑭，空阶滴桐乳^⑮。

注：

① 栖迟：qī chí，游玩休憩。

② 泪沾臆：臆，胸膛。泪水打湿胸膛，形容有情人伤感旧事而无比悲痛。

③ 慈帏：cí wéi，母亲的代称。

④ 铭勒：míng lè，镌刻。

⑤ 綦屦：qí jù，苍灰色的麻葛鞋。

⑥ 蹴：cù，踢，踏。

⑦ 檠：qíng，灯，灯架。

⑧ 渴吻：唇干思饮。

⑨ 函丈：古时候老师讲台与学生坐席之间相距一丈。后世用来称讲台，引申为对前辈学者或师长的敬称。

⑩ 杖履：zhàng lǚ，老者所用的手杖和鞋子。引申为对老者、尊者的敬称。

⑪ 岩岩：高峻、威严的样子。

⑫ 文藻：文采；词藻。

⑬ 芬葩：香花盛美。

⑭ 下帷：放下室内悬挂的帷幕，引申为闭门苦读。《史记·儒林列传》载，汉代董仲舒下帷讲学，三年不看窗外。

⑮ 桐乳：桐子形似乳，故名。比喻安乐窝。

九日偕兄弟登少岷山作

茱萸红熟霜天晓，兄弟曾无一人少。

秋光满地出家园，万仞峰头看浩渺。

我家正对少岷山，山作屏风几叠环。

雨翠晴岚都在望，廿年惜未一跻攀。

年来踏倦锦城路，一棹南旋秋欲暮。

联床睡起携樽行，立石渡头截江渡。

是时天气久晴朗，稻孙①刈②尽郊原敞。

不须纤道③绕溪唇，径越梯田上崖掌。

缘崖一线羊肠恶，洞号穿心碥④仄脚。

仙人仙去几千年，不见白猿还采药。

何人好异读书来，石室斜向泸江开。

诗碣⑤名字半磨灭，过汝不暇剗⑥苍苔。

蜗旋蚁转度丛竹，几曲之溪惊到目。

山僧招我倚栏看，万点黄金绽新菊。

天风吹衣杯在手，长啸焉知帽落否。

乡关易老少年心，惊人诗句空搔首。

伯兮叔兮莫辞醉，此间可枕黄花睡。

前度刘郎已灰尘，谁向诗中问糕字⑦。

狂言未尽晚烟冷，下山踏乱斜阳影。

回看笔架三峰齐，新月半钩在东岭。

（山亦名安乐，又名笔架，以形似也。穿心洞、仄脚碥皆最险处。又有仙人洞、白猿洞、读书岩诸胜。相传隋刘珍隐此山，白猿为之采药，后果仙去云。）

注：

① 稻孙：稻子收割后，其根得雨再长出余穗，故谓"稻孙"。

② 刈：yì，割（草或谷类）。

③ 纡道：yū dào，绕道。

④ 碥：biǎn，《玉篇·石部》："碥，将登车履石也。"本意是上下车时的垫脚石；引申指山路的石阶；又引申指崖岸险峻。

⑤ 诗碣：shī jié，诗碑。

⑥ 剜：wān，（用刀子等）挖。

⑦ 宋朝邵博《邵氏闻见录》卷一九载："刘梦得（禹锡）作《九日诗》，欲用'糕'字，以五经中无之，辍不复为。宋子京（祁）以为不然。农历九月九日为重阳节，各地有吃重阳糕的习俗。"这里的"刘郎"指刘禹锡。

资阳道中，寄怀林雨帆湘

江城春好是君乡，二月东风驿路长。

红蔗成林深似竹，碧菰新种细于秧。

古来最著贤臣颂，客里难寻处士庄。

资水回环山向背，相思马上易斜阳。

白马关谒庞士元①祠墓

鹿头才过又雄关，上下天梯一线间。

马鬣②至今成古迹，凤雏到此不生还。

神祠松柏悲风紧，蜀国山河落日闲。

啼鸟哀猿催客去，仓黄吊古泪潸潸。

注：

①庞士元：庞统，字士元，号凤雏，与诸葛亮共同辅佐刘备的蜀国。

②马鬣：mǎ liè，马脖子上的长毛。因坟地上所封的泥土形状有如马鬃，故又借指坟地。

彰明①道中有太白故里碑，过之漫赋

沙平树密水潆洄②，大小康山翠作堆。

莫问读书台畔路，骑鲸人③去不归来。

陇西山左辩纷然，到处诗中有谪仙。

让水廉泉④碑共峙，大书深刻自何年。

注：

①彰明：四川的一个镇名。

②潆洄：yíng huí，水流回旋的样子。

③骑鲸人：指唐代李白。

④让水廉泉：本指两条河流名，后演变为成语，比喻为官廉洁，也比

喻风土习俗淳美。

雨中偕仁寿姚景唐焕文登江油窦圌山 ①

游山最爱山奇特，怪雨盲风阻不得。

攀跻尽处见神工，截断飞崖未倾仄。

两崖石笋争参天，铁绠②百丈相钩连。

西壁巉巉③路悬绝，危险更指东峰巅。

何年峰头有茅屋，驯虎昼眠当户伏。

洞中空说藏神仙，筜桥终古无人蹴。

今来山雨鸣萧萧，眺久目眩魂为摇。

回看脚底上山路，梯楼百转穿僧寮④。

吁嗟乎⑤！山之奇辟得未有，此行莫恨饥驱走。

坐待烟销雾色开，与君俯瞰阴平口。

注：

① 窦圌山：dòu chuí shān，位于四川江油境内的一座山。

② 绠：gēng，粗绳。

③ 巉巉：chán chán，峭拔险峻的样子。

④ 寮：liáo，小屋。

⑤ 吁嗟乎：yū jiē hū，叹词，表示忧伤或有所感。

兼程

已作兼程计，犹嫌客路长。

舆夫能解意，星夜速严装。

竟日三城过，中途一饭忙。

宵来觉金尽，此地尚他乡。

喜陈子蕃昌阳至，自合州约其赴张旦卿仲羲之招，并谢赠食物

钓鱼城畔孝廉船，一棹重逢锦水边。

九月好寻陶令菊①，两年苦费薛涛笺②。

杀鸡今日良朋约，封鲊来时节母贤。

便拟联床同听雨，梅轩伴我小春先。

注：

① 陶令菊：即菊花，因陶渊明爱菊，故此称。

② 薛涛笺：纸名。相传唐代女诗人薛涛喜用自制的红色小幅纸与人写诗唱和，或作为信笺通信，后世即以此指代名贵的纸。

癸酉闱中题壁

人似蜂屯号似窠，秋风乡国孝廉科。

高材气概摧残易，矮屋文章忌讳多。

身世误于名可唉，精神信是墨能磨。

三年伏案应辛苦，到此埋头又若何。

眉州舟中望三苏祠

玻璃江①水澄秋光，蟆颐山②色空青苍。

眉州城东江路阔，片帆直送西风长。

山城斗大色如赭，伐取赤石为红墙（城石皆赭色）。

延裹③上下环雉堞④，三苏祠宇凌高冈。

此州灵秀冠全蜀，老泉父子名彰彰。

文章照耀震今古，颉颃⑤李杜韩欧阳。

里第一一详志乘⑥，木假山近纱縠行⑦。

未能趋拜徒悒悒，平昔空爇南丰香⑧。

扁舟东下重回首，明日还系凌云旁。

注：

①玻璃江：四川眉山境内的一条江。

②蟆颐山：má yí shān，四川眉山境内的一座山。

③裹：xié，同"邪"字。

④雉堞：zhì dié，古代在城墙上面修筑的矮而短的墙，守城的人可借以掩护自己。

⑤颉颃：xié háng，原意为鸟上下飞翔，后来指双方比较，不相上下。

⑥志乘：zhì chéng，志书。

⑦苏轼之父苏洵写有《木假山记》散文，文章从木假山的形成过程写起，逐步显露出作者对人才问题的感喟与思考。纱縠行（shā hú háng），丝织品行业（作坊，商店）。据载，苏轼之母程夫人出身名门，自幼知书达礼，她一边在纱縠行老街经营丝绸生意，一边相夫教子，终于成就了"一门三父子，都是大文豪"的佳话。

⑧爇南丰香：爇，ruò，点燃，焚烧。明朝湛若水有"酹酒矢心曲，敬进南丰香"之诗，后世遂以"南丰香"作为香的代称。

岁暮家园杂咏

儿时此树便参天，落实玲玲尖复圆。

甘苦饱谙霜雪后，一家咀嚼已多年。（橄榄）

橙黄橘绿未应奇，若大香橼两两垂。

留取色香供钱腊，此丛今已是孙枝。（香橼）

荧荧黄玉若为光，雪里枝条浅淡妆。

竹径柴门来往处，几回风过有奇香。（蜡梅）

苍然翠玉长龙孙，昨夜掀泥得气温。

莫笑清馋频掘取，山居此味比河豚。（冬笋）

闽海奇珍数燕窝，竹中谁见玉盈柯。

笋根啮尽堆琼屑，积累功输稚子多。（竹燕）

龙鳞老尽脱松针，满地毵毵深复深。

香软直疑茵可坐，樵青何事日相寻。（松毛）

立春书事

嘉平之月岁癸酉，十八日立来年春。

阳和发越不蕴蓄，暖风白昼扬沙尘。

黄昏急雨挟电走，硼磕^① 谁触阿香嗔。

家人惊诧邻儿哭，床床滴漏移频频。

坐闻村叟述故事，占验祥异言津津。

我正披襟散蒸郁^②，岂问此象来何因。

却思窗外方泥泞，冻萼狼藉如重茵。

冬华桃李摧落都不惜，独为梅花一怆神。

注：

① 硼磕：péng kē，象声词，雷声。

② 蒸郁：zhēng yù，闷热。

城南古寺，王渔洋先生以为蜀人祀吕光之所，《西凉神祠曲》所由作也。考之正史，事颇失实，即用其韵作诗正之

西川地缺东南角（以遵义改隶黔省，故云），牂牁①水远仍归蜀。

荒祠千载不知名，曲奏新城疑满腹。

山深僻处巴渝中，典午②不振狼烟③红。

氐羌版图跨梁益④，赤光正照长安宫。

黑龙奋起旋屠灭⑤，玉垒铜梁殷碧血。

略阳⑥小儿锋莫当，铲除恨少乡邦杰。

五胡肆毒波横流，姑臧⑦窃据能几秋。

婆楼血食终殄绝⑧，玉门万里风飕飗⑨。

渔洋附会始何许，肉印重瞳漫相与。

我来但拜山水人，更将直笔驱狐鼠。

（吕光左肘有肉印，目重瞳，见本传。）

附录：

西凉神祠辨

出吾邑南门三里许，曰"三江嘴"。右为鳛部，左为之溪，二水西南来，交会于此。其上有神祠在焉。宋陆放翁诗："我虽不识神，知是山水人。不敢持笏来，裋褐⑩整幅巾。"即谒是祠作也。而新城王文简公（士禛）以康熙壬子岁过此，乃有《西凉神祠曲》一章，自注谓祠在合江，苻坚时吕光讨李焉之乱至此，蜀人祠之，而以放翁诗所云云。疑为未详本末，故作诗正之。《县志》既备录之矣。以余览《晋书》及苻秦吕凉载记，窃疑文简之说为大误，是不可不辨。

考苻坚之取蜀也，在孝武宁康元年十一月，是年为癸酉，坚以杨安为益州镇成都，以姚苌为宁州镇垫江，西南夷又皆附之。时晋之边将皆退守巴东及南中诸郡。而次年甲戌五月，蜀人张育起兵。（《晋史》及《坚传》皆作"张育"，《吕光传》作"李育"，崔鸿《十六国春秋》则作"李焉"。张育、李育、李焉或一人，而传之互异欤？）坚以吕光为破虏将军讨育，九月平之，而《晋史》则书五月。张育自号"蜀王"，帅众围成都，遣使称藩。坚将邓羌攻育，灭之。《晋略》则书"五月蜀人起兵，秦攻之，救之不克"，是明系一事。而育等固晋之义民而图反正者也。（《晋略》窃据年表，苻坚建元十年，张育称蜀王附晋，六月改年"黑龙"，九月平之。）事虽不成，终为氏灭。蜀人必以义愤未伸为恨，何至德氏帅而祠之？（《晋史》以破育为邓羌，必侦察之误，或坚遣吕光而羌亦在行者欤？）且光亦安有西凉之名哉？光之还也，迁步兵校尉。其后十年（晋太元八年，为苻坚建元十九年，癸未），拜西域征讨都督，率师下焉耆等国。又二年，归至姑臧，时坚已为姚苌所执。光闻坚死，问乃为发丧，自称凉州牧、酒泉公，后又称三河王。迨谓五龙见浩亹[11]，称天王，国号凉，则太元二十一年丙申岁也。光据凉州，在张氏之后，故史以"后凉"称之。南凉为秃发，北凉为沮渠，西凉则李暠也，于光何与？文简岂偶忘之耶？光以太元十年乙酉九月据有河西，而其年二月，坚之益州刺史李平已为蜀郡太守任权击斩，尽复梁、益之境。是地皆晋地，民仍晋民，追维吕光之役，当以贼视光矣，岂艳其窃据河右一隅，始从而祠之哉？谓祠于平育之日，则不能先十载而知有凉之名；谓祠于王凉之时，则不能以晋民而为奉贼之举。史册具在，情理昭然，乌可易也。然文简之误，亦正有故。蜀中方言，石所横亘皆曰"梁"，邑城下巨石盘陀，外为岷江，内则二水南来合之，"合江"之名盖以此。每岁夏秋，水盛激湍，洄洑⑫逾数里，直至祠下，旧有"西梁滩"之名。（今志作"西凉滩"，亦因渔洋此诗耳，土人固不知此名。）文简轺车⑬小住，得之耳闻，殆以音之相同未暇深考，遂误属之光耳。不然以晋世言桓温之灭李势、刘裕之平谯，纵与朱序、任谦辈，其有功于蜀，视光尤著。裕且终成大业，均未闻巴蜀间馨香奉之，独于僭伪⑭之氐羌得蜀未久、屠僇⑮蜀民之一将，而报以血食⑯至千余岁不衰，谁其信之者？诗中"西域校尉婆楼儿，勒铭直到岷山腹"一语，亦想象之词，并无事实，其为附会明矣。观放翁诗意，疑当时所见肖像，必方巾野服，故有"知是山水人"之句。若祠吕光，则不为王者冠冕，必作戎装，乡俗相沿，类皆如此。若昭烈诸葛、关、张之祠，遍蜀中有之可见已，抑余尤有说焉？张育之败，以举义不成而死，或者蜀人怜之，为之立庙塑像，而仅肖其初服，以掩一时之观听，亦未可知。惟以死勤事为名，故能存而不废。若祠光，则晋复有蜀毁之久矣，祠者且得罪也。夫忠义之在人心，千百世不泯。得吾说而存之，或亦名教所系，足为斯祠增重乎？而特难为其自称蜀王、改年"黑龙"解也。

注：

① 牂牁：zāng kē，船只停泊时用来系绳的木桩；郡名；河川名。此处为河川名。

② 典午：司马的官职名。

③ 狼烟：中国古代边防发现敌情发信号时点燃的烟火。

④ 梁益：蜀汉时有梁、益等州，此处泛指蜀汉。

⑤ 屠灭：杀尽，摧毁。

⑥ 略阳：用武之地曰"略"，象山之南曰"阳"，古时以"略阳"代称要隘之地。

⑦ 姑臧：gū zāng，西汉时古县名，今河西走廊一带。

⑧ 殄绝：tiǎn jué，灭绝。

⑨ 飕飗：sōu liù，象声词，形容风声。

⑩ 裋褐：shù hè，粗陋布衣，为贫贱者所穿。

⑪ 浩亹：hào wěi，水名，阁门河，今大通河。

⑫ 洄洑：huí fú，逆流回旋的样子。

⑬ 轺车：yáo chē，旧时一种轻便的马车。

⑭ 僭伪：jiàn wěi，封建王朝称割据对立的政权。

⑮ 屠僇：tú lù，杀戮，杀害。

⑯ 血食：用以祭祀的食品。

北行集巻第二

前出门行

椒颂①不成欢，柏酒②惨不乐。

元日上高堂，忍泪尤暗落。

问汝惨何深，问汝欢何索。

远游今岁始，明朝万里京华去。

安托阿母六十余，白发不满梳。

为儿破涕一强笑，谓且待汝光门间。

两兄意何如，相对重唏嘘。

舌耕③力食敢厌苦，似闵予季出无车。

有弟方壮年，不知行路难。

代我检行李，终觉心凄酸。

诸父诸母洎④姊妹，慰劳杂遝⑤时长叹。

妻孥独漠然，悄悄无一语。

几回徙倚傍帘栊，襟上有痕如露滑。

稚子始生未四旬，不笑不啼谁顾汝。

一家欢乐会，不觉愁叹集。

迸入阿母心，生恐儿凄急。

不虑儿怀远志羞，只愁儿为当归泣。

儿醉千钟饮莫辞，儿歌五夜声莫悲。

天明出门别母去，日色黯淡风凄其。

注：

①椒颂：即"椒花颂"。晋时刘臻妻陈氏于正月初一写《椒花颂》贺新年，后遂沿用为典，代指新年祝词。

②柏酒：即柏叶酒，中国传统习俗，春节饮柏叶酒，可以避邪长寿。

③舌耕：用舌头来耕，比喻以教书维持生计。又指读书勤奋。

④洎：jì，及。

⑤杂遝：zá tà，众多而纷乱的样子。

朱家沱

江行逾百里，水势曲如环。

地尽葫芦汇，峰连柞子湾。

翻因去家近，恨不舍舟还。

淘竹滩声急，回头谢故山。

渝州月夜，有怀李奎棂、戴政甫臣邻

高城雄踞石盘陀，内外江流日夜过。

水急作滩连岸动，山深无雪得春多。

六街火树巴渝舞，一丈星桥尔汝歌。

惆怅故人空咫尺，清宵独客奈愁何。

庙矶脑

客舟夜夜有滩声，舂耳喧豗①睡不成。

终逊萱帏②思子梦，不因风浪也心惊。

注：

①喧豗：xuān huī，轰响声。

②萱帏：xuān wéi，母亲。

瞿塘峡

蜀江苦被蜀山束，奔流斗入山之腹。

滟滪堆前势更横，百万轰雷走深谷。

浪花喷薄夔门开，急溜倒射盘涡回。

两崖巀嶪①一千丈，天光不到阴风来。

阴风吼处舟如簸，左转右旋飞箭过。

狰狞怪石嵌空悬，欲落不落鬼胆破。

何人凿壁缘絚②上，铁锁销沉东去浪。

荒唐争说孟良梯，不为公孙一悲怆。

公孙霸业今何有，逆滩疑挟白龙走。

赤甲山高失险巇③，封箱更为谁肩守。（绝壁石形如箱，土人呼"封箱峡"。）

忽惊黑石江心立（黑石滩，峡中最险处），百夫狂叫飞桡急。

一瞥安流下带溪，回头尚听哀猿泣。（带溪在夔州下三十里，即峡口也。）

注：

① 巀嶪：jié yè，高耸。

② 絚：gēng，粗绳子。

③ 险巇：xiǎn xī，形容山路危险。

巫山县

小县千峰底，重闉百仞颠。

连桥岩作路，入笕雪成泉。

暮霭从江上，春灯共斗悬。

不闻神女佩，新月正娟娟。

清风亭

莱公遗爱远，胜迹此名亭。

莫恨雷州竹，清风满客襟。

种花一县欢，种柏千年慕。

为问巴东人，甘棠今几树。

黄牛峡

何年驱叱到峰颠，石上人牛迹宛然。

却笑江心劳仰望，岂如原上学耕田。

元夕，舟抵宜昌

至喜亭边水势平，江山开展落帆轻。

灵旗暮雨湘累庙，火树银花步阐城。

客梦只循鱼腹上，滩声还为虎牙惊。

楚天寥落乡音少，愁对元宵大月明。

沙市赠成都季叟师曾

沙头津畔水初肥，一舸相逢意不违。

荆楚岁时春日好，华阳耆旧客星稀。

廿年戎马余囊药，万里关河老布衣。

我乍远游君未返，江楼苦赠蜀当归。

舟出沌口

江行十日程，港小岸回复。

朝朝苦逆风，篷底如蜎缩。

今晨发沌口，恍类出幽谷。

云水荡心胸，风涛新耳目。

始知眼界宽，要自不踖踧①。

大江西北来，南挟湘波绿。

骇浪卷泥沙，似被鱼龙蹴。

昨夜江豚喧，晓风饱帆腹。

飞舸掠中流，早过刘郎洑。

回头两军山，横亘疑狮伏。

苍翠有无间，废垒犹矗矗。

往者烽烟初，斯境窜蛇蝮。

百战血波腥，至今羡遗镞。

缅维益阳公，赤手转坤轴。

两戒庆澄清，箕尾悲不复。

夙昔欣慕怀，欲为湘灵哭。

鹚舸②不暂留，惆怅望岩麓。

一棹向晴川，拂面春风熟。

注:

① 踖踧：jí cù，恭敬而又局促不安。

② 鹚舸：zhōu liǎo，船名，据传有一百六十支桨，为历史上桨数最多的船只，速度极快。

汉口小住，旋附轮舶至沪，途中杂诗

江汉合流波浪阔，扁舟几度截江来。
晴川树色如鹦鹉，黄鹤楼头饱看回。

盘旋人似入螺舟，异物初惊与目谋。
一夜乡心忽吹断，数声晓角过黄州。

庐山真面为谁青，远势如看九曲屏。
只惜浔阳江畔水，风来犹似老蛟腥。

石钟声入舵楼间，湖上诸峰似髻鬟。
几幅晴云遮不住，一痕新翠是鞋山。

双轮激浪突风樯，神力无劳乞马当。
正为狂澜思砥柱，小孤屹立水中央。

采石矶头夜气清，澄江如练想骑鲸。
坐添白发三千丈，何似仙人捉月行。

愤王祠树乱鸦争，水出乌江似不平。
小艇鸡豚纷往复，江东父老亦多情。

灯火蜿蜒指下关，秣陵城郭有无间。
六朝金粉如长夜，莫恨经过未看山。

钟阜阴阴晓雾濛，黄天荡口静无风。

却看燕子矶头石，只在微茫烟雨中。

水上军容迥不侔，戈船万桨出瓜州。

本来天堑销兵气，先仗龙骧在上游。（时衡阳宫保于瓜步阅操。）

金山风紧塔铃摇，铁瓮城西未落潮。

过客只沽京口酒，不须兴废问南朝。

形势宜增北府兵，焦先地下莫心惊。

江南战垒今多少，瘗^①鹤林中又筑营。

南人使船如使马，趁风帆脚掠波飞。

送江入海须臾事，才过圌山^②浪更肥。

长江万派此归墟，黄埔南来一尾闾。

四十里中金碧眩，溯流疑到蜃楼居。

注：

① 瘗：yì，埋；埋物祭地。

② 圌山：chuí shān，山名，位于江苏镇江市。

芝罘岛

大海惊魂泛不收，回风北引入芝罘。

山从碧澥^①蟠三岛，地锁青齐^②控五州。

连弩射鱼嗤往事，扶桑濯足动新愁。

　　　　神仙荒渺沧田变，亲见蓬莱尽蜃楼。

注：

① 碧澥：bì xiè，碧海。

② 青齐：指山东。山东古代属于青州，山东的别称又叫"齐"。

城门行

　　　　黄尘十丈生烟雾，城门荡荡朝天路。

　　　　蜂屯蚁织纷往来，怪底公车不能度。

　　　　公车远来谁识得，鞭丝 ① 动处知南北。

　　　　漏师 ② 从古说多鱼，还向舆夫问消息。

　　　　舆夫一跃关吏来，辕驹屹立襜帷 ③ 开。

　　　　笼冬面目尽埃土，看君入瓮何时回。

　　　　鬼狐百态揶揄久，饥肠雷鸣不得走。

　　　　门前搜括已多时，倒箧倾筐全入手。

　　　　腰间赤仄还争攫，为道城中用不着。

　　　　登车始讶夕阳西，到日方中行日落。

　　　　行行感叹意如何，为关为暴今其多。

　　　　回看道左担簦 ④ 辈，尚为囊空不敢过。

注：

① 鞭丝：马鞭，借指出游。

② 漏师：泄露军事机密。

③ 襜帷：chān wéi，围在车子四边的幕帐，后泛指车驾。

④ 担簦：dān dēng，背着伞。奔走、跋涉的意思。簦，古代指有柄的笠，
类似雨伞。

秋中移居新馆，与子蕃同寓，赋此赠之

京华逢故人，情好倍于昨。

过从久未疏，况遂联床约。

人生离合缘，常疑天所作。

可遇不可期，得之良足乐。

去年锦官城，晨夕恣欢噱。

七月送君归，正苦秋霖虐。

临歧一挥手，赠语如相谑。

君泛孝廉船，早春欣入洛。

我乘舁栈^①来，行行前且却。

万里复追寻，恍如践宿诺。

皇都集豪俊，盛侔^②水归壑。

愿得天下才，当借他山错。

所惭偶嘤鸣，未易暗摸索。

之子乡邦英，蛮驵^③旧依托。

出入无畦町，谈议不枘凿。

共为假馆谋，斗室正空廓。

机云东西住，相对任歌咢^④。

斜街风物清，地静黄尘薄。

闲为花市游，醉趁藤阴酌。

珠桂淡欲忘，金石声相若。

偶成感遇诗，还证匡时略。

幽愤亦何为，绮语行自怍^⑤。

连朝西风号，木叶纷纷落。

剧怜游子心，不为悲秋懔^⑥。

衣线几回看，寒宵未忍著。

孤云天与远，极望情如烁。

微名既弗就，禄养何时博。

白日去堂堂，弗艺终胡获。

我愧强立强，君非弱冠弱。

及今淬厉严，犹冀出干镆⑦。

漫贺凤凰池（时子蕃新得中书舍人），须画麒麟阁。

一笑倚前轩，目送南飞鹊。

注：

① 弇栈：yǎn zhàn，覆盖；遮蔽着车。

② 侔：móu，相等，齐。

③ 蛩駏：qióng jù，形容关系密切。

④ 咢：è，争辩；歌唱。

⑤ 怍：zuò，惭愧。

⑥ 懼：jué，敬畏；受惊。

⑦ 干镆：gān mò，亦作"干莫"，古代名剑干将、莫邪的并称，泛指利剑。

九日，偕子蕃暨罗江廖功甫鸿绪、资州彭畏斋源澄、
长寿周伯贞本一游天宁寺

人海深深一芥浮，半年尘土郁双眸。

今朝竞为菜萸出，洗眼西山正绚秋。

双鹘盘旋绕塔飞，塔铃声里故依依。

游人方有登高兴，何事霜翎倦欲归。

僧房扃钥几重重，清磬一声刚午钟。

门外黄花难笑客，云阶争放为谁容。

黍秫秋原颖尚垂，迂途闲踏蓼花陂。

吾曹共识田家乐，芋饭归耕待几时。

岁暮呈童幼荃荐师

石室经师旧史官，簪毫今又到金銮。

谁知一代文章伯，已是三朝侍从班。

忧国虑深筹海急，荐贤疏在出山难。

名流进退关天意，莫怪迟弹贡禹冠。

史笔曾镌有道碑（师曾为先君子作《李处士传》，庚午冬采入《合江县志》），

门墙我更感恩私。

追随京国情尤笃，惆怅尧年事可悲。

弓剑鼎湖音遏密，关山蜀道梦飞驰。

知公几日增憔悴，立雪归来①鬓也丝。

注：

①立雪：喻指恭敬地向老师求教的诚意。史上关于"立雪"有两说。一是讲的禅宗二祖慧可，他为求其师达摩广度众生，彻夜站立在大雪之中。到了天亮时，积雪过膝，达摩大为感动。见《景德传灯录·慧可大师》，后世遂以"立雪"为僧人精诚求法之典。二是讲的北宋儒生杨时、游酢，他们去拜见老师程颐，适逢程颐在打坐养神。二人不敢打扰老师，就恭恭敬敬地侍立在门外等候。程颐过了很久才发觉站立在风雪中的杨、游二人，他俩通身披雪，脚下的积雪已一尺多深。事见《宋史·道学传二》，后世遂以"立

对酒一首，赠资阳林雨帆同年湘

丈夫所患不遇耳，贫贱何能困吾子。

奇才磊落雄文豪，遇不遇又安足齿。

荆山璞苦卞和辱，刺绣胡为羡倚市。

劝君一醉无多言，风雪漫天且休矣。

昨宵鹤语今年寒，飞尘惨淡迷长安。

龙髯堕地号不得，有泪共向荒斋弹。

城头乌啼百鸟噤，酒杯不倒何时干。

明朝闭门计未晚，谁能弃置青琅玕。

读史三首，与子蕃同作

莲勺儿别著，布卦何足奇。

面貌乃有富贵相，学经亦惟卜者实。

教之庸生论语施，雠易明习大义能。

逞辞师法究安在，萧郑交相推诏授 ①。

太子经天子实汝，知嗣皇继圣尊师傅。

赐爵食邑崇恩私，中二千石秩不卑。

领尚书事惟汝宜，宠荣尊显孰与媲。

言犹在耳岂弗思，才惟汝赐否汝怨。

念典启沃宜孜孜，胡为上书乞骸骨。

以退为进行逡巡，安车驷马优礼至，货财内殖无休期。

买田极膏腴，大第雄栋榱。

后堂丝竹饮长夜，彭宣只接酒一卮。

肥牛亭地既徙坏，爱女甚男咸内移。

是时日蚀地数震，上惧灾变殷畴恣。

亲拜床下辟左右，一言可决宸衷②疑。

乃以深远难见为曲说，竟斥新学小生无良规。

经术误国有若此，絜斋忧色空尔为。

佞臣之头不得斩，朱云地下应含悲。

安昌侯张禹遗臭无已时，即今亦有尚方剑，何人折槛立丹墀？

舍人仪貌饶媚妩，自喜美丽不知苦。

乃父曾为侍从臣，胡为传漏悦人主。

一朝引拜黄门郎，宠爱不畏宫中怒。

入御左右出骖乘，赏赐钜万不胜数。

沉沉昭阳殿，昼漏日当午。

娇眠藉袖浑不觉，大家自断盘龙缕。

有弟新拜执金吾，有妻诏许禁中聚。

娉婷小妹入昭仪，椒风夜夜听歌舞。

东平冤死丞相戮，丁傅就第收珪组。

堂堂司马卫将军，二十二岁一童竖③。

孔光经术重当时，拜谒迎送何伛偻④。

麒麟殿上酒微酣，从容笑视情如睹。

法尧禅舜亦何难，王闳乃不避锁斧。

岂知新第门自坏，宫车晚出恩难怙。

惶恐夜葬复谁怜，裸埋狱中骨亦腐。

嗟哉！高安侯为郎口尚乳，骏𬴂⑤贝带脂粉污，几朝殿上称公辅。

独怪同时九列无心肝，佞幸不曾羞哙伍⑥。

司徒尚尔他何责，汉代经师半聋瞽。

不闻单于朝宴日，颇讶年少跻天府。

译报乃复贺得贤，起拜意实同嫚侮⑦。

黄头濯船尔何人，漫为韩嫣訾孝武。

朝乃毁绛侯，暮乃明绛侯。

绛侯大结交，是儿谁与俦。

前请削淮南，后请容淮南。

淮南果道死，天子为之惭。

天子之惭终可释，高世行三此奚惜。

术为捭阖性便辟，声名由此重当时。

殊梦梦慷慨，奚必患赵谈。

狡诈竟有兄子种，伏车之谏乃阴私。

刀锯骖乘始何时，槛辒却坐沽直耳。

不然利剑之刺胡为而畏之？

日饮亡何幸得脱，安用常引大体为？

一朝告归逢丞相，下车拜谒殊无状。

请间断断逞辩辞，总因愧吏图弭谤。

家令本无能，犹与弗忍决。

朝衣东市未罢兵，避坐沉冤谁与雪。

致令蔽匿之罪既弗诛，受金之谋亦未泄。

泰常奉使被围守，解节怀旄屦步走。

刀决帐道胡为来，盗汝侍儿不自丑。

病免浮湛闾里间，随行乃喜逐鸡狗。

安陵富人良堪骂，博徒何至争迎迓。

不知郭门遮刺时，桮生占验谁从谢，长者之名空假借。

吁嗟乎！

爱丝为人何足慕，正直况在汲长孺，数语疑属马班误。

注：

① 诏授：官制用语，即下诏除授官职，用于较高官员的任命。

② 宸衷：chén zhōng，帝王的心意。

③ 童羖：tóng gǔ，无角的公羊。

④ 伛偻：yǔ lǚ，弯腰曲背，恭敬的样子。

⑤ 鵕鸃：jùn yí，一种神鸟。

⑥ 哙伍：kuài wǔ，平庸之辈。

⑦ 嫚侮：màn wǔ，轻蔑侮辱。

伏日偕子蕃及黄申戹孝廉天赐、邓福莘中翰子骏、徐即之大令思温、邓国光磋尹嘉猷同游陶然亭，转至龙树寺会饮

雨后骄阳亦霁威，清游共惜到来稀。

径迷野树穿青霭，城抱江亭落翠微。

槐影纷拿龙见爪，苹波争浴鸟忘机。

相要归路须微醉，两腋凉风踏夕晖。

失第无聊，乡思綦切，漫成截句四首

载英堂下菊初开，坐对黄花月上才。

僮仆未归红录过，东西邻有笑声来。

丁年早作暴腮鱼，痛定难忘读父书。
不是倚闾心更切，要儿长念北行初。

文字缘知有夙因，刘蕡下第彼何人。
不堪万里听秋榜，数过重阳望更真。

危亭咫尺独攀跻，三面凭栏怕望西。
乾鹊^① 何时知送喜，今朝犹自向人啼。

注:
① 乾鹊：喜鹊。

东游集卷第三

将为从军辽左之行，与子蕃夜话达旦，复成一律以尽其意，即以别之

客中话别绪如丝，剔尽残灯未尽辞。

斑管①廿年良自误，铅刀一割②况难知。

蜀山音信孤鸿远，辽海关山匹马迟。

行箧共余熊胆在，名行珍重夙心期。

注：

① 斑管：毛笔。古时用斑竹做笔杆，故称。

② 铅刀一割：用铅制成的刀虽然不锋利，偶尔用得得当，也能割断东西。比喻才能平常的人有时也能有点用处。多作请求任用的谦词。《后汉书·班超传》："况臣奉大汉之威，而无铅刀一割之用乎？"

抚宁县

万山环抱一城孤，荦确声中我马瘏①。

驿路风多尘入店，县河冰合水成涂。

乡心易逐南飞雁，浪迹真成北走胡。

问讯辽阳尚千里，翻因东望几长吁。

注：

① 瘏：tú，病。

中屯所道中

半日车行只下山，孤云西望首频还。

慈亲尚盼都门信，风雪漫天已出关。

关外杂诗

出关车路尽朝东，海上朝霞分外红。

始信沛丰多王气，连天紫雾起山中。

兴王南下武功高，铜马当年此败逃。

一片石前寻旧垒，至今战血满林皋。

深谷车如入瓮声，盘旋东下路难平。

舆夫解避喧嚣去，宁远州前不入城。

高桥市外停车早，烧炕烟多暮色迷。

醉听书生谈往事，误迁钜鹿到辽西。

（张君文斗谓高桥为卢忠肃公殉难处，不知乃钜鹿之贾庄，非此处也。）

风卷黄沙作阵飞，奔车忽讶入重围。

杏山东望松山路，废垒凄凉送落晖。

北岳崇崈①秩祀尊，医间山势接天门。

不知积雪皑皑处，可是峰头玉女盆。

弯环一道似虹腰，积秌为梁水面遥。

车马不惊争过渡，大凌河畔有冰桥。

孤峰卓立影巉岏②，细数方知众岭环。

百里平沙撑突兀，问名好记十三山。

垂杨夹道影芊绵③，想见春归绿化烟。

五丈交衢称御路，轻车又入柳条边。

八关诶荡④路平平，沈水回环泽腹坚。

城郭如银风雪紧，果然辽海是冰天。

注：

① 崇崆：chóng lóng，高，高起。

② 巉岏：cuán wán，山峰高峻耸立的样子。

③ 芊绵：qiān mián，形容草木繁荣茂盛的样子。

④ 诶荡：dié dàng，空旷无际的样子。

盛京

汉家四郡古山河，崛起兴朝王气多。

地比镐丰先定鼎，人传樊郦久投戈。

二陵弓剑龙髯近，三省旌旗虎节过。

开国金汤知在德，遗闻长念大风歌。

登岫岩大孤山，和海珊观察韵，赠郭道士

孤峰拔地路千盘，驻马登临诩壮观。

人憩绿阴花可枕，墙依翠壁树成团。

眼前沧海龙腾跃，脚底洋河蚓曲蟠。

丹鼎尘封茶灶热，碧瓷供客圣泉寒。

（山有紫液洞，石壁刻"圣泉"二字）

春日元宝山独眺

（山在安东县北，临鸭绿江，与朝鲜义州相对）

春江一曲抱山流，独上峰前瞰义州。

隔岸炊烟方四起，午风吹过水西头。

宽甸北山赠卢道士

山头松桧黏天绿，树杪三间小茅屋。

柴扉不设无人踪，开门自伴孤云宿。

十年辟谷长不饥，破铛覆地黄精肥。

熊伸鸟经安足道，轻身能逐猿公飞。

舭①芝瑶草当阶长，鹤鹿俱驯如饲养。

室中往往集群真，有无长爪能搔痒。

问公到此当何时，六甸烽烟倘见之。

一笑哪知尘劫换，樵柯烂尽未收棋。

凡胎唐突今方多，明朝去住知如何。

相从不得且归去，守关虎豹烦挥呵②。

还闻虎睛色红绿，目光迸如炬一束。

夜深睒睒③出林端，想见道书能照读。

（卢，年可七八十岁，苍髯逾尺，善笑不言。土人言其居此数十年，虎尝卧其床下。

边地既辟，访之者多，嘿然不一对。旋果他去，不知何往矣。）

注：

① 舭：xì，红色。

② 挥呵：huī hē，挥斥，引申为卫护。

③ 睒睒：shǎn shǎn，光闪烁的样子。

宽甸城西北有王将军墓，相传为明季死绥者，而碑仅四字，不知其名，诗以吊之

六甸城头急鼛[①]鼓，六甸城西征战苦。

城工未毕烽烟来，螳臂支撑安足数。

将军起家果何自，定许军中推壮士。

一身战死不知名，剩有残碑留此地。

想当铁骑漫山时，深入重围尚不知。

肉薄短兵亲荡决，万人披靡看英姿。

瞋目奋呼重格斗，烈士沙场甘断脰[②]。

裹尸马革本初心，笑煞援师终不救。

归元先轸[③]面如生，温序衔须[④]怒未平。

所部健儿齐恸哭，匆匆渴葬即佳城。

如何勒石惟留姓，猿鹤虫沙归一尽。

家风不愧豹留皮，铁枪后裔多刚劲。

只今荒草深茸茸，鼪鼯[⑤]窟穴通幽宫。

达里未收刘綎骨，谁从边徼[⑥]吊孤忠。

（刘綎战死布达里冈，亦由宽甸路进兵者。）

注：

① 鼛：gāo，古代一种大鼓。

② 脰：dòu，颈，脖子。

③ 归元先轸：guī yuán xiān zhěn，春秋时晋国名将。在箕之战中，他脱下头盔铠甲，冲进狄人阵中英勇战死。狄人将先轸的头颅割下送还给晋国，他的面色还如同活人一般，表现了其以死明志、坚守清白的高尚精神。

④ 温序衔须：东汉时校尉温序被敌人俘获，面对威胁利诱，坚贞不降。敌人无奈，令其自裁。他临死时大义凛然：今天虽然丧命贼兵之手，却不能让我的须髯被贼土玷污。便口衔胡须自刎而死。

⑤ 鼪鼯：shēng wú，鼪鼠与鼯鼠，比喻志趣相投的亲密朋友。

⑥ 边徼：biān jiào，边境。

雨后登凤凰城楼晚眺

树色岚光翠作堆，斜阳绿过草河来。

溪云也似春潮涨，涌到山腰又退回。

蝲蛄

（土音"若拉姑"，疑即"虾姑"之讹）

南人识蝖蜞，不待尔雅熟。

劝学吾何能，未敢恣口腹。

蟷蚄① 虎可斗，璪蛄② 蚓③ 内伏。

奇闻佐谈助，有无尚未卜。

曷来④ 走辽海，始见鱼比目。

王余昔颇疑，今信有斯族。

驱车咸厂门，荒徼日驰逐。

江接佟佳流，路绕丸都麓。

山人常足鱼，所至餍脭鱐⑤。

昨停茅店骖，假馆留信宿。

野老隔溪回，介类讶盈篝。

其名夙未闻，其状生使独。

蟹首而虾尾，寸计及五六。

螯跪颇恢张，尻节自伸缩。

字书恐弗详，食谱惭未读。

土人入以磨，腐之等于菽。

相饷意殷勤，谓可充旨蓄。

食指动未曾，举箸情转恧^⑥。

异味戒轻尝，前车况屡覆。（余在东沟食异形鱼，痔病大作，几殆。）

昔闻莽与操^⑦，同嗜东海蝮。

阴毒在肺肠，啖之故甘馥。

自顾冰雪胸，只合宜蔬粥。

又闻东坡翁，琼儋熏蝙蝠。

流落海南天，安之忘窘蹙。

自幸鞍马余，犹得餍梁肉。

肪白且蒸熊，尾腻还荐鹿。

冰蟹与酱虾，尝获矜口福。

此焉复染指，深虞召病速。

菜既足寒齑，饭亦饱脱粟。

果腹吾何求，况早饫香曲。

且引梦蘧蘧，迥胜车辘辘。

为问蜊蛄河，可似鸬鹚谷。

注：

① 蝤蛑：yóu móu，梭子蟹。

② 璅蛣：suǒ jié，寄居蟹。

③ 虯：qiú，传说中有角的小龙。

④ 朅来：qiè lái，尔来或尔时以来。

⑤ 腒鱐：jū sù，腒，干腌的鸟肉；鱐，干鱼。

⑥ 恧：nǜ，惭愧。

⑦ 莽与操：王莽与曹操。

柳河即事

辉发城南雪满川，龙冈一白势蜿蜒。

千秋万岁钟佳气，谁信琼瑶亦倚天。

羽猎何劳羡汉廷，雕弧围合昔曾经。

雪中亲数黄獐肋，飞骑归来血尚腥。（骑卒张凤平中途杀得一獐。）

水鬼行

山獐野獾皮生剥，翻面纫成衣倒着。

四肢无缝上蒙头，似人非人形状恶。

渡口喧呼水鬼来，大小凌河冰始开。

舟船未动车马怯，临流欲渡空徘徊。

是时水鬼真得力，百十为群蹲岸侧。

踏冰泅水不知寒，性命一钱都不值。

辕驹脱鞴先牵过，车中客子仍坚坐。

非关大雅妙扶轮，横截中流不颠簸。

行人蜷足升肩头，鬼能作马兼作牛。

百物如山行李重，东西驮运何时休。

波声湝湝^①杂邪许^②，冰块如刀两骭^③苦。

谁怜入水冻如龟，只怪索钱横似虎。

索钱畀^④钱哪厌多，但愁中渡挤入河。

轻装细服汾西贾，苦说终朝不得过。

忽看一骑红缨到，群鬼攒眉息呼噪。

官差护送敢稍迟，止有鞭笞无赏犒。

吁嗟乎！河干鬼哭声悲辛，得钱送君君莫嗔。

城中官吏需规费，水鬼原来是土人。

注：

① 湱湱：huò huò，水波相击声。

② 邪许：yé hǔ，拟声词，众人一起用力时的呼喊声。

③ 骭：gàn，胫骨；肋骨。

④ 畀：bì，给。

山海关

连山势欲下沧州，壁立雄关截上游。

王气来从天北面，长城筑断海东头。

临榆战垒而今废，孤竹芳踪何处求。

候吏不呵车易过，红花驿畔思悠悠。

松山道中有寄

奔雷声起马蹄间，东望松山接杏山。

辽海路宽身独走，帝京尘隔首重还。

只余旅梦飞能到，明识情魔念未删。

翻恨销魂不销尽，劳劳车马几时闲。

春日，偕会稽陶霖溥_{应润}、华阳朱荷生_檀游凤凰山

万山陟其巅，快意在远眺。

兹山独不然，愈上愈幽窅^①。

巉巉千仞峰，四围青缭绕。

壁立削不成，谽谺[2]通两窍。

高处绝攀跻，外观极危陗。

一角缺西南，入路此扼要。

好春三月阑，探奇得同调。

清晓出城东，并辔鞅未掉。

谷口舍轻策，脚力赌灵妙。

百盘复九折，渐怯肆狂趭[3]。

小憩瀑布前，大发云端啸。

行行迳转低，初疑得奥窔[4]。

天惊坐井观，地与面墙肖。

偶度杉桧林，数椽存古庙。

跛僧解将迎，苦茶烹石铫。

觍缕薛蒋军，荒唐任嗤笑。

（僧述薛仁贵征高丽，驻军，并石上两孔为其箭眼，皆不根之谈。）

起视日已中，左出穿萝茑。

涧草碧于揩，野花红若烧。

峨峨观音岩，石罅通云峤。

危栏倚孤松，俯瞰飞只鹞。

既降复右旋，棘刺非意料。

败枰谁氏棋，废灶何年燎。

暂藉碧阴眠，恰听幽禽叫。

窜讶雉方媒，驯知鹿易哨。

久之阴风来，寒意殊轻僄[5]。

言寻归径归，信步难急慓。

返过飞泉间，开朗同呼叫。

　　眼界豁然宽，千里同光耀。

　　瀑水曲若环，草河清可漂。

　　上马意觖然，斯游堪自诮。

　　山周四十里，名久著边徼。

　　具瞻徒岩岩，中乃狭于篎^⑥。

　　惜我筇屐劳，愿为来者诏。

　　回首问山灵，寂寂挂残照。

注：

① 幽窱：yōu tiǎo，深远、深邃的样子。

② 谽谺：hān xiā，山谷深的样子。

③ 狂趬：kuáng jiào，迅跑。

④ 奥窔：ào yào，堂室之内。

⑤ 僄：piào，迅疾。

⑥ 篎：miǎo，古代一种发音清脆的管乐器。

感事

　　扶桑影里郁鲸波，东望茫茫发浩歌。

　　大海鹔飞新互市，小邦鹩入内操戈。

　　楼船师乍浮扬仆，汧水功先报涉何。

　　西向有人箕踞甚，坐看岁币又增多。

　　明诏恩深一字中，镂方感泣遍呼嵩。

　　正看筐帛迎天使，竟欲杯羹俎太公。

　　鹈部秀才能画策，熊津总管便和戎。

　　堂堂上将貔貅拥，梨树金枷智岂工。

乐浪自昔隶营州，屏蔽燕辽左臂收。
一苇却虞杭对马，两藩今莫问流虬。
金鱼消息调簧巧，铁凤关键借箸筹。
闻道三韩羞铤险，何人独使至尊忧。

中朝一意念高藏，下国陈情为濮王。
恩许频来通问使，微闻新得返魂香。
鸡竿布赦南山动，麟管书勋北阙忙。
方召已纾东顾虑，星芒何事倚天长。

香河舟中

平流百转下香河，帆影迟迟曲折过。
秋稼已登村树老，江干惟见钓人多。

九日河西务，和壁间菁屿原韵

重阳风雨客长征，时事关怀气未平。
掩咎有人邀上赏，自强无术博虚名。
神州维系根周孔，大地精华待管婴。
寥落乾坤青鬓改，相从何处问澄清。

析木城

山势回环合，千家起暮烟。

地传唐旧县，人祀汉名贤。（管姓自言为管宁后裔。）

远道嗟萍梗，斯乡有菊泉。（逆旅主人王氏兄弟皆蠢蠢。）

铎铃风正紧，铁塔夜铮然。

柬霖溥，即以自照影相赠之

边尘影里快随肩，相对忘形已七年。

阮瑀文章牛马走，令威城郭鹧鸪天。

醇醪味永矜方去，药石情深病屡蠲^①。

闻道君家松菊好，龙城可费买山钱。

和神清节两无颇，吏隐襟期淡若何。

薄宦为酬知已感，好儿难得读书多。

照人肝胆金能断，顾我须眉镜待磨。

不惜呈身留一鉴，他时相对胜来过。

注：
① 蠲：juān，除去，免除。

嘉平十四夜三鼓，由通远堡驰骑行六十里，至雪里站，
天色始曙，马上口占一绝

银沙满路马蹄干，貂袖笼鞭夜不寒。

边塞行踪谁为写，万山奇雪月中看。

和壁间韵

　　癸未二月六日，榆关旅肆见壁间有道光己丑三月沈阳榴南主人所题二绝，计今年五十五年矣。墨迹尚未漶漫，盖壁先糊纸数重，近始揭去，故宛然如新，殆亦有天幸欤！读之怃然，因用其韵，率成二首。

　　　　鸿爪东西岂足论，纱笼难久况尘昏。
　　　　忽看五十年前迹，仿佛前宵梦有痕。

　　　　轮蹄今喜逐春风，已近卢龙古塞东。
　　　　同是西行心更切，孤云万里蜀山中。

附录原作：

沈阳榴南主人

　　　　水碧山青未暇论，榆关小住近黄昏。
　　　　行人襟上连宵雨，搭向窗前晒酒痕。

又寄小屏弟一首

　　　　客程雨雨又风风，晓起红云涨海东。
　　　　知否离家十三日，昨宵无雨宿关中。

卢龙道中

　　　　卢龙亭障接榆关，两日行过万叠山。
　　　　滦水冰开车更疾，燕台春好梦先还。
　　　　销磨髀 ① 肉边尘远，潦倒情怀酒兴悭 ②。

得意马蹄争逐去，几人揽辔问时艰。

注：

① 髀：bì，大腿。

② 悭：qiān，欠缺。

晓发榛子镇，途遇大风

二月八日天大风，黄沙涨焰迷空峒。（蓟州界有此山，土人所指也。）

我行旷野日始出，重裘寒透狐蒙茸。

仆夫瑟缩苦畏首，马毛脱落飘秋蓬。

辕辐跛倚前且却，目眣耳震心忪忡。

忆昨析津走东海，汪洋巨浸飞艨艟。

桃花岛前飓母出，火轮轩轾波翻空。

蛟龙挟势恶作剧，浪花十丈吞孤篷。

白昼晦黑舱如漆，哇声杂沓来人丛。

波斯瞠目嗟束手，性命一发悬天公。

两日危殆竟不死，陆地岂畏大王雄。

人生夷险视方寸，狂飙亦许翔鹓鸿。

负翼正恃积厚力，刁刁骚骚无奇功。

尘埃一扫渣滓净，碧天万仞磨青铜。

廓清九宇乃正气，欻植八表推神工。

封姨为德斯不薄，何至下士犹怨恫。

昔闻吹垢得贤相，古帝恭默能感通。

诏书新下未几日，豪俊遭遇将无同。

涤荡烟霾作霖雨，四方和会年绥丰。

鹈鴂^①于于^②集琛赆^③，鸣条^④讵至烦宸聪^⑤。

我歌未竟风已息，马蹄得意车隆隆。

长安竞羡红杏红，谁念扬仁大地中。

注：

① 鹣鲽：jiān dié，鹣是中国古代传说中的鸟，仅一目一翼，雌雄须并翼而飞，故名比翼鸟；鲽为鱼，须两条紧贴着对方方能行动，故名比目鱼。常以此词比喻恩爱的夫妻。

② 于于：yú yú，自得的样子。

③ 琛赆：chēn jìn，献贡的财货。

④ 鸣条：指因风吹而发声的枝条。

⑤ 宸聪：chén cōng，皇帝的听闻，借指皇帝的心思、主意。

还乡河

昨宵尚有还乡梦，今日又渡还乡河。

河流终古此名在，底事往来游子多。

黄尘莽荡轮蹄脆，有山不归知奈何。

过丰润县

遥山作势下平畴，城背山开枕碧流。

孤影白浮烟外塔，飞甍丹耸堞间楼。

一街市散书声出，四野桥通水利修。

只有还乡河畔路，年年易动旅人愁。

别山旅夜，有怀垫江戴鹭于同年宾周

忆共吟鞍返帝京，三年我尚赋长征。

杏花春好输君占，苜蓿香中想梦清。

官冷更应多著作，时艰未敢倖科名。

戎州近接江阳路，何日归舟访戴行。

（鹭于庚辰三月与余同自辽左入都，其年成进士，今方教授叙州也。）

营口别孙筱帆上舍（宗翰，黄县人）

故人三十不得志，橐笔①边城掌书记。

行踪落落嗟穷途，文章浩浩多奇气。

旧家黄腄东海壖，古来往往见神仙。

秦皇汉武去不返，蓬莱寂寞三千年。

楼台蜃气空无有，门前但见飙轮走。

深心愿借张良筹，颇信折箠②真在手。

早年师事青田刘，相从徒步穷荒陬。

兵符阵法不足道，南阳东葛知谁优。（锦州刘君春烺，君所师事者，

东葛其别号也。）

凤凰城头夜吹角，我方起舞君先觉。

过从日久自殷勤，去就风高终卓荦。

去年共赋句骊哀，今年海上笙歌来。

远交近攻端已见，悲呼反受群儿咍③。

眼中无数金银台，防秋④谁是安边材。

扶桑东望大波恶，楼船试瞰云涛堆。

忧时感愤曾何用，有人正上金天颂。

河梁握别黯销魂，道义相期互珍重。

注：

①橐笔：tuó bǐ，古代书史小吏手持囊橐，簪笔于头，侍立于帝王大臣左右，以备随时记事，称作"持橐簪笔"，简称"橐笔"。后人亦以指文士的笔墨耕耘。

②折箠：shé chuí，折断鞭子，比喻轻易制敌取胜。

③哈：hāi，讥笑。

④防秋：古代西北各游牧部落经常趁秋高马壮时南侵，届时边军调兵遣将，特加警卫，故名"防秋"。

重过凤凰城，哭海珊观察，即柬霖溥大令

凤凰山在客重来，人事升沉剧可哀。

谤牍岂难诬薏苡①，恩伦终念辟蒿莱。

民余边徼悲思切，我当西州恸哭回。

廷尉旧僚易飘散，看君血泪独成堆。

注：

①薏苡：yì yǐ，原指植物薏苡，此处借指蒙冤之事。

南来集卷第四

海上吟

十里烂若银虹铺，五里一曲通交衢。

中逵^①坦荡为大途，铲磨荦确如珣玗^②。

蜃泥蛎粉滑于酥，掌平砥直坎窞^③无。

垂杨夹道杂槐榆，方辀^④来挟雨师俱。

黄尘净浥^⑤街不污，双轮放溜疑盘珠。

鞨巾^⑥祝发^⑦碧眼胡，赤棒恫喝形睢盱^⑧。

行人不敢立斯须，谁欤溲溺罚无逋。

吁嗟乎！寿靡^⑨傲地逾堂隅，摩肩击毂^⑩争奔趋。

沥膏朘^⑪血供驰驱，平平皇路盍归乎？

鲴棱^⑫千尺天阊开，神仙出入金银台。

珠宫贝阙深莫猜，人间第宅胡为哉。

鲛人居处聚琼瑰，飞甍^⑬崇闳^⑭争崔巍。

层楼倚天金碧堆，三休九曲输雄恢。

上为驰道横空来，阑干下瞰风中桅。

碧窗云母光皑皑，虹梁鸳瓦无纤埃。

笙歌天半纷喧豗，游人仰首空徘徊。

吁嗟乎！茅茨既藐华风隤，中人之产犹矜哀。

岛族夸丽谁为裁，年时偏见柏梁灾。

金鞍玉轸矜连镳，风驰电掣纷翘翘。

雷霆声急心旌摇，六街震荡无昕宵。

游龙之马健且膘，四蹄蹴踏红尘销。

漆车飞驶轻欲飘，去如流水随奔潮。

疾旋骤转辀不跳，碧油为幄垂冰绡。

七香五色珍珠轺，流苏百琲⑮迎风飖⑯。

鞭丝满路嬉春韶，美人如花不可招。

吁嗟乎！八纮同轨思先朝，何时华毂来天骄。

飙轮铁路方招邀，吞声怕听甘州谣。

羲娥辉曜不敢争，春申江上通宵明。

玉绳冰镜空圆莹，鲛市乃有不夜城。

千枝万枝灯高擎，铁柱十丈侔金茎。

蚖膏豹髓无劳倾，铜山鼓炭竭阳精。

一气贯注光焰生，银花火树纷纵横。

凌空更矗双鳌睛，皎如大月频亏盈。

迥胜芒角升长庚，电光吸动时有声。

吁嗟乎！广场达旦凝寒晶，五更汗漫行人行。

笙歌沸地飞轮轻，变易昼晦谁使令。

注:

① 中逵: zhōng kuí, 大路。

② 珣玗: xún yú, 美玉名。

③ 坎窞: kǎn dàn, 坎穴。

④ 辀: zhōu, 车辕。

⑤ 浥: yì, 湿润。

⑥ 鞈巾: hé jīn, 束发的头巾。

⑦ 祝发: 断发。

⑧ 睢盱: suī xū, 睁眼仰视的样子。

⑨ 寿靡: shòu mí, 极远的西方古国。

⑩ 摩肩击毂: mó jiān jī gǔ, 形容车马众多。

⑪ 朘: juān, 剥削；削减。

⑫ 觚棱：gū léng，借指宫阙。

⑬ 飞甍：fēi méng，借指高楼。

⑭ 崇闬：chóng hàn，高大的门。

⑮ 百琲：bǎi bèi，形容珍珠很多。

⑯ 影：piāo，飘扬，飘卷。

初至苏州

湖港纵横是路，帆樯起仆随风。

客子轻舟乍泊，阊门灯火初红。

吴语听犹隔阂，土风昔号清嘉。

水上笙歌几处，宵深弦诵谁家。

九月三日，随牒入官，舆中口号

鱼鸟心情猿鹤姿，今朝惘惘去何之。

肩舆乍上待平进，手板初携妨倒持。

龋齿不愁西子妒，素怀终愧北山移。

入官正与重阳近，记取黄花证夙期。

酆都南巴濠夜泊感赋

狂风吹沙落如雨，扑面更比愁霖苦。

夜深月黑滩怒号，江岸江村渺何许。

碛斜水急拖纤长，黄昏入濠舟打张。（牵舟既上复下，舟人谓之"打张"。）

千回百折转深阻，土人云是芭蕉梁。

一重岸外一重漩，曲港弯环行不便。

篙师力尽客心惊，性命真教余一线。

三更孤艇始停泊，长年自言胆已落。

迷津咫尺望难知，怪石挨磨势更恶。

我闻斯语亦惆怅，蜀道之难本非妄。

出险入险滩万重，二千里外疑天上。

忆从秋九吴门居，两月意绪悬倚间。

一朝请急逐轮泊，来际夷陵大雪初。

下牢关前觅轻舸，竹林友作同舟伙。（谓敩观楼同年式沧叔侄也。）

逾旬始获入巫夔，尚厌舻艎行未果。

舴艋之舟黄篾篷，刻日送我归渝中。

朐腮①南津急棹上，南宾近与巴涪通。

石尤胡为恶作剧，深宵令伴渔灯红。

夜阑坐听波蹴浪，如马合沓龙腾空。

乡心摇摇不能已，西溯符江尚千里。

遥知慈母念儿心，转侧难安胜游子。

只怜十载轻天涯，一夕愁怀苦忆家。

衣线静看眠不得，梦魂直堕长风沙。

注：

① 朐腮：qú rěn，古县名。

小除日抵家作

情真惟有泪，喜极更无言。

不意书先至，竟看归到门。

长途轻雨雪，半晌始寒暄。

明日屠苏酒，团圆聚北轩。

春日山居杂兴

闲上东坪看耦耕，石船风日雨余清。

最怜流水玎玱^①韵，尚是儿时听惯声。

榕叶初齐绿未舒，新阴如盖足相于。

邻翁正话溪流涨，恰有野人来卖鱼。

新楠渐比稚杉高，风入山湾涌翠涛。

都是三年前课种，且将培植付儿曹。

桃李嫣然艳满山，杏花红露竹篱间。

居人尽为春耕出，却愧寻芳我独闲。

注:

① 玎玱：chēng cōng，象声词。

代赠

记曾握手问归期，卿已重来我竟迟。

秘掷金钱劳预卜，暗抛红豆尚相思。

碧玻璃椀^①搴^②纱幔，绿水晶盘雪藕丝。

坐对银蟾渐西转，濒行还说未多时。

楼窗虚敞夜凉天，人已团圞③月又圆。
却暑劝加菰米粥，问诗教写杏花笺。
漫愁藩溷④能沾絮，自信泥污不染莲。
惆怅红墙高莫极，一歌捉搦⑤一凄然。

殷勤密约意深谙，红泪成冰恨岂堪。
何物无心莲独苦，几时聚首藿能甘。
相依颇羡栖梁燕，自缚真如作茧蚕。
满斛量珠知遂否，灯前口血未应惭。

嬉容谐语一毫无，倚醉登楼却倩扶。
为我解酲亲唤起，怕人惊睡戒喧呼。
终宵危坐看残蜡，破晓催归借曙乌⑥。
两口不知余病骨，佩璜⑦虽解总踟蹰。

注:

① 棍：huàng，窗口，窗棂。

② 搴：qiān，撩起，拔取。

③ 团圞：tuán luán，团圆，团聚。

④ 藩溷：fān hùn，厕所。

⑤ 捉搦：zhuō nuò，捉拿，捉弄。

⑥ 曙乌：拂晓时的太阳。古代神话传说太阳中有三足乌，因此以"乌"
代称太阳。

⑦ 佩璜：pèi huáng，玉佩。

莲花巷寓庐遣兴

委巷深复幽，门前车马绝。

趋府乍归来，日影下帘缬^①。

闭户寂无人，庭树落黄叶。

静坐只摊笺，倦亦把书出。

盆菊满阶除，伴我此幽室。

时见古人心，与花共馨逸。

宦情二亩秫，诗思一尊酒。

学道欲及时，读书知尚友。

此语得苏邻，梅花亦闻否。（中江眉生丈鸿裔侨寓葑门之蘧园^②，近日常与过从。

梅花馆，其读书室也。）

注：

① 缬：xié，有花纹的丝织品。

② 蘧园：qú yuán，今网师园。

上廉访李公宪之嘉乐，即次其韵（六首存二）

玉堂清望自森森，珊网珠绹赋桂林。

一疏声名天下重，六年膏泽海隅深。

云移岱岳碑留口，露湛温纶简在心。

从此经纶周十郡，大江南北静鸮音^①。

绣衣持节按中吴，俭德清操示楷模。

铁面有威霜气肃，冰心无滓月轮孤。

五经汉代亭疑法，八计唐家课吏图。

民命官方皆大事，宽严交济岂殊途。

注：

① 鸮音：xiāo yīn，鸮鸟的恶声，后引申为恶人的恶习。

移居柳巷偶题

羁宦渐知生计累，移家始觉客装多。

入门先爱庭梧好，满地新阴胜旧柯。

襆被① 天涯廿载余，新来添得几囊书。

细君② 似解忧时事，壁上先悬海国图。

注：

① 襆被：fú bèi，用包袱裹束衣被，意为整理行装。

② 细君：代指妻子。

金陵雨夜不寐，戏寄芸姬

秋心无奈况思卿，滴碎闲愁是雨声。

夜渐苦长眠怯早，魂犹未到梦偏惊。

空轩珍重新凉候，锁院凄清独宿情。

相对一灯青似豆，薄衾孤枕看天明。

明知此别日无多，往事思量欲奈何。

夜课引灯教习字，晓妆临镜代盘螺。

丁宁七夕阶前语，孤负中秋客里过。

若盼归期问黄菊，停针莫便蹙双蛾。

分校入闱，试用蓝笔 ①

三年前尚诟帘官，颇怪佳文得荐难。

今日蓝毫亲在手，敢将试卷等闲看。

注：

① 明清时期的举子们考试都要过"五色笔"大关。举子们的试卷一律用黑色墨笔书写；誊录所的人用朱砂墨誊写；校对官员用黄笔把誊写卷与原卷不一致的地方标出，提醒阅卷官员注意；闱中同考官则用蓝笔圈点誊写卷；认为可以推荐的由监考御史用紫笔批阅圈点认可；最后层层筛选的试卷集中到主考官那里，主考官用黑色墨笔圈点。经过两级考官的认可，试卷才能"入围"，也就是"取中"。

初十夜灯下示坐客

伐国问仁人，感悦 ① 及贞女。

无因忽至前，内问良愧沮。

窗前有明月，照我彻心膂。

未能持示君，冰雪自含咀。

斗室集鬼神，夙昔闻斯语。

煌煌火未灭，焰焰光生炬。

相对影成双，明明吾与汝。

胡为一纸书，似刻三年楮 ②。

案头令甲在，观之汗如湑。

岂可同舍闻，莫讶投梭拒③。

敛手客且休，缄口今姑与。

坐起视蟾辉，天空净如许。

注：

① 感悦：gǎn shuì，男子对女子非礼相凌。

② 楮：chǔ，代称纸。

③ 投梭拒："投梭之拒"的简称，比喻女子抗拒男子的挑逗引诱。

中冬十九日，慈舆至苏喜赋

板舆早岁羡安仁，花满河阳白发春。

寸草有怀同不寐，悬匏①无禄未辞贫。

蜀江风浪帆樯远，吴市齑盐菽水新。

四十相看犹卝龀②，桑蓬明日话情亲。

注：

① 悬匏：xuán páo，有柄的匏瓜。比喻有才能的人却不为世所用。

② 卝龀：guàn chèn，指小孩。

寓言一首，谳狱丹徒，感事而作

治民不恃法，宽猛施贵当。

爱民不在迹，煦妪①祸转酿。

蚩愚亦何知，意溢情易放。

可亲不可亵，实惠恒相忘。

昔闻西邻叟，容容具雅量。

出见同巷儿，果饵必分饷。

一朝馈未周，面诟来无妄。

又闻东邻媪，爱子情益益。

方深舐犊怀，已见食枭状。

优容既养奸，滥予亦丛谤。

昨来案爱书，眥裂难曲谅。

静思蠢尔徒，谁使恣凶抗。

百钱害所基，骈首良悲怆。

所以郑大夫，火烈称良相。

寓言即自箴，小惠安足尚。

注：

① 煦妪：xǔ yù，生养抚育。

干役铜山，往还杂诗

樯幡风信自南来，船向维扬趁晓开。

斜入瓜州三十里，江心云水足徘徊。

一天微雨过扬州，风饱蒲帆力正遒。

明月二分如有约，平山堂下待重游。

长堤一线界清漪，湖路纵横任所之。

绿树堆中金碧漾，篙工为指露筋祠。

夜色迷茫路可扪，秦邮二鼓泊东门。

仓皇灯火穿城出，犹得抠衣① 到裕园。

（前蜀提学夏路门师子鍚② 家高邮北门外之裕园。）

关吏休嗤载石行，落帆淮浦雨初晴。

故人无限天涯感，柳外荷边酒百觥。

（清江晤乐山张少眉司马兆桓，都门旧交也。）

轮蹄辐辘③碾平沙，渐作山行路更赊④。

为我忘忧是萱草，沿途开遍鹿葱花。

五月行人有戒心，青纱幛隐秫成林。

幽怀却拟穿丛竹，细篠新篁如此深。

（淮徐农多种秫，夏间长茂如林，土人谓之“青纱幛”，以暴客常伏于内也。）

高下坡陀隐陌阡，旧河身里是湖田。

黄流闻有回家信，父老相逢尽辗然⑤。

（春间，东抚张公委员查勘旧河，民间有“黄河将回老家”之语。）

小诗壁上寄幽忧，脂沠香消粉亦愁。

可有芳魂啼未去，凄风苦雨怨双沟。

（双沟夜宿，大风雨，壁间有女子诗，情词若有深恨者。）

彭城巨镇夙称雄，地近中原有北风。

到此不胜怀古思，黄茅冈外夕阳红。

步挽车轻号土牛，行从城下见黄楼。

居人喜说东坡事，小妹荒唐知也不。

（土牛子小车名“黄楼”。在城上，乃有苏小妹像，香火甚盛。）

易服微行我亦能，方言古迹苦难凭。

澄潭飞瀑看多少，百步洪边到未曾。

（以察事至柳八集等处，往返二日。）

半舫轩前石作屏，西南山色向人青。

使君高敞云龙宴，长啸天风放鹤亭。

（袁海观大令树勋招饮于云龙山之半舫轩。）

燕子楼空感慨多，白门萧瑟更如何。

试登戏马台南望，落日荒烟满大河。

疑狱端知有本真，敢矜钩距术如神。

笑看五日爰书定，旅邸还来问字人。

（苏生储源为余去秋所荐士，旅次来谒。）

京华蜀客话乡情，到此相逢百感生。

惆怅故山归不得，七千里外望青城。

（成都汪子章孝廉宪哲，同年生也。甲戌一晤都门，今始知其侨寓徐州已数十年矣。）

城隅烟水隔汀洲，柳露荷风爽入楼。

把酒直邀新月上，雨余真作快哉游。

（海观再约饮于快哉亭，亦坡仙故迹也。）

归路疑输去路长，连宵雨好快新凉。

轻车三日飞尘少，下相城南又水乡。

（归至宿迁登舟。）

方舟容与足安舒，比似吴篷总不如。

闸外始通公路浦，且从下泽暂乘车。

（舟至仰庄，阻天妃闸未下，十八里，入袁浦。）

撰杖重来惬素心，雨中趋步遍园林。

门生门下追随入，十八鹤堂芳树深。

（再至高邮，夏师留饮，雨中从游裕园。宋生子联执弟子礼来见，亦去秋所荐士也。）

晓色初开碧浪平，微风南送一帆轻。

鱼鳞细蹙红霞影，倒映金焦画不成。

投辖高情感故知，醉醒不觉晓眠迟。

舟行尚在奔牛路，梦里如亲侍燕时。

（六月二十三过丹阳，饮凌镜之大令焯署，深夜始归舟也。）

注：

① 抠衣：提起衣服的前襟。古人迎趋时的动作，表示恭敬。

② 鍚：xī。

③ 辌辘：lì lù，象声词，形容车轮的转动声。

④ 赊：遥远。

⑤ 囅然：chǎn rán，欢笑的样子。

溧阳集卷第五

丙戌中秋后二日，初莅溧阳，述怀而作

腐儒生长穷山谷，闾阎疾苦悬心目。

半生热泪为苍黎，到官未到先嚬蹙。

忆从学步入城中，外家近傍官衙东。

隔墙惨听鞭扑苦，过门骇见豺狼雄。

后随父兄出就试，卟见窃知窥长吏。

但闻百诺应一呼，只急催科忘抚字。

复阁重檐深复深，白日不到阴沉沉。

村氓一步不敢上，纵横桎梏纷呻吟。

回头乍睹狰狞物，壁上张牙作呵嗽^①。

不知画饕义何居，疑此中人应仿佛。

壮年游迹周南北，府主多贤容伉直。

为言官好止在心，其奈目盲耳易塞。

始焉下讪继旁观，及今身历方知难。

初衷未忘岂忍负，赤诚愿与吾民看。

轻舟行行已入境，金渊^②水接长塘永。

澄流如镜足盟心，更质连宵孤月影。

喜看秋稼正如云，乐岁欢声处处闻。

惭愧双桥诸父老，为歌来暮意殷殷。

注:

① 呵嗽：hē xù，模糊不明。

② 金渊：溧阳的旧称。

铜官村即事

铜官山色入秋清，溪上人家绿树萦。

只惜前村楼鼓少，深宵忽报白云惊。

舟自汤家桥归感赋

荒芜满目盗踪多，鞭扑其如六博何。

我已到官三月久，丝毫无补尚催科。

浙水皖山错犬牙，流民到处便为家。

何人轻听招徕术，廿载根株患靡涯。

海上兵销腹地来，行踪飘忽气喧豗。

诘奸原属官司任，愧乏高洋斩乱才。

警夜传呼梦未安，角声吹破晓霜寒。

李崇① 遍欲楼悬鼓，不是劳民只卫官。

肩舆早向芝山发，夹道儿童笑语亲。

暴客敢惊弦诵② 士，长官真愧葛怀民。

梁城湖底水如田，晴日归帆思悄然。

鸿却芍陂功在否，独教荒草冒寒烟。

秋尽桑林叶始枯，饲蚕衣帛有良图。

微闻父老凄凉语，丝税交完尺绢无。

往来浅濑问投金，古迹苍茫底处寻。
多少未偿民望事，莫论风雅负初心。

注：

① 李崇：李崇是北魏名臣，他在任兖州刺史时，"兖土旧多劫盗，崇乃村置一楼，楼悬一鼓，盗发之处，双槌乱击。四面诸村始闻者挝鼓一通，次复闻者以二为节，次后闻者以三为节，各击数千槌。诸村闻鼓，皆守要路，是以盗发俄顷之间，声布百里之内。其中险要，悉有伏人，盗窃始发，便尔擒送。诸州置楼悬鼓，自崇始也"。作者在溧阳任内仿此推行保甲制度，使得溧阳的社会治安形势迅速好转，深得上级好评，并向全省推广。

② 弦诵：原指乐歌声与读书声，泛指学校的教学活动。

喜季弟亮侪再至

去有还乡乐，来歌行路难。

重逢仍此日（弟去冬奉母至苏，亦仲冬十九日也），风雪正天寒。

人事忧劳过，亲年喜惧看。

亦知惭许武，且尽一樽欢。

除日大雪，用东坡北台韵

浃旬见惯影纤纤，爆竹声中气转严。

积尺农占蝗入地，抟沙儿戏虎为盐。

漫辞呵冻倾椒醑①，只恐号寒遍草檐。

欲饮屠苏频怅念，输租人去隔山尖。

城头风急噤寒鸦，没踝泥深阻客车。

高卧有人尘入甑，苦吟难梦笔生花。

遥空响答千山雨，明日春回百姓家。

偶索枯肠追险韵，卖痴还愧手频叉。

注：

① 椒醑：jiāo xǔ，以椒浸制的芳烈之酒。

元日，次合州易明甫显珩馆师韵

迎年先见发清哦，佳节都从客里过。

冀北轮蹄曾踥蹀，江南岁月易蹉跎。

官无实政滋惭甚，交到忘形获益多。

我怜板舆君陟屺，德门遥卜气融和。

雪中和明甫遣兴二首

光明世界见如来，谁塑中庭雪一堆。

佛果修成空色相，天花散下是胚胎。

庄严妙法无尘垢，精洁菩提在玉台。

五百化身知易易，恒河沙已变琼瑰。（雪罗汉）

银花玉絮手亲抟，顿觉狰狞有异观。

蹲向北风应作吼，贡疑西域不知寒。

立威恃有冰心在，全力宜凭冷眼看。

此际魑魅齐循迹，定愁搏击窜身难。（雪狮子）

游茭山作

临溪绿树抱山青，野寺无人尽日扃。

一月重游谁作主，幽禽足耐使君听。

谪仙踪迹渺难寻，司业留题藓亦深。

我更频来无篆刻，石林他日总关心。

（茭山石林，相传有太白留题，今不复见。明人马一龙诗石，则尚有存者。）

答友人问作令

亲民吏岂我能为，稼穑艰难幸早知。

纤悉^①农功^②班氏志，忧危生计道州^③诗。

戴星自有鸣琴意，酌水常存解组思。

毁誉升沉更休问，初心还是在家时。

注:

① 纤悉：细微详尽。

② 农功：农事。

③ 道州：指唐朝诗人元结，其晚年曾任道州刺史，故称。

葺太白酒楼既成，登眺作歌

谪仙本仙人，所至惟饮酒。

但问酒有无，岂惜楼是否。

当年偶尔游溧阳，故城尚在金渊旁。

不知酒家更何许，一楼自此名彰彰。

同光之初县移此，不信斯楼果同徙。

可知前人亦好名，托空但欲攀仙李。

荬山石林仙有诗，贞女祠碑仙有辞。

至今磨灭不复见，遗文虽载谁辨之。

此楼终古长未隤^①，飞甍^②正跨中流开。

只愁仙迹今不遇，哪计仙踪昔未来。

东野之穷颠张颠，与仙作伴俱千年。

今我来执粪除^③役，尚喜风月清无边。

官衙正与楼阴傍，朝夕登临足心旷。

欲寻仙籍话乡情，却恐难弭刘昫^④谤。

楼外山光青可招，楼前碧水通双桥。

鸾骖鹤驭倘一至，仙醪尚可供千瓢。

注:

① 隤: tuí，倒下，毁坏。

② 飞甍: fēi méng。甍，屋脊。飞檐，借指高楼。

③ 粪除: 打扫；清除。

④ 刘昫: liú xù，五代时期政治家，历任高位，官至宰相，主持编撰了《旧唐书》。

荬山即事四首

寺藏古木深，门俯清流曲。

竹下一僧归，笠影翩然绿。

独坐树阴久，人知避暑氛。

却将清净意，来此证溪云。

蚕箔支佛堂，鱼罾晒禅阁。

山僧未可非，大有田家乐。

风蝉对我吟，村犬不吾吠。

野人未相识，质语尤可爱。

重九后二日，独登冈山^①，风雨大至

山名已奇山亦奇，作势峭立湖东湄。

我方好奇恣孤往，蛟龙狡狯横阻之。

手攀危磴鼻磨藓，身未到顶衣淋漓。

雨左袂左右袂右，登峰一眺吾何辞。

俯瞰长塘仅一角，滃然云起中蔽亏。

不知可望几百里，但见烟雾交驱驰。

近村稻田界方罫^②，青黄间杂如琉璃。

须臾亦复隐不见，惟余树色深迷离。

颠风怒号力更猛，恍似宦海相挤推。

自信脚根颇坚稳，一任裾幅东西披。

山灵何心竟尔妒，岂憎俗吏轻觑窥。

此中径匪终南捷，不使坦步将奚为。

居高见闻每易眩，斯理今日其可思。

归途荦确不受足，坡长水急流渐渐。

不须张盖更衣制，僮仆走迂纷嗟疑。

山前故迹强搜访，紫阳诗碣何时移。（县志载有朱子赠山前寨陈巡检诗石刻。）

凄凉战骨尽泥土，残山剩水良堪悲。

年来自署洮湖长，膏泽未溥惭清时。

雨乎雨乎岂汝怨，熟禾种麦今皆宜。

归舟一笑重洗濯，篷窗奋笔快写探奇诗。

注：

①屵山：ǒu shān。

②方罫：fāng guǎi，整齐的方格形。

昨闻

昨闻瓠子动悲歌，楗竹①淇园②正塞河。

大泽鱼龙争北徙，中原鸿雁渐南过。

通渠六辅儿宽③少，平世三公蔡廓④多。

千万金钱休太息，卅年填海更如何。

注：

①楗竹：jiàn zhú，指治理河道堤岸用的竹木桩。

②淇园：是我国第一座王家园林，位于河南淇县境内，西周晚期即建成，院内长有大量竹子。

③六辅儿宽：古代关中地区六条人工灌溉渠道的总称。汉元鼎六年，左内史儿宽在郑国渠上游南岸开凿六条小渠，以辅助灌溉郑国渠所不能到达的高地，故名。

④平世三公蔡廓：蔡廓是南朝宋人，学识渊博，主张以礼治政，反对肉刑，宋高祖尝云："羊徽、蔡廓，可平世三公。"（《宋书》卷五十七）

馈岁二绝，即柬溧士宋君殿英辈

寒氊坐困我曾经，岁暮荒斋眼孰青。

独念梅花同一瘦，不因风雪减余馨。

耐穷新作秀才箴，爆竹声中想念深。

薄糈聊分资一醉，引杯试证岁寒心。

（近以"秀才四箴"课士。）

枕上闻雨声感赋

檐溜初成滴，愁心又百端。

重阴春黯淡，远道弟艰难。

浅麦虞深潦，柔桑怯嫩寒。

况闻河正溢，露宿盼晴干。

大石山龙湫祷雨

篮舆出城西，残月淡如素。

晓色犹未开，屋瓦霏轻雾。

市尽无行人，菜佣时一遇。

稻塍势曲纤，斜入田间路。

坐看禾杪珠，高下垂朝露。

村农未敢闲，水车已争附。

踏歌初发声，忧旱怨如诉。

对之益我惭，感召诚未裕。

已虚盛夏霖，又渺新秋澍。

昨闻胥溪水，太湖为倒注。

百渎竟西流，异事传妇孺。

江南古泽国，具区①大容驻。

积淤中已高，如病抱沉痼。

百脉亦未调，堤遏多失故。

恒阳② 偶弗潜，陂塘遂绝戽。

此患人自为，二郑谁景慕。

山容静不惊，石骨纷无数，

我乘朝爽来，更向松阴步。

澄潭黯深绿，峭壁垂老树。

灵湫不敢窥，渐觉云生屦。

龙兮居则安，卧久宜一寤。

挈瓶笑我痴，鼓鬣烦君怒。

雨意在岩端，下山重回顾。

注：

① 具区：jù ōu，太湖古称。

② 恒阳：久晴不雨，大旱成灾。

茭山祷雨偶应，用元溧阳路教授仇远韵

寺门藏竹枕平冈，展谒非因礼法王。

一径蝉声空意境，万家鱼梦入心香。

潭澄石古神居静，风怒云驰雨势忙。

便拟筑亭同志喜，灵湫西畔挹新凉。

勘灾罾桥，舆中苦热

愁说重阳过，曾无风雨来。

九秋仍苦热，百里半成灾。

节候惊何速，瓯窭 ① 剧可哀。

疲农犹盼泽，种麦待春回。

注：

① 瓯窭：ōu jū，狭小的高地。

堑口夜泊

荒江遥夜独横樯，寂寂宵深水气凉。

霜重孤篷时滴响，月斜微鳞忽飞光。

浮沉身世舟摇曳，灾歉民情梦短长。

两岸蛩声悲咽苦，似闻愁叹在黎甿。

暮雨一过，凉月方升，自南渡返棹入城已三更矣。水程所历，诗以志之

篷窗过雨急萧萧，凉月昏黄水路遥。

卧听榜人催解缆，轻舟已出淦西桥。

平流如掌柁无声，船底淙淙水自鸣。

四九程中经过熟，溪桥野店尽知名。

（舟人言水程以九计之，南渡入城三十六里也。）

南来一涧接胥溪，琴筑声清听不迷。

记得此间修竹满，人家门径绿阴低。

中宵凉意淡于秋，忙里偏能载月游。

行近双桥灯火出，诗情都在水西头。

三塔荡

寒光亭子久无存，十里圩田有水门。

斜日断桥烟霭合，梁城湖面已成村。

苦忆二首

苦忆吾家屋下田，正储冬水咽流泉。

翠禽三两鸣晴午，白鹭一双飞晚烟。

放犊人闲时聚话，得鱼客至便烹鲜。

最宜月夜东坪望，百顷玻璃在眼前。

苦忆吾家屋后山，翠筠黄叶正斓斑。

樟林郁郁霜无迹，桂树团团月自闲。

劚笋便寻鸾竹去，拾薪偶折蜡梅还。

松毛橡笠供嬉戏，回首儿时笑破颜。

答富顺陈元叡孝廉崇哲初至见赠之作，即次其韵

故人未见先愁别，到日投诗语清绝。

江湖水生初绿波，迎君南浦欢如何。

都邑会看收杞梓，故山早欲盟烟萝。

君归山中我长忆，闻道著书可千帙。

六年相遇称奇逢，文豪况挟吾州雄。

卭卭巨虚^①岂足喻，如云之龙虎与风。（谓简慕州兄伯璋。）

只惭四十须眉苍，不复从君游帝乡。

为望青云歌蔼蔼，独嗟白日去堂堂。

人文凤艳东南美，知君洗眼从云水。

莫嫌苇白与茅黄，许有霜青兼电紫。（时方试童军，即丐两君襄校。）

我知何处为明年，蒲鞭况复惭刘宽^②。

尚留肝胆向知己，交情岂待生死间。

忧时感事有同志，身世枯菀^③空相怜。

期君射策^④作晁董^⑤，要以古谊怡天颜。

今宵春雨凉于玉，为话巴山重剪烛。

何当远送吴淞头，还期重过洮湖曲。

附录原作：

三月订交六年别，风烟莽阔各愁绝。

蜀吴滔滔同一波，见子不得嗟奈何。

梦中拊剑论沧海，醉后支床倚薜萝。

山中有闻慰孤忆，棠阴治谱君成帙。

如君磊砢不易逢，一州之治何足雄。

读书挟笑有奇抱，劲翮直可抟天风。

天风浪浪海山苍，聊作一楫吴人乡。

河阳花事春三月，单父琴歌韵一堂。

溧阳四载风物美，击桨东来饮君水。

眼中月照莼湖青，天末云蒸秣陵紫。

吁嗟人生各百年，但能一见已自宽。

故人鼎鼎作良吏，贱躯寨寨驰道间。

成书一箧置无用，揽袂四顾时自怜。

意气慷慨不如旧，见子当更惭心颜。

相思咫尺波如玉，坐望江城灿明烛。

携手促席余何言，聊可为君歌一曲。

注：

① 邛邛巨虚：qióng qióng jù xū，兽名。

② "蒲鞭"句：蒲鞭原意为以蒲草为鞭，抽打有过错的人。引申为表示刑罚宽仁。《汉书·刘宽传》载："吏人有过，（刘宽）但以蒲鞭罚之，示辱而已，终不加苦。"

③ 枯菀：kū wǎn，谓生死。菀，荣，指生。

④ 射策：古代科举考试时，士子针对皇帝的策问，提出一套治国理政的方略。泛指应试。

⑤ 晁董：晁错和董仲舒的并称。

答元叡留别五首，仍次其韵

吾生起乡井，疾苦同齐民。

隐伤苛政猛，颇羡河阳春。

筮仕 ① 载遗训，五夜心常扪。

拳拳奉手泽，涕泗难具论。

学道斯爱人，要贵仁及物。

行之必以恕，如肉附于骨。

当世矜吏能，所长在一黠。

谨身居廉平，我愿师前哲。

吴山雪灌灌^②，君棹吴篷来。

侠句快情话，逸气凌蓬莱。

怜我自劳苦，鞭箠^③亲自持。

钩锄虽遍野，化治何时该。

我今瘁且臞，所思在古欢。

陈编有同嗜，展对怡心颜。

退食日何为，图史足盘桓。

润饰恃经术，汉吏惭追攀。

升饭莫饮酒，此策谙之久。

故人赠别情，重比双玉斗。

眷言食货志，愿为牛马走。

县谱在班书，君应啮墨守。

附录原作：

儒生读书史，要术期济民。

蹇茶不为政，易惨百里春。

吾生最愚懦，见棱不敢扪。

行行饱苜蓿，慷慨为君论。

（时阅邸钞，知得选秀山教官。）

江南何等区，殷富挺文物。

发虏凶戟摇，散液剜其骨。
田畛杂蔚荟，人士趋鄙黠。
荒荒足悯恤，岂不待良哲。

莼湖水漼漼，君扇清风来。
拔士[4]起莪蔚[5]，循区剪蒿莱。
哺饥复柔远，万变中自持。
一割岂足矜，已见经纶该。

我来叹君贤，亦复羡所欢。
民瘼暇官政，奉板悦慈颜。
长公纯庞士（谓箸臣大兄），交袂共盘桓。
孝恭得衍豫，邈绝谁能攀。

十日饮君酒，良会焉可久。
高义重南金，微心依北斗。
风萝渐飘绿，春鸪警人走。
何以致殷勤，令名君自守。

注:

① 筮仕：shì shì，古人在出外做官时，要卜问吉凶。

② 漼漼：cuǐ cuǐ，雪积聚的样子。

③ 鞭箠：biān chuí，鞭子；鞭打。此处指督促、激励。

④ 拔士：选找人才。

⑤ 莪蔚：é wèi，两种草名，比喻平凡、普通之人。

雨夜口占

去年秋旱禾如毁，今岁春寒麦未舒。

农事盼晴天又雨，深宵自责愧何如。

初蚕戢戢不宜风，几日狂飙已半空。

多少蚕娘中夜泣，哪禁愁叹与民同。

己丑初秋，移摄元和，行有日矣。
邑人士有以诗为饯者，率尔和之，即以志别

量移赤紧本无心，回首三年感不禁。

宽猛几曾收寸效，勤劳只自惜分阴。

百钱赍送民情厚，七字殷勤别恨深。（来诗有"去时依恋见公贤"之句。）

听遍骊歌秋水净，澄怀试证濑江浔。

平陵佳气郁金渊，空谷迢心喜共捐。

组织锦篇文会友，琢磨铜行士希贤。

蜚腾志贵忘温饱，鸿博功先守静专。

高阁新看天半起，登临好是望红泉。

徙舍谁叫傍学宫，漫将觵觫①诮童蒙。

衙斋朱厌如村塾，丱角端期养圣功。

截发爱钟陶士行②，等身书熟贾黄中③。

家驹自属名门产，莫道颜标错认同。

（谓童子史辅尧也。）

群峰环抱邑西南，北枕重湖地利谙。

吏得燕闲曾射鸭，乡饶鱼稻亦宜蚕。

市无六博民藏富，社积千仓稼作甘。

旱涝再经蒿目久，何人未雨念迂谈。

（丁亥夏涝，戊子秋旱，民病深矣。余所刻《备荒事宜》实为至计，故及之。）

华离界接皖南山，治盗功惭未补患。

张敞赭裾方偶效④，李崇悬鼓令频颁。

二三果泯鸮应变，什伍相师犬亦跧⑤。

为语村居诸父老，逻巡辛苦即安闲。

问俗频经遍各区，此间风景故乡无。

晓穿石屋云为牖，夜泊寒光月满湖。

龙湫访从祈雨候，鸿城去剩好风俱。

归装笑比来时重，新有溪山十二图。（门人宋景章为绘《溧阳名胜图》十二幅，

彭叟心梅及林、陈诸生皆有题咏。）

注：

① 觷觫：xī chè。

② 截发爱钟陶士行：陶士行即陶侃，东晋名将。他出身贫寒，发迹之前，家里十分穷，但他胸有大志，目标明确。据《晋书》记载：鄱阳郡的孝廉范逵路过陶侃家借宿。当时是冬天，非常寒冷。陶侃母子俩极尽所能招待范逵，把房梁折了当柴火做饭，陶母湛氏剪了头发换来酒肉给范逵吃，"乐饮极欢，虽仆从亦过所望"。第二天上路时，陶侃又追送了很远，"侃追送百余里"。范逵曰："卿欲仕郡乎？"陶侃缺的就是有人帮他向朝廷举荐。

③ 等身书熟贾黄中：贾黄中是北宋名臣。据《宋史·贾黄中传》载："黄中幼聪悟，方五岁，（父）玭（pín）每旦令正立，展书卷比之，谓之'等身书'，

课其诵读。"

④张敞赭裾方偶效：张敞为西汉官员，忠言直谏，执法宽严相济，政绩杰出。据《汉书·张敞传》载：京师长安偷盗不断，民怨沸腾，朝廷也束手无策。张敞通过仔细侦查，找到盗首，晓以利害，定下计策。"置酒，小偷悉来贺，且饮醉，偷长以赭污其衣裾。吏坐里闾阅出者，污赭辄收缚之，一日捕得数百人。"

⑤跧：quán，踩；踢。

仁和潘子琴贰尹桢、山阴陈德卿少尉名山联舟相送，
南出夏桥，诗以别之

秦公桥下水无波，衔尾轻舠奈别何。

来去恰当秋色好，过从难得素心多。

三年药石劳相剂（子琴熟岐黄家言，时延其诊病），一廯松风^①耐自哦^②。

斯邑本因东野重，好看射鸭^③助弦歌。

注：

① 松风：古琴曲《风入松》的别称。

② 自哦：zì ò，自我领会。

③ 射鸭：古时的一种游戏。

元和初集卷第六

喜雨

七月炎风送客舟，秋郊禾稼碧于油。

到官恰有通宵雨，不是随车是解愁。

甪直谒甫里先生墓 ①

千年坏土在江村，来挹清风拜里门。

钓具诗多鱼不渗 ②，弹丸客至鸭能言 ③。

荒苔一径通祠宇，巨石三吴有子孙。

茶灶笔床成供帐，此乡清韵喜犹存。

注：

①唐时名诗人陆龟蒙，苏州人，自号天随子、江湖散人、甫里先生，辞官后隐居故里甪直，过着田园生活。平时坐着小船，挂上篷席，带着书卷和茶灶、笔床、钓具，畅游于苏南水网地带，优哉游哉。

②渗：shěn，鱼受惊逃走。

③据传，陆龟蒙在太湖边养鸭，路过的宦官用弹弓打死了一只。陆龟蒙想治他一下，就说："啊呀！我这只鸭子会说话的，正准备把它献给皇上，你打死了它，怎么办呀？"宦官很害怕，赶快掏出银子赔偿。宦官问他："这只鸭子会说什么话呀？"陆龟蒙说："它常常叫自己的名字，鸭鸭鸭。"宦官哭笑不得。陆龟蒙把银子还给他："我开个玩笑啦。"

潦农谣

早稻生芽田又绿，晚禾入水浪翻黄。

更闻高阜无全粒，愁说明荒又暗荒。

没胫刈禾惟得半，凭船捞稻更无多。

终朝呵冻犹胼手①，无食无衣苦奈何。

年年晒稻就田干，今年晒稻缚竹竿。

莫怪吴农场未筑，家中积水深至腹。

典衣买竿不嫌苦，无竿可买稻终腐。

昨日城头竹市空，退水但望西北风。

北风猎猎寒刺骨，携镰下水行屡蹶。

稼穑艰难我亦知，此情未见谁信之。

注：

①胼手：pián shǒu，手上磨起老茧。

登浸浦寺楼，用东坡横翠阁诗韵

西堤三三横，东堤两两纵。

层楼踞堤上，览尽湖天容。

湖天莽青苍，空阔疑无物。

惟有白杨花，飞飞扑人额。

人生百年安可期，此湖往事诚堪悲。

城郭人民一朝尽，过之使我攒双眉。

绿波空自年年好，佛像也如人易老。

桑田沧海不须哀，宁知水底非楼台。

钟声若解谈天宝，便向湖心捉月来。

（寺在陈湖滨，湖又名"沈湖"。相传为邑聚所陷，故名至今。水涸时，街衢之迹犹隐隐可辨。寺悬一钟，为明末弘光元年铸，上有"天宝六年春，地陷成湖"等字。）

岁暮巡乡，舟中杂诗

轻舟乍转葑门东，来趁黄天荡里风。
行过车坊帆未落，又听飞雪打孤篷，

江合吴松水路宽，陈湖飞渡晚烟寒。
僧居壮丽民居陋，寝浦重经未忍看。

鱼梁蟹簖锁溪湑^①，野市千家夹水滨。
父老犹能谈往事，荒烟丛有宋宫人。

返棹西循甫里塘，天随游钓此江乡。
寿昌桥下闲停楫，无数鱼罾晒夕阳^②。

双板桥西暮霭横，斜塘灯火隔江明。
一篙又泊霜林外，尚听渔舟曳网声。

金鸡湖上晓晴开，解缆今朝向北来。
澄绝沙河风浪静，波痕绿到唯亭回。

竿头飞电遍江村，外跨塘边昼已昏。
岁事阑珊民未乐，独含愁思入娄门。

注：

① 漘：chún，水边。

② 《鸿城集》卷一此句为"惆怅鸦音变未遑"。

辛卯元日

瓠棱瞻拜日重光，南国葵心本向阳。①

云物中天占玉烛，冠裳元会集金闾。

六街春入桃符朗，四坐杯浮柏酒香。

民乐岁丰亲健在，彩衣还喜雁成行。

注：

① 《鸿城集》卷一此句后有"（元旦庆贺，抚部刚公以日出始至。）"。

斜塘

出郭重湖接，斜塘一水过。

市廛惟酒肆，村舍少弦歌。

农困租风坏，渔繁盗薮多。

近郊非化外，易俗尔如何。

车坊

东过黄天荡，车坊落眼前。

荷花三面路，菱芡四围田。

估舶官征税，民居户有船。

地洼生计苦，粗犷正堪怜。

周庄

急滩经上下，一棹入周庄。

佛阁辉林表，人烟辏^①水乡。

江犹名白蚬（白蚬江，见《史记正义》），劫意免红羊^②。

问俗还堪幸，风熏栗里长。

（发逆之乱，镇无贼踪。陶子春先生煦，高士也，居此镇久，人多化之。）

注：

①辏：còu，聚集。

②红羊劫：古人认为丙午、丁未是国家发生灾祸的年份。丙丁为火，色红，未属羊，故名"红羊劫"。此处代指国难。

陈墓

陈湖飞渡去，阛阓^①枕清潭。

市散渔歌近，人归酒气酣。

界分塘上下^②，地极邑东南。

葬玉知何处，名犹妇稚谙。

注：

①阛阓：huán huì，街市；店铺。有时借指民间。

②《鸿城集》卷一此句后有"（陈墓居民约千余家，上塘为元和界，下塘属昆山）"。

甪直

甪里天随宅，湖山迥不凡。

千家安静市，六浦去来帆。

岁稔民情乐，堂新士气诚^①（甫里书院近由沈君国琛重葺，甫落成，

生童应课者颇盛）。

张林回望处，榛莽未全芟。^②

注：

① 诚：xián，和谐，诚意。

② "民情乐"以下内容，直至《初夏漫兴》中的"榆槐夹道柳依墙"本
集卷均无，根据《鸿城集》卷一补。

五澯^①泾

乱水围荒市，民居午不喧。

旊陶^②成世业，村舍尽烟痕。

地近宣公里（陆墓甚近），人归齐女门^③。

峭帆^④穿树出，湖浪极天翻。

注：

① 澯：cóng，五澯泾即今御窑一带。

② 旊陶：fǎng táo，烧制陶器器皿。

③ 齐女门：即今苏州齐门。

④ 峭帆：耸立的船帆，借指驾船。

洰泾

湖势疑东注，波心得地偏。

作桥能扼险，列肆带耕田。

市小无流寓，宵深有诵弦。

谁家门列戟，扬仆是楼船（镇中有以武功起家者）。

蚤①行

晓烟浓淡勒朝暾②，烟外浮图半有痕。

风扑肩舆寒意透，霜华满地出盘门。

注：

① 蚤：zǎo，通"早"。

② 朝暾：zhāo tūn，初升的太阳。

独醉

槎枒①肝胆气轮囷②，摧折年年岂有因。

磨蝎命宫天地窄，拙鸠③生相性情真。

东来易觅要离冢，西望难遮庾亮尘。

独醉浩歌还斫剑，此心何意负君亲。

注：

① 槎枒：chá yā，本指树枝参差错杂的样子，此处形容错落不齐之貌。

② 轮囷：lún qūn，盘曲，高大。

③ 拙鸠：zhuō jiū，布谷鸟。

初夏漫兴

藤花如珞影垂垂，翠罨①衙斋与夏宜。

吏事余闲时学圃，新牵豆蔓上疏篱。

榆槐夹道柳依墙，鸣鸟鸣蝉韵短长。

漫道官衙无野趣，绿阴深处是堂皇。

出门一笑草无秧，深翠浓青径欲荒。

更爱鸣驹来去路，小桥流水隔垂杨。

淮张废址莽朝烟，阑入肩舆影似绵。

几日戴星行过处，闲情欲赋攓云篇②。

注:

① 罨：yǎn，掩盖，覆盖。

② 攓云篇：qiān yún piān，为苏轼所作的一首五言古体诗，妙趣横生，其诗前有一引："余自城中还道中，云气自山中来，如群马奔突，以手掇开，笼收其中。归家，云盈笼，开而放之，作《攓云篇》。"

祷雨不应，无以写忧，读湘社诸君子诗，有五平五仄体，因戏仿之

连朝风南来，祷雨不即雨。

苍天诚难知，赤地可逆睹①。

高原黄埃飞，下漊②绿草腐。

农言田皆龟，或虑谷易蛊。

深耕何由施，晚种恐莫补。

方当分秧忙，转为觅水苦。

长渠无涓流，曲陇悉熯土③。

还虞蝗蟓生，更受蛴螬侮④。

疲甿咸嗟吁，长吏自责数。

虽摅⑤升香虔，弗见尺泽溥⑥。

斯民如娇婴，久旱比绝乳。

蛅蛅其何辜，涤涤已泰忨。

遥闻忠爱间，亦未播殖普。

荆湖东沿江，汝颖北至鲁。

今春皆晴干，到处等斥卤 [7]。

悬知占丰难，益惧不遑聚。

何人方驱鱼，异类况狎虎。

吾曹深盱衡 [8]，每会辄觇谍 [9]。

羞安帷中巢，愧曳带下组。

非邀重穹恩，孰使百病愈。

愁怀期之赊，卜语吉可取。

明当支逢辰，兆应日卓午。

雷驱痴龙痴，石化舞燕舞。

繁喧倾银河，急溜泻玉柱。

千畦鸣淙淙，万派泫缕缕。

青葱蒸嘉禾，翠润慰老圃。

登场如坻京，入室溢釜庾 [10]。

欢歌归神功，咏事播乐府。

环瀛胥来同，此乐信足诩。

胡为炎歊 [11] 中，吁请尚伛偻。

注：

① 逆睹：nì dǔ，预见，预知。

② 下淊：xià xùn，低洼多水。

③ 熯土：hàn tǔ，干燥的泥土。

④ 蟘蓋：tè hē，吃禾苗叶子的害虫用刺刺。

⑤ 攄：shū，表示。

⑥ 溥：pǔ，广大，周遍。

⑦ 斥卤：chì lǔ，指含盐碱高、不宜耕种的土地。

⑧ 盱衡：xū héng，观察，纵观。

⑨ 峛崺：luó lǚ，弯弯曲曲，曲折。

⑩ 釜庾：fǔ yǔ，两者均为古时候的量器名，引申为数量不多。

⑪ 炎歊：yán xiāo，暑热。

王少谷同年念祖之官梁溪，用张子绂孝廉祥麟
赠诗原韵送之，即柬子绂

大官瞵睨^①如秋鹰，小官如鹦喋不腾。

湿薪一束扚刺菱，吾曹气冷逾寒冰。

王郎已化北溟鹏，胡为瀛门至弗登^②。

倒持手版学谦称，来百僚底同拜兴。

众中不语心何澄，过我强饮酒一升。

文爱庐陵^③诗杜陵^④，纵谈搔短发鬅鬙^⑤。

梁溪积雾盼日升，不咎毒螫咎痴蝇^⑥。

羴窟已见腹中症，万口呼天天不应。

君去苍赤有依凭，清节既比苦行僧。

内慈母爱外威棱^⑦，猘^⑧恶先槛豺豹鼯^⑨。

莫问官符大府憎，屣视铜印百可胜。

欲求同志我署能，张子未焚游赵簪。

投诗约下笠泽罾，贱子辄以义相绳，岂特诗骨齐峻嶒^⑩。

注：

① 瞵睨：lín nì，瞪眼斜视。

②《鸿城集》卷一此句后有"（少谷以庶常改官）"。

③ 庐陵：代称欧阳修。

④ 杜陵：代称杜甫。

⑤ 鬅鬙：péng sēng，头发散乱的样子。

⑥ 痴蝇：chī yíng，秋蝇。

⑦ 威棱：wēi léng，威力，威势。

⑧ 猘：zhì，狂犬，疯狗。

⑨ 䮾：téng，黑虎。

⑩ 崚嶒：léng céng，形容山势高峻，此处比喻突出不凡。

病中喜雨

浓云低压午窗昏，檐溜潺潺彻耳喧。

数强起时知我惫，再难缓处见天恩。

卧看庭树青于洗，梦绕畦秧绿满村。

自笑歌呼都未畅，病魔渐欲避诗魂。

晚坐

讼庭人散日初斜，闲敞衙斋自品茶。

坐久始知风正紧，阶前落遍紫藤花。

销夏杂咏六首

方枕

方枕黄筠制，支颐①睡易安。

更无圆转候，学到此君难。

皮簟②

广南香簟香，生凉吁可爱。

酣眠午不知，忽念农夫背。

瓷凳

等③是南州产，独无热中态。

昨朝有客来，坐久似不耐。

砖案

任土④长洲贡，彤墀⑤绿玉砖。

漆髹光可鉴，伏案想朝天。

（长洲贡砖，埴⑥自陆墓，漆以为案，于夏宜。王笏庄赠物也。）

蝇帚

麈⑦岂不畏尾，持此蝇可辟。

漫矜御侮才，驱除是我力。

砚图

百幅砚形古，图作屏风张。

朗诵高叟铭，四壁虚生凉。

（宿迁王氏家藏本，南阜老人高凤翰手镌者。）

注：

①支颐：zhī yí，以手托下巴。

②簟：diàn，席子。

③ 等：种，类。

④ 任土：随土，凭依土地。

⑤ 彤墀：tóng chí，即丹墀，古代宫殿前的石阶，用红色涂饰。

⑥ 埴：zhí，黏土。

⑦ 麈：zhǔ，兽名，鹿一类的动物，其尾可做拂尘。

子绂以长句见赠，依韵酬之

我生未嗟沦落长，如罗江东亦未羡。

不交人事阮仲容①，文章厌薄饥驱走。

腰间剑淬霜芙蓉，追随辽海多豪俊。

磨盾横戈皆力任，一朝蔽日悲浮云。

气冷边门山下阵，竭来怀牒去京华。

九载吴船逐浪花，热泪凄酸穷佃苦。

雄心消沮长官衙，客邸逢君如宿好。

乡里少年惊渐老，往还益觉性情真。

忧患哪禁颜色槁，论文几度共衔杯。

经义纷纶解渴梅，废疾膏肓钊更起。

公羊大恉②独昭回③，肯矜湖海元龙气。

奉倩神伤羁异地，官书新为大师编。

妻服全搜博士议（南皮张香涛制府欲为《易长编》，子绂为之分纂，《妻服考》

则其夫人曾季硕殁后，子绂痛悼之余所手辑者也），只今进退竟何如。

乌鹊桥南静读书，海内名流半知己。

弹冠岂复恋姑余④，鲰生不欲苦愁叹。

西望岷嶓云历乱，潇潇风雨鸡争鸣，与子行赓⑤旦复旦。

注:

① 阮仲容：即魏晋时的阮咸，他与其叔阮籍（"竹林七贤"之一）被时人并称为"大小阮"。其为人豪放不羁，不拘礼节，有时甚至狂醉闹酒，赤身裸体，丝毫不顾及世人的眼光。

② 恉：zhǐ，同"旨"，意旨，意图。

③《鸿城集》卷一此句后有"（子绂于公羊学颇深）"。

④《鸿城集》卷一此句后有"（范成大《吴地记》：姑苏亦名姑余）"。

⑤ 行赓：xíng gēng，酬答；连续；继续。

题归安姚彦侍方伯觐元《青山明月图》，追和原韵

（方伯观察川东时，月夜步巡，得诗，有"数声寒柝不知处，处处青山明月中"句，童翰夫学博桢因为绘图。）

频年吴下逐风尘，曾见平泉自在身。

诏起东山星遽殒，苍生何意失斯人。

（方伯自粤藩罢归，寓居吴下。去岁有诏起用，九月遽归道山。）

校经万卷图书富，持节三州政教明。

蜀鄂岭南传画像，文章经济一书生。

佛图关下路斜通，归思时随万里风。

他日渝州看山月，思公如在此图中。

题姚彦侍方伯《涵秋阁图》

（阁为其京寓故居，初授川东道时所绘。）

十年五过东川道，东路人人说公好。

已惊泪堕去思碑，始欣画展来时稿。

来时小阁别涵秋，景借倪迂妙墨留。

珠玉琳琅题赠满，轻装压重五花骝。

解装按部巴人国，颂声传遍鱼凫侧。

棠阴黍雨七年深，所部百城忘帝力。

部下民风半强悍，卖刀卖剑群惊叹。

理枉能伸箠格^①冤，锄奸豫绝萑苻^②乱。

巡方所至求民莫，人满为患利未博。

梯田种稻力何艰，隙地栽桑功可作。

稚桑远自公乡来，颁书劝植先城隈。

蚕师教蚕收效速，绿阴剪尽雪盈堆。

机声四起千家乐，满市新丝金闪灼。

神祠争祀马头娘，为公画像留高阁。

佛图关外祠长在，百首诗歌申爱戴。

士林况被育陶恩，吏治应无奔竞态。

政成公意亦蘧蘧，万壑千岩筑退居。（公于道署建一楼，颜曰"千岩万壑"。）

金石纵横书满架，回看京邸复何如。

一从移节下荆渚，岭峤句宣年几许。

方冀韦皋^③纪盛勋，忽传刘晏^④蒙蜚语。

归舟便载郁林石^⑤，遂初闲作吴门客。

咫进斋中天地宽（公颜所居曰"咫进斋"），听雨陶庵应似昔（涵秋阁本朱野云旧居，有《陶庵听雨图》）。

贱子一官牛马走，屡邀容接倾尊酒。

访旧怆怀问字师（先师童悫荐观察为公至契，语及辄泫然），论文愧例忘年友。

何期一<u>旦</u>灵光圮，帝诏起公公不起。

庭前入哭多贤豪，身后甚富惟书史。

我今展卷黯销魂，画手诗才且莫论。

披图细认宣南路，说与家山父老定作西州门。

注：

① 笢格：péng gé，"笢"通"搒"，笞打的意思，用鞭、杖或竹板子抽打。

② 萑苻：huán fú，本意为水泽名，《左传·昭公二十年》："郑国多盗，取人于萑苻之泽。"后引申为盗贼、草寇。

③ 韦皋：唐朝中期的名将和诗人。唐中期时，国家边疆不稳，社会矛盾突出，韦皋采取联合南诏抗击吐蕃的策略，重启南方丝绸之路，使大唐与南诏的文化、商业交流更为紧密，大大推动了唐朝的对外开放贸易，为大唐的江山稳固立下汗马功劳。

④ 刘晏：唐朝经济改革家、理财家。少时即才华横溢，有"神童"之称。走上仕途后，实施了改革榷盐法、改革漕运等一系列财政改革措施，为安史之乱后的唐朝经济发展做出了重要贡献。但因触犯了权贵阶层的利益，被谗言陷害，自尽而亡。

⑤ 郁林石：《新唐书·陆龟蒙》载："陆氏在姑苏，其门有巨石。远祖绩尝事吴为郁林太守。罢归无装，身轻不可越海，取石为重。人称其廉，号'郁林石'。世保其居云。"后世即用"郁林石"为居官清廉的典故。

怀人诗十首

一灯相对四年余，别久寻君正读书。

流水浸阶山绕屋，辋川何似故人居。

（泸州朱笏山茂才天池）

刊落名心事陆庄，渭阳情思在符阳。

少岷山色之溪水，都为生徒涤胃肠。

（舅氏黄继可先生垂）

交友得君知可畏，稜稜①霜面意温其。

廿年不见叶夫子，苦忆梧阴并坐时。

（新都叶星亭明经文光）

锦江欢聚论文日，京邸悲歌下第年。

大好吾州富山水，莫教蕉萃②厌青毡③。

（成都郭少仙学博壎源）

才气诸兄逊季骈④，论诗说剑有风华。

直将墨雨⑤为膏雨⑥，种遍燕南赵北花。

（泸州高拙园大令楷）

枳棘羁栖十四年，好官又到凤凰边。

衙斋乐事儿孙满，卧听书声不问钱。

（会稽陶霖普大使应润）

快马如龙雪乱飞，边门并辔屡忘归。

只今梦绕佟佳水，不道张网已绣衣。

（山阴张今颇观察锡銮）

抵掌雄谈击节频，睨旁伧楚苦生嗔。

偶思十二年前事，肠断元菟海上尘。

（黄县孙筱帆上舍[7]宗翰）

结发从戎老不官，尊前犹说报恩难。

中兴诸将功名壮，谁识斯人冷眼看。

（密云李友泉副戎合春）

雪花如掌酒楼开，痛饮狂歌日几回。

别后腰围知渐减，鸡林今岁有书来。

（通州杨伯馨太守同桂）

注：

① 稜稜：léng léng，威严的样子。

② 蕉萃：qiáo cuì，指卑贱低下的人。

③ 青毡：qīng zhān，清寒贫困。

④ 季骗：jì guā，周朝名人。

⑤ 墨雨：像墨一样的黑色的雨，比喻坏雨。

⑥ 膏雨：比喻丰泽甘霖。

⑦ 上舍：《鸿城集》卷一"上舍"为"布衣"。

刘八大令咏台树仁书来述近事，甚悉，为之大快，展玩手迹，亦殊可爱，诗以答之

刘郎作官如作书，骨干瘦硬神有余。

笔力才力两横绝，知君本在交之初。

今年之官数月耳，惠山歌咏家家起。

第一清名冠等伦，不似名泉居第二。

从政风流擅年少，折狱久著神君号。

笠泽曾留种竹思，吴城更为栽花到。

花栽满县待花开，讹言忽自西北来。

祆庙易滋中土忌，阿房先见比邻灰。

隔朝响应风声恶，乡僻频惊一炬作。

民愚也欲火其书，众怒何曾先有约。

一经驰谕惶然退，父母青天谁敢背。

正思钩距得真情，忍使桃僵令李代。

何物来周妄越俎，自矜能作侏僪语。

势将罗织及池鱼，隐恃奥援如社鼠。

看君奋袖胆气粗，直呼竖子胡为乎。

吾官可去不可怵，良民岂任轻冤诬。

波斯在旁口如噤，万目注观生畏敬。

立教恫喝转羞惶，始知世有强项令。

熟权利害更心苦，缊缊千言申大府。

不愁外衅启纤微，只恐下情深怨诅。

民情国体愿兼筹，掩耳谁为曲突谋。

上官不吝转圜速，君非好辩实深忧。

吁嗟乎！吏道卑卑日波靡，吾辈如君能有几。

南八男儿古所称，即今刘八亦传矣。

我得君书先爱字，书中况皆快意事。

何当模写作箴铭，激厉同官强毅志。

立秋前一日，苦热不寐

炎风吹尽转增威，徙倚深宵久未归。

一叶欲随凉露下，四更犹见火云飞。

茶因过饮眠难稳，簟已频移汗自挥。

便祝骑秋新雨足，来朝睡起看斜晖。

再起伏龙行并序

五龙祠在长洲乌鹊桥南，祠内方池大旱不竭，相传下有五井，为五龙所居。投以片铁，则雷雨立至。临桂陈文恭公抚吴时祷雨于此，刻石记之。光绪辛卯五月，苦旱，同官一试其法，颇获灵应。七月初，又不得雨，拟复循故事。读东坡《起伏龙行》，与此颇合。然余辈则为再三之渎也，作《再起伏龙行》。

澄潭古井深无底，碧影沉沉朝雾起。

骄阳不到神物蟠，一怒能令万姓喜。

今年旱象苦频仍，下田五月生苍耳。

白鹅已尽铜佛来，双犁未足分秧水。

城南委巷五龙宅，碑著灵迹存庙祀。

偶循故事寸铁投，鼓鼍①扬鬐②兴尺咫。

风雷催透三日霖，吴农欢舞菖花里。

迩来又复长炎蒸，疧疷③渐盛禾如毁。

东轩几日望西云，见爪未能空徙倚。

得无施泽已及民，功遂身退如君子。

不然力倦但贪眠，自守颔珠亦可耻。

昔闻佐命负图书，变化倏忽擅奇诡。

潝隆一气嘘烟青，眴睒双睛飞电紫。

膏泽四海知有余，养晦潜渊谁所使。

即今重作批鳞计，铸错要非自我始。

竟欲五君齐奋迅，倒泻天瓢润千里。

明朝雨足新诗成，还蓺心香荐芳芷。

注：

① 鬣：liè，龙、狮子等颈上的长毛。

② 鬐：qí，原指马颈上的长毛，此指龙颈上的长毛。

③ 疵疠：cī lì，疾病，灾变。

置铁于龙池之日午后，浓云如墨，俄有白气上属，天矫如长虹，见者皆呼曰"龙吸水矣"，逾时乃不见，云亦渐散，而仍不雨，诗以慨之。

神龙神异不可猜，怒之不怒狡狯来。

游戏三昧故迟回，狂喜不禁还自咍。

灵湫十丈无纤埃，铮铮一掷波为开。

腾空不见挟风雷，掉头忽讶云成堆。

黝然深黑如松煤，中有匹练烛城隈。

非烟非雾光皑皑，长虹蜷霓同奇恢。

耆①童拍手争喧豗，惊呼水气入鬐腮。

须臾雨势能遍该，天瓢倒若倾尊罍。

久之寂寂空徘徊，农嗟妇叹犹望梅。

而我犹觉心肝摧，酷吏之酷良可哀。

为霖不效志岂灰，阿香惜未相追陪，不然见首胡为哉？

注：

① 耇：gǒu，年老，长寿。

得季弟亮侪东乡来书喜赋

渠水胥山万里程，中年兄弟久离情。

家书报我荆花好，宦味输君苜蓿清。

草绿尚牵灵运梦，槐黄又踏锦官城。

板舆近日关心事，南北秋风听鹿鸣。

（弟方应举，成都伯氏亦挈昂儿赴京兆试。）

祷雨沧浪亭，日必再至，风物之美，
因得纵观。既得雨之明日，作诗以纪其胜

幨帷猎猎吹炎风，清景乃在尘劳中。

隔溪上覆垂杨绿，飞桥下有新蕖红。

入门一笑不知暑，石气森森蒸露湑。

回廊斜踏树阴行，来挹荷香对芳渚。

奇礓下作苍龙腹，跫然①足音在空谷。

穿岩转讶路仍回，捷径自知途未熟。

回看洞口荒苔青，红薇半褪倚亭亭。

细篠幽藤行尽处，鸥碕正傍蓼花汀。

碕南闲坐观鱼槛，碕右斜通饲鹤林。

有竹有花围石屋，为问何人心印心。（印心石屋为陶文毅抚吴时作。）

背山十级平台起，墙外山光墙下水。

一声渔笛鸬鹚飞，晚烟散入空青里。

僧房四面迷云树，半痕凉月凄烟雾。

苏叟吟魂定可招，欲行未行重回顾。

一霄急雨鸣清秋，白衣仙人不可留。（近自光福迎铜观音来供养于此，以致祷。）

水榭回环苍翠里，濯缨有梦心悠悠。

注：

① 跫然：qióng rán，形容脚步声。

宋松存同年以五平五仄互用及全平仄诗四首见赠，依韵答之

卑官犹辕驹，久矣厌鞿勒。

尘劳无时无，苦忆五亩宅。

衙斋清风来，好友永慕悦。

高谈倾金樽，莫问孰主客。

几案翠欲滴，开轩藤阴中。

与子坐啸咏，翛然如轻鸿。

世俗竞得失，澄心观苍穹。

富贵岂不重，终皆成虚空。

江南方悲秋，浮云飞空中。

兰苕香初销，蛩螀声何雄。

昂昂青松姿，炎炎骄阳烘。

凌霜无凋容，心期将毋同。

性岂物可比，未老讵不辣。

世态纵变幻，独见贵审察。

觏闵[1] 渺众口，任道系一发。

俟命得有命，愿守孔孟法。

注：

① 觏闵：gòu mǐn，遭忧，遭灾。

谒徐庄愍公祠

公讳有壬，字君青，前江苏巡抚，殉庚申之难，祠在中由吉巷。

丹心碧血照金闾，庙貌长留节钺光。

御侮一时袍泽少，褒忠两字姓名芳。

艰难时会红巾炽，慷慨情怀绿水香。（公死节署思贤堂前池中。）

我与吴民同感泣，故山西北有甘棠。（公初备兵川北。）[1]

注：

①《鸿城集》卷一中则注为"（公曾守成都，分巡川北。）"。

九日谒曲园俞先生樾，赋呈一律

漫因佳节羡登高，得见高人转自豪。

鸠杖不扶劳吐哺，龙门始到敢题糕。

经师老宿寰瀛重，文苑儒林左券操。

坐得饮醇真意味，归来何事更持螯。

家兄自涞水归，高九楷赠诗见及，次韵答之

泸之曲，符之阳，与君乡思因风长。

江之南，冀之北，思君逐梦桑乾月。

桑乾见惯月圆缺，六年苦说长离别。

别来事事不如前，回首何堪忆少年。

锦里槐黄秋色好，忠山花舞春风颠。

一从饥驱走九边，东过鸭绿逾朝鲜。

求名不遂如求仙，退飞敢望翩鸿翩。

竭来仕宦非图全，欲归不得家无田。

西望烟云思垄墓，蜀山万里吴天暮。

此心此语试证君，旅魂应绕余甘渡。①

君官燕赵今几秋，清风一洗疲旺愁。

三年四县栽花满（君于三年中宰无极、容城、完县，始莅涞水），去思来暮心悠悠。

心交不恨音书少，驿骑况通南北道。

长兄稚子昨归来，新诗一展纤尘扫。

诗中意味何醇至，念我寂寂同匏系。

平反敢诩博亲欢，坦率颇难逃众忌。

羡君政简作诗豪，枣落讼庭留客醉。

醉醒请问今何时，揽辔情怀讵可期。

北地倘能逢伯乐，南中只欲觅要离。

君家兄弟吹埙篪②，都门往复摇鞭丝。

棠华馆外停班骓，定话龙溪松柏枝，结邻旧约无淹迟。（高七蔚然驾部、高八澂岚编修皆官京师。龙溪，其家别墅也。）

注：

①《鸿城集》卷一中此处有注"（渡在泸州城东。）"。

②埙篪：xūn chí，古代的两种乐器，二者吹奏时声音相应和，因而常以"埙篪"比喻兄弟之间亲密和睦。

万肖园同年立钧以邮筒寄赠所刻《阳羡唱和集》，作诗报之

烛光倒射目眥赤，到眼文书高一尺。

袖濡朱墨腕为酸，扫尽官符见诗册。

读诗顿觉神魂清，令我意气凌云横。

吾曹栖①官有万子，俗吏不俗谁敢轻。

看君得邑风尘少，阳羡湖山复大好。

云司②远抱宓琴来（肖园由刑曹改官），立为吴民起枯槁。

吴民初讶长官苦，舟车案牍日旁午。

忽惊期月播循声，益羡传家承治谱（君家为江南、北牧令者四世）。

治谱留贻用屡效，文采风流长照耀。

即今唱和性情真，信有根源在忠孝。

想当政暇发清哦，逸兴豪情乐趣多。

八义未让庭筠速，三径时从蒋诩过（谓蒋醉园孝廉尊，即与君唱和者）。

传笺赌韵如飞檄，仙吏高人俨勍敌③。

两家声况凤雏清（君二子与蒋两郎均有诗），一卷人同鸿宝觅。

我得君诗如得宝，愧昔过从殊草草。

词坛宗派昧探寻，宦海奔波成潦倒。

朝来趋府归迎客，夜治官书恒竟夕。

每惭民事趁余闲，久置吟毫忘旧癖。

吁嗟乎！作官苦于辕下驹，辕下之官驹不如。

常惧神疲易消沮，偶因技痒重唏嘘。

何当换县从君后，共向城南访益友。

袖携诗本上铜官，买田竟学东坡叟。

注：

① 粞：xī，碎米；米糠。

② 云司：朝廷掌握刑法的官员。

③ 勍敌：qíng dí，强有力的对手，多谓才艺相当的人。

舟中小病，夜泊斜塘，赋此自遣

斜塘暮色莽凄清，坐冷篷窗厌耳鸣。

十月霜风能作势，半湖烟水若为情。

芳洲兰杜经秋歇，药笼参苓伴我行。

一笑喜听吴语熟，丰年野市尽欢声。

和作　附汉州张祥麟子绂

斜塘夜泊独吟豪，仙吏如君合姓陶。

虞诩本来怀利器，左思何用贵铅刀。

祈年五稼占鸡骨，爱士千金养凤毛。

为种河阳花一县，暂妨五柳闭门高。

又　泸州高楷拙园①

驿骑梅花照眼清，天风吹到玉珠鸣。

故人忆我常通札，远水含烟最有情。

十月小霜催稻熟，五湖何日放舟行。

知君宿疾都全愈，市野农歌乐岁声。

注：
① 拙园：《鸿城集》卷一中此处为"竹潭"。

闻朝阳乱耗口占

昔闻飞将在龙城，谁使潢池竟弄兵。

五斗米原无异术，六钧弓已拜专征。

旧交应望余完卵（余友陶霖甫、朱午樵、孙璧臣兄弟、钱泽远、黄玉堂，皆家朝阳），

边吏宁忘矢结缨。

寄语塞垣诸将帅，前车要鉴永安营。

亮侪东乡书来，有诗，和韵，再叠一首报之

往复家书几月程，还因箓和动诗情。

语多自责才知敛（来书多责躬语），俸到无余官更清（东乡学田改章，岁入益薄）。

葭管①信临长至节，梅花梦绕下蒲城。

先芬久诵期交勉，阴德原来似耳鸣。

注：

① 葭管：jiā guǎn，古代人用葭莩（芦苇中的薄膜）烧成灰，放在十二律管之中，律管有长短，气候变化也使不同律管中的灰飞动，以此来推算某节气的到来。此处写气候的变化。

回舟

回舟迎夕照，泛泛在中河。

寒日晚逾淡，沙湖风正多。

一官终岁苦，双鬓两年皤。

输尔鱼蛮子，冲烟发櫂歌。

舟夜

蚬子山前樯欲倾，沺泾桥外波未平。

朔风吹雨半成雪，飞浪打船先有声。

愁入酒杯且一醉，卧听街柝俄三更。

故园梅花或念我，何日返棹符阳城。

肖园同年暨蒋醉园学博皆和余诗，久无以报，赋此谢之

湖山胜处结吟朋，扫轨鸣琴各署能。

空谷足音三径^①展，虚堂心事一壶冰。

新诗往复笺盈寸，寒夜招要酒数升。

欲往从之川路阻，移官转恨失平陵。

森严壁垒两诗豪，旗鼓相当气不挠。

笑我致师翻弃甲，羡君斗韵快挥毫。

商音知动黄门感（醉园赋悼亡，有《哦月楼哀辞》），巴曲难酬白雪高。

靴板^②纷拿频败兴，词坛应不罪逋逃^③。

注：

①三径：指归隐者的家园。典出汉朝赵岐《三辅决录》："蒋诩字元卿，舍中竹下开三径，唯求仲、羊仲从之游。"西汉末年，王莽专权，兖州刺史蒋诩辞官归乡里，闭门不出，在院中开辟了三条路，只与求仲、羊仲来往。后因用指归隐后所居的田园。

② 靴板：xuē bǎn，穿靴执板以拜见上官。谓官宦生涯。

③ 逋逃：bū táo，逃亡的人。

自忏二十韵

东坡苦磨蝎①，昌黎困箕口②。

命宫与生辰，所坐如结纽。

磨蝎出自天，举动若相蹂。

箕口煽自人，翕张谁为喉。

二者较重轻，憎恶宜分剖。

其毒乃相因，贤达难忍受。

而况我非贤，安之岂可久。

弗安卒奈何，终当自俯首。

不知解脱方，何往非械杻③。

有得斯有失，无誉乃无咎。

所受皆所施，多胜必多负。

莫为鸡虫争，自号牛马走。

泰山一毫芒，浮云变苍狗。

忘形与物齐，美疢④岂我厚。

平生企两贤，僭妄思尚友。

鳄鱼终可驱，蝙蝠何曾呕。

区区谗焰张，自忏夫何有。

畏之亦何为，且任鸣瓦缶。

漫疑利钝殊，须视百年后。

百年岂及知，还问杯中酒。

注：

①磨蝎：mó xiē，苏东坡、韩愈均是摩羯座生人。《东坡志林·命分》载："退之（韩愈）诗云：'我生之辰，月宿直斗。'乃知退之磨碣为身宫，而仆乃以磨碣为命，平生多得谤誉，殆是同病也！"在时间的长河中，摩羯宫被当时的工匠刻成石碑图形，大概因为"摩羯"又写成"磨碣"，工匠们便将"磨碣想象成了碑碣"。

②箕口：jī kǒu。箕，星名，二十八宿之一，因它像张着大嘴的样子，古人就认为它是多嘴多舌，主谗言。后世就用为谗谤之典。

③械杻：xiè niǔ，手铐脚镣，泛指刑具。

④美疢：měi chèn。溺爱，姑息。疢，疾病。

舟行书所见

谁家好茅屋，小筑枕湖壖。

仄径过桥入，危亭随岸偏。

烟中疏密树，门外去来船。

雨意溟濛里，真堪画辋川。

雨中过洋澄湖①，用东坡腊日游孤山韵

天未雪，雨满湖，寒烟贴水风浪无。

残芦枯苇蔽舟路，掠船飞鸟时惊呼。

渔翁一艇兼妻孥，儿童衣湿犹嬉娱。

笑指官舫去来苦，令我对之心烦纡。

故山松竹交吾庐，十年不归猿鹤孤。

疲形案牍厌敲扑，美意空羡鞭悬蒲。

吴田兼并皆金夫，投牒催租旰及晡。

连朝慰谕遍村野，补疮剜肉难为图。

静思微禄真跖余，知非不去惭卫蘧 ②（用苏句）。

何时一洗官私逋，钓竿蓑笠吾能摹。

注：

① 洋澄湖：即今阳澄湖。

② 卫蘧：wèi qú，指春秋时期卫国大夫蘧伯玉。苏轼《李杞寺丞见和
前篇复用元韵答之》："吾年凛凛今几余，知非不去惭卫蘧。"

盼雪久矣而卒不得，行县所至，农人方相率致祷，喟然感赋

一冬无雪腊欲尽，连朝猎猎霜风号。

我行乡野未归息，虔 ① 心默祷空焦劳。

船窗镇日望村树，枯林雾渍黄尘高。

麦荄萎弱豆苗浅，冻泥寒结土不膏。

农甿奔走集里社，鸣钲伐鼓焚鹅毛。

自言祈请率有验，乃今不应嗟嗷嗷。

追思盛夏艰得雨，秋获又与淫霖遭。

有收遄惜耗已倍，租赋相戒无逋逃。

所冀天公富膏泽，早占三白随风翱。

况闻江北苦蝗患，南徐以下时绎骚。

千金收买在京口，百斛远送来临濠。

非邀积润扫遗孽，终恐人力难钩捞。

众中一叟忽仰笑，感应何至由吾曹。

调均和气正有柄，牧民之吏宜躬操。

近事曷观岁在子，祈雪得雪熙陶陶。

衮衣既归鹤亦化，吴民念此悲号啕。

我闻斯语深引咎，有怀莫白如煎熬。

但期天意悯黔赤，银沙玉絮盈东皋。

黄绸归卧岂得卧，党家金帐需羊羔^②。

注：

① 虗：《鸿城集》卷一中此字作"潜"。

② 明朝陈继儒《辟寒部》卷一载：宋时陶穀妾，本党进家姬。一日下雪，穀命取雪水煎茶，问之曰："党家有此景？"对曰："彼粗人，安识此景？但能知销金帐下，浅斟低唱，饮羊羔美酒耳。"

湖上

橹声静可听，波影摇未住。

不见打鱼舟，已入烟中去。

陶子春先生煦哀词

通明高蹈^①是家风，利济身偏著述终。

诗画怡情兄弟乐（先生弟诒孙焘善画），功名竞爽子孙同。

三吴耆旧晨星少，一夜情怀落月空。

太息少微随婺^②掩，霜天清泪洒江枫。

（德配朱夫人先七日逝，余以联挽之，曰："以隐君子著述终身，绩学砺行，耄期弗倦；与贤夫人后先七日，生天成佛，白首同归。"并志于此。）

水云深处郑公乡，三接兰言意味长。

青眼喜劳扶杖过，白头还为著书忙。

纤尘我竟惭僧达，刮垢人知畏彦方。

师事自今应莫属，瘁臞^③空冀宓琴^④张。

注：

① 高蠋：gāo zhú，有崇高品性的人。

② 婺：wù，婺女星，二十八宿之一，玄武七宿的第三宿。

③ 瘁臞：cuì qú，憔悴清瘦。

④ 宓琴：mì qín，古琴，相传为宓羲氏所创制，故名。

元和次集卷第七

正月二十日由枫桥至五潦泾，用东坡是日女王城诗韵

朝来轻棹过齐门，踏遍湖东水上村。

春酿余寒风有力，雪经微雨地无痕。

柝声此日千家肃（时察视保甲，先令民家置一梆，无梗令者），蔀屋[①]何时五袴[②]温。

野岸梅花如旧约，停桡香便引诗魂。

注：

① 蔀屋：bù wū，草席盖顶之屋，泛指贫苦人家所住的幽暗简陋之屋。

② 五袴：wǔ kù，"袴"同"裤"。汉朝廉范任蜀州太守时，处处为百姓着想，深受百姓爱戴，百姓编《五袴歌》来歌颂他的功绩。后世遂用"五袴"作为称颂地方官吏善政之词。

读史杂诗

救赵如何待敝秦，很羊猛虎气难驯。

堂堂大义诛卿子，奇计应从七十人。

俎上杯羹幸未成，而翁当日早心惊。

生儿只愿如刘仲，老去无劳拥帚迎。

沛公立辍高阳洗，田广全收历下屯。

六十余供齐鼎镬，何如缄口里监门。

屠狗勋成百战劳，吕媭食邑岂功高。

舞阳终被临光累，夫妇封侯漫自豪。

侧耳东箱跪谢时，应将伉直笑期期。
赵王被鸩羞朝见，谁使高皇负戚姬。

儒服全输楚制轻，朝仪杂就帝能行。
来从虎口知时变，此意难回鲁两生。

十二篇书语语新，尉佗受约再称臣。
优游好时终安汉，籍甚名声只一人。

脱挽能令帝入关，白登十辈独君还。
和亲约定强宗徙，齐虏条陈大可删。

五尺翁生八尺儿，长身肥白信堪奇。
封侯入相寻常事，百岁谁看食乳时。

女兄鼓瑟弟无文，尊宠终推万石君。
孝谨家风谁及得，郎中白首瀚腧^①裙。

少时卖友已招尤，为将无功未失侯。
欲娶臧儿翻免爵，汉家赏罚费推求。

猥佐诬行日蚀余，帝廷谁上会宗书。
南山种豆终贻祸，文字流传尚慎诸。

注：

① 腧：yú，木制的水槽。

清明日以事至虎邱，陪太守长白文农公宴于拥翠山庄，轩外杏花盛开，欣然有作，用昌黎韵

春山百鸟喧晴空，杏花几树争嫣红。

妖姿艳蕊纷掩映，环檐故故摇轻风。

今年寒意久不解，春分尚与腊尾同。

柳芽未吐桃萼冻，直疑青帝将无功。

喜晴三日天便好，游人已满山塘中。

波澄草碧剑池暖，绯衣况正披芳丛。

我思去秋一到此，倚栏霜冷飞丹枫。

重来物候转芳丽，佳节登览情何穷。

山公复乐宽礼数，扶醉约过经台东。

绛裙仙子或隐笑，接䍦 ① 莫倒初秃翁（时余发脱者甚多）。

注：

① 接䍦：jié lí，白帽。

春雨初霁，草桥舆中口占

多事转忘官是累，乍闲浑讶梦初醒。

一春眼福今朝好，半里肩舆故意停。

深浅树迎新雨绿，西南山背夕阳青。

过桥烟景长如画，自笑劳劳似未经。

春夜

漏声如咽夜沈沈 ①，好梦无痕底处寻。

花影满窗人不寐，卧看斜月转藤阴。

注：

① 沈沈：同"沉沉"。

脚软

幼读东坡诗，颇笑软脚酒。

自幸无此病，不问方信否。

江南卑湿地，一官岁阅九。

年年苦浸渍，况复困奔走。

迩来举趾间，健行惟尚右。

曾未筮明夷，左股谁击掊。

上循踝至膝，下自踵达拇。

静若困于石，动若系之杻。

忽疑下履冰，冷胜立雪久。

忽疑旁炽炭，热胜灼艾橘①。

有时苦拘挛，筋络相结纽。

有时更僵木，踵趾②同枯朽。

隐忍将浃旬，势竟若固有。

致此抑奚由，医说徒纷纠。

平生嗜登眺，险处健腾踩。

东逾不耐城，西瞰阴平口。

金焦两点孤，医间千仞陡。

南北数攀跻，高欲扪星斗。

故乡在岷峨，跬步皆山薮。

出入挟飞云，吟啸天风吼。

胜景必探奇，豪情独抖擞。

综计旧游踪，吾足良不负。

岂今力渐衰，遂欲甘寂守。

我生贵强立，趑趄复焉取。

昔闻李八百③，以跛得上寿。

熊经与鸟伸④，仙术谁从受。

羡之亦徒然，独行本无咎。

嗤笑尔何人，试问支离叟⑤。

注：

① 櫌：yǒu，烧，薰。

② 跐：《鸿城集》卷二此处作"趾"。

③ 李八百：传说中道教的蜀中八仙人之一，名脱。晋葛洪《神仙传·李八百》载："李八百者，蜀人也，莫知其姓名，历世见之，时人计其年八百岁，因以为号。"

④ 熊经鸟伸：古代一种导引养生之法，状如熊之攀枝、鸟之伸脚。《庄子·刻意》："吹呴（xǔ）呼吸，吐故纳新，熊经鸟伸，为寿而已矣。"

⑤ 支离叟：指《庄子》寓言中虚构的人物支离疏，他肢体残疾，借算卦糊口，免征兵役，时受救济，因残疾得终天年。此处借以比喻无功受禄的人或失意而闲适的人。

无为蒋犀林大令一桂以鲈乡亭即席长歌见示，次韵赠之

君不见几人得意吐气如长虹，我辈惟宜自号失马翁。

劲节相期砥松柏，凌霜向日无春冬。

作诗亦复耻靡曼，风格要与情性同。

迩来仕宦虽不达，未遂才退如邱公。

簿书敲扑觅清暇，幽怀远寄孤飞鸿。

得句不工且独赏，闲愁一洗微吟中。

看君才气十倍我，早不射策明光宫。

卅年抗尘走江左，坐令三径荒行踪。

南沙松陵有专集①，词坛称伯谁旌庸②。

文字更非疗贫药，病来空对花枝红③。

君言苦乐悉幻境，以苦为乐斯豪雄。

不辞寒瘦拟郊岛④，羞因得失争鸡虫。

放船笠泽已五至，甘棠密过吴江枫。

鲈乡亭中畅文宴，得闲且醉学无功。

吾宗进士亦健者（谓吴江令李晋溪汾），只以坦易成疏慵。

江城共事赓黻佩⑤，岂徒诗酒联欢悰。

垂虹烟水集冠盖，绘图惜少陈直躬。

愧我一官偏踽踽⑥，趋府日似排衙蜂⑦。

愿携鹅笼访逸少⑧（君工书法，故及此），不羡鹤氅披王恭⑨。

注:

①《鸿城集》卷二此处有"（君刻有《南沙松陵杂咏诗》）"。

② 旌庸：jīng yōng，表彰有功的人。

③《鸿城集》卷二此处有"（君多宠姬且善病，特调之）"。

④ 郊岛：唐朝诗人孟郊、贾岛的并称，苏轼有"郊寒岛瘦"之论。

⑤ 黻佩：fú pèi，佩系官印的丝带，借指仕宦。

⑥ 踽踽：jú jí，畏缩不安，缩手缩脚。

⑦ 排衙蜂：群蜂簇拥蜂王早晚聚集，如旧时官吏到上司衙门排班参见。

⑧《晋书·王羲之传》载："（王羲之）性爱鹅，……又山阴有一道士，好养鹅，羲之往观焉，意甚悦，固求市之。道士云：'为写《道德经》，当举群相赠耳。'羲之欣然写毕，笼鹅而归，甚以为乐。"后世遂以"逸少白

鹅""逸少鹅"形容羲之爱鹅的典故。

⑨南朝刘义庆《世说新语·企羡》载：孟昶未达时，家在京口。尝见王恭乘高舆，披鹤氅裘。于时微雪，昶于篱间窥之，叹曰："此真神仙中人！"后世遂以"王恭鹤氅"泛指高雅的服饰，或以此咏雪。

临桂侯东洲大令绍瀛以所著《寥山樵唱诗集》见赠，率赋二律报之

仙才豪气并狂名，十载倾心喜识荆。

南北游踪成吏隐（君初官直隶，后改江南，集中有《南北游草》），古今愁思付吟情。

文章雄直千篇富，仕宦浮沉一笑轻。

闻道徐方舆论在，不因诗酒掩循声。①

卢龙东走出渝关，海上轮蹄十往还。

忆我饥驱穷绝塞，输君清咏遍名山②。

路寻辽左尘如梦，老去③江南兴未悭。

何日高楼横秀处，共吟佳句看烟鬟。（君寓金陵，于宅中筑一楼，颜曰"横秀"。）

注：

①《鸿城集》卷二此处有"（君任睢宁四年，复摄沛县篆一载，近则赋闲久矣。）"。

②《鸿城集》卷二此处有"（君《北游草》多辽中诗，故及此）"。

③老去：《鸿城集》卷二此处为"春老"。

四月九日以迎制府至无锡，舟中望惠山，喟然感赋，即寄王少谷同年

四年不到山前路，一夜争牵水上舟。

天半晴岚多异色，望中云物记前游。

九龙苍翠长如昔，两鬓萧条今几秋。

一过尚羁尘土足，出郊还为故人愁（时少谷亦先出）。

舟泊无锡，闻制府尚在常州，遂偕归安沈期仲佺、中江凌镜之焯两大令为惠山之游，欢宴竟日乃归，复作诗以报少谷

平生颇有游山福，忙里偏教幽兴足。

朝来方惧阻登临，日暮犹依惠山麓。

惠山似惜吾曹苦，暖翠招邀争鼓舞。

且寻曲涧暗停桡，胜为长官前负弩。

舍舟共喜山行便，沙岸溪桥闲踏遍。

小楼云起一凭栏①，绣壤平畴看面面。

麦塍翠浪风掀长，菜花围作黄金相。

纵横浅树含深绿，三里五里皆柔桑。

江南膏沃无逾此，对之良为吴农喜。

已欣坐久腋生风，更爱泉甘香入齿。

泉声喷薄翻珠穴，上下池光浸寒雪。

漪澜堂址渺难寻，几处颓垣余战血。

桥南亭榭足徘徊，小李功名亦壮哉。（山下有李公鹤章专祠，今相国少荃公季弟也。）

祠树影环平仲密，溪船响送阮咸来。

吴娘水调新声好，月满江波拼醉倒。

酡颜莫讶客忘归，霜鬓剧怜人易老。

漫因腰瘦感休文，公绩豪情尚轶群。

蜀生更有谈天口（谓乐山邹玉生钟峄），共我终朝苦忆君。

君今正苦归不得，倒持手版潜太息。

明朝我复病折腰，可乐不乐空愁绝。

愁绝还将垒块浇，斯游只惜少王乔。

永日竟无东道主，何时同解北山嘲。

注：

①《鸿城集》卷二此处有"（山半有楼曰"云起"）"。

二百亩村

官事有闲趣，晴江一棹孤。

好风来五两，侵晓过重湖。

野老半相识，村名多可呼。

麦天青翠合，行眺足清娱。

题景海屏太守澄清所绘海道图

壮岁客辽左，手绘朝鲜图。

魋结①往来恣考证，六易稿复重钩摹。

吾言不用纸亦蠹，八道形势空衡盱。（余客东边，尝共陈海珊观察条拟预筹保

护东藩事宜，岐子惠师帅遂为代奏，得旨交议，卒不果行。）

十年抗尘走吴会，雄心冷尽羞长吁。

景侯磊落乡邦杰，黔中早佩铜虎符。

一官再踬不自惜，九万里外心萦纡。

昨来访我数相左，掷示此卷为惊呼。

巨公名流有题识，推重惋惜良非诬。

知君注意在扃钥，海疆门户忧枝梧。

只今不用忧枝梧，八纮冠带揖堂庑。

测量绘画遍中土，海澨何问东南隅。

昔时广顺但氏有，斯刻我亦依样为葫芦。（广顺但培良《沿海七省形势全图》，

余于辽中尝手摹一过。）

纵横岛屿志险要，乃经亲验多龃龉。

以兹未敢尽深信，桑经郦注[2]言人殊。

时平况幸集琛赆[3]，有椟可韫其藏诸。

还君是图口重呿[4]，吾曹此意宁真愚。

他时倘用君家十万横磨剑[5]，会见乘风破浪无劳再问途。

注：

① 魋结：tuī jié，发髻。

② 桑经郦注：汉朝桑钦著《水经》，北魏郦道元作注，合称"桑经郦注"，

比喻经典著作。

③ 琛赆：chēn jìn，献贡的财货。

④ 呿：qù，张开（嘴）。

⑤ 横磨剑：长而大的利剑，比喻精锐善战的士卒。

忧蝗叹

食民之官比蝗饱，食民之蝗与官搅。

忧蝗不必为忧民，竟不忧蝗官大好。

年来官政如雷电，千村保甲旌旗变。

史白功成往迹湮，龚黄[1]誉重连章荐。

更看细柳闲临冲，真将军诩人中龙。

萑苻不动湖山曲，宜有和气相弥缝。

蝗兮尔何为，应候蠕蠕起。

三冬无雪掘还生，一春苦寒冻不死。

晴干雨泞风飙狂，遗孽扫除仍有子。

昨闻姑孰之南邗沟北，漫山蠕动都生翼。

村氓②收捕但论钱，戍卒驱除终未力。

故人作宰濒京口，书来为道忧劳久。

浃旬扑捉苦无功，四野炎曦扶病走。

我闻斯语魂为惊，欲参末议苏耕氓。

却惭聋瞆今方启，未识天灾物害难力争。

人力有穷蝗有命，怪底神君多异政。

蒲涛鸟多啄将完，真州蝝③毙埋欲净。

江南江北方高歌，蔽天忽讶飞蝗多。

吴淞又报蝗投河，蝗兮蝗兮奈官何。

注：

① 龚黄：汉朝循吏龚遂与黄霸的并称，亦泛指循吏，典出《汉书》。

② 村氓：cūn méng，乡野之民。

③ 蝝：yuān，蝗的幼虫。

衙参记所见

众坐默不语，悠然心自清。

好风如识我，烟篆①扑衣轻。

长蕉偃绿云，细筱霏苍雪。

蝴蝶向阴飞，也畏此中热。

注：

① 烟篆：yān zhuàn，香、香烟等的烟缕，因形似圆曲的篆字，故称。

衙斋紫藤一株，入夏苍翠浓深，炎威不到。而其前竹篱蔽翳，时阻清风，壬辰六月始撤去之，花木亦别以去留。剪剔芜蔓，绿阴不改，而有旷如豁如之致。即事述怀，用东坡《和子由记园中草木》诗韵十首

中吴号才薮，速化多时彦。
自我厕其间，数见蜂鹏变。
最爱紫藤花，四年看不倦。
花时转辜负，未暇入诗卷。
官舍谁主之，来去如栖燕。
当时栽植人，偶或自消遣。
今皆为我青，绕屋垂烟蔓。
静比修竹林，清拟珍兰畹。
于此忘炎热，不恨秋风晚。

种花欲满县，种桑欲成林。
区区为目娱，长养安足矜。
虬枝太横恣，竹架力不任。
密篱互搘拄，安所快披襟。
连朝梅雨来，乱叶如抽簪。
独坐轩窗暗，瞿然计之深。
岂敢肆剪拜，不废其何兴。
芟夷虽近刻，别择吾犹能。

庭前双桂树，碧影团团老。
墙角芭蕉丛，弱不因风倒。
年年枯复生，容谁矜再造。

颇怪刺蔷薇，依附比人巧。

缘篱日以高，篱竟为汝耗。

是孰使之然，位置殊草草。

壅蔽不亟去，孤秀何由拔。

两朝风日清，珠兰馨可插。

幽蕙六七丛，盈盆长牙蘗。

移置盼花开，期与秋士约。

朝来雨复晴，新翠浓如泼。

生机满目前，何事嗟摇落。

仙草不易得，试养石菖蒲。

绿意溢盆盎，细叶如髭须。

未失井华水，根节何愁枯。

一勺已自足，无为挹江湖。

江湖不可竭，冀望空勤劬。

安得餐芝人，导我有良图。

新棚高出檐，得月较能早。

但喜清辉多，哪问银蟾老。

去年当此际，正忧稚禾槁。

泥首事祷祈，流汗走舆皂。

荏苒岁已周，耿耿犹在抱。

嫦娥不我怜，照见元发缟。

我家符水上，高槐荫前厅。

入户袅萝蔓，环阶森竹钉。

辉辉紫荆树，春来花满庭。

儿时骑陟处，瘦干今玲珣①。

一从堕尘网，苦忆蜀山青。

梦中乘云归，两腋风冷冷。

江淮多蝗孽，渐及南徐南。

不忧蒲芦萎（今夏沿江多蝗，皆集苇丛），恐失稼穑甘。

物害获并育，大造诚包涵。

捕捉苦童叟，尽日几筐篮。

微闻贤守令（谓王可庄太守、王伯芳同年），疲茶②殊不堪。

我剔花间蠹，念之良自惭。

上谷今三辅，故人方宦游（谓涞水令高竹潭弟）。

书来为我言，苦旱遍燕幽。

飞尘涨京国，暗水渴卢沟。

嘉禾未及种，苗叶何由抽。

江南足时雨，翠蔓如青蚪。

忧乐偶异情，余闲安忍偷。

微尚渺无托，孤芳应共知。

敢辞陶甓苦，空益墨丝悲。

昨夜藤梢动，清风引海湄。

幽怀犹可接，霜鬓奈如期。

独有忘忧草，含芬似楚蓠。

相依爱长日，遑复叹斯饥。

注：

① 伶俜：líng píng，孤单的样子。

② 疲苶：pí nié，疲劳困顿。

戏和友人咏蝉韵

冠绥① 修整羽衣轻，饮露餐风喜自鸣。

为问飞升蜕化得，本来气味可能清。

迁乔漫羡一身轻，不假心思以翼鸣。

任曳残声别枝去，此间先幸耳根清。

注：

① 冠绥：guàn ruí，古时公侯礼帽带打结后下垂的部分。

暑夜，与伯氏偕松存同年饮藤花下作

绿阴不似人情薄，满地凉云蟠翠幕。

黄昏添引清风来，暑气炎氛全扫却。

一尊偶向花间酌，坐久直疑秋意作。

幸无热客正容狂，赖有浊贤聊共乐。

乐莫乐兮情话长，虬枝已漏银蟾光。

君看老干恣奇倔，新吐繁花作晚香。

望雨

夜瞻云汉又逾旬，西北风多泽未均。

手徙蔷薇惊半死，心怜禾稼正怀新。

欢声动地知何日，苦意祈年大有人。

闻道京畿膏泽遍[①]，商霖[②]应作九州春。

注：

①《鸿城集》卷二此处有"（京师久旱，闻近日得雨甚足）"。

②商霖：《尚书·说命上》载：商王武丁任用傅说为相时，命之曰："若岁大旱，用汝作霖雨。"后世遂以"商霖"称济世之佐，用于称誉大臣之词。

大星

东南一星大如碗，赤焰熊熊光不散。

悬空直讶火球高，坐使兼旬天苦旱。

吴民望雨滴雨无，山田未插新禾枯。

密云乍合复吹散，龙公被抑犹吾徒。

今年和甘本应候，乃兹焦熯[①]空长吁。

星乎于汝不归咎，我虽可罪民何辜。

注：

① 熯：hàn，干燥，热。

六月晦日，偕惠师侨司马荣诣勘金鸡湖堤，便约伯氏及子绂同舟而往，于黄天荡北观荷，畅游竟日乃归，得诗五首

暇日多清兴，城阴早放船。

橹声醒昨梦，帆影破朝烟。

桥密樯频偃，林深港曲穿。

荙溪行欲尽，凉绿满湖天。

舣棹花深处，青围十里荷。

好风窗外至，香气叶中多。

荡户盆为艇，村童笑且歌。

莫论菱藕价，生计问如何。

塘复香成海，随风似作寒。

花低波为浴，盖仄露初干。

便有浮家想，相期带醉看。

沙鸥还渐狎，对汝愧粗官。

移舟穿曲浦，堤势偃长虹。

巨浪重湖截，清流六港通。

歌听帆上下，利遍亩南东。

一诺经吾画，羞看拟白公。

（东西堤长六百丈有奇，为口门者六。既成，往来行舟便之，南岸田畴亦免冲刷。

邑人以为余始筑也，名之曰"李公堤"，且书三字勒之石，甚以为愧。）

忽讶湖波赤，蟠空倒火云。

夕阳斜入水，余热转如焚。

赌韵情犹畅[①]，停桡日已曛。

临岐漫惆怅，风露意殷勤。

注:

①《鸿城集》卷二此处有"（舟中与子绂联句填词）"。

秋感四首

霜华两鬓易惊秋，骚屑声中又搅愁。

江海路迷乡国梦，关山月冷壮年游。

南飞雁到书难得，西向尘多扇未收。

谁信澹台湖上长，感时还上仲宣楼。

斗柄西回亘绛河，京华北望影嵯峨。

海疆蜃气何时静，天上霓裳近日多。

风动石鲸看习战，霜寒仗马听鸣珂。

八垓正献升平颂，谁更投诗吊汨罗。

风雨潇潇气转寒，忧时心事托长叹。

青齐蚁溃黄流恶，白下蝗飞赤地宽。

闻道京畿多苦潦，至今津海病狂澜。

四方水旱频年奏，九陛焦劳几日安。

灯前看剑到深宵，热血浑如子午潮。

有报国心曾未效，作归田想是无聊。

迁官不羡邱灵鞠[1]，泻酒谁箴陆士瑶。

问讯黄花原未晚，一尊移对许愁消。

注：

①邱灵鞠：南北朝时名人，生于乌程（今湖州）。少时好学诗文，负有文名。宦途屡迁，曲折多变。好饮酒，经常披头散发，仪态不整。

八月七日，喜廷献侄至

蜀江水满万重滩，见汝南来举室欢。

颇怪少年如我瘦，也知生计比人难。

解装吴市乡音少，对酒秋轩暮雨寒。

苦讯家山纤屑事，似闻街柝报更阑。

苏文忠公祠在定慧寺后，即守钦长老住持所也。秋祭日诣焉，芜秽不治，顾之怃然。因有修复之思，率成长句，以柬同志

玉局仙人本奎宿，九州内外争尸祝^①。

中吴祠宇半荒凉，来酹^②寒泉荐秋菊。

公之井里我乡关，绮岁眉山往还熟。

秋风倚棹荡玻璃，春日循街问纱縠。

一从东下踏尘土，梦绕凌云如转毂。

宦游况送江入海，似与遗迹相追逐。

繄^③昔公当乞郡时，钱塘吴兴频典牧。

姑苏台畔屡经过，山水流连等三竺^④。

虎邱岩壁铁花秀，高会欣逢刘孝叔。

三贤画像快留题，苦羡鲈鱼叹麋鹿。

镰衣杷菌眼枯泪，尤为吴农重蒿目。

公乎虽去八百载，疑有英灵时往复。

西风摵摵^⑤吹疏木，神之来兮气萧肃。

艾烟纷缭鮏鼯逃，想像灵旗天半簇。

昔闻定慧钦长老，一面缘悭互倾服。

惠州谪去八千里，翟公门无客不速。

独教契顺远投诗，寒山十颂清可读。（公初谪惠州，长老使其徒卓契顺往视，

且致诗，并《寒山十颂》寄焉。）

当时行脚苦招邀，应迓吟魂返僧屋。

岂知劫火到毗耶，铁柱石楼有翻覆。

啸轩可啸似黄州，至今竟无风扫竹。

写真图或倩龙眠，笠屐不堪尘满掬。

自来三吴盛文史，何时淫祀滋繁黩。

铲除空忆睢州汤，起化更少平湖陆。

竟令胜迹莽榛菅，坐使明禋⑥失清穆。

惟公浩气没犹存，风马云车肯顾蹙⑦。

尚循典礼洁牲牷⑧，不似琼儋烧蝙蝠。

莘蒿⑨一奏鹤南飞，城郭依然应降福。

骖龙翳凤公去来，定念旧游惊闪倏。

太息当时箕口张，乌台诗案千秋独。

买田阳羡归未能，万里桄榔甘黜伏。

公之名德尚若此，我辈何功倖持禄。

愿将举废告同心，半亩溪堂更新筑。

紫袍腰笛寿公时，还献梅花挹清馥。

注：

①尸祝：主祭人；古时祭祀时对神主掌祝的人。

②酹：lèi，把酒倒在地上表示祭奠。

③繄：yī，文言助词，用在句首。

④三竺：杭州灵隐山飞来峰东南的天竺山上有上天竺、中天竺、下天

竺三座寺庙，合称"三天竺"，简称"三竺"。

⑤摵摵：sè sè，象声词，形容风吹落叶的声音。

⑥明禋：míng yīn，指明洁诚敬的献享。

⑦ 嚬蹙：pín cù，皱眉蹙额，忧愁而皱眉的样子。

⑧ 牲牷：shēng quán，祭品。

⑨ 荤蒿：hūn hāo，祭祀时祭品发出的气味，后亦泛指祭祀。

秋轩

盆菊争开花气清，空轩人静一蛩鸣。

奚僮未下西窗幌，夜半床头有月明。

舆中

六街往复任奔驰，独抱闲情只自知。

王废基前人迹少，笋舆还有读书时。

十月十日为慈禧皇太后万寿圣节，随班庆祝，礼成恭纪

凤阖①螭②坳③俨帝居，慈宁北望肃簪裾④。

霄澄珠斗⑤蜺旌⑥动，人集金阊虎拜⑦舒。

万岁呼嵩⑧千里外，两朝训政卅年余。

小臣效职惭潘岳，喜戴尧天奉板舆。

注：

① 阖：hé，门扇。

② 螭：chī，古代传说中没有角的龙。

③ 坳：ào，山间的平地。

④ 簪裾：zān jū，古代显贵者的服饰，借指显贵。

⑤珠斗：北斗七星。

⑥蜺旌：ní jīng，彩饰之旗。

⑦虎拜：《诗经·大雅·江汉》载有"虎拜稽首，天子万年"句。周宣王时期，一位名字叫虎的官员召穆公有战功，周王赐以山川土地，召穆公非常感激，磕头拜谢周王。后世遂以大臣朝拜天子称为"虎拜"。

⑧呼嵩：hū sōng，《汉书·武帝纪》载，元封元年正月，武帝亲登嵩高山，文武官员齐呼万岁者三。后世遂以"呼嵩"指称对君主的祝颂。

有感

玉琴一曲念奴娇，前度刘郎骨已销。

掷果客思鸳梦续，垫巾人比雉媒骄。

移山案动心难转，缩地方多舌漫饶。

怪底休文也憔悴，五花冠帔在王嫱。

和亮侪弟韵

数行手迹见天真，草势匆匆笔有神。

易到音书期一月，难求兄弟我三人。

年来宦味浑如蜡，别后衰颜欲起鳞。

为报禅心泥絮冷，桃枝桃叶懒争新。

十月二十八日，枕上闻飞雪有声，移时遂止，怅然感赋，仿欧阳公禁体，用东坡聚星堂韵

藤轩风过飘霜叶，夜半玎玖杂飞雪。

连朝酝酿今始成，便冀遗蝗先殄^①绝。

龙公试手兴颇豪，初势疑压筼筜^②折。

只怜宿鸟一时惊，且任行踪三径灭。

年来须鬓半星星，坐叹流光如电掣。

青山此际改苍颜，定似吾衰皱面缬。

歌词正拟叶阳春，听事还思铺木屑。

岂知滕六^③竟遄回，翳凤^④琼楼去飘瞥。

麦根薄润曾何济，占丰恐负吴农说。

念之辗转不成眠，自笑黄绸冷于铁。

注：

① 殄：tiǎn，消灭，灭绝。

② 筼筜：yún dāng，生长在水边的大竹子。

③ 滕六：téng liù，中国古代神话传说中的雪神。此处用以指雪。

④ 翳凤：yì fèng，本意是用凤羽做车盖，后用为乘风之意。

默坐

催人白发比人忙，两鬓萧条竟似霜。

默坐已无豪气在，高谈转悔少年狂。

浮名偃蹇^①鲇缘竹^②，大地繁华燕处堂^③。

病后道根应渐长，丹田煜煜^④蔼春阳。

注：

① 偃蹇：yǎn jiǎn，困顿，窘迫。

② 鲇缘竹：nián yuán zhú，犹言鲇鱼上竹竿，比喻上升艰难。

③ 燕处堂：处，居住；堂，堂屋。燕子住在堂屋里。比喻生活安定而失去警惕性，也比喻大祸临头而不自知。

④ 煜煜：yù yù，明亮的样子。

沙湖阻浅口号

今年冬干落水潦，湖口深泓生浅草。

轻舟胶涩柁不灵，八九篙师齐仆倒。

推移半日方过桥，老农汲水来何遥。

自言三日不得雪，便当抱瓮灌麦苗。

我语老农莫愁叹，麦苗纵枯汝能灌。

江南江北遗蝗多，明年飞起何人断。

祷雪郡庙，用东坡《雾猪泉祈雪》韵，柬鹿邑王筠庄树棻、凌镜之两大令

落木让群岫，城西争见山。

草桥霜气清，一日再往还。

龙公驾何许，渺渺不可攀。

何时冰玉光，生我肝肺间。

昨从湖上归，岩石露粗顽。

水潦涸欲尽，蓉溪如断环。

蒙芃①原上麦，黄萎杂霜菅。

吴农方嗟咨，吾曹焉敢闲。

祷词岂有济，未忍浮文删。

藉君发诚感，为我破诗悭。

注：

① 蒙芃：méng péng，茂盛的样子。

寄怀华阳赖子谊同年永恭三河

故人天末渺孤鸿，两地相思十稔中。

仙吏飞凫燕市北，少年骄马锦城东。

关河修阻音书少，仕宦浮沉事业空。

回首子龙潭畔月，与君惆怅对西风。

和松存同年韵

至人无畦町，抱蜀成孤往。

迹随众鸟托，音拟飞鸿响。

吾曹一生事，能著屐几两。

湛湛玉壶清，莹莹冰鉴朗。

倘为得失淆，所见殊不广。

君看白云飞，岂羡横汾赏。

去住本无心，高压巨灵掌。

为霖不自知，百卉潜滋长。

又观青田鹤，轩轩舒雪氅。

鸡群立弗嫌，未碍扶摇上。

饮啄羞稻粱，栖止谢榛莽。

可近不可羁，谁敢施罗网。

凤德衰可嗟，龙性驯难强。

君自惜景光，我亦悔畴曩。

腾笑北山移，奇文试摹仿。

漫兴

温风吹入沍寒①天，衰柳丝丝拂暖烟。

酿雪未成霜亦净，飘飖②疏雨送残年。

曙钟声里笋舆③来，铃阁沉沉尚未开。

趋府忽教幽意远，道山亭近好寻梅。④

注：

① 沍寒：hù hán，寒气冻结，极为寒冷。

② 飘飖：piāo yáo，风吹的样子。

③ 笋舆：sǔn yú，用竹子编成的轿子。

④《鸿城集》卷二此处有"（廿日衙参，至则抚署门尚未辟也。）"。

祷雪既数日，夜常不寐。廿一将曙，雨声大作，始获一睡。而梦境迷离，匪夷所思，醒后拉杂纪之，亦聊志吾过云尔

冬雪不易至，春雨乃先来。

顽云压窗牖，曙色迟难开。

终宵盼雪眠不得，雨声引入华胥国。

直排阊阖叫天阍，苦语上诉披胸臆。

不知天帝远莫闻，只讶上界多尘氛。

巍巍庭宇暗阴黳，非烟非雾兼非云。

咫尺不辨瑶台路，隔帘似有蝇声怒。

玉龙鳞甲渺难攀，白凤回翔不肯住。

踌躇踯躅迷西东，金银气满蓬莱宫。

广寒清虚杳何许，芙蓉城阙昏濛濛。

进亦不得前，退亦不能去。

地不可缩，风不可御。

天鸡三号不见人，徙倚云阶谁可语。

安得造父之驾王良驭，直到琼楼玉宇花飞处。

忽疑身落岷峨间，若有人兮招我还。

推挤者谁岂汝怨，臧氏之子①乃能使我开心颜。

山拥螺而苍苍，泉鸣玉而琅琅。

石桥雨过松阴绿，桤林风细岩花香。

隔溪孤鹤静似我，羽毛皎洁忘飞翔。

欲待何时天雨粟，饥来未肯谋稻粱。

相看各有霄汉志，试问清唳胡为长。

鹤不言，我亦醒。

雪意远在昆仑顶，檐溜声声自清迥。

注：

① 臧氏之子：指进谗害贤、挑拨离间的小人。

和山阴朱文川大令秉成原韵五首

人生如寄耳，泛若不系舟。

恋恋只三宿，郁郁生四愁。

推移尘海中，渺尔一芥浮。

胡为求利达，曾益妻妾羞。

嗟彼捷足者，不闻五袴讴。

岂知风浪旁，自有不惊鸥。

灌园岂寂寞，曩昔师于陵。

一从仕宦途，疲苶成劳薪。

故山美林壑，岩岫不骞崩。

近游云与随，长啸谷为应。

屋上千松楠，朝暮青霞升。

轩轩两驯鹤，久亦忘飞腾。

竭来苦相忆，归思欲宵兴。

出非善自谋，归亦苦无藉。

世网日以深，似甘引嘲骂。

贫窭①羞自言，险巇②吁可怕。

亦知平进难，耻作无媒嫁。

所幸朋盍簪，过从趁休暇。

闲和白鸠辞，分啖黄雀炙。

英英飞盖游，何似西园夜。

忘情淡荣辱，谁记淮阴胯。

君擅玉堂才，本是邹枚③侣。

殿前奏赋工，声动天尺五。

蓬山不肯入，来作三吴雨。

济时有远谟，承家有治谱。

我从识君初，归志金兰簿。

谓非俗吏俗，况洗腐儒腐。

悬知牛斗墟，新有德星聚。

幸哉海虞人，行当歌乐土。

谁迟单父琴，尚赁伯通庑。

澄怀冰雪清，虚室霜月苦。

一笑春将回，漫击催花鼓。

标格如项斯，哪禁逢人说。

君诗亦自好，莹比玉壶澈。

原本追风骚，典丽非剽窃。

尚惜风雅俦，道义多亏缺。

濂洛揭精华，韵语出心得。

庶几唱和中，不叹微言绝。

伟哉此名论，足砭下走劣。

吾曹民社膺，制锦惧灭裂。

柳城有殷鉴，何敢蹈故辙。

政暇一吟哦，志或有归宿。

相期仕学兼，优优企前哲。

惭愧答诗筒，正报丰年雪。

（故人有令朝阳者，近年以饮酒赋诗偾事④，故诗中及之。）

注：

① 贫窭：pín jù，贫穷。

② 险巇：xiǎn xī，形容山路危险，泛指道路艰难。

③ 邹枚：汉朝邹阳、枚乘的并称。两人皆以才辩著名当时。后世遂以"枚乘"借指富于才辩之士。

④ 偾事：fèn shì，搞坏事情。

喜雪，仍仿禁体，叠聚星堂韵，答宋松存

暖风吹透冬青叶，几朝疏雨不成雪。

春光乍泄又增寒，天公剪水真奇绝。

初看细若珠琲①跳，渐听重压琅玕折。

三日中虽疏密异，瓦背鱼鳞尽埋灭。

遗蝗郁疠一时销，官事应无肘可掣。

占丰有幸在来年，先爱清光满帘缅。

故人知我喜莫禁，新诗枉赠霏琼屑。

欧苏^②体韵禁颇严，老眼愁生花一瞥。

祷祈何敢自为功，击蜥刑鹅^③俱妄说。

只宜共赋广平梅，未碍君家心似铁。

注：

① 珠琲：zhū bèi，珠串，此处形容形似珠串的水珠。

② 欧苏：宋朝文学家欧阳修和苏轼的并称。

③ 击蜥刑鹅：宋时人相信通过击杀蜥蜴、白鹅来求雨水。

小诗二首柬松存

风劲寒严雪亦干，远山都作玉龙蟠。

银沙满地冰成海，门外晴光君试看。

北牖霜多冻起花，南荣^①溜结冰成柱。

街头蹀躞^②乍归来，自笑疏髯泻珠露。

注：

① 南荣：房屋的南檐。荣，屋檐两头翘起的部分。

② 蹀躞：dié xiè，小步行走；往来徘徊。

读欧阳文忠《归田四时乐》，怅然有感，即摹其体成之。

公诗只春夏二章，秋冬为梅圣俞^①分赋，今未即见后二首，仍叠前韵

东风三月晴雨时，新秧渐长闲人稀。

梯田水暖草初薙，柴门日丽花争辉。

猫头笋茁竹鸡唤，燕嘴麦齐山鹩飞。

邻叟客来鱼可钓，社公酒熟鸡先肥。

田家之乐知者谁，我夙知之今未归。

儿时坐看扶犁处，应任青苔满石矶。

田歌声起方薅草，夏木阴阴梅雨小。

禾先插遍鹰^②犹催，桑未剪完蚕已饱。

青秧影直行欲疏，碧树阴圆色最好。

月夜瓜棚起饭牛，午眠竹径醒闻鸟。

田家之乐谁得知，我虽及知归不早。

十围榕翠暑风凉，别来空忆枝柯老。

金风飒飒清秋时，簰车尽敛农功稀。

稻孙楼空宿雁侣，桂子香细凝蟾辉。

儿戏梧阴蟋蟀跃，客来柳港鸲鹆飞。

莲藕芡菱白长大，枣栗梨柿红圆肥。

田家之乐知者谁，我既知此行当归。

枫叶倒听不得卧，何时徙倚傍渔矶。

北风吹枯原上草，牛背人归笠影小。

苍松绕屋日色寒，红叶满林霜气饱。

酡颜颇怪白酒恶，曝背正似黄绵好。

菜畦四面尽梅花，雪晴树树鸣幽鸟。

田家之乐谁得知，我今欲归须及早。

山中故人倘见招，芋魁饭豆^③吾能老。

注:

① 梅圣俞:即梅尧臣,字圣俞,世称宛陵先生。少即能诗,与苏舜钦齐名,时号"苏梅",又与欧阳修并称"欧梅"。他是宋诗的"开山祖师"。

② 扈:hù,农桑候鸟的通称。

③ 芋魁饭豆:指粗劣的饭食。芋魁,芋的块茎;饭豆,以豆为饭。

雪莲歌赠王筠庄

君不见天山之高高插天,上有积雪逾千年。

六月骄阳冻不解,奇寒自古无人烟。

飞鸟鸷兽不敢前,大木僵缩形曲蜷。

阳和不到生意绝,何物更苗山之巅。

异哉雪中长雪莲,万朵擎出云霞边。

不知根深几千尺,乃能上透层冰坚。

有花可似红衣鲜,有叶可是青田田。

天风吹空香益远,瑶台仙子来翩翩。

昔闻太华峰头有玉井,花开十丈空中妍。

西行未叩金天户,空思一睹藕如船。

此花更出秦陇外,三十六国通居延。

南北岭高人迹少,凭谁采采扪星躔①。

王乔吏隐仙乎仙,东游只饮沧浪泉。

双凫飞去亦何速,直过瀚海经于阗。

摘花满袖不觉重,归来控鹤犹蹁跹。

道从乡井历伊洛,缑山笙响清宵传。

问君往复一万八千里,游戏三昧胡为然。

淮南灵笈彭祖术,早哦内外黄庭篇。

年年喜气满金屋，琼枝玉树辉珠联。

掀髯漫作拈花笑，论功正恐髯难专。

禁方珍重秘不宣，谁能乞取求真诠。

山阴莫侯首得请（谓玙香司马），拜嘉我亦免垂涎。

开缄目眩冰玉色，百二十片非戋戋[②]。

细观形质审物理，薄胜蝉翼轻于绵。

锦纹错出花须怒，隐隐中抱双珠圆。

托根远在冰雪窟，得气纯一阳无愆。

阴疑必战刚者胜，易义自昔赅丹铅。

君从玩索得真诀，我恐服食非奇缘。

火坑早现清净相，玉楼粟起酣孤眠。

澄观坐看龙虎伏，华鬘[③]天女资谈禅。

何况桃枝两蓬垢，肯使九鼎供熬煎。

即今飞雪满平川，夜阑懒奏鸳鸯弦。

拜君之惠聊什袭，还从故纸勤钻研。（余于雪莲仅闻传述其名，今见之，乃吾蜀药肆中之破故纸耳，形如皂荚，绛囊长二尺余，此则其中之瓤也。另有黑子，吴中药品用之。）

并头解语幻复幻，苦口哪望红袖怜。

绮语忏不尽，良药疾可蠲[④]。

安得一官竟向句漏[⑤]迁，绛囊二尺更携去，与君共拍洪厓[⑥]肩。

注：

① 星躔：xīng chán，日月星辰运行的度次。

② 戋戋：jiān jiān，形容微细的样子；形容积聚很多的样子。

③ 鬘：mán，形容头发美好的样子。

④ 蠲：juān，除去。

⑤ 句漏：古地名，句漏县。典出《晋书·葛洪传》，意为追求仙道养

生避世之地。

⑥洪厓：洪厓是神话传说中的仙人，典出晋时葛洪《神仙传》。后世以此典形容仙道之事，或形容人求仙慕道。

打冰行

北风吹堕城头雪，一夜江波冻成铁。

吴船千舸不敢行，水路一朝都断绝。

子胥潮落何时回，九日十日河未开。

艨艟巨舰哪能待，急钲催集民夫来。

民夫力尽船不动，大船还得小船送。

小船打冰冰塞川，却嗔津吏尔无用。

衙斋对雪杂诗六首

古藤

飞霙满枝条，皑皑相结纽。

谁驾银虬来，蜿蜒窥户牖。

老干犹倔强，斜挟白龙走。

丛桂

桂树以冬荣，宜有耐寒性。

繁柯重不胜，绿意殊难竞。

小山不见招，感入蓝关①咏。

芭蕉

琉璃世界中，大好绿天住。

枯叶空复长，碎玉声如诉。

鹿梦知已阑，萧条岁云暮。

蔷薇

青翠犹欣欣，似得依附力。

枝头烂若银，尔更工粉饰。

何况花开时，姿媚动颜色。

砌竹

直节不得伸，欺压方相属。

撑持力虽微，挺挺见寒绿。

故山霜雪轻，长护千竿玉。

盆梅

虬枝一尺余，红蕊珍珠破。

封条生玉光，分外精神大。

只怜萼绿华，醉向瑶台卧。

注：

①蓝关：蓝田关的简称，秦朝称为"峣（yáo）关"，北周称为"青尼关"，自古为关中平原通往南阳盆地的交通要隘。

雪夜起坐

宵深寒意若为开，檐溜潺潺梦乍回。

屋上未知犹化雪，直疑月下雨声来。

重衾暖溢起徐徐，犹有残灯照簿书。

坐久静观庭畔月，梅花影外自清虚。

满院清光地似银，声声疑报小楼春。

饱看雪月还听雨，今夕幽怀信绝伦。

雪中和松存原韵

十日回风舞素娥，坐看积玉满庭柯。

也知入地遗蝗少，只恐号寒冻雀多。

柳絮新篇纷简札，梅花远信渺关河。

故人尚学袁安卧 ①，鹗荐 ② 谁当重礼罗 ③。

注：

① 袁安卧：袁安为后汉名臣。据《后汉书·袁安传》载：袁安未出仕时的一个冬天，大雪积地丈余，洛阳令身出案行，见人家皆除雪出，有乞食者。至袁安门，无有行路。谓安已死，令人除雪入户，见安僵卧。问何以不出。安曰："大雪人皆饿，不宜干人。"令以为贤，举为孝廉。后世遂以此典形容士人生活清贫，操守高洁。

② 鹗荐：è jiàn，比喻推举有才能的人。

③ 礼罗：以礼罗致。

潘谱琴世丈祖同赐题拙著，次韵谢之

公家盛旗裳，望重高阳里。

公心淡簪绂^①，诗似玉川子^②。

渊渊雅量宏，奖借逮微技。

筌忘鱼自得，悠然濠上旨。

光风清我襟，馨逸披芳芷。

此意如可诠，书以松纹纸。

注：

① 簪绂：zān fú，冠簪和缨带，古代官员服饰，比喻仕宦、显贵。

② 玉川子：唐朝诗人卢仝的号。

腊月十六日迎春作

逐队东郊彩仗齐，一年两度省春犁（今岁立春在新正六日）。

喜看往复娄门路，满地银花衬马蹄。

南檐雷似雨斜侵，瑞雪还成傅说霖。

才过土牛闻吉语，春前三白见天心。

淑气真看应候来，一天晴色暖烟开。

恒寒漫泥京房^①传，此意应惭邓尉梅。

昨宵冷月镇团圞，红雪犹从北市看。

今日生机重盎盎，青幡影里迓春官。

注：

① 京房：西汉学者，在学术、政治、音律史书、天文等方面均有建树。

与松存唱和久，积诗简颇富，出以相还。

而来诗若相诮责者，因次原韵解之

早肄参同契，丹成如出壳。

人身血肉躯，安用不死药。

神全体可遗，莫问外美恶。

譬如食橘甘，几见连皮嚼。

得鱼或忘筌，未遂落下著。

吾曹偶吟咏，积稿不盈橐。

雪后兴颇豪，官梅满东阁。

旗鼓竞酬唱，中怀仍淡漠。

寓意不留意，岂为诗所缚。

而况诗之简，径寸复纤薄。

有美虽内含，弃置常忽略。

谁操用舍权，心口试商度。

天道本好还，吾学宜守约。

往返不瑕疵，互易期各各。

还楮非还珠，百宝收璎珞。

却笑碧纱笼，不少犬羊鞟①。

注：

① 犬羊鞟：quǎn yáng kuò，犬羊皮制成的革。

前诗意有未尽，再叠韵谢之

禅家清净相，欲破烦恼壳。

道家解脱方，贵种飞腾药。

二家只一空，所见良不恶。

味之皆有味，美胜屠门^① 嚼。

诗亦空则灵，本无迹可著。

百篇与千首，岂藉冲囊橐。

看君逸气横，不上凌烟阁。

豪情发于诗，如雕盘大漠。

如龙如虹霓，讵肯受束缚。

金匮难秘藏，何论茧纸薄。

呵护驱六丁^②，恃有阴符略。

戋戋尺一函，原从寸寸度。

取精用益宏，试订相如约。

秦返十五城，赵璧归盉各。

锦囊互珍重，瑶华任绎络。

皮相非我思，奚问虎羊鞨。

注：

① 屠门：肉市。

② 六丁：道教认为六丁（丁卯、丁巳、丁未、丁酉、丁亥、丁丑）为阴神，为天帝所役使；道士则可用符箓（lù）召请，以供驱使。

嘉平十七日亥初立春，偶书所见

扤祥^① 灾异不能辨，平生愧读五行传。

忽惊浓焰蔽空来，瞑晦沉沉天地变。

人言大似黄雾塞，或云当即黑眚^② 见。

蜿蜓灯火尚迷路，咫尺僮仆如避面。

此时我正出鞭春，微腥气讶潜蛟煽。

須臾云月净娟娟，踏雪归来光若练。

检书颇识脂夜污，引酒还共梅花宴。

却疑区霿③不恒风，刘向京房何所见。

注：

① 机祥：jì xiáng，迷信鬼神，向鬼神求福；变异之事，吉凶之先兆。

② 黑眚：hēi shěng，古代谓五行水气而生的灾祸。五行中水为黑色，故称"黑眚"。

③ 区霿：qū méng，昏昧。

东坡生日，集同人于苏祠为寿，强成一律

八百余年磨蝎尽，尽容蜀党寿髯仙。①

碑余手迹归来未（祠有公书《归去来辞》碑），坐有诗豪唱和便。

丹荔神弦新乐府，紫袍腰笛旧因缘。

冰心应早邀公鉴，词客亲携第二泉。（子绂新自锡山归，以惠泉之冰为荐。）

注：

①《鸿城集》卷二此处有"（是日，会者十一人，凌镜之、宋松存、张子绂、姚次梧及余，皆蜀产。）"。

梅花

雪重花疏冷玉魂，半阶凉月又黄昏。

纸窗扶上横斜影，倒现霜禽欲下痕。

绿萼红苞空自怜，铜瓶寂寂负癯仙。

暗香吹入山阳笛，不赋梅花已十年。（亡友陈子蕃中翰于戊寅春录所作《梅花》

绝句二十首寄余于凤凰城，自是无复嗣音，竟成永诀。每值岁寒花发，对兹冷艳，

辄念我故人，凄感不能成韵，计今已十五年矣。）

除夕

去年岁暮愁无雪，除夜情怀不可说。

今年雪后岁始除，寒雨霏微夜清绝。

先十四日春已来，雪消才见梅花开。

扫除案牍得今夕，守岁不驻空徘徊。

峥嵘人事浑忘却，送穷文倩谁为作。

簿领羞言仕为贫，屠苏①喜与民同乐。

一年到此更无时，分阴寸阴安可追。

万家爆竹喧人海，自酹寒花独祭诗。

诗才治谱匪兼长，政暇吟怀偶寄将。

作吏清时闲最好，迓寅饯亥为谁忙。

注:

①屠苏：古代一种酒名，相传农历正月初一饮屠苏酒可以辟邪，不染
瘟疫。

元和三集卷第八

癸巳元日

帝有恩言寿宇恢，履端瑞应喜晴开。

鹓班^①望阙朝元早，鹄履^②趋公献岁回。

尺雪丰占天下遍，朵云诏盼日边来。

娱亲更制椒花颂，黄口还能醉一杯。（侃儿是日亦醉。）

注：

① 鹓班：yuān bān，朝官的行列。

② 鹄履：hú lǚ，旧时官员朝拜时穿的白鞋，代指官员。

与客谈食蔬之美漫赋

肉食年来鄙未除，只余清梦到山蔬。

远谋须得家园种，嫩绿肥青手自锄。

早春第一菜薹多，入箸香生碧玉柯。

漫道南中莼脍美，试拈冬苋滑如何。

连畦珠露缀纤茎，绿甲红牙脆有声。

侵晓筠篮亲手摘，釜香缕缕逼人清。

万钱何处觅芳甘，盐豉调匀我尚谙。

但得斯民无此色，闭门大好住江南。

述怀

渊明宰彭泽，本为三径资。

到官月日浅，治绩无由知。

观其遣一力，诚子有训辞。

谓此亦人子，期以善遇之。

即兹一二语，肺腑深仁慈。

推此烛民隐，痌瘝^①若已私。

弦歌意从容，事鲜虞棼丝^②。

淡泊裕廉静，悌恺罔弗宜。

督邮胡为者，行部声沲沲^③。

吾腰不忍折，五斗安足縻^④。

拂衣遂高蹈，松菊含清姿。

鸟还岂诚倦，知止惧后时。

要其引退速，幸无家累随。

乐天良足慕，虑始谁能师。

注：

① 痌瘝：tóng guān，疾苦，病痛。

② 棼丝：fén sī，乱丝。

③ 沲沲：dàn dàn，自得的样子。

④ 縻：mí，拴，捆。

游仙诗十首

洞府深深倚石楼，松岩千仞入瀛洲。

化身戏掷成珠米，飞过淮南第一州。

芥子须弥指一弹，烟霞卧久驭风难。

起来笑见桑田改，沧海年年杯渡安。

赭龛^①山色入松寮^②，学驾青羊步步摇^③。

眷属云中新胖合^④，听他低唱自吹箫。

洗髓亲窥石室书，丹成罪过尽消除。

庚申自倚仙人杖，万劫罡风上斗车。

十二楼高瞰五城，步虚飘忽羽衣轻。

华鬟尊者庄严甚，不道重来也目成。

得意亲随八月槎，归来反失枣如瓜。

门生门下休相怨，解渴重剞^⑤五色霞。

姓名新列上清书，卅六真灵尽不如。

颇得辰溪砂乳力，金精长护赤城居。

玉冈东面蜃楼多，安乐原来竟有窝。

瑶草满山供莝秼^⑥，且看支遁意如何。

绿发方瞳骨相奇，眉间黄气见多时。

灵丹仍在西王母，却怪嫦娥窃药迟。

青鸟书来跨鹤从，群仙分道控鸾龙。

不知谁啖胡麻尽，天上还闻饭后钟。

注：

① 赭龕：zhě kān，赭山与龕山的并称，均位于浙江钱塘江南岸，传说中的仙山。

② 松寮：sōng liáo，松窗。

③ 青羊步步摇：传说老子出游时所骑者为青羊。

④ 胖合：pàn hé，交缠纠结。

⑤ 斢：jū，舀取。

⑥ 莝秣：cuò mò，铡牲口的饲料；铡碎的草。

正月二十日，招同镜之、松存、姚次梧桐生、陈榕庵煦、张昕园晟、魏尔宾士鸿、刘润生德澍诸乡人会饮，仍用东坡是日女王城诗韵

蜀山凫舄①集吴门，笑我官居似一村。（县署三面皆旷地。）

报最连名宁有补（客冬大计，润生与予皆列"卓异"），忧时欲泪幸无痕。

中年丝竹怜安石，乡国疮痍付吉温。（中坐谈吾蜀近事，相与慨然。）

四坐相看青鬓少，催归恐断杜鹃魂。

注：

① 凫舄：fú xì，《后汉书·方术列传》载：王乔任叶县县令时，尝化两舄（鞋子）为双凫（野鸭），乘之赴京师。后世遂用为地方官的代称。

二月三日，得纳溪蒋达轩中翰茂璧书，并媵①一律，即次原韵报之

凤阁词人气轶群，书来南国正春分（是日春分）。

功名都类鲇缘竹，声利甘如蠹避芸②。

簪笔披垣追颐瀚③，卜邻京洛接机云。

羡君三径招邀便，二陆风流善缀文。

（达轩京寓，与高蔚然驾部、澂岚编修兄弟邻，故及之。）

注:

① 媵:yìng,相送,致送。

② 蠹避芸:dù bì yún,古人藏书用芸香来防蛀虫。

③ 颋瀚:tǐng hàn,端方正直广大。

王废基

休沐^①前看柳未芽,今来新翠已交加。

桥西一树明于雪,开满丁园木笔花。

注:

① 休沐:休息洗沐之意,犹言休假。秦汉时,官场已形成了三日一洗头、五日一沐浴的习惯。官府每五天给一天假,此被称为"休沐"。

初夏雨中漫兴

藤花落尽叶森森,密雨斜风著意侵。

天入黄梅疑有例,云归绿树欲无阴。

阶前础润长如昨,郭外农忙始自今。

坐对庭柯看滴露,几回重炷海南沈^①。

注:

① 海南沈:"沈"同"沉"。海南沉香的简称,自古以来就享有盛誉。

紫藤花下醉歌,用朱竹垞韵

去年冰雪三尺坚,丛桂幽兰半枯槁。

余寒冻入花之胎,一春芳事殊草草。

衙斋卉木更无多，盆盎落英如电扫。

荼蘼①已失玉盘盂，宝相空羡红马脑。

惟有古藤根植固，老干蟠屈逾栲栳②。

游丝翠浥露涓涓，嫩叶青翻日杲杲。

初苞偶见白雀鸧③，细蕊时任黄蜂抱。

垂垂璎珞交枝柯，势重欲压棚格倒。

开虽较迟久尚繁，新阴况比槐龙早。

午晴风细鸟声和，如坐花间春未老。

却思早岁锦官城，洗马池南穿石岛。

柔条髟蔓拂行肩，绛雪玲珑点衫襖。

旧游回首二十年，黄垆寂寞沉英藻。（成都子龙潭有紫藤一株，花时常偕朋辈

往游，旧友张旦卿、李奎糯、陈子蕃今皆作古人矣。追念陈迹，对此怃然。）

花前不醉今何为，紫凤苍虬正娟好。

注：

① 荼蘼：tú mí，落叶灌木。

② 栲栳：kǎo lǎo，用柳条编成的容器，形状像斗，也叫"笆斗"。

③ 鸧：qiān，（鸟、鸡等）用尖嘴啄。

光州吴粤生大令镜沆开浚镇洋荡泾三渠既成，有诗见寄，次韵和之

宦情赢得鬓如霜，心事悠悠自揣量。

论史直须浮大白①，逢时不羡逐飞黄②。

故人怜我腰同折，大吏嗤君项独强（以辛壬冬春事言之）。

为诵新诗知美政，芍陂③经画本循良。

膏腴斥卤惠斯民，任涸廉泉不润身。

茜草泾边收弃地，杏花时节少闲人。

龚黄誉问谁争掠，史白规模自可循。

遥识三渠春涨腻，劝耕欢集酒千巡。

旧迹亲寻岳降前（三渠初浚在五十七年前，实君始生之岁），使君七日驻华斿。

同时吴祐多奇绩，再世韦皋有夙缘。

二郏遗书资治谱，三吴大利在农田。

不须约束劳均水，五万鳞塍漾碧涟（水利所及，盖五万余亩云）。

五年我愧领鸿城，水饮湖心爱灭明。

堤筑金泾栽柳遍，塘沿章练载花行。（今春浚章练塘市河，合长三千三百丈有奇，四月初始诣收工。）

白公错拟名难副，赤子诚求教未成。

何以弇山歌咏满，七鸦映澈玉壶清。（七鸦浦，镇洋水名。）

注：

①浮大白：原指违反酒令罚饮一大杯酒，后指满饮一大杯酒。

②飞黄：古代勇士飞廉与中黄伯的并称。有的地方又用作神马的名称，又名"乘黄"。

③芍陂：què bēi，又名期思陂，古代淮水流域最著名的水利工程，相传系春秋楚相孙叔敖所凿，是我国古代四大水利工程之一。

十二辰诗

鼠狱不可学，牛后不可为。

虎头万里相，兔园安足羁。

龙泉乃知我，蛇珠将赠谁。

马班夙所慕，羊何行当师。

猴怜冠沐久，鸡与絮谈宜。

狗监方争附，猪肝良自悲。

彭县唐容川仪部宗海为同治己庚间同肄业锦江书院之友，

别二十一年矣。癸巳初夏，纡道来访，欢聚累日，作诗赠之

石室论交并少年，今朝相对各华颠①。

惊看面目犹能识，苦说髭须剧可怜。

几辈黄垆成异物（谓吴祉繁、陈子蕃诸亡友），万言金匮有新编（容川著有方

书数种）。

离怀廿载愁难尽，风雨声中意黯然。

注：

① 华颠：huá diān，指头发黑白相间，喻意年老。

天中节过，逾旬不雨，苦热至不可耐。

十七日午后偃坐藤轩，骤雨忽至，喜赋长句志之

五月未半暑已酷，亭午骄阳有炎毒。

火云烛地轩窗红，十丈藤阴不敢绿。

藤阴深处热原少，今年热意偏来早。

一旬不雨蔓争鬐，三面当风叶半槁。

下有人兮脆于叶，侵晨便怕窥帘缬。

簿书长日颇眉攒，枕簟深宵犹污涅。

况兼四野新插禾，水车声急通宵多。

老农炙背不知苦，高田未种将奈何。

城中疵疠又纷起，吴人悚惧吴医喜。

连朝我亦苦不眠，病似相如渴欲死。

忧民忧岁还自忧，起瞻云汉魂为愁。

岂知龙公耻凭藉，晴空能使甘澍流。

往时云浓雨乃足，今朝雨比云来速。

风声亦较电光迟，奔走百灵太仓猝。

震雷破地摧高柯（是日莳门内①，雷折一古树），银涛倒泻声如河。

乍看檐溜出飞瀑，顿使洼水成盘涡。

须臾坎窞水皆积，平流何止添一尺。

明朝秧马满新田，万亩千畦同一碧。

斯时我坐青藤轩，耳目欣悦口忘言。

形神交畅痌亦解，玉液汩汩充关元。

夜凉定许得美睡，清气沉酣归梦寐。

不愁喘月有余惊，大好开尊先薄醉。

醉看棚格无纤埃，藤花万乳方重开。

绕檐紫雪浥新露，雨中渐有香风来。

香风吹散炎威苦，不为三农还鼓舞。

莫笑藤阴学卧治，远胜去年今日方祈雨。

注：

①《鸿城集》卷三此处为"是日署外半里许"。

藤花既谢复开，五月中尤盛，喜成二绝句

干作蟠虬蔓结蛇，平铺翠幄①冒檐牙。

最怜绿叶全舒后，开出三番四度花。

西院春风紫雪飞，东轩颇惜见花稀。
岂知芳意长留住，看过端阳乳尚肥。

注:

① 罽：jì，一种毛织品。

亮侪以和人排闷诗见寄，即用其韵报之

离奇万种家园梦，搅入乡心未忍捐。
每忆少游思下泽，空教安石惜中年。
宦情冷惯翻嫌热，诗句鳌成不碍圆。
两地欲归归得否，阮囊① 羞问买山钱。

新蝉晴午咽嘈嘈，避暑难为挂檝逃。
清簟疏帘萱背静，寸笺尺牍草心劳。
娱亲我慕崔元炜②，忧国谁如左伯豪③。
忠孝情怀长郁结，不堪霜鬓短犹搔。

簿书丛里有吟声，结习难忘旧日情。
政拙幸无蝗入境，官忙偶似鹭催耕。
勒移文在青山老，招隐诗成白发生。
正忆弟兄销夏处，石船流水绿烟横。

研摩籀篆爱冰斯，翠墨炎天手自披。

识字岂真忧患始，刨书渐有子孙知。

秋风莼鲙情同切，春草池塘句莫迟。

何日肩随过洞口，毡椎④亲访白麇碑。（吾家七里许有白麇洞，

闻近年土人于洞口掘得古碑，余兄弟均尚未及见也。）

注：

①阮囊：ruǎn náng，宋朝阴时夫《韵府群玉·七阳》载：晋时阮孚持一皂囊，游会稽，客问："囊中何物？"阮曰："但有一钱看囊，恐其羞涩。"后因以"阮囊"或"阮囊羞涩"作为自称手头拮据、身无钱财之典，比喻经济困难。

②崔元炜：唐朝名官员，性情耿直，清正廉洁。《新唐书·崔玄炜传》载：母卢，有贤操，常戒玄炜曰："吾闻姨兄辛玄驭云：'子姓仕宦，有言其贫窭不自存，此善也；若资货盈衍，恶也。'吾尝以为确论。比见亲表仕者务多财以奉亲，而亲不究所从来。必出于禄禀则善，如其不然，何异盗乎？若今为吏，不能忠清，无以戴天履地。宜识吾意。"故玄炜所守以清白名。

③左伯豪：名雄，东汉时期官员，少有大志，品性笃厚，处事严肃，忧国忧民，为考试选官制度的完善做出了贡献。

④毡椎：zhān chuí，碑拓。

六月十二、十三两日，再莅北市口占

丰茸细草碧于莎，掀翠摇青羡作波。

两日午晴人再到，风来都带血腥多。

辽塞当年跃马过，人头惯见满车多。

未期坐治清嘉俗，无奈探丸鼠辈何。

（余昔游辽沈，有《即事》，诗中一首云："银刀队里绿旗开，吹雪风号画角哀。

遥见将军新令出，人头又送一车来。"盖纪实也。）

伏雨初过暑气清，道旁野叟荷锄行。

也应恶草芟夷尽，坐待嘉禾满地生。

十七之夜复莅北市，又占一绝

满路明蟾炯似银，风凉草软夜无尘。

今宵孤负团圞月，添出清辉照杀人。

送别华阳王绶荃大令秉恧

锦官城东故人面，别十四年不相见。

南风六月吹吴船，一笑连宵共清宴。

灯前注视须眉苍，颇怪容颜都改变。

浮沉僚底等飘零，豪气未除时隐现。

忆昔逢君正少年，碧鸡坊前春服袨。

草绿千门任醉游，槐黄几度追文战。

矮屋功名得意难，掉头哪惜飞劳燕。

我从京国更饥驱，雪窖冰天闲踏遍。

投戈又上公车门，长安花好空留恋。

是时君亦赋出山，随牒将之邹鲁甸。

宣南病起送君行，歌罢骊驹浑瞀眩。（庚辰客京师，与君再别时，余适苦病。）

从兹南北各分驰，泰岱风云劳企羡。

昨朝越海和吹埙，归帆路入吴门便。（君甫由粤东省其兄雪丞同年太守，于肇

庆归。）

惠然肯挟清风来，坐冷藤阴谈未倦。

君积年资在东鲁，蹉政荄防深历练。

双凫偶听梁父吟（曾暂摄泰安县篆），去思可入循良传。

贤劳卓著不矜伐，坐看时髦争鹗荐。

我于民社虽藉手，只惭赋性成迂狷。

未能巨室结新欢，敢期速化希时彦。

为君扼腕复自怜，生世方知官独贱。

蹉跎人事送流光，雨鬓霜痕如集霰。

便思学剑作飞行，不然学仙亦轻倩。

胡为局促同辕驹，鞭饲由人自惊颤。

诸葛之井君故庐，石船之居我乡县。

山中人兮倘见招，轻舟更溯都江堰。

归欤正复无多求，田三五顷书千卷。

闭门蔬粥清且闲，杞忧涤尽寻欢拚。

问君此计然不然，宦海茫茫谁我援。

留君不住重踟蹰，西北风吹帆一片。

东归倘或遇兴公，为道遂初思共擅。（谓荣成孙佩南山长葆田。）[1]

注：

[1]《鸿城集》卷三本诗题目为"送别华阳王绶荃大令秉悫回山左，并寄荣成孙佩南山长葆田"，最后一句注释无。

初秋感兴四首

西风尘起又多时，秋感年来例有诗。

人似齐纨原可弃，病如梧叶竟先知。

寥天鸿雁声初度，远道鲈鱼梦已驰。

蕉萃情怀易抔触[1]，不关清兴动凉飔[2]。

炎威涤尽暑风清，倒泻天河作雨声。
北客又传民苦潦，南郊新见帝祈晴。
泽中嗷雁先秋集，桥上惊鼍鼓浪行。
闻道白登沟瘠满，哪堪灾象到神京。

连宵雨势剧滂沱，泽国淫霖最怕多。
棉正结铃防灌顶，稻将含穗未成窠。
阴阳消息京房传，齐楚忧虞瓠子歌。
农事关心天意杳，登楼王粲 ③ 奈愁何。

腰围瘦减带嫌宽，比似休文恐尚难。
每读离骚增侘傺 ④，偶谈时事杂悲欢。
梦中死友张元伯 ⑤，海外知交管幼安 ⑥。
塞黑枫青 ⑦ 劳结想，满窗风雨又更阑。

（连夕，梦与亡友陈子蕃中翰晤聚，又若身在辽左，时共陶霖甫大令过从也者，故及之。）

注：

① 抔触：chéng chù，触碰。

② 飔：sī，凉风。

③ 登楼王粲：东汉末年著名文学家王粲在登上荆州的麦城城楼时，极目四望，忧时伤世之慨与眷恋故乡之情、怀才不遇之悲一齐涌上心头，奋笔写下了传诵千古的《登楼赋》。全篇抒情意味浓重，风格沉郁悲凉，"忧"字贯穿全文，语言流畅自然，不愧为建安时代抒情小赋的代表作品。

④ 侘傺：chà chì，失意的样子。

⑤ 张元伯：东汉时人，极其重情守义。

⑥ 管幼安：即管宁，东汉末年至三国时期著名隐士。

⑦ 塞黑枫青：塞，关塞；枫，枫林。连夕做梦都是在夜间，所以说"黑""青"。

昂儿赴京兆试，入都后再有书来，寄此勖之

清秋鸿雁正南飞，报我平安信未稀。

行路艰难逢水潦，观光容易在皇畿。

佩弦① 汝可终身诵，衣锦人期得意归。

毕竟科名须命达，多贤师友自光辉。

注：

① 佩弦：《韩非子》载："董安于之性缓，故佩弦以自急。"董安于性情迟缓，经常佩上绷紧的弦在身上，用以自励。

送长白文农公魁元督粮广东

鹗荐书腾帝命宣，旌麾岭峤① 拜屯田。

九霄诏挟云中电，八月槎浮② 海上船。

马首欢迎支子浦，骊歌唱彻桂花天。

去思来暮同时咏，最是攀辕意黯然。

枢垣昔奏上清书，鸡舌香含十载余。

赤管旌功天北阙，朱轓按部地南徐。

课蚕户有长沙绢，买犊人依渤海车。

忆否政成移节候，羊碑过处尽唏嘘。

三吴剧郡盛衣冠，韦白清规继武难。

宽猛协中人敛手，公诚事上语披肝。

虚堂有耀金心朗，暮夜无私铁面寒。

未让前贤专美去，百城师表此间看。

记从学谳久追陪，换县仍依樾荫来。

卅日秋霖惊鳝舞，六门春赈息鸿哀。

朝天人恐崔戎③去，越海群迎郭伋④回。

两袖清风轻往复，甘棠留得四年栽。

资历深兼望更优，二千石内竟无俦。

吏因悃愊⑤邀青眼，人为贤劳易白头。

夹袋⑥储名知已感，双靴遗爱使君留。

板舆躬导尤堪羡，一品衣披戏彩秋。

阳关催到第三声，激电双轮破浪行。

画像祠堂栾布社，前驱箚鼓尉佗城。

河山迥隔劳驰恋，沧海横流待廓清。

开府重来应未远，望公何止一鲰生⑦。

注:

① 岭峤：lǐng qiáo，五岭地区。

② 槎浮：chá fú，乘筏泛游。

③ 崔戎：唐朝时官吏，为官清廉公正，爱民如子，深受百姓爱戴。在其离任时，百姓舍不得，为挽留他，甚至有脱其靴、断其镫（马镫）之举，他只好在夜里单骑匹马悄然离去，故而留下了"脱靴断镫"的廉吏佳话。

④ 郭伋：汉朝官员，善于为政，安民降贼，"（贼）远自江南，或从幽、冀，不期俱降，络绎不绝"（《后汉书·郭伋传》）。百姓得以安居乐业。

取信于民，即使对于儿童也是严守承诺。宋朝诗人徐钧所写的《郭伋》一诗有很好的概括："安边治郡蔼仁风，竹马欢呼迎送中。恺悌真为民父母，怀恩何处不儿童。"

⑤ 悃愊：kǔn bì，诚实，诚心诚意。

⑥ 夹袋："夹袋人物"的简称，旧指当权者的亲信或存记备用的人。

⑦ 鲰生：zōu shēng，谦词，称自己；另有一义，古代用以骂人的话，意思是浅薄愚陋的人。

秋怀二首，用东坡韵

秋风有寒意，所忧在农时。

苦雨日以至，吴棉摧可悲。

藤轩积阴黯，湿晕生书帷。

老干若梯磴，静夜腾鼪狸。

可怜双鹊来，不敢栖虬枝。

腐草知多少，为萤争飞追。

微明亟自炫，遑计霜雪期。

霜雪岂有择，无为长嗟咨。

木叶倏已脱，松柏凋总迟。

昨宵声喧豗，卷地走飞雨。

凄切傍枕鸣，亦有孤蛩语。

似诉穷黎心，今夕愁败堵。

茅屋破且颓，遑论滴漏苦。

不识滨湖田，谁能捍禾黍。

三吴亟水利，宣泄汇黄浦。

胡为三日霖，遂使忧百亩。

蛩兮尔毋然，会见晴光吐。

中秋对月，有怀潘卣生茂才昌煦

风静高空漾碧烟，露华如水落襟前。

不知此夕天香里，可有蛇珠似月圆（卣笙方就试金陵）。

平分秋色恰中分（昨日适秋分），悟到前身欲化云。

大好六朝宫里月，清宵来照九苞文。

晚出横塘

出郭西风紧，横塘日暮过。

水添新涨急，山杂晚烟多。

野岸遥连市，溪桥陡作坡。

尘劳方攘攘，惭泛太湖波。

姑苏曲

姑苏台上乌栖早，姑苏台下多秋草。

芙蓉落尽㦬廊空，满地寒花人不扫。

剑池沉沉石未开，吴王已去张王来。

金题玉础入天半，又随黄叶成飞灰。

繁华自昔称斯土，暮暮朝朝足歌舞。

谁念往时麋鹿游，只怜月夜啼乌苦。

九日

秔稻如云待晚成，重阳吴下最宜晴。

天逢佳节烟霾净，人有余闲讼狱清。

径访陶公回俗驾，祠寻长史发幽情。

归来还赋高轩过，趁把茱萸醉百觥。

（晨间，访强赓廷先生不遇，遂至沧浪亭独眺。归，招同王鹿峰太守、

吴耀堂、陈素香、凌镜之三大令一饮。）

重九后二日，偶过王氏废园，便入一眺，
俗所谓"狮子林"者也，极目荒芜，慨然有作

荒原秋草如黄芦，入门四顾迷径途。

群儿争路作前导，下缘滑磴为南趋。

穹碑三丈兀中立，苍苔翠藓生龟趺。

龙章尚焕云日表，亭柱倾仆无人扶。

西行所见皆瓦砾，曲池北转廊回纡。

纵横畦菜杂方础，为思陈迹增踟蹰。

阑干曲曲俯清沼，掬水得月良可娱。

芙蕖香入金尊满，想见乐此非凡夫。

飘风掠耳电过眼，人物并尽余榛芜。

惟留石阜在东圃，层叠巧构传倪迂。（园东叠石为山，有洞在其下，极玲珑之

致。相传为倪高士所作，实非也。）

有如山峦峙高下，幽岩复洞通天都。

又如堂奥极深邃，豁然启户临交衢。

溪桥曲折沙水浅，仄径上蹑云根粗。

鸾翔凤翥[①]苍龙起，蹲踞虎豹蟠蜿蝓[②]。

狰狞更肖筱林种，厥状一一难描摹。

奇形百变出鬼斧，惜哉渐圮丛蒿萎。

桑田沧海仅弹指，何况此石真区区。

五松之名昔已殊（园本名"五松"，久无人知矣），云林手迹尤多诬。

王孙零落依败堵，堂前燕子今有无。

徘徊历涉不忍去，霜林日午犹啼乌。

故山石屋本天造，洞中泉落如珍珠。

米流岩腹事虽幻，白麂许任仙人呼。

其间轩敞胜精舍，视此培塿[③]堪胡卢。（吾里白麂洞亦名"白米洞"，相传米从石隙流出也。隋刘珍隐此，得道仙去。尝养二白鹿，故名。见《合江志》。）

流连竟日亦安用，步帆无恙盍归乎。

山中书来不相许，且觅九节青菖蒲。

（近得继可舅氏书，不以余归田之计为然，故及之。）

注:

① 鸾翔凤翥: luán xiáng fèng zhù。翥，高飞。比喻飞泻奔腾，气势非凡。

② 蟠蝓: yí yú，水螺。蜗牛。

③ 培塿: péi lǒu，土丘，小土丘。

初见菊花作

冷艳不易得，今年开更迟。

直于重九后，始放两三枝。

逸品谁能拟，幽香蝶未知。

似嫌秋热在，珍秘傲霜姿。

石门吴氏有《黄叶村庄种菜图》诗册，乃其先世孟举征君之振所留遗者。偶从友人处借观，辄题四绝，即用其韵

清时真觉布衣尊，珠玉连篇指上扪。

手泽劫余终未坠，从知八叶衍仙根。

绕屋泉流几曲斜，门前青翠长芹芽。

菜根咬惯无凡骨，不羡安期海上瓜。

画图犹见山居乐，颇似吾家径可扪。

黄叶满林归未得，菜畦秋老竹篱根。

满园冬苋翠横斜，甘荠经霜有怒芽。

苦忆故山多旨蓄，早梅开处摘寒瓜。

廷献侄归，仍用初至诗韵送之

吴帆西指虎牙滩，人为言归意最欢。

入峡定知飞棹速，到家转恐寄书难。

好瞻丛桂趋先垄，且共庭梅耐岁寒。

苦学更期蠲敖惰，莫将壮志易销阑。

哭太守闽县可庄王公仁堪

天公故靳吴民福，十万苍生一齐哭。

朝来泪雨湿苏台，怅望慈云犹在目。

慈云移自京江滨，随车雨洗秋郊尘。

令下不惊流水速，八十四日如阳春。（公自镇江移守苏州，以七月廿七日莅任，
十月十九之夕薨焉。）

问公年方四十五，父老欢谈增鼓舞。

聚观犹说状元郎，召杜 [①] 龚黄安足数。

何期一夕鸺鹠 [②] 呼，红绫束带藏茅弧。

麝脐香暖劫真气，善人罹毒繄天乎。

哀号夜半惊堂上，白发龙钟魂魄丧。

遗腹凄凉尚梦熊 [③]，堕地啼声亦悲怆。（公母太夫人尚在堂，有子六人。既殁
之五日，遗腹生一子，曰"孝绮"。）

门前吊客空复多，孙叔廉吏今如何。

闽山千里归不得，惟有大鸟栖庭柯。

我来惨听哀雏凤，车过朝朝愁腹痛。

不关故吏感私恩，此泪还为天下恸。

注：

① 召杜：shào dù，召父杜母的简称，召即西汉召信臣，杜指东汉杜诗。
召信臣与杜诗先后任南阳太守，施行善政，发展生产，深受时人爱戴，有"前
有召父，后有杜母"之语。后世遂将"召杜"用为颂扬地方官吏政绩的套语。

② 鸺鹠：xiū liú，鸟名，捕食老鼠等，对农业有益。但在古文中却被
视为不祥之鸟。

③ 梦熊：古人以梦中见熊为生男的征兆，以"梦熊"作为生男的颂语。

邵筱泉少尉景尧以所作仕隐诗草索题，应以一律

早蜕尘缨又几年，哦松^①尚秘旧时编。

为人起死犹余事，教子承家有俸钱。

遗爱碑镌姑熟路，闲情酒泛太湖船。

黄精白术吟声健，愈我何殊读杜篇。

（筱泉精于医，为予治病甚效。其自芜湖解官归，已三年矣。有子官鄂中，已得缺。）

注：

① 哦松：é sōng，典出《蓝田县丞厅壁记》。唐朝博陵人崔斯立为蓝田县丞，官署内庭中有松、竹、老槐，崔斯立常在两松树间吟哦诗文。后人因以"哦松"谓担任县丞或代指县丞。

中宵

呕心长吉我深惭，熏灼中宵总未堪。

半屈半伸人似蠖，三眠三起仆如蚕。

游仙梦短丹田沸，消渴方疏玉液甘。

自笑热中原不甚，冰怀锻尽在江南。

病既渐解，寄亮侪弟七十二韵^①

偶病因得闲，病久闲亦苦。

謷腾旦暮间，坐卧难自主。

心闲情乃逸，身闲乐可取。

身闲心未闲，外内已相迕。

而况身不闲，制病如伏虎。

当其热上炽，有似焰初吐。

顷刻竟燎原，炎炎入灵府。

情田方寸区，焦烈成燖土。

聚若炭在垆，散为烟结缕。

忽焉肝欲裂，痛若斯以斧。

忽焉肺欲张，急若劲于弩。

背膂为所牵，拥被犹伛偻。

何物鬼为厉，窟宅踞脏腑。

二竖与三彭，煽虐敢予侮。

恍惚祖龙毒，一炬起堂宇。

延烧逮廊垣，纵横达臂股。

炙手势绝伦，执热安足数。

心如火煎熬，身似浪掀舞。

疑就五鼎烹，自问非主父。

鸣镝何处来，震耳喧金鼓。

牛蚁都不闻，几与聋丞伍。

寒宵苦不眠，彻夜听更鼓。

欲叩黑甜乡，何异访元圃。

涓涓血渐枯，恹恹气不聚。

棱棱肉易销，揣揣神亦窭。

自秋而徂冬，八旬勉撑拄。

趋府朝奔驰，听讼夕判剖。

燕谈接宾僚，蚁字点文簿。

笑语强将迎，心思惧莽卤。

讵真乐不疲，终冀勤可补。

外强中愈干，隐忍希自愈。

伤心十月中，崩坏及梁柱。

觥觥太守公，辕方回按部。

箕尾遽归神，长此弃簪组。

枕上闻噩音，奔吊泪如雨。

一恸摧心肝，竟步长吉武。

自为天下惜，遄计骨将腐。

车从三步过，腹痛不可俯。

长至节将临，自分成千古。

慈亲惟疾忧，忍泪笑摩抚。

伯氏开臂殷，苦语常谆谆。

妻孥不解事，涕泪未忍睹。

每于绵惙^②时，追忆及孩乳。

四十八年非，录录惭建树。

外既负君民，内复愧宗祖。

一事尤疚心，两世创一谱。

家乘未成编，恐终覆瓿瓯^③。

转思予季在，年力正堪努。

远志夙恢宏，何仅支门户。

继述事在兹，撰著勇可贾。

群从渐能文，莫更嗟踽踽。

念此心帖然，如潮落海浦。

良朋雅相爱，劝以学聋瞽。

抑虑屏见闻，调息养和煦。

常令丹田温，更激玉液溥。

虽难和缓求，卒得药饵辅。

既过悬弧期，六日夜交午。

梦里见阿爷，棒喝警痴鲁。

孤儿蹶然惊，悲似初失怙。

悬知九原心，尚望守绳矩。

似嗔千钧躯，斫削成苦窳④。

倘非为儿忧，胡然为儿怒。（中冬廿六夜，梦先大夫以杖挞琼首而寤，是夕病遂未作。）

从兹餐饭加，引寤常栩栩。

朋好贺更生，每见必扬诩。

民事惧久废，况忧泽未普。

惟当再习劳，遑敢怨靡盬⑤。

病来失所据，有若舟脱橹。

病去窃自强，有若燕初羽。

终嫌在官身，小病如骄虏。

剸除久始平，骨瘦髀空拊。

有官闲最难，无官定早愈。

述此寄下蒲，嘉平月初五。

注：

①《鸿城集》卷三在"亮侪弟"后有"东乡"二字。

②绵惙：mián chuò，病情危重，气息仅存。

③覆瓿瓾：fù bù wǔ，覆盖罐子，形容著作无价值。

④苦窳：kǔ yǔ，器物粗糙质劣，多疵病。

⑤靡盬：mí gǔ，借指王事、公事。

高九拙园以《感事》十首见寄，病中读之，不啻杜诗陈橄，沉疴小间，因即近所慨喟者成七律六章，盍各之辞，亦窃比于言者无罪云尔，即以报吾拙园

年时木介早惊心，梁栋摧残感不禁。
霜夜吴宫霖雨歇，雪天越峤大星沉。
迁除破格置圻^①重，富贵乘时关键深。
底事更挥司马泪，八门才俊盛如林。

钩钤星朗育菁莪^②，选士期求异等科。
北地一时遗璞少，南中六隽捉刀多。
台臣摘伏言无隐，圣主推恩法不苛。
独怪凤凰池上客，万金装向鬼门过。

槐黄佳气满青门，前乘辉腾使者轩。
家世能文推旧族，乡人同日拜新恩。
却因福地多奇遇，终使长秋咎食言。
闻道弹章遍传诵，群公应惜半千孙。

车前莫恨八驺无，两部威仪正塞途。
蹋壁肩随射雕手，破车胆落牧猪奴。
如何一纸书才下，竟作三升^③艾并呼。
漫羡苍鹰轻鸷击，水衡钱已足冬租。

使节新移汉上旌，万重烟雾指青城。
曾闻筹笔资奇略，肯信同舟转忿争。

粉水易污天本漏，铜山可铲地难平。

故乡莫问寒梅讯，衣锦枝柯最向荣。

旧游忆到十年前，鸭绿江头路几千。

虞诩艰难锄剧盗，翁孙规画拓屯田。

一从菁莪成孤愤，只剩脂膏润后贤。

谁念徙薪筹涉貊④，渐看箕踞⑤向南天。

一官潦倒病魔中，惭负民生问药笼。

无过自疑成巧宦，有书犹未到真穷。

才思早并江淹尽，私计还输阮裕工。

差尉故人垂念切，公余睡足理诗筒。

注：

① 畺圻：jiāng qí，边界，边境。

② 菁莪：jīng é，培养人才。《诗经·小雅》："菁菁者莪，乐育材也，君子能长育人材，则天下喜乐之矣。"

③ 升：《鸿城集》卷三此处为"声"。

④ 涉貊：huì mò，我国古代东北地区少数民族名称。

⑤ 箕踞：jī jù，两脚张开，两膝微曲地坐着，形状像簸箕。这是一种不拘礼节、傲慢不敬的坐法，比喻轻慢傲视对方的姿态。

华阳王樵也增祺韩城书来，并寄近作，次其《重阳无菊》，

用东坡《九日黄楼》诗韵一首答之

长安别离不可说，宣南苦待秋榜发。

本期同作冰天游，却笑终嫌雪窖滑。

空令张轨思易衣，难为王生重结袜。

历今忽忽十二年，乡酒郫筒^①都未呷。（壬午秋，余自辽左入都，樵也方应
京兆试出。初约偕行访张金颇通化，后卒不果，今十二年矣。）

君从冯翊栽花久，移根偶傍石泉插。

诗名政绩并新美，莫怪秦中争妒杀。

龙门五峙游迹遍，留题更上金天刹。

我惭政拙诗亦悭，吴下阿蒙尚相轧。

同是宦游优劣殊，病魔况复频欺压。

惟有黄花开总早，年年菊山高齾齾^②。

惜君不即放吴船，来听境内能言鸭。

天随乡里足清娱，大好烟波胜苕霅^③。

注：

①郫筒：pí tǒng，酒名。相传晋时山涛为郫县县令，用竹筒酿酒，兼
旬方开，香闻百步，俗称"郫筒酒"。

②齾齾：yà yà，参差起伏的样子。

③苕霅：tiáo zhá，苕溪、霅溪二水的并称。在浙江湖州境内，为唐
代张志和隐居之地。

**东坡生日，命儿辈邀同林生静庵之祺、潘生卣笙集苏祠为寿，
用林文忠公伊犁双砚斋是日诗韵，作长句示之**

长公诗文无不奇，千年上下谁等夷。

生日迄今八百五十有八载，海内人士咸乐馨香顶礼尸祝之。

儿曹读书贵尚友，眼孔当使大于箕。

欲学有成在乎熟，如米作饭要须炊。

公生吾蜀跨八表，有似天衢神骏辔络黄金羁。

当时父子兄弟并千古，眉山遂重天西陲。

一生磨蝎不自悔，老大流落南海湄。

文章政事本忠爱，诗酒中亦以是为藩篱。

后人景行在玉局，若遵王路循圣涯。

何况生长共乡里，玻璃江接流杯池。

愿为范滂①我亦许，瓣香在是不须疑。

吴中祠宇夙依定慧院，香火初惟僧所司。

客冬重葺实自我，落成正际雪深时。

去年寿公集耆宿，老成谈宴能忧危。（去岁，潘谱琴庶常、朱砚孙少京兆诸公
皆来与祭，坐中谈近事，颇深感喟。）

今年寿公命子弟，只惜诸郎远逊荀氏之八慈②。

龙眠画像石刻有二本，笠屐貌出天人师。

升阶往酹琉璃卮，壁间更诵归来词。（祠有石像二，及公为卓契顺手书《归去
来辞》）

念公常以明珠白璧亲为潘谷③咏，又以湖光山绿题入林逋诗。

两家后人擅才隽，招邀不待借马骑。

当筵丽藻霏玉屑，清如古雪屯峨眉。

紫袍腰笛亲奏南飞曲，吾家旧事有若兹。

汝曹试学临风吹，公定骖鸾控鹤一笑掀髯髭。

注：

① 范滂：fàn pāng，东汉时期大臣，名士，为官清廉，公正不阿。

② 荀氏之八慈：后汉荀淑博学多闻，品行高尚，有八个儿子，其字中
皆有"慈"字，都很有名，时人称"八慈""八龙"。

③ 潘谷：宋时歙县人，一生制墨，他所制的"松梵""狻猊"等墨被
誉为墨中神品，宋徽宗所藏的极品宝墨"八松烟"（又称"八松梵"），亦
为潘谷所制。苏东坡在其死后写诗"一朝入海寻李白，空见人间话墨仙"悼
念他。

吾家竹树蓊蔚，蔽翳四周，虽际岁寒，青苍不改。
偶为朋辈话及，怃然在念，漫成数截句，以张其胜

宦吴为有好湖山，谁信幽居胜此间。
绕屋扶疏苍翠满，十年乡梦最相关。

杉柏樟楠深复深，山风起处作龙吟。
茏葱不减冬青色，长见先人手植心。

好竹连山种类多，修篁细筱翠成窠。
年来未劚^①林间笋，应有龙孙绿上坡。

分行丛桂荫吾庐，墙角红梅锦不如。
雪后花开香两月，行人认是石船居。

柞叶声干橡实肥，霜林木落午阴稀。
闲行贪看红乌桕，惊起隔篱山鹧飞。

劲节森森二百株，虬枝翠耸一峰孤。
儿时曾为呼松盖，赤甲苍髯许念吾。

（宅枕一山，古松在其上，偃亚如盖，数十里外即遥见之，余少时尝名之曰"松盖山"。）

注：

① 劚：zhú，用砍刀、斧子等工具砍削、挖掘。

除夕

乌帽黄尘苦自羁，残年又送日西驰。
韝鹰笼鹤空思奋，栈马辕驹总易疲。
有病未除希习静，无才可见枉忧时。
却从靴板纷拿外，留得闲情独咏诗。

春风顷刻到人间，只惜流光去不还。
豪兴已难追北海，雄心犹梦射南山。
岁终苦乐千村异，老去情怀两鬓斑。
无补民生图自困，一年曾得几时闲。

新岁书事

精璆^①华玉奉璇宫，舜步尧趋日再中。
元会衣冠班左右，宝星筵宴幄西东。
鱼龙百戏行炰盛，鹓鹭千官赋韵工。
于芍于^②歌谁更奏，可能联袂畅皇风。

温纶连日下天阊，凤阁鸾台好看详。
薄海尊亲周太姒，大封优异汉诸王。
即觎恩礼承油戟，终为勋劳念绣裳。
闻道彭城余涕泪，白云松竹思苍茫。

斗南幕北汉天骄，岁觐威仪迈渭桥。
内外盟通青海部，舅甥恩重紫宸朝。

黄袿紫綟侔枝昵③，翠羽金貂陋步摇。

锡类更深根本计，乘边不待霍票姚④。

普天同日尽欢声，电挟佳音万里行。

雨露恩多中外遍，云霄望重羽毛轻。

若为论道资桓赳⑤，竟许兼官到宰衡。

异数即今超百代，好披肝胆报升平。

注:

① 璆：qiú，美玉。

② 于蒍于：yú wěi yú，歌曲名，为唐时县令元德秀所作。《新唐书·卓行传》载：唐玄宗在东都洛阳五凤楼诏赐群臣宴饮。命令附近三百里内的县令、刺史各携乐人艺伎聚会表演。当时盛传玄宗将根据表演评定名次而奖赏。河内太守用车载来数百名艺伎，身着锦绣，奇丽诡异，光彩夺目。而鲁山县令元德秀只带了乐工数十人，表演的也是元德秀自己创作的《于蒍于》歌。唐玄宗看了十分惊异，感叹道："这是贤人之言呀！"又对宰相说："河内百姓在遭殃吧？"于是罢黜了河内太守，元德秀从此名望更高。后人遂以此典颂扬地方官不慕虚荣、体恤民情。

③ 枝昵：指宗室近亲。

④ 霍票姚：指霍去病。

⑤ 桓赳：huán jiū，威武雄健的武将。

睡起

嫩寒消尽布衾温，病去孤眠有道根。

春梦也如人事懒，彻宵蝴蝶未苏魂。

寄罗江廖功甫大令鸿绪闽中四首

二十入成都，交君在石室。

机云东西头，旦莫共占毕。

七载上公车，都门仍促膝。

衣满帝京尘，布袍黯于漆。

三十走辽左，匹马自驱叱。

君亦策蹇来，同听胡天篥^①。

四十到吴中，一官如虮虱。

所幸风日佳，时奉板舆出。

忽闻君远至，陈榻意亲暱。

会难聚易散，挥手滋惨慄。

送君闽海行，岁月逾梭疾。

两地十年心，惟倩尺书述。

尺书去复来，藏之已盈笥。

每言别后颜，须鬓先憔悴。

君既霜满梳，我亦雪侵髻^②。

何况筋力衰，老态日以至。

回思识面初，视世无难事。

草堂月数游，锦里时一醉。

使酒坐客逃，纵谈俗子避。

径为三益开，日可万言试。

觥觥同舍生，欢缔金兰谊。

叶公最謇谔^③，陈子饶妩媚。

吴李与邹罗，臭味无殊致。

后得张赖汪，戴宋并刘二。

情性既交孚，敦勖④在道义。

人事日以乖，出处谁位置。

遂令踪迹疏，复有生死异。

存者余晨星，聚会恐无自。

岂惟我与君，念此增愁思。

西北风南来，疑有怀人泪。

（叶星亭、陈子蕃、李奎棍、赖子谊、邹吉生及合州罗欣木德荣、温江张旦卿仲羲、资阳汪朗斋致炳、江津戴政甫汝钦、井研宋子城国埔、中江刘少芸声琦，皆先后肄业锦江书院之友。）⑤

闽山深复深，君入亦已久。

头巾老未脱，能得青眼否。

桓桓奕世勋（谓张公筠臣），巍望比山斗。

吴门接绪论，谓君志不苟。

遥闻棘闱开，再借雕龙手。

洗眼云水中，荐士出琼玖。（君两次分校闽闱，所荐多知名士。）

如何昨书至，尚向峰市走。（君近奉檄赴上杭之峰市榷釐。）

为关今为暴，秕政天下有。

贤者岂异人，自信在操守。

当世征榷场，搜括尽丝绺。

舟车苦苛留，膏血饱群狗。

东南民力竭，念之深疾首。

悬知宽恤怀，事事心语口。

冷洋高岰岰⑥，大溪清浏浏。

一笑听舆歌，看君进春酒。

君昔访我来，我将溧阳去。

溧阳山水乡，仅得三年住。

一移元和宰，转为奔走误。

民事置后图，清夜汗如注。

昨朝奉官符，行踏毗陵路。⑦

阳湖虽剧邑，俗静稀讼诉。

寄此衰病身，或易涤沉痼。

只惭鸡鹜群，争食非我素。

劳生四十九，半百成虚度。

勤职岂所辞，逐势曾何慕。

况闻杞人忧，今亦为此惧。

何当与君偕，把袂看乡树。

重话少年游，归欤盍共赋。

注：

①篥：lì，中国古代的一种簧管乐器。

②髲：bì，假发。

③謇谔：jiǎn è，正直敢言。

④敦勖：dūn xù，厚道诚实，乐于助人。

⑤《鸿城集》卷三此处无注释，人名及籍贯均放在诗中的姓之后。

⑥岋岋：yè yè，高耸的样子。

⑦《鸿城集》卷三此处有"（余近奉檄移摄阳湖。）"。

元和三集卷第九

正月晦日雨中作

余寒重酿入东风，檐溜潇潇答远空。

一月春光先断送，只怜多在雨声中。

滑溓街泥没踝深，漫因寸麦怨愁霖。

微闻铁瓮城西路，新涨先淹史白心。

富顺宋芸子太史同年育仁将为英法义比四国参赞之行，纾道吴门，小住六日，作诗送之

迂儒目论不足守，今之邦交古未有。

行人自昔系安危，必天下才斯不负。

故人早赋广平梅，射策金门推妙手。

桂林杞梓 ① 尽搜罗，哲匠声名喧众口。

蓬山 ② 住久思骞腾 ③，振衣更向环球走。

渤海少卿博望俦 ④（谓龚仰蘧星使），新拜除书骓四牡 ⑤。

为求大雅共扶轮，自天乞得忘年友。

来辞帝阙赋西征，行望京华依北斗。

吴门游迹偶重寻，幸留蕃榻倾尊酒。

蓬蒿仲蔚日招邀（谓子绂），公叔殷殷希结绶。（酉阳朱枕虹孝廉德宝自鄂来，欲从出洋也。）

涉江越海远相逢，萍踪会合良不偶。

便期投辖罄欢惊，十日平原未为久。

其奈骊歌催复催，王事旁皇骧马首。

吾曹意气轻别离，况当于役歌杨柳。

飞帆行出海东南，万里长风天外吼。

伦敦巴黎路咫尺，火车四达穿陵阜。

凭轩一览尽形势，黄海弯环通户牖。

峨峨宾馆金银台，高入曾霄绝氛垢。

坐纡筹策赞机宜，四邦条约掣枢纽。

佉卢文字究旁行，重译犹思搜二酉。

异书好订南怀仁 ⑥，奇闻更访西王母。

从来纂纪贵翔实，辎轩载笔宜不苟。

使录昔讶言人殊，史才今罕出君右。

网罗放轶抉隐幽，彼都利弊为发蔀 ⑦。

微闻近势类连鸡 ⑧，颇惜雄材皆瘈狗 ⑨。

但教症结入然犀，鞑巾 ⑩ 恫喝何能狃 ⑪。

请缨我早欲云云，练牍君今宁否否。

行矣载道辉光多，若凤在郊麟在薮。

羽仪王国赖文章，等以勋伐铭圭卣。

陈甘介子 ⑫ 岂无人，已任稀杨生左肘 ⑬。

能为张骞终可侯，为班仲升且速咎。

时乎时乎莫问天，欲呼乌乌悲拊缶。

问琴心事将毋同（君著有《问琴阁诗文词赋录》），苦语临岐意良厚。

壮游须得解语花，孤愤可无扫愁帚。

所期慎保千金躯，待佐太平膺大受 ⑭。

归装会载等身书，定与功名长不朽。

注：

① 杞梓：原义为两种树木，此处比喻优秀人才。

② 蓬山：原指蓬莱山，相传为仙人所居。此处借指秘书省。

③ 骞腾：xiān téng，飞腾；仕途腾达。

④ 俦：chóu，伴侣；相等，同类。

⑤ 骈四牡：fēi sì mǔ，四匹雄壮的骏马向前飞奔。

⑥ 南怀仁：康熙帝的科学老师，比利时人，天主教耶稣会传教士，字敦伯、勋卿，是清初最有影响的来华传教士之一，为近代西方科学知识在中国的传播做出了重要贡献。死后，康熙帝亲自为他撰写祭文，举行葬礼，赐谥号"勤敏"。

⑦ 蔀：bù，遮蔽。

⑧ 连鸡：原意为捆绑在一起的鸡，比喻互相牵制、不能并容的几种势力。

⑨ 瘈狗：zhì gǒu，疯狗，代指暴乱之人。

⑩ 鞨巾：hé jīn，古代男子束发的头巾，此处代指男子或勇敢之人。

⑪ 狃：niǔ，拘泥，因袭。

⑫ 陈甘介子：汉朝时甘延寿和陈汤的并称，二人在汉建昭三年，合谋击斩匈奴郅支单于，稳定了西域地区局势。介子，指傅介子，西汉时出使西域的使者。

⑬ 稊杨生左肘：稊（tí），植物的嫩芽。《庄子·外篇·至乐》有"俄而柳生其左肘，其意蹶蹶然恶之"，后人遂以"柳生左肘"指疾病或灾变。

⑭ 膺大受：承担重任；委以重任。

次韵答王韩城樵也

声名入手足千秋，作宦长依太华游。

凫舄家风宜北地，鲤庭县谱出南州。（樵也尊人宦游江西最久。）

豪情早岁严诗律，多事余闲问酒筹。

可有衣尘同未濯，忆从京国数赓酬。

邮书往复又多时，马上诗筒竟与随。

病后宦情真欲淡，年来世变况难知。

故人似我多家累，当代凭谁是国医。

充隐①未能归未得，退耕空说故山宜。

注：

① 充隐：冒充隐士。

次韵赠河内窦奠皋大令镇山

轻舠载石出吴淞，磊落豪情藐万钟。

壮岁雄心能射虎，奇文雅誉擅雕龙。

操行我敬王僧孺，气质谁如吕伯恭。

为接麈谈①消鄙吝②，尘襟顿扫雾千重。

注：

① 麈谈：zhǔ tán。麈，鹿一类的动物，其尾可做拂尘。执麈尾而清谈，泛指闲居谈论。

② 鄙吝：鄙俗；过分吝啬。

甲午清明日有事虎邸，先集拥翠山庄。
时轩外杏花已落，感念陈迹，仿香山体作小律一首

去年到此看文杏，窗外红霞一色齐。

今岁重来余落蕊，檐前绿叶四围低。

莺花已逐东风老，谁为游人惜马蹄。

再叠前韵寄樵也，第二首亦自忏意，

非故作忿激谈也。不识天末^①故人能谅及否？

别时颇恋蓟门秋，老去才思马少游。

故里待增耆旧传（谓新津师暨宋萸湾诸先生），好官须到帝王州。

得情俗易鸣弦里，忧国心难借箸筹。

为诵聊园诗万遍，明珠锦段若为酬。（樵也刻所著为《聊园诗存》。）

铲尽锋棱未入诗，元规尘起镇相随。

头颅渐老书何用，肝胆犹存剑许知。

颇有小儿能鼠狱^②，竟无名士出牛医^③。

热心苦口都成病，真觉仙庵隐最宜。（二仙庵为退休地，来诗意也，故及之。）

注：

① 天末：天边，天机，极远的地方。

② 鼠狱：《史记·酷吏列传》载："张汤者，杜人也，其父为长安丞。出，汤为儿守舍。还而鼠盗肉，其父怒，笞汤。汤出窟得盗鼠及余肉，劾鼠掠治，传爰书，讯鞫论报，并取鼠与肉，具狱磔堂下。其父见之，视其文辞如老狱吏，大惊，遂使书狱。"后世遂以"鼠狱"代指智力出众的人。

③ 牛医：比喻出身微贱而有声望的人。典出《后汉书·黄宪传》："黄宪字叔度，汝南慎阳人也。世贫贱，父为牛医。……是时，同郡戴良才高倨傲，而见宪未尝不正容，及归，罔然而有失也。其母问曰：'汝复从牛医儿来邪？'对曰：'良不见叔度，不自以为不及；既睹其人，则瞻之在前，忽焉在后，固难得而测矣。'"

殿高仍前韵以二首见答，亦再和之

清名藉甚遍吴淞，不世才原间气钟。

故里河山牢控虎，旧家勋业远从龙。（君之远祖于顺治初立功两粤，殁于阵，谥"英烈"。）

忠贞门第多豪俊，慷慨情怀自肃恭。

余事尚惊诗笔健，叠双力贯札重重。

寄怀宁夏守杨师侨同年惠荣

故人乘传入秦关，骑竹 ① 欢腾北地间。

按部悬鱼 ② 灵武驿，班春 ③ 缫马 ④ 贺兰山。

吴门剩有能声在，河套今无战血殷。

好趁清时答恩遇，扶摇六翮 ⑤ 盼飞还。

注：

① 骑竹：《后汉书·郭伋传》载："伋前在并州，素结恩德，及后入界，所到县邑，老幼相携，逢迎道路……始至行部，到西河美稷，有童儿数百，各骑竹马，道次迎拜。伋问'儿曹何自远来？'对曰：'闻使君到，喜，故来奉迎。'"后世遂以"骑竹"来赞美地方官吏施行仁政。

② 悬鱼：《后汉书·羊续传》载："府丞尝献其生鱼，续受而悬于庭。丞后又进之，续乃出前所悬者以杜其意。"后人遂以"悬鱼"指称为官清正廉洁。

③ 班春：古代中国的民俗活动，由地方行政长官主持，民众广泛参与。每当春季时，地方官员总要颁布政令，督导农民抓住春季大好时机进行春耕春种。也叫"打春""鞭春"。

④ 缫马：xiè mǎ。缫，牵牲畜的绳子。栓住马，系马。

⑤ 六翮：liù hé，原指鸟的双翅中的正羽，泛指鸟的两翼。

廷策侄夫妇携第六孙偕何甥来，甚为慈闱所喜，作诗以志情话

季春月朔岁甲午，日有食之时在昈。

礼成我乍弛冠服，忽讶乡音满庭户。

乡音入耳心颜开，阿咸远泛岷江来。

偕行更挟何无忌，吾甥矫矫多清才。

此行深慰高堂望，昔日孩提今已壮。

佳儿佳妇暨童孙，笑语喧喧喜相向。

相向从头说故山，石楠新长绿回环。

苍松翠竹都无恙，归去无时鬓已斑。

自怜两鬓犹如此，鹤发慈帏可知矣。

好看群从博欢心，芝兰玉树辉仙李。

示何甥德辂

牢之甥有何无忌，我谓安城胜道坚。

酷似一言非定论，终观二子孰为贤。

后来之秀多清气，老至无成羡少年。

颇学涪翁留日记，可能送尔五云①边。

江南草长树啼莺，来共阿咸一月行。

语尽乡音听易熟，别从龀岁②记难清。

家风求点多高节，戚谊忱宁有至情。

分寸阴须珍尺璧，读书莫但骛③科名。

注:

① 五云：指皇帝所在地。

②龀岁：chèn suì，童年。

③骛：wù，追求，强求。

衙斋山茶，为庚寅冬廉访张公笏臣国正移官闽臬时所赠植之，已四年矣。今春砌南一株，始放四花，而丰艳异常，光华射目。用吴梅村祭酒拙政园韵作诗以赏之

蜀中土产多茶花，高柯三丈枝交加。

吾家所植有数种，白如腻粉红丹砂。

金钟雪瓯并鹤顶，七心艳更伴朝霞。

开逾五月冬及夏，出墙文杏输繁华。

儿时见惯不见贵，直谓数等恒河沙。

一从饥来驱我起，山鸟山花别乡里。

北游久傍凤城居，东去还过鸭绿水。

客中每问曼陀罗（《群芳谱》：茶花，一名曼陀罗树），所见类皆盆盎耳。

吴门拙政旧有名，骏公曾曳看花屦。

交柯连理入诗歌，色相光华鲜莫比。

自经兵燹绝根株，无复红云照疏绮。

曩者持节来张网，辇致闽花作行李。

中秋始按阖闾城，早春又出虞潭垒①。（笏老以庚寅八月莅吴，明年正月由沪上返闽中。）

殷勤留花当留犊②，故吏常怀拜嘉喜。

欲例甘棠思召公③，移栽且傍吴王宫。

岂知嘉种颇矜贵，但舒绿叶摇轻风。

花顶频看抽蟹白，花心偏久秘猩红。

四年徙倚花前路，早识奇胎在干中。

养花养士可同说，根柢深方耐冰雪。

培植无为欲速谋，文章自见因时发。

二月春酣花破颜，丰苞肥蕊色如殷。

一枝乍进倾城艳，映我莱衣五彩斑^④。

虬珠四照敢嫌少，明年何处谁能保。

直疑短砌似霞烘，莫任狂风如电扫。

作诗写照苦难工，颇笑绛云犹草草。

惟羡滇南万寿庵，高吟千古侯官老。（林文忠公有《万寿寺看山茶花》诗，为
督滇黔时作。）

诗成落瓣在苔衣，坐惜春深乳燕飞。

故里此花多百倍，何时更载宝珠归。

注：

①虞潭垒：虞潭是东晋时期官员、学者，自西晋末入仕后，在军中
二十多年，相继平定多起叛乱，屡立战功，其人清白坚贞而有操守。《晋书·列
传第四十六》载："是时军荒之后，百姓饥馑，死亡涂地，潭乃表出仓米赈
救之。又修'沪渎垒'，以防海抄，百姓赖之。"此处引申为赞美张笏臣为
官闽中，建功立业。

②留犊：《晋书·羊祜传》载：巨平侯羊篇"历官清慎，有私牛于官
舍产犊，及迁而留之"。后人遂以"留犊"比喻居官清廉，纤介不取。

③召公：召公是文王的儿子、武王的兄弟，周初有名的政治家、军事家。
召公经常在自己封地的甘棠树下处理政事、审理案件。由于他办事公道，诉
讼断案有理有据，深受百姓喜爱。百姓每当看到这棵甘棠树，就会想起召公，
打心眼儿里佩服。召公是中国廉政官员的鼻祖。

④莱衣五彩斑：相传春秋时期楚国人老莱子侍奉父母亲十分孝顺，自
己七十多岁了，还穿着小孩的五彩衣在父母面前表演，以博父母欢喜。后世
因以"莱衣"指小孩穿的五彩衣。

三月八日偶阅《申报》，惊悉顺天南路同知赖子谊同年兄有出缺之耗。

是耶非耶？惋愕不已。诗以写哀

北雁迟迟盼未回，侏俦已送噩音来。

尚无卒日疑非确，岂意中年遽早摧。

贫贱乡关悲往事，贤良畿辅失长材。

平生知我推君早，一信犹难剧可哀。

高九拙园梦与余同泛湖船，意余病之愈也。适接去书，

果符所望。仿元白酬赠意作诗见寄，依韵报之

壮盛健遨游，衰病思乡里。

乡里不易归，徒萦魂梦耳。

君本乡里人，心迹与我同。

欲我泯得失，谓细如鸡虫。

病来绎方书，病去清讼牍。

节劳自养闲，二竖将安托。

来书意如此，爱我如当年。

赠我诗一首，字字辉珠联。

我时行县归，正系山塘船。

清风穆然至，衣袂俱翩翩。

感君情最深，服君方亦效。

箴言药石兼，秀语冰雪照。

只惜别离久，惓惓悬心旌。

相思不可见，积痗① 何由平。

君从赵北际，七年六徙官。

民歌五袴温，士庇万间寒。

两兄列清华，当代文名重。

三凤翔丹霄，声价都倾动。

于我皆青眼，有同伯乐顾。

既恃叔牙知，宁为死生惧。

镂君一诺意，留我百年身。

身在安吾拙，耻曰仕为贫。

移官不得去，计今将八旬。

何似梦偕游，花舫相看好。

不知尔我谁，荡漾湖天晓。

江南春水绿，处处闻莼歌。

梦中君易到，昨夜知如何。

注：

① 积瘝：jī mèi，积久忧病。

春夏之交，邑人士以余将移官阳湖时来惜别。

严童子乃洁甫十二龄，亦至。作三截句，书扇贶 ① 之

髫龄可读等身书，进退雍容气象舒。

忆否卿家夫子子，文才早岁似相如。

东马徐枚 ② 蔚汉京，当时安助 ③ 并知名。

班书 ④ 载入终军 ⑤ 下，想见葱奇 ⑥ 亦后生。

藤阴如幄雨丝丝，惭愧人来说去思。

似汝年华真可羡，莫忘红橘入怀时。

注:

① 贶：kuàng，赠送。

② 东马徐枚：原指西汉时期的东方朔、司马相如、徐乐、枚皋四人，此四人皆以文才见称于世，受到汉武帝的重用。后人遂以此指称受到重用的文人才士。

③ 安助：安指严安，助指严助。

④ 班书：指汉班固所著的《汉书》。

⑤ 终军：《汉书·终军传》载，终军字子云，济南人，十八岁时就因有才被选为博士弟子，深为汉武帝重用。二十多岁时死于出使南越途中，世人称他为"终童"。

⑥ 葱奇：指严葱奇。

以上各位均是汉武帝时有才名，受到选拔重用的文人。

题临海马少葵贰尹祥元《百石图》

我家旧傍岷山住，云根满地浑无数。

赭霞皴栗不可名，金简紫文时一遇。

童年爱石便成癖，岩幽水曲常攀溯。

得之贵等珣玗琪，陈列书窗作供具。

征诗启成惊父老，雪骨云腴有奇句。

饥驱出门三十年，此好未忘尚如故。

燕辽走遍来三吴，所至搜求比琛璐。

旋收旋失迄无存，自笑余怀同泛骛。

真石尚尔况非真，画家钩勒吾何慕。

往从京师识少白，皱瘦透法称神悟。

万钱一石尚难求，遂令赝鼎纷流布。

当时一扇颇珍惜，行箧终教饱蟫蠹。

早知能者更有人，今信前言非谬误。

天台雁宕君所居，闻道奇礧大于树。

千形万代总玲珑，耳目濡染成真趣。

逸情果挟化工来，磊砢嶔崎^①出豪素^②。

一挥百本百不同，此中三昧疑天付。

衙官屈宋^③古所嗟，君今岂习邯郸步。

倘思持此叩同心，正恐硁硁^④易招妒。

壶中九华识者谁，仇池洞天赖呵护^⑤。

但能秘惜终见知，如神骏邀伯乐顾。

不然便学黄初平^⑥，一叱成羊入仙路。

再不然共焦先游，煮之食之烂如芋^⑦。

质君所见将何如，砺齿^⑧盟心在贞固^⑨。

诗成自问非狂言，披图一任苍龙怒。

注:

①磊砢嶔崎：lěi luǒ qīn qí，山势险峻多石的样子。

②豪素：豪，通"毫"。原意为笔和纸，此处借指诗文著作。

③衙官屈宋：衙官，府衙的属官；屈宋，战国时楚国的屈原和宋玉。原意为自夸自己的诗文好，认为屈原、宋玉也只配做其属下的衙官。后世也用来称颂别人的文采。

④硁硁：kēng kēng，理直气壮、从容不迫的样子。

⑤壶中九华识者谁，仇池洞天赖呵护：这一联系出于苏轼在南迁途中写的一首七言律诗《壶中九华诗》，充分表现了诗人面对一个小小盆景、寄托心中苦闷的情思。壶中九华石和仇（qiú）池石均为名石。

⑥黄初平：即黄大仙。在浙江金华一带，有一个神话传说：大约在东、西晋之交，黄初平从小聪明好学，心地善良，做事踏踏实实。父母双亡后，与兄黄初起相依为命，辛勤劳作。十五岁那年，黄初平上山放养，遇到幻化成道士的田神农时雨师赤松子。赤松子"爱其良谨"，把他带到金华山阴石

室洞学道修行，最终得道成仙，随后"叱石成羊"。从此，苦练修道、惩恶扬善、知恩必报等故事广为流传。

⑦ 再不然共焦先游，煮之食之烂如芋：焦先，汉末隐士。葛洪《神仙传》载：孑然无亲，见汉室衰，遂不语。露首赤足，结草为庐见妇人即避去。平时不践邪径，不取大穗，数日一食。或谓曾结庐于镇江谯山（今焦山）。传说死时百余岁。据说经常食用白石（一种中草药），就像煮熟芋头一样吃，还分给周围的百姓共享。

⑧ 砺齿：本意是刷牙去垢，后世转为"清高"之义。

⑨ 贞固：守持正道，坚定不移。

文忠烈公祠以庚寅岁修复，今夏始以同时殉难诸贤刘洙、赵时赏辈五十四人设龛配祀，祭告礼成，系之以诗

家国危亡义士多，堂堂大节壮山河。

艰难一发厓山局①，生死千秋正气歌②。

战血竟先柴市冷，灵旗应向泮林③过。（祠故长洲学宫，今犹呼"旧学前"也。）

即今俎豆重馨洁，莫恨悲风动五坡。

注：

① 厓山局：指崖山海战。1279 年，宋朝军队与蒙古军队在崖山进行的大规模海战，最后元军以少胜多，宋军全军覆没，陆秀夫背着少帝赵昺投海自尽，十万军民追随其后跳海殉国，蒙元统一整个中国，中国历史上第一次整体被北方游牧民族征服。

② 正气歌：系南宋名臣、民族英雄文天祥所作的一首五言古诗，全诗直抒胸臆，感情充沛，气壮山河，充分体现了其崇高的民族气节和强烈的爱国主义精神。

③ 泮林：pàn lín，原意为泮水边的林木，此处比喻为在好的影响感化下而改变旧习性。

城中夏侯桥，前明高青邱先生故里也^①。
旦暮出入，路所经由，舆中作诗，以志感慕

逸情远韵扇灵芬，九四空劳礼意殷。
北郭早醒尘土梦，几时传诵上梁文^②。

李何^③评骘苦偏私，即论才情亦冠时。
不用浪推袁白燕^④，凤台始见起衰诗。

儒臣史局订知音，出处何曾负夙心。
轻薄漫歌新乐府，林间犹恐是冤禽。

注：

①高青邱：即高启，苏州人，"吴中四王"之冠。明朝洪武六年，高启三十八岁，时任苏州知府的魏观在张士诚的王宫上修建府邸，上梁之时，魏观盛邀高启观礼，高启大笔一挥，写成了著名的《郡治上梁文》，人人争相传诵。此文传到朱元璋的手上，祸从天降，朱元璋看到文中"龙蟠虎踞"四个字，怒火中烧，认为此文是为张士诚招魂伸冤，高启被处以腰斩。高启为官从政不到两年，短暂的一生主要贡献在文学方面，诗歌上的成就尤为特出。他的诗在艺术上取法前人，转益多师。他在《独庵集序》中说："故必兼师众长，随事摹拟，待其时至心融，浑然自成，始可以名大方而免夫偏执之弊矣。"纪晓岚称赞他的诗："天才高逸，实据明一代诗人之上。其于诗，拟汉魏似汉魏，拟六朝似六朝，拟唐似唐，拟宋似宋，凡古之所长无不兼之。"一生著述甚丰。

②上梁文：建屋上梁时用以表示颂祝的一种骈文。

③李何：指明朝"前七子"李梦阳、何景明，二人并称当时的文坛领袖。

④袁白燕：元末明初的袁凯，博学有才，写得一手好诗，因写《白燕》诗，被时人誉为"袁白燕"。

感事

楚黔隈插蜀山青，三月鹃啼不忍听。

两地谤兴罗刹政[①]，几家祸始涅槃经。

异军杀气苍头起，荒徼[②]悲风白骨腥。

盛世莫惊屠伯[③]惨，上功书已报丹廷。

注：

①罗刹政：《隋书·酷吏传·厍狄士文》载：厍狄士文为贝州刺史，人有细过，必深文陷害。又有京兆韦焜为贝州司马，河乐赵达为清河令，并为苛刻，唯长史有惠政。时人为之语曰："刺史罗刹政，司马蝮蛇瞋，长史含笑判，清河生吃人。"后人遂以"罗刹政"为刺史厍狄士文之苛政。

②荒徼：huāng jiào，荒远的边域。

③屠伯：《汉书·酷吏传·严延年》载："冬月，传属县囚，会论府上，流血数里，河南号曰'屠伯'。"后世泛指酷吏或惯于屠杀生灵的人。

朱明三章章五句

朱明当驭辉光多，云翘初奏薰风和。

灊岳[①]天柱高嵯峨，烟霾净洗矗苍翠，溯流为尔扬清歌。

苍鹰乳虎不可驱，故山月黑来训狐。

退飞正惧雷霆诛，紫标百万走邪许[②]，黄白点化方有无。

神山可望不可即，回风引船顿倾仄。

珠履填门空太息，当时早惜狐白裘，绣衣至今有颜色。

注：

①灊岳：qián yuè，即天柱山，古时候称之为南岳。

② 邪许：yá hǔ，拟声词，许多人一起用力时发出的呼喊声。

铜梁何建之主簿树勋摄尉无锡，以惠山之泉见馈，作歌谢之

昔闻官清比之水，官好难得水亦美。

惠山泉擅天下名，何髯作官新到此。

到官数月清名喧，如泉涌出根深源。

跳珠喷玉起幽窅①，神瀵②不受群流浑。

上下池波并清绝，出山未浊长甘洁。

鉴心漱齿两相宜，罃盎③分来拟冰雪。

拜君之赐知君意，饮之共砥夷齐④志。

杖履来看第二泉，泉畔人识清白吏。

清白何分吏大小，髯今酌水殊矫矫。

不见权门厚馈遗，百瓮藏金尚嫌少。

藏金挹水岂相侔，慎保清名勿外求。

漪澜堂下行携手，瀹茗⑤期为尽日游。

倘假仙人绿玉杖⑥，招君更到九龙之上头。

注：

① 幽窅：yōu yǎo，幽深。

② 神瀵：shén fèn，传说中的水名。

③ 罃盎：yīng àng，原泛指盛酒的器皿，此为盛水的容器。

④ 夷齐：指伯夷、叔齐。

⑤ 瀹茗：yuè míng，煮茶。

⑥ 绿玉杖：传说中神仙所用的手杖。

闻子绂入翰林赋寄

入洛清才迥绝尘，风流端合署词臣。

却逢锦褓悬弧^①日，来作金銮射策人。

淡墨名题春榜旧，香罗烟惹御炉新。

文章报国书生事，要向蓬山觅凤麟。

（子绂是科补应殿试对策之日，即其生辰也。）

注：

①悬弧：古时风俗崇尚武功，家中生了男孩，就在门的左边挂一张弓，后人则称生男孩为"悬弧"。

五月十三日武庙陪祭归，偶读陈忠裕公子龙诗。见《本传》载，公以是日舟至跨塘桥跃入水中死，盖巡抚土国宝大索得公，将絷赴金陵也。桥跨致和塘，在娄门外沙湖之南，乱后倾圮^①，至今未及修复，实为元和县境。感公大节，敬成五十韵

卯岁^②事呀唔^③，早识陈卧子^④。

雄文百代豪，金黄堪鼎峙。

岂知诗亦奇，瑰丽绚霞绮。

沈壮^⑤根神明，少陵溯宗旨。（公论诗大旨如此。）

终以节义传，是皆余技耳。

当其生末运，云间推济美。

几社集英贤，气节互砥砺^⑥。（公与同郡夏公允彝诸人结几社。）

一登石斋门，筮仕^⑦首百里。（公成进士，出黄公之门，选绍兴推官，摄诸暨令。）

其官与我同，其世亦今比。

中原既鼎沸，全浙亦波靡。

独从盘错间，心苦求治理。

挥戈群暴歼，积粟枯瘠喜。

遗爱在诸暨，丰碑今未圮。

东阳有豪族，任侠门如市。

始慕郭解⑧雄，终效陈涉⑨起。

公议倘早行，突曲薪亦徙。

启肢摄军符，单骑入贼垒。

大义服猇猺⑩，至诚化虎兕⑪。

一朝释梃刃⑫，万众归农耜。

定乱功弗居，戮降恨无已。（东阳许都，本世家子，以任侠名。公请收用之，不听。及都为令，以非辜文，致激变，陷数城。巡抚檄公为监军讨之。公单骑入其营，挟都出，散遣其众。而巡按左光先卒斩都。公力争，不能得也。）

甫擢黄门郎，国变势如毁。

翘首望神京，恸哭还桑梓。（公以平乱功擢吏科给事中。适京师不守，遂不克赴。）

凄凉渡江策，密上书一纸。

预请移前星，飞舸急南指。

海疆谨奉迎，津门在尺咫。

间道疏果达，本根或可恃。（公闻贼逼京师，上书南大司马史忠正公，欲其间道密奏请太子从津门入海，南发三吴，期集水师万人，乘南风直抵碣石奉迎之。史深然其说，事未行而京师陷矣。）

胡为小朝廷，监国任凶宄⑬。

故官起五旬，觥觥真御史。

接淅匪高蹈，含饴慰衰齿。（南都拥立，以原官召用。公入朝，数上书论防江等务，不能用。会马、阮柄政，以葬亲乞归。盖居言路五十余日，疏凡三十余上云。）

天柱既再倾，良朋死接趾。

瓢粟方外游，扁舟弄烟水。

热血终满腔，誓墓实自诔。

闽粤再称兵，不摧先自弛。

殷腆欲图存，节钺空见委。

道阻力未伸，自分长已矣。（王师围松江，公与夏公允彝结营泖湖间。及城破，夏公沉松塘口以死。公念祖母高夫人年九十无侍养，变服逸去，居嘉禾之水月庵为僧，字瓢粟，扁舟往来吴越。唐、鲁两王监国闽浙，遥授兵部侍郎左都御史及兵部尚书，节制七省漕务。高夫人卒，公欲间道奔赴海上，以逻察严不果。闽浙既破，公庐居富林，屏绝人事。尝为书数千言焚夏公墓前，述己所以不即引决之故，词极悲慨焉。）

将军拥旌旄，早甘拜马箠⑭。

反复彼何成，忠义吾所以。

网罗岂肯逃，斧锧甘自抵。

偷生诚足羞，辱身亦所耻。

娄江五月寒，水波清泚泚。

愿从屈原游，足与文山拟。（松江提督吴兆胜以降将建纛与巡抚不相能，遂谋以反正为名遣人招公。公知其无成，一再却之，不得。及吴败，巡抚土国宝操江陈锦遣兵大索得公，致有跨塘桥之事。）

我来宰是邦，行县舟频舣。

悲风起沙湖，如吊汨罗涘。

何当磨巨石，殉义事详纪。

今朝奉牺尊，壮缪助虔祀。

更从退食余，读书增仰止。

关侯是日生，陈公是日死。

大节辉丹青，千载同一轨。

区区钦慕诚，作诗惭鄙俚。

想见梦中龙，夭矫入云里。

（公生时，母韩夫人梦龙降于室，故名，初字人中云。）

注:

① 倾圮: qīng pǐ, 毁塌, 倒塌。

② 卝岁: guàn suì, 幼年。

③ 咿唔: yī wú, 象声词, 读书声, 此处指读书。

④ 陈卧子: 陈子龙的字, 谥号忠裕, 号轶符, 晚号大樽, 松江华亭人, 明末爱国诗人。

⑤ 沈壮: 沈, 通"沉"。深沉雄壮。

⑥ 砻砥: lóng dǐ, 切磋研讨。

⑦ 筮仕: shì shì, 古人将外出做官时, 占卜问吉凶。此处指初次出外为官。

⑧ 郭解: 字翁伯, 西汉时期游侠, 因"天下无贤与不肖, 知与不知, 皆慕其声, 言侠者皆引以为名"而招致汉武帝嫉恨, 诛灭三族。

⑨ 陈涉: 陈胜, 秦末农民起义的领袖之一。

⑩ 猇猗: xiāo yǔ。

⑪ 虎兕: hǔ sì, 原指虎与犀牛, 比喻凶恶残暴的人。

⑫ 梃刃: tǐng rèn, 原指棍棒和刀, 此处喻为打斗、战事。

⑬ 凶宄: xiōng guǐ, 凶恶奸邪。

⑭ 马箠: mǎ chuí, 马杖, 马鞭。

病起藤轩小坐, 记所见五首

隙地 ① 不十弓, 草树纵横绿。

　一双白头鸟, 时来枝上宿。

　　藤枝如虬龙, 盘拏 ② 复斜走。

　方添夏日阴, 已作秋声吼。

凤仙红珊珊，点缀到深翠。

飞来两蝴蝶，盘旋亦有致。

珠兰开盆盎，花细碧于玉。

忽尔得奇香，始知风进屋。

蕉叶舒新绿，中含色浅深。

青旂③虽大展，何似卷时心。

注：

① 隙地：空着的地方。

② 盘拏：pán ná，形容迂曲强劲。

③ 青旂：即青色之旂，天子春天所用。后世遂用作咏帝王春日出行之典。
旂为画有龙形、竿头系铃之旗。

次韵和殿高《雨中望虞山之作》

山绕琴川作画屏，前溪雨气昼冥冥。

扁舟一棹吟声远，无数云峰烟外青。

门对岷山九叠屏，年来乡思满空冥。

昨宵梦入夔巫路，七十二峰天半青。

会稽陶六兄应润以四月既望为辽阳千山之游，憩息道士山房，中夜闻飞骑叩门，则郎君欣皆荣获隽^①电音也，来书为余述之。如此老子婆娑方恣情于林壑、儿曹竞爽已得意于科名好音之来，适在胜境，亦佳话也，漫成二律以寄之

　　　　泥金夜半入云关，人为清游尚未还。

　　　　花簇马啼春信远，松留鹤梦月阴闲。

　　　　名传淡墨三霄上，喜溢苍岩万仞间。

　　　　方外也知黄甲重，一宵佳话遍千山。

　　　　几年跃马傍辽河，紫翠千峰眼底过。

　　　　苦羡好山君独到，遥知清景夜尤多。

　　　　月华影静仙人掌，天籁声摐进士科。

　　　　可与松筤留后约，便思充隐访烟萝。

注：

① 获隽：huò jùn，会试得中。后泛指科举考试得中。

赠丐叟

　　　　白发萧萧自往来，年年乞食傍苏台。

　　　　闲来细数吹箫路，多少朱门变草莱^①。

　　　　启期三乐^②未应输，裘敝^③何妨索亦无。

　　　　一饱便看歌啸去，不知霜雪满头颅。

注：

① 草莱：草野、乡野；荒芜之地。

② 启期三乐：三种乐事。《列子·天瑞》记载：孔子游于泰山，看到

荣启期行乎郕之野，"鹿裘带索，鼓弦而歌"。孔子就问他快乐的原因，荣启期答曰："天生万物，惟人为贵，吾得为人，一乐也；男贵女贱，吾得为男，二乐也；人生有不见日月，不免襁褓者，吾既已行年九十矣，是三乐也。"后人常用为知足常乐之典。

③ 裘敝："裘敝金尽"的省称，意思是皮衣穿破了，钱用完了。比喻生活穷困。

寄怀长清王伯芳同年丹徒芝兰

火云低处肃冠巾，望断清风似故人。
接席近陪王母宴，移床莫障庾公尘①。
相思易动缘多感，同志难求是率真。
昨夜梦魂尚西去，金焦一碧水粼粼。

早闻出处耻他途，海岱② 人文孔孟徒。
同气孪生毛是凤，大科踵接鸟飞凫。
胸怀白日三霄朗，父母青天万口呼。
更羡季方饶干略，君家兄弟世应无。（介弟仲芳大令蕙兰宰任丘，上年经合肥
　　傅相以"操履笃实，饶有干略"保荐"卓异"。）

门户圌山③ 第几重，元菟塞外正传烽。
楼船东国风声恶，城堞南徐江海冲。
京口本来兵可用，戎心似此理难容。
看君保障临天堑，铁瓮金汤静敛锋。

政报循良荐剡登，不因哙伍掩廉能。

旧知曾哭羊元礼，诸将闲吟杜少陵。

大海涛声喧似沸，虚堂心事冷于冰。

千秋期抱忘言说，月满江天万象澄。

注:

①庾公尘：比喻权贵的气焰。典出《世说新语·轻诋》：庾公权重，足倾王公。庾在石头，王在冶城坐，大风扬尘。王以扇拂尘，曰："元规尘污人。"元规是庾亮的字，王导厌恶庾亮权势逼人，故有此语。

②海岱：《书经·禹贡》称青州、徐州二州为"海岱"，大约是今天的渤海与泰山之间的地方。

③圌山：chuí shān，镇江的一座名山，又名洗山、谯山、仙鹤山，王伯芳曾在此地为官。

六月既望，浃旬无雨，慈帏时以苦热为畏，因诣五龙祠致祷，作诗以申诚愫

方池沉沉水气腥，珠宫千丈通沧溟。

嘘云喷雨神之灵，数祈数应昔所经。

今年膏泽足郊坰①，千顷万顷秧青青。

绿章不待乞天庭，所愁烈日光晶荧。

浃旬毒热燔②重扃③，循陔④苦望风冷冷。

昕宵蒲扇挥不停，私心惴惴忧颓龄。

龙兮升降驱风霆，潜渊睡足今应醒。

鳞爪试现东西形，天瓢泻作奔泉听。

炎威一洗无纤零，神功敢不书之铭。

五侯骖随出云轸⑤，鉴此诚款中惺惺。

（宋绍兴中，封五龙以"侯秩"，见于祠碑。）

注：

① 郊垧：jiāo shǎng，郊外。

② 燔：fán，焚烧。

③ 重扃：zhòng jiōng，重重门户。

④ 循陔：xún gāi。陔，意指靠近台阶下边的地方，或指阶、层，有时亦指田间的土埂。《诗经·小雅》有《南陔》篇："孝子相戒以养也。"李善注："循陔以采香草者，将以供养其父母。"后人遂称奉养父母为"循陔"。

⑤ 云轷：yún píng，神仙所乘之车。

香苏

香苏本佳卉，茎叶同一紫。

芳烈可辟邪，种之待任使。

初杂众草中，掩蔽未能起。

几朝出深丛，翘秀莫与比。

毋谓小人多，终不胜君子。

留别王听泉防副成鳌

勤能誉望满沙河，虎目虬须鬓未皤。

吴戍贤如偏校少，娄江人识好官多。

崔苻不警兵犹练，子弟能文墨任磨。

后约与君期颇近，治聋酒熟定来过。

将去元和，叶临恭同年大壮以诗见寄，
而感时之意为多抵触。余怀率写忧愤，次韵报之

根本陪都系梦思，万年屏蔽在东陲。

何人长作摸棱计，愧我增多感事诗。

下濑戈船飞将少，先机筹策上公迟。

微官敢妄论全局，太息输争一着棋。

附：

原作

一水移官有去思，得书愤懑说东陲。

由来名邑须贤尹，不幸艰时助好诗。

属国师船求援急，陪京宿卫出关迟。

十年决策今全应，细雨疏帘看剧棋。

初去元和，未忘陈迹。扁舟西驶，抵集于怀。
拉杂书之，述事怀人，并溢豪素。非以自襮①，用志泥爪而已

六年又到早秋时，瓜代② 遥遥始及期。

惭愧去思无可咏，更无留别士民诗。

来时喜雨卜丰年，不道三吴变漏天。

四十日中秋水恶，至今愁忆潦农篇。

闵农心事说应难，水底收禾水面干。

怪底重湖平似镜，北风吹绉作波澜。

发粟恩真浩似波，春回待哺本无多。

嗟来转速黔娄③去，已觉元元④气大和。

东来南去路平平，圩岸重围水上田。

无数舆梁齐复旧，一时都用赈余钱。

沈张高谊薄仓囷，长有清风在水滨。

新筑堤成舟楫稳，金鸡湖浪不惊人。（金鸡湖堤，创议于沈君国琛月捐千金为倡，张君履谦亦助二千金，始请赈余款成之。）

吴淞曲折贯中流，环抱重湖水利修。

更与枝河疏脉络，练塘淤久亦通舟。

书生结习喜论文，甫里颜安士若云。

堂舍规模殊广狭，总期鹿洞绍遗芬。

讼庭昼静绿阴围，鼠雀无多吏迹稀。

闲剔邪蒿种嘉卉，直将花事当民依。

蟊民蠹试按图寻，虿尾潜藏窟穴深。

毒楚不须惊刻轹⑤，本来辣手是婆心。

耰锄德色恨难平，舐犊谁知是过情。

苦惜孤儿曾刲股，创痕宛在泪纵横。

离鸾寡鹄最堪怜，谁迫嫡孀⑥续断弦。

却怪乡农偏见惯，转惊城旦到秦川。

催科政拙比阳城，上考何因得署名。
最痛佃农皮骨尽，比租时节梦魂惊。

方将堕溷⑦惜蕤英，笞凤鞭鸾太不情。
冻煞黑龙江上路，直教冰雪窖中行。

鸠兹⑧祆庙⑨剧成灰，恶日都惊恶焰来。
天赐庄前单骑出，不教黔首⑩召飞灾。

守望良规任变通，𢶡苻迹敛柝声中。
置楼悬鼓吾家事，笑捧官符愧李崇。

牢盆⑪利竞攘盐官，枭党争采赤白丸⑫。
邻邑盗踪频告警，四年比户⑬幸鸠安⑭。

故里廉泉早岁斟，生成未解爱黄金。
非关暮夜人知否，自有终身不变心。

祷雨祈晴岁几回，五龙灵异不须催。
自怜解送铜章侯⑮，犹向神祠报谢来。

蓼洲正气接文山，庙貌重新半载间。
犹剩苏祠须手葺，用情不是为乡关。

花柳村边访宋坟，荒碑没字漫苔纹。

小胥竟有忠臣裔，好读尧峰表墓文。

（明御史宋公学朱，崇祯间殉济南之难，其衣冠葬今花柳村。汪尧峰文集中有墓表

一首。邢书宋绍荣，其后裔也，不能举公名，余以汪文示之。）

上津桥下水沄沄，药市清风远莫闻。

路近留园花舫织，无人解吊郝将军。

（郝将军，太极滇人，天启中守霅益，安蔺之乱曾著战功。顺治初，隐于医，居吴

之上津桥，顾亭林先生尝赠以诗，而府县志流寓方技，俱不载。）

知己原非为感恩，黄公垆远泪波存。

一编租覈亲钞刻，肠断西园秋树根。[16]

慷慨陈言意气舒，登舟手笔重踟蹰。

精魂近欲飞嵩洛，为念刘公一纸书。

披豁豪情酒百杯，却怜伉直是真才。

山茶已比甘棠爱，青眼还随荔子来。

起居八座应昌期，忠孝家风耀节麾。

俯念潘舆难慰藉，推心何幸到乌私。[17]

百战功劳三黜[18]身，东山再出更埋轮[19]。

沅湘耆旧凋零尽，天为中朝惜此人。

节钺传家解[20]爱才，偶移豸憾到苏台。

绣衣好作莱衣舞，笑挼丰髯扇枕^㉑回。

势位能忘齿略齐，黄堂^㉒趋步泯町畦^㉓。
从龙世胄^㉔情豪甚，送别诗成酒任携。

状元雨好况随车，期月先看害马除。
五裤声中惊薤露，木兰堂下重欹歔。

风流水部意如何，生死交情涕泪多。
恺悌^㉕根源须血性，及瓜^㉖还听麦歧歌。

笙吹鹤背凫飞凫，仙令高风仕隐俱。
再到又栽花满县^㉗，部民争说伯谦须^㉘。

故人家近圣人居，真气常存习气除。
只惜过从刚一载，口碑今又满南徐^㉙。

唐代诗人共姓名，翩翩公子有循声。
要知信友争投分，万里皋兰见至情。

小眉山色满潼江，早岁才名老未降。
蒌斐^㉚谒看天语在，神君我幸共乡邦。

玉带河环四面桥，门前时集紫宸朝。
晨钟暮鼓深知警，东竹禅关路未遥。

槐梧高下影扶疏，夏绿阴中憩吏胥。
抱牍下堂无个事，闲来教写课蚕书。

缘尽都忘去住心，髯苏好句数沉吟。
不防倚棹薝腾梦，又见藤轩满地阴。

只靴留爱㉛事如何，叔世㉜人情好易阿㉝。
门外马蹄芳草歇，真愁笑柄后来多。

一尊迎送短长亭，弦管声凄亦惯听。
骑竹攀辕俱此地，不知官柳为谁青。

秋燕飞飞遍柳堤，新巢故垒好双栖。
一官踪迹应相似，怜尔将归尚啄泥。

两髯载榼㉞过枫桥，江上分携酒未消。
卬㉟巨心情劳燕影，离愁都付去来潮。

注：

① 襮：bó，原为衣领、外表之意，此处引申为表白、暴露之义。

② 瓜代：《左传·庄公八年》载：齐襄公叫连称和管至父两人去戍守葵丘，那是正是瓜熟的季节。齐襄公对他们说，明年瓜熟可以吃的时候就派人来接替他们。后人遂把任期已满换人接替叫做"瓜代"。

③ 黔娄：原为春秋时期的一个隐士，不肯做官，安贫乐道，死时竟然衣不蔽体。后世遂以此作为贫士的代称。

④ 元元：指平民百姓。

⑤ 刻轹：kè lì，欺凌；摧残。

⑥ 孀孀：chú shuāng，寡妇。

⑦ 溷：hùn，污浊混乱。

⑧ 鸠兹：jiū zī，古邑名。古时候安徽芜湖地势低洼，是遍生"芜藻"的浅水湖，盛产鱼类，湖边鸠鸟很多，林草丛生，故名"鸠兹"。

⑨ 祆庙：xiān miào，祆教祭祀火神的寺院。

⑩ 黔首：战国时期和秦朝对平民百姓的称谓。

⑪ 牢盆：原意为煮盐器具，此处借指盐政或盐业。

⑫ 赤白丸：红色或白色的弹丸。此处借指奸猾不法为非作歹之典。

⑬ 比户：家家户户。

⑭ 鸠安：像鸠鸟一样安定。

⑮ 章侯：又称章府元帅、武德英侯，民间神仙体系中的一员。因其生前为官刚正，惠爱君民，深受百姓爱戴，死后封神。

⑯ 这首诗是对黄彭年的悼念。作者在光绪十六年十二月初九的日记中写道："闻调任鄂藩黄子寿先生（彭年）于初五日在鄂垣任内弃世，老成硕望又失其一，可为天下恸矣！余承公知量移是邑，虽因以增累，实荷青眼之优，追从于此者逾年。每以公事禀陈，辄蒙想谅，今则不可复得也。拟为挽联以吊之，曰：'真知己不在感恩，手租耦一编，相对泫然，惜我竟无同志；负重名宜膺大任，送行旌两月，遽闻溘逝，哭公正为苍生。'《租耦》为陶子春先生著，余去冬得之，以呈于公。公展读慨然，亟欲得一二同心者，以救此间农佃之困，而卒不易行，数为余浩叹，故出联及之。"

⑰ 乌私：孝养父母亲。

⑱ 三黜：sān chù，三次被罢官，泛指仕途不顺。

⑲ 埋轮：车轮埋于地下，以示坚守。

⑳ 解：懂得。

㉑ 扇枕：扇枕温席的省称，形容对父母十分孝敬。典出《东观汉记·黄香传》："香躬执勤苦，尽心供养。冬无被裤而亲极滋味，暑即扇床枕寒即以身温席。"汉代黄香于夏天时先将床枕扇凉，冬天时先以身体将被子捂暖，再请父母入睡。

㉒ 黄堂：指古代太守衙门中的正堂，有时也可代指太守。

㉓ 町畦：tǐng qí，原意为田界、界限，引申为约束、规矩、仪节等义。

㉔ 世胄：shì zhòu，世家子弟，贵族后裔。

㉕ 恺悌：kǎi tì，和颜悦色，易于接近。

㉖ 及瓜：与"瓜代"同义。

㉗ 花满县：晋时潘岳曾经担任河阳县令，他下令全县到处都栽种桃李，时人称之为"河阳一县花"。后世以此称赞官吏有政绩或称颂地方景色美丽。

㉘ 伯谦须：指崔伯谦，北朝前燕朝官员。为官清正廉洁，体恤百姓，深受民众喜爱。"民有贫弱未理者，皆曰：'我自有白须公，不虑不决。'"

㉙ 南徐：指今镇江。

㉚ 萋斐：qī fěi，原意为花纹错杂的样子，后世比喻谗言。

㉛ 只靴留爱：西周时期古陕大地上流传着"清官留靴，赃官留帽"的民俗。据说去主政的官员离任时，如果是清官，士绅百姓就在城门楼里挂一只官靴，写上其姓名，祝愿其官运亨通；如果是赃官，就挂一顶官帽，也写上其姓名，盼望其早日丢了乌纱帽。

㉜ 叔世：衰乱的年代。

㉝ 阿：迎合，曲从。

㉞ 榼：kē，古代盛酒或贮水的器具。

㉟ 卬：áng，人称代词，我。

舟过无锡，吴子佩大令观乐招同少谷会饮新筑草堂，中坐感赋

海上风声起怒涛，江城小集暇吾曹。

园惟种菜官居少，卧许看山地势高。

对酒漫倾忧国泪，切瓜颇惜断邪刀。

西堂尚苦炎威在，谁向东溟裹战袍。

阳湖初集卷第十

初入常州

兰陵城郭水通流，父老争迎新令舟。
行入东门人迹少，豆棚瓜架满街头。

东南大郡夙知名，兵燹创痍恨未平。
三十年中生聚苦，满城荒树绿纵横。

市声远在鼓楼西，左右坊厢路易迷。
无数民居余瓦砾，官衙莫更厌鸡栖。

义图满县省催科，抚字规模问若何。
入室顿知休息好，临民要是此心多。

次叶临恭同年韵

捷书何日慰天颜，诸将裴回^①战士闲。
扼险不闻争浿水，覆军真合拟松山。
龙兴旧地防孤露，鸭绿潜师盼凯还。
悲愤颇因形势熟，昨宵犹梦出渝关。

注：
① 裴回：péi huí，彷徨；徘徊不前。

附：

闻牙山覆军作　　闽县叶大壮临恭

风声何忍破愁颜，天下观瞻几几闲。

诸将连舮藏旅顺，哀音一夜至牙山。

神京原庙应无恙，我国余皇尚未还。（操江兵轮被掳。）

日日江头行复望，此书疑似又闲关。

寄怀溧阳石怀瑾孝廉铭

玉棠村畔客，久系孝廉船。

可放洮湖棹，来过漏水边。

岛夷①喧左海②，秋旱病丰年。

正把兰陵酒，清宵独泫然。

注：

① 岛夷：古代指东部近海一带及海岛上的居民。

② 左海：东海。

月夜拿舟诣横山，犁旦①始至

三更船头秋月明，四更船中风露清。

夜深犹有桔橰②响，不闻人声闻水声。

蕈腾短梦去还来，百丈争牵橹复催。

过桥忽觉香风满，知有白莲湖外开。

明星睒睒③起东南，水面光随月影含。

行入前溪偏欲暗，夹堤柳树密毿毿④。

远江小港不通潮，舟渐南行路转遥。

西崦人家方早起，落帆已近土龙桥。

注:

① 犁旦：拂晓，“犁”通“黎”。

② 桔槔：jié gāo，古代汉族的一种原始的汲水工具。

③ 晱晱：shǎn shǎn，（光）闪烁的样子。

④ 毵毵：sān sān，枝条细长纷乱的样子。

祷雨横山潜灵观作

扁舟载月来，早入横山口。

横山晓气清，绿净无纤垢。

石路出林端，溪泉咽陇首。

树密界村墟，禾新被畎亩。

行行入稻畦，叶上露珠走。

居民启朝扉，袒裼①环道右。

欢导长官舆，陟岭诣龙母。

为言灵迹著，洒雨若酾酒②。

丹井喷云液，花罂躬挹取。

便看起滃隆，膏泽随车后。

一笑谢吾民，感应事或偶。

得雨匪吾功，无雨实我咎。

贪天古所讥，人力夫何有。

下山踏野烟，愁听水车吼。

注:

① 袒裼：tǎn xī，脱去上衣，露出肢体。

归途还望横山

筱舆侵晓路重经，为恋山光欲唤停。

密树下连畦稻绿，浮岚上抱岭云青。

茂林修竹村居乐，古井寒湫洞府灵。

卜筑试看随处好，悯农忧国苦伶仃。

次窦莫高大令韵

愁来懒拨瓮头春①，秋旱无端病我民。

下邑颇如张岱②志，故人还念范丹③贫。

桔槔四野声何苦，膏泽三农望最真。

掬水龙湫新返棹，天公应不靳施仁。

注：

① 瓮头春：wèng tóu chūn，初熟之酒；亦泛指好酒。

② 张岱：明末清初文学家、史学家。又名维城，字宗子，又字石公，号陶庵、天孙等，别号蝶庵居士，晚号六休居士，是一个极有趣味的人。

③ 范丹：字史云，东汉名士，中国古代廉吏典范。

次韵答临恭，时忧旱方亟也

图民无术苦愁吟，忧旱常悬望泽心。

丰歉最关中土计，封疆谁任岛夷①侵。

平戎上策须持久，越海孤军幸未沉。（时闻叶、聂两军已脱围出，左次②金川。）

安得捷音随雨至，诗成字字抵兼金。

附：

海防营次夜坐　叶大壮

疏完兵事又高吟，忧惯还生慰藉心。

闻道元戎真不死，可堪逆虏苦相侵。

海门禁米云帆少，幕府传书夜鼓沉。

终日昏迷策何事，望君一纸抵南金^③。

注：

① 岛夷：倭寇，亦泛指外国侵略者。

② 左次：谓驻扎在极端危险之地。

③ 南金：意为南方出产的铜，此处借指贵重之物。有时也用来比喻南方的优秀人才。

再叠前韵并寄，有慨乎言之，亦临恭所同愤也

近攻计定方交远，早见倭奴很鸷心。

尚幸同盟深可恃，不防全力猛相侵。

元戎戈盾重围出，长鬣馀艎大海沉。

莫唱当筵都护曲，高官从古命如金。

七月晦日^①薄醉放歌

丈夫生不希封侯，却思手斩楼兰头。

单于之颈亲系人，摇足踢倒扶桑洲。

掷杯大叫事易耳，咋舌小儿安足谋。

自从瀛壖[②]初灼骨，便期先事借箸筹。

万言之策不见用，坐看席卷收流虬。

朱提[③]辇入大藏满，持衰归去欢啾啾。

夜郎自此益以大，箕踞向汉如猕猴。

远交近攻计则狡，兵食诡秘先绸缪。

带方属国弱已甚，内宠偏倚妲姒俦。

间阎膏血腌削[④]尽，萧墙祸起兴戈矛。

耽耽虎视不即逞，余皇幸早移貔貅。

胡为太公置俎上，杯羹虽免成羁囚。

纤儿[⑤]哆口鼓唇舌，隐视卵翼为仇雠[⑥]。

十年鼠子复敢尔，跳踉大似关白酋。

行人襆被[⑦]去何速，深入不为孤军忧。

师中聂政本健者，苦战未肯抛兜鍪[⑧]。

援师既覆海波恶，戈船下濑方夷犹。

尊前莫唱丁都护[⑨]，一钱不值良可羞。

句骊君长横见幽，汉江呜咽云为愁。

纵横八道窜豺虎，凤凰城外新防秋。

天戈东指动雷电，桓桓将帅多壮猷。

鸭绿波澄汊水静，壶浆父老来平州。

元戎死地出生气，突围且扼金川喉。

故人腰印大如斗（谓左冠廷军门宝贵），宁南家世褒鄂[⑩]流。

长刀快马斫贼阵，十荡十决无停留。

雄师会合更采[⑪]入，定擒颉利[⑫]歼蚩尤。

迩者军前奉明诏，士气振奋殷同仇。

愿扫虾蜓清渤海，藩封巩固归金瓯。

小臣揣摩亦有素，献策非敢希马周。

虏中形势颇洞悉，聚米可当四岛游。

东西两京彼都会，全国蜿蜒如卧鳅。

兵制王宫列近卫，外分六镇须番休。

岛夷生质鲜材武，男侗女慧形细柔。

萨摩长门并石见，丁壮类向三方抽。

海军置府仅二所，相模大津夸独优。

游徼巡缉隶警视，窃仿古制差有由。

国计首在地租入，其余搜括皆苛求。

三院九省官傅沓⑬，饥旱方剧民无鸠。

仙台大阪地屡震，甘为戎首不自尤。

骄兵必败忿必灭，昭然古训罔弗售。

狡焉思启恣蠢动，宜张挞伐期虔刘⑭。

圣朝字小有深义，矧今藩服如缀旒⑮。

神武一举三善备，师行出境戒逗遛。

兵分两道别奇正，刻日会见韩京收。

东屯釜山瞰对马，直窥巢穴飞轮舟。

沿海七省善自守，虚实互用戒苟偷。

津门大沽慎锁钥，外拱旅顺环芝罘。

登莱威海森壁垒，旌旗猎猎如云稠。

长江海门迄闽粤，周防岂待临时修。

台峤孤悬亦天险，鲲身鹿耳原难偷。

虚声恫喝称内犯，何异撼树来蚍蜉。

奸徒接济既早断，伏莽煽结何从勾。

蠢尔犬羊定坐困，黔驴无伎将焉廋⑯。

诎膝⑰请和勿轻许，务教劖⑱面输共球。

受降城徙元菟郡，乐浪境筑筹边楼。

威棱震詟[19]日所出，东溟浪静天悠悠。

平戎至计必持久，拙速多算宜咨诹[20]。

知己知彼百不殆，庙堂战胜利有攸。

词人撰进平倭颂，韩碑柳雅[21]同歌讴。

刍荛之献幸采择，佩囊喜出珊瑚钩。

不须挢舌笑越俎，壮年橐笔穷荒陬。

悬车束马忆所历，丸都古垒今通沟。

沸流水入宽甸路，逾山渡沈多平畴。

先皇弓剑地咫尺，龙冈郁郁瞻松楸。

陪京根本比丰镐，西通畿辅非阻修。

何物魑结敢窥伺，如蔓草贵先锄耰[22]。

五权六术不豫计，正恐虏迹滋蹦蹂。

今朝银河忽倒决，漂没旱魃[23]如蜉蝣。

天公悔祸计未晚，疲民或许占车簀。

亢晴久更喜雨亟，王师所至情则侔。

即今冒雨破敌垒，归来手提血髑髅[24]。

六军高唱凯歌入，大同江水清浏浏。

朝鲜君臣稽颡[25]谢，岁时职贡[26]驰星邮[27]。

复国好骑果下马[28]，归师会放桃林牛[29]。

注：

① 晦日：huì rì，农历每月最后的一天。

② 瀛壖：yíng ruán，海岸。

③ 朱提：银子的代称。

④ 朘削：juān xuē，剥削。

⑤ 纤儿：小儿，含鄙视意味。

⑥仇雠：chóu chóu，仇敌。

⑦襆被：pú bèi，用包袱裹束衣被，整理行装。

⑧兜鍪：dōu móu，古代战士戴的头盔。

⑨丁都护：即《丁都护歌》。《宋书·乐志》载：彭城内史徐逵被鲁轨杀害，宋高祖派都护丁旿（wǔ）收尸掩埋。徐逵的妻子（高祖的长女）传召丁旿，详细询问掩埋事宜。每次问就叹息说"丁都护"，声音哀凄切。后人就依照其声制作了《都护歌》曲。《乐府诗集》所存《丁都护歌》都是咏叹戎马生活的艰辛和思妇的怨叹。

⑩褒鄂：唐太宗时功臣褒国公段志玄和鄂国公尉迟敬德的合称。

⑪罙：mí，深入；冒进。

⑫颉利：xié lì，借指少数民族首领。

⑬傅沓：zǔn tà，相聚面语。

⑭虔刘：qián liú，劫掠；杀戮。

⑮缀斿：zhuì liú，比喻君主为臣下挟持，大权旁落，意为国势垂危。

⑯廋：sōu，隐藏，藏匿。

⑰诎膝：qū xī，下跪，比喻归顺、投降。

⑱劙：lí，割；划开。

⑲震慴：zhèn zhé，震惊畏惧。

⑳咨诹：zī zōu，谋划；拜访商量。

㉑韩碑柳雅：唐元和年间，宰相裴度奉命率军讨伐淮西军阀吴元济叛乱，大获全胜。韩愈奉诏撰《平淮西碑》一文颂其功绩，因称"韩碑"。柳宗元也写了《平淮夷雅》两篇大加歌颂。后人遂用"韩碑""柳雅"代指歌功颂德之文，有时亦可用于别人优秀文章的美称。

㉒耰：yōu，原指一种农具；泛指耕种。

㉓旱魃：hàn bá，中国古代神话传说中引起旱灾的怪物。

㉔髑髅：dú lóu，死人的头骨；骷髅。

㉕稽颡：qǐ sǎng，古代的一种跪拜礼节，屈膝下拜，以额触地，表示十分虔诚。颡，脑门儿，额。

㉖ 职贡：古代称藩属或外国对于朝廷按时的贡纳。

㉗ 星邮：信使。

㉘ 果下马：亦称"果马""果骝（liú）"。因其矮小，可骑行于果树之下，且跑得很快，故名。

㉙ 桃林牛：《尚书·武成》有"偃武修文，归马于华山之阳，放牛于桃林之野，示天下弗服"之句，意为罢兵息战，天下太平。

喜雨

丰年何意苦秋晴，得雨艰难喜亦惊。

作势云雷犹半日，感恩禾稼定重生。

龙湫灵异仙居近，旱魃消除暑气清。

充溢军储须大熟，迩来东北未休兵。

八月七日重过元和署作

去时芳草已无存，落叶萧疏在县门。

颇忆阶除生意满，绿阴多处是巢痕。

飞来双燕故依依，底事秋深尚未归。

似说堂前金碧焕，旧时王谢迹全非。

闻湘乡宫保刘毅斋中丞之殁，哀之以诗

玉门生入竟投闲，犹见声威动百蛮。

明诏剋期收洱水，大星先日殒衡山。

东征将士空思范，西域功名远胜班。

身死更怜师未出，因公痛哭为时艰。

和高澄岚编修感事之作

谠议 ① 频闻出玉堂，又看篇什寓忧伤。

谈兵谁似陈同甫 ②，筹笔今资李赞皇 ③。

横海楼船终避寇，敢言台谏有封章。

昭彰功罪方倾听，万骑何时入汉阳。

青云干吕 ④ 海无尘，中国宜知有圣人。

尚见盟书传雁使，忽惊战鼓震熊津。

多鱼师漏 ⑤ 波漂血，对马烽高电不神。

持节岂堪长卧雪，三韩险要昧咨询。

肉薄牙山战未休，凤凰城外亟防秋。

突围将士真飞豹，夺隘军声纵火牛。

大帅死生关国体，中朝神武奢遐陬 ⑥。

九阍稠叠颁殊赏，虎旅龙骧壮气遒。

临津水抱汉城隈，诸将骁腾饮马来。

制敌要为持久计，总师谁是出群材。

耕奴织婢思明训，弃地要盟是祸胎。

痛惜斗南星遽殒，沅湘耆旧不胜哀。

马江覆辙事非遥，海上军容意气骄。

小敌竟如文叔怯^⑦，忠魂谁共楚累^⑧招。

金钱万万填虚牝^⑨，恩赉^⑩重重负圣朝。

宽典可邀威莫测，拂须休但倚师僚。

捷书平壤正联翩，箕子遗墟或瓦全。

警报纵教东海息，隐忧还为北庭悬。

朝廷根本三边路，天下军储九府钱^⑪。

为问銮坡趋直候，盱衡至计果奚先。

注：

① 谠议：dǎng yì，正直的议论。

② 陈同甫：即陈亮，南宋思想家、文学家，时人称"龙川先生"。他忧国忧民，提倡"实事实功"，对社会不良风气及丑恶现象十分痛恨。力主抗金，反对和议。

③ 李赞皇：即李德裕，政治家、诗人，唐代赵郡赞皇人。与其父李吉甫均为唐朝名相，李商隐称其为"万古良相"，梁启超认为他是中国古代六大政治家之一。

④ 青云干吕：古称律为阳，吕为阴，故以"干吕"谓阴阳调和。国有开明之君，社会太平盛世，人民安居乐业。

⑤ 师漏：指泄漏军事机密。

⑥ 遐陬：xiá zōu，边远一隅。

⑦ 文叔怯：系刘秀与严光的一段故事。东汉开国之君光武帝刘秀字文叔。他即位后，多次聘请旧日同学、隐士严光出山相辅，但屡遭拒绝。迫不得已，严光仅入官数日，和刘秀同榻叙旧。后世常以此为君主不忘旧交之典。

⑧ 楚累：屈原的代称。

⑨ 虚牝：xū pìn，空谷；无用之处。

⑩ 恩赉：ēn lài，恩赐。

⑪九府钱：九府是古代掌管钱财的机构，九府钱是春秋时齐国的钱币。此处泛指钱币。

中秋后二日，新筑西轩既成，移榻其中，枕上口号

西堂柜柳大于槐，新筑轩成对树开。
案牍无多民气静，移官仍为读书来。

抛却藤阴爱树阴，添多风雨有龙吟。
拼将独宿清宵梦，来质高柯倦鸟心。

是夜彻旦不寐，又作

东墙列窗三，西墙辟牖一。
两面延月明，清光满我室。
而我当其中，支床足容膝。
前后无遮蔽，虚白方充溢。
辗转见蟾辉①，炯炯照幽密。
三更风雨来，潜喜旱灾失。
五鼓忽纨如②，仰睇明星出。
竟夕未成眠，清兴尚横逸。
亦知病复萌，转觉情未毕。
诗成推枕起，虚幌③上初日。

注：

① 蟾辉：月光。

② 纨如：dǎn rú，形容击鼓的声音。

③虚幌：透光的窗帘或帷幔。

病余

病余未损是诗心，镜里添多白发侵。

香绕碧帘盘古篆，树留绿叶护秋阴。

年华如水消沉易，时事关怀感慨深。

闻道东征军大溃，惊呼三叹自愁吟。

八月杪，得史文靖公乾隆庚辰所藏赐砚恭赋

小臣初任溧阳长，行县数过红泉庄。（文靖所居曰"夏庄"，有红泉书屋。）

相臣故居半榛莽①，遗物漂失何由详。

赐书楼高付灰烬，矧兹一砚等粃糠②。

岂知流落地未远，神物呵护存幽光。

得之敢不致矜重，如捧大玉璆琳瑯。

摩挲拂拭重薰涤，仿佛石上生光芒。

有文在背深刻镂，力出字外棱中藏。

维臣贻直再入相，乾隆世正侔成康。

二十五年十月朔，获叨大赐出上方。

一时荣遇极千载，恭书谨识期无忘。

其质坚致细且滑，其形椭削斜而长。

良工雕琢具奇致，拟似鸳鸯③疑凤凰。

翾④首矫翼敛一足，修尾舒列森开张。

石中鸲⑤眼终错落，前为一目睛微黄。

后十三点色绀绿，天然孔翠非嵌镶。

腹宽二寸不凸凹，掌平肉腻如截肪⑥。

龙尾凤咮⑦安足道，似此真可辉文房。

粤稽⑧是岁定西域，天山南北收回疆。

霍集占首走万里，献馘⑨饮至开明堂。

伊犁屯田既广辟，立碑太学摛⑩天章。

纶扉⑪定献画日笔，庙谟⑫翊赞⑬书旗裳。

是月朔日在丙子，六飞方驻滦河阳。

山庄随扈事清简，此砚颁自金銮旁。

宣麻余暇顿首谢，锦茵玉匣交辉煌。

历今百三十五载，犹见一德孚明良。

什袭珍藏定累叶，何时遗失来江乡。

史侯食邑肇东汉，溧江子姓滋蕃昌。

相臣枝裔独他徙，故里衰落吁可伤。

鲁公之后昔亲访，七世孙得童子郎。

髫龄聪异笃嗜古，宗工见赏高州杨。

何期掇芹甫及冠，未脱墨绖⑭成中殇。（溧江史氏，自东汉溧阳侯史崇食采于此，迄今二千年，尚称蕃衍，文靖之裔则多徙外籍。余在任时，访得其七世孙辅尧，年甫十四，勤学能文，因时奖异之。后为督学茂名杨公颐所甄赏，补弟子员，乃旋丁承重忧，服未阕且殇矣，哀哉！）

韦平⑮阀阅⑯不可问，搔首空对天茫茫。

遑论赐物当护惜，重倍铜瓦逾姜香。

研磨玩视三叹息，吾家得此知何祥。

陈之坐右发遐想，盛衰倚伏真寻常。

砚虽善藏已再缺，世间万事畴能当。

前人宠遇既寂寂，太平盛轨徒瞻望。

安得持此助草檄，欃枪^⑰净扫驱天狼。

犁庭径到日所出，虾蛦殄尽收扶桑。

澄泥闻出海东产，随茧纸贡胪天阍。

枢垣诸公岂无意，曷倾葵藿襄吾皇。

事平共拜内府赐，龙肝好庋^⑱珊瑚床。

注：

① 榛莽：zhēn mǎng，丛生的草木，比喻危艰、荒乱。

② 秕糠：bǐ kāng，瘪谷和米糠，比喻为琐碎、无用之物，糟粕。

③ 鸑鷟：yuè zhuó，古代汉族民间传说中的五凤之一，身为黑色或紫色，象征着坚贞不屈的品质。

④ 翾：xuān，飞翔。

⑤ 鸲：qú，鸟类的一属。

⑥ 截肪：切开的脂肪，比喻颜色和质地白润。

⑦ 凤咮：fèng zhòu，砚石名。

⑧ 粤稽：yuè jī，查证，考证。粤，古时与"聿""越""曰"通用，用于句首或句中，语气助词。

⑨ 献馘：xiàn guó，馘，被杀者之左耳。古时打仗杀敌，割取左耳以献上论功。后世泛指奏凯报捷。

⑩ 摛：chī，舒展；散布。

⑪ 纶扉：lún fēi，明清时称宰辅所在地为"纶扉"，此处代指内阁。

⑫ 庙谟：miào mó，也作"庙谋"，朝廷的谋略。

⑬ 翊赞：yì zàn，辅佐，帮助。

⑭ 墨绖：mò dié，穿着黑色的丧服。

⑮ 韦平：西汉韦贤、韦玄成与平当、平晏父子的并称。韦、平父子相继为相，世所推重。

⑯ 阀阅：功绩和经历；有功勋的世家、巨室；泛指门第、家世。

⑰ 欃枪：chán qiāng，彗星的别称，古人认为是凶星，主不吉。比喻邪恶势力。

⑱庋：guǐ，放置，保存。

过菱塘村

竹树迷离密绕村，绿阴深处见鸡豚。

人家正在溪桥畔，一路蓼花红到门。

哭左冠廷军门宝贵四十二韵

天子师扶义，元戎死效忠。

艰危臣节著，悼恤圣恩隆。

藩服原孱弱，萑苻苦内讧。

孤军方远戍，强敌莽相攻。

援惧牙山绝，声期沨水通。

群酋喧汉上，万骑发辽中。

本是安边将，曾传荡寇功。

名王青眼重，都统赤心同。（君为忠亲王僧格林沁材官，甚见器重。崇文勤公

视师辽左，尤倚任之。）

韬略娴龙豹，儿郎尽虎熊。

九边威震怖，六纛位尊崇。

猛士今褒鄂，陪都昔镐丰。

驰驱周紫塞，歌咏到黄童。

明诏来关外，移营指海东。

戈矛霜莹白，旌旆日翻红。

小试田单策，先摧秀吉雄。

火牛宵夺隘，束马昼摩空。

已幸收平壤，行当定位宫。

出奇惊唳鹤，扼险断飞虹。

诸将谁争长，忧心独有忡。

势难成破竹，命早付飘蓬。

慷慨悲杨业，迟疑恼杜充①。

追奔过卅里，坐视笑群聋。

骄虏围重合，狂熛焰②不穷。

血流全被体，力竭尚弯弓。

神定归横岭，星俄殒碧穹。

裹尸偿马援，瞑目惜臧洪。（君初进兵平壤，倭据险不得前，因以牛数百头，束香炷于其角，夜驱而上。贼方并力来遏，而我兵已间道出其后，遂夺隘，直至中和援叶军出。及八月之望，倭数万扑平壤。君转战而前，深入三十里。叶卫诸军坐视不援，且先溃。君中三炮，犹力战二日，乃殉焉。）

部曲悲先轸，朝廷念祭彤。

英光天照耀，美谥日昭融。

忆我初游沈，当君正总戎。

依刘惭薄技，交蔺仰和衷。

嚘喑③多真意，勤劳见匪躬。

烹羊留宴乐，挥羽挹谦冲。

谬荷推元礼，尝从哭孟公。

别经逾十稔，信屡托双鸿。

时事畴能料，沙场竟善终。

最怜偕序雁，长此化沙虫。（君与陈海珊观察交最深。余在海珊幕，遂得相识，甚承奖誉。海珊死，君每见余必相与哭之。今夏五月，尚得来信，然有"此生能否再见"之言，其谶也耶？先是戊寅秋，君弟守戎名宝清者，以捕马贼死事，余至沈见君，为慰藉之言。君哭曰："吾辈作武官，惟以性命报效皇上，然死于大敌犹值得也。"

岂意今果以大敌死乎？）

温旨犹咨访，遗孤想慧聪。

孪生才胜楷，健妇凤称冯。（君初无子，闻壬午冬孪生二男。其夫人挈之而南，

侨寓淮安，向颇有"健妇"之目云。）

淮浦家无恙，睢阳石待砻。

灵祠旗闪闪，清夜鼓逢逢。

便拟馨溪藻，还因泣爨桐。

凄凉观剑日，宝气烛崆峒。（己卯冬，侍岐子惠师帅饮于君所，坐上尝出宝刀

传观焉。）

注：

①杜充：字公美，相州人，两宋之际大臣，南宋初年宰相，叛臣。《宋史》评价其"喜功名，性残忍好杀，而短于谋略"。某种程度上说，宋王朝就是葬送在他的手上。

②熛焰：biāo yàn，火焰，光芒。

③嚯唶：huō zé，大声疾呼；震惊；多言；勇悍。形容不知顾忌或意气飞扬。

次韵答元和邹咏春洗马福保

故人再出凤麟洲，贱子凤称牛马走。

星轺南下失将迎，时维六月日廿九。

洛社桥东暮色迷，哑哑昏鸦满堤柳。

船头打鼓人声喧，抱刺未投空戟肘。

几朝飞骑鸳湖来，诗句清新意良厚。

报书不敢向闽山，寸纸知须撒棘后。

况思一和阳春吟，愧对黄钟鸣瓦缶。

看君珊网收南金，归朝恰祝璇宫寿。

即今东北需奇才，荐士正宜邹衍口。

乐浪元菟杀气深，得人会斩楼兰首。

禁中颇牧昔所闻，策勋待饮金门酒。

从知天上五色云，不为人间八叉手①。

（咏春丙戌以第二人及第，故云。）

注：

①八叉手：形容才思敏捷。相传唐时的温庭筠考试时作赋，从不打草稿，只是叉手构思，叉八次手就赋成八韵，人称"温八叉"。

舟夜寄示荃姬

苦雨萧萧系短篷，船头灌水咽溪风。

寒衾未似秋闱冷，莫引扁舟入梦中。

寒螿①夹岸有哀音，小盒金丝想念深。

忆否前宵偎枕听，一双促织诉秋心。

注：

①寒螿：hán jiāng，原指古书上说的一种蝉，此处借指深秋时节的鸣虫。

行县

行县浑疑到故乡，临流处处有垂杨。

村多种竹十分绿，田未收禾一半黄。

问水路知通百渎，爱山色为近重阳。

莫嗤腰脚今增健，苦雨新晴试较量。

桑田歌

吴农种桑如种禾，近村傍水桑田多。
勤劳不待官长劝，乡居私服多绮罗。
桑苗初植细于指，入土四岁繁枝柯。
剪剔培护有心法，虽欲助长无如何。
腴塍已见绿盈亩，隙地更使青沿坡。
一春养蚕利最厚，洋商内贩舟峨峨。
藏富于民古有训，丝捐茧税今则那。
莫便铲田更伐树，恩纶久欲蠲烦苛。
岂闻能吏神政术，劝桑易长如庭莎。
未三年已效大著，襄城著作将同歌。
不须父老诧异事，宋人之揠良由佗[①]。
但期明年丝比今年熟，补我旱荒田稻无催科。

注:

① 佗：tā，通“他”。

用韵答高蔚然驾部树

吾州气雄厚，禀赋多阳刚。
乡里月旦评[①]，颇慕许子将[②]。
君家好兄弟，紫电亦青霜[③]。
一别俱十年，空溯[④]葭苍苍[⑤]。
所恃双鲤鱼[⑥]，有书必周详。

迩来苦善病，养息龟支床⑦。

官久且思遁，渐欲厌名场。

偶或寄于诗，覆视终颜强。

君乃童稚交，不嗤学殖荒。

而犹假以词，谓可窥宋唐。

感君意良厚，愧我言多狂。

重展北来笺，方生珠玉光。

君问辽中诗，意恐闭金玉。

我念旧游路，惨恻泪相续。

时事讵忍道，百感交抮触⑧。

徙薪策不行，筹边赏未录。

自哭西州门，怕忆关山曲。

何期天意微，变幻如棋局。

燕雀彼安知，鸡虫争未足。

剧怜醉梦中，畴复防蛊毒⑨。

地形天下险，从古称吾蜀。

还家好闭门，芋饭真所欲。

坐对少岷青，出泛泸江绿。

此乐久未忘，迟疑恐莫赎。

愁来检药裹，当归尚盈束。

欲寄千里心，怅望摩天鹄。

注:

①月旦评：谓品评人物。东汉末年汝南郡人许劭、许靖兄弟主持对当
代人物或诗文字画等品评、褒贬的一项活动，常在每月初一发表，故称"月
旦评"或"月旦品"。无论是谁，一经品题，身价百倍，它开创了品评人物

的先河。他们曾评论曹操"治世之能臣，乱世之奸雄"，可谓精当到位，足见其历史影响力。

②许子将：许劭的字。

③紫电青霜：均为古代的宝剑名称，意指精良的武器。此处借指高氏兄弟均为杰出人才。

④溯：sù，原意为逆水而行，本处引申为追求根源或回想，比喻回首往事。

⑤葭苍苍：jiā cāng cāng，原意为芦苇茂盛的样子，此处为《诗经·蒹葭》的代称，表示深深企慕而不得的惆怅心情。

⑥双鲤鱼：古时中国对书信的称谓。

⑦龟支床：是"冷龟支床"的省称，意为壮志未酬，蛰居待时。《史记·龟策列传》载："南方老人用龟支床足，行二十余岁，老人死，移床，龟尚生不死。"

⑧抵触：chéng chù，触犯、触动或感触。

⑨虿毒：chài dú，比喻祸害、毒害。

读元遗山诗，戏题一绝

坎止流行妙守经，八年痛饮可能醒。

国亡终幸家还在，不负诗编野史亭。

泊洛阳桥偶书

洛阳北去三千里，底事溪桥得此名。

愁思满怀消息杳，误疑啼鸟是鹃声。

夹水民居笑语喧，隔江灯火夜深繁。

可知明日过重九，时见花糕^①在市门。

注：

① 花糕：即重阳糕。因在重阳节食用而得名，是江浙地区重阳节传统节令食品。

九日自戚墅堰山行四首

本为勤民出，翻为胜日游。

天空澄晓气，风急净高秋。

绿水溪新涨，黄云稻正稠。

蘅芜芳未歇，注望极汀洲。

路逐林塘转，行行又一村。

雨余桑未落，风入苇尤喧。

野老争迎送，田功试讨论。

此乡丰歉异，沟洫^①莫虚存。

远近山争出，晴看暖翠多。

桥随芦港入，舆掠稻畦过。

村密都宜竹，溪回尚有荷。

还闻烟水外，断续起菱歌。

遥指横山路，曾从祷雨回。

龙湫空血食，雁户^②已花灾。

稼穑收何晚，兵戈远莫猜。

明年幸无事，专为菊花来。

注:

① 沟洫:gōu xù,田间水道,亦可泛指田野。

② 雁户:到处流浪、居无定所的民户。

次韵叶临恭同年述东事之作二首

军中何人胆如斗,空负健儿好身手。

中和一鼓下韩京,早见群酋皆授首。

计不出此翻退师,诸将应先怯小丑。

顿兵平壤再逾旬,坐使群豺蹑我后。

九节度曾溃相州,前敌胡为分阃①受。

故人已丧先轸元,孤垒谁效任光②守。

长驱更恐无坚城,未识畴能肩此咎。

东陲险要悬心目,隐忧先在长山口。

九连城本扼咽喉,莫遣兵符归木偶。

岂无峻岭阻戎车,只愁分路逾冈阜。

雄边坐镇资奇才,高牙大纛③今谁某。

诗来感愤数披吟,睒睒明星正窥牖。

东沟战舰余几许,卅年为此空柚杼④。

陆师无援挫衄⑤回,鸭绿江头艰守御。

不闻汉武诛扬仆⑥,献策终惭祝越俎。

早知同甫善谈兵,五年熟听平生语。

楚南耆宿半凋零,此老至今名独钜。

秋间整师方首途,送别深谈不忍去。

殷勤咨访到刍荛,谓盍赠言将听汝。

上兵伐谋有先声，分道出奇须劲旅。

即今中外将才难，窃意平戎观此举。

贤王再起系安危，也应注念潇湘渚。

附：

沪上夜巡作　叶大壮

萧寺无眠听刁斗，朱墨狼藉污满手。

我军昨报抵中和，属国壶浆迎马首。

士气骄腾将心锐，朝食何难灭此丑。

牙山元戎突围出，万死偏师能断后。

帑金两万颁孤城，动地健儿泣拜受。

蚕丛平壤峙中间，月圆之夕忽不守。

陈涛虽痛无此惨，谋国不臧执其咎。

天意何年能悔祸，人心忧愤匪滕⑦口。

夜来封事谁主名，切责戎机累佳耦。

堳水人居幕府山，析津地异彭田阜。

海军退舍叹如鼠，粉饰捷书诳谁某。

风声比复过南洋，起占太白在户牖。

秋虫啼饥奈何许，懒妇当窗理机杼。

大东小东愁屡空，国不患贫防外御。

沪关之富天下无，诸道耽耽肉在俎。

一岁三除墨不黔，十方供养佛无语。

酬金颇似汉家侯，儋石⑧百万不为钜。

亦有生成和峤癖⑨，铜绿摩挲手不去。

惜无脚费运黄泉，歌舞儿孙留与汝。

御园新辍受釐⑩礼，慈圣宫中念军旅。

陆兵勇敢虏所惮，入卫陪京看大举。

贤王扶病起平戎，会见东征咏遵渚。

注：

① 阃：kǔn，门槛。

② 任光：字伯卿，东汉云台二十八将之一。

③ 大纛：dà dào，古代行军中或重要典礼上的大旗。

④ 柚杼：柚和杼是织布机上的两个部件，亦可代指织布机。此处转为营谋、筹划之意。

⑤ 衄：nǜ，泛指出血，亦有挫伤、失败、侮辱、退缩之意。

⑥ 扬仆：扬通"杨"。杨仆是西汉武帝时的海军司令，他出任西汉水军的"楼船将军"一职，从海上对东北、东南沿海的割据政权征战。

⑦ 縢：téng，约束，封闭。

⑧ 儋石：dàn shí，古时盛放谷物的器具，能容纳一石谷物的容器叫儋石。

⑨ 和峤癖：和峤是晋朝一代名臣，为官颇有政绩。但他有一个污点，一生吝啬异常，爱钱如命，有人认为他有钱癖。

⑩ 受釐：shòu xǐ，汉制祭天地五畤（zhì），皇帝派人祭祀或各郡国祭祀后，皆以祭余之肉归致皇帝，以示受福，叫受釐。

柜轩

老树秋深未黄落，绿阴迷离绕窗脚。

从知柜柳胜高槐，新筑西轩良不恶。

树根公退还读书，风吹叶响如籁然①。

诗笺满床讼牒少，衙斋合拟幽人②居。

注：

① 箖箊：lín yū，叶薄而大的一种竹子。

② 幽人：幽隐之人，隐士。

得陶生欣皆书却寄

铁山烽火照元菟，九月凉秋又出都。

射策待陈天下计（欣皆春间成进士，未与廷试），论兵似得壁中符。

干戈满地归心切，悲愤填膺壮气粗。

骨肉阇团边警息，好将消息报东吴。

注：

① 却：回转，返回。

潘子卣笙以第五人捷，贤书榜出，数日不知也。
吴门传电误魁，为镞濸^①焉，不以介怀，诗以勖之

江南秋榜后重九，再展十日时更久。

一朝飞电报题名，吴市青衫空巷走。

潘郎恂恂^②独无事，静展银函搜锦字。

谁将躬镞易经魁，重向太元寻意义。

浮菊金罍^③宴已开，泥金不向阳湖来。

一笑今知人第五，文章杜牧真清才。

十年读书还养母，登科恰进延龄酒。

连镳^④更足张吾军，应共曼卿称石友。（石生铭为余溧阳首选士，去秋亦举

于乡。）

只今时事艰如此，海上烽烟接天起。

书生报国知何年，忠孝经纶从此始。

我惭刮眼无金锟，早年颇识渥洼 ⑤ 姿。

漫将衣钵夸和范，且咏梅花七字诗。

注：

① 镳澹：lǜ dàn。镳，本为研磨之义，引申为细密、耐心、磨炼（思想品行）。澹，恬静、安然的样子。

② 恂恂：xún xún，温和谦恭的样子。

③ 金罍：jīn léi，大型盛酒器和礼器。

④ 连镳：lián biāo。镳，马勒。本意为骑马同行，引申为"接续"之义。

⑤ 渥洼：wò wā，原为水名，在甘肃安西境内，传说此地出产神马，此处代指神马。

感兴

衰病催人意气平，簿书外竟少闲情。

思归心有休官想，感事诗多变征声。

旧羡三缄期学道，新陈十策悔谈兵。

自伤痼疾眠难稳，百结幽忧苦自萦。

官署无菊，自吴门移至百本，輹然有作

移官已及秋，载花本无几。

为怀晚节香，寤寐在君子。

毗陵园圃多，异品饶霜蕊。

例以清河瓜，取求皆所耻。

寒葩等素交，一舸来吴市。

千枝复万叶，到眼纷黄紫。

官贫淡无好，得此亦已侈。

却思隐逸名，自昔传栗里。

不识宰彭泽，曾否亦携此。

衙斋有隙地，嘉种惜无是。

遗根倘可栽，辟畦由我始。

寄怀乐山高东垣同年联璧兴宁

长沙南去路经旬，花满瑶冈又几春。

民乐况兼茶市好，官闲更筑草堂新。

诗书气本无苛政，儿女缘知有夙因（次儿廷昂为东垣女婿）。

别十二年浑未远，百函收得楚江鳞。

京邸初逢气最豪，本来交谊陋绨袍①。

死生预约张元伯②，棺药兼营应义高。（余庚辰夏在都，一病濒死者数矣。微

东垣之力，万无生理，皆纪实也。）

骨肉相看忘异姓，科名无意渺秋毫。

独因凤喙胶重续③，长欠佟佳玉色醪④。

海内盈虚细讨论，郎曹宦辙总君恩。

政先除害真知要，官是亲民敢自尊。

僻邑喜无迎送苦，工书还厌应酬繁。

便称吏隐差堪称，树色山光满县门。

吴中吏事首催科，苦我三迁奈拙何。

百口艰难逋累重，六年繁剧得诗多。

宜民政少惭留镫⑤，忧国心长梦枕戈。

辽海游踪应共念，故人今正捍鲸波⑥。（张今颇观察锡銮为东垣妻兄，近闻于

沈阳治军备倭，故云。）

注：

①缇袍：tí páo，厚缯（zēng，丝织品）制成的袍子。典出《史记·范睢蔡泽列传》：战国时期，范睢在魏国须贾手下做事时受尽凌辱。后来范睢逃到秦国改名换姓做了秦国的宰相。须贾出使秦国，范睢装扮成穷人去见须贾，须贾见他很穷就给了他一件缇袍。范睢见须贾尚有赠袍念旧之情，就没有杀他。后世多用"缇袍"为眷恋故旧之典。

②张元伯：东汉时代人氏，其与好友范巨卿设下生死之约。后世常用此二人名代指生死之交。

③胶重续：传说海上有凤麟洲，洲多凤、麟，煮凤喙（huì，嘴）及麟角为胶，可以粘接断弦，可以粘接折断的刀剑，汉武帝名之曰"续弦胶"。此处意为即使有续弦胶，也难与高氏兄弟相聚言欢。

④醪：láo，酒。

⑤留镫：liú dèng，旧时百姓对好官离任时不舍之情的代称。

⑥鲸波：惊涛骇浪。

题所藏东边地图，用放翁《楼上醉书》韵

九边长在心目间，早年踏遍元菟山。

轮蹄倦归陈迹远，凤凰千仞空苍颜。

全辽形势喜覆述，东尽鸭绿西榆关。

近闻险要一再失，老泪为此时潸潸。

当时有意收骊海，此图安冀千金买。

忽惊虏迹突鸿沟，谁忆乌莬元可采。

咄哉小儿鼠目光，陈欧不死终能狂。

桥山弓剑臣敢忘，梦寐犹到神榆旁。

十月廿四日，喜昂儿归自都下，书以示之

吾家驹儿归自北，解装尚带风尘色。

帝京十月天早寒，犹幸肌肤冻未裂。

燕辽并海烽烟高，大官惶遽家先逃。

少年乃知学庾衮 [①]，闭门煮药宁辞劳。（式侄闱后一病几殆，故云。）

归来兄弟俱无恙，文度犹堪置膝上 [②]。

捷书近已到甘泉，下帷好趁梅花放。

注：

[①] 庾衮：字叔褒，晋朝名士，事亲以孝友闻。《晋书》对其评价甚高："衮学通《诗》《书》，非法不言，非道不行，尊事耆老，惠训蒙幼，临人之丧必尽哀，会人之葬必躬筑，劳则先之，逸则后之，言必行之，行必安之。是以宗族乡党莫不崇仰，门人感慕，为人树碑焉。"

[②] 文度犹堪置膝上：晋时王述十分喜欢自己的儿子文度，虽然长大成人，也和幼时一样，高兴起来时常常抱在膝上亲昵。后世遂用"膝上文度"为受宠爱的娇子之典。

中冬朔日偶成

早衰只合号陈人，案牍丛中月瑂新。

风雨声多寒有势，宾朋迹少座生尘。

救时谁是徒单镒 [①]（时读《金史》，适及本传也），安寝难如第五伦 [②]。（余

近仍苦不寐，兄子病归，亦未愈，故云。）

留取黄花在盆盎，不惊晚节入阳春。

注：

① 徒单镒：金朝大臣，一心辅佐帝业，劳苦功高。感叹当时文人委顿，认为文人应以道德仁义为本，纠正了学风。拥立新帝，开创新帝业。

② 第五伦：东汉时期大臣，个性耿介，重义气，不畏权贵，尽守节操，上疏论说政事从不违心阿附。有人曾问第五伦："你有私心吗？"他回答说："先前有人送我一匹千里马，我虽未接受，每次举荐官员时，我心里都无法忘记此事，但始终没有任用送马人。我哥哥的儿子常常生病，甚至一夜去看望十次，回来后却安然入睡。我的儿子生病，虽然没去看望，却整夜难眠，这样看来，怎么可以说没有私心呢？"

巡夜书事

桥头灯火落城河，寒柝声中吠犬多。

行过崇贤坊畔路，谁家静夜有弦歌。

林端斜月影纤纤，霜重无风气转严。

一点篝灯人语寂，纺声犹听出穷檐。

得成都曾笃斋同年培历下书，答以一诗

江南雪早见今年，双鲤来时泽腹坚 ①。

话旧感深离合外，忧时心在战争前。

度辽诸将闲相数，趋府新仪苦自怜。

闻道明湖烟水好，独游应忆虎邱船。

注:

① 腹坚：意思是冰结得既厚且坚。

曲园先生以雪后口占一律见示，敬次其韵

闲愁似冻结难开，诗兴惟凭雪为催。

吏拙最宜民气静，病多能引道心来。

老成忧乐关时局，寒意歌呼趁腊醅。

谰语即今应已验，元菟新报捷书回。

原作附录：

德清俞樾荫甫

连朝愁抱郁难开，更被残年急景催。

天末乌头风未起（俗语"黑云多风，白云多雨"，故有"黑头风，白头雨"之谚），

空中赤脚雪先来（俗以"不雨而骤雪"为"赤脚雪"）。

消除兵气无奇策，抵御冬寒有浊醅。

且喜客传谰语好，行看泰运共阳回。（有术者言，过冬至后，世运即通泰矣。）

得辽友书感赋

寸札曾无吉语闻，冰天雪地莽尘氛。

豺狼跳荡关河破，鸡犬萧条井邑焚。

几辈山头望廷尉，何时天上下将军。

藜床坐卧知安否，历历游踪隔海云。

雪夜，用东坡《次仲殊雪中游西湖》诗韵

风定树亦静，微闻叶有声。

出门地尽白，拟作月中行。

忽看重檐上，玉色方峥嵘。

黄昏闭户久，空外先飞霙。

云意远逾重，寒威近转轻。

及今已三见，占语为丰亨。

明朝纵银海，会睹奇光生。

便应涤烦热，睡美诗亦成。

高寿恒孝廉寿，姻年家子也，介其季父拙园同年书来，索余行草，未免有嗜痂之过。既写数纸应之，并缀一绝以报拙园

敢将野鹜混家鸡，蛇蚓^①纷拿绾^②未齐。

不为诸郎分爱厌，故人原胜庾安西^③。

注：

①蛇蚓：原为蛇与蚯蚓之意，此处比喻为书写的文字。

②绾：wǎn，盘绕，系结。

③庾安西：指庾翼，曾任安西将军。东晋时王胡之给好友庾翼写了一篇书信体的小品，全文仅五六十字，但文笔峻峭，情理兼具，虚实结合，深入浅出，流传千古，后世遂以"庾安西"作为好友故人的代称。

秋间，以坡公画像寄临恭。临恭有诗见谢，久未答之。公生日展祀礼成，始依韵为一篇。临恭先以变征规我，自视犹故态也，故亦不复写寄

眉山山脉通嘉州，早岁凌云恣高望。

奇气勃郁纱縠行，才名千古谁能抗。

玻璃江路解乌尤，出门咫尺多风浪。

与人家国徒迍邅①，九死琼儋幸无恙。

仁庙有灵应怨恫，大科早得两贤相。

我生乡里际时清，南行未遇黄茅瘴。

无端歌哭兴中宵，满腹雷霆成逆胀。

即今岂谓秦无人，只惜秦安胪②罪状。

故人挟策不敢陈，径思徙鼎蓝田上。

幕府山头秃管③堆，自为袁公深意向。

悬知此日拊神弦，一声丹荔梅花放。

却惭峨眉笑未归，学公且和陶元亮。

注：

① 迍邅：zhūn zhàn，难行的样子，形容人困顿不得志。

② 胪：lú，陈述，传语。

③ 秃管：秃笔。

附录：

题坡公画像，寄谢紫翱同年　叶大壮

公生元祐庆历间，韩范欧阳屹相望。

国虽积弱贤人多，虽有天骄不敢抗。

黄州逐客未赐环，海外琼儋狎风浪。

诸黎推挽老符随，饱食安眠亦无恙。

谗人非有九世仇，但忌子瞻能作相。

身虽窜迹胜高官，地少兵戈只烟瘴。

触耳不闻夷语咻，充肠免受臊浆胀。

九百余年世变大，炮火电光不一状。

军中忽寄画像来，细字覃溪^①跋其上。

阳湖令君西川产，老效坡诗得回向^②。

定慧禅林今再逢，萧萧寒雨山花放。

视公真为一判官，凤翔府帅陈希亮^③。

注：

① 覃溪：翁方纲，清代书法家、文学家、金石学家。

② 回向：佛教用语，即回首面向，将自己布施、行善、念佛的功德、智慧、善行，不自己独享，不存一己之私，而是践行佛菩萨利益众生的慈悲精神，趋向法界众生和佛菩萨共享，以拓宽自己的心量，使功德有明确的方向，不至于流散，这是修行过程中非常重要的一环。

③ 陈希亮：宋朝人，字公弼，曾任凤翔太守等职，为官清正廉洁，忠于职守，嫉恶如仇，视民如子，与苏轼同是眉州人，两家数代世交。

阳湖次集卷第十一

人日^①，读陈曼生大令《溧阳志》，偶成一律，
即寄陈鉴泉公溥、潘仲寅致祺两茂才溧阳

陈编重展识前徽^②，回首鸿泥迹又非。

老辈文章兼史法，旧时尸素^③负民依。

喜闻桑野青成蜎，偶梦荄山绿满衣。

正是双桥灯火夜，故人应念鹤来归。

注：

① 人日：又称人节、人庆节，每年农历正月初七。

② 前徽：前人美好的德行。

③ 尸素：居位食禄而不尽职。

次韵答万肖园同年宜兴立钧

敢诩平反藉悦亲，悬蒲^①曾见俗还醇。

苍鹰岂惜他年祸（闻乡农逋租二石致鞭背六百者，故发此语，亦本廉访公意），

威凤阴求我辈人。

省事有方符橄少，忧时无补叹嗟频。

官中酬唱终留滞，重答诗筒已隔春。

注：

① 悬蒲：悬挂菖蒲，民间习俗为了避邪驱毒保平安，人们于端午节前后在门框上悬挂菖蒲。

赠泸州万斐臣茂才慎，即送其从军淮浦

早年曾过茅容宅，鸡黍殷勤感留客。

通家累世识奇童，握中已见荆山璧^①。

中年燕邸还相遇，才名当代王文度。

旗亭到处唱黄河，不羡江东推独步。

缁尘十丈迷长安，焦桐入爨知音难。

拂衣归去不自悔，破裘尚裹青琅玕。

余甘渡头时独钓，父母何心问年少。

几朝青鬓易沧浪，莽苍乡关付长啸。

愁来醉卧黄公垆，四坐瞠目惊叫呼。

旧交泪断新归骨（谓蒋伯遐、许舜臣诸友），远道书来又戒途。

仓皇烽火三韩遍，渔阳铁骑不能战。

楼船下濑无归期，捷书望断甘泉殿。

请缨此际岂无人，陈陶辙覆行踆踆^②。

上公奉使真劙面^③，诸将防边肯顾身。

君今磨盾情何壮，将军揖客畴相抗。

帐前或少龙额侯^④，镜中可是虎头相^⑤。

白门一棹能来此，兰陵酒熟胡不喜。

不须叠和从军诗，且解金鞯话桑梓。

方山隆隆天半高，千年例得生英豪。

东海长鲸终可斩，渡淮好淬吕虔刀^⑥。

注：

① 荆山璧：本指和氏璧，后泛指美玉，有时亦比喻美好的人或事物。

② 踆踆：cūn cūn，行走的样子。

③ 劙面：lí miàn，用刀划面。古代匈奴、回鹘等族遇大忧大丧，则划面以表示悲戚；也可用来表示诚心和决心。

④ 龙额侯：侯名，也可用作指宠幸之臣。

⑤ 虎头相：借指称富贵相。

⑥ 吕虔刀：《晋书·王览传》载：三国时期魏国刺史吕虔有一把宝刀，

铸工相之，认为只有三公才可以佩戴。吕虔将刀赠王祥，王祥后来就位列三公。王祥临终时再将刀送给其弟王览，王览后来官至大中大夫。后世遂以"吕虔刀"作为宝刀的美称。

题庄母张孺人节行录　诸生庄善孙之母也

节母苦节行，似我曾王母。

青年赋黄鹄，三十称嫠妇。

遗腹育孤雏，堕地苴在首。

生觉情难安，死恐托有负。

事迹宛相符，冰霜志不苟。

享年亦颇类，惜未登遐耇[①]。

（节母年三十而夫故，遗腹生次子曰"福孙"。嗣守节至五十六岁而殁，先曾王父之卒也。曾王母王淑人亦年三十，叔祖忠山公亦以遗腹生。曾王母守节逾三十年，年六十而殁。）

缅惟折翼初，佳节正重九。

秋霜冽以凄，穗帐[②]悲风吼。

一恸魂欲随，泉台知忆否。

升堂代子职，忍泪奉姑舅。

晨调百岁羹，暮进延龄酒。

入帏俨父师，画荻[③]勤诲诱。

断断[④]识字初，眷眷[⑤]成名后。

翁忘子不存，媪若儿尚有。

逮养尽余年，地下应无怃。

觥觥两豪英，学成谁所受。

修短数难知，文行誉非偶。

欃枪动地来，郡邑无完守。

江北望江南，漆室⑥忧心久。

还乡遂瞑目，正气长不朽。

纶绋⑦阐幽潜⑧，巾帼瞻山斗⑨。

我来问民俗，擩染⑩风犹厚。

辉煌赞咏编，青史足同寿。

感此念前徽，愧未铭尊卣⑪。

敢辞表彰力，惭乏英琼玖。

会睹怀清台，兰玉成渊薮。

注：

① 遐耇：xiá gǒu，高寿，高龄。

② 穗帐：灵帐。

③ 画荻：据《宋史》载：宋朝大文学家欧阳修四岁而孤，母亲郑氏守节而誓教其读书。家贫，只能以荻管（芦苇管）作笔在地上练习写字。后世遂以"画荻"为称颂母教之典。

④ 斷斷：yín yín，争辩的样子。

⑤ 眷眷：念念不忘，依恋不舍。

⑥ 漆室：原为春秋时鲁国邑名。《列女传·漆室女》载：鲁穆公时，君老太子幼，国事危急，漆室有少女忧国忧民，倚柱悲吟而啸。后用"漆室"作为忧心国事的典故。

⑦ 纶绋：lún fú，皇帝的诏令。

⑧ 幽潜：隐微玄奥的道理。

⑨ 山斗：泰山、北斗的合称，比喻为世人所钦仰的人。

⑩ 擩染：rǔ rǎn，沾染，受他人言行的影响。

⑪ 尊卣：zūn yǒu，古代祭祀时使用的两种重要礼器。

徐甥为画葫芦汇等图，既以入谱，即题其后

岷江江水来天上，流入符阳作奇状。

回环一汇号葫芦，北砦山头试高望。

连山枝干东西走，九层崖足资防守。

客路还寻鹿角溪，十五里间逢渡口。

溪南高处多田庐，四百年来此故居。

篆形石洞园先辟，萧森宰树今何如。

我家东傍深湾住，石船春水门前路。

龙德山头松柏哀，凄凉卅载悲霜露。

图成展视为怦然，井里风光梦早牵。

好就江东问长柄，携归遍种故山田。

梦中得句，若悲吾弟而作者，遂痛哭有声。既寤犹不能自已也，因足成之

春草凄凉绿谢池，悲风万里意先知。

伤心有谶无佳句，梦里难成哭弟诗。

（春间以"池塘草绿无佳句"诗课士，岂亦谶耶？）

题《篝灯余影图》为金坛林生之祺高祖母许孺人作也

蚖膏①凤脑②不足数，天心能鉴篝灯苦。

流传世世生光辉，一点丹衷③耿蓬户。

丹衷皎若光明烛，自照冰霜矢幽独。

鹍弦④弹断泪横流，洒向卷葹⑤满阶绿。

磨笄^⑥未决还踟蹰，不难一死难抚孤。

闭门春去落花尽，正有只燕来哺雏。

膝前环顾同悲切，寸寸肝肠化成铁。

未知败絮逊重衾，长饱香糜是糠屑。

渐看儿女皆英英，历尽艰难始长成。

当年六索今无负，辛苦从头说短檠^⑦。

檠短更长夜复夜，百层银箔光交射。

深宵指裂不知寒，生计自怜归纸价。

此时灯影青荧荧，此时人影孤伶仃。

血诚蟠际漆室朗，隐隐光焰通天庭。

从来济变在坚忍，廿载撑撑^⑧心力猛。

宰相能如此母贤，即今倭患何由逞。

遗徽^⑨诵述自元孙，我更披图感慨存。

只应天上金莲炬，万朵千枝到德门。

注：

①蚖膏：yuán gāo，蚖是古书上说的一种毒蛇。蚖膏是蚖的油脂，旧时用以点灯。

②凤脑：凤凰的脑子，传说中为周穆王所用的灯油。后世常用作灯油的美称。

③丹衷：赤诚之心。

④鹍弦：kūn xián，用鹍鸡筋做的琵琶弦。

⑤卷葹：juǎn shī，一种草，据说生命力极强，拔了草心也不死。

⑥磨笄：mó jī，磨利束发的簪子，现多用此词形容贞洁妇女。

⑦短檠：duǎn qíng，小灯。

⑧撑撑：zhī chēng，支撑。

⑨遗徽：死者生前的美德。

晚坐

绿阴深处卷窗纱，坐看当轩树影斜。

小院芳菲还未歇，倚墙红遍石蕖花。

和樵也读史书，愤之作二首

子夫冒姓玷华宗，万古神奸旷世逢。

早岁金狨①红杏宴，中原铁骑白茅封。

黑头作相恩无匹，蓝面专权德在凶。

怪底元长偏老寿，朝京门下兴方浓。

师昭心已路人知，败局从来孰主持。

使虏邦昌②阴有约，归朝万俟③面无疵。

吁天又见孤儿录，异日难寻小校④祠。

功罪是非千古鉴，芟除野史亦奚为。

注：

① 金狨：jīn róng，本指狨皮制成的鞍垫，此处借指马匹。

② 邦昌：指张邦昌，北宋末年宰相，议和派的代表人物。

③ 万俟：mò qí，百家姓里的姓氏之一，复姓，此处指万俟卨（xiè），南宋初年奸臣。

④ 小校：指低级武官或小卒。

题赵啸湖大令鸿悼亡诗集

啸湖夫人彭氏，宁都名族女也。归啸湖为继室，十年而殒，有《怡红吟遗集》。啸湖集师友挽诗为一册，将以付梓，嘱题云。

宁都特秀金精峰，易堂诸贤天所钟。

翠微清气久不晻，后起女士犹鸾龙。

当时躬庵齿独长，叔子畏友群儒宗。

家风累叶散林下，闺阁才艺无凡庸。

天生名媛偶德彦，梁孟桓鲍^① 如笙镛。

怡红吟咏偶寄耳，徽美^② 足称石窌^③ 封。

如何夫婿方腾上，瑶池鹤驭偏孤往。

十年弹断鹍鸡弦，莫怪黄门重凄惘。

尚留遗墨助编摩^④，空冀返魂劳梦想。

微之^⑤ 诗好是情真，伉俪（平读）增重令吾党。

我闻夫妇道造端^⑥，五伦^⑦ 钧重行遒完^⑧。

死生哀乐本至性，鼓盆^⑨ 胡为称达观。

读君兹编识君意，群公语况增凄酸。

人生有情哪可恝^⑩，亲疏远迩须同看。

闺房旧爱忍割弃，泛然民瘼堪心寒。

君今正切恫瘝^⑪ 志，推暨一体知非难。

孙枝况已霏桂馥^⑫，侧生又挺双芝兰^⑬。

碧海青天倘重见，珍重语定先加餐。

行看歌颂满花县，买丝并绣仙山鸾。

注：

①梁孟桓鲍：指东汉梁鸿、孟光夫妇和鲍宣、桓少君夫妇的并称，他们夫唱妇随，相敬如宾。后世因以"梁孟""鲍桓"为对人夫妇的美称。

②徽美：美好，美德。

③石窌：shí jiào，原为春秋时齐国的地名，后世泛指封地。

④编摩：编集。

⑤微之：唐朝诗人元稹的字。

⑥造端：开头；发端。

⑦五伦：指中国古代的五种人伦关系和言行准则，即君臣、父子、兄弟、夫妇、朋友五种人伦关系，忠、孝、悌、忍、善为"五伦"关系准则。

⑧遒完：qiú wán，十全十美，极其完美。

⑨鼓盆：妻子死了的代称。典出《庄子·至乐》：庄子的妻子过世了，惠子前往吊唁，看到庄子敲击瓦盆而唱着歌。表现了对生死的乐观态度，也表现了丧妻的悲哀。

⑩恝：jiá，无动于衷，不在意。

⑪恫瘝：tōng guān，痛苦，恐惧，创伤。

⑫桂馥：原意为桂花的香气，此处比喻世德流芳，也形容子孙良好而昌盛。

⑬芝兰：芝兰，两种香草，古时比喻德行的高尚或友情、环境的美好等。

新雨既足，闻农事之美也。喜而书此，因及所慨

吴农插秧迟复迟，夏至已近方敷菑①。

缦田②龟坼功难施，水车偶试龙蹊跐③。

只愁易竭三丈陂，盱盱翘盼云阴垂。

群情真有天公知，沛然一雨来及时。

滂沱霡霂④相参差，连宵达旦酣淋漓。

郊原新绿如云弥，田歌四起声熙熙。

端居深感维皇慈，不须出祷横山祠。

老农欢抃⑤情见辞，对我蹈舞犹孩嬉。

为言膏泽非所期，车戽⑥不劳良便宜。

一亩省费千余资，家有十亩足自资。

百亩千亩益可推，八十万亩湖东湄。

吾民所省良不訾，不言之惠有若斯。

微苍昊力畴能为，我虽快慰还沉思。

去年秋旱成疮痍，如病未去方得医。

遽云充健宁无疑，昨闻茧市丰蚕丝。

穷檐赖此或自持，继今时若无差池。

纳禾会卜歌豳诗，所忧故乡堪涕洟。

自春徂夏多炎曦，莳稻未及嗟荐饥。

大府怏怏移旌麾，谓汝何不食肉糜。

悲哉谁复哀孑遗，朝来灵液仍流滋。

洒润倘遍天西陲，雨师风伯争驱驰。

瞻望既退虔揲蓍⑦，下忧自问私非私。

大熟⑧真须绵⑨海涯，不闻司农久叹咨，何况东方尚暴师⑩。

注：

① 敷菑：fū zī，耕种。敷，布，播种；菑，初耕的田地。

② 缦田：màn tián，古代不作垄沟耕种的土地。

③ 蹞跜：kuí ní，盘曲蠕动的样子。

④ 霡霂：mài mù，小雨。

⑤ 欢抃：huān biàn，喜极而鼓掌。

⑥ 车庠：chē hù，用水车庠水。

⑦ 揲蓍：shé shī，古代问卜的一种方式。揲，取。

⑧ 大熟：大丰收。

⑨ 绵：连续不断。

⑩ 暴师：军队在外，蒙受风雨霜露。

短歌行赠王少谷

世无贾长沙，安有痛哭事。①

梦中忽忽泪成河，清宵怪底生愁思。

床头长剑作鼍鸣，起坐惊看不得试。

一身恩怨宁足论，热血终当洒何地。

五更风紧愁不眠，太白睒睒光在天。

明朝怀抱定一吐，知君已返姑苏船。

君来镇日黯无语，肝胆相照心茫然。

人生上寿谁百年，金丹未得空欲仙。

哪能老死折腰走，安冀五亩种秫田。

太湖东畔灊山麓，卜邻倘许茅同编。

不然共我青城去，芋魁饭豆②长随缘。

注：

① 世无贾长沙，安有痛哭事：贾长沙指贾谊，西汉初年著名的政论家、文学家，世称贾生。他被召为梁怀王太傅，梁怀王坠马而死，贾谊深感自己身为太傅，没有尽到责任，非常自责，经常痛哭流涕，最后抑郁而亡。

② 芋魁饭豆：芋魁，芋头的块茎；饭豆，以豆为饭。泛指粗劣的食物。

闰五月十六之夜以事赴镇江，与少谷联舟而往，拟便为金焦之游也。并携侃儿以行，舟中作此

毗陵雨足水初平，官舫清宵并棹行。

津鼓发船孙氏馆，市灯连岸吕蒙城。

民醇吏有看山兴，夜静鱼多唼①浪声。

稚子也知风景异，篷窗坐恋月华清。

注：

① 唼：shà，拟声词，鱼吃东西的声音。

十八日登金山作，仍叠前韵

沙岸回旋柳径平，丹梯百转蹑空行。

云山下面丹杨路，烟水孤拳铁瓮城。

帆影往来依树杪，江流日夜壮涛声。

妙高台上空长啸，海气迷茫底处清。

中泠泉再叠前韵

江心成陆荻洲平，神濆^①澜翻沫上行。

曲榭危亭开异境，去思遗爱惜专城。

石堤潮落留沙篆^②，柳港风多战苇声。

五字尚夸人第一，本来海宇待澄清。

（泉旧在江心，自山南漫为平陆，久不复见。闽县王可庄公来守镇江，始求得之，

筑石为堤，手书"天下第一泉"五字于壁。）

注：

① 神濆：shén fèn，传说中的水名。濆，水由地下喷出漫溢。

② 沙篆：shā zhuàn，沙石上呈现出的篆书似的条纹。

十九日入甘露寺，登多景楼远眺。复循北固之麓下至江干，
将渡焦山，以风浪大作而返，三叠前韵

楼阁挼天势不平，倚阑人在九霄行。

路缘绝壁斜通径，山似连珠倒出城。（少谷熟青乌家言^①，所论如此。）

野色连云含雨意，江风鼓浪作雷声。

临流又唱公无渡，孤负林岩入望清。

注：

① 青乌家言：青乌是古代专司看坟墓风水的著名堪舆家青乌子，以人名代指风水。青乌家言意为教人看风水的书籍。

伯芳招游竹林寺，四叠前韵

使君美政擅廉平，招我游山冒雨行。

路尽幽林藏古寺，江环远郭隔重城。

树多云带深蓝色，竹密风兼碎玉声。

却问泉名谁品第，灵岩终古自孤清。

（寺有林公泉，出石壁间。下注方池，澈底莹洁，清冽甘芳，视中冷惠麓似不多让，

然知者鲜矣。伯芳、少谷皆以为慨，故及之。）

自竹林寺归

三里冈前草木稠，肩舆树底稳于舟。

马蓝花细如红蓼，山路浑疑水国秋。

返棹毗陵，复寄怀少谷，即以代柬

京口江畔舟，分携重回顾。

君上建康船，我返毗陵路。

南风两日吹江波，乘潮大艑高峨峨。

解装莫便欢呼去，终期旧约深烟萝。

喜晴

甘霖能匝月，所得亦优哉。

天更如人意，晴还应候开。

稚禾青过尺，新豆绿成堆。

荡户知无害，荷花入市来。

月夜泛舟，因忆旧游

澄流荡漾似平田，凉月微风夜放船。

坐爱篷窗清有味，不知藕叶满湖边。

水光如练接天流，江入玻璃月在舟。

二十五年前事在，三更孤艇过眉州。

安尚乡创立经正书院于虞桥之兴教寺，六月十日莅试甄别，即示诸生

滆湖东畔水潆洄，闲荡玻璃载月来。

战地昔传忠骨在（虞桥为宋将麻士龙拒元兵死绥处，今有麻、尹二将军祠。尹玉亦文信国部将，死五牧者也），讲堂今就梵宫开。

杨园教术期同志，莒里人文有异才。

尊酒重论惭未称，却欣洗眼净纤埃。（张杨园先生有《经正录》，辑朱子学规也。）

邪慝[①]何年举世无，防维补救在吾徒。

遗规鹿洞风如昨，故里龟山德不孤。

天日再中千圣鉴，江河方下几人扶。

纤青拖紫^②寻常事，好济时艰翊^③帝图。

注：

① 邪慝：xié tè，邪恶。

② 纤青拖紫：yū qīng tuō zǐ，比喻地位显贵。青、紫，古代官吏佩带印绶的颜色；纤，系结。

③ 翊：yì，帮助，辅佐。

谒麻、尹二将军祠

江南瓦解势难支，新帅平江尚出师。

一战捐躯先此地，四枪横胸死同时。

英风凛烈毗陵路，正气追陪信国祠。

降虏元戎今数见，双忠瞻拜有余思。

杨孝子行

杨一，前明人，丐而孝。刘念台先生《人谱》作"杨乙"，祠墓皆在虞桥。

杨孝子生特虞桥一丐耳，幼为窭人^①无生理。

父母衰老愁饥寒，以身乞食供甘旨。

得食养亲欲亲喜，酒肉既陈歌舞起。

儿舞不必仪节娴，儿歌不嫌辞句俚。

两亲融融笑见齿，为儿一醉且饱矣。

父欢母乐儿心安，朝朝暮暮长如此。

冬温夏清^②意陶然，黄香老莱^③差足比。

亲言有儿贫不知，富贵何加丐何耻。

里人至今虔庙祀，樵苏^④不犯墓未毁。

我来展拜重凄其，事亲自问何能尔。

一丐不如堪愧死，所期长见民俗美，人人知慕杨孝子。

注：

① 窭人：jù rén，穷苦人。

② 冬温夏凊：凊，qìng，凉。冬天使父母温暖，夏天使父母凉爽。本指人子孝道，现泛指冬暖夏凉。

③ 黄香老莱：黄香，东汉时期官员、孝子，是"二十四孝"中的"扇枕温衾"故事主角。黄香九岁时丧母，平时他除帮父亲操持农活、料理家务外，冬天用身体暖热被褥才让父亲上床，夏天为父亲扇凉枕席，对父亲尽心尽孝，加之他少年时即博通经典，文采飞扬，京师地区盛传着"天下无双，江夏黄童"之语。老莱是老莱子，生于春秋时代楚国，道家创始人之一。他不屑于世间的名利角逐和诸侯争斗，隐居在荆门象山脚下，垦荒耕田，奉养双亲，是一个著名的孝子。《二十四孝图》中有一幅"老莱娱亲图"，讲老莱子七十岁时，为消除年迈双亲的孤寂，穿着孩童的彩衣花帽，手摇小拨浪鼓，手舞足蹈地在父母面前游戏玩耍，逗弄小鸡小鸭，展示出小孩天真无邪的活泼样子，让父母开心。后世以"老莱斑衣""戏彩娱亲"来比喻对父母的孝顺。

④ 樵苏：采薪与取草，比喻日常生计。

遣兴

东向开轩窗，柜柳高于屋。

老干纷四垂，枝作龙蛇曲。

晓梦乍惺忪，树影满床绿。

舟夜

水上牵舟月下行，一天风露逼人清。

梦回知过枫桥市，正有疏钟夜半声。

晚过惠山

梁溪流水绿澌澌，轮舶如飞并马驰。

只惜九龙看未足，好山在望不多时。

初秋寄怀凌镜之大令

阖闾城郭古名都，白首勤民绾县符。

不愧循良天语重，久膺繁剧政声孚。

悬针 ① 世宝 ② 书三体，投辖 ③ 情豪酒百壶。

独有忧时似同病，安危消息几长吁。

才名早岁动诸侯，幕府红莲 ④ 借箸筹 ⑤。

三晋云山车辖熟，六朝金粉笔端收。

官经苜蓿 ⑥ 心常淡，人共枌榆 ⑦ 气更投。

矍铄精神姜桂性 ⑧，思君正倚仲宣楼。

注：

① 悬针：一种书法术语，意指竖画下端出锋，其锋如针之悬。

② 世宝：世代相传的珍宝。

③ 投辖：辖，车轴的键，去辖则车不能行。《汉书·游侠列传·陈遵》载："遵嗜酒，每大饮，宾客满堂，辄关门，取客车辖投井中，虽有急，终不得去。"后人遂以"投辖"比喻主人好客，殷勤留客。

④ 红莲：《南齐书·庾杲（gǎo）之传》载："（庾杲之）出为王俭卫军长史，时人呼俭府为入芙蓉池。"《南史·庾杲之传》亦载：庾杲之被

王俭任命为卫将军长史，安陆侯萧缅在给王俭的信中赞美说："您府中幕僚，皆为难得之人才。庾杲之在其中泛清水，依芙蓉，何等好啊！"后人遂以此典称赞幕僚之人富有才干，有时亦作为幕府的美称。

⑤箸筹：原意为筷子和竹筹，此处比喻为出谋划策。

⑥苜蓿：mù xu，原为一种植物，此处用为为官清廉的代称。唐朝时的福建人薛令之，人称"明月先生"，自幼酷爱读书，以诸葛亮在南阳结庐而居躬耕苦读为榜样，粗茶淡饭，孤灯一盏，勤读诗书孜孜不倦，终于进士及第，入仕为官。他为官四十年，为人恭敬、勤俭、仁义、谦让，其高尚品德得到同行们的赞许，其自写的《自悼诗》更是映照出他的清廉情怀："朝旭上团团，照见先生盘。盘中何所有，苜蓿长阑干。饭涩匙难绾，羹稀箸易宽。何以谋朝夕，何由保岁寒？"尽管后人对这首诗有多种解读，但人们以"苜蓿廉臣"称呼他，足见他甘于清苦，宁愿"苜蓿盘餐"，也不向权贵低头，不与腐败为伍，堪称廉心可鉴。宋代苏辙、苏轼都十分景仰薛令之，多次在诗中提到薛的"苜蓿盘"，如苏辙的"手植天随菊，晨添苜蓿盘"，苏轼的"久陪方丈曼陀雨，羞对先生苜蓿盘"。古代教谕、训导之类的学官，科举出身低，一般为举人、贡生，薪水低，生活清苦，有时就自种苜蓿食用。

⑦枌榆：fén yú，原为树木名，后为对家乡的代名词。

⑧姜桂性：比喻人年纪愈大性格愈刚强。

七月既望，以轮舶导舟为沪上之行。亥夜解维而东，犁旦遂过阊门，轻舠迅疾，得未曾有，书以志快

残云避月天为清，秋江夜静波空明。

轻舠乘风载蟾魄①，湿银宫阙真飞行。

双轮激电作前导，震荡时作春雷声。

群山西走水东下，瞬息九龙如送迎。

船窗虚敞左右盼，默讶鬼力人能争。

新凉气爽睡自美，梦与列子凌天京②。

冷热一往不知所，恍跨东海骑长鲸。

隔舱红日忽射眼，尚疑俯瞰双鳌睛。

船头打鼓市喧近，闾娄曲折皆知名。

咫尺吴淞地可缩，今宵会睹月落金盆倾。

注：

① 蟾魄：月亮的别称，亦可指月色。

② 列子凌天京：列子是战国时期道家代表人物。他修道九年以后就能御风而行。《述异记》记载，列子常在立春日乘风而游八荒，立秋日就反归"风穴"，风至则草木皆生，去则草木皆落。

沪江旅次，竟日大风雨

晓窗声骇怒涛春，雨急风颠又暮钟。

早稻晚棉禁得否，我犹愁绝况吴农。

五杂组十二首并序

古乐府有五杂组，范石湖以为殆类酒令，一再赋之。余亦戏仿其体，以述近所见者。

五杂组，金钱卜。往复来，飙轮速。不得已，废膏沐①。

五杂组，秋声赋。往复来，教诗句。不得已，移家住。

五杂组，楼头月。往复来，整鬓发。不得已，漏声歇。

五杂组，雪藕丝。往复来，两心知。不得已，肠断词。

五杂组，松江绣。往复来，佩左右。不得已，怕忘旧。

五杂组，红爪尖。往复来，裹青缣②。不得已，阿母严。

五杂组，冰纹幕。往复来，酒后约。不得已，明河落。

五杂组，桃花笺。往复来，墨尚鲜。不得已，涕涟涟。

五杂组，同心结。往复来，泪成血。不得已，无言别。

五杂组，缠臂金。往复来，秋怨深。不得已，易初心。

五杂组，青丝缕。往复来，相思苦。不得已，嗔鹦鹉。

五杂组，缄碧蔼。往复来，诉衷情。不得已，变姓名。

注：

① 膏沐：古代妇女润发的油脂。

② 青缣：qīng jiān，青色的细绢。

舟入元和诸湖

湖路纵横蹙大波，一年前记熟经过。

远山隐现青无定，野岸高低绿最多。

旧日行踪寻甫里，丰年乐意在农歌。

香风渐近程休问，镬底潭西十里荷。

过宝带桥

澹台湖心暮烟起，澹台湖西暮山紫。

长桥桥门五十三，叶叶归舟荡秋水。

罱泥船小无遮阑，老农举首识旧官。

正忧年丰尔难免，隔窗已见催租瘢①。

注：

① 催租瘢：cuī zū bān，指农民被逼租时受到拷打，身上留下的伤痕。

舟中望惠山，偶书所见

白云蟠空中，上与日光映。

因风合复离，晶莹如玉镜。

九龙当其下，阴晴互变更。

前山晻深霭，后岭炫明靓。

旋疑盖转移，聚若雾交并。

豁然天宇开，碧岫芙蓉净。

为思造物巧，妙理窥难竟。

变化极奇观，只率自然性。

苍狗白衣名，宁为山泽病。

去住本无心，气象良可敬。

舟出无锡得风，甚驶，未移时已过横林矣，漫成一绝

归舻迅驶挟风驰，去日双轮尚逊之。

须识天心能助顺，莫将机械幸乘时。

寄赠王长洲筠庄

家风仙令舄飞凫，卅载循良重古吴。

官历四迁民有母，坐排万卷圣为徒。

少平气节真强项 ①，士逊声名在白须 ②。

只惜凤雏 ③ 淹百里，同时岳牧 ④ 似公无。

论交中岁感忘年，茂苑 ⑤ 追随快执鞭。

雅谑半多规讽意，隐忧常在事机前。

金鳌⁶联步门方盛，铜虎为符⁷秩待迁。

愧我只操巴里曲⁸，重来还伴武城弦⁹。

注：

① 强项：董宣，字少平，东汉时期官员。不畏强暴，惩治豪族。他担任洛阳令时，光武帝刘秀之姐湖阳公主的奴仆仗势杀人，被湖阳公主包庇。董宣拦住公主的车令奴仆下车而杀之。公主向皇帝告状，皇帝令其向公主叩头谢罪，董宣拒不低头。刘秀令人强按之，也不能使其俯首。京师豪族贵戚莫不畏之，号为"卧虎"。刘秀也由此称其为"强项令"，加以褒奖。

② 白须：崔伯谦，字士逊，北朝时期官员。清廉奉公，勤政为民，尽心尽力为百姓做事。"事无巨细，必自亲览。民有贫弱未理者，皆曰：'我自有白须公，不虑不决。'"有民歌曰："崔府君，能治政，易鞭鞭，布威德，民无争。"（详见《北史·崔伯谦传》）

③ 凤雏：庞统的别号，庞统是东汉末年刘备帐下的重要谋士。

④ 岳牧：原为尧舜时四岳十二牧的合称，分掌政务与四方诸侯，后用以称疆吏、封疆大臣，也称"岳伯""岳牧"。

⑤ 茂苑：古苑名，在古时长洲县境内。西晋左思《吴都赋》有"佩长洲之茂苑"句，故长洲有"茂苑"之称。后世也作苏州的代称。

⑥ 金鳌：比喻地位高贵，权势显赫。

⑦ 铜虎为符：汉文帝时分发铜制虎形兵符给各郡国的守、相，以为日后征发兵员的凭信。后人遂以铜虎符、"铜虎分符"为咏州郡长官的典故，有时也可借指官印。

⑧ 巴里曲：巴地民间歌曲。

⑨ 武城弦：借指礼乐教化。《论语·阳货》有"子之武城，闻弦歌之声"，说的是子游任武城之宰，以礼乐为教，因此邑人皆弦歌也。

次韵答表弟罗少堂孝廉凤翙

丈夫自待须千秋，安能录录领一州。

愿为陈甘傅介子^①，博望^②尚觉非我俦。

少年意气空复盛，光阴一掷如梭流。

金门天高路迥绝，抱志不遂徒绸缪。

一官束缚困奔走，丝团铁屑惭歌讴。

东南民力非昔比，私租更为吴农愁。

十年忧患地三徙，身作债帅心诗囚。

故乡亲朋莫肯顾，难乎蜀道千山稠。

衙斋坐惜三径冷，柜柳绿胜云林幽。

君能念我不遐弃，南旋戾止车其休。

至戚相关情爱笃，高文喜见才华优。

举觞复遇酒大户，兴酣纵论哀边陬。

开门之揖始平壤，覆辙再蹈忘琉球。

京桧寿长老不死，祸根蟠固繄天留。

即今台峤忍坐视，望洋泪逐波浏浏。

乾坤正气钟博白，斯人可遇不可求。

银河东倾赤手障，兵机不数张良筹。

气吞强虏血喷薄，生番感激皆同仇。

九围人理疑顿绝，赖此公在斯无忧。

群酋情见势已绌，狸膏涂饰嗤羊沟。

中朝大官若无睹，衮衮但识为身谋。

主忧臣辱哪复念，不一洒此甘蒙羞。

从来厉钝在探本，廉耻不立奚经猷。

化裁通变事孔亟，去贪要贵先锄耰。

绕朝之策且不用，宣尼[3]孰使为东周。

吾侪私忧亦何济，且纾悲愤赓唱酬。

惠山之泉可蠲忿[4]，得闲试放毗陵舟。

跻巅一览太湖胜，比窥烟液凌沧洲。

不图九龙竟尔妒，朝来风雨偏飕飗。

迟君归时更赌韵，相期诗境为冥搜。

奚囊锦句幸勿秘，奇光已露珊瑚钩[5]。

注：

① 傅介子：西汉时期大臣，曾出使西域，屡立奇功。后世借用为杀敌立功的典故。

② 博望：西汉张骞的封号。《汉书·张骞传》载："骞以校尉从大将军击匈奴，知水草处，军得以不乏，乃封骞为博望侯。"

③ 宣尼：指孔子。《汉书·平帝纪》载，元始元年，汉平帝追谥孔子为褒成宣尼公，后人因称孔子为宣尼。

④ 蠲忿：juān fèn，消除忿怒。

⑤ 珊瑚钩：比喻文章书画华丽珍贵。

芳步宦晚坐得句

斜晖倒景入疏棂，隔院风来桂子馨。

隙地无多花木少，苔痕赚得半墙青。

门外荒畦半角斜，鸡栖犹似野人家。

侍儿也解装秋色，养得荬葵[1]一丈花。

注：

① 荬葵：róng kuí，一种植物名，又名蜀葵、荆葵。

得范叙卿大兄明府端揆讣，诗以悼之

双凫晚向蜀山飞，仲蔚蓬蒿[①]约尚违。

万里使车方北返，三巴素旐[②]竟南归。

范丹薄宦终无命[③]，任昉孤儿况靡依[④]。

回首四明佳士杳，沈何零落旧游非。

（叙卿先需次吴中，甫补宜兴遂丁艰，以去服阕。再逾年，乃改官入蜀。上年解蜡赴都，使旋将赴南川任。一病三日，遽殁。可哀也已！何东乔启绶、沈九简同年熙廷，皆其乡人至契，近亦皆逝矣。）

注：

①仲蔚蓬蒿：晋皇甫谧《高士传·张仲蔚》载：东汉张仲蔚，博学多才，文章诗赋都写得很好。但他安贫乐道，不愿做官而隐居在长满野草荒无人烟的地方。蓬蒿，本指野草，此处代指贫士隐居。后世因以"仲蔚蓬蒿"为贫士隐居不仕的典故。

②素旐：sù zhào，白色的魂幡，用于出丧时在灵柩前引路。

③范丹薄宦终无命：范丹，汉朝人，东汉名士，中国古代廉吏典范。他克己奉公，志高行洁，安贫乐居，不为权势而折腰。人们推崇他的志气德行，在他死后为他送葬的竟达两千多人，汉灵帝给他取号"贞节先生"。薄宦，卑微的官职。

④任昉孤儿况靡依：任昉是南朝文学家、藏书家、方志学家。他特别孝顺，守丧时居行按礼行事。为官清正，心系百姓。靡依，深深依恋的意思。

中秋后四日，夜泊戚墅堰，登惠济桥玩月

微风吹衣露初落，石栏人影长于鹤。

桥头望月胜登楼，四面秋空天漠漠。

冰轮虽缺清光生，二更正与虹腰平。

澄流倒影掠飞练，白龙夭矫①东西横。

仰窥俯瞰神逾旺，玉镜波心方荡漾。

湿银宫阙本高寒，此行真踏金鳌上。

宵深凉意侵肌肤，归来却倩奚童扶。

秋田虫声清沸耳，还疑水国闻笙竽。

注:

① 夭矫: yāo jiǎo，屈曲而有气势的样子。

晓过张潭桥

溪桥人语忽喧豗①，鸡犬声中晓梦回。

一笑去思应在此，好山无数入船来。

注:

① 喧豗: xuān huī，纷乱吵闹的声音。

采菱桥晤任君九皋，立谈少顷，越岭而去。舟中望之，偶成一绝

稚松戢戢①矮于拳，路绕山椒出树颠。

晴午绿阴人影小，图来定误作行仙。

注:

① 戢戢: jí jí，细小密集的样子。

芙蓉圩谒周文襄公祠①

江南血食至今多，史白规模未足过。

直道艰难邀帝鉴，苦心纤悉得民和。

丰年穑事^②田家乐，祭日神弦水调歌。

历遍圩堤重展拜，此乡一勺亦恩波。

注：

①周文襄公，名周忱，字恂如，谥文襄，江西吉安人，明朝初年官员，有经世之才。在其巡抚任上，实行了一系列有益于社会生产的赋役改革，有力推动了江南经济的发展，不愧为当时的"财税专家"。

②穑事：sè shì，农事。

舟次三河，访李申耆先生故居，得晤其孙雅轩上舍阳，赋赠二绝

通德谁从式里门，只今才识半千孙^①。

旧家莫怪清寒甚，华膴^②原难道味存。

早年私淑等欧韩，路远松楸拜墓难。

养一斋中书尚在，曾元^③定有凤毛看。

注：

①半千孙：《旧唐书·列传第一百四十》："员半千本名余庆，与王义方善。谓曰：'五百年一贤，足下当之矣！'遂改名半千。"他是我国第一位武状元。《新唐书·李泌传》载：唐玄宗开元十六年（728年），朝廷广招天下精通佛教、道教、儒家学说的人到宫中辩论。有个名叫员俶的九岁儿童，在讲坛上侃侃而谈，言辞流畅精到，折服了所有人。玄宗惊异地说："半千孙，固应然。"他是员半千的孙子，本该如此。此处比喻才能出众的孩童。

②华膴：huá wǔ，美衣丰食。

③曾元：曾元是春秋战国时期人，曾晳的孙子，曾参的儿子，一生追随父亲学习孝经，很受世人尊敬。孟子曾经点评曾元的孝道，提出了"养口体""养志"的概念。

送罗少堂表弟归里

玉蟾山脉连云锦，蜿蜒南下蟠龙顶。（玉蟾、云锦、龙顶皆山名。）

峰回水曲灵秀钟，君生其间负奇禀。

读破万卷方英年，珠光剑气辉烛天。

碧衣早与金罍宴，壮游快放张凭船①。

射策长安羞诡遇，悲歌慷慨忧时务。

花门陇右弄潢池②，大将台南困荒戍③。

孤愤满怀空拊膺，七月访我南兰陵。

酒杯入手共倾吐，豪情湖海疑陈登④。

江东家世才华盛，乡里渊云⑤足辉映。

感君彩笔寿高堂，更富鸿词饰优孟⑥。

自怜簿书长束缚，数旬情话饶真乐。

归期忽并重阳来，抶触乡心镇惊愕。

少岷苍翠三峰俱，龙窝水抱青浮图。

舣舟一一落君眼，我犹羁宦胡为乎。

相留不得聊相慰，文章究抵连城贵。

外家宅相知属君，会见眉间发黄气⑦。

注:

①壮游快放张凭船：张凭，晋朝官员，少聪慧，举孝廉。《晋书》载，张凭想去拜访丹阳尹刘真长，同伴们都笑话他不自量力。拜访时，刘真长根本就不在乎他，只是应付了一下。等到有许多名流来时，他也只是坐在角落里插插话，但分析精当，言辞精炼，内容深刻，所有人都很惊奇。刘真长就请他坐到上座，和他谈了一整天，并留他过夜。第二天，张凭告辞，刘真长说："你暂时回去，我将请你一起去见抚军。"张凭回到船上同伴问他在哪里过夜，张凭笑而不答。不一会儿，刘真长就派郡吏来找张凭的船，大家都很惊讶。刘真长当即就和他一起坐车去见抚军。抚军和他谈话后，十分折服

于张凭的才华，马上就任命他为太常博士。

②弄潢池：即"弄兵潢池"，发动兵变。潢池，积水塘。

③荒戍：荒废的营垒。

④陈登：字元龙，东汉末年官员。为人性格爽朗，智谋过人，为当权者屡献奇策。体察民情，扶世济民，深受百姓爱戴。时人有"陈元龙湖海之士，豪气不除"之说。

⑤渊云：汉时王褒和杨雄的并称。王褒字子渊，杨雄字子云，两人都是写赋高手，以赋享誉一时。

⑥优孟：楚国的歌舞艺人，他身高八尺，富有辩才，经常用说笑的方式劝诫楚王。

⑦黄气：《太平御览》卷三载："黄气如当额横，卿之相也，有卒喜皆发于色……黄色最佳。"后因以"眉间黄色"为吉兆，谓人有喜事或吉庆之事。

九日，偕伯氏及潘生为青莲墩之游，舟中偶作

落帽风中秋气清，相邀佳节泛舟行。

茱萸忘把原无憾，杨柳初衰尚有情。

省敛①出郊民事在，感时怀古客愁生。

酒边莫语蓝田会，关陇烽烟未息兵。

注：

①省敛：shěng liǎn，古代帝王巡视秋收。

十六日大风雨雪志异，得绝句五首

一夜风声撼碧虚，朝来急雨莽愁余。

非时雪更颠狂甚，忙到清秋欲去初。

亭午纷疑蝶影来，篱东玉絮忽成堆。

黄花底事干滕六，有意先将傲骨摧。

辽阳早雪昔曾看，尚待逾旬始见端。

颇觉今年天意变，一时秋士尽心寒。

（游辽十年，惟壬午九月廿六之雪较早。）

涤场纳稼未全收，还为吴农没踝愁。

三白不堪先一笑，有人僵卧稻孙楼。

寒意真同数九时，秋行冬令我何知。

不须更检京房传，雪里持螯且创为。

雪堰桥

不觉舟行远，村墟入望孤。

翠连山近市，绿湛水通湖。

榷务新提领，祠堂古大儒。

道南风未沫，何自逮屠沽。

（镇有道南书院，内祀杨龟山先生。）

舟中见芦花盛开偶作

夹岸丛丛一色齐，荒汀摇曳影高低。

前朝真见飞秋雪，误认余痕未化泥。

高于荞麦大于绵，比似新丝亦共鲜。

独与杨花无实用，看他得意在风前。

得富顺廖敦彝同年明伦塞上来书赋寄

秋风紫塞雁初回，书到江南菊正开。

捧牍顿生怀旧感，荷戈原为赋诗来。（君被谴，以饮酒赋诗获咎。）

沧浪雪鬓长城窟，磨炼冰心旷世才。

漫喜滦阳遗爱在，西陲露布待君裁。

迁生①

重九后七日，飞雪漫林皋。

终夜化不尽，秋浪添银涛。

不知又五朝，地鸣如蒲牢②。

厥声所从出，若吼戴山鳌。

江南耆宿年耄期，为言所见无此奇。

东倭事平西贼起，天道元杳吾何知。

昨闻群耄颂清晏，霓裳歌舞芙蓉殿。

耆耆③方陈十象图④，迁生漫泥五行传。

注：

① 迁生：迂腐的儒生，不通事理，不切实际。

② 蒲牢：中国古代神话传说龙有九子，蒲牢是第四子，平生善吼叫。传说蒲牢原来居住在海边，但它一向害怕庞然大物的鲸。每当鲸一发起攻击，它就吓得大声吼叫。人们根据这个特点，就把钟组铸成蒲牢的形状，把敲钟的木杵做成鲸的形状。敲钟时，让鲸一下接一下地撞击蒲牢，从而声音很大

且传得很远。后世因以蒲牢为钟的别名。

③耆耇：qí gǒu，年高望重的人。

④十象图：又叫九住心图，由一名僧人、大象、猴子、兔子等组成的图案。这些图案形象地比喻了佛法学习的九个阶段，完整演绎了修行的过程。画中大象和猴子随着不断地攀登山路，身体逐渐变白，形象地展现了心灵逐步得到净化的过程。所谓九住心，属于佛教用语，指的是在修行过程中需要经历的九个阶段：安住心、摄住心、解住心、转住心、伏住心、息住心、灭住心、性住心、持住心。

五鼓，舟发阊门

霜寒如水浸孤眠，梦醒微闻月满天。

四面柝声更转漏，一江人语夜开船。

在官只似薏腾味，将母正怀明发篇。

柁作龙鸣舟数转，枫桥川路去悠然。

无锡道中

篷窗敞处捻吟须，皇甫墩前日未晡。

满载菊花轻棹过，行人知是李阳湖。

舟过横林

秋禾刈尽尚宜晴，来去刚经五日程。

野市也知官又返，扁舟过处有吟声。

九月，以将去阳湖为留别士民诗六首

毗陵文翰区，芬烈世相续。

勿论士夫贤，佣贩类冰玉。

谁欤宰是邦，望实称瞻瞩。

而况走非材，鄙僿①出苴蜀②。

十年地三徙，来领湖山曲。

峰招芳茂青，水挹芙蓉绿。

斯缘信不浅，乐意常自足。

土沃民气驯，礼让易成俗。

愧难使无讼，耻诩不留狱。

悠悠鸣琴心，汲汲戴星躅③。

瓜期倏已逾，行听骊歌促。

去去勿复陈，怅望西飞鹄。

西飞不易归，东飞安所住。

方深劳燕情，敢作黄鹄慕。

江南古丹穴，鸾凤纷无数。

览辉应昌时，争集上林树。

回翔戾天衢，培风游紫雾。

偶焉寻旧枝，高致复雅步。

亦有五色雏，六翮欣初具。

奇彩烛光辉，清韵叶韶頀④。

所期毛羽丰，共奋青云路。

行当凌鹓鸿，无为溷鸡鹜。

咄哉稻梁谋，志士安肯顾。

蔼蔼横山云，溶溶漏湖水。

悠然淡且清，证我和平旨。

忆乘秋暑酷，笋舆实戾止。

在道苦炎威，入室良乐只。

因思与吾民，休息当如此。

昔闻曹参言，慎无扰狱市。

名相且并容，弊去太甚耳。

叔末⑤教弗先，乃有得情喜。

楚掠备五毒，惨痛彻心髓。

鹰击与毛挚⑥，扬扬炫金紫。

方矜广汉能，谁念伯谦耻。

蚩虻⑦血肉躯，忍使生疮痏。

哀哉泷冈⑧文，世常求其死。

勿谓民无知，还念我有子。

昔圣于民牧，责以求牧刍。

自谓民之佣，语始琴坞屠。

斯言信可取，审处良非诬。

常人受雇直，汗血遑能逋。

民事当丛集，身或忘其躯。

教养恢宏愿，鸡豚琐屑图。

喁喁妇孺语，赫赫豺狼诛。

岂不自姗笑⑨，情法势交驱。

赁劳主乃逸，是比亚旅徒。

斯邑固多暇，经年惭啜铺⑩。

田丰万顷稻，桑蔚六年株。

自计月日浅，敦劝功有无。

贪天等诸窃，民力何敢揄。

主伯幸勿嗤，佣犹古之愚。

世变日以梦，民生日以艰。

眷言杼柚供，膏血沥悍鳏⑪。

去年当此际，狡虏如苗顽。

东方苦征战，馈饷⑫不敢闲。

绛标日夕下，点字朱斓斑。

催科虽素拙，隐隐开心颜。

是邦民情厚，大义皆深娴。

议图罚后时，愆负⑬岂所患。

均田古良法，广德诏屡颁。

哲人仿其制，惠周一邑间。

农纾耒耜力，吏绝铢两奸。

所贵厘正勤，成式慎增删。

方今兵未息，烽火连天山。

尚修乐浪⑭戍，又备安戎关⑮。

司农瘁心力，缗算⑯先通阓⑰。

练饷怵前鉴，讵肯贻嘲讪。

吾皇宏怙冒⑱，念念矜恫瘝。

休戚薄海同，知有报恩环⑲。

昨我乘秋来，秋旱禾半槁。

今我随秋去，秋熟岁大好。

所至皆天穷，髯苏⑳常自道。

穷惟出于天，在人亦奚恼。

忆从戊己间，晴雨频年祷。

濑阳苦熯干，吴郡嗟淫潦。

农困未及苏，宦况何能保。

翛然任运怀，淡比秋云早。

颇笑横山龙，于我终有造。

得之岂待求，试问丰年稻。

肯为澒涊^㉑辞，自浣^㉒光明抱。

持此谢邦人，心迹原浩浩。

注：

① 鄙僿：bǐ sài，鄙野闭塞。

② 苴蜀：jū shǔ，今四川。

③ 躅：zhú，踪迹。

④ 韶頀：sháo hù，原为商汤音乐名称，此处泛指雅正的音乐。

⑤ 叔末：衰亡的时代。

⑥ 鹰击与毛挚：鹰击毛挚，成语。击，搏击；挚，凶猛。鸷鸟扑击其他动物时，羽毛都张着，比喻严酷凶悍。

⑦ 蚩甿：chī méng，无知之民。

⑧ 泷冈：shuāng gāng，山冈名，即江西省永丰县南凤凰山。欧阳修葬其父母于此，并为文镌于阡表，世所传诵。

⑨ 姗笑：shān xiào，讥笑，嘲笑。

⑩ 啜铺：chuò bū，吃喝。

⑪ 惸鳏：qióng guān，泛指丧失劳动力而又无亲属供养的人。惸，无兄弟。

⑫ 馈饟：kuì yùn，运送粮饷。

⑬ 愆负：qiān fù，过失。

⑭ 乐浪：汉武帝时设置于朝鲜的四郡之一。

⑮ 安戎关：位于陕西陇县境内，唐时薛逵所筑，地理位置十分重要。

⑯ 缗算：mín suàn，西汉时期针对商人、手工业者等征收的一种赋税。

⑰ 通阛：tōng huán，遍设市肆。阛，环绕市区的墙。亦可引申为四通八达的市街。

⑱ 怙冒：hù mào，勤勉治国之大功。

⑲ 报恩环：比喻感恩图报。典出《搜神记》卷二十：东汉时期，杨宝九岁时，至华阴山北，见一只黄雀被恶鹰袭击，坠于树下，又被蝼蚁所困。杨宝把黄雀拿回家，安放在箱子里，天天精心喂养它，百余天后黄雀伤好了就飞走了。当晚有一自称是西王母使者的黄衣童子登门向杨宝致谢，并送四枚白环相报，"令君子孙洁白，位登三事，当如此环"。

⑳ 髯苏：rán sū，宋苏轼的别称，以其多髯故。

㉑ 淟涊：tiǎn niǎn，卑污；污浊；懦弱。

㉒ 浼：měi，恳托，请求。

前诗既成，得暂留之檄，又不果行，戏书其后

蚊睫蜗角^①安所争，蚁粒羞作菀裘^②营。

寒虫得过今且过，跛马欲行还未行。

歌管凄切空复情，作诗不抵秋蛩声。

黑黳白砾^③局易变，石人好与留冠缨^④。

注：

① 蚊睫蜗角：意思是极为狭小的境地。

② 菀裘：wèn qiú，草窝。

③ 黑黳白砾：黳，yī，黑玉；砾，lì，碎石。黑玉白石。

④ 冠缨：guàn yīng，原为帽带、帽子，此处代指仕官。

柜轩夜坐

披寻案牍等笺疏，官事粗完兴有余。

省过每从衙鼓后，得闲偶在夜灯初。

随人位置如棋子，令我清凉是道书。

默计早衰非不幸，柜轩何似石船居。

阳湖三集卷第十二

感事四绝

衣被中华数木棉，桑麻功用漫争先。

而今土物侔^①珍产，会见吴农只种田。

呼吸酕醄^②隐耗民，搜求犹足助官缗。

微闻间架新除陌，愁绝滕王阁畔人。

耶律还因百姓哭，西平不为万人生。

霜天坐看孤鸿影，早背桑乾向外行。

精卫漫天不自哀，独居愁抱郁难开。

年时颇羡吴师古，曾镵胡铨谏疏来^③。

注：

① 侔：móu，相等，齐。

② 酕醄：máo táo，大醉的样子。

③ 年时颇羡吴师古，曾镵胡铨谏疏来：宋朝高宗绍兴年间，秦桧力主投降，向金人求和，枢密院编修胡铨写了著名的《戊午上高宗封事》奏章，坚决反对议和，并主张斩杀时任宰相秦桧，历数秦桧的卖国投降行径。但却受到秦桧的打击报复，被削官贬职。宜兴进士吴师古刻印了胡铨的奏章，遍传天下，激起了全国性的抗金浪潮。金人听说后，急忙出千金求购此书。金国君臣读完后，纷纷赞叹说："南朝有人"，"中国不可轻"。对胡铨、吴师古大加赞叹，十分敬佩。镵，qín，雕刻。

十月既望，至金陵作

峨峨石头城，十年今再至。

沆寥^①霜气清，黄叶风中坠。

孤艇度桥阴，影作长虹势。

奇巧出波斯，创筑本连帅。

其上为大途，横道通府寺。

舼舼八州督，于此恒揽辔。

庸连咫见封，扶杖相骇异。

不求耳目新，岂遂纵横志。

黄金何足惜，况仅七万计。

漆城漫并讥，铁轨知可试。

好上凤凰台，一骋游春骑。

昔游白门日，官道迷荒烟。

今来度委巷，甲第相骈连。

雕墙耸百雉，极望高接天。

对街矗青琐，棼橑^②钉金钿^③。

筑山象二崤，绝涧通九渊。

赫赫拟侯王，别墅貌樊川。

问是谁家第，半自平梁迁。

冀寿互夸竞^④，崇恺争辉妍^⑤。

琐琐姻与娅，列宅青溪前。

不见窭衡^⑥士，容膝无一椽。

劫余十万户，破屋吁可怜。

民穷官尽富，土木何足言。

昨闻撤殿材，方待输金钱。

沧浪霜鬓髭，颇记故人面。

下榻意何如，离怀同感恋。

雪涕论时艰，推襟畅文宴。

终伤墨绶[7]荣，不抵褐衣贱。

篮舆眷嘉赏，晓径缘荒甸。

坐眄[8]钟山云，林端横素练。

清风淡舒卷，秀巘[9]被葱蒨[10]。

冶城[11]有栖乌，噪晚如搏战。

分阵蔽长空，归途目为眩。

趋府暮复朝，往还时一见。

寒雨日凄其，客心益以倦。

何时龙虎气，更与风云变。

斯游欲自嘲，沉吟赵壹[12]传。

注:

① 沉寥：jué liáo，清朗空旷的样子。

② 棼橑：fén liǎo，楼阁的栋梁和椽子。

③ 金钿：jīn diàn，把金属、宝石等镶嵌在器物上作装饰。

④ 冀寿互夸竞：汉朝时的一对夫妻，夫梁冀任大将军，妻孙寿被封为"襄城君"。两人分居，对街造宅，大兴土木，数不清的金银财宝充斥内宅，两人互相比赛谁更骄奢淫逸。

⑤ 崇恺争辉妍：晋时石崇与王恺两人比阔斗富，极尽奢华。

⑥ 窊衡：wā héng，窊窦衡门的简称，指古代贫士的简陋住处。

⑦ 墨绶：mò shòu，本指官印的黑色丝带，也用来代指使用墨绶的官员。

⑧ 眄：miǎn，斜着眼看。

⑨ 巘：yǎn，大山上的小山。

⑩ 葱蒨：cōng qiàn，草木青翠茂盛的样子。

⑪ 冶城：春秋末年吴王夫差在现南京城西的一个小土山上所筑的一座土城，为南京最早的土城。

⑫ 赵壹：东汉元帝时名士，字元叔，为人恃才傲物，辞赋大家。

题万肖园同年立钧《焚香省过图》

君来接君语，君去见君图。

语长意未尽，图在疑可呼。

呼之欲出神貌全，焚香自有诚告天。

能见其过欲寡过，此意本自圣与贤。

惟圣能知圣能改，至论昔闻孙少宰。（谓孙文定公《三习一弊疏》中语也。）

日月之食无不更，终古常明见光采。

况吾曹过焉所逃，公私令甲纷皋牢①。

考成可畏不可避，未能巧滑时相遭。

看君南武② 纾民困，谤书盈箧中无愠。

疲旽感涕谈去思，巨室羞惶愧公论。

如今旧部临阳羡③，使君还我群依恋。

如神依旧颂刘陶④，退食长期同赵抃⑤。

我曾内讼自名斋，契合宁惟唱和谐。

民瘼⑥官方肩任重，观摩敢使素心乖。

注：

① 皋牢：牢笼；笼络。

② 南武：广州的旧称，古时曾有一个城池叫南武城。

③ 阳羡：指宜兴。

④ 刘陶：东汉末年官员，沉勇有谋，惩治大奸巨猾毫不手软，有勇有谋，有如神明。其人不修威仪，不拘小节。

⑤ 赵抃：北宋时期名臣，为谏官时弹劾不避权势，铁面无私，时称"铁面御史"。平时常以一琴一鹤自随，为政简易，尊民爱民，清正廉洁，白天

做了什么事，晚上必然"衣冠露香以告于天"，以示清白。

⑥民瘼：mín mò，人民的疾苦。

又题《培桂毓兰图》，亦肖园属图，则其大父若轩先生所遗也

傅氏家传治县谱，范馨老有抱孙图。

早从留砚知潜德，今见鸣琴绍远谟①。

阳羡湖山桃李笑，滁溪门第桂兰敷。

知君继述真无忝②，回首童龄涕泗俱。

注：

① 远谟：yuǎn mó，深远的谋略。

② 无忝：wú tiǎn，不玷辱，不羞愧。

五十生日感赋

嬉戏为儿尚宛然，遏来辇负服官年。

岂能百岁先过半，似记三生惜未全。

舞彩且赓萱草颂①，抚书长㤞蓼莪篇②。

即今衰病惭民社，无补时艰愧俸钱。

梅花和雪落阑干，学句曾添绕膝欢。

贫喜读书随月好，荒怜应举破天难。

墓庐泪冷王裒柏③，纺室甘分仲郢丸④。

有味青灯今似旧，却因回首益凄酸。

簧舍⑤归来未结褵⑥，忆逢初度有新诗。

艰难家计鸰原^⑦急，贡举科名鹗荐^⑧迟。

万里每惭疏子职，一生最幸得人师。

新津通渭^⑨渊源在，道德文章济世资。

草茅何幸入瞻天，御笔亲除博士员。

云里龙颜疑禹膌^⑩，雪中鹤语怅尧年。

除官倖附营平^⑪册，报国惭输祖逖鞭^⑫。

三过桥山弓剑邈，小臣俯首泪如泉^⑬。

风雪单车远出关，东临鸭绿唱刀环^⑭。

赞皇功业危疑^⑮外，元伯交情生死间^⑯。

一道屯田申画迹，四边郡县子男班。

无端薏苡^⑰长城坏，愁听丸都^⑱战血殷。

水软山温感赠言，轻装随牒指吴门。

万金酬客陈遵^⑲厚，一语忘年李绘^⑳尊。

决狱敢夸经义在，衡文先幸耻心存。

石城月色彭城雨，衣似杭州剩酒痕。

如画江城濑水滨，平陵自昔少风尘。

令严楼鼓居无警，市绝枭卢^㉑富在民。

雁户相安耕㖟㖟^㉒，鳣堂^㉓有礼士莘莘。

年来尚作荄山梦，绿遍稠桑满县春。

传舍何因到斲溪，不堪治剧失鸡栖。

鸿嗷中泽经春赈，鹄^㉔警深宵免夜啼。

雅度亲陪黄绮席，虚名错拟白苏堤。

沉沉棨戟㉕朝趋府，伉直浑忘跻㉖与挤。

清贫共识范莱芜㉗，肯信贪泉㉘在滆湖。

食艾甘输鹰鸷力，焚香喜荐凤鸾雏。

户皆织绢功羞攘，地有均田课不逋。

欲去还留惭卧辙，早虀苟细待悬蒲。

本无政绩博虚称，鸿爪东西昔记曾。

半黠半痴人漫诮，一官一集我犹能。

翼冰皂白难忘世，璠谧青蓝庆得朋。

只惜春风摧棣萼，负惭许武痛难胜。

生与石湖同丙午，乙年公正帅成都。

遗编最爱吴船录，归思常萦蜀栈图。

老去雄心空喷薄，镜中衰鬓自惊呼。

更因髀肉增长叹，匹马关山得再无。

感时成病奈无才，早岁筹边志肯灰。

谁斫蛟鼍能赤手，但闻鸲鹆半黄台。

此身留与忧天下，近事殷于盼雪来。

未称微官遑自寿，达夫诗兴自今开。

注：

① 萱草颂：歌颂母亲的文章。

② 蓼莪篇：liǎo é piān，出自《诗经·小雅》，孝子对于父母的感恩之作。

③ 王裒柏：王裒是西晋学者，自小就立有良好操行，时刻以礼作为自

己的行为准则，因其父被司马昭所杀，坚决不肯出仕西晋为官。他在父亲的墓旁边盖起草房，早晚在墓前跪拜，扶着墓旁的柏树哭泣，眼泪滴在柏树叶上，树都因而枯萎了。

④仲郢丸：古有"和丸教子，仲郢母贤"之说，讲的是柳仲郢的母亲教子有方，用熊胆和制丸子让儿子夜读时吃，用以提神醒脑。仲郢即唐代柳仲郢，唐时官员，自幼酷爱读书，为官严谨，执法严明。

⑤黉舍：hóng shě，校舍，也借指学校。

⑥结褵：jié lí，古代嫁女的一种仪式，女子临嫁，母亲给她结上佩巾。此处代指结婚、成婚。

⑦鸰原：líng yuán，比喻友爱的兄弟。

⑧鹗荐：è jiàn，《后汉书·祢衡传》载：汉代孔融在向皇帝推荐祢衡的才能时，说祢衡有如善于捕鱼的鄂鸟，绝对超出当朝百官。后世遂以"鹗荐"表示保荐、推荐之意。

⑨新津通渭：指李超琼的恩师新津人童懋荦、通渭人牛雪樵。此两人在李超琼的人生中起了很大的作用，李超琼曾有"从新津童先生游，而知立身之当有节慨；从通渭牛先生游，而知临民之当尽诚恳"的总结。从成都锦江书院大厅梁柱上的对联也可看出牛先生的了不起之处："毋自画，毋自欺，循序自精，学术有获；不苟取，不苟就，翘节达志，作圣之基。"李超琼一直把它当作座右铭。

⑩瘠：jí，身体瘦弱。

⑪营平：指西汉名将赵充国。他为人有勇略，熟悉对匈奴、氐羌的战略对策，屡立奇功，被封为营平侯。

⑫祖逖鞭：祖逖是东晋时期杰出的军事家，有勇有谋，一心一意报效朝廷。祖逖早年与刘琨为友，都以收复中原为目标。祖逖被朝廷重用后，刘琨对人说："我枕戈待旦，志枭逆虏，常担心祖逖先吾着鞭。"意思是担心祖逖赶在自己前面建功立业。后世在诗文中常用"先鞭""祖鞭"形容彼此奋勉争先。

⑬这首诗是记录作者中进士后受到皇帝接见的情形。作者在此日的日

记中写到："日既交巳，圣驾御乾清宫，太后坐后位较高，自第一班郎中刘更寿起，以次引入，先于乾清门内丹墀之左鹄立以俟，久之，始获引见也。跪次在宫门外阶上，以次口奏某人某省出身，年若干岁，十一字而已。朝官如编检御史，则多一臣字。奏毕即起，无叩首之仪，可谓简也。仰见慈圣御坐较远，隐约不可辨。皇上则恭己南面，天颜咫尺，而尧臞禹瘠，望之显然，非忧以天下曷至此？令人悚愧。"

⑭刀环："环"与"还"同音，后世因以"刀还"为"还归"的隐语，胜利归还，凯旋而归。

⑮危疑：怀疑，不信任；疑惧。

⑯元伯交情生死间：东汉时期张劭，字元伯，与范式是好朋友，两人有生死之交。详见前释。

⑰薏苡：yì yǐ，原指一种草本植物，此处比喻被人诬陷、蒙受冤屈。

⑱丸都：丸都山城，位于今吉林集安市内，是公元前37年至668年高句丽山城的遗址，是汉代高句丽政权延续使用时间最长的都城。

⑲陈遵：明代庄元臣《叔苴子》小说中的人物。小说中记载到，有个叫王丹的人因友人逝世去吊丧，陈遵也去了。陈遵随礼的东西非常多，自以为施恩与人，神色倨傲。王丹慢慢地把一匹细绢放在供桌上，对着友人的灵位说："这是我亲手在织布机上织出来的。"陈遵看到后，想想自己的礼物虽然多，但没有一件是自己做的，就十分惭愧地走了。

⑳李绘：南北朝时期北齐官员，从小好学，博闻强记，能言善辩，为官清廉，洁身自好。

㉑枭卢：xiāo lú，古代博戏樗蒲的两种胜彩名，幺为枭，最胜；六为卢，次之。此处代指赌博。

㉒夏夏：cè cè，深耕入地的样子。

㉓鳣堂：zhān táng，古时讲学之处。

㉔鸹：guā，乌鸦的俗称。

㉕棨戟：qǐ jǐ，一种有套的或油漆的木戟，常用作古代官吏出行时的仪仗。

㉖ 踬：zhì，绊倒。

㉗ 范莱芜：《后汉书·独行列传》载，范丹字史云，是东汉桓帝时的莱芜长。他为官清廉，刚正不阿，堪称为官楷模。他甘于贫困，达观通脱，据说他做饭用的锅因很长时间不用而积下灰尘，长出了虫子。后人遂用"范莱芜"作为清贫、清廉、清正的代名词。

㉘ 贪泉：比喻为人节操高尚，光明正大。《晋书·吴隐之传》记载：广州城外二十里，有一名泉叫贪泉，传说人只要喝了泉水就会起贪心，即使再廉洁的人也会贪。因此，那些赶路人即使口干舌燥，也是望泉而过，不敢妄自饮用。但东晋新升任广州刺史的吴隐之偏不信邪，路过时抱泉而饮，还放歌赋诗："古人云此水，一饮怀千金。试使夷齐饮，终当不移心。"并在以后的任期内，始终保持不贪不占的清白操行。任期满后，他从广州乘船返回时，与赴任时一样，依然身无长物，两袖清风。

冬日感兴

小寒大寒节候终，三冬无雪有温风。

枯池水结层冰白，秃树霜留一叶红。

浩浩飞鸟声太苦，寥寥孤雁性谁同。

阴阳燮理归时相，且喜梅花满眼中。

重检辽友先后来书，综所述近事，诗以纪之，得二十绝

牙山草木误重围，胆落诸梁免胄归。

诏下万方齐感泣，岂知血战事全非。

平壤忠魂骨未收，花门战血在兜鍪①。

伤心一死酬恩日，已报降幡立戍楼。

（高州镇总兵左公宝贵死平壤，闻其时叶志超已竖白旗于后。）

獐岛横连鹿岛斜，楼船战士尽虫沙。
游踪我忆东沟熟，义骨愁闻逐浪花。

（记名总兵邓公世昌死东沟海战。）

严阵犹闻扼九连，青骡超忽去如烟。
军储山积皆资敌，应恨盘龙斩不先。

太行天井俯中州，住久还思跨凤游。
迁地未知谁得失，不成廷尉望山头。

蒲石河边虏马嘶，轰传六甸付鲸鲵。
谁知官去城犹在，鹊印还劳少妇赍。

忠义心肝性命轻，岫岩两保聚耕氓。
横尸卅里无降卒，愧死防秋十万兵。

天险何因尽溃逃，金牌飞度电光高。
漫怜蜀将无援退，斫石终悲怒拔刀。

火器坚留为守城，贼犹未至已逃生。
一门科第君侯老，底事忘争百世名。

预走曾闻上计推，竟无一士断头回。

飞章正报臧洪死，又见辕门请谒来。

司马青衫换绣衣，终南有径早知几。
莫嗤五日新京兆，携得铜章共出围。

草间乞活半逃官，墨绶铜符獬豸冠②。
独羡辽阳徐刺史，元宵灯火万家欢。
（署辽阳州徐玙斋司马庆璋扼守障蔽之功，特著一时。）

持重原推老将能，新军敢战气方增。
移营扼险终难败，宋聂威名足并称。
（宋提督庆、聂提督士成，均为辽人所重。）

充国曾闻自请行，银刀将校属牙兵。
不知梳篦何如剃，且听红旗报捷声。

间道阴平敌未知，严关峻岭苦相持。
八门诀荡宵呼鹄③，谅有元戎报国时。

已枯万骨未成功，颇牧④空传出禁中。
毕竟勋名归宰相，上公父子远和戎。

卜式⑤多财原不吝，崔光⑥负谤未求申。
沙场一死难归骨，漫诮私恩殉故人。
（候选知州魏铺，字振之，承德富室子也。伉爽能任事，以随办边务尝被言官指劾。
左军出朝鲜，振之为粮台委员。中秋解月饼至营犒军，遂死平壤之难，至今未归骨也。）

边城废将意骚牢，闭户终年看宝刀。

闻道死绥翻一笑，报恩心事付儿曹。

（密云李友泉游戎合春以骑卒从将军都兴阿，积战功至副将，为东边步队营率。近岁废居⑦，贫不能自存。其第三子庆云以把总为马队哨长，从左军赴防，亦死平壤之役。友泉闻之，若甚慰者，亦可敬也。）

凤凰城郭半焚如，官寺民居惜烬余。

忆否讲堂飞阁畔，曾排万卷手藏书。

（启凤书院前有文昌阁，皆海珊观察所创建。壬午秋，余至津门为购经史子集万余卷存之书院，备士子借读。其题签、皮箧皆余手为部署者，闻皆荡然矣。）

壮游踪迹在边荒，十一年中梦未忘。

近事敢将诗作史，不胜怅惘是沧桑。

注：

① 兜鍪：dōu móu，古代战士戴的头盔。

② 獬豸冠：xiè zhì guàn，獬豸是中国古代神话传说中的神兽，有很高的智慧，懂人言，知人性，能辨是非曲直，能识善恶忠奸，是勇猛公正的象征，是司法"正大光明""清平公正""光明天下"的象征。春秋战国时，楚王仿照獬豸的形象制成衣冠，秦朝时正式赐给御史作为饰志，后就称之为"獬豸冠"。汉朝时，廷尉、御史等都戴獬豸冠。

③ 八门诀荡宵呼鸩：古代传说，鸩这种鸟一般不大出现，一旦出现肯定有怪事发生。雌鸩阴谐一叫，必定是几天的连续阴雨。雄鸩一叫，往往是连续的大旱。此处解释为报警、警示之义。

④ 颇牧：战国时赵国廉颇与李牧的并称，后用为对名将的代称。

⑤ 卜式：西汉时期人。从小以耕种畜牧为业，致富以后，主动积极捐资朝廷治国理政，后被拜为官员。

⑥ 崔光：北魏名臣，自幼勤奋好学，博闻强记。为官后关心百姓疾苦，

擅长辞令，常用委婉之词规谏皇帝。

⑦废居：废黜闲居。

吴仲英司马恒挽词

作吏岂甘俗，风流能几人。

独兼三绝美，频扇万家春。

治理诗书气，归装金石珍。

失官君未惜，到此足伤神。

喜雪，有怀少谷同年

祷雪未雪冬将阑，晴空万里愁肺肝。

岂知天公布疑阵，一夕玉戏成奇观。

有如春夜雨声细，润花已遍人为谩。

未明但讶窗纸白，初起忽闻儿语欢。

开门笑指屋上下，何时布列芙蓉冠。

高柯十丈垂粉絮，飞檐四合生银澜。

中庭积厚尚逾寸，况适郊野登峰峦。

客来相庆一莞尔，谓此足使百忧宽。

今年雨旸①本不爽，麦禾大熟群情安。

只嫌九月非雪候，既望遂见飞漫漫。

伏阴由此似已泄，入冬累月多晴干。

阳精不潜候恒燠②，土气先震人病瘅③。

其间好雨虽数至，洒润未洽空濛霭。

月前洁齐日再出，告虔敢谓诚已殚。

蛇医寸腹不可恃，鼓钟未起痴龙蟠。

侧闻京师布明诏，祷祠屡诣灵星坛。

不知滕六④去何所，望断紫宇迟青鸾⑤。

逆数春光近咫尺，仰瞻月影方团圞。

宵深梦魂若有睹，飞空路入琼楼寒。

仿佛天门舞白凤，群仙带笑排云看。

朝来所得亦已盛，未碍晓日明霞端。

静思造物果何意，膏泽直待徂年残。

救时恐后虽已晚，变计贵速终非难。

天地重新只俄顷，莫教粉饰需盘桓。

清歌未竟复狂语，倘有三白绵余欢。

祥霙之祥乐且般，丰稔预兆理不刊。

荞麦千畦根叶畅，梅花万树精神完。

吾曹忧喜究何济，久妨贤路惭儒酸。

何当访戴寻旧约，蓑笠归钓芦花滩。

注：

① 雨旸：yǔ yáng，雨天和晴天。

② 恒燠：héng yù，经常温暖。

③ 瘅：dān，痨病。

④ 滕六：中国古代神话传说中的雪神，此处指雪。

⑤ 青鸾：又称苍鸾，神话中说它是常伴西王母的神鸟，是西王母的信使。此处代指信使。

东坡诞辰，集同人于衙斋为寿，即用公生日次王郎见庆诗韵

往年寿公在吴趋，一时耆宿来于于。

荒祠半亩经手葺，至今诗石犹可摹。

眉山乡里岂漫附，文章气节钦纯儒。

移官所至访遗迹，舣舟尚说城东郛①。

归神况指孙氏馆，相隔一水中横桴②。

白云尖头箕尾近，夜光疑有千明珠。

筑堂虽苦宦囊涩，祝嘏③敢诿诗肠枯。

告公阳羡田更好，前朝大雪方滋腴。

（署外水南地名"白云尖"，旧有孙氏馆，实公骑箕尾④之地。欲为创建一祠，苦未果也。）

注：

① 郛：fú，外城。

② 桴：fú，小筏子。

③ 祝嘏：zhù gǔ，祝福，祭祀。

④ 骑箕尾：qí jī wěi，指去世。《庄子·大宗师》："傅说得之，以相武丁，奄有天下，乘东维，骑箕尾，而比于列星。"傅说一星，在箕星、尾星之间，相传为傅说死后升天而化。

寄怀窦旬膏大令镇山黄渡军中

海上旌旗号令明，书生早岁旧能兵。

人因缓带①推儒将，士为投醪②感至情。

教战先期心共练，报知端在弊全清。

东南门户今无恙，莫遣诗多北鄙声。

注：

① 缓带：宽束衣带，形容悠闲自在，从容不迫。

② 投醪：tóu láo，比喻与士兵同甘共苦。《吕氏春秋·顺民》："越王苦会稽之耻……下养百姓以来其心，有甘脆，不足分，弗敢食；有酒，流之江，与民同之。"

题周庄陶氏五宴诗

三吴烽火任纵横，白蚬江头浪不惊。

唱和一编千古壮，潇潇风雨赋鸡鸣。

鸿城^①乔领五年余，曾款渊明栗里居。

珍重棠巢诗社里，佃农续命有遗书。

风流轶事在林泉，始信桃源别有天。

十六人知今剩几，戴星时幸识三贤。

（集中诸君子，余所识惟汜春、诒孙两先生及费芸舫宫允。）

贞丰诗派溯源长，梨枣真堪姓字香。

不见客秋倭焰逼，蓬山仙侣半仓皇。

注：

①鸿城：《越绝书》卷二："娄门外鸿城者，故越王城也，去县百五十里。"此处"鸿城"当指元和县，后亦有其任职元和时的诗卷《鸿城集》。

读《循吏传》，戏书三十韵

班书传循吏，其次为王成。

常为胶东相，厥治甚有声。

宣帝最先褒，政以异等名。

赐爵关内侯，增秩膺殊荣。

会病遂卒官，征用未及行。

当时汉廷上，应惜此贤英。

海内闻其殁，哀泪或共倾。

无何计吏集，异议忽风生。

谓成肆欺罔，于法不应旌。

户增八万口，地实无耕氓。

以之蒙显赏，虚伪自此萌。

可知饰文牍，巧诈已毕呈。

孟坚①独何意，载笔犹铮铮。

伪士不删削，直道胡由明。

文翁②化三蜀，黄霸③终九卿。

成适厕其间，枭凤岂和鸣。

综观今古事，微喻良史情。

不见纪功碑，官道纷纵横。

去思录成帙，遗爱诗可赓。

煌煌荐贤疏，治行详觥觥。

文谟今郑贾，武略古韩彭。

死堪配庙食，生足为吏程。

问此何由知，自表宁非诚。

孝宣兴闾阎，察吏识最精。

奖进尚尔尔，何论心目盲。

所以古圣王，鉴空衡乃平。

往者风尘友，曾邀月旦评。

谁从别兰艾④，终许出榛荆⑤。

自愧阳城拙，还输虞愿⑥清。

颇怀盗名耻，燕蝠敢相争。

注：

① 孟坚：班固的字，以著《汉书》传世。

②文翁：名党，字仲翁，公学始祖，西汉循吏。他任蜀郡守时，大兴水利，发展农业生产，兴办学校举贤荐能，川蜀文风由此大盛。

③黄霸：字次公，西汉名臣。其人清正廉洁，执法严明，政绩卓著。后人常将其和龚遂作为循吏的代表，并称"龚黄"。

④兰艾：兰草与艾草，兰香艾臭。常常用来比喻君子小人或贵贱美恶。

⑤榛荆：zhēn jīng，犹荆棘，形容荒芜。

⑥虞愿：南朝时宋国廉吏，对儒学和吏治很有研究，深受皇帝喜爱，对皇帝"尽忠直谏，不阿所好"，数以直言忤旨。为官清廉，"廉可石鉴"。

松存先东坡四日生，今岁五十有九，而其日适喜雪，故自寿诗及之，因和一首

蜀山诗派祖坡仙，生在嘉平似嫡传。

难得君刚先四日，又当花正散诸天。

冰壶智慧金心朗，玉照精神石髓坚。

鞠跽欢声同望岁，须知周甲亦丁年。

（君生年为丁酉。）

毗陵腊鼓词

爆竹声声昼夜喧，街前柿橘烂盈盆。

过年择日家家异，总有龙蟠土子孙。

送灶虔陈玛瑙团，不愁纸轿上天难。

称锤会得神君意，应许平平一例看。

洗福禄归无暇时，小年大年行及期。

屋尘扫净春联出，绿遍前檐松柏枝。

新炊绛豆尽酥融，年夜加餐饭色同。

更爇松柴三十六，要看光焰到通红。

福门吉井一时封，接灶还闻子夜钟。

压岁钱分儿女笑，今年新见小团龙。

六亲居住在坊厢，元旦新衣称靓妆。

生恐拜年天又雨，炷香[1]悬出扫晴娘[2]。

注：

[1] 炷香：zhù xiāng，焚香。

[2] 扫晴娘：亦称"扫晴妇"，旧俗指久雨求晴剪纸做成的持帚女形。清代赵翼《陔余丛考》卷三三："吴俗久雨后闺阁中有剪纸为女形，手持一帚，悬檐下以祈晴，谓之扫晴娘。"

种竹

官中无物能医俗，苦忆家园万竿玉。

好将余力养清材，佳土昂藏慰心曲。

衙斋隙地稚桑短，雪后泥融便锄斸[1]。

移根簪簪[2]自东郊，绕宅森森想西蜀。

几朝雷雨起龙孙[3]，定见轩窗溢寒绿。

明年何处事难料，今日此君情已属。

直节低徊励志诗，生机感叹图民录。

漫虞剪伐愧遗爱，且喜萧疏耐凝瞩④。

夜来清响杂啁啾⑤，便有霜禽此拳足。

注：

① 斸：zhú，砍，削。

② 籊籊：tì tì，形容竹竿细长的样子。

③ 龙孙：笋的别称。

④ 凝瞩：注视。

⑤ 啁啾：zhōu jiū，拟声词，鸟叫声。

朱德轩守戎辑瑞以诗见投，除日①始及报之

矍铄犹闻老据鞍②，时平上将屈牙官③。

盘雕善战名犹在，下马能诗古亦难。

冷落雄心余傲骨，凄吟苦语见忠肝。

相逢未极投壶乐，好是屠苏足醉欢。

（德轩本以副将借补守备，有至戚某方为显宦，非以礼至，未尝与通问，盖耻攀附也。

其能诗，则今始知之矣。）

注：

① 除日：农历年最后一天，大年三十。

② 据鞍：原意为跨着马鞍，此处借指行军作战。

③ 牙官：副武官，亦泛指下属小官。胡三省注《资治通鉴》载："节镇、州、府官皆有牙官、行官。牙官供牙前驱使，行官使之行役四方。自五季以后，诟詈（gòu lì，辱骂，责骂）武臣率曰牙官。"

赠李咏裳郡博葆恩

人无俗韵官宜冷（用柳以蕃赠君句），信是先生写照诗。

闻有松陵怀旧感，只惭萍水识君迟。

河声岳色三年迹，霁月光风两地思。

倾盖相欢非自幸，东南大郡要名师。

卞君方城兄弟请浚升西水道，既成，勘工自河母桥归，作此示村居父老

吴田万顷鱼鳞铺，平流曲港交灌输。

如身百脉自通贯，旱涝不病无大无。

毗陵东南地沃衍①，就中十里为高圩。

土名夙称箬帽顶，旧有水道今成洿②。

频年议浚力苦绌，疲农蜷伏忧袴襦③。

连村冷落屋无瓦，安所集腋求锱铢。

孑遗④休息虽卅载，有似重茁枯枝荂⑤。

忠贞后人此聚族，指困⑥早欲师尧夫⑦。

居然人谋竟有济，一诺待画何与吾。

民脂岂惜万分一，先时已愧闻歌呼。

今来坐看渠决雨，水正活活人于于⑧。

不须父老论史白，苟陂鸿却⑨终荒芜。

故乡梯田半依岭，遂人沟洫⑩难为图。

缘山塘泺⑪不易作，何论溪涧通江湖。

十年九熟固常事，所恃人力忘艰劬。

水车衔尾龙蜕骨⑫，激行润下功无殊。

秋成犁耙蓄冬水，土膏务使长融酥。

春耕夏耘赤两骭，终岁四体皆沾涂。

正由地利罕可觊，只视勤惰为菀枯^⑬。

吴人不见蜀农苦，蜀士转惜吴膢腴^⑭。

继今修防幸勿废，会见嘉秀深滋濡。

一溉十获古有训，况萃众力勤菑畬^⑮。

循行阡陌久劝相，勿厌絮聒嗤官迂。

颇闻机事多奇模，桔槔^⑯之智犹区区。

农书倘更有新法，翻因抱瓮^⑰增长吁。

注：

① 沃衍：wò yǎn，肥美平坦。

② 洿：wū，通"污"。

③ 袴襦：kù rú，原指衣裤，此处泛指生计。

④ 孑遗：jié yí，残存者，遗民。

⑤ 莩：fú，莩草，多年生草本植物。

⑥ 指囷：zhǐ qūn，比喻慷慨资助。

⑦ 尧夫：指北宋的邵雍，著名的理学家、数学家、诗人。

⑧ 于于：自得的样子。

⑨ 鸿却：汉代著名的水利工程。

⑩ 沟洫：gōu xù，田间水道。

⑪ 塘泺：táng luò，池塘湖泊。

⑫ 水车衔尾龙蜕骨：此句诗源于苏轼的《无锡道中赋水车》"翻翻联联衔尾鸦，荦荦确确蜕骨蛇"，水车的辐片在车水时一片连着一片，不断地翻动就像一串衔尾飞翔的乌鸦；水车静止不动时就像一条蜕了皮肉的蛇骨架子。

⑬ 菀枯：yù kū，原指茂盛与枯萎，此处比喻为荣辱、优劣。

⑭ 膢腴：liú yú，烧去土地上的草木使之肥沃。

⑮薔敷：zī fū，耕种。

⑯桔槔：jié gāo，古代汉族用来提水的农用工具，也称为"吊杆""称杆"。

⑰抱瓮：《庄子》外篇"天地"载，孔子的学生子贡经过汉阴时，看到一位老人一趟又一趟地抱着瓮去打水浇地，"搰搰然用力甚多，而见功寡"，就建议他换个法子用机械打水。老人不愿意，并且说，这样做，为人就会有"机心"，"吾非不知，羞而不为也"。后人遂以此比喻安于简陋的淳朴生活而不愿改变。

题钱鹤岑中翰向杲《望杏楼图》，图为其既殇季子梦鲤作也

琴高仙人疑好弄，元驹赤骥入君梦。

游戏匆匆十二年，翻使西河长隐痛。

誉儿之癖何人无，掌中几见皆明珠。

生成英物哪易得，啼声早与凡儿殊。

儿嬉亦足觇风格，天然岐嶷① 真连璧。

祖莹② 嗜学妙通经，朱异③ 应声能赋席。

一时三凤推河东，荀龙贾虎④ 难争雄。

无端稚桂忽吹折，八月香散蓬莱宫。

兰芬玉映堪追悼，况是奇童名久噪。

思子台⑤ 成杏正花，惆怅江南春又到。

绮龄遗迹今何有，点睛曾试擎云手⑥。

从知变化本苍精，东鳞西爪宁淹久。

仿佛凭谁寄语来，金环似在虞山隈。

人间自有三生石，玉燕未信投凡胎。

九峰阁外环烟树，旧是童乌预元⑦ 处。

达观终许感精魂，再世韦皋⑧应可遇。

注：

①岐嶷：qí yí，幼年聪慧。

②祖莹：北魏大臣，文学家，字元珍。据《北史·列传卷三十五》载：（祖莹）年八岁，能诵《诗》《书》。十二，为中书学生。好学耽书，以昼继夜，父母恐其成疾，禁之，不能止。常密于灰中藏火，驱逐僮仆，父母寝睡之后，以衣被蔽塞窗户，恐漏光明为家人所觉，燃火读书。由是声誉益盛，内外亲属呼为"圣小儿"。

③朱异：南朝时梁国大臣，字彦和。据《南史·朱异传》载：（朱异）十余岁时，好群聚蒲博，颇为乡党所患。既长，折节从师，遍治五经，尤明《礼》《易》，涉猎文史，兼通杂艺。以明山宾荐，获得梁武帝倚重。他为文属辞，立地成章，机敏练达，应对自如。

④荀龙贾虎：成语"贾虎荀龙"。东汉贾彪兄弟三人，并有高名，故人称"贾氏三虎"。东汉荀淑八子，都有名声，时人称为"八龙"。

⑤思子台：汉武帝为纪念太子刘据被冤杀而修筑的归来望思之台。

⑥挐云手：ná yún shǒu，比喻远大的志气、高强的本领。

⑦童乌预元：实为"童乌预玄"，避康熙帝改"玄"为"元"。典出杨雄《法言》卷五"问神"："育而不苗者，吾家之童乌乎？九龄而与我《玄》文。"杨雄说："像初生的植物，还来不及长高吐穗就死了，这不就是我家孩子子乌吗？他九岁就参预我《太玄经》一书的写作了。"《太玄》又叫《太玄经》，体裁和内容类似《易经》，详细阐述了杨雄的宇宙论及其哲学体系。

⑧韦皋：唐中期名臣，诗人。治蜀二十一年，联合南诏，打击吐蕃，保障了唐王朝西南边陲的安定，重启了海上丝绸之路，推动了唐王朝与南诏、南亚、东南亚各国的交流，后世称其为诸葛亮"转世"。

题吴母陈孺人节孝图册，长洲子才文学钟英母也

地维天柱交枝撑，中恃人纪为根茎。

千万万古不摧倾，真气所贯皆庸行。

臣忠子孝妇洁贞，能完其大只一诚。

吴山特立吴水清，义门淑美繄①性生。

刲臂②疗亲征至情，于归甫叶鸾凰鸣。

未再逾岁忧患并，所天殉母从九京。

矢欲从之性命轻，回首顾此三月婴。

畴肩鞠育③畴裁成，铁肠赤手苦经营。

如大厦资一木擎，阿咸④终感鸤鸠⑤平。

无端恶焰飞妖枪，太湖波立翻鼍鲸。

仓皇走避青犊兵，舟中巨轴何峥嵘。

先世遗像冠络璎，视之重比金千籯⑥。

相依幸有同产兄⑦，马驮沙畔看笔耕。

衣钵未吝传诸甥，几朝昃季皆觥觥。

读书读律志恢宏，金闺重入老眼明。

松操柏节典应旌，纶綍下贲⑧青裙⑨迎。

巍然绰楔⑩增殊荣，婺光虽掩阃闾城。

画荻⑪令问犹铮铮，至今群重礼宗名。

贤子黉序⑫方蜚声，不忘母教长怦怦。

为我追述涕泗横，频年问俗深盱衡。

阐幽志在诗乐赓，寸莛愧发洪钟铿⑬。

嗟今世教纷变更，颇闻诐议丛公卿。

持危扶颠谁自盟，贤哉此母心力精。

岂独巾帼推豪英，张我四维此其程。

注：

① 繄：yī，惟，只。

② 刲臂：kuī bì，割取臂膀上的肉。

③ 鞠育：抚养，养育。

④ 阿咸：三国时的阮籍侄子阮咸很有才气，名动一时，后人遂以"阿咸"作为侄子的代称。

⑤ 鸤鸠：shī jiū，本指布谷鸟。在《诗经》中有一首《鸤鸠》的诗，全篇颂扬赞美淑人君子的德行。

⑥ 籝：yíng，竹笼。

⑦ 同产兄：同母所生的兄弟。

⑧ 下贲：xià bēn，下降，降临。

⑨ 青裙：清布裙子，此处泛指古代平民妇女的服装。

⑩ 绰楔：chuò xiē，古代树在正门两旁用以表彰孝义的木柱。

⑪ 画荻：《宋史·欧阳修传》载，欧阳修四岁即失去父亲，家里很贫穷，上不起学，母亲郑氏就用芦苇管在地上写字，教其读书。后世遂以"画荻"为称颂母亲教子有方的典故。

⑫ 黉序：hóng xù，古代的学校。

⑬ 寸莛愧发洪钟铿："寸莛撞钟"是一个成语。莛，tíng，草茎。用一寸长的草茎敲钟，比喻力不胜任，不自量力。

读史感事

然其煮豆①事寻常，粟布淮南②漫自伤。

螈③蟒氏更唐二姬，猪驴号赐宋诸王。

赤心有幸亲投枣④，赪面他时欲覆床。

盛世夔龙满廊庙，问谁强直似周昌⑤。

注：

① 然萁煮豆："然"通"燃"。用豆萁作燃料煮豆子，比喻兄弟间自相残杀。典出《世说新语·文学》。

② 粟布淮南：典出《史记·淮南衡山列传》："民有作歌歌淮南厉王曰：一尺布，尚可缝；一斗粟，尚可舂。兄弟二人不相容。"后世形成了"斗粟尺布"的成语，常用来比喻兄弟因利害冲突而不和。

③ 蟏：xiāo，古书上说的水獭一类的动物。

④ 赤心有幸亲投枣：《南史·萧琛传》载：梁武帝萧衍与萧琛是好朋友，私交很深。一次宴会上，大家都有了醉意，梁武帝拿枣子扔向萧琛，萧琛也拿栗扔向梁武帝，正好扔在武帝的脸上。"御史中丞在坐，帝动色曰：'此中有人，不得如此，岂有说耶？'琛即答曰：'陛下投臣以赤心，臣敢不报以战栗。'上笑悦。"枣子是赤色的，比喻心；"栗"与"栗"同音，萧琛所谓"报以战栗"，意思是陛下以诚心待我，臣受宠若惊，惊慌战栗。萧琛随机应变，巧妙作答，轻松掩饰了君臣之间的一次轻浮嬉戏。后世遂有"投枣掷栗"成语，比喻朋友或上下级之间相互戏谑的不稳重行为，或密友间不分彼此的投契关系。

⑤ 周昌：西汉初期大臣，跟随刘邦打天下，被封为汾阴侯。其人坚韧刚强，不畏权贵，耿直敢讲，直言进谏。

题所藏赵文敏山水人物长卷

己丑秋，陶生欣皆自辽左寄赠者。所绘皆仙踪，前数段分路闲行，有篮花采药者；后有九叟会饮；末书"至大二年八月"。

异境人间见亦难，石梁低处倚阑干。

入山好问金台路，童叟无言尽日看。

老桧如龙已百围，树头人影两依稀。

此间易啖青泥^①髓，我倘相从定不归。

溪桥两面是梅花，鹤氅闲行帽影斜。
定许初平充弟子，一肩春色尽琼葩。

杖藜人指路西东，羽扇追陪好御风。
莫道山中皆采药，蟠桃亲见满枝红。

洗耳相邀又几年，流泉松下正娟娟。
茯苓似比灵芝易，一笑吾曹可学仙。

碧阴多处听涛声，人在龙鳞背上行。
万里天风招手去，会从云外得黄精。

长松细篠锁苍岩，九老清狂兴不凡。
想见醉眠蹲舞候，奚僮为指绿盈衫。

王孙何处识蓬壶，世外烟霞具此图。
二十七人如见约，哪须句漏待飞凫。

注：
① 青泥：相传神仙服食的一种泥浆、泥土。

晦^①烈行

春灯夜踏毗陵驿，火树银花半天赤。
元宵曼衍鱼龙游，谁信城西泣贞魄^②。

贞魄未冷芳魂孤，月光惨淡云模糊。

普济桥头问新鬼，黑烟黯黯疑冤呼。

此冤只恐终沉海，鸾笺③好写虹霓彩。

女儿生长在乡村，家世书空贫未改。

贫家养女常早嫁，八岁依人马粪下。

郎如腐草竟先凋，妾似明珠仍待价。

本来庙见尚无期，未须黄鹄歌哀词。

眼底女贞终有属，耳中姑恶④良堪悲。

姑恶声喧犹自可，烟霞窟里真羞我。

徐娘半老尚当垆，邱嫂⑤修容非灭火。

锦鞯⑥公子城中住，狭邪⑦惯走邯郸路⑧。

乍陪阮肇入天台⑨，还羡寄奴持博具⑩。

废书懒顾然藜青⑪，眠香日拥芙蓉屏。

陇因已得还思蜀⑫，尹恨同居莫避邢⑬。

斯时弱质苗条甚，盈盈十五云华品。

丰姿圆月照婵娟，正气严霜共凄凛。

无端老魅横相迫，欲攘黄金污白璧。

逐鹜随鸦耻不甘，鞭鸾笞凤嗟何惜。

百折千回志未移，小姑独处深防维。

合谋困楚心终毒，内应通齐势更危。

一身自忿撑揩⑭苦，何地容人避豺虎。

生无可乐纟千山⑮，死幸能寻天竺土。

腊鸱⑯犹输臭味恶，甘之且共流霞酌。

堇荼⑰但觉此心安，茵溷⑱何知妾命薄。

气息如丝微更微，犬狐狙伺⑲来依稀。

哪须命待卢循续，直见神偕斛律归。

里邻集视空惊叹，势豪未敢求收按。

和峤成群总爱财⑳，鲁连到处能排难㉑。

元龟岠冉金错刀㉒，母家噤比寒虫号。

盖棺已敛如生面，啮血㉓谁明不屈操。

可怜赍愤归黄壤，万古无情恨苍莽。

磨笄㉔虽克保坚贞，越俎曾难理幽枉㉕。

锄奸表节原非异，螭筒㉖寂寂偏拘忌。

挈报行看摄贵游，清芬终惜埋荒地。

惟将直笔阐幽光，斯事虽晦吾能详。

大书丙申岁之正月十四日烈女亡。

注：

①晦：huì，本义指每月的最后一天，这时是看不见月亮的，后人即据此泛指黑夜，也可以引申为隐微、愚昧、凋零等义。

②贞魄：忠魂。

③鸾笺：luán jiān，古纸名。宋时蜀地善制十色彩笺，笺上隐然有花木鱼虫龙鳞图案，因此，人们即借称纸为"鸾笺"。有时也可作为书信的代称。

④姑恶：鸟名，又名苦恶鸟，叫声似"姑恶"。

⑤邱嫂：寡嫂。

⑥锦鞯：jǐn jiān，本意为锦制的衬托马鞍的坐垫，此处泛指装饰华美的马匹。

⑦狭邪：xiá xié，小街曲巷，亦可代指妓院或妓女。

⑧邯郸路：比喻求取功名的路；仕途。

⑨阮肇入天台：《太平御览》卷四十一引南朝刘义庆《幽明路》：汉明帝年间，阮肇、刘晨在天台山里迷了路，后来遇到两个仙女，成就了一段美好姻缘。半年后下山回家，但已不认识任何人，详细询问后才知道已经过了七世。后人遂以此典指称男女间爱恋情事。

⑩寄奴持博具：寄奴指宋武帝刘裕。他自幼家贫，出生时母亲即患病

去世，父亲勉勉强强维持生活，仅靠砍柴种地、打渔、卖草鞋为生，读书识字很少，曾因为赌博搞得倾家荡产，乡里人大多数看不起他。但大后"雄杰有大度"，风骨奇伟，不拘小节，侍奉继母极为孝顺，从军后英勇善战，直至为帝。

⑪然藜青："然"通"燃"。青藜指"藜杖"。《三辅黄图·阁》载："刘向于成帝之末，校书天禄阁，专精覃（qín）思。夜有老人，着黄衣，植青藜杖，叩阁而进。见向暗中独坐诵书，老夫乃吹杖端，烟然，因以见向，授《五行洪范》之文。恐词说繁广忘之，乃裂裳及绅以纪其言，至曙而去。请问姓名，云：'我是太乙之精，天帝闻卯金之子有博学者，下而观焉。'"后世就用"青藜"指夜读照明的灯烛，亦可借指读书人或苦读之事。

⑫陇因已得还思蜀：成语"得陇望蜀"的意思，比喻贪得无厌。

⑬尹恨同居莫避邢：尹、邢是汉武帝的两个宠妃；避，躲开，回避。《史记·外戚世家》载：汉武帝同时宠幸尹夫人和邢夫人，为了防止她们争风吃醋，诏令二人不得相见。尹夫人向武帝请求见一见邢夫人。相见时，尹夫人"乃低头俯而泣，自痛其不如也"。后世遂有"避面尹邢"成语，指因妒忌而避不见面。

⑭撑搘：chēng zhī，支撑。

⑮纥干山：hé gàn shān，又名纥真山、平凉山，位于内蒙古乌兰察布与山西大同交界处。山头终年积雪，十分寒冷。《五代史》中记载当地民谣云："纥干山，冻死雀，何不飞去生处乐？"纥干山头冷得连鸟雀都要冻死，为什么不飞往别处去求生存快乐呢？比喻人处在穷愁窘困中应当另求生路。

⑯腊鸩：là zhèn，极毒极毒的鸩毒。

⑰堇荼：qín tú，古书上说的两种苦菜。

⑱茵涸：yīn hùn，比喻人的好坏不同的际遇。

⑲狙伺：jū sì，暗中窥伺。

⑳和峤成群总爱财：何峤，晋朝一代名臣，为政清廉，刚正直言，享誉时人，深受百姓爱戴。但其人一生非常吝啬，爱钱如命，其在位时积累的家产超过了其他王公贵族。《晋书·列传》第十五有这样的记载："峤家产

丰富，拟于王者，然性至吝，以是获讥于世，杜预以为峤有钱癖。"

㉑鲁连到处能排难：鲁仲连，战国末期齐人，很具有雄才大略，但却不肯为官。周游列国，乐于助人，常替人排忧解难，而不取分文，是一个集隐士、侠客和政治家才能于一身的人。

㉒元龟岠冉金错刀：元龟，原指大龟，此处指货币。岠（jù）冉，很大的龟甲。王莽当政时有"龟宝四品"之说，即元龟、公龟、侯龟、子龟。金错刀，也是王莽当政时所铸的钱币，有时称错刀。

㉓啮血：啮血沁骨的略称，形容极端诚信。

㉔磨笄：mó jī，形容贞洁妇女。

㉕幽枉：冤屈。

㉖蛞筒：xiàng tǒng，古代官府接受告密文件的器具。

溧阳女

女氏陈适蒋，未成婚也。夫习贾，南渡，丙申正月暴亡。族讼诸官，验之无状，而肆破矣。其家以所得告女，忿甚，不食死。溧人士谋为请旌。余谓女不徒以节烈著，其介然识礼义尤可风已，为作是篇。

> 有夫未成妇，无夫良自悲。
>
> 夫死乃若此，妾生将何为。
>
> 利夫之死谋者谁，裸之灌之逾鞭笞。
>
> 有冤无冤安及知，得钱喂妾妾肯私。
>
> 矢从九京绝谷糜，一死如濯清涟漪。
>
> 芬芳长被金渊① 湄，金渊自昔祠贞女。
>
> 高风照耀投金渚，子胥图报不能攀②。
>
> 千秋今得同心侣，家世原来聚德星。
>
> 蓬门礼教知能举，裙布荆钗十七龄。

漆室琴歌远相许，吁嗟浊世贪徇财。

竞利忘义愚可哀，幽贞③皎皎志不回，故侯思筑怀清台④。

注：

① 金渊：指溧阳。

② 子胥图报不能攀：此联说的是溧阳的一个传奇故事。楚平王七年（公元前522年），楚平王杀死大臣伍奢及其长子伍尚，次子伍员（子胥）逃往吴国，经过濑水，遇见在水边浣纱的史贞女，就向她讨吃的。史贞女把浆纱的半桶面糊给他吃了。伍子胥临走时再三叮嘱史贞女不要告诉任何人有关他的踪迹，以免追兵知道他的去向。史贞女为了使伍子胥放心，并保全自己的贞节，毅然抱起一块大石头，投水身亡。汉朝赵晔《吴越春秋·王僚使公子光传》载："子胥至吴，乞食于溧阳女子。子胥已餐而去，又谓女子曰：'掩夫人之壶浆，无令其露。'女子叹曰：'妾独与母居三十年，自守贞名，不愿从适，何宜馈饭而与丈夫？越亏礼义，妾不忍也。子行矣！'子胥行，反顾女子，已自投于濑水。"

③ 幽贞：高洁坚贞的操守。

④ 怀清台：《史记·货殖列传》载："巴寡妇清，其先得丹穴，而擅其利数世，家亦不訾。清，寡妇也，能守其业，用财自卫，不见侵犯。秦始皇以为贞妇而客之，为筑女怀清台。"怀清又叫巴寡妇清，丈夫去世后终身不嫁，独自经营丹砂、水银，是中国最早的女企业家，曾出巨资修长城，修秦始皇陵时又提供了大量的水银。秦始皇对怀清这种疏财卫国的大义深为感动，特下诏封她为"贞妇"。怀清年事已高后，秦始皇念她没有子嗣，无依无靠，又降旨接她到咸阳颐养天年。死后又按照其遗愿，将其灵柩运回老家重庆厚葬，在墓地修建高台，并亲笔题写了"怀清台"，以寄托自己的哀思，表达自己的怀念和敬意。

拙诗编校既成，因题卷末，用香山《赠元九李二十》韵

早闻诗教足陶情，只愧巴人半俚声。

苦语类兼忧世感，壮游聊纪出边行。

在官政拙惟知过，归隐心多敢近名。

自笑诇痴^①难覆瓿^②，唐音宋格两无成。

注：

①诇痴：líng chī，诇痴符的省称。诇，叫卖。指文拙而好刻书行事的人、没有真才实学而又喜欢卖弄才学的人。

②覆瓿：fù bù，原为覆盖小瓮，比喻著作没有价值，不被人重视，多用作自谦指辞。

李超琼古今体诗笺注

苏州工业园区档案管理中心 编

章新明 章添云 校注

下

文匯出版社

目录

阳湖四集卷第十三

赠成都舒博斋文学榕

羁宦情怀似结疴，连朝喜得故人过。

江城剪烛芳春晚，石室横经旧雨多。

久别漫惊人易老，壮游还趁鬓微皤。

苍茫万里行踪遍，吴楚江天入啸歌。

浣花溪畔记偕游，再别家山又十秋。

访旧半多新故鬼，感时同抱古今愁。

独看健笔余豪气，颇羡良工是远谋。

何日青城能共访，欺君迟我锦江头。

灯下示荃姬

碧纱围处一灯青，公退人闲月满庭。

颇喜深闺添韵事，读书声好隔窗听。

四月既望，雨中行乡，闻蚕事之俭也，为叹息不已，因书此志慨

天公好雨不自惜，迸作愁霖势太剧。

滂沱三日挟风雷，多少蚕娘泪狼藉。

养蚕宜暖不宜寒，食叶先虞水气积。

节逾小满过三眠，腹有经纶坚似石。

上山计日茧将成，首尽跂跂意脉脉。

忽闻震地声殷其，吻敛体僵如丧魄。

茅屋滴漏防未能，坐看溃败流膏液。

一蚕中病万蚕腐，湿淫暑败犹人疫。

已闻前月苦连阴，比视往年惟半获。

几朝屏翳逐飞廉，更愁苇箔无遗迹。

村农为言类若此，我念疾苦良悲喈。

戴溪桥前召里伯，自述所苦愁难释。

家中饲蚕以筐计，八十筐今无一只。

敢云空费买桑劳，正恐难宽逋赋责。

几家有茧可卖钱，又惧睢盱胡眼碧。

官中榷算焉所逃，肆里挐呵谁敢斥。

何人画角乌乌来，大字红旗飑轮舶。

须防鞭背命难全，哪计伤心力空掷。

咄哉蚕户且勿悲，不闻丝价方拘迫。

低昂渐比皖山茶，大利恐非中土益。

尔今哀诉虽切肤，绿阴尚围五亩宅。

起看积潦满郊原，哪更多收十斛麦。

闻湘乡方伯陈公舫仙湜殁于津门军次，诗以志哀

沅湘豪俊应昌时，共定乾坤独数奇。

百战有功官未显，一生无过谤相随。

竭忠愿洒中原耻，垂死犹提左翊师。

从此胡曾余韵尽，为天下恸哭非私。

早岁能文负异才，感时投笔气恢恢。

枞阳筑堰投鞭断，建业擒渠借箸来。

决狱苦心阴德远，防河掣肘壮猷灰。
大官几见尊儒素，三晋经师萃柏台。

关陇曾瞻大树风，花门荡定耻言功。
时名有意推刘秩，道术相忘得左雄。
列荐预辞文举表，受降亲入隗嚣宫。
归来心迹清何似，月满潇湘意象同。

南越鲸涛涨恶氛，诏书重起故将军。
楼船下濑销沉易，门户长江擘画勤。
虎豹在山功有属，龙蛇杂处辨谁分。
敌锋从古输谗焰，不问浮云恋岳云。

三黜真同鲁展禽，士师卅载尚浮沉。
朱晖强直兼威惠，曼倩平反耻刻深。
半世忠襄知己感，两言武穆在官箴。
鹰鹯鸾凤同时有，总见怜才是素心。

瑶池宴敞合嵩呼，帝诏传宣待首途。
寿域八荒飞露冕，戎车六月换兵符。
营移沿海旌旗变，岭扼摩天壁垒孤。
至竟岳家谁撼得，不教虏马瞰陪都。

上相盟成亟罢兵，入关留得亚夫营。
似闻丹扆咨西事，终为黄图镇北平。
南国旬宣新易地，东方屏蔽此长城。

引身未遂沉疴迫，緜惙犹闻教战声。

大星红陨析津隈，佛日凄凉缬帐开。
生耻言和韩太保，死难弭怨石徂徕。
孤忠犹见辽疆复，故国长悲楚些哀。
金管寂寥将浃月，可容朱勃抗章来。

题陶子春先生所遗沚村图

我初移官葑溪水，行县数过贞丰里。
通德门前烟树深，天然图画真如此。
当时造访心钦迟，言行醇笃良可师。
诗古文辞足倾倒，经纬尤见怀抱奇。
斯人不出果何为，忧时每下苍生泪。
一朝雾掩少微星，徒闻乡里思高致。
自公之殁今几年，世变亟矣难问天。
东南民力困复困，租覈①一卷空凄然。
是非皂白随憎爱，遑论直道如三代。
鸥枭鸾凤各有时，持禄苟容惭我辈。
积惭生悔还踟蹰，士无先识终沦胥。
忆君生事远尘墦②，水云四面江天虚。
五图烟景极幽胜，人既可传图亦称。
只愁再作辋川游，黄垆正在蓬蒿径。

注：

① 租覈：zū hé，是陶子春撰写的有关当时社会状况分析的专著，很

受李超琼等有远见卓识者欣赏。李超琼在其自撰的年谱中写道："吴中私租之重，业户待佃之苛，周庄陶子春上舍（煦）著有《租覈》一书，言之綦详，于挽回补救之方，亦筹虑周备，然非大力者请于朝以行之不得矣。余去冬访得其书，录呈藩宪贵筑黄子寿方伯。方伯亟赏之，因许余为同志谋。见诸施行既沮于势，而方伯又移任鄂藩以去，余所志卒不获展。虽未听指唉以残吾民，而民之毒苦，自若宁以其竭终岁勤动之资以满业户之欲，官中分业户贪饱之余以充赋课，而遂以催科不拙为喜乎？"

②尘壒：chén ài，尘埃。

沈生绥若福元，故人宽甫之季子也，寄箑求诗，书以勖之

五年数访天随宅，云水中环烟树碧。

而翁赤手创宏规，鹿洞鹅湖能比迹。（甪直甫里书院，为宽甫创捐巨款，经手修复者。）

堂成我忆先来过，秀髦百辈横经坐。

西园花木尽文章，布置未阑悲楚些。

怆然再过心踟蹰，先时况惜陶隐居。（谓子春先生。）

清标义概不可见，德门空式龙邱间。

郎君觥觥真季虎，曾识清才从艺圃。

别来英博胜阿蒙，况说箕裘堪继武。

六浦南流白蚬通，士谦阴德两家同。

还期更效分阴惜，会听鸣珂甫里中。

小病初起寄少谷

我病思山居，夏绿酿云冷。

庭阶坐屡移，绕宅皆树影。

垂竿就菱溪，眠琴过竹径。

身健复多闲，但喜日正永。

九龙百里外，泉石足清景。

安得同心人，明朝尘事屏。

积雨连旬，盆兰尽萎，慨然有作

雨雨风风九夏阑，剧怜香草也摧残。

只今无地容君子，别有心情带泪看。

灵根出类竟成灰，禁锢终身惜此材。

变作黄茅原不虑，更无芳芷为君开。

读宋人集感赋

遗编自拟伯牙琴，歌舞湖山悲怨深。

不信签名臣妾谢，水云诗史是无心。

长夏

长夏九十日，苦雨过六旬。

江波来浩浩，平野水粼粼。

新稻没无影，遥堤微有身。

愁闻论米价，铸错属何人。

书事

负弩偏矜跨鹤行，来看火树满江城。

丁香院落南朝艳，子夜刀鐶北府兵。

闻道解围容兔脱，尚能书券识驴鸣。

金山潮涨东风熟，又听双轮出险声。

漫嗤郭重食言肥^①，丝绣年来得所依。

公案风流名未称，官方日坏事原非。

五花新押桐君篆^②，一葵真同木客讥。

误笔点蝇^③知误否，苍鹰会向岳云飞。

注：

①郭重食言肥：形容说话不算数，不守信用，只图自己占便宜。典出《左传·哀公二十五年》："公曰：'是食言多矣，能无肥乎？'"

②桐君篆：tóng jūn lù，代指古代药书。

③误笔点蝇：唐张彦远《历代名画记》卷四载："曹不兴，吴兴人也。孙权使画屏风，误落笔点素，因就成蝇状。权疑其真，以手弹之。"形容绘画技术十分高超。

前诗既成，所闻又异，复为一律，以尽其变

连朝万口述奇闻，载笔还输海上勤。

当道岂为刘氏祖，无人能撼岳家军。

漫愁干瘪悲黄菜，终喜成阴护绿云。

大讨曹文图已见，杀狐林下更书勋。

七月二十八日为苏文忠公忌辰，白云尖孙氏馆其归神之所也。

地在署前，故特举告祭之礼，诗以纪之

东坡生日天下知，相将祝嘏陈瑰词。

文人好事亦已古，名编巨集恒见之。

眉山岳降近千载，至今此礼犹循持。

文章气节动深慕，非淫祀亦非阿私。

称觞上寿信有故，奠楹示梦宁无时。

不闻忌辰更举祭，谓为缺典夫何疑。

继思公名尚赫奕，死如未死其奚悲。

岂须更效儿女子，念公讳日增凄其。

独官斯地情有异，敢吝酾水扬清卮。

舣舟毗陵忆屡至，买田阳羡尤夙期。

七年流落周琼海，北归老矣余新诗。

建中靖国岁辛巳，触暑来常形偶疲。

故人孙氏方假馆，岂意小住终骑箕。（公以徽宗建中靖国元年自岭表归，六月

至仪真，瘴疠大作暴下，因至常州。七月杪，卒于孙氏馆。）

梦中之作成绝笔，一夕竟失天人师。（公寄朱行中诗为梦中所作，"至今不贪

宝，凛然照尘寰"之句，盖绝笔也。）

当时雨泣遍吴越，无贤愚士皆涕洟。

我生乡里此羁宦，苹蘩①告荐安所辞。

未能饭僧哭缟素，文潜之谪甘如饴。

后人风义不古若，即此一事空翘思。（《续通鉴》：崇宁元年七月庚戌，臣僚上言：

"管句明道宫张耒，在颍州闻苏轼身亡，出己俸于荐福禅院为轼饭僧，缟素而哭。"

诏："耒责房州别驾，黄州安置。"文潜，耒字也。）

公乎幸不跻耄耋，老泪免为北辕垂。（公薨后二十六年，有靖康二帝北行之变。）

即今世变复安底，亦有乡梦飞峨眉。

夜来大星赤睒睒，云尖恍见云车驰。

注：

① 苹蘩：píng fán，两种可供食用的水草，古代常用于祭祀。此处借指能遵守祭祀之仪。

次韵答宋松存同年，即以广之

湛然心镜照清秋，憎怨何须问李牛。

近事日新千变态，澄怀风定一虚舟。

眼前蛮触轻蜗角，壁上沧洲爱虎头。（壁间适有君画，故云。）

落叶自红人自冷，著书应足抵黔娄。

凌镜之兄过访，用坡公《喜刘景文至》诗韵赠之

秋宵明月疑可呼，清光夜夜来庭隅。

炯然冰玉照肝肺，此意欲证知者无。

是时故人适践约，前身可悟非凡夫。

入门一笑较劳逸，挤轧何异相推扶。

忘机久洗许由耳，鉴貌戏染陆展须。

是非得失安足计，欲问直道无乃迂。

故山行路难在险，尚逊宦辙经宁苏。

只余涕泪洒黔赤，嗟怨野老悲吴姝。

去思遗爱付公论，自今所好真从吾。

便思相从逐蟾魄，中秋击楫芙蓉湖。

题赵于冈观察起《合门殉义录》

旌头昼落鼓声绝，毗陵城中路成血。

登陴六日杀气醋，生不徒生死更烈。

慷慨拔剑须髯张，一身矢欲扶纲常。

三十九人同日尽，江家止水今余香。

姓名千古辉青史，时平祠庙巍故里。

君不见前期连帅先遁逃，留得头颅到西市。

中秋后一日，卸阳湖篆，留别士民二首

官如传舍任推迁，留别诗成况一年。

尹赏何能频换县，子瞻未效耻归田。

里名冠盖弦歌易，俗尚耕桑揖让便。

斗讼不纷安我拙，归装愧选万家钱。

与民休息是良箴，乳虎苍鹰忍刻深。

法外意期圜室净，画中诗向漏湖寻。

吏能浅薄惭舆论，时事艰难望士林。

昨夜蟾辉明分外，清光好证去来心。

万肖园同年赋鹤群一章见寄，舟中用其韵作两首报之，意各有属，不能强同也

白鸥本闲禽，不假栖高树。

江湖深复宽，忘机任含哺。

忽闻苍鹰号，谁共赤蛇捕。

金龙苦招携，弱羽怯依附。

自知皎洁情，易触睨瞵怒。

生性既难驯，遑惜终僵仆。

浩荡见初心，拘迫亦何故。

昔闻夸父子，颇种辟邪树。

树成育枭雏，反绝慈乌哺。

鸣蝉偶一吟，又纵螳螂捕。

好恶既失常，鸾凰焉肯附。

岂知岁月深，隐触风雷怒。

覆此恶鸟巢，大木亦颠仆。

扁石履之卑，风诗良有故。

酌溪渔隐以所著《酉轩纪闻》二十四则见示，且属为诗以志之。
因就所纪各成一绝，聊塞其请，罪我固亦不计也

旧家风度本堪钦，学字江流惠爱深。

怪底水帘通牝谷，回旋猿臂掷黄金。

令伯陈情有孝名，潘舆万里去来轻。

红灯白发深宵出，底事双旌未导行。

野花衔去草青无，薪尽还愁火亦孤。

望断天公三日雨，故山西熟变庚呼。

信陵宾客近无多，不道门前有雀罗。
一夜锦函飞电至，吐茵重听雪儿歌。

苦味原知在道旁，民彝未泯性根香。
望来九面应相似，一柱擎天岱岳苍。

西池冷落柳风狂，顿扫东轩翰墨香。
漫诩庄严罗汉在，朱衣终怯斗鸡场。

金刀换得皖南珍，佩入将军荫里身。
十丈旗旄容并列，眼中岳色幸无尘。

太原公子为谁来，奇采曾闻落上台。
肉味不知应有故，似防苦李又甘回。

伯劳一类尽东飞，两翼方张去不归。
高楚高萎栖自稳，让他枭鸟食言肥。

西域人来碧眼奇，独将币帛迂经师。
紫芝一曲风初静，碧玉春流正系思。

临汝当筵耳语频，移床近客意尤亲。
灌夫倘预南楼坐，又恐田蚡罪骂人。

刑姨何幸是私亲，丝片承筐五色新。
一水盈盈旬日渡，多情常属故园人。

百甓亲携坐玉关，几年范水傍天山。
却看射羿弓原在，扫荡花门自等闲。

竹皮冠在识王孙，牝马新过碣石门。
莫问开天谁画得，烟霞洞府佛常尊。

好儿生日喜占星，珠玉璠玙照眼青。
竹下阿咸真令器，偏怜胶柱负湘灵。

严道云礽有好官，礼门仪望昔曾看。
不因利在来何为，千万黄标亦大观。

密甜何止食当中，再入瑶山手尚空。
一笑金刀名已古，海天半壁有清风。

西笑忘言早遂初，金篦重刮又登车。
而今一角非难觅，宝玉乡中且乐胥。

尚喜茄花未并生，中天日月气清明。
佛狸已解苴茅意，不数关西识大名。

决配真宜路八千，至今心事在金钱。
问渠可用高曾矩，百和熏衣早自怜。

苜蓿蒲陶地本肥，洛钟声里梦东归。
楚人尚鬼知祈祷，弱弟新歌五马骓。

委巷闲从马粪过，山川灵气雪堂多。
浮文妨要休空抶，新听花苗得宝歌。

少室峰前望上头，谷中万马属康侯。
未知孳息今何似，骏骨还怜死后收。

铁柱巍峨近紫薇，星辰手摘梦能飞。
此才哪便如文伟，丞相军中扇偶挥。

元和后集卷第十四

独漉篇

独漉独漉，水深泥浊。

水深鉴影，泥浊浼①足。

影虽可鉴，惧或淆之。

足则既浼，恐益胶之。

不淆不胶，事仍在我。

澄斯濯斯，徐俟其可。

霢霂②六区，风盲雨晦。

闭门膏车，天精骋辔。

注:

① 浼：wò，污，弄脏。

② 霢霂: mán mán, 雨露很浓的样子。

责躬一首，藉答松存

威凤不易鸣，神龙不恒啸。

凡鸟日啁啾，哀猿夜呼叫。

林血惜鹃啼，篱卑容鹦笑。

此意吉人知，辞寡在体要。

吾生颇尚口，咎毁胥自召。

长羡磨兜坚，终愧轻心掉。

人过非乐闻，易如风入窍。

己长无可炫，浅若火一爝①。

塞耳愧已迟，鼓唇徒致诮。

悔一忽再三，如疾竟难疗。

静夜自维思，背冷心欲烧。

哀哉国武子，见僇谁与吊。

矧今世变纷，险诈畴能料。

笑谈箭在弦，杯酒刀脱鞘。

箝口有危机，况用哓哓钓。

出好亦兴戎，习闻前圣诏。

持此质友生，漫诩词锋妙。

相期慎三缄，金人师鲁庙。

注：

① 爝：jiáo，小火把。

剪蔓行

墙角何青青，木香高于屋。

壁上何芃芃，蔷薇刺攒簇。

花时香艳亦可人，枝节横生嫌太速。

我无金剪刀，且付园丁手。

刊之落之别去留，顷刻权枒复何有。

滋蔓似此非难图，世间除恶偏迂拘，小人自古多根株。

喜晴

败稼秋霖又及旬，朝来晴日比春新。

惊心十五年间事，天意应知欲警人。

喜见西风飏柳丝，不谙占候也先知。

只今一月天无雨，大好秋郊获稻时。

少谷将母归皖，行有日矣，诗以送之

昔闻彭躬庵 ①，思不愧吾友。

斯言克践良独难，出处去就须不苟。

吾友立身何等伦，蓬瀛转向风尘走。

同官吴下今六年，视官若无若固有。

梁溪来暮方再闻，其奈神君重将母。

有母有母他何知，倚闾岂怅归来迟。

皖山千里未云远，终怜定省难如期。

攀辕卧辙不暇顾，飞凫自欲酬乌私。

山居幽清悦老寿，泉甘蔬美馨馐宜。

书声纺声慰色笑，时去礼数为儿嬉。

世间真乐更无此，回视靰板应吾悲。

嗟我独何为，归心空急迫。

粗供菽水安仁舆，苦念蓬蒿仲蔚宅。

吏能浅薄况时艰，自呼负负伤形役。

苍茫四海君知我，有怀未诉还脉脉。

九月新霜天早寒，入门定博慈颜欢。

君母我母俱平安，君能归兮我益愧，山中倘寄延年丹。

注:

① 彭躬庵：明末文学家，名士望，字躬庵，又字达生，"易堂九子"成员。

口占拟赠日本珍田领事舍己

海隅出日古同天，襟抱倾从九译先。

画鹢飞艟轻远道，白龟调布溯名贤。

即看宾馆簪裾合，共喜邦交金石坚。

闻道芝山红叶好，可禁摇落在霜前。

古意

明月耿万古，皎皎无疵瑕。

静夜人不闻，天香霏桂花。

须弥不可到，引领长咨嗟。

敢谓斯境幻，七宝皆荒遐。

至人轻身躯，虚空飞云车。

招我广寒游，大鼎觞流霞。

何心羡刘阮，深山饭胡麻。

泛棹由唯亭至甪直、斜塘以归，时季秋二十八日也

秋光满地熟吴秔，乌榜① 时闻乐岁声。

民喜官如逢旧友，我行野最得闲情。

连村树已随枫老，刈稻田还为麦耕。

颇幸前诗如意甚，隔朝天便入冬晴。

注：

① 乌榜：榜，船桨。用黑油涂饰的船。泛指船。

读《时务报》，慨书其后

十二万年天烂语，必疑荒诞子毋然。

东华醉梦庄生蝶，西士神奇墨翟鸢。

漫信连鸡非楚患，只愁割豕让平贤。

五更钟鼓惊悲壮，谁睇^①晨光读宝篇。

注：

① 睇：dì，看；眼睛斜看。

漫言

鳅蚖尺寸躯，跳掷泥污中。

忽遭升合水，自拟天池雄。

海濱有怪物，鳞鬣腾天风。

深藏不易见，碧澥青濛濛。

网师乃自喜，能使沧溟空。

何时长钓竿，下拂珊瑚红。

斜塘夜泊

西风半日滞帆樯，莽觉吴淞水路长。

犹识前年频系棹，一街灯火是斜塘。

小艇儿童狎浪花，刈芦织席佐生涯。

金鸡堤畔人归未，莫又风波阻钓槎。

孟冬十九日，为谔儿弥月之期。既治汤饼款客，酒阑戏书数语

我年五十犹生子，独喜慈亲为我喜。

今朝汤饼试开筵，笑语浑忘吾老矣。

儿生一瞬遂弥月，看到长成须白发。

公卿原不在聪明，莫向呱呱问奇骨。

浪传英物视啼声，梦中仿佛蛟螭行。

却见西园花尽放，九秋仙李舒新英。

寄田海筹都督袁州

（名明山，湘乡人，喜为诗，多集唐人语成篇。）

老去英雄尚枕戈，能文能武奈时何。

一官转徙专城①重（君以江阴协开缺，署太湖协，今移袁临），万首清奇集锦多。

国事贾生②新涕泪，军麾萧铣③旧关河。

酒龙诗虎韬钤在，苦忆山塘几醉歌。

注：

①专城：指主宰一城的州牧、太守等地方长官。

②贾生：指贾谊，西汉著名的政论家、文学家，力主改革弊政，提出了许多重要政治主张，但却遭谗被贬，一生抑郁不得志。

③萧铣：隋末唐初割据群雄之一，为保全百姓而主动弃城向唐高祖李渊投降，终被其杀。

林生静庵哀词

忌才天有例，恸矣复何言。

病尪情犹挚，身穷品素尊。

持谦惭马帐，拔萃负龙门。

祭酒南菁重，空怜气类存。

（静庵为督学龙侍郎甄赏，充南菁书院高才生祭酒。侍郎闻其殁，有"金坛选拔，复何从得之"之语。）

畏友原难得，吾门少恶声。

语多陈疾苦，文足见生平。

感尚铭黄鹄（余任溧阳时，创立全节会，静庵实力赞其成），狂思斩赤鲸。

凄凉孤寡在，后死愧先生。

早出

瞢腾晓色雾迷漫，趋府人来趁早寒。

行过平桥闻偶语，街头舆盖隔云看。

中冬十三日，种竹数竿于藤轩外，记以两绝

去年种竹在阳湖，半欲成林半已枯。

医俗旧方忘不得，移官莫遣此君无。

藤阴如盖已先凋，添得青枝破寂寥。

大好眠床相对处，夜来风雨便萧萧。

种竹之明日，又为一律以寄意

官中君子少，此友得来难。

已就东南角，添栽五六竿。

庭阶郁生意，风雨战新寒。

便有龙孙望，春回定好看。

去官乐七章，章七句，为少谷赋，并柬镜叟

晴窗日满朝眠熟，睡起不烦衙鼓促。

衫松履薄腰脚轻，饭洁蔬甘滋味足。

去官之乐乐何如，炉香茗碗人独居，佳客不来还读书。

客来惟有素心侣，宾主忘形到尔汝。

知音入坐琴无弦，会意隔窗花解语。

去官之乐乐如何，敲诗读画闲情多，有酒且醉还高歌。

歌声数出栖乌惊，起视圆月当空明。

澄怀自拟玉镜朗，兀坐能使冰魂清。

去官之乐乐无已，堆案文书无一纸，时有好梦还乡里。

家山千里江天长，归帆猎猎驰风樯。

渊明亲戚悦情话，褚玠行李轻赍装①。

去官之乐乐何极，儿女团圞常绕膝，坐听书声看纺绩。

青山白云知我心，十年旧约今方寻。

鸥隐烟波蓑笠便，龙吟风雨松楠深。

去官之乐乐何似，岩栖谷汲自兹始，黄独长镵② 吾往矣。

老健还家饱蔬粥，昔非荣倖今何辱。

清白留传子弟贤，诗书陶铸儿孙福。

去官之乐乐无穷，恩仇德怨浮云空，青天白日开心胸。

悬蒲拔薤安足数，一朝幸脱辕驹苦。

有客方腾乞米书，无心更订栽花谱。

去官之乐乐无央，宠辱不到天倪③ 翔，优游卒岁歌芬芳。

注：

①褚玠行李轻赍装：褚玠，南朝陈朝官员，其人博览群书，下笔成文。其文风朴实严谨，作文引经据典，不尚词藻。任职山阴令时，不畏权贵，严惩豪强，刚正不阿，清正廉洁。后受诬陷被免职，竟然没钱回京都，只能留在当地种蔬菜为生。幸亏有皇太子赏识他，接济其回京。赍装，携带行装。

②黄独长镵：黄独，系多年生草本野生藤蔓植物，其块茎可食用。此处代指粗粮。长镵（chán），古代一种铁制的刨土工具。两词指代自给自足、粗茶淡饭的农人生活。

③天倪：天边，天际。

安吉吴仓石大令俊卿和余种竹诗韵，病中读之，遂以霍然，口占奉答

苦雨撩沉病，昐① 雪逾昐晴。

故人篇什至，使我心眼清。

薄宦泥尘海，高歌鸾凤鸣。

哪须平叔② 在，绝倒为金声。

注：

① 盻：xì，看；怒视，仇视。

② 平叔：指何晏，别名何平叔、何尚书、敷粉何郎，三国时曹魏大臣、玄学家，为魏晋玄学的创始人之一。

冬日感赋

残冬无雪更祈晴，密雾浓昏杂雨声。

验候地多春夏气，忧时人抱古今情。

似闻展惠终三黜，谁向京房问五行。

黔赤漫增悬釜泣，大官有福庇苍生。

感事

连朝歌哭竟无端，只恨情同壁上观。

自古佥邪^①移祸速，从今志士惜名难。

早知强项非长策，未料欺心出大官。

黜陟权尊私意快，独嗟正气易摧残。

芝兰萧艾漫同伤，事后人人见肺肠。

求阙何心操铁橛，入龛有佛炫金装。

时危举错真颠倒，官罢蚩愚转颂扬。

阿好漫嗤乡曲见，吴趋歌咏万家长。

注：

① 佥邪：qiān xié，奸邪。

寄和王伯芳同年丹徒

去年访君在京口，竹林细雨倾樽酒。

十月扁舟檥白门，两度相逢意良厚。

今年踪迹便阔疏，尺一仅随黄耳走①。

传舍无心返故巢，清风自拂他何有。

南徐繁剧胜鸿城，竹马欢声腾播久。

吴门蕃榻偶招邀，高唱还劳为我寿。

灯前白发未须惊，无补时艰诚负负。

时艰至是夫何言，四愁平子心烦冤。

吾曹所任百里耳，才不才究关元元。

催科抚字今孰重，谁从学道探根源。

掊克②武健有风尚，桑孔③杜邾④居前轩。

更闻假此骋机械，变诈百出趋奸门。

君怀感喟久欲吐，况遇大府纡谦尊。

直辞侃侃耻瞻顾，贤奸别白如荺荪⑤。

归来耳语亦大快，自兹泾渭无虞浑。

咄哉君行甫三日，修竹文为甘蕉出。

从知阃事非乐闻，和缓当前多讳疾。

红叶雕零问几朝，梅花摇落气萧条。

天时人事今如此，江北江南雪正飘。

雪飘飘兮风不息，重阴惨澹天如墨。

苍松老柏半摧残，何论芳芷无颜色。

甘棠未剪却先锄，空见吴民泪沾臆。

我如孤鹤影褵褷⑥，嗫对冰霜长默默。

君诗未和意还深，欲论先几师守黑⑦。

守黑何如径引归，末流高尚迹原稀。

梁溪凫亦君家舄，已向湖山深处飞。（谓王少谷同年之去金匮也。）

注：

①尺一仅随黄耳走：此句为"黄耳传书"之典。《晋书·陆机传》载："初机有俊犬，名曰黄耳，甚爱之。既而羁寓京师，久无家问，……机乃为书以竹筒盛之而系其颈，犬寻路南走，遂至其家，得报还洛。其后因以为常。"尺一，指书信。黄耳，代指传递书信的人。

②掊克：póu kè，聚敛；搜括；搜括民脂的人。

③桑孔：汉代著名理财家桑弘羊和孔仅的并称。

④郅：zhì，极，最。

⑤莸荪：yóu sūn。莸，古书上指一种有臭味的草；荪，古书上说的一种香草。

⑥褵褷：lí shī，离披散乱的样子。

⑦守黑：《老子》第二十八章载："知其白，守其黑，为天下式。"后世遂以"守黑"为安于暗昧、保持玄寂的意思。

夜巡书事

历遍东城夜未阑，筼舆摇兀不知寒。

机声处处兼刀尺，正见民家生计难。

万瓦鳞鳞雾影深，前街灯火一星沉。

终宵蹀躞曾何为，尽有辞尊击柝心。

送菜行，为镜叟赋

山民爱菜如爱官，好菜易得好官难。

岂知官好不如菜，一朝拔去空悽酸。

悽酸亦何为，送菜始及知。

自言生长西山曲，村居多近湖之湄。

往时湖水恒上泛，田稻淹烂如蒸糜。

沙污停积地斥卤，菘芥菹韭生无期。

年年力彘苦饥馑，犁锄刓缺①空涕洟。

自从好官来，此患为我除。

一年开曲港，二年浚长渠。

内流深通外不溢，秔糯丰获还殖蔬。

岂无秋霖与夏旱，蠲赈应候民气舒。

清风被野斗讼绝，终岁无人逢吏胥。

计今五六年，家家说官好。

千村百村久宴然，食芹欲献②悔不早。

前闻官忽去，尚望我公回。

今问官竟黜，谁念吾民哀。

不知官黜果何事，令我踯躅肝肠摧。

咄哉山民勿悲诉，尔能爱戴上官怒。

祸根谁识在芜菁，好恶多因非种误。

注：

① 刓缺：wán quē，磨损残缺；败坏。

② 食芹欲献：献芹菜是一个典故。向朝廷官员献送芹菜是对该官员的敬佩，表示亲近之意。

丁酉元日

南国朝元夜未央，四更灯火六街长。

金貂大府班无偶，银蜡穷檐市尚忙。

复旦上辛云五色，迎年亭午日重光。

明朝彩仗东郊路，惆怅前时芨舍①棠。

注：

①芨舍：bá shè，草屋。

书事

执鞭抱布尽材官，得意亲陪上将坛。

狐为凭城吹火易，马能覂驾①夺缰难。

叱奸倘拟苏良嗣②，容物谁为毕士安③。

至竟钤辖须静肃，粗才早合屏岩峦。

昔闻先帝宥④涞阳，县令威能杖内珰⑤。

万口一时争欲杀，几年八坐遇非常。

圣恩广大涵山海，节府森严重纪纲。

倚病摊书碑传在，小臣掩卷泪淋浪。

注：

①覂驾：fěng jià，翻车，比喻难以驾驭，容易招致失败。

②苏良嗣：唐朝宰相。早年曾任周王府司马，常对周王李哲的不法行为谏诤，深受李哲敬畏。担任宰相时，在朝堂上面对傲慢无礼的武则天男宠薛怀义，斥责怒骂，甚至命随从扇其耳光。武则天知道后也是无可奈何，只是告诫薛怀义尽量避开，"第出入北门，彼南衙宰相行来，毋犯之"。

③毕士安：北宋初年宰相、诗人。当时，寇准"以性刚褊（biǎn），不大用也"，没人看好他的才干，只有毕士安极力推荐寇准，认为他有大才。成为宰相后，又大力支持寇准的工作，全力维护其权威，最后使寇准成为一代名相。

④宥：yòu，宽恕；原谅。

⑤内珰：nèi dāng，太监。

卫君祥麟持其远祖宋文节公泾遗像属题，为书四绝，以志钦仰

遗像千秋尚俨然，传家从识子孙贤。

状元宰相箕裘①在，忠孝心源手一编。

（公以廷试第一人仕，至参知政事，绘象方观书也。）

后乐名堂意可知，希文相业夙相师。

斯图无恙原堪幸，近事愁闻说范祠。

（公于石浦筑西园，自题其堂曰"后乐"，遗集亦以名焉。吴县天平山下范祠有文
正塑像。去冬，为匪徒所毁，忠宣公兄弟之像亦皆被侮辱，故云。）

旧闻宋史多疏漏，列传何嫌竟阙如。

四库峥嵘载遗集，胜他脱脱手编书。

（《宋史》无公传，而《后乐集》二十卷则《四库全书》载之。）

颇忆乡人许太常，读公外制墨犹香。

年来潮又夷亭过，石浦西园冀景行。

（宋太常卿许沆，吾泸人也，公《外制集》载其迁国子监正制一首。又《野客丛谈》
志"潮至夷亭出状元"之语，即公事也。近壬辰、癸巳两年，海潮皆过夷亭，且入
齐门，疑吴士必有应之者，故及之。）

注：

①箕裘：jī qiú。箕，用荆条、柳条编制的器具；裘，用毛皮缝制的衣服。
比喻由易而难、有次序的学习方式。后世多用于比喻祖先的事业。

和华阳洪鹭汀刺史尔振韵二首

君才似相如，合向金门去。

思刺斗大州，能无伤短驭。

从事况独贤，行行天已曙。

筍舆逸兴生，意若云吐絮。

新诗气象严，相期戒逸豫。

却羞自荐能，竟让冯煖署。

（鹭汀方巡吴门西路，常彻夜周察也。）

仕宦既不遂，家山方苦饥（近闻蜀东大无，有人相食之事）。

虽怀犹己想，其奈名位卑。

丈夫忧乐志，难与风云期。

时艰日以剧，安用肉食为。

谁怜闵农心，正咏苦雨词。

大阅寓目纪事一首

南国军容虎帐高，春风三月动旌旄。

裹蒸 ① 有味同甘苦，却馈无人诉绎骚 ②。

猛士拍张兰盾脱，大官立仗绣衣劳。

帐前欢笑知何为，新报戈船未遁逃。

注：

① 裹蒸：原指粽子，此处泛指吃饭。

② 绎骚：骚动；扰动。

早过王废基

戴星只愧异勤民，贴地疏烟绿晕新。

薄似轻绡平似镜，淮张犹剩故宫春。

宜兴蒋醉园学博萼见过，诗以报之

阖闾城郭气清和，阳羡溪船喜乍过。

子敬渡江桃叶长①，茅容留客草蔬多②。

新词旖旎量珠唱，近事悲凉击楫歌。

惭负平生求友意，到门元叔愧如何。

（醉园以买姬来吴门，旬日前尝一过余，竟未及知也。）

注：

①子敬渡江桃叶长：子敬是晋朝王献之的字，桃叶是王献之爱妾的名字。

②茅容留客草蔬多：茅容，字季伟，东汉时期名士。《后汉书》卷六十八载："（茅容）年四十余，耕于野，时与等辈避雨树下，馀皆夷踞相对，容独危坐愈恭。（郭）林宗行见之而奇其异，遂与共言，因请寓宿。旦日，容杀鸡为馔，林宗谓为己设，既而以供其母，自以草蔬与客同饭。林宗起拜之曰：'卿贤乎哉！'因劝令学，卒以成德。"

唯亭界塘纪事

民愚原可恕，盗黠转疑迁。

逼仄门难入，从容箧待肤。

岸平余百丈，村近耻三呼。

钩距吾何忍，关河半畏途。

初夏晓行

茸茸丰草碧如茵，夹道垂杨蘸露新。

浓绿上衣青泼眼，不知来往在风尘。

长洲钱幼竹同年福年以《取义图》属题，图盖为其尊人竹卿先生及母唐淑人庚申殉难而作。勉成短什，以申钦慕，未足云表彰也

官居旧傍城东面，双塔峥嵘朝夕见。

塔尖奇彩似虹霓，中有英光时隐见。

英光照耀传双烈，古井无波凝碧血。

一水南通白蚬桥，桥下清流尚呜咽。

当时取义声铮铮，事平已拜天章荣。

画图绘取周遭景，至今纸上悲风生。

我来已在卅年后，渐见郎君成白首。

为述椿萱殉难情，泪珠簌簌重弹久。

吁嗟乎！见危授命传自古，夫妇知能天可补。

况闻节府亦成仁，连帅胡为污锧斧。（以徐庄愍公及制府何桂清事言。）

铄哉一介肩纲常，宜萃鸿文共表彰。

试过濂溪坊畔望，夜深星斗动寒芒。

（唐淑人于所居濂溪坊宅投井死，竹卿先生死白蚬桥下，双塔在桥西，皆图中所绘者也。）

即景

堂前碧树深，门外青芜靡。

朝朝破晓行，人在绿烟里。

过竹堂寺

隔水有人家，墙上绿无缝。

多种斑珠藤，足抵苍珉用。

藤轩芍药数丛，种之已六年矣。今岁始获盛开，作诗以纪其异

殿春竟得留春住，始信看花皆有数。

当阶朵朵艳非常，芳讯如斯亦奇遇。

忆昔种花时，久知婪尾好。

年年怒生芽，蓓蕾终自槁。

欲锄未忍视若无，辜负余春不复道。

重来见花发，犹疑往日同。

岂知两种尽奇品，珊瑚深浅胭脂红。

天香国色匪虚美，琼肌更比丰台丰。

问花花不言，托根地无几。

滋培酝酿意深矣，前有山茶亦如此。

君看盆盎空居奇，嫣然小缀新开枝。

试将花事参名理，愿养根荄似可离。

钱塘汪柳门少宰鸣鸾出示所和抚部阅兵之作，并与曲园先生叠韵至二十四首，敬次原韵，奉呈四律

吏部文章属望多，安车喜向柳衙过。

群推山斗唐韩愈，内干机衡蜀董和。

海国大荒钦姓字，乡邦翘楚赖搜罗。（乡人范溶辈皆公识拔之士。）

角巾东路风流在，早识澄怀静不波。

闲身最好逸情多，叠韵新诗廿首过。
燕许体裁原壮丽，欧苏气味自冲和。
久看连帅趋函丈，曾继经师住大罗。
为睹军容吟兴健，清时同愿靖鲸波。

上将威名胜算多，龙旗虎节电轮过。
裹蒸入幄民无扰，挟纩铭欢士大和。
事后篇章争纪载，阵前步伐忆骈罗。
禁中颇牧门墙重，不数楼船下伏波。（抚部赵，本少宰门下士也。）

间阎疾苦近尤多，无补民生耻孰过。
空咏蟹筐期俗化，幸占鸡骨得时和。
诘奸未获稀枹鼓，治狱常防误网罗。
但祝东山今再起，太平归泛蜀江波。

衙斋消夏四咏

绿阴窣地凉云重，风来时引龙蛇动。
翠虬十丈影蜿蜒，蟉结蟠空青没缝。
炎天气爽逾松棚，当轩坐卧神魂清。
还忆花时堪斗富，百千璎珞饰檐楹。（藤架迷青）

青旐飐飐风前张，一株两株高出墙。

雨中新翠自舒卷，柔情细意心何长。

平生未耐学书苦，留取清阴支日午。

官居热客何能无，窗外绿天应待补。（蕉丛飑绿）

柔条细蔓蟠青绿，卍字墙阴三面曲。

蔷薇叶浅木香深，满壁盘旋成画幅。

频年束缚交枝柯，生机虽在犹牵萝。

比似湿薪还胜我，春前况见着花多。（蔓墙屈干）

祥征不羡金带围，异种自觉人间稀。

娇红丽紫出奇艳，六年养得根株肥。

重来始见花如斗，培植功深须耐久。

芟除枝叶待来年，未识鼠姑①知怨否。（药砌留根）

注：

① 鼠姑：牡丹的别名。

夏至后二日劝相行乡，次晨阻风独墅湖作

行县等游豫，今晨闲更久。

飞廉①东北来，扁舟檥湖口。

白波高于山，隐挟风力吼。

谁唱公无渡，长年先敛手。

所欣停枻处，曲塍接南亩。

老农驱犊至，亚旅耕合耦。

水车方自鸣，泥锹行可蹂②。

何人分秧忙，村姬聚蓬首。

省观曾几时，芊绿连畦有。

田功岂易成，对之良自忸。

民勤不待劝，正幸岁占酉。

笑谢父老言，官亦犁锄友。

注：

①飞廉：中国古代神话传说中的神怪，鸟身鹿头或鸟头鹿身，能致风气。另外还有两个解释：一是商朝重臣。《水经注》称，飞廉以善于行走而为纣王效力，周武王打败纣王，飞廉殉国自杀，天帝被他的忠诚感动，用石棺掩埋了他，并使他成为风神。二是风伯。跟随蚩尤时，是蚩尤的左膀右臂，他从风母那里掌握了收风、致风的奇术。黄帝战胜了蚩尤后，他随黄帝做了掌管风的神灵。每当天帝出巡，总是雷神开路，雨师洒水，风伯扫地。掌管八面来风，运通四时气候。

②蹂：róu，踩；践踏。

同年吴子述大令恩庆以《中隐庐诗集》见示，为题其后

故人归岭峤，宦橐不如诗。

至性成奇语，深情出隽辞。

舂陵余疾苦，工部此心期。

门户羞依傍，兹篇信庶几。

忆过毗陵日，城东为檥舟。

正当倭事亟，同抱杞人忧。

薄宦曾何补，长吟足自由。

一官聊一集，共拟作菟裘①。

注：

① 菟裘：tù qiú，古邑名，春秋鲁地。后世称士大夫告老退隐的处所为菟裘。

喜雨行，柬王筠庄

吴农望雨心忧切，一过小暑秧生节。

三日六日殷祷祈，髯意更切龙先知。

西南云脚见鳞爪，急点怒挟狂飙驰。

坐看檐溜如飞瀑，明日山田应遍绿。

雷声更倒黄梅润，后此雨多宜可信，郊外水车君试听。

（"小暑一声雷，四十五日倒黄梅"，吴中农谚也。六月八日适小暑节，申酉间，龙见西南，大雨继至。余辈初二祷郡庙，初五祷沧浪亭，盖已逾六日矣。吴中谓小暑后则禾生，节不可复莳，故盼雨綦切云。）

酷暑异常，雨不时至，作诗以投五龙

澄潭方丈气萧森，五井中通贝阙深。

静抱颔珠知有意，怒腾鳞甲易为霖。

未堪六月连天暑，又窘三农望泽心。

神物即今应睡足，云雷风雨看追寻。

雨中自五龙祠归

苦热弥旬雨竟来，吴农真幸倒黄梅。

今朝乌鹊桥南路，又向龙祠报谢回。

舟出黄天荡

观荷有约未曾来，官事羁人误几回。

今日逆风翻解事，白莲无数向船开。

翠盖如云一道斜，荡田生计抵桑麻。

清香到处因风远，自笑花封是藕花。

（黄天荡及镬底潭上下三十里，并唐浦、双板桥诸处，多种藕者，亩可得藕十五六担，担直钱千余，而花可为露、叶可供用、梗可充药，盖无弃材。合境内荷田计之，岁入可万余金，亦民间大利也。）

压船行

官船不似农船小，农船人多官船少。

人少船高水方大，阖塘桥前不得过。

农民一笑来压船，艄前艄后纵横坐。

送官过桥似得意，好雨足时无个事。

为谢吾民良有情，官资尔力遑论轻，小船归去勤耘耕。

双板桥

木略彴横上下溪，临溪门巷绿阴低。

茅龙跨水架船舫，秧马出湖收罱泥。

数里花香余菖菡，一村人影在玻璃。

居民似讶徘徊意，甚欲休官此寄栖。

客谈七夕事，适鹰集乎前，因感二鸟，戏成短歌

秃尾不自知，乌鹊亦太苦。

银河终古耿长空，谁令急迫渡牛女。

填桥有心终莽卤，天帝聘钱不贳^①汝。

佳期一过转无功，子夜啼声怨谯羽。

睅目^②努红筋，苍鹰性多怒。

高空大漠恣盘旋，臂韝^③束缚愁难住。

天教搏击为狐兔，戕鸾铩凤诚何故。

秋风吹冷呼鹰台，贪饕未餍还归去。

注：

①贳：shì，本意为出租、出借，后引申为与之相关的经济活动，诸如出赁、赊欠、宽纵、赦免等。

②睅目：hàn mù，鼓出眼睛；圆睁的眼睛。

③韝：gōu，古代射箭时戴的皮制袖套。

烈妇吟，为决曹史童侍清妻金氏作也。侍清病剧，金知其不起，遂绝粒不食。夫死二日，果殉焉。余既书"仁厉义远"四字以褒之，复为是篇

六月酷暑郎不支，七月毒热郎益危。

郎身未死妾心死，恐郎不起死或迟。

所求者医慎者药，深夜露祷惟天知。

逾旬人神并绝望，一心内断夫何疑。

朝见郎力微，暮见郎气蹙。

调护无功只自伤，分飞不瞑鸳鸯目。

郎有兄弟养犹能，妾无子女生亦独。

凄凉缥帐悲黄鹄，先时早已断糜粥。

秋日流金续命难，同穴相从刚信宿。

吁嗟乎！纲常节义人可肩，小史之妇今则然。

泰山比重流芬远，长耀鸿城列女篇。

秋暑毒烈，逾旬不雨，母为之病。以侍疾未出，命侃儿循东坡起伏龙故事诣祷五龙祠，作此示之

东坡领颍州，忧旱如我辈。

祷雨张龙公，尝以命子迨。

为民请命躬弗亲，致斋乃使儿曹代。

当时得雨纪以诗，不闻非议沸群喙。

我从蜀山来中吴，托公乡里原非诬。

学公一节亦所愿，各言其子何贤愚。

江南秋旱如毒痡[1]，越旬不雨人为瘏[2]。

火云深夜灼枕簟，循除日夕空嗟吁。

如焚忧心在饎膳，何论水涸田禾枯。

乌鹊桥南祠庙古，澄潭五井蛟龙府。

每申诚款荷灵鉴，立致风云起雷雨。

旧闻白虎战赤龙，髯苏此法亦初祖。

霜牙雪骨试往投，五侯肯吝甘霖普。

北堂明日喜含饴，坐看檐际流膏乳，绕膝诸孙式歌舞。

注：

① 毒痡：dú pū，毒害，残害；痛苦。

② 瘏：tú，病。

送大河平隆则归日本

扶桑大海古同文，使节偕来喜识君。

交际持平心似水，离怀抷触绪如云。

富强至计期联约，安稳归帆看赐勋。

八十八溪行过日，为言天末寄殷勤。

（米溪山吉义盛自号"八十八溪主人"，余庚辰岁都门旧识也。

喜为诗，与大河平君为同学之友，故属寄声。）

藤盖轩东室，余治事斋也。中秋后七日，有画藤见北窗玻璃上，枝干蟠屈，气势生动，浅深巨细之致，虽画笔不能拟其工。朋辈皆咤叹欣赏之，然莫知所自来。维时，吾母病暑甚剧，既再逾旬，医药始效。月之廿四日，又适届八十有八帨辰[①]，潘生昌煦因赋《寿藤歌》一篇，陶生惟坻并为作记。余既命工以镜摄其影为图，复用潘生原韵亦成一首，聊纪灵异之迹云尔

官居南荣多蔓藤，似我衰发常髼鬙[②]。

闲来坐卧虬根侧，欲将画笔摹奇特。

摹之不得今几年，柔条已满新棚巅。

昨从叶底见元蝶，翩然恍睹罗浮仙。

仙人游戏神通大，绿阴仿佛云华盖。

巡檐瞰我北窗眠，翻讶五更尚冠带。

连旬冠带未离身，侍寝鸡鸣夜向晨。

却疾正求嵩少药，称觞待进蓬莱春。

青鸾倘讶西王母，隔朝会荐延龄酒。

似知幽俗乐跻堂，先遣阿环暗窥牖。

秋轩明月饶清旷，月照玻璃空翳障。

凭谁妙笔写龙蛇，蟉结蟠拏纷变相。

长髟弱缕横斜枝，交柯飐飐临风姿。

李成无咎不足拟，神妙至此非人为。

客来引睇齐凝注，为道仙灵真下顾。

漫疑梅雨晕苔痕，壁上蛜蝓③乱无数。

我于阴德惭士谦，折腰又复羞陶潜。

未留素奈出冰鲤④，何颜盛服犹襜襜⑤。

朝惟祝哽承鸠杖⑥，暮向慈云深稽颡。

深宵隐约现优昙，九华璎珞光莹朗。

文珠指点未可知，菩提贝叶想象之。

敢云孝感致灵异，顶礼试酹琉璃卮。

故人善颂逾张老⑦，金盘拜贶如瓜枣。

画图诗句尽琼瑰，正著斑衣欣得宝。

犹忆风前紫雪飞，花攒密叶翠成围。

添将画意春长在，好傍藤阴敞锦帏。

注：

① 帨辰：shuì chén，女子生日。

② 鬅鬙：péng sēng，头发散乱的样子。

③ 蛜蝓：yí yú，蜗牛。

④ 冰鲤：典出干宝《搜神记》，讲述王祥冬天为继母抓鲤鱼的故事，后世将冰鲤作为奉行孝道的经典故事。

⑤ 襜襜：chān chān，摇动的样子；盛装的样子。

⑥ 鸠杖：jiū zhàng，杖头刻有鸠头的拐杖。代称八十岁以上的老者。

⑦ 张老：春秋时晋国大夫张孟，字孟，名老。他是一个头脑清醒的政治家，举贤荐能，尽心尽力，为晋国强大立下卓著的功劳。

赵展如中丞内迁少司寇，以其《闱中口占望月》二律索和，即次原韵送之

九重早眷济时才，内召新恩凤绂^①开。

锦纛遄归东海节，斑衣旁祝北山莱。

朝天露冕三霄近，旧地云司八座来。

弼教更应资硕画，枢垣^②待听漏声催。

艰难时会志擎天，节镇三吴又两年。

梗化萑苻终敛迹，安民根本在求贤。

共钦德意如山重，犹说诗心比月圆。

为颂衮衣还善祷，近臣勋业要扶颠。

注：

① 凤绂：fèng fú，皇帝的命令。

② 枢垣：shū yuán，枢府，此处指清廷军机处。

行县至周庄，上陶诒孙先生燊

官居独孺慕，慈母偶贞疾。

惴惴逾五旬，吏事多废失。

昨朝放棹行，观稼亟秋日。

疾苦问田夫，虫害百之一。

侧闻吏蠹民，螟螣^①于焉出。

敢云灾尚轻，而忘自愧慄。

郊原矧^②盼晴，万顷黄云密。

雨声愁老农，刈获何由毕。

天时与物害，感叹增悯恤。

便思投劾归，洁馐环堵室。

闲闲高隐庐，道艺共馨逸。

洒扫龙邱门，此意敢相质。

注：

① 螟螣：míng téng，两种吃禾苗的害虫，比喻危害百姓者。

② 矧：shěn，文言连词，况，况且。

坦步行

枵腹①能充五经笥，安用多识两个字。

童年错读运斗枢，又向韩诗求异义。

摇光星彩耿长天，摆势雷硠翻大地。

牛背小儿哪及知，虎步龙骧且游戏。

忆从青城走东海，十年未改烟萝志。

句漏丹砂倖可求，三蹦②飞凫随屧试。

无端堕落逐罡风，虫豸当头辨牛骥。

小劫轮回问旧巢，疲形坐老催科吏。

洪厓独许拍肩寻，谓狂非狂何所忌。

巍巍楹榜标清风，中列蛾眉藏贾肆。

由窦人多访戴行，蒲团容得希夷睡。

谁能踧踏③复趑趄，自亵衣冠趋溷厕④。

一朝红叶化寒灰，绣丝颜色翻泥渍。

漫因尾秃悔填桥，收舍豚蹄敛渔翅。

长看金佛笑开颜，自向白云鸣得意。

吁嗟乎！墨绶愁乖学道心，青衫早湿忧时泪。

已甘守黑侣常参，背面山膏真底事。

注：

① 枵腹：xiāo fù，空腹。

② 蹝：xǐ，鞋子。

③ 蹙踖：cù jí，恭敬而局促不安的样子。

④ 溷厕：hùn cè，混杂其间。

秋尽

秋尽霜风始作威，天时何必逊轩羲。

吴秔晚熟新晴好，蜀榜迟来旧雨稀。

羁宦无聊伤落叶，故人有幸遂初衣。

盘门近是销魂路，苦忆山田独未归。（少谷买田芜湖，挈家以去，廿六送之盘门，

今既数日，犹黯然也。）

十月十八夜，月下久坐

天公玉镜本无两，只有中旬最清朗。

三五盈亏试较量，今宵犹得七分强。

银蟾无恙光较迟，西墙树影先参差。

绿烟霏微袅庭桂，微风过似闻冰澌。

须臾地白如霜霰，粉壁回光目堪眩。

檐间忽讶栖乌惊，翅足都从藤隙见。

连朝苦说冬恒燠，潜阳不潜余暑毒。

坐中肺热定先平，呼噏金波胜冰玉。

感兴

入冬天转吝新寒，风紧东南础未干。

大造似怜襦袴少，小阳思屏扇巾难。

田余红糯吴秔在，雨当黄梅夏令看。

愧我诗情艰涩甚，闵农感事负吟安。

趋府

白衰趋公出向晨，羚裘①未耐峭寒新。

霜欺衰鬓如芒刺，雾隐昏眵②厌曲尘③。

手板纷披风扫叶，肩舆络绎水流苹。

官书火急私租重，谁问戈船在海滨。

注：

① 羚裘：fén qiú，羊皮衣服。

② 眵：chī，眼屎。

③ 曲尘：原为酒曲上所生的菌，因其颜色淡黄如尘，故名。有时又借指淡黄色。因柳树的嫩叶也是淡黄色，故又可以代指柳树、柳条。

元和后集卷第十五

试院作

重裘叵耐峭寒初，锁院风声撼碧虚。

看过诗题人语静，晴窗犹得手抄书。

两髯尊酒忆追陪，剩我今仍四度来。

景范堂前寻旧迹，五株丹桂后先栽。

吴侬喜说千人坐，此际风檐数恰齐。

算术九章增博士，异才新请试他题。

（是日，张一澧等请试算学。）

中冬六日，招覆童子军。即事述怀，柬历城汪瑶廷懋琨、汉军赖葆臣丰熙两大令

书名榜似月团栾 ①，白战 ② 重来地渐宽。

艺待成三虞晷短，士从拔十见才难。

卢前王后 ③ 应腾笑，孔思周情 ④ 耐静观。

辛苦昔年知共忆，遗珠怕有夜光寒。

注：

① 团栾：tuán luán，圆月环绕的样子。

② 白战：空手作战；互相搏斗。

③ 卢前王后：卢指卢照邻，王指王勃。初唐时，王勃、杨炯、卢照邻、骆宾王四人，以文词扬名海内，时人称之为"王杨卢骆""初唐四杰"。但杨炯对这排名极不满意，自言"吾愧在卢前，耻居王后"。后人遂以此典比喻文人的名次排列。

④ 孔思周情：指儒家的思想、情操，亦作"孔情周思"。周公、孔子

的思想感情，封建社会奉之为楷模、典范。

汪、赖二君枉和，复叠前韵酬之

东南竹箭蔚檀栾，选士从来礼数宽。

科目独推黄甲重，交情同叶素心难。

达材成德声相应，称物平施政可观。（二句用两君正场命题字义。）

一笑冬烘应共免，梅花消息报新寒。

感事

霓裳歌舞震瑶池，退舍俄传海上师。

强虏狡于鹰攫肉，将军生愧豹留皮。

李纲再谪和戎易，张说能文见事迟。

苦念山东风雪里，攀辕父老不胜悲。

节制西川盼重臣，忠良废置竟由人。

珠厓割弃藩篱尽，祆庙经营祀典新。

绝海同盟争弱肉，呼嵩异数遍朝绅。

斜封墨勑皆恩宠，谁任安危答紫宸。

和缶庐韵二首（缶庐，仓石别号也）

天公不粉饰，世界合银妆。

计候真宜雪，忧时甚履霜。

长鲸横大海，饥鼠旋空仓。

安得占三日，连檣集米商。

闭置成何事，空怀老据鞍。

浮云东岳黯，飞电北风寒。

岁暮翻多故，时危悔入官。

哪能忧死所，不见报安澜。

舆中口占，述与鹭汀，话所慨也

米珠薪桂甚长安，岁晚民生亦大难。

鞭扑催科心更苦，黄绸泪渍几曾干。

奤口荒名未足奇，三秋苦潦怨愆期。

江东米价今谁问，剩欲夷吾笑我痴。

（今岁，秋成甚歉，由米多空秤，吴民谓之"奤口荒"。）

官号亲民最怆神，输将络绎半悬鹑。

万家卒岁曾何赖，遑论夷羊震海滨。

伯氏箸臣偕朋辈游天平归，丐陶先生诒孙为绘一图，命题其后

吴山翠润青如玉，下噙湖光上逾绿。

髻鬟隐现城西南，肩舆日日亲瞻瞩。

天平峰高路千曲，闻有仙灵寄幽躅①。

阿兄啸侣恣奇观，万顷金波漾晴旭②。

披图愧未操杖从，簿领劳劳苦拘束。

何时再访三白云，芝术③共为慈亲劚④。

注：

① 幽躅：yōu zhú，独自徘徊。

② 晴旭：阳光。

③ 芝术：中草药名。

④ 劚：zhú，掘，挖；砍削。

鞘铸篇，筠庄读史有慨，举以相属而作也

茄花委鬼①出环卫，上公竟称九千岁。

寿词只恐属皮毛，自成一家信瑰丽。

铁牌未禁南山祝，鞠跽称觞盛冠服。

貂珰满坐何足言，大家早许联双陆。

一时传述喧京都，奇珍异宝填街衢。

黄金白璧不得进，门前林立红珊瑚。

问此胡为极烜赫，生男莫遣髯如戟。

进身先去宜僚丸，得意总持邓通籍。

何绿五羖②人争慕，群盗如毛将焉附。

郊天谁见用麒麟，犬羊之鞟③美无度。

自从亲听云和笙，时乘青鸟天西行。

奉圣夫人漫偎倚，虎头颜蓬发犹卿卿。

长门幽深宵对食，朝来还费点筹力。

五彪五虎尽爪牙，添将十狗成羽翼。

前期庾岭梅花开，玉芝为馔陈银台。

赤墀青琐呼嵩退，大酺移向北牙来。

云章第一先颁赐，上有厂臣福寿字。

尚书太仆十孩儿，称功颂德随班至。

华堂中间设败鼓，将军先作胡旋舞。

五经扫地不自惭，好博欢颜到天姥。

如渑之酒如林肉，天上霓裳看已熟。

干儿争拜凤凰甋，阿翁独缺鸳鸯福。

李波小妹颜如花，日依螭殿陪鸾车。

诏为阿兄亲洗骭，脸涡醉晕蒸红霞。

炎炎隆隆气焰烈，何止当前炙手热。

几朝颂祷遍生祠，松柏冈陵哪用说。

微闻锦盒如人长，妍皮包裹充尚方。

鸡皮鹤发乐未央，九霞之酝亲行觞。

筵前漫报边烽作，内操早讲昆明略。

监军力足献关门，富贵固在良不恶。

只怜巢燕危复危，母子哺啄犹嘻嬉。

土崩瓦解在俄顷，乃令井上开瑶池。

吁嗟乎！一杯酒可劝长星，东厂宠眷期千龄。

须防百姓思生剥，寿相原来刺蝟腥。

注：

① 茄花委鬼：指晚明魏忠贤。

② 五羖：wǔ gǔ，指春秋时秦国大夫百里奚。

③ 鞟：kuò，去毛的兽皮。

岁阑小病，榻上偶书

百年苒苒须臾耳，何论年头至年底。

奔驰且漫惜流光，流光去似奔湍水。

劳形簿领犹疲驴，病倒始合停鞭驱。

俗尘坌积不可道，謷腾时怯闻冤呼。

一冬无雪天奇燠，肺热形寒同蜎缩。

忽忆辽河夜踏冰，健儿怒马相追逐。

锁印

锁印经旬得暇才，寿藤轩外且徘徊。

苗根庭竹疏宜补，破萼山茶冻未开。

岁近阑珊民讼少，诗因闲适俚词来。

神童入坐盆梅放，剩与癯仙 ① 证爱才。

（思恩卢生人麟，年仅九岁，能诵六经，下笔千言，大致楚楚，异才也。

连日召与论学，故及此。）

注：

① 癯仙：qú xiān，原指骨姿清瘦的仙人，此处指梅花。

除夜

官中岁月去堂堂，又举屠苏饯亥觞。

民力叹如衰鬓薄，政声惭负壮心长。

不疑母健新加饭，贾岛诗多合爇香。

还为忧时余涕泪，哪能真得卖痴方。

已悉知非又两年，鳟鲂①从未辨方圆。

虎牙怒叱银刀校，龟甲虚推玉箧②贤。

单父③掣摇官运肘，吴都拉捭④市摩肩。

漫因得失咀文字，一笑浮云去渺然。

注：

① 鳟鲂：zūn fáng，两种鱼，此处以鱼代指人。

② 玉箧：yù qiè，玉饰的小箱，亦作小箱子的美称。

③ 单父：shàn fù，春秋时鲁国的邑名。孔子的弟子宓子贱曾任单父宰，治理有方，政绩卓著，孔子很赏识。后人就以"单父"比喻有政绩的郡县或官员。

④ 拉捭：lā bǎi，拉捭摧藏的省称，摧伤挫折。

戊戌元日

上日阴阴稔象成，放翁诗句喜重赓。（放翁《甲子岁元日》诗有"云霭又丰"之句，自注：开岁微阴不雨，法当有年。）

颇因无雪忧蝗旱，甚欲先春劝鹿耕①。

望阙趋跄②班北向，辨方舆马路南行。

金闾宫殿臣门近，灯火朝元夜未明。

注：

① 鹿耕：hù gēng，春耕。

② 趋跄：qū qiàng，古时朝拜晋谒必须按照一定的程式和规则行步。形容步趋中节。有时亦可代指朝拜，入朝做官。

元旦书事

欲雨不雨天阴阴，当食不食云沉沉。

圜穹①示警不终警，休咎未测天人心。

昔闻正旦书日食，王者恶之亟修德。

君象昭明未忍亏，正阳之应在皇极。

又闻甲乙主海外，不占径可废蓍蔡②。

宋史遗文倘可凭，乙酉朔食宜无害。（《宋史·天文志》曰："食在甲乙日，

主四海之外不占。"今岁正月，实乙酉朔也。）

我惭未读天官书，奏鼓击柝心踟蹰。

中西推验今休问，愁说胶东弃地初。

注：

① 圜穹：yuán qióng，老天。

② 蓍蔡：shī cài，蓍龟，筮卜。此处以事喻人，引申为德高望重的人。

安仁吴耀堂大令炳挽诗

本来廉吏耻求知，荐剡循良孰过之。

生负戆名偏爱士，死由郁气半忧时。

德渊待友皆真意，何武居官有去思。

怆念毗陵连轸日，凭棺一恸恨来迟。

（耀堂濒危，犹见招儿，至则已瞑矣。）

柬日本医士松本亦一

姑苏台畔识游踪，小别还须隔岁逢。

国运维新殊正朔，交情似旧引离悰①。

同洲有志联黄种，避世何时访赤松。

越海悬壶知寄耳，看君诗笔健如龙。

注：

① 离悰：lí cóng，惜别的心情。

迎春即事

泥淖沿街未断人，万家士女看班春。

路多袯襫①农情喜，户有粻粻②岁事新。

卷仗东郊穿竹市，占豊③南亩问芒神。

望空腊雪忧心在，微雨何劳为洒尘。

注：

① 袯襫：bō shì，蓑衣。

② 粻粻：zhàng huáng，粮食。

③ 占豊：zhàn lǐ，占卜。

松本以其师蓝田先生贻诗见示，次韵赠之

横海长鲸未戢鳞，笙簧雅意重嘉宾。

韵高意密能医国，底事长桑结隐邻。

（周颙谓张仲景意思精密，而韵不甚高，必以医名。）

志挽颓波亦壮哉，功名不羡应时才。

蓝田信有渊源在，忠孝经猷性分来。

（松本言称忠孝，有志绝学，亦杰士也。）

西邻虎视正交侵，我愧忧时郁寸心。

节义文章期共砺，诗篇不冀重鸡林。

曲园先生以近作见示，敬次其韵

海东弟子远来过，亲见先生独寤歌[①]。（日本桥口诚轩近越海而来，愿留受业。）

共仰群经彰大义，新闻六事设专科。

异邦尚识昌黎在，孤愤其如谷蠡[②]何。

好是长留山斗望，鸡鸣风雨待阳和。

注：

①独寤歌：先秦有《考槃（pán）》诗，内有"独寐寤言，永矢弗谖"句，全诗主题为赞美隐士的惬意生活。

②谷蠡："谷蠡王"的省称，《史记》载是匈奴藩王的封号。

得欽陵书感赋

龙武新军已戒行，六龙西幸有先声。

防秋壁垒唐都会，函夏规模汉旧京。

改卜能绵丰水运，偏安应仗朔方兵。

太阿莫授花门种，郦坞家风善自营。

赠日本医士浅田恭悦

海上龙宫秘禁方，羡君居处近扶桑。

家传仁术亲承学，谊重良朋远出疆。（君与刘子贞太守为莫逆交，闻太守病，

越海来苏视之。）

金匮渊源张仲景^①，玉堂严丽费长房^②。

艺精自古通灵易，欲问三神路短长。

沧海横流到处同，忧时心事并忡忡。

膏肓病象含言外，唇齿邦交重亚东。

乌帽隐深医国志，青囊显寓读书功。

何年得践乘槎约，饱看樱花万树红。

注：

① 张仲景：东汉末年著名医学家，被后人尊称为"医圣"，著有《伤寒杂病论》传世。

② 费长房：东汉时人，据传是中医高手，善为百姓治病，中医著名典故"悬壶济世"就源于他。

齿痛

齿牙如势交，依附在声利。

吾衰思退休，浮动有去志。

爆栗剧成灾，胶饧复犯忌。

干肉独与暄，俨作逋逃地。

初疑腭上凸，渐欲舌与避。

不惟昼防食，直苦夜害睡。

客言此偶耳，类由火作祟。

否则虫蚀根，是有方可治。

药之更剔之，鲜效空百试。

便思径拔除，弃置复弃置。

解脱终未能，痛疑五毒备。

有如疽附骨，其患匪外至。

方知去小人，在内尤不易。

堕触昌黎惊，落快放翁意。

达语并幽情，事后始追记。

当其甄甈^①时，二公亦憔悴。

发肤古戒伤，躯壳今谁弃。

休戚不自关，何论天下事。

斯言庄亦迂，见者定非议。

岂知噬嗑爻，惧有缺陷义。

夙期咬菜根，乃与肉食比。

何者为远谋，未免一鄙字。

遂令我左车，摇摇欲颠踬。

吾家广武君，行雹气刚鸷。

一朝失夹辅，便恐少神异。

齫笑焉忍希，齯^②生哪可冀。

无因拜虎牙，且渐学牛呞^③。

作诗等自嘲，篇终接游戏。

注：

① 甄甈：qì niè，破裂；摇摇欲坠；不稳定。

② 齯：ní，老年人牙齿掉光后重新长的细齿，古时作为长寿的象征。有时借指老人。

③ 牛呞：niú shī，牛反刍。

溧阳彭逊之俞为心梅先生之孙，近有书来，
并附有所为诗，读之畅然意满，却寄一首

珊瑚八尺天府珍，季伦轻视如凡珉。

铁如意落应手碎，异产遄惜玗琪珣。

金钟大镛锵韶钧，筝琶漫许参杂陈。

昆吾之刀精百炼，肯试一割忧磨磷。

奇尤自古重位置，豪俊每伍屠钓伦。

人生何者为得志，贵有良贵贫非贫。

彭生束诗远寄我，如玉既琢花当春。

风云坌涌见真气，澄潭璧月方清新。

能绳祖武此其验，诗家至竟须传人。

双珠炯炯窃心许，应为留砚余酸辛。

天衢骋步待汗血，名驹自足追麒麟。

只今四海扬沙尘，青山无地藏吟身。

龙泉太阿善变化，老眼注望延平津。

读史杂感

仗马日食三品料，终身不鸣自免斥。

侏儒之饱尚不如，何论臣朔饥常迫。

未图赫弈三品封，一叫天阍真破格。

傀儡相看更几时，紫泥金诰知何惜。

羊头狗尾从来多，当前或是敬新磨。

岂知旷典终难倖，绝代忠良尚荷戈。

夜归

淡月西斜影半轮，疏林烟抹一痕匀。

夜归不厌尘劳苦，领略春宵意味新。

昨梦

昨梦故山云，犹冒故山绿。

云奇山不变，历历在心曲。

松楠万本青无缝，成堆上压晴云重。

回风引作白玉城，横勒山腰浑不动。

少岷当户高崔巍，儿时此景看千回。

诗魂一夜忽飞到，应驾云车归去来。

夜与卢童子人麟抵足而卧，口号示之

张堪早擅圣童名，为见垂髫厉志行。

须信大才先器识，莫矜夙慧负聪明。

可铭心语惟忠孝，读等身书戒满盈。

蕃榻今宵眠孺子，常谈勖尔漫相轻。

二月癸未晦，昂儿妇高病殂，诗以述哀

中年哀乐本难支，三世伤心并一时。

佳妇况为知己女，沉疴空聘异人医。（日本浅田栖园以医名，彼国人皆神之。

尝延其诊治，亦终不效。）

病因隐忍成危证，死尚殷勤见孝思。

母痛爱孙儿悼内，自嗟薄德复何辞。

论书，偶示卢童子

人生等此七尺躯，器识大小分贤愚。

髫龄身未五尺满，有志自足雄千夫。

读书识字贵知要，谦满损益宜何图。

有言逆耳乃药石，过誉过奖犹面谀。

当前喜怒偶萌蘖①，习焉渐恐成根株。

圣贤豪杰异造诣，闻过必改要无殊。

作字能敬即是学，明道斯语良非诬。

心正笔正古有训，攲邪②敢任鸦横涂。

勉哉孺子慎自爱，福命视此可苟乎。

藏棱出力尚刚健，立身制事同规模。

汝家待汝千里驹，我亦快睹明月珠。

奇珍自贵贡天府，相期爱护青珊瑚。

注：

① 萌蘖：méng niè，原意为植物长出新芽，比喻事物的开端、人才的初起。萌，生芽，发芽；蘖，树木砍去后重新长出来的嫩芽。

② 攲邪：qī xié，倾斜，不正。引申为不正当、不正派。

三月七日，偶至沧浪亭独坐

春光渐老喜初晴，来拂梅花坐石枰。

胜地自饶濠濮意，芳辰偶动钓游情。

草香稚蝶循阶舞，树静幽禽为客鸣。

不问主人还看竹，诗心牵恨愧劳生。

看剑行

床头辟邪刀，长作蛰龙卧。

平生恩怨心，默数无一个。

夜阑碧焰摇红烛，迸入寒光射奇绿。

窗外风声撼户来，疑走蛟鼍惊鬼哭。

引杯久看成何事，枕戈未遂男儿志。

不须更拭鹏鹈①臂，孤负镌铭十四字。（"忠孝事，何能假，龙泉太阿汝知我者"，

甲午冬剑铭也。）

注：

① 鹏鹈：pì tī，黑水鸡。

和徐子喈郡博凤鸣原韵

中原谁更射天狼，铁舰心惊异域强。

电旨森严迎使舶，风尘奔走到封疆。

要求遹惜人无信，礼让今知国有方。

诗老漫增迟暮感，许因论将起冯唐。

铺捐谣

比屋鳞次房有租，城坊乡聚多市庐。

十中取一供军储，周官厘法谁敢逋。

鳏寡胡为泣隩隅^①，间架之税今则无。

伯劳哓哓会折翼，天雨肯烹桑大夫。

注：

① 隩隅：yù yú，房子的西南角，借指内室。

药牙叹

黑烟腾腾臭味恶，千家万家气萧索。

芙蓉窟穴埋黄金，此中多取良非虐。

司农煌煌入章奏，新颁户帖由官售。

膏如莨菪^①灯如豆，三等科征好寻究。

定十倍罚畴能违，不作盗贼将安归，洋场处处皆生机。

注：

① 莨菪：làng dàng，多年生草本植物。

闻卤笙成进士，喜寄一首

大科渐比饩羊^①存，电送泥金万口喧。

画荻童年资母训，簪花闰月识君恩。

能文徐庾^②工骈体，射策匡刘有谠言。

忆否中吴佳谶在，夷亭潮已入齐门。

注：

① 饩羊：xì yáng，原指古代用为祭品的羊，此处比喻礼仪。

② 徐庾：指南北朝时期徐摛、徐陵父子和庾肩吾、庾信父子。他们创立了独有的"徐庾体"诗文写作风格，尤其是徐陵和庾信，其骈文写作独树一帜。

王筠庄太守哀词

老气横秋语，从今更属谁。

生为百城长，死恤一方饥。（君殁之前一夕，犹捐千数百金助赈。）

不语知无憾，得闲曾几时。

却看天幸在，五马去迟迟。

共作中吴宰，追随近十年。

尽多知己感，绝少愧心钱。

众母名犹著，诸孤稚可怜。

凄凉盖棺日，大事一嫠贤。

酉岁分仁栗，飞书振蜀荒。

博施公已惯，佩德我难忘。

遗像庄谐备，清芬弓冶长。

庭阶兰玉好，地下复何伤。

注：

李超琼在光绪二十四年闰三月二十一日的日记中这样写王筠庄："忽闻筠庄之讣，亟驰赴其寓宅，则已于巳初谢世矣，为之拊膺痛哭。……其前一夜尚饮费幼亭廉访宅。归，手书致友人，以千金助徐州之饥赈，乐善如此，而促其寿冥漠，果无知耶？朋好既集，同为悲诧不已。"在四月十五日为其写挽联："嬉笑怒骂皆文章，亦庄亦谐，公自有卓荦者在；治剧理繁无畛域，可师可友，我故为恸哭而来。"

今岁，旧友云徂①，自吴君耀堂始，而宛平陈嵩佺观察寿昌继殁于杭，闽叶临恭同年司马大庄又殁于邳州。既哀笃庄，益怆念诸故人不置，复各为一诗，以志悼惜云

　　　　悃愊②无华本性真，毗陵雨泣尽穷民。
　　　　去官竟使摧年寿，谁惜循良少一人。

　　　　手著南华解达观，蓬山一出得时难。
　　　　惠泉饮罢金貂复，又冷西湖獬豸冠。

　　　　宗派涪翁妙化裁，笺疏三礼义恢恢。
　　　　诗人终为勤民死，岂独吟坛惜此才。

　　　　要腹东平想不殊，吴侬尽识伯谦须。
　　　　雄谈漫忽诙谐语，民隐官常备楷模。

注：
① 徂：cú，古通"殂"，死亡。
② 悃愊：kǔn bì，诚实；至诚。

次韵和友人感愤之作

　　　　江东米价已堪忧，阴雨还虞败麦秋。
　　　　感事又成贫士叹，当官谁拜富民侯。
　　　　司农昭信新颁券，连帅铭功旧置邮。
　　　　总是苍生未苏息，周官良法昧研求。

移摄江阴，留别元和士民，并柬交代贵筑郭子华大令重光

春留余闰我移官，唱到骊歌便减欢。
地是重来惭又去，世方多难耻求安。
江东米价关心久，吴下莼羹话别离。
敢向枝栖问枯菀，即今大海壮波澜。

蚕月宜晴望屡虚，此行翻恨雨随车。
田间地惜栽桑少，湖上堤经补柳初。
人识李崇悬鼓意，士编冯伉^①谕蒙书。
两年仍愧辜民望，铁屑丝团总不如。

耻学鹰鹯倖赏音，承苛易暴念钦钦。
鞭笞彼即终身玷，羞恶谁无一点心。
听讼犹人惩忿亟，催租败兴闵农深。
更怜千亩城南路，蜃气楼台雾影沉。

中吴佳士擅魁奇，学会新占丽泽辞。
宗旨豫储忠孝选，始基崇重龀髫时。
佉卢文字侏傝语，孔孟渊源道义师。
本末赅通经济裕，重逢还与证心期。

喜奉潘舆往复频，栽花终未逮安仁。
叔谦侍疾灵征见，隽母加餐乐意真。
扶杖曾劳民共祝，舞衣自幸色犹新。
寿藤轩外清阴满，爱日舒长恋好春。

昔闻李郭快同舟，终让林宗第一流。

志合讵分新旧尹，时危共抱古今愁。

若为襦袴歌吴会，正报旌旗集暨州。

遭际艰难肝胆在，期将铁石励朋俦。

注：

① 冯伉：唐朝官员，曾著有《谕蒙书》十四篇以教百姓，劝学务农。

江阴集卷第十六

初赴澄江，舟过惠麓

好山过雨如新浴，浅树深林贴山绿。

山芜远作莓苔青，石骨苍然润于玉。

望中梵宇绿坡陀，九龙秀色归僧多。

神魂飞越不得上，东南苦念太湖波。

即景

皋桥北去水程宽，江面如湖势渺漫。

新绿绕堤浑入画，斜阳红压碧芦滩。

青粉墙低竹四围，墙头新柳翠依依。

人家尽在桑园里，小立门前绿上衣。

水抱山腰曲折流，倚山一面竹修修。

十三湾底青阴合，树拥溪桥翠欲流。

至澄江日，景怀忠节诸贤

暨阳风烈照江滨，凭吊苍凉入境新。

缪李孤忠摧委鬼，阎陈双节重顽民。

即今运会艰于昔，自古纲常责在人。

还为忧农愁苦雨，怕从阴翳辨风尘。

披阅图志既竟，慨然有作

江城近海境多山，水道东南第一关。

地势平夷藏险隘，人文儒雅杂沙蛮。

野伤淫潦春耕苦，市有洋纱夜织闲。

民隐堪虞官责重，心香曲录坐愁颜。

（退食之所曰"心香曲录"，道光中李申耆先生兆洛所题也。）

高九拙园以其从子寿新成进士，有诗惕之，
书来索和，次韵奉答，即寄寿恒

电速泥金出凤城，喜看小阮又题名。

雄文入彀邀心赏，阴德传家证耳鸣。

臣叔不痴偏远虑，君恩愈重此先声。

大科近代多豪俊，好展经猷① 报圣明。

国步艰难更赖谁，重开金马望论思。

即看早与三升选，已是将裁八比时。

遗像庙堂余涕泪，严关壁垒变旌旗。

只今释褐② 非荣遇，能作高阳请勿疑。

云路骅骝③ 继武开，封胡羯末④ 尽奇才。

自因梓舍箕裘在，肯信琴堂麀麑⑤ 来。

门户寝昌⑥ 书可用，文章有价命能催。

要知老辈忧危意，绝胜胸中置一魁。

漫分王后与卢前，正喜潘郎衣锦旋。

紫陌同年宁隔面，黄图异日勉仔肩。

名心笑我如云冷，乡梦随君共月圆。

自分景升无别望，石船留得好林泉。

注：

① 经猷：jīng yóu，治国理政的才略。

② 释褐：脱去平民衣服，比喻走马上任，进入官场。

③ 骅骝：huá liú，骏马。

④ 封胡羯末：为谢氏四兄弟的小名。封指谢韶，胡指谢朗，羯指谢玄，末指谢琰。后用以称美兄弟子侄之辞。

⑤ 覒毢：mào sào，烦躁；烦恼。

⑥ 寖昌：jìn chāng，逐渐昌盛。

五月廿四日晓登君山绝顶，次王益吾祭酒留题原韵

朝暾①红处天风紧，闲踏云根自往还。

冠盖不妨登览兴，雨余观稼到君山。

平畴如罫②远分明，新长嘉禾入望清。

道士也知忧米价，山中可解种芜菁。

（汉桓帝永兴二年诏曰："五谷不登，人无宿储，其令所伤，郡国种芜菁以助人食。"

故及此云。）

注：

① 朝暾：zhāo tūn，初升的太阳。

② 罫：guǎi，原指围棋上的方格子，此处比喻田地的平整方正。

祭酒刻石，尚有七古一章，复此其韵

君不见前人读书梅花里（山麓有梅花书院故址），此邦宜有冰玉士[①]。

又不见达官尚厌声名卑，刻碑自写游山诗。

高皇辇道已芜没（明祖尝登此山，有江天驻跸坊），区区诗碣将何为。

我来颇冀逢绮皓[②]，抚松恍见苍髯好。

方将种树课吾民，眼中待看梗楠老（余近劝民种树，刊书布之）。

山前磴曲萦羊肠，山下水足盈陂唐。

农事不忧青稻垄，诗情定胜黄茆冈。

行行归路松间转，俯瞰红畈踏苍藓。

为思桢干须栽培，还恐榛芳费芟剪。

（山四面皆松，为前学使夏子松侍郎所植，祭酒诗即咏其事也。）

注：

① 冰玉士：比喻高尚贞洁的人士。

② 绮皓：qǐ hào，即绮里季，"商山四皓"之一。秦末时四老为躲避秦乱，隐于商山。此处比喻德高望重之老者。

天宝《玉溪生集》多此类题，意或有取也

鼙鼓无心震马嵬，沉香梦里禄儿回。

宫门犹召黄幡绰，催促鱼龙百戏来。

华清歌管遏行云，别殿离宫处处闻。

此乐不应西幸少，雨淋铃夜曲纷纷。

六月二日，园中辛夷忽作一花，其色转红。

岂因事见兆耶？书示昂儿，即以勖之

　　见惯辛夷种，初春苗玉葩。

　　形犹同木笔，色竟易丹砂。

　　酷暑孤芳在，奇观六月夸。

　　便符兰并蒂，所重咏无邪。

祷雨归，读《李忠毅公遗集》，有苦旱

次韵诗，因用原韵，亦成一首，即以纪事

　　江城升米钱六十，万目睽睽注原隰①。

　　心绪真同土脉焦，泪痕难溃禾根湿。

　　老龙白昼嘘云行，欲雨不雨情更急。

　　忠魂可作天下霖，先乞滂沱遍乡邑。

（初四之午，龙见云际者凡五，而雨卒未至也。）

注：

① 原隰：yuán xí，广平与低洼之地，泛指田野。

漫兴

　　心香曲录水当中，退食余闲啸晚风。

　　秋色满园还点缀，池南新种雁来红。

汪柳门少宰以《六十述怀》四律见示，次韵报之

湖山献寿记杭州，恰送诸郎泮水游。

天许闲身寻乐易，地饶名胜为诗留。

鹫峰路熟听鲸吼，龙树图披忆虎头。

岳降重逢归未老，年来独使至尊忧。

升沉一致见生平，雨露雷霆静不惊。

殿上邹枚^①曾献赋，禁中颇牧^②本知兵。

款关^③信使联重译，夹袋人材^④庆汇征。

笑对青山原有约，烟萝留得岁寒名。

退卜同心友道尊，玉堂重话旧巢痕。

建牙早息三湘辙（谓吴窬斋中丞），传砚新衔五代恩（谓曲园先生）。

大好结邻依鹤市，并称通德峙龙门。

问奇人况跻堂祝，罗雀孤清未足论。

痛哭心仍望治安，感时忧国镇凄酸。

辨奸早识文无范，谢客何劳酒合欢。

往日参苓归药笼，延年芝术杂花餐。

报公欲拟称觥意，好雨迎秋洗旱干。

注：

① 邹枚：汉朝邹阳、枚乘的并称，两人都是写赋高手，都以才辩著名当时。后世借指富于才辩之士。

② 颇牧：战国时赵国名将廉颇与李牧的并称。后世亦当作名将的代称。

③ 款关：叩关；叩门。

④ 夹袋人材：当权者的亲信或存记备用的人。

秋日西园杂兴十首

方池水清浅，中漾天光碧。

荇藻静不波，游鱼忽跳掷。

雨后桔槔鸣，新涨添一尺。

平台四面窗，曲曲回栏护。

水光动疏棂，大好月中住。

静坐人不来，时闻风入树。

照水孤芳在，红云堕紫薇。

亭亭摇落晚，不怨着花稀。

木槿犹相伴，重开满树绯。

垂杨两树高，细竹百竿老。

梧桐相间青，一叶下原早。

招引清风来，翻觉秋声好。

占却西南角，孤岑^①崎小亭。

寒梅犹寂寂，杂树欲冥冥。

横翠空题额，天余一隙青。（园西南角为横翠亭。）

杂花多异种，红紫待来春。

丛桂含苞细，欣欣渐及辰。

小山招未得，馨逸念幽人。

所至勤花事，先期非种锄。

敢云通治理，竟欲拟农书。

试看新种卉，红到雁来初。

短垣荒径西，好借苍藤补。

孤棚力不胜，扑地龙蛇舞。

倒影逐斜阳，绿阴上桥柱。

鱼儿千百尾，云自九龙来。

倘应龙种在，遮莫起风雷。

翠鸟曾何事，飞飞瞰水隈。

荒翳未尽芟，下有苍然石。

弃置多奇尤，一寸苔衣积。

埃瀣② 何时无，对此常脉脉。

注：

① 岑：cén，小而高的山。

② 瀣：ǎi，尘土。

客谈棉铃之盛，作歌纪之

平生畏面谀，不啻饱毒手。

赪然颊项赤，每思掩耳走。

今朝闻誉辞，颇欲开笑口。

语从田家来，事本征诸有。

田家种禾还种棉，吴棉性暖宜沙田。

高原下隰不择地，要术别载齐民编。

棉收只问花多少，拾花更望铃先好。

一茎棉但结三铃，亩五十斤常可保。

频年旱涝伤非时，一铃两铃恒有之。

尚愁风雨易摧败，工本折耗徒嗟咨。

只今土气何由异，八铃九铃直常事。

就中翘秀挺奇观，一茎多至十三四。

试就常年推算来，亩收二担犹恢恢。

方言担以百斤计，较三倍获花成堆。

吴农见此争欢舞，共喜疮痍当可补。

连畦接陇白如云，东西北乡先快睹。

吁嗟乎！双歧麦，九穗禾，古来瑞应流传多。

区区棉铃安足道，况贪天功将谓何。

政教未成难自讳，敢云感召聚和气。

昔愁歉薄今占丰，闻之却为吾民慰。

吾民疾苦深复深，稻看再熟祝从今。

终嫌遍地洋纱满，难惬江乡纺织心。

夏港道中

绿树阴中白板桥，溪流曲曲远通潮。

人家更在竹深处，恰有儿童吹短箫。

嘉禾垂颖水车闲，豆甲棉铃簇簇环。

早晚稻分黄绿间，平畴方罫色斓斑。

申港谒延陵季子祠墓作

至德家风百世清，再传非复让无名。

迄今俎豆隆祠庙，自昔伦常重弟兄。

霸国荒墟坏土在，圣人遗迹篆书精。

穿碑且漫论真赝，十字原深挂剑情。

（《南畿志》谓："十字碑为唐殷仲容摹本，宋郡守朱彦刻石。"吾丘衍《学古编》
则言："古法帖仅'于乎有吴君子'六字而已，今碑妄增'延陵之墓'四字，又因'君'
字作'季'字云。"）

读渔洋季子祠诗，复次其韵

有吴君子乡，入境心如结。

揖让还闾阎，芳徽式贤哲。

束缚驰骤为，自问非所屑。

缅维延州来，远迈子臧节。

观乐思何深，名论伟不灭。

岂意巢幕燕，今世见更迭。

圣道日以微，鼠思[①]堪泣血。

竭来虞门路，飞阁钟悬列。

膜拜服奇衺[②]，大义孰昭晰。

二氏更何诛，伦常忧殄绝。

高风空仰止，墨绶惭滥窃。

十字重磨抄，余怀郁冰雪。

注：

① 鼠思：忧思。《诗经·小雅·雨无正》有"鼠思泣血，无言不疾"。

②奇袤：qí xié，诡诈；邪伪不正。

登鹅鼻嘴瞰大江

长江锁钥此严关，隔岸嵯峨壁垒环。
三里三分轻棹过，谁牵月夜钓丝还。

月河舟中

轻舟南过月河桥，官事催人水路遥。
农谚盛传无雨好，始知白露是今朝。

书己未鸿博题名后

异等求才帝命申，渔洋牧仲号知人。
当时王宋空标榜，老死青门蝼未伸。

海内名高四布衣，陈情先见富平归。
文人幸免他途进，底事终看鹢退飞。

江叔海征士瀚过访未遇，有诗见寄，次韵报之

舟行先日片帆开，空负高轩一过来。
江国重游摅①伟抱，风尘久逐愧粗才。
诗心近比秋云淡，宦味难胜老鬓催。

闻道惠泉孤赏遍，九龙烟雨想衔杯。

注：

① 摅：shū，表示，发表。

叔海戒期入蜀，即叠前韵送之

秋深愁思郁难开，望杳渝州远信来。

运际龙蛇多变故，迹群鱼鸟是真才。

杜陵行李书长载，彭泽归心菊与催。

我念家山君卜宅，邮筒何日共传杯。

灵川周弼臣年伯相辅管摧奔牛，索书团扇，即寄以诗

鹓行亲见地行仙，吏隐金闺四十年。

故里盛传山水窟，旧家长羡子孙贤。

古稀望久三吴重，遗爱诗经两县编。

漫讶同僚齐俯首，策名谁在劫灰前。

奔牛路接吕蒙城，行旅讴歌识姓名。

步履如飞车可当，橐囊无物水同清。

光风茂叔① 传家法，今事崔琳② 问老成。

欲画放翁惭未得，且将团扇寄先生。

注：

① 茂叔：北宋理学家周敦颐的字，代表作《爱莲说》千古传诵。

② 崔琳：唐开元中官员，兄弟几人都很受皇帝器重。据说唐玄宗曾写下他的名字，用金盆覆盖着。时人有"三戟崔家"之称。

舟出黄田港

大江东近海，万里下岷峨。

知有巴山雨，新从郭外过。

跄风帆影仄，急水橹声多。

兵舰连樯集，防秋计若何。

九月甲子既望，以徐甥殂哀之，不能成寐。偶一交睫，仿佛为故山之游。寤而记之，聊以遣痛云尔

我家屋上多长松，松间白云如白龙。

蜿蜒势若抱松卧，飞去忽变金芙蓉。

英英欲浮淡欲灭，潝然又上西南峰。

少岷当前俨坐镇，北砦辟易丁山从。

江流其下急东走，突立屏幛森青榕。（榕山亦吾邑之望也。）

嵚岈①高矗远相拱，自余岩岫交衡纵。

儿时环眺熟心目，乡梦恍逐狙猿踪。

驱叱白霓驾鸾鹤，轮囷纷郁霏千重。

冷然而善风亦好，俯瞰玉海光溶溶。

我时意兴薄鹰隼，拟摘斗宿罗心胸。

置身何止在天半，衣袂定带朱霞浓。

正思下憩石船石，霜空偏警君山钟。

中年哀乐失陶写②，劳生坐老成衰慵。

双眸乍动泪横溢，清宵忽忽无欢悰。

何当投劾觅神药，茯苓倘许云中逢。

注：

① 崦岈：hān xiā，山谷深邃的样子。

② 陶写：怡悦情理，消愁解闷。

寄怀金澍生都转武祥，即次其冰泉旧作原韵

夙有冰心在，名泉契赏游。

清风犹可挹，初服几经秋。

赤岸讴思远，青山眺览收。

江干香草满，随笔尚旁搜。

（君有《粟香室随笔》，已刊至六种矣。）

诗债频年负，毗陵诺久虚。

迹欣通德近，政愧说安疏。

幸接陈遵坐，期寻陆羽居。

杞忧天地窄，苦羡侣樵渔。

（初秋，与君晤于陈翕青水部爔唐坐中，故第五句及之。）

和仓石韵，即仿其体

敲搒 ① 未下唇已焦，强颜公暇论诗骚。

食鱼尚有客弹铗，买犊岂如人卖刀。

牢之自惜何无忌，虞诩肯荐左伯豪。

今我不乐负黄鞠 ②，短发安用临风搔。

注:

① 敲榜: qiāo péng, 笞打; 刑杖。

② 黄鞠: 隋朝官员, 以直言面谏、不阿权贵而著称于世, 因不满隋炀帝而辞官退避福建宁德的霍童。他精通地理, 在当地大兴水利, 引水灌溉农田, 造福一方, 有"中国隧道水利工程的先行者"之称。

仓石再有诗来, 时浚西园小池, 引水畜鱼, 以为笑乐。因次其韵纪之, 即以奉答

桔槔朝引君山泉, 罱泥昨向池隅捐。

止水可死万里节, 赤鱼或遇琴高仙。

曲栏昼静闲挂颏, 坐看西风下黄叶。

眼中但觉天工奇, 忽有新诗动眉睫。

江阴皂有序

皂, 于姓, 遗其名, 江阴隶也。乙酉之变事既定, 传新县官至, 皂往, 执役如旧, 谛视良久, 叹曰: "冠服不似前人, 吾不可以为之役。"遂归, 自缢死。此事县志不载, 而见于鄞人毛户部聚奎所作《舆人、皂人、丐人合传》, 全谢山为毛传特录之。余因为摘出, 张之以诗, 将以审诸邑人士, 期共为表章也。

江阴皂, 生并舆台卑, 死抵邦国宝。

不惜自贱惜纲常, 信尔投缳非草草。

锡牌皮鞱古胥徒, 庶人在官名已早。

月分微糈① 即君恩, 冠服但识皇明好。

胡为新官来, 注视增懊恼。

青袍银带乌角鞓, 旧制一朝如电扫。

无力遑能犬吠尧[2]，有心甘比枭碎脑。

异哉小隶亦何知，取义成仁终有道。

想见三尺吴绫毕命时，隐隐精魂泣苍昊[3]。

此邦节义信非虚，厮役足挽狂澜倒。

吁嗟乎！北京头箍魏阁老[4]，

南中骈首马太保，惜哉不闻江阴皂。

注：

① 糈：xǔ，粮食。

② 犬吠尧：夏桀的狗对尧狂叫。后用以比喻奴才只知道听从主子的命令，不分好坏乱咬人。有时也可用来比喻各为其主。

③ 苍昊：cāng hào，苍天。

④ 魏阁老：指清初名臣魏裔介，曾任顺治、康熙两代帝之师，门生故吏遍布天下，但其五十六岁就退隐回乡，"躬课稼穑"。

读史

《心史》[1]曾闻置铁函，横刀一笑是奇男。

冰壶[2]藏得湘累[3]血，应抵中年郑所南。

注：

①《心史》：是元初南宋末期诗人郑思肖（字忆翁，号所南）创作的一部作品集。书中详细记叙了蒙古灭金、灭宋的过程，记录了南宋爱国者英勇斗争和卖国者的种种丑行，并细致分析了南宋灭亡的原因。写好后，用铁盒封函，深埋于苏州承天寺院内井中，因此又被称为《铁函心史》《井中心史》。

② 冰壶：原意为盛冰的玉壶。此处比喻人的品德清白廉洁。有时还可以借指月亮或月光。

③ 湘累：借指屈原，有时借指因罪被贬黜的人。

夏城道中

寒松结翠点烟鬟，几片晴云自往还。

笑我林峦长入梦，转因官事始看山。

苦晴叹

八月一雨稻浆饱，九月无雨收天好。

十月冬月天大晴，大麦小麦苗则槁。

高原未种还无麦，下潠田^①焦见龟坼。

千里江湖欲断流，到处挤船河道窄。

外河涸浅城河干，下闸蓄潮潮亦难。

怨咨自愧江乡满，却闻南北行省祈雪遍建灵星坛。

注：

① 下潠田：xià xùn tián，低下多水的田。

资阳汪朗斋农部致炳，三十年晜季^①交也。
中冬廿二日，纡道过访，一夕即行，诗以志别

别十六年曾几日，与君梦寐各依依。

锦江旧事还能说，墨绖长途恨未归。

耕战经猷空小试，乡邦消息有危机。

却愁蜀舫西行苦，许见风帆去若飞。

（朗斋，方奉讳，故不可暂留。其熟娴武略，又洞悉农事，当道尝令其练兵，并欲

以畿辅营田任之，卒不及行。其归也，皆自造船椷，颇为之虑，故云。）

注：

① 晜季：kūn jì，兄弟。

生日，鹭汀寄贶两诗，次韵报之

衰病日以迫，耻为鸡鹜争。

垂白幸无恙，拊我犹孩婴。

爱日情未央，流光去峥嵘。

况增离索感，梦毂萦魁闳①。

小邑尚鲜效，愧悚深旦明。

敢因民气静，自诩治化成。

故人侈嘉贶，流昈泪纵横。

昂藏②既不遂，敢掠文字名。

蜀山富桢干，冰雪励奇姿。

二俊挺其间，并贞茂世规。

忧危悚心骨，热血倾淋漓。

秋风燕市冷，肝胆复何为。

衣上黄尘污，皂荚将问谁。

颇闻鄙肉食，苦念寒瓜篱。

是非付终古，长与朋知辞。

斯人岂不寿，遑待膏泽施。

倖生良已恶，奚羡松乔③期。

注：

①魁闳：kuí hóng，形容器宇不凡，气量宏大。

②昂藏：áng cáng，形容精神饱满、有气概的样子。

③松乔：中国古代神话传说中的仙人赤松子与王子乔的并称，泛指隐士或仙人。

喜雪三十韵

好雪如奇人，其来不可测。

静夜听无声，天地忽变色。

玉絮与银花，铺积在顷刻。

尺泽应时深，失喜盼已亟。

今年岁事佳，雨旸幸罔忒。

中秋三日霖，棉稻益蕃殖。

自兹更十旬，霢霂^①来何啬。

入冬阳不潜，元冥颇失职。

高下田尽龟，浅深河渐塞。

麦萌拳且黄，梅萼黤将黑。

嗟叹遍三农，妇孺亦太息。

汲饮苦艰难，匪井渫不食^②。

忆从行野归，愈觉百忧逼。

感召愧无能，引领心恻恻。

岂知天有恩，不待求而得。

昨宵甘澍零，洒润遍汀国。

竟日尚霏微，同云淡于墨。

更定朔风号，恍助玉龙力。

欲问滕六君，何时生羽翼。

素霓白凤凰，骖驾纷如织。

遂令冰玉光，炯炯照胸臆。

从知万汇苏，草木被嘉德。

遗蝗深人地，何论彼螣螣。

此乐与民同，诗情况在即。

明日黄山行，瞻眺会凭轼。

银海炫生花，句好觲苏忆。

只恐虫号寒，大裘覆未克。

终因岁兆丰，感幸情无极。

偶吟黄竹歌，俨到琼楼侧。

未须快时晴，化工仍默默。

注：

① 霡霂：mài mù，小雨。

② 井渫不食：jǐng xiè bù shí。指水井虽然浚治了，水也洁净清澈，但不被饮用。比喻洁身自持，但不为人所知。渫，除去。

西郊道中

前朝喜雪有新诗，偶作山行转自疑。

宿麦乍苏还待泽，不因出郭岂深知。

寸雪才如雨一锄，连村耘灌出相呼。

最怜霜荠生机缓，黄萎中微变绿芜。

夏港南来达蔡泾，葫桥中接观山青。

内河新浚三千丈，好为城西补水经。（四镇浚河长三千二百余丈。）

史白嘉名我未堪，久劳民力转滋惭。

水门深浅期无憾，卅载停淤莫再耽。

夹港

地脉膏腴路不坡，人家绕宅树阴多。

竹篱茅舍梅花院，此景偏怜仅一过。

东坡生日，命卢生及侃儿于书室悬画像为寿，礼成，示以一律

衙斋无客有儿童，笑遣趋跄学寿公。

旧像微髯南海石，新声长笛大江风。

文章气节馨香远，笠屐精神梦寐通。

还忆凌云瞻拜处，少年兄弟读书同。

（嘉定凌云山有苏氏读书台，塑公与子由少年像，壮岁尝拜谒焉。）

迎春

东郊诀荡出班春，夹道儿童笑语亲。

大典未嫌舆服僭，残年先见岁时新。

晴添紫气终思雪，风引青旂间有尘。

好是嘉祥真可迓，遗金并喜俗还醇。

（卖柑童子周锡君、农民邹根全拾金不昧，皆近日事。）

己亥元日

江国朝元傍学宫，鹓班领袖是宗工。

春前雪少犹思泽，曙后云黉又主丰。

三省潢池波已静，八方恩诏电能通。

臣门寿母期颐近，彩舞壎箎^①岁岁同。

注：

① 壎箎：xūn chí，二者皆古代乐器，合奏时声音相应和。引申为兄弟亲密和睦。

初四之夜四鼓，雨声大作，既而寂然。
犁旦起视，积雪逾二寸许矣。愉快竟日，走笔书此

梦回闻雨声，潺潺动檐溜。

失喜欲宵兴，灯烬数窥牖。

更讶长空鸣，飒若惊沙走。

如涛卷银河，远挟风力吼。

为思春及旬，余寒酝酿久。

再雪此其时，三白宜岁首。

夜阑响偏静，奢望或乌有。

岂知群动息，膏泽默以厚。

神功寂若无，一洗乾坤垢。

洒润恰逢壬，宜年定占酉。

朝来起呼僮，几辈方拥帚。

木屑未先储，庭阶能步否。

俗传较腊雪，味苦花不偶。（人言腊雪味甘，花六出；春雪微苦，花五出耳。）

五出究何伤，惠已遍南亩。

西园地咫尺，春色在梅柳。

积玉上枝柯，对之开笑口。

试吟幽兰曲，还斟柏叶酒。

竟日舞婆娑，欢慰九龄母。

双牌八保老农高景中贫而乐善。客秋母病，刲臂肉疗之，果愈。其邻刘金芳，佣也，事瞽母孝，日夕以舌舐之。虽弗痊，母忘其苦。余闻而奖之。而其地先有耆儒徐庭翼，亦孝悌人也。人多化之，著有《慎余诗稿》，为里人所传诵。既皆得自采访，清册因书数语以志嘉尚，即示里居士民

老犹刲臂事原难，舐目情真母亦安。

胜地合称双孝里，慎余况早有吟坛。

浩歌行

浩歌声出鱼龙惊，大江白浪撞春城。

抚剑坐对书纵横，未耐雨夜新愁生。

丈夫内问孰重轻，圣贤豪杰无虚名。

方寸中有真权衡，肯使微云翳太清。

见金穴隤①铜山倾，鹤背一去空哀鸣。

鞕然收视冰壶莹，落落高御天风行。

注：

①隤：tuí，倒下，崩溃。

得高九涞水书，坚招隐之约，慨然书此

故人招隐惧盟寒，怜尔尘轨①脱尚难。

烟月鹿门吾息壤②，风尘鸡肋此粗官。

平生学道山资易，老去投闲谷饮安。

惆怅前贤家累少，读陶潜传重长叹。

注：

① 靮：jī，原指马嚼子，此处为引申义，牵制、束缚。

② 息壤：能使自己生长、膨胀的土壤。息，生长。

元夜横翠亭独坐

星桥火树出君山，照入虚亭北望间。

何似东偏明月好，梅花影共客清闲。

春夜枕上为侃儿慨述先德，口号示之

匡床八尺锦衾宽，叟有余温稚子欢。

恸念墓庐曾侍寝，霜凝布被月光寒。

春昼喧和，西园花事颇佳，偕伯氏箸臣以篼舆肩奉太淑人再诣游眺，慈颜亦顾而乐之，因为长歌，藉博欢笑

春晴日午风不起，阿母凭舆颜色喜。

扶持导拥西园游，全家尽入花香里。

膝上和孙尚黄口，三女孙先捧杖走。

溧孙雀跃绕回栏，一枝梅花折在手。

当轩四顾精神开，水心亭榭堪徘徊。

笑指池南鬖髻影，有人分撷芳荪来。

诸孙来去争含饴，独有卫姑长不离。

殷勤传语述母意，乐游只惜舆夫疲。

舆夫非他谓两儿，爱儿倍见慈母慈。

前轩后轾未能免，正恐不及衙前厮。

儿作舆夫还内疚，舆轾始识阿母瘦。

儿饶筋力母犹怜，母减肌肤儿尚瞀^①。

却看萱草又丛生，忘忧定卜期颐^②寿。

期颐之祝情未央，母今九十重康强。

舆夫岁岁儿能当，白须愿挽一尺长。

眼前稚孙会充壮，百龄好待相扶将。

母闻儿言为欢噱，舆夫舆夫归去乐。

板舆奚事羡安仁，不如早践家园四世团圞约。

注：

① 瞀：mào，目眩；心绪纷乱。

② 期颐：qī yí，一般指一百岁老人。

红梅

天然富贵发寒岑，未碍孤高负赏音。

最艳丽中藏铁骨，耐冰霜久见丹心。

和羹^①事竟先涂饰，点额妆原任浅深。

颇念柴门风雪里，出墙红似杏花林。

横翠亭边四五株，当时种树亦吾徒。

尽看艳色芳菲在，终与癯仙冷淡殊。

照槛云霞寒有晕，接林桃杏萼微荼。

元宵大月多清影，三宿他年得忘无。

注：

①和羹：hé gēng，配以不同调味品而制成的羹汤。借指大臣辅助君主治国理政。

舟出皋桥

青旸移棹梦犹浓，睡起篷窗落九龙。
一笑好山还似旧，皋桥正对惠泉峰。

谒杨文定公墓

儒臣遭遇极殊荣，万死留身待圣明。
雨露迟回天意远，雷霆震撼道心清。
即论著述堪千古，从识经猷在一诚。
大鸟不来樵牧横，墓门展拜为颜赪。

静夜

红烛流光夜漏深，摊书静坐一微吟。
玻璃窗上梅花影，清到忘形岂有心。

锁试日示童军作

君山佳气郁城隈，忠义名邦薮异才。
论秀书升遗意在，送江入海宦游来。

咿唔竟日欣安静，辛苦当年愧鉴裁。

难得锦标端不羡，王哀墓柏有余哀。

（初试以王家枢冠军，招覆之日适其葬父，遂不至，可嘉也。）

运会艰难古所无，匹夫有责况吾徒。

希文忧乐先天下 ①，崔瑗穷通是大儒 ②。

抗志岂惟贤可学，济时莫遣利能污。

一编厚俗蓝田约，望为齐民作楷模。

（近刊布《敦厚约》一册，劝士民行之。）

注：

① 希文忧乐先天下：范仲淹《岳阳楼记》名句："先天下之忧而忧，后天下之乐而乐。"

② 崔瑗穷通是大儒：崔瑗是东汉著名的书法家、文学家、学者。《后汉书》称："崔氏世有美才，兼以沉沦典籍，遂为儒家文林。"崔瑗十分好学，甚至因犯法而被关进狱中时，也利用提讯的机会向监狱方请教。

西园花木歌

满园花柳环春沼，官寺无人攀折少。

一鸡飞地日来过，高下枝柯看了了。

寒梅品格称最奇，蜡黄玉白红胭脂。

就中绿萼更娟秀，雪晴点缀横斜枝。

元宵大月饶清景，绕栏遍是瓅仙影。

横翠亭边独坐吟，香梦至个犹未冷。

两株木笔争先开，池东一树花成堆。

琼葩玉瓣皓无数，疑千百鹤初飞来。

剧怜柳线纷如织，长条渐作黄金色。

几朝浅绿又浓青，风前骀宕^①娇无力。

白樱桃白红杏红，日午倒映澄波中。

谁将桃李例粗俗，海棠妖艳何能同。

自余杂卉名未识，数亩居然拟香国。

紫荆还挺一<u>丛丛</u>，当作珊瑚哪易得。

春色鲜妍果为谁，我今快睹芳华滋。

前人种此复安往，得毋尚恨花开迟。

种花自人看自我，随时浇灌计非左。

即今校士待培成，比似养花奚不可。

君不见官中达语犹有误，未知明年在何处。

我欣此处是今年，得闲且向花中住。

注：

① 骀宕：dài dàng，舒缓荡漾的样子，常用来形容春景。

西池种荷

美人玉臂肱三折，心自玲珑肤是雪。

紫茸包裹意深藏，未碍泥沙涴^①根节。

蛰龙蟠屈波心寒，会见先擎翡翠盘。

红衣昵人骄欲语，不知谁倚珠阑干。

注：

① 涴：wò，污，弄脏。

清明感赋

佳节天涯岁几更，最添抰触是清明。

过家上蒙至无日，近垄荒畬计可耕。

同志正坚招隐约，隔墙闲看踏青行。

一官羁滞成何事，苦念松楸老泪横。

桃花圩

圩岸桃花万树红，芦滩四面赤霞烘。

沙民自为营生计，不道春居锦绣中。

郡守梦琴公有泰内擢观察，应召入赞京军，过此话别，诗以送之

禁中颇牧早知名，五马新迁忝绣荣。

帝念黄图资劲旅，人从赤郡恋循声。

朝天昼接龙颜近，航海风平蜃气清。

闻道启肱归借箸，驰驱好是日边行。

从龙华胄世多贤，铁券勋名已数传。

鸡舌含香 ① 资五转，熊轓 ② 按部德三宣。

口碑腾播无苛政，心地光明不爱钱。

冰上吏行民袵席，讴歌八邑记年年。

忠孝根源血性优，贾生忧国泪常流。

羔裘素节归垂橐，龙武新军入运筹。

西邸人材方召选，中朝庙略杜房谋。

论兵一语骊珠在，汰弱除贪是壮犹。

宣威西域迈班超，伯氏旂裳纪两朝。（谓恭勤公升泰。）

黄口犹廑③慈圣眷，白眉群羡令名标。

世臣累叶同休戚，天府元枢待燮调。

拨乱只须廉耻立，会瞻正色励官僚。

本来门望冠金吾，此日方看解郡符。

骦士少年持峻节④，李修至戚是名儒。

半生素志皆家范，内召新恩出庙谟。

文武兼资终大用，却将遗爱付吴歈⑤。

我从换县厕毗陵，两度亲叨樾荫⑥承。

后二日生同丙岁，仿齐年例感谦称。

董宣意气能强项，卓鲁⑦规条久服膺。

忆否黄田春水绿，离怀共鉴玉壶冰。

注：

①鸡舌含香：汉时尚书郎奏事时须口含鸡舌香（即丁香）以去口臭。后人以"鸡舌含香"指官至尚书郎，或咏郎官之典。

②熊轓：xióng fān，熊车，泛指公卿及地方长官所乘的车。

③廑：jǐn，接受；承受。

④骦士少年持峻节：指沈骦士，南朝齐国时人。他自幼即好学，《南齐书》载："家贫，织帘诵书，口手不息"。隐居不仕，不与社会世俗打交道，"负薪汲水，并日而食，守操终老"。

⑤吴歈：wú yú，原意指吴地的歌，后世代指吴地。

⑥樾荫：yuè yīn，原指许多树木聚成的树荫，后比喻获得仁德的庇护。

⑦卓鲁：东汉卓茂、鲁恭的并称，均以循吏见称，后世因以指贤能的官吏。

书慨

铁胫皆归子弟兵，眼中谁见亚夫营。

棘门灞上多奇种，益母常连鬼目生。

闾阎膏血早无余，仰屋司农库亦虚。

消尽军储三百万，五楼应祀两尚书。

晴午

小园春景丽，晴午耐幽寻。

蝶已酣花气，鱼多聚树阴。

竹泥深迸笋，萱砌密抽簪。

鸣鸟一声外，孤亭清道心。

自嘲

烦劳竟日尚吟哦，苦待推敲暇未多。

倘际政和条例在，一诗早罢伯通科。

（《避暑录话》载：徽宗政和末，以诗为元祐诸人误世之具，士大夫皆不许作诗。

时丞相何伯通修律令，因为科"士庶有习诗者，杖一百"云。）

赠沈筱村千戎福庚

青阳市聚古名区，方雅何嫌绾伍符。

司直朱门高四姓，指挥赤羽长千夫。

活人屡效刚柔剂，知己难逢仕隐俱。

感幸潘舆^①资瀹养，重劳车骑发灵枢。

注：

① 潘舆：养亲。

看竹口号

护笋终看有绿阴，西南根密易成林。

只今谁识人材重，笑我惟余爱竹心。

巢湖程福五大令南金既辞江阴榷务，将返吴门，诗以送之

靴板纷拿志未伸，早参帷幄是功人。

请缨同辈多持节，听鼓频年屡算缗。

来去轻装心迹见，交游古道性情真。

君家友谊能贞俗，霁月光风契独神。

舟车括率重军储，江上年年慎委输。

官榷幸除间架税，岁缯耻入月氏胡。

仕途善退如飞鹬，老境堪娱有汗驹。

小别正看春草碧，转因民力共踟蹰。

上元刘雨江大令玉霖久客澄江，
管救生及缉私局务，书来索诗，走笔报之

大江近海波涛高，蛟鲸攫噬鱼龙豪。

余皇舴艋衽席过，指麾泅救谁实劳。

舟船稳渡无沉溺，江乡更喜鸣枭寂。

行人万口说髯刘，十年早奉毛生檄。

君家旧在台城路，入洛诗成终未赴。

人生利济即功名，移家久傍黄田住。

我来自愧相识迟，几朝老鬓都成丝。

东南天堑幸无恙，风前且咏横江词。

朱紫蘅文学兆纶由常来署，小住六日，
延其为太淑人诊治也。于其将归，赠以长句，藉申感谢

早岁张堪号圣童，东南坛坫一文雄。

不为良相应由命，从识名医易见功。

苏颋^①万言能覆诵，仓公五诊早深通。

新诗还忆多奇句，足抵前贤檄愈风。

初接高轩在莒城，过从日久话深情。

板舆侍养安仁幸，针石权量扁鹊精。

论脉象长年定永，由津液复病随轻。

连朝处齐铢分细，感重循陔结款诚。

注：

① 苏颋：唐玄宗时期宰相、政治家、文学家，自幼聪明过人，能一目

数十行，过目不忘。"敏悟，一览至千言，辄覆诵。"作为盛唐之际的著名文士，与宰相燕国公张说齐名，并称"燕许大手笔"。他在负责起草诏书时随口述说，书吏记录，不仅速度很快，而且用词造句精当到位，以至于书吏不得不请求他慢一点，"丐公徐之，不然，手腕脱矣"。（《新唐书》）

无锡集卷第十七

舟泊江阴口号

破晓停桡梦乍回，君山无恙绿崔嵬。

板桥南岸人多少，应笑丁公化鹤来。

柬吴粤生大令镜沆

麻衣去日泪成河，四载江城偶再过。

郊野正夸新稼好，街衢能识旧官多。

喜看遗迹犹粗在，衰甚前时奈瘦何。

久羡治平公第一，飞蝗净扫听讴歌。

舟过北塘圩，月色皎然，喜而赋此

秋练澄鲜比镜清，冰轮倒影更分明。

扁舟静夜横江去，应拟方壶海上行。

雪满辽山马若飞，眉州轻棹下青衣。

平生看月称双绝，过北塘圩又庶几。

（光绪壬午腊月十四夜驰骑，由连山关至雪里站；同治壬申中秋前一夕，由眉州下
嘉定，为平生看月奇境。）

寄戴韵珊邑侯树芬同年

闻道随车泽最多，喜从万里舞婆娑。

来时应睹双岐秀，故里争传五绔歌。

学道爱人民易使，制宜因地政无苛。

遥知父老跻堂祝，吏隐亭前笑语和。

送江入海早南行，第二泉边秋正清。

每为邮筒牵梦寐，颇忧井络动樏枪。

地邻蛮徼资威略，人重经师有颂声。

西路丹崖铜马在，好看鳙部碧波平。

捕蝗作示父老

早读五行志，虫孽由政酷。

物妖觇世变，民害实余毒。

无锡鱼稻乡，寸寸皆膏沃。

繄我命岂穷，竭来苦窘促。

六月雨不时，四野病蒸溽。

敢诩诚款通，窃幸甘霖足。

俄焉蝗入境，未损新禾绿。

几日去无遗，惧有子如粟。

周巡诚搜取，文告日相属。

虽无小黄化，尚免陈留辱。

隐忧释未能，感叹图民录。

蝗去非吾力，蝗来即吾过。

不待蝗复来，蝻生害已大。

早期净根株，遗孽无一个。

如何刚浃月，蠢蠢出泥堁。

伐蛟古非难，扑蝝今乃惰。

及彼蝇蚁如，聚族易摧挫。

一朝羽翼丰，谁能保秔穤。

今年秋稼好，上熟堪称贺。

我行畎亩间，稻花香已播。

岂容饱羽孽，坐听斯民饿。

歼旃幸勿迟，勉尔西畴课。

有袋可掠取，有箠可鞭笞。

利器在鞞韜^①，但用敝屣为。

蠕蠕起丛薄，尽获勿纵之。

就地使立毙，除害夫何疑。

或驱千头鸭，唼食无孑遗。

治蝗有成书，纤悉均可师。

此邦明达士，撰著具良规。

乡里虽失传，刊布在官司。

（金匮顾彦著有《治蝗全法》一书，近岁皖中为之刊布。）

读之比悬书，妇孺皆与知。

我方割俸钱，收买惧后时。

价不欺五尺，何事转居奇。

居奇亦何心，事颇出意外。

不念莱芜贫，岂忘稼穑害。

螟螣蟊贼兴，卒岁将奚赖。

闵尔耕播耘，为力亦已大。

劳苦付啗食，安所富藏盖。

勖哉迅剪除，玩令不汝丐。

勿为妖言惑，师巫类蒙昧。

搜剔尽蜫蚚②，好庆羔羊会。

所欣秋令深，时有冻雨沛。

愿赓田祖诗，炎火图重绘。

引咎吾敢忘，责躬深自艾。

注：

① 鞟鞜：kuò tà，皮鞋。

② 蜫蚚：kūn qí，蝎子一类的毒虫。

登阜民台

（台在署后，筑自明代万历间，嘉庆初犹有修葺，石刻今久废矣。）

岿然遗址在，小憩此登临。

岂动看山兴，方殷望雨心。

市声来郭外，帆影入城阴。

徙倚情安寄，残碑又独寻。

衙斋杂咏

白头羁宦总无憀①，辜负光阴又几朝。

尚有娱情花木在，且园风景未全凋。

（宾厨前有花木竹石之胜。光绪初，霍山裴浩亭年丈所葺且园也。）

出墙高柳绿成围，疑有红云绕树飞。

好藉紫薇夸富贵，玉堂新赐吉祥绯。

细筱^②娟娟傍砌生，吟风咽雨长幽情。
移栽便作篔筜谷^③，定胜洋川画笔精。

双桂参差翠柏长，并分绿影覆奇礓^④。
最怜大益荷风动，不是花香是叶香。

天彭佳种喜犹存，国色何时为返魂。
隙地且将秋色补，雁来红小任移根。

石竹零星子未成，鸡冠满地艳纵横。
月明坐听寒蛩急，误道此啼非恶声。

木香棚外井泉枯，卍字墙倚缚竹扶。
添种黄花余地在，会须买菊似阳湖。

庭槐郁郁柳成行，左右榆梧翠盖张。
老树两株高压屋，绿阴四面护堂皇。

三椽小屋比蜗居，治事余闲静读书。
檐外梧桐声最好，宜秋宜雨总清疏。

艰难时事不胜哀，导滞消忧日几回。
好是九龙苍翠近，看山还上阜民台。

注：

① 无憀：wú liáo，处于困境，无以为生；空闲而烦闷的心情。

② 细筱：xì xiǎo，细小的竹子。

③ 筼筜谷：yún dāng gǔ。筼筜，一种高大的竹子，皮薄，节长而竿高。谷在陕西洋县城西北，文与可知洋州时在谷中筑披云亭，经常游历在其间。

④ 礓：jiāng，小石子。

仲秋二十一日诣祭泰伯祠

（祠在城东南三十里，而近金匮境也。）

开吴遗迹肇偏陬①，庙貌巍严祀事修。

断发文身轻九鼎，馨苹洁藻重千秋。

神祠梅里穿林入，祭日兰桡出郭游。

尚忆穹碑瞻十字（江阴申港季札墓有孔子书十字碑，余尝诣谒），鸿山还拟拜

松楸。（泰伯墓在鸿山，去梅里七里。）

注：

① 陬：zōu，角落。

陈尧斋观察际唐纤道过访，知其将北逾上谷襄理蒙部垦务，诗以送之

绣衣使者多于鲫，言堂满堂室满室。

故人随牒返中吴，一笑相逢今峻秩。

往时同作鸣琴侣，鸿城接迹如蛮蚞①。

麻衣先后去金闾，犹藉鱼书商出处。

我从客岁羁京师，捐埋②屡受旁人嗤。

鹈梁负乘不敢蹈，归来且啜杅秋糜。

君骋飞黄朝紫极，手捧丝纶云五色。

南旋争迓郭细侯③，北地还资赵充国④。

长舻过我当清秋，十日难为平原留。

樽前聚米话形势，兴和路待纡新筹。

颇闻瀚海非荒漠，乌桓鲜卑懵耕凿。

游牧长依日月山，锄犁不到鸳鸯泺⑤。

圣明轸念周蕃部，劝垦实边殷召募。

沙蓬米会变吴秔，班春行过香泉戍。

顿令抍触壮年心，古迹丸都忆偏寻。

鸭绿莱污成沃壤，伏波薏苡悲徒深。

人生建树须时会，知己难逢期报最。

芍陂鸿却入和林，好看筹⑥节飞幢盖。

即今中外吁艰难，痛哭何人策治安。

周知民隐负奇抱，迟君赤手回狂澜。

笯云⑦蟠泥⑧本同志，此别不弹儿女泪。

河梁珍重济时心，尚大可为天下事。

注：

① 蛩駏：qióng jù，传说中的两种异兽，样子相似而又形影不离，因此比喻休戚与共、亲密无间的友谊。

② 揭埋：hú mái。揭，挖掘。"狐埋狐揭"的省称。《国语·吴语》："狐埋之而狐揭之，是以无成功。"狐狸生性多疑，刚刚埋藏起来的东西，马上又不放心挖起来看看。比喻人疑虑太多，不能成事。

③ 郭细侯：东汉郭伋，字细侯。历任太守，很有政绩，所到之处，百姓很欢迎。后人遂以"郭细侯"借指有政绩者。《后汉书》有详细记载。

④ 赵充国：西汉名将，对北方少数民族事务十分熟悉，跟随李广出击匈奴，屡立奇功。

⑤ 鸳鸯泺：yuān yāng luò，古湖泊名，在今河北张北县境内。

⑥ 筹：dàng，大竹子。

⑦ 笯云：niè yún，笯通"蹑"，踏，追踪。高耸入云；腾云。

⑧ 蟠泥：pán ní，蟠屈在泥污中。

客言蝗不为害，甚悉，戏作数语

大群小群蔽天黑，满地蠕蠕日蕃息。

蜫蚳螽螽蠔蝮蜎，利吻如犀谁敢测。

白露秋分天已凉，青畴绿老黄云黄。

扑除未半先敛喙，知有异政书铭章。

庭桂初开口号

饭后常为百步行，宾厨南畔晚风清。

忽惊鼻观奇香在，丛桂枝头正缀英。

检书

到官繁冘胜移居，行箧犹多未出书。

甲乙签排浑不厌，视披案牍又何如。

行饭

行饭常从既饱时，命名曾见放翁诗。

胃肠纳受令无滞，腰脚充强幸不疲。

缓步花砖闲自数，避人苔径路频移。

不须导引如熊鸟，心太平庵事可师。

自遣

从来仕宦尽危机，谁遣无田便不归。

指爪可捐他勿问，放翁诗意近参微。

明知积重弊难除，铉鼎神权付吏胥。

好似冰心长在抱，一身外事本空虚。

官寺

官寺年深古木多，秋风凄厉震高柯。

韩宣可作嘉堪誉，鲁肃相传语定讹。（俗谓锡治为鲁肃建牙地，前官以入公牍，

未免贻笑。）

黄叶满庭知讼少，绿阴入户念民和。

九龙咫尺烟岚近，时有山云树杪过。

小病读书自怡，书示儿辈

今日何幸官事少，病中更觉读书好。

不论坐卧手一编，至味醰醰[①] 犹得宝。

返观内握身心镜，祛惑外同云雾扫。

古今成败更瞭如，得失是非俱可考。

行厨足满五千卷，汝曹盍亦恣探讨。

我惟乐此久不疲，家传一经非草草。

侃儿忽有琅琅声，隔窗听之心开明。

顿忆少时如汝大，读书山寺当春晴。

朗吟左史三往复，虽异杜癖音殊清。

其时先子适莅止，跫然笑作升阶行。

颇闻二老相慰藉，来告我者同舍生。

汝今识领青灯味，翻因喜极衰泪横。

注：

① 醰醰：tán tán，醇厚，浓厚。

赠同年华子随中翰鸿模。是日，子随及其门人王吉臣孝廉家枚皆枉过也

西山师弟世交称，倒屣今朝喜再兴。

人畏彦方偷俗变，族收范氏义田增。

辞无愧色碑犹在，道契同心岸共登。

龙战不惊泉石梦，床头牛蚁付薨腾。

（余尝为子随之先德铭墓，故第五句及之。子随颇苦重听也。）

朝饥

饥肠雷转火炎频，案牍如山客又嗔。

枵腹漫嗟官况苦，穷檐多少甑生尘。

早起

早起恒嫌启阁迟，闲行不用一僮随。

本犀香满梧阴静，大好宾厨独坐时。

儿子廷毅以六月中来署省侍，九月初命之归蜀，书此示之

我老归家难，儿壮出门易。

出门复归家，往来皆快意。

人生快意复何求，好是团圆在两地。

忆我重别符阳宅，皋鱼血泪麻衣赤。

楼船鄂渚憩昕宵^①，烽火燕山震魂魄。

仓皇五夜入吴门，闭关读礼无尘喧。

西湖偶为写忧出，重阳风雨增忧烦。

烦忧北望无由诉，翠华正幸咸阳路。

墨绖难酬马革心，客中题遍悲秋句。

乌鹊桥南久罗雀，汝弟来时雪正作。

鹡弦重续远趋庭，添得书声慰萧索。

岁暮凄凉哭故人（谓中江凌镜之大令），几朝衰箑俄更新。

舟车并逐飞轮疾，铜驼荆棘凄心神。

一从息辙宣南榭，九见京华月圆夜。

萧寺朋簪泯旧新，铨曹胥手凭高下。

乾清宫殿凌丹霄，两度瞻天缀早朝。

云里龙颜疑禹痟，小臣汗慑心旌摇。

随牒南旋春已暮，锡山又作鸣琴处。

盗警频闻俗尚浇，衰钝滋惭为此惧。

汝来秧陇方青青，汝归红叶飞江亭。

草木荣萎迅如此，鬓毛顾我宜星星。

到家母妹知欢跃，隐之卖犬曾何怍。

要从婚嫁存祖风，群布荆钗计非恶。

墓田谨视樵牧侵，龙德山原慈竹林。

护持宰树等双桂，此中长系孤儿心。
丰碑勿竟付销沈，及时封树龟趺深。
韩陵片石足千古，题字况有璆琅琳。
一堂群从期相砥，匑匑[②]如畏师君子。
试询里老述先德，数传让畔犹能指。
居贫守约勉固穷，绝甘分少情常通。
我怀义方耻鼠盗，俸余河润终当同。
汝今行矣铭诸衷，入门乐意先融融。
不须陟岵忧衰病，蜀山自有南飞鸿。
乡园父老如问我，为道耐劳今尚可。
但愁民事日艰难，敢怨宦途多轗轲[③]。
吁嗟乎！书可读，官莫为。
少年庭训常在兹，自今思之悔已迟。
何时归隐石船北，孝弟力田为世资。

注：

① 昕宵：xīn xiāo，从早到晚。

② 匑匑：gōng gōng，谨敬的样子。

③ 轗轲：kǎn kě，困顿，不得志，古同“坎坷”。

舟历新安诸市聚[①]，即事有作

重阳已近菊开迟，颇惜寒花负夙期。
却喜郊原秔稻好，黄云万顷壮新诗。

野港桥低舴艋轻，短棹长傍柳阴行。
秋芳许就篷窗捋，红蓼花多遍缀英。

蟋蟀声凄遍水乡，更怜幽咽有寒螀。

何因络纬催偏急，已见村村纺织忙。

陆庄桥前水气腥，如钱菱叶漾青青。

橇舟不厌人声杂，乐岁中含尽可听。

村佣市媪尽围观，道遇先生未识官。

我觉头巾亲切甚，民愚原当学僮看。

（华大房庄人谓余为一老先生，不意官也。）

太湖波涨泛秋清，返棹重经一九程。

夹岸民居方笑语，官船只有读书声。

注：

① 市聚：村落，市集。

仍前意为一律

三九新安问水程，一江碧练泫秋晴。

重阳日近愁无菊，万顷云连喜熟秔。

野聚作街徒步遍，低桥如瓮换船行。

笑看父老争迎处，半道非官是先（上声）生。

九日登惠山绝顶

云起楼前拾级升，更缘碧落上千层。

过湖帆影微如燕，绕塔林梢俯见鹰。

观稼正欣丰已兆，登高敢诩赋犹能。

黄云四野风烟净，惆怅尘劳谢未曾。

观稚儿作字戏书

三日於菟 ① 未敢知，笔端蛇蚓竟交驰。

笑看弱腕纵横处，大胜阿翁上学时。

注：

① 於菟：wū tú，古代楚人称虎为於菟。

重阳后五日，始得盆菊十数本偶书

重阳已过苦无菊，不得此花如愧恧。

百钱一本都不辞，比之不可居无竹。

今年霜蕊开何迟，含苞未吐藏幽姿。

寒香内蕴嗅始遇，高士自古羞逢时。

我今正不嫌花少，以罕见珍双目皎。

晚节同心岂在多，位置况宜轩榭小。

客谈蜀中近事，括以成诗

一片西川干净土，几朝战血浸成河。

黄巾遍野妖氛恶，赤地连荒道殣多。

作雾谁游张楷市，回天人望鲁阳戈。

首功捷奏争传诵，其奈家山玉石何。

盆菊黄色者先开，诗以赏之

浅紫深红尽未遑，本来正色贵中央。

好花亦自知先后，小雨催开蟹爪黄。

宾厨夜坐，漫成六言

绕墙数十竿竹，傍砌①五六种花。

磊石奇蹲虎豹，架藤蔓引龙蛇。

大盎枯荷未折，小盆新菊争开。

花影灯前并现，香风露上添来。

轩名企复未复，我视且园为园。

敢诩刑清政简，聊凭涤滞湔②烦。

（裴浩亭年丈名此为"且园"，榜曰"企复轩"。政简政清，则士民所上，犹悬楹间也。）

注：

① 砌：qì，台阶。

② 湔：jiān，洗。

草本尺余，高或二三尺，茎叶如苋，青紫递变，渐如渥丹霜艳之华，远过枫柏。吴人呼为"老少年"，吾乡名之曰"雁来红"，花谱固载之也。诗以张之

绿茎翠叶秀苗条，渐换嫣红色更娇。

小草可知堪变化，丹心长向紫宸朝。

三尺珊瑚未足奇，石家金谷种应宜。

胭脂山外随阳鸟，衔落芳丛未可知。

颇慨人生弱草同，朱颜几日似花红。

白头谁见还年少，让尔丹成变相工。

鲜明秋色叶如花，不是林枫绚晚霞。

霜后孤丛偏艳绝，从知冷淡发光华。

舟过黄阜墩，水阁小坐有作

层台六曲水中央，欓棹尘心倏自忘。

山势盘龙吞小屿，橹声如雁绕回廊。

旧游月下笙箫聒，独坐风前稞稏^① 香。

宪佛岂知楹榜意，懒从培塿问沧桑。

注：

① 稞稏：bà yà，稻子。

观获

舴艋漪移出堰桥，薄云和雾未全消。

千村人意吾能说，愿放晴光十数朝。

九月二十八日欓棹芙蓉圩之南，纵步堤上，西行历数里，有感而作

往年踏遍湖西堤，今日又上湖南路。

此湖于我疑有缘，九年三傍湖边住。

一湖三县分，我经宰三县。

每来必际岁丰穰[①]，湖田大熟皆亲见。（余乙未在阳湖，曾周历湖之西北，有《芙蓉行记》，盖是湖隶阳湖者十之七，隶无锡者二，隶江阴者则一云。）

为问田成何自始，筑圩外捍归湖水。

报功只念周文襄，肇事或传张内史。

周回六十三里间，亘千余亩平如砥。

四百年来等乐郊，食德良宜崇庙祀。

我思泽国利用潴[②]，与水争地非良图。

中江绝流下渐涸，因势利导斯无虞。

不然陂蓄焉可废，此遏彼泛终沮洳。

单家兄弟妙筹策，五堰之筑犹先驱。

收功乃须再易代，勋名成就繋天乎。（宋单锷兄弟为三吴水利策，东坡亟称之。后人用其言筑高淳五堰，中江自是绝流，下游水患日消，斯湖之得以为田，盖实因也。）

天时地利待人力，从来伟画资卓识。

梁成清浅莽烟芜，徙倚寒光曾太息。（溧阳三塔荡，古所谓"梁成湖"也。五堰既塞，日渐淤浅，筑以为田，必与此湖埒。余任溧时，尝寻寒光亭遗址，徙倚徘徊，以力之不逮为憾云。）

太湖例视则未可，颇闻淤积中嵬硪[③]。

平陵亲见水西流，圩围侵占计何左。

三吴大泽赖容受，水无所锺必致祸。

谁能辨此早防微，异日知言惧归我。

（太湖，古震泽，江浙皆赖以潴水。近年淤积日高，戊子夏旱，湖水倒流，余于溧

阳亲见之。而吴县濒湖之地乃闻筑圩占垦，官不之禁，其不为异日害乎？）

行行路逶迤，悠悠心自疑。

稽天浊浪悲前岁，满地黄云快此时。

前圩后圩簨车驰，鼓腹所自畴及之。

吁嗟乎！一湖告稔何足异，况此东南一角地。

缅怀遗泽重踟躇，成功岂尽关人事。

注：

① 丰穰：fēng ráng，丰熟。

② 潴：zhū，积聚（水）。

③ 硊碢：wéi luǒ，众多堆积的石头。

闻老友温江张斗恒四兄季子锡典省试获隽，并得观其闱艺，喜而有作

千佛明经讵足奇，故人有子早心知。

少年科第堪绳武（斗恒尊甫云程观察举道光乙未），俊杰文章自识时。

孝友一堂天道迩（君家有"孝友堂"额），关山万里客书迟。

白头渐觉开颜少，为展新题喜不支。

察事自青城乡归，舟中不能具晚食，戏书

素餐肉食罚殆加，饥肠碌碌鸣雷车。

寻常一饿有定数，感愧便欲吟苕华。

轻舟迹盗去来速，榜人偶缺盈瓹① 粟。

落日荒江多逆风，辛苦何曾怨枵腹②。

篷窗自笑吾何尤，即今半菽真难谋。

昔闻骆统羞独饱③，江东米价方堪忧。

注：

① 甒：dān，坛子一类的瓦器。

② 枵腹：xiāo fù，空腹，饥饿。

③ 骆统羞独饱：骆统是三国时吴国将领、学者。他二十岁时就任乌程国相，很有政绩。当时闹饥荒，许多人吃不饱，骆统为了帮助他们而减少自己的饮食。其姐问他为何要这样苛刻自己，他说："士大夫们连糟糠都吃不饱，我哪来心思自己一个人吃饱？"

翁笠渔大令延年以自题传砚图诗见寄，且索和章，率尔报之

龙尾凤咮①古所珍，岁久销灭疑飞尘。

瑰形玮质自矜惜，冰玉沉瀣知前因。

翁侯缄诗远相寄，诗中觇述②留贻事。

当时便腹坦东床，授砚殷勤感深意。

此砚藏经五十年，飞书羽檄磨为穿。

长杨五柞恣搜讨，瓦当粗薄难为缘。

南行方橐如椽笔，邻飙突蔓元瑜室。

赤龙磟碡③空攫拿，娇女解筮括囊吉。

我疑呵护先有神，墨池预孕江南春。

樱红蕉白擅奇致，所蕴自足膏斯民。

不然长物皆煨烬，炎冈几见坚不磷。

硁硁内抱非苟全，长见功施敷泽润。

此材不上承明殿，自我论之翻可羡。

寸田点液苏苍黔，钻研迥胜金闺彦。

矧今大陆风尘高，鼎铉旄钺畴能豪。

一官百里遍濡沫，濊湖暖浃湘江涛。

又闻传瑁古亦有，晏富冯朱递珍守。

元献得自勋臣王，君砚媲之良不偶。

五传执政班资崇，有宋佳话今犹隆。

青毡世宝归宅相，右军风字将毋同。

君才槃槃度落落，美政新诗多衎乐④。

久知清白远贻谋，青石红丝应寄托。

我曾厕迹鸣琴堂，又傍花封依左方。

几朝许遂摩挲愿，定见涵星作作芒。

注：

① 龙尾凤咮：lóng wěi fèng zhòu，龙尾、凤咮，二者皆古砚名。

② 馃述：luó shù，详细而有条理地叙述。

③ 瞻舕：tiàn tàn，吐舌。

④ 衎乐：kàn lè，和睦欢乐。

毗陵舆中口号

里巷纡回路尚知，停舆父老半惊疑。

好官二字惭难称，更七年来未异辞。

大风过戚墅堰

漫将奔马喻风樯，市外横山避客忙。

行过堰桥还一笑，如拳尽是课栽桑。

（往在阳湖，课民沿塘种桑，今已多成拳者。盖桑逾六年，长条被剪，始屈诘如拳云。）

石船行窝在邑城西南隅，余所谓半山半城之庐也。己亥扶榇归，读礼其中者累月。衰暮远游，未忘里社，偶焉忆及，诗以纪之

西城睥睨枕山隈，山半吾庐东向开。

绕屋林樾缘壁长，隔江岚翠上阶来。

万家烟市斜临水，两面滩声隐撼雷。

更指云峰苍霭外，郁然松盖绿成堆。

（吾家松盖山，实在云峰寺之右，庐中望云峰，固咫尺也。）

顾子文刺史景璐以《东林九贤遗像》一册见示，拜瞻之余，适多抎触，率摅所愤题之，虽触时忌，所弗恤也

明诏制艺改论策，江南举首殊谬僻。

诐辞①竟敢罪东林，岂忘人非兼鬼责。

气习攻击何所指，把持朝局尤助逆。

讲学不当在士夫，尼圣所忧先可斥。

朝闻夕死古有训，退闲岁月忍虚掷。

即观黉舍供职言，乳臭等于黄口赤。（南解曹清泉第三艺显斥东林，语多纰缪，大可诧也。）

唶②哉髦秀万七千，未意以此为巨擘。

时艰选举冀真才，鉴衡颇讶文章伯。

我来锡山深仰止，堂入依庸钦教泽。

水居更幸读遗书，展卷志悚神为怿③。

勿论气节照千古，孔孟程朱真一脉。

彼哉咫见坐井窥，日月何伤自烜赫。

维持世教赖诸贤，吠声虽百曾何益。

诸贤姓字常奕奕，九贤道貌今犹昔。

泾阳后裔持示我，拜瞻喜若经亲炙。

伟人磬欬④恍重聆，向往不为丹青迹。

顿教抎触杞人忧，显干时忌吾何惜。

天乎果不丧斯文，此图永永如金石。

注:

① 诐辞：bì cí，偏邪不正的言论。

② 嗟：jiè，赞叹。

③ 怿：yì，心悦诚服。

④ 磬欬：qìng kài，轻轻咳嗽，借指谈笑。

喜雪，中冬十九日作

江南忧蝗不忧旱，入冬气燠疑秋暵。

朝来骤见玉龙飞，好是北风不吹散。

先五日雨天又晴，隔夜未料来祥霙。

麦根深润不必道，明春定免蝗螟生。

蝗不为灾岁大熟，望雪得雪酿来速。

老夫今宵喜欲狂，儿辈正奉延龄菊。

至日

天时人事催长至，一阳生日气候异。

早参遥拜紫宸朝，晓眠暖却黄绸被。

黄绸被底愁不眠，耿耿犁旦心烦煎。

年丰谷贵盗数警，闾阎保伍空编联。

萑苻党羽半军籍，赤白探丸恣跳掷。

吴儿怯懦任纵横，月黑风高去无迹。

楼船踔踔①疑登仙，锦绣段里衣裘翩。

蹋壁②争夸好身手，呼酒浪掷缠头钱。

搴蒲百万不足数，鹰眼疾下曾未睹。

宛转解作娇婴啼，豺虎有时不如鼠。

万人瞋目中哀伤，壮士须死百战场。

起占云物自吁叹，安得教养先淮湘。

注：

① 踔踔：chuō chuō，特出。

② 蹋壁：tà bì，紧挨着墙壁，缘壁而上。

戴侯锡文学尧天，富安乡董也，
以其母氏张节孝事略乞为表彰，书以勖之

霜筠雪干质性坚，岁寒挺挺神独全。

嫡孀志节足相况，萌芽托荫终参天。

九龙冈峦夹湖走，阳山卓立诸峰后。

湖山清气发坤维，戴家节母名未朽。

节母之亡今五稔，彤管乡邦重题品。

当时共命惨分飞，三十七载冰霜凛。

刲股精诚泣鬼神，磨笄不死甘艰辛。

双雏成就资熊胆，九陛旌扬锡凤纶。

我来犹闻邮纬事，令子非公未尝至。

车驱迥与阳鲔①殊，从知母教先行谊。

雍容矩步衿青青，偃室肯为澹台扃。

试陈古训辨督正，心期有道标仪型。

昔闻汉代乡三老，孝弟力田藉咨考。

魏晋九品中正名，才望交推胥国宝。

今乡置董将毋同，亭平里社惟廉公。

扶持友助励六行，善良薰德心和融。

彦方少游事可风，乡曲闻见畴能蒙。

浮浇凉薄正波靡，讵忍作俑由当躬。

几人昧此若凭社，犹狼恣贪狐善假。

左袒竟及牧猪奴，下流甘为害马者。

智昏大抵因阿堵，老成鄙夷羞哙伍。

污矣真嫌庾亮尘，攻之宜鸣冉求鼓。

我惭凫舄频换县，贤否利弊皆亲见。

铮铮佼佼^②自有人，一语不忘觑蔑^③面。

君家夺席夸经师，鸡群立鹤夫何疑。

里居树德厚乡曲，大云出只推而施。

庸俗毁誉虽多私，此心无愧终共知。

栖椦^④我亦抱深恸，令名羞辱将安贻。

从来节孝家必起，画荻遗徽著青史。

会看珂里竞称扬，非此母不生此子。

注：

①阳鲣：yáng qiáo，亦可写作"阳桥""阳乔"，是一种鱼，明朝杨慎《阳鲣》："阳乔，鱼名，不钓而来，喻士之不招而至者也。"后人遂以此比喻不召而自至的人。

②铮铮佼佼：zhēng zhēng jiǎo jiǎo，形容出类拔萃，不同一般。

③觑蔑：zōng miè，春秋时郑国大夫，字然明，智者。后人以其指代有智慧的人。

④栖椦：bēi quān，原意为一种木质的饮器，后用作思念先母之词。

陈根儒观察光淞以所撰《薛贞女传》见示，固一奇女子也。谬托表章，得三十六韵

河东三凤回翔起，闺阁亦钟奇女子。

冰心独抱卅三年，芳誉先驰九万里。

岁摄提格六涉^① 行，江南雕折到女贞。

女贞双树余孤影，族鄘^② 悲思淑慎名。

生长名门得名父，至性幼与缇萦^③ 伍。

不矜咏絮炫才华，能泯衣芦识心苦。

娟静英英玉映才，谢公爱女颜常开。

追随龙节极天远，珍髦^④ 独奉珠韬来。

楼船如驶飞车速，西行更越西天竺。

凿空张骞迹未经，旁行佉卢字能读。

伦敦诛荡英京都，富强鼎盛环瀛无。

冠裳鳞萃尽奇杰，藉甚声称属小姑。

维多利亚开萝图，岁朝大会人于于。

宝星杂佩金璎珞，羽仪独立红珊瑚。

众中弱质娉婷至，环佩璆然依左次。

君主温颜逮宠光，握手殷拳^⑤ 致珍意。

一时耳目倾宾从，汉官威仪为增重。

殿上争看玉练裙，筵前不羡椒花颂。

七宝流苏日往还，宫妆象服相招攀。

中华闺秀龙鸾峙，始信神州礼数娴。

自怜阿母方善病，外慎周旋内温清。

博览亲看骨掩车，慧中共许心如镜。

如何归舰剧伤神，两见池塘草不春。

星殒更令天下恸，兰闺从此未舒颦。

往时珍重雀屏射，伯仲相依甘不嫁。

撒瑱并拟北宫贤，感帨不劳南国化。

鸰原急难情何深，炎天一舸飞江浔。

仓卒英公须未燎，续命难藉千黄金。

夙闻泰西重女学，巾帼铮铮多卓荦。

群知黄种日阽危，畴为红颜树先觉。

左都行携弱息随，盱衡深意或在兹。

欧洲教育皆亲考，膝前隐备钗裙师。

敦盘^⑥功遂先骑箕，贞女又逝天胡为。

漆室忧深遽寥落，大雷书断徒嗟咨。

伯驹叔豹摧肝腑，谁述遗徽辞缡缕^⑦。

季芬有壻本能文，万言曾上陈同甫。

腾书索诔为凄惶，才尽还思效表章。

勿论壮游逾黑海，即征挚孝亦黄香。

注：

①六沴：liù lì，六气不和。沴，因天气反常而造成的伤害和破坏。

②族郏：zú dǎng，郏，同"党"。聚居的同族亲属。

③缇萦：tí yíng，西汉人，著名医学家淳于意的女儿。淳于意辞官为医，专门行医民间，屡次拒绝入宫，最后被诬入狱。淳于缇萦不服，上书汉文帝，为父申冤，并愿意入宫代父受刑，终于感动了文帝，平反释放其父。

④珍鬀：zhēn dí，美发。

⑤殷拳：殷切而诚恳。

⑥敦盘：玉敦和珠盘，古代盟会时所用的礼器。

⑦缡缕：luó lǚ，详述；事情的原委。

金湛生都转武祥以所辑《表忠录》一卷见示，则宋和州防御使刘公师勇事迹也。公以德祐元年与姚訔、王安节守常州，战最力，后从二王至厓山，卒，葬赤溪之铜鼓。湛生官赤溪丞时为表其墓，复纂是编，今以征题，勉应一首

毗陵城郭几完缺，重闉碧剩苌宏血①。

青史徒传百战功，赤溪谁表孤臣碣。

日碑②后人天挺豪，护持名义维风骚。

鸣驺入谷遍铜鼓，荒冢遂比祁连高。

披寻遗籍严甄考，辨缪订讹咨父老。

碑词虽缺蔡中郎，庙额误存刘太保。

老兵语入梧溪诗，所闻所见多异辞。

托托初编乖信史，表忠一卷今昭垂。

阐幽自为彰风教，花满海隅劝忠孝。

英风恍睹北间骁，新祠应视西门豹。

追维功烈在江乡，塔上雕翎话暨阳。

南渡偏安逮残局，纵横血战何轩昂。

矢收溃卒扼维扬，敌骑长驱天堑亡。

十镇悲思汪立信，半闲痛愤贾平章。

大厦全倾谁及止，时艰始见奇男子。

蜡书夜出南兰陵，豹骑朝迎安抚使。

将军奋厉挥戈来，杀气惨淡愁云开。

围城虏上应手仆，降将舌挢③羞颜回。

肉薄宵登皆力却，九攻九拒多权略。

伯颜气沮叹英雄，屏蔽三吴真锁钥。

漫将谶语神浮屠，宋祚不祚天难呼。

呆卿支解犹瞋目，温序苦斗终衔须。

王公不屈姚公死，将军尚思雪国耻。

江淮子弟五千人，甘心断脰无降理。

八骑相从远突围，间道艰难扈六飞。

厓山一夕龙无种，华表千秋鹤未归。

当时同志推张陆，零丁洋更诗代哭。

德祐人才百靖康，难存赵氏一块肉。

天耶人耶安可知，三忠大节差肩随。

六陵风雨销沉日，万古纲常炳耀时。

东南大郡今犹昔，卅年前事同戏剧。

元帅连营显遁逃，忍弃封疆陷黔赤。

从知坚脆只由人，将军苦战非为身。

风云惨变臣心见，祠墓长留正气伸。

我曾戴星宰附郭，亲看战地惊沙落。

四枪横脰吊虞桥，赋诗正为援军作。

兹编重读意苍凉，望古忧时自慨慷。

延笃能封渤海遂，强伸窃慕睢阳张。

注：

①苌宏血：cháng hóng xuè，苌宏是春秋时期周朝大臣，为古代著名的学者、政治家、教育家、天文学家。他涉猎广泛，博闻强记，通晓历数天文，精通音律乐理，以才华闻名于世，曾为孔子之师。因陷于王朝斗争被冤杀。传说死后三年，其心化为红玉，其血化为碧血，故有"苌弘化碧""碧血丹心""碧血化珠"之说，用来比喻忠诚正义。

②日磾：mì dī，即金日磾，是中国历史上一位有远见卓识的少数民族政治家。

③舌挢：shé jiǎo，舌头翘起来不能出声。形容畏惧难言或吃惊的样子。

祷雪不应，书以志慨

冰花无迹扇温风，冬令将阑岁又终。

础润直疑梅雨近，裘轻转厌毳云 ^① 丰。

雪难应候遗蝗动，厉尚乘时疫鬼雄。

缶蚓刑鹅终下策，调均何待责三公。

注：

① 毳云：cuì yún，像鸟兽的细毛一样的云。

喜雪

数遍严冬大小寒，祥霙到处万家欢。

扑檐声比跳珠急，出户人同得宝看。

地下遗蝗应绝迹，风前疑蝶欲成团。

天公不是屯膏久，留得银花饯岁阑。

泽胜甘霖瑞应时，春前十日尚非迟。

能消沴气花争舞，先酿同云絮共披。

百粤望收平蔡绩，五更忽动诣袁思。

灞桥兴冷淹才尽，呵管聊为快意词。

胡雨人文学尔霖自日本归，设学于所居之天授乡至五六所，解囊出千金成之，洵杰士也。腊前三日，既拿舟造访，除日作此寄之

安定家风道自尊，治经治事有专门。

士惟俊杰知时务，才济艰难视性根。

取益轻装徐福市，求蒙新塾辟疆园。

指困①建学空前古，岂独人师重邴原②。

德育终居智育先，体赅③大小养须全。

热心有属归忠孝，韶龀④无邪可圣贤。

书读等身高等学，仁为由己自由权。

白门飞电空罗致，坐见通材出比联。

（月初，南皮节帅电招雨人，辞不赴。）

注：

① 指困：zhǐ qūn，比喻慷慨资助。

② 邴原：bǐng yuán，东汉末年名士、大臣。他十一岁时父亲就去世，家里很贫困，早早成了孤儿。他家隔壁有所学堂，每当经过时，邴原就哭。老师问他为什么哭，邴原说："孤儿容易伤心，穷人容易感怀，那些能读书的人必定都是有父兄的人。我一是羡慕他们没有成为孤儿；二是羡慕他们能够读书。心里悲伤，因此流泪。"老师被邴原感动，同意他来读书。邴原说交不起学费，老师说只要你想读书，我不收学费。于是邴原就进了学堂。从此他刻苦学习，一个冬天就把《孝经》与《论语》背下来了。

③ 赅：gāi，完备。

④ 韶龀：sháo chèn，美好的童年。

癸卯元日

上日①云黔②岁主丰，放翁诗意此朝同。

地多爆竹红将遍，雪剩余花白未融。

民乐半从椒酒后，官忙长在笋舆中。

千门皂荚兼松柏，荆楚谁全记土风。

一四二

注：

① 上日：朔日，农历正月初一。

② 云黔：yún yīn，云遮盖太阳。

雪后，惠泉诸山一白无际，喜而有作

江南多名山，惠麓藉人口。

到眼二十年，今始落吾手。

山色常在门，山云近入牖。

晴雨日相望，烟雾蔽亦偶。

前冬大雪飞，突兀变银阜。

皑皑横半空，一色无纤垢。

山灵岂有心，新装出岁首。

峨峨冠玉冠，璨璨披银绶。

有如白头翁，老健神抖擞。

高捧白兽尊，来献屠苏酒。

又如白凤麟，应瑞在郊薮。

来游讵足奇，舜山名固久。

九龙势蜿蜒，恍逐银虬走。

锡山本无锡，遂化朱提否。

倘堆万丈棉，号寒复何有。

不须玉与珠，襦粟正无取。

妄想复自嗤，根尘惭杂蹂。

何时色相空，祛意触法诱。

却思二泉上，往曾作重九。

绝顶直攀跻，敢诩扪星斗。

其时秋气深，黄云覆畦亩。

三农快歌丰，喜慰亦到某。

独余忧蝗心，耿耿腊鼓后。

祷祈岂上通，滕六不我负。

便欲呼祥霙，比之扫愁帚。

想见崔嵬君，同时稽首受。

留将六出花，用志天恩厚。

行知沁石骨，寒玉瀄清浏。

岂惟陆羽甘，会广彭聃[1] 寿。

注：

① 彭聃：péng dān，彭祖与老聃的并称，传说二人均极长寿。

迎春

乐岁春随谷日来，东郊亭午彩旗开。

人经喜雪欢声遍，天为舒晴暖意回。

五瑞预占宜稼穑，八扛偶攒盛舆台[1]。

红妆惨绿争空巷，白首簪花转自咍[2]。

注：

① 八扛偶攒盛舆台：古代把人分为十等，舆为第六等，台为第十等，泛指奴仆及地位低微的人。

② 自咍：zì hāi，自我取笑。

上向子抃太守万镲

五岭勋名妇孺知，龚黄召杜[1] 泽重施。

地居吴会称名郡，人羡苏州有好诗。

师表百城开赤戟，讴歌千里达彤墀②。

沧洲声绩高韦白，继轨何嫌退鹢迟。

班春又遍阖闾城，快雪知时洽颂声。

瑞应石麐阴德稔，诏传金凤履端迎。

培材教轶扶桑国，挟纩③欢新细柳营。

月旦倖邀惭政拙，夕阳幽草不胜情。

注：

①龚黄召杜：原指汉朝循吏龚遂、黄霸、召信臣、杜诗，此处泛指政绩优良、不酷不贪的地方官。

②彤墀：tóng chí，借指朝廷。

③挟纩：jiā kuàng，披着绵衣，比喻受人抚慰而感到温暖。

赠黎子新大令耀森

凤凰城郭海东头，戎马关山忆壮游。

磨盾早年偕出塞，弹冠此日幸同舟。

筹边节使冤谁洗，报国将军骨未收。

惆怅故知猿鹤杳，重逢话旧黯新愁。

（五、六谓陈观察本植、左忠壮公宝贵，皆吾两人在辽时所从事者也。）

二十年来事事非，辽阳两见劫灰飞。

关河路远鱼难到，泉壤人多鹤不归。

萍合有缘天幸在，蒲悬无术古风微。

五声听罢烦襟涤，惠麓岚光上客衣。

宾厨外梅花一株，二月始盛开。初七之日大雪，
忽作积玉盈柯，与冰姿相映，徙倚其下，为赋是篇

江南春来人日后，逾月梅花开始透。

梅开如雪清可怜，春雪忽与花争笋。

雪与梅花如有约，春光欲半飞漫天。

我疑此花羞向暖，雪亦破例寻前缘。

霏霏六出糁英萼，寒香冷艳争新鲜。

衙斋一树丰娟娟，朝来玉映精神全。

瑶台清绝在人境，缟衣独立仙乎仙。

忆昨曾游二泉侧，出墙红杏多颜色。

重绯叠锦绚繁华，只愁此际先摧抑。

从来丽质资温存，安知世有冰霜恩。

阳和顷刻变奇冻，耐此终让癯仙魂。

吁噫嚱！观梅二月事原少，雪中更觉枝枝好。

铜坑旧约寻何时，长念山中冰玉姿。

橇舟南郭，闻村塾书声

临水柴门护短篱，书声高下杂儿嬉。

纸窗竹屋纵横坐，笑忆髫年 [①] 上学时。

咿唔句读少分明，童稚疑多鸩舌 [②] 声。

颇念金渊官舍乐，琅琅听惯凤雏清。

（余往在溧阳，公暇召学僮入署背诵诸经，葛童字字清朗，尝深嘉奖之。）

注：

① 髫年：tiáo nián，幼童时期。

② 鴂舌：jué shé，比喻语言难懂。鴂，伯劳鸟。

二月阴雨弥旬，口占破闷

廉纤竟日夜潺潺，雨气冥濛压惠山。

开过杏花晴未放，颇愁春事易阑珊。

桃粗李俗语非真，计候犹余一半春。

安得明朝檐溜断，出郊许作看花人。

梅里泰伯祠春祭，叠去秋元韵

化无驯雉愧乡陬，三让祠堂祀再修。

坐苦连阴将浃月，来欣筮吉协前秋。（前秋仲秋祭，亦以二十一日。）

民怀至德升香肃，我契同官访古游。

舴艋入桥知路近，红墙碧瓦隔青楸。

晴日出游惠麓，登山半而返

春寒乍褪雨晴初，浩荡郊原望眼舒。

楼俯林端欣眺远，路回山半怯凌虚。

千村花柳多新意，几处陂塘涨活渠。

泉上句留重写影，白须盈颔渺愁余。

用西法照像，将以寄朋好也，戏占

凸凹镜里逗回光，自笑须眉已老苍。

化百东坡真易事，他年好勒惠泉旁。

千里从来觌面难，几朝竟许入长安。

藕禅旧有江亭约，应附花骢槛外看。

（去春在京，高八侍御约为陶然亭之游。藕禅，其室名也。）

故人五马入皖山，尺一书来识笑颜。

为报徽州贫大守，石鬐何止鬓毛斑。

（徽守黄石孙去冬以所照像来。）

娇女新赍卖犬装，入厨应识试羹汤。

衰翁喜作分身术，快隐堂前问婧乡。

三月朔，日食甚，雨

季春月朔日有食，雨先弥月苦未息。

丙辰交会卯及辰，太史所书邈难测。

阴翳暗暗声潇潇，重穹晻蔽天光遥。

当食不食古称贺，喜无吕震[1]跻班僚。

注：

[1] 吕震：明朝永乐年间宠臣，为人阴险狡诈，多名大臣受其陷害致死。此处比喻小人奸臣。

耕耤礼^①成，归途喜赋

荠麦青苏草怒生，出郊端作劝农行。

九推自昔存遗制，五亩何年得退耕。

室满篝车占岁事，门环袯襫见民情。

篮舆喜溢城南路，花柳村村听鸟鸣。

注：

① 耕耤礼：gēng jí lǐ，古时每年春耕前，天子、诸侯举行仪式，亲自耕种田地，祭祀上天，劝农抓紧时机春耕春种。

赠衡阳谭湘帆部郎人翔

老去空思五岳游，羡君万里豁吟眸。

探奇踪迹追霞客，佐幕文章重节楼。

两戒山河全入览，三湘英杰近无俦。

德操水镜争推诩，龙凤谁堪第一流。

惠山曲伤靡俗也

香塍五里依山麓，春日江城空巷曲。

出郊不为踏青游，销尽金钱乐未足。

年年寒食清明时，惠山节会无休期。

佳辰更际月几望，香车宝马通宵驰。

画船水上纷无数，舴艋舲艎塞江路。

士女相将举国狂，阗咽如雷气成雾。

朱幢翠盖飞翩翩，撞金伐鼓神舆前。

远乡近社各分道，侯王羽仗争鲜妍。

连群时杂鱼龙队，缘橦^① 犹作脂粉态。

健儿身手拍张来，白棓^② 跳踉^③ 俨交对。

中途络绎熊猿蹲，十步一拜何劳烦。

木鱼在手香在肘，喃喃似诉爷娘恩。（土民拜香者踵接，口中有"报娘恩"等字。）

蹒跚道左岂能报，盍归定省勤晨昏。

耰锄箕帚不自作，底事效媚娑罗门。

街头蹀躞谁家子，服妖容妇频颠趾。

到处珠帘正上钩，恍逐衣香恣狂喜。

昔闻地比郑公乡，通德鼎鼎门相望。

顾高遗沫浃桑梓，讵意靡俗成披猖。

远思睢州汤，近忆贵筑黄，两贤不作谁挈纲。

坐令治道阴销亡，巫风之炽如蜩螗^④。

我来空慕东林泽，闭户自挝惭未释。

苦心思屏牧猪奴^⑤，溷迹惧引探丸客^⑥。

东南民力竭可怜，间架未免心忧煎。

胡为斗靡竞淫佚，不恤瓶罄倾腰缠。

虚悬辨告曾何用，云起楼前深内讼。

塞巷犹闻俟佛词，及时畴献先蚕颂。

九龙之山莽回顾，十丈黄尘等蒙污。

青松白云高卧谁，避喧倘为砭沉痼。

何当礼禁防未然，涤垢共掬鸿渐泉。

衙斋归坐愧清夜，愁听笙箫对月圆。

注：

① 缘橦：yuán tóng，杂技名，即爬杆，一人托杆，其余人爬到杆顶做游戏。橦，长杆。

② 白棓：bái bàng，大棍子，大杖。棓，同"棒"。

③ 跳踉：tiào liáng，跳跃。

④ 蜩螗：tiáo táng，蝉的别名。引申为喧闹、纷扰不宁。

⑤ 牧猪奴：赌徒。

⑥ 探丸客：比喻游侠杀人报仇。成语"探丸借客"的省称，典出《汉书》。

孙展云太守毓骥于役震泽，
以和赖葆臣大令用东坡垂虹亭诗韵二律见示，步答一首

不教雁户叹途穷，擘画如神气似虹。

渤海安民龚遂力，聊城排难鲁连风。

洲移杜若吟怀畅，人契芝兰臭味同。

想见湖波三万顷，斜阳饱看浴轮红。

（震泽以土客争垦濒湖荒地，几构大衅。展云为亭平其狱，遂以帖然。）

陈根儒观察以四言诗见赠，率赋一律报之

立身坦荡意翛然，山色湖光寄一椽。

乐水且依泉第二，著书应已卷盈千。

忧时同甫多奇策，早达尧咨是少年。

肆好风诗如肆雅，图民愧逊道州贤。

雨中看牡丹戏作

一丛魏紫艳弥旬，开到清和尚可人。

笑遣奚童张盖护，雨中留得几分春。

国色天香强护持，当阶红药又含姿。

群芳有识应相笑，鞠盗花前俗可知。

（记前二日事也。）

江叔海征士枉过，因招同陈根儒观察为水居之游，即次忠宪水居诗韵

作吏敢厌俗，得朋聊可娱。

佳晨理轻橛，泛泛入菰芦。

眷言烟水宅，瞻拜名贤庐。

大臣惜国体，死肯辱囚拘。

皦①焉志节伸，天日昭清渠。

汨罗炯千古，感泣闻顽夫。

吊古歆向往，盱世嗟艰虞。

迟奏文通赋，忆读同甫书。

登楼试横眺，大云方卷舒。

湖山胜犹昔，人物今谁如。

注：

① 皦：jiǎo，光亮洁白；清白。

送叔海入都应特科之试

文通赋就漫魂销，皇路蒲轮正下招。

幕府群推青玉案，刻章重达紫宸朝。

冠联朱绶虚声洗，车怵黄垆老辈凋。（谓吴至父先生。）

为问上公材馆录，可甄兰艾出英翘。

向子扺太守万镞新有雷琼兵备遗缺之擢，诗以送之

龙纶挟电飞中吴，金阊士女争惊呼。

挽靴截镫矢攀阻，未计竹马腾番禺。

番禺南去入琼海，孤悬巨岛屏炎都。

雷州形势隐相附，两粤门户资关枢。

其间坐镇孰威重，绣衣持节专军符。

迩者朝廷眷南顾，畴咨岳牧方踌躇。

书屏名姓独心简，我公望实知潜孚^①。

淑均晓畅式先范，官职大耐清无渝。

桂林象郡溯遗爱，甘棠何止三千株。

大云偶蹴退飞鹎，庇荫遂遍江海隅。

京口从来酒可饮，薰以德意逾醍醐。

金焦不崩碑不泐，至今堕泪怀裤襦。

沧洲勋名迈韦白，大雅既逝轮谁扶。

阖闾城头怨来暮，下车颂起玻璃珠。

敛手浃心只期月^②，三年恺悌深涵濡。

出游袆^③解见神异，时旸雨雪无愆辜。

境无蝗入岁屡稔，均田不复逋官租。

南阳惠普沟渠驶，西伯泽逮骷骸^④枯。

侧闻中兴亟新政，权衡缓急忘饥劬。

从容敷布主宣德，为蠲苛细休瘅痛^⑤。

颜含孔觊^⑥昔典郡，吴侬奢惜^⑦防欺诬。

不能不敢亦不忍，今税间架犹供输。

以兹具见爱深矣，令下流水声应桴。

却观时事多艰虞，宏材钜任交相须。

行矣旌麾二天远，沾巾转恐嗤常奴。

岭南东坡旧游地，荔枝迥胜楂梨粗。

颇疑潮阳鳄未徙，雄文或待昌黎驱。

五羊销沉石谶起，山牛兔丝今有无。

即论朱厓亦瓯脱，台澎割弃成畸孤。

鹰瞵虎视彼何爱，越裳翡翠空嗟吁。

海疆锁钥重修攘，文武威风瞻伟谟。

建牙开府卜弹指，公才公望畴舍诸。

滋兰九畹蕙百晦，坐收骐骥充天衢。

微欤否泰互消长，茅能易芏荃能诛。

鲲生⑧更觉不寒慄，杞忧窃在鼓簇徙。

裂冠毁冕妄标置，甚惧黉舍藏於菟。

罪言敢避杜牧罪，模士谁是康成模。

文妖学蠹不足论，纲常一发其危乎。

道闲政枋有攸属，维持端赖经济儒。

公从民社洊⑨扬历⑩，建树定与群公殊。

忠益足觇诸葛慎，闳大何病邹生迂。

娄江五月多新蒲，祖道夹岸连黄舻。

衣冠慨喟子衿惜，气噎童艾釐吴姝。

我怀青眼百僚底，欲语转类啾啾雏。

廿年饱饮吴江水，重来谁止惭屋乌。

木兰堂前感无分，尘剑拂拭同将卢。

追咏新诗歌美政，何时再效双凫趋。

祝规古谊谬思附，远略要自瘝茕苏。

风流文采感同志，卧辙好写沧浪图。

注:

① 潜孚：暗中信服。

② 期月：一整月。

③ 裞：guì，古代为消灾除病而举行的祭祀。

④ 骴骸：cī hái，肉未烂尽的骨头。

⑤ 瘏痡：tú pū，疲病。

⑥ 颜含孔觊：颜含，东晋名臣，颜回的二十六世孙。少时孝悌出名，为侍养父母兄弟，十几年足不出户。为官后，刚正不阿，不媚权贵，高节流芳。孔觊，孔子的二十九世孙，南宋大臣。少时正直刚毅有气节，明辨是非，伸张正义。

⑦ 謺慴：zhé shè，威胁，恐吓。

⑧ 䘏生：zhé shēng，书生。

⑨ 洊：jiàn，再，屡次。

⑩ 扬历：指官场经历。

感旧

篋中泪渍秣陵书 ①，生死交情入梦疏。

未识张堪孤颔所，朱晖心信欲何如 ②。

注:

① 秣陵书：南朝梁刘孝标在秣陵令刘沼死后作《重答刘秣陵沼书》，对刘沼之死致以哀挽之情。后人遂以"秣陵书"用作哀挽亡友的典故。

② "未识"联：中国历史上有一个很有名的典故：情同朱张。据《后汉书·朱晖传》载："初，晖同县张堪素有名称，尝于太学见晖，甚重之，接以友道，乃把晖臂曰：'欲以妻子托朱生。'晖以堪先达，举手未敢对，自后不复相见。堪卒，晖闻其妻子贫困，乃自往候视，厚赈赡之。晖少子怪而问曰：'大人不与堪为友，平生未曾相闻，子孙窃怪之。'晖曰：'堪尝有知己之言，吾以信于心也。'"

枕上暗记

三秀庭偏快曲肱，廿年色喜亦怀冰。

白头长抱皋鱼①痛，泪渍当前饭一升。

注:

① 皋鱼：皋鱼是孔子时期人，有"皋鱼三失"之说。后人用作人子不及养的典故。

溪上

溪上楼台迥新筑，红窗四面垂冰縠①。

异香遍爇海南沉，严道流黄②变芬馥。

当轩啸傲颜常开，同功为作金银台。

碧瞳盱盱盛臧获③，绣衣平睨畴能裁。

注:

① 冰縠：bīng hú，用冰蚕丝织成的绉纱。

② 严道流黄：严道是古县名，位于四川盆地西部，是古代南丝绸之路的重要驿站。流黄是一种名香。

③ 臧获：zāng huò，古代对奴婢的贱称。

北阳湖舟中望阳山石厂

嶙峋拔地亦玲珑，浅碧深青罨画①中。

岩洞灵奇探不到，又抛句漏②去匆匆。

注:

① 罨画：yǎn huà，色彩鲜明的绘画。

② 句漏：据《晋书》记载，葛洪好仙道养生之法，年老后为求长生，

便于炼丹，求为句漏令。后人遂用句漏为咏仙道养生避世之典。

题赠太仆顾公昆扬致忠录

（太仆历宰黔之遵义仁怀，战死威灵七星关，两子同岁死吴越之难。）

我家旧傍符江住，南来水出牂柯路。

早岁曾闻百战名，谒来亲拜三忠墓。

顾公觥觥天挺豪，煦濡①黔赤歼腥臊。

栽花满县到恭筰，吾里咫尺河阳桃。

忆初舞象惊风鹤，涒滩沸腾金冶跃。

蛮花狨鸟纷离披，目见南荒大星落。

七星关下阵云昏，遥传先轸未归元。

但闻行路争悲叹，长说遗黎尚感恩。

成仁只守东林教，一门父子完忠孝。

卞家盱眙死同时，诸葛尚瞻诚共效。

黔民渴葬深哀思，万里何嫌归骨迟。

首邱至竟忠骸入，大节无亏圣主知。

温纶恤赠重褒奖，先庙相依歆荐享。

古称门户寄任瑰②，九京定许安灵爽。

今我尸素惭公乡，一编雒诵③心旁皇。

颇闻猖吠④裂冠冕⑤，谁从惠麓瞻祠堂。

注:

①煦濡：xù rú，温和，惠爱。

②任瑰：隋末唐初将领。父亲任七宝是南朝定远太守，去世后任瑰被其伯父陈朝镇东大将军任忠领养，但待其如己出。任忠经常称赞说："吾子侄虽多，并佣保耳，门户所寄，惟在于瑰。"任瑰也不负众望十九岁即担任

县令。

③ 雒诵：luò sòng，反复诵读。

④ 狺吠：yín fèi，（狗）叫。

⑤ 裂冠冕：比喻背弃王室；比喻毁灭华夏文化、背离民族传统。

留别无锡

廿年早饮惠泉清，来领湖山岁一更。

矢为明时宣上德，数从邻邑愧虚声。

薛恭换县知才绌[①]，柳敏临行感物情[②]。

惆怅骊驹三叹意，祝规难副去思名。

（杨范夫征士模作《去思记》见示。）

到日兴公赋遂初，城东误说雨随车。

原蚕未禁重登茧，害马难容众牧猪。

疾恶志希朱伯厚[③]，缓刑书愧路温舒[④]。

妇容服绮愁征乱，三复荀篇夙敬予。

中牟异政岂能追，蝗不为灾幸有时。

出郭膏腴田上上，入冬收获稻迟迟。

却从观稼登高日，快写占丰志喜诗。

班传一言差自负，所居民富匪虚辞。

黉舍莘莘毓伟材，新知旧学漫惊猜。

经师未老孙明复[⑤]，绮岁多通庾季才[⑥]。

济世根原忠孝在，读书事业古今该。

莫忧沧海狂澜倒，只待儒生手障回。

圣朝薄赋敛无苛，间架均输意莫讹。

款议并知纾祸疰，温纶长见恤民多。

市饶秔糯盈储庬⑦，人共枌榆贵飖和。

尸素敢期中下考，未优抚字拙催科。

团丝屑铁辨何能，独抱心壶一片冰。

有累敢携清献鹤⑧，无才怕作邻都鹰⑨。

缪彤闭户挞何益⑩，乙普争田让未曾⑪。

元日千言多苦口，不嫌辞费勖黎烝⑫。

台访姑苏昔戴星，飞凫地近路频经。

伯谦自顾须全白，阮籍何期眼为青。

南浦有情增缱绻，东林未沫识仪型。

九龙山色频回首，西笑弦歌许共听。

注：

①薛恭换县知才绌：汉朝做官采用的是察举制，一些凭借德行上位的官吏，并没有管理郡县的能力。薛宣担任左冯翊后，相机行事，因人而异，把合适的人放到合适的岗位上。担任频阳县令的薛恭与粟邑县令的尹赏在各自的岗位上都不太顺手，薛宣将他们的职位互相调换，使两人各得其所，充分发挥各自的才能，结果两个县的工作都做得十分出色。

②柳敏临行感物情：柳敏是南北朝时期官员。据《周书·柳敏传》载："敏虽统御乡里，而处物平允，甚得时誉。……出为郢州刺史，甚得物情。及将还朝，夷夏人士感其惠政，并赍酒肴及土产候之于路。敏乃从他道而还。"

③朱伯厚：《后汉书·陈蕃传》载："震（朱震），字伯厚，初为州从事，

奏济阴太守单匡臧罪，并连匡兄中常侍车骑将军超。桓帝收匡下廷尉，以谴超，超诣狱谢。三府谚曰：'车如鸡栖马如狗，疾恶如风朱伯厚。'"比喻痛恨坏人坏事就像狂风猛扫一样。

④路温舒：字长君，西汉时期大臣。汉宣帝即位后就上奏《尚德缓刑书》，提出"省法制，宽刑罚"，主张"尚德缓刑"，劝诫宣帝减省法制，放宽刑罚，崇尚德政。

⑤孙明复：即孙复，北宋理学家、教育家，与胡瑗、石介一同被人称为"宋初三先生"。

⑥庾季才：字叔弈，隋朝时期大臣，著名天文学家，喜欢观察天象。

⑦储廥：chǔ kuài，存放粮草的仓库。

⑧清献鹤：典出北宋时期名臣赵抃。他在朝弹劾时，不避权贵，嫉恶如仇，时称"铁面御史"。死后追赠少师，谥号"清献"。平时以一琴一鹤自随，为政简易，长厚清修，日所为事，夜必衣冠露香以告于天。

⑨郅都鹰：据《史记·酷吏列传》载：汉朝郅都，孝景时为中郎将，敢于直谏，面折大臣于朝。执法严酷，不避贵戚，列侯宗室见之畏惧，时人号为"苍鹰"。后人遂以"郅都鹰"形容威仪慑人；官吏不畏权贵，执法严明。

⑩缪肜闭户挝何益：《太平御览》宗亲部卷五载：汉缪肜。字豫公。少孤，兄弟四人皆同财业。及各娶妻，诸妇遂求分异，又数有争斗之言。肜愤叹，乃掩户自挝（zhuā）曰："缪肜，汝修身谨行，学圣人之法，将以齐整风俗，奈何不能正其家乎？"弟及诸妇闻之，悉叩头谢罪，遂为敦睦之行。

⑪乙普争田让未曾：《北史·苏琼传》载：有百姓乙普明兄弟争田，积年不断，各相援引，乃至百人。琼召普明兄弟对众人谕之曰："天下难得者兄弟，易求者田地，假令得地，失兄弟心，如何？"因而下泪，众人莫不洒泣，普明弟兄叩头乞外更思，分异十年，遂还同住。

⑫黎烝：lí zhēng，黎民，民众。

自题别惠泉小影

一年救过常无及，敢冀江城说去思。

转为二泉清可恋，濒行并畔立多时。

濒行示曹史

两汉公卿半椽曹，暨阳司马亦堪豪。

在官本贵文无害，坐啸曾闻理不劳。

要泯猜嫌联一体，许从毗赞①梦三刀。

股肱纲佐关民命，莫遣间阎怨吏饕。

注：

① 毗赞：pí zàn，辅佐，襄助。

题孙竹筠松下小照

静敛元龙气，来听谡谡风。

早伸饥溺志，亲赞饱腾功。

才大时多忌，名存道自崇。

清芬觇继武，子舍卜家同。

我来瞻宰树，耸壑见孙枝。

偶过芙蓉岸，犹谭楗竹时。

家循元驭诫，人畏彦方知。

想像清斋候，长留礌砢①思。

注：

① 礧砢：lěi luǒ，原指树木多节，比喻人才卓越。

以小照留赠根儒，并题一绝

惠山青处久追寻，山下泉能鉴我心。

为爱泉清难与别，况君知我比泉深。

去无锡之日，与孙展云太守话别于清名桥东，出镜摄惠山图一幅见赠，因题其上

锡山青入九龙阴，隔水香塍路可寻。

塔下甘棠无一树，难酬孙绰遂初心。

吴县集卷第十八

重莅吴会感赋

移官仿佛忆前尘，赤紧疲劳三（去）至身。

化鹤共看丁令返，生鱼犹说范丹贫。

晨星历落朋知少，羽檄仓皇令甲新。

白首尚供奔走役，矢将余力勉图民。

起听临钟动晓乌，冠巾肃肃府中趋。

屋椽客座闲相数，市茗筤舆渴欲呼。

蒸汗雨湔衣袂湿，饥肠雷辊响声粗。

令公喜怒曾何事，桐帽棕鞋旧有无。

中江凌镜之大令，五年前心性交也，去思之碑岿然尚在，出入经由，怆然有作

潼江归骨早销魂，堕泪碑犹在县门。

我当黄公垆下过，双梧庭院泣巢痕。

立秋之夕，苦热不已

秋意潜随酷暑来，一丝风动为颜开。

夜深月满凉初透，徙倚梧阴更几回。

自遣

夺我名泉每自嘲，心知左计镇无聊。

宦情渐似将捐扇，诗兴长如已落潮。

梦里菱花惊半月，尊前竹叶怯三蕉。

摧颓何止霜髯悴，市虎沙蛰焰未消。

内自讼斋戏题

尘劳驱迫如疲驴，朝饥未填日欲晡。

篮舆远近去复返，客坐笑语欢犹劬。

可怜光阴半虚掷，延颈茕瘝泪横臆。

理烦治剧自有人，疚心无地逃民责。

衙斋近旦喧钟鼓，一鸡飞地为琳宇。

阇黎礼佛颇应时，我亦辨色行趋府。

归来晚磬声迟迟，腰脚酸软无人知。

灵岩咫尺久不到，夺我二泉何贺为。

欈棹木渎，偕吴子祥诸友游严氏羡园

沿溪一径绿阴低，行入重扃路转迷。

作沼自宜随槛曲，看山却喜与楼齐。

石如巨笋搀庭树，花有微香喷木樨。

胜友两三休问主，漫将凡鸟到门题。

舟行偶记

秋晴作暑有余威，云脚东驰急雨飞。
白点跳波鸣镝骤，横塘江面涌珠玑。

树拂篷窗苻上桡，平流处处绿阴摇。
晓风添送清香入，新稻花开露未消。

赠日本村山书记正隆

锡山曾记迓高轩，春水仙槎过县门。
蚕学相关民事重，燕谈无竞道心存。
重逢吴会簪裾盛，一握秋斋笑语温。
颇幸扶桑多旧雨，接茵况又拜嘉言。

又柬白须温卿领事直

使星向日早西行，析木津边有颂声。
黄种同洲虞诈泯，苍溟横海战争平。
雁臣绩美归樽俎，鹤市秋高驻旆旌。
晤语不劳重九译，桐花佛蒜羡勋名。

夜巡书事

静夜沉沉露未霜，秋宵渐比夏天长。
市遥灯作连珠影，庑净街如薙草场。

金桥每迎舆从急，阊阖惟见戟矛张。

晨星寥落还相数，警部知堪应上方。

陈庚白贰尹庆衔以二律见赠，并索俚刻，次其第一首韵报之

衰颓深惧盗虚声，惭负同舟藻饰情。

醲蓻一言逾识面，少微三杰早知名。

年资按格心常淡，文字论交意共倾。

姚合久应嗤覆瓿，周行幸为示夷庚。

秋中六日，为浦庄之行，舟中漫赋

祠祀连朝梦未醒，又因迹盗泛蜻蛉。

船窗空抱忧民意，揽得山光四面青。

石湖一曲水平铺，山下虹腰俨画图。

欲问范村渔钓迹，何时绿沚半青芜。

中秋之夕，以月饼馈学堂诸生，媵①以两截句

黉舍新开本旧名，西河石室有先声。

（《史记·仲尼弟子列传》："子夏居西河。"《索隐》曰："今同州河西县有子

夏石室学堂也。"）

培材总冀成桢干，莫受黄初画饼②轻。

芸窗虚敞月轮圆，不恋团圝弛静专。

知否官厨分饷意，红菱共唉盼他年。

注:

① 媵: yìng, 相送。

② 黄初画饼: 黄初是三国时曹丕的年号。画饼是"画饼充饥"的省称。《三国志·魏书·卢毓传》载:"选举莫取有名,名如画地作饼,不可啖也。"比喻以空想来安慰自己,或只有虚名而没有实惠。

舟出石湖,与小艇卖菊者遇,得数十本载之

行春桥下雾横风,橇棹看山暮霭中。

恰有别船黄菊到,石湖亲见卖花翁。

久荒三径计全非,无补民生愿亦违。

赢得重阳轻棹出,菊花亲载满船归。

舟中九日

追数三年逢此日,西湖京国九龙巅。(庚子,偕潘子由笙客西湖。辛丑,在京师与高澂岚侍御为陶然亭之游。去年壬寅,权无锡篆,是日登九龙绝顶。)

每逢佳节行探胜,尚作劳人出放船。

兄弟无存萸忍把,葢盆共载菊方鲜。

篷窗坐见灵岩近,可许登高作后缘。

光福道中

村村稻把满塍间，九月吴农正未闲。

湖路四通衣带水，晴云半掩米堆山。

出林枫叶红如盖，隔岸芦花白几湾。

一棹善人桥又近，未携鸡酒自愁颜。

（中江眉生丈墓道所在，故云。）

舟中看山

吴中山水西南最，往年羡凌复嘲赖。（往在元和，每以镜叟行县为羡。及葆臣

继之，询以山水之胜，恒不我告也。）

岂期一朝落我手，衰颓转恨情无奈。

抽身偶置靴板劳，鼓兴或增腰脚害。

爱山有癖健步难，负负自呼毋乃太。

却当民事纷忙时，一棹轻舠信所之。

到处青山似迎迓，晴岚暖翠浑追随。

石湖静窥初月影，邓尉遥见梅花枝。

有时野人不尽识，问名反讶多疑词。

秋江征练波如镜，奇峰倒影妆明净。

丹枫水底绚朝霞，轻桨荡回光欲进。

夹岸更喜黄云铺，吴秔一色连平芜。

中流容与为欣慰，腰镰乐岁相欢呼。

南村北舍画难摹，青林绿树依墙隅。

屋后不知山远近，但见孤影横浮图。

忽从桥外一回顾，底事蹲狮独含怒。

荦确峨峨踞半空，颇忆虎邱常目注。

看山从识最宜船，卧游何似倚窗便。

会心转盼杳无迹，只应飞梦随云烟。

郡斋东轩，老树颇奇崛。甲申秋，余从事谳局日常见之，今二十年矣。
季秋廿三日，以太守许公莅事，朋辈延坐于此，对之怃然，率成口号

古树拳曲虬龙蟠，重阴匼匝 ① 生午寒。

三间老屋绿云冷，廿年前记凭栏看。

高枝倒垂还拂瓦，恰有栖乌傍檐下。

庭中草满疑无冤，哀啼哑哑胡为者。

注：

① 匼匝：kē zā，周匝，环绕。

舟次木渎，姜仲青诸友约为天平之游。
冒雨登山，饮于白云泉僧舍，归途作此谢之

把酒看山兴最长，更宜烟雨润青苍。

枫林艳作红霞窟，竹径幽如绿雪廊。

奇石无因镌凿苦，清泉有味钵盂香。

归时祠宇重瞻拜，礼让风期遍此乡。

日本使馆翻译村山正隆新迁上海副领事，
先日饯于怡园。其行也，余以事未克往送，作此寄之

菊花犹得艳离觞，惭愧骊驹唱未遑。

倾盖重逢成旧雨，行旌九月拂新霜。

同洲共有忧时泪，异地还赓伐木章。

为问吴淞江畔路，苍波何似别愁长。

登高邱而望远海

登高邱而望远海，青铜磨天云雾开。

三山如拳郁苍秀，中有紫气随风来。

白波荡摇地轴动，积冰峨峨独坚重。

鹗瞵①晃雪生搏人，年时误认南飞凤。

粟米一稊②入彼太仓，舴艋一叶出彼重洋。

樯摧柁腐帆不扬，篙师瞠目坐若忘。

涛惊飚恶极天长，峰头拍手仙之狂。

注：

① 鹗瞵：è lín，形容用凶恶的目光看着。

② 稊：tí，一种形状似稗的野草，果实像小米。此处作量词用。

日本领事白须温卿直招饮使馆赋谢

雅招重荷褰裳①迎，喜雪犹深慰藉情。

玉蹙奇观浑得宝，金盘异味不知名。

酒酣外掩忧时泪，诗苦中含变徵声。

别去忽惊天欲暮，斜风细雨入江城。

注：

① 褰裳：qiān cháng，撩起衣裳。

得高澂南给谏讣音，诗以哀之

秣陵书在恨如何，生死交情涕泪多。

元伯魂疑呼范式，颖滨韵尚和东坡。

封章感愤豺当道，诗境空灵象渡河。

屈轶定增天下恸，翟门谁念雀堪罗。

嘉平十九日，迎春东郊，舆中口号

雾散晴开日正中，六街春到暖初融。

舆如新妇争腾笑，市满游人预祝丰。

布恺待更新岁月，聚观半属旧儿童。

重循十五年前路，剩为霜髯惜老翁。

迹盗渔洋山，阻风竟日，感赋

还元阁上忆凭栏，俯瞰湖漘翠曲蟠。

心愧李崇悬鼓少，来知范蠡泛舟难。

山如隐几菰芦绕，风乍鸣条波浪宽。

惘怅新城垂钓意，岩栖到此枕难安。

（新城王文简公为湖上之游，因羡此山，遂以"渔洋山人"自号，亦苏文忠称东坡之意也。

其诗"昨朝梵天阁，远眺如隐几。岂知方丈山，忽落忙鞋底。欲乞五湖长，垂钓将已矣"

等句。）

雨夜早出

交衢滑达街泥深，斜月黯淡天沉沉。

纨如^①五鼓风雨横，出陪祠祀穿城心。

城心灯火缘坊曲，兰膏欲尽残焰绿。

市楼经过阛无人，时有鼾声喧板屋。

箯舆兀兀心怅怅，漂翛^②濡湿冠衣裳。

早夜奔忙徒自咎，白头还厕少年场。

注：

① 纨如：dǎn rú，形容击鼓声。

② 漂翛：piāo xiāo，无拘无束乱纷纷的样子。

即事

春来几日又清明，料峭余寒尚未轻。

趋府今朝添韵事，衙前闲踏落花行。

清明日忆竹园泸州即日以电寄之

苦盼泾南卅六鳞，思家时节欲沾巾。

今朝上蒙珠岩路，许看郊原浩荡春。

沧浪亭公宴提学，藉得游眺

玲珑奇石长莓苔，绿玉青琼磊作瑰。

大好园林清景在，经年曾未得闲来。

回廊曲折绕山行，廊外桃花剩落英。

却爱出林松桧影，一丛寒绿有涛声。

碕南藤蔓俯清池，忆入年时喜雨诗。

竹树阴中风拂面，尘劳俗状许能医。

耕藉之日，风雨大至，陪祀礼成，辗然有作

绣衣彩仗待扶犁，风雨声中亚旅齐。

占岁不须忧旱暵，劝耕何恤有涂泥^①。

门前蓑笠知观礼，郊外田园省灌畦。

农学方兴军糈^②急，供储属望在苍黎。

注:

① 涂泥：湿润的泥土。

② 军糈：jūn xǔ，军中粮饷。

遣兴

衙斋高树双栖乌，破晓哑哑枝上呼。

北邻寺钟尚后动，束带已向城南趋。

城南诛荡开军府，牙旍天半迎风舞。

坐听楼钟十二鸣，橼桷^①参差闲自数。

饥肠轳辘^②作雷鸣，强颜笑语哗有声。

何日故园芳草径，午窗睡起看春耕。

注:

① 橼桷：chuán jué。橼，圆形；桷，方形。泛指椽子。

② 辂辘：lì lù，象声词，形容饥肠发出的声音。

章生世荄踬提学试，诗以广之

绮龄腹笥富朋曹，憎命文章格自高。

小敌未嫌文叔怯，长篇须让大年豪。

捉襟日益知歌颂，绣帨天成欲广骚。

学海只今鲛鳄横，新声休袭郁轮袍。

齐女门边委巷深，累床诵读意愔愔。

明经室有箕裘乐，近市居无爽垲心。

新学喧豗甄膺鼎，真才质实比浑金。

文翁便坐吾能假，痛念时艰望士林。

注：

① 踬：zhì，失败，绊倒，不顺利。

② 腹笥：fù sì，腹中的学问。笥，书箱。

③ 憎命文章：形容有才能的人遭遇不好。

④ 愔愔：yīn yīn，安静和悦的样子。

⑤ 爽垲：shuǎng kǎi，高爽干燥。

⑥ 膺鼎：仿造或伪托之物。

积雨乍晴，盆花竞放，对之欣然，即事有作

余寒未褪雨弥旬，偶见晴光似故人。

失喜盆花开烂缦，轩窗融得一团春。

一丛魏紫艳尤丰，难没屠僮护惜功。

移得惠山佳种在，细看未减且园红。

碧桃手植是三株，隔岁新花又着无。

忆上阜民台上望，千红万紫满城隅。

养花爱士夙同心，陪护犹惭术未深。

便拟储英重辟馆，高台端不羡黄金。

雨中

妒春风雨败新晴，蚕麦关怀百感生。

兀坐前轩还一笑，隔墙时有读书声。

牡丹移自惠山来，东院双苞忆昨开。

却喜儿童能解事，为张油伞护花台。

行县杂诗季春十二日

日晖桥外乍扬舲，西面山光着意青。

行过养牲官局畔，麻衣丙舍泪犹零。

（己亥夏秋，不孝奉先淑人柩寄厝丙舍者四阅月。）

乍晴天气便暄和，麦浪翻风漾绿波。

穰草菜花相间种，金铺紫缬野田多。

（草叶如金花菜，农人种为肥料，花皆紫色，村田处处有之。问名为"红花穰"，愧未多识也。）

日晡欃棹到横塘，古渡桥亭锁绿杨。

景好谩吟东野①句，画船过处鬓花香。

石湖绿抱上方阴，塔影摇摇卧水心。

欲问行春桥畔树，当年可见翠华临。

湖面初看似稻田，纵横葑草碧芊芊。

试寻三港通舟路，惆怅曾过范蠡船。

渔罾蟹簖满湖漘，画桨时时掠钓缗②。

只惜范村无处问，北山容有绘图人。

湖路东南入市桥，家家门外绿波摇。

水乡阛阓鱼虾贱，薄暮腥风尚未消。（蠡墅）

一街凉月市人稀，行饭闲从柳外归。

道左儿童知礼数，授书相对意依依。

（泊蠡墅之夕，散步月下，童子四五人追随道左，彬彬有礼，因以所携新书给之。）

金枥喧豗鼓角哀，五更十度过桥来。

今宵父老应腾笑，警夜初听第一回。

湖天无际晓烟低，春到菱芦绿正齐。

风景大佳民俗厚，村村舴艋正罱泥。

市门桥畔绿阴稠，扼要还思置鼓楼。
到此又闻湖外警，卫民术短更增忧。

（抵横金，闻东山典肆前夕被盗。）

小志曾寻柳氏书，为怜遗稿亦焚如。
越来溪路尧峰外，何处吴城问养鱼。

（柳质卿大令商贤有《横金镇志》，访之，陈君根源言稿亦毁矣。）

曲港桥低阻去程，归艎重向石湖行。
西塍百顷田新辟，谁教民知与水争。

湖滨沙浅长菰芦，新碧茸茸胜画图。
一曲一湾环水绿，黄筌③妙笔也应无。

行春桥内系吴槎，闲踏虹腰瞰浪花。
石径偶寻茶磨屿，荒烟蔓草寺门斜。

危磴纡回陟几层，摩崖字迹冒④苍藤。
只余一角寒潭水，供养山中洗钵僧。

赐笔犹看片石存，烟芜难辨范家园。
盟鸥说虎浑无迹，应剩湖山感帝恩。

（宋孝庙书赐范文穆"石湖"二字，尚存石壁。）

故人来迓步头船，九至还询渎上编。
父老儿童都说我，白须长又过年前。

山傍灵岩水四通，千家市聚地繁雄。
殷勤为订悬铃术，警备何殊德律风。

新笋如椽尺半粗，飞桡一夜过重湖。
漫嗤急棹金阊市，浃月吴侬作美蔬。

笋船衔尾满中流，为念龙孙劚劂⑤愁。
却忆昨朝看解箨⑥，治平寺里盛猫头。

晓开乡社集丁男，小队弓刀未尽谙。
怜尔趋公妨废事，新晴户户浴初蚕。

探奇又见笏如林，腰脚犹堪险处寻。
收揽白云中路去，已惭济胜负初心。

石屋天然面太湖，到来游侣二分无。
白头却被行人笑，上下龙门不倩扶。

把酒看山最有情，昔时宜雨此宜晴。
不应新绿输红叶，总觉林间石气清。

石麟翁仲⑦半倾颓，吉壤缘山尽可哀。
一穴独传唐主簿，万松深处我初来。

斜日轻舠又向西，夹河树色绿初齐。
半轮新月随船到，石步头边柳影低。

善人桥下槎船多，舼舠⑧蜻蛉满市河。
都为穹隆香会至，争输天饷⑨耐愚何。

梦回江上静无声，远处村鸡偶一鸣。
才觉玻璃窗忘掩，四更凉月半床明。

破晓舟行已出湖，前山塔影尚模糊。
不知石埠墩前水，果是香溪一派无。

青芝坞上晓烟轻，嫩绿浓苍画不成。
正是探梅曾过处，香风记得扑人清。

大堤西接虎山桥，入市方多上崦樵。
古迹徐村无处问，睡痕游徽未全消。
（光福本徐村，为南渡徐靖节聚族故也。）

邓尉东南是米堆，山头云气郁楼台。
烟岚深处湖光起，忆上还元阁看来。

水南山似趋胥口，水北山疑向虎溪。
麒麟辟邪随处见，两边宰树绿高低。

楞伽才过接灵岩，光福西头七级嵌。

三塔相望如卓笔，朝来云影正巉巉。

炼丹谁见竟升仙，两处台成鹤未旋。
不信赤松须赤石，黄冠终古网金钱。

双膝留痕尚有无，荒厓莫窜牧猪奴。
却欣百丈泉南下，三堰新成水可潴。

香船络绎武林多，佞佛真成士女魔。
膜拜竟抛天竺寺，茅君灵感究如何。

篷窗闲读剑南诗，两日传闻愧转滋。
倘使放翁今尚在，稽山剡曲亦堪危。
（近闻太湖、长洲五日中盗警者三。）

伐石剟岩深复深，直疑斫骨更刿心。
谁怜一卷居山志，幽境奇观无处寻。
（明杨循吉居山志即金山也，今凿石将尽，睹之慨然。）

城中高髻本堪忧，剪发蓬松到士流。
难怪村僮巾帼式，覆眉应使女郎羞。

薄俗其如蚁穴何，自怜孤掌集讥呵。
睢州已远碑空在，近为陶楼雪涕多。

水如丁字石桥通，夹岸人家绿树中。

却笑短垣丛篠外，团防新挂小旗红。

横山山麓墓田新，渴葬心伤咏絮人。

张绪风流遗恨远，纸钱重遣报针神。

（遣仆为曾季硕女士扫墓。）

估帆西上影如飞，我向东风逆棹归。

检点奚囊还一笑，此行日日恋春晖。

注：

① 东野：泛指乡野。

② 缗：mín，钓鱼线。

③ 黄筌：字要叔，五代时西蜀画院的宫廷画家，与江南徐熙并称"黄徐"，形成五代、宋初花鸟画两大主要流派。

④ 罥：juàn，缠绕；挂。

⑤ 劙劚：lí zhú，砍刺，割破。

⑥ 解箨：jiě tuò，竹笋脱壳。

⑦ 翁仲：原指铜像、石像，后专用以指墓前石人。

⑧ 舮舠：bù liǎo，小船。

⑨ 天馐：食物祭品。

友人招饮拙政园感赋

屡至如新入，名园耐久寻。

轩窗晴日爽，丘壑树中深。

花仅留余艳，藤刚布薄阴。

林塘闲徙倚，旧句一微吟。

山茶今不见，空咏骏公诗。

补种仍无迹，重来转自疑。

豪情曾几日，高会忆当时。

莫问将军树，聊同醉习池。

（园中山茶，吴梅村曾为作歌，久不复见。景月汀将军督粮吴门时为补植二株，今亦不存。光绪十五六年，魁文农方伯守苏，数与将军宴集于此，余亦与焉。今遂为陈迹，可慨也。）

自胥山北麓归（胥山，俗名"清明山"）

春渐阑珊夏又新，晴岚暖翠净无尘。

看山行到山深处，官事今朝不负人。

曲港弯环碧浪平，小桥外又棹船行。

尘劳半晌真消释，闲听双桡拨水声。

抚部校阅苏军寓目漫赋

浅草如茵碧四围，元戎小队有声威。

鸣枪过处无人迹，贴地浓烟带雪飞。

军容整肃是新图，步伐鱼鱼气不粗。

海国戎装形式在，精神增得几分无。

明耻原居教战先，何因剪发遍青年。

笑看帐下蓬松影，孙武吴宫合有缘。

感事

壮年投笔到元菟，惆怅轮蹄迹定芜。

下马情豪宵草檄，射雕技痒晓弯弧。

四边曾赞营田策，六旬亲编益地图。

长恨襟前知已泪，毁真销骨为明珠。

汉家丰沛比周京，紫气桥山日夜生。

旰食早忧根本计，边烽忽报鼓鼙惊。

天容蜗角争蛮触，地画鸿沟责誓盟。

也识杜充堪坐镇，不劳强敌忌威名。

形势南金蟹左螯，铁山天险海云高。

临淮壁垒惊飞渡，扬仆楼船唱董逃。

卧榻竟容人鼾睡，覆巢忍听户悲号。

执冰帐外前军墨，鸣镝雄风未足豪。

谁封山海一泥丸，诸将真从壁上观。

只恐喧宾真夺主，何曾见可但知难。

时危再起怜张浚（谓金坡兵备），内渡无期忆幼安（谓陶霖普大令）。旧雨

关怀辽雁杳，不因战骨始汍澜①。

注：

① 汍澜：wán lán，流泪的样子。

王庆诒文学祖龄，故人筠庄太守中子也。
自鹿邑来，下榻于我者四日，濒行，诗以赠之

故人谈笑杂庄谐，高论欣馔尚系怀。
有道碑辞差免愧（筠叟殁，余为志墓），右军家宝见弥佳。
来瞻遗爱长生社，归键明经治事斋。
只我白须今亦鬓[1]，下邦同慨俗情乖。

注：

[1] 鬓：bì，须多的样子。

枝头鹊

枝头哑哑双栖鹊，春来似为营巢乐。
飞飞出入尾毕逋，鸠伺其旁尔安托。
鹊兮哓哓音勿悲，漂摇风雨非所危。
羽翩弹肉今皆知，潜踪续竹彼一时。

吴中少年剪发为女子装，名曰"前刘海"，数年前所未有也。佻薄成习，渐染及于士类。余心悼之，厉禁累月，迄无成效。只轮孤翼，窃用自伤，偶成三十六韵，藉以志慨

吴俗日以愉，吴侬日以娇（上）。
巾帼半充衢，直恐丈夫少。
昔闻长安谚，高髻炫奇矫。
四方遂及尺，广眉等轻佻。
要止妇容然，男儿有仪表。

我初宰鸿城，十见禾生秒。

习虽狃奢华，路尚鲜妖娆。

重来睹浇风，夙夜忧心悄。

何人实俑斯，类自倡优肇。

剪发低覆额，甚与眉相翾。

双鬓故蓬松，项后垂缭绕。

顾影俨娉婷，膏沐争窈窕。

立疑倚市妆，行比柔条袅。

青年甘自贱，梳掠矜嫋嫋。

欲问贤父兄，义方训宜晓。

不使志轩昂，转任态娟姣。

雌雄几莫辨，辱矑鸟声小。

下流何足问，厮养犹狞挑①。

胡为华阀胄，也逐市门嘌。

鼓箧②士莘莘，佩刀人蹻蹻③。

明耻慎威仪，古义今皆杳。

哀哉一丘貉，妩媚共胶扰。

安知效韰辈，有狱因路殍。（狱中有前刘海者至十数人之多，前检道殣二，亦然。）

胡为铎徇频，荀论听终藐。（荀子《乐论》："乱世之征，其服组，其容妇，其俗淫"，即此类也。）

刘海生何世，荒唐舌为挢。

縶岂慕蛮荆，断发思远绍。

文身既不为，奇衺讵可瞭。

所悲我华族，弱肉四百兆。

复居妾妇侪，遂恐难存赵。

漫嫌缌④必察，实惧原能燎。

风俗系兴亡，自昔始微眇。

斯土夙清嘉，三让光犹皦。

豪俊出为时，乾坤责可了。

薰德首乡闾，宁忍轻心掉。

孤掌窃滋惭，补救无分秒。

口血尚哓哓，应怜子规鸟。

注：

① 牸挑：zì zhào，未满一周岁的雌性小羊。

② 鼓箧：gǔ qiè，求学。

③ 蹻蹻：jiǎo jiǎo，骄慢的样子；壮武的样子。

④ 缌：sī，细麻布。

迹盗至龙池山麓

青山合沓路蜿蜒，松桧千章绿蔽天。

野老导行时失道，何人惊梦到林泉。

峰顶龙池剩旧名，微泉尚喜出山清。

不知隔岭湖光好，时见白云林际生。

望中奇石势崚嶒，虎踞龙盘异伏腾。

只惜居山缒凿遍，云根高处半骞崩①。

宰树连村麦垄稀，小丛新蕊雪霏霏。

篾舆过处人争笑，野卉山花手撷归。

注:

① 骞崩: qiān bēng, 破损倒塌。

劭棠以戎装影相见寄,戏题一绝

海东尚武重精神,每惜儒冠耻效颦。

垂老许纾忧国虑,葭莩中有佩刀人。

北邻

北邻古寺多荒树,时有鬼车号日暮。

黄鸦黑鸹兼老乌,啼声并使闻者恶。

吴儿入耳惊相哈,袚除 ① 吐弃人无灾。

岂知羽族不自噤,鹏 ② 臆肯学三缄来。

欲鸣则鸣物皆尔,不平之激犹后起。

西园昨报大吉祥,谁闻鸑鷟 ③ 鸾凤凰。

注:

① 袚除: fú chú, 清除, 消除。

② 鹏: fú, 一种不吉祥的鸟。

③ 鸑鷟: yuè zhuó, 古书上说的一种水鸟。

即日

出郭诸峰顿改观,浓青郁翠绿迷漫。

望中活泼浑如滴,山色真宜首夏看。

天中日以角黍盐蛋饷学堂诸生，媵以二绝

湘水曾缠五色丝，蒲觞应动古人思。

莫嫌约束青菰密，益智多方在此时。

浑沌元黄义蕴深，地球形在亦天心。

坚凝足备和羹用，且向荠盐味里寻。

学堂英文教习力徐庵大令钟见余所作两绝，次韵来和，亦叠韵酬之

抗尘隐愧墨悲丝，风雨鸡鸣有梦思。

第五^① 不嫌相见晚，倾心忆数榜花时。

蛮触争端隐患深（来诗及日俄战事），通材自有济时心。

得师常为莘莘喜，漫泥伬卢字面寻。

注：

① 第五：指东汉官员第五伦。其人个性耿介，重义气，正直无畏，不惧权贵。《后汉书》载："伦始以营长诣郡尹鲜于褒，褒见而异之，署为吏。后褒坐事左转高唐令，临去，握伦臂诀曰：'恨相知晚！'"

早出

鸡声未歇梦惺忪，巷口迷漫雾尚封。

太息尊生高阁杳，一鸡飞地惜遗踪。

（署东长春巷为明王百穀穉登故居，尊生阁其所筑者也。）

何甥德辀以纨扇索书，应以一律

远道追随有至情，五年聚首阊闾城。

渭阳缱绻重来候，同谷凄凉四奏声。

话到乡关思宛转，恸余风木泪踪横。

羞将似舅绳①无忌，头白粗官久自轻。

注:

① 绳：赞誉，称赞。

前刘海行

噫吁嚱！吴中佻薄乃若此，千百男儿变女子。

雌风谁扇阊闾城，不羡冠裳羡钗珥。

昔闻土俗称清嘉，富盛日逐争繁华。

须眉气概忽销灭，少年竞欲充娇娃。

娇娃喜绾盘龙髻，眉峰横掩青丝丽。

妇容已诮市门妆，岂有儿郎甘自弃。

奇衺①何意到头颅，子弟全教学美姝。

蓬松短发周遭剪，额前项后疑流苏。

前为卷曲后纷垂，刷揿涂膏热不辞。

蓬头未薙同囚首，掠鬓多姿俨弄儿。

弄儿俑自雏伶作，效颦更见狂且恶。

舆台厮养无妍媸②，到处几同一邱貉。

老成鄙贱途人嗤，乡党自好当不为。

异哉华阀簪缨胄，绮龄乃亦时见之。

诗礼律度宁至斯，内无家教亦可知。

鱣堂③虎帐④尤堪诧，伤心明耻其何时。

列强眈眈瞰弱肉，擎天每向青年祝。

献媚甘为妾妇容，此情足为吾华哭。

人生志气须堂堂，英雄豪杰先端庄。

娉婷修饰奴子耳，嫁名刘海尤荒唐。

荒唐习惯忘廉耻，从知自贱由心死。

独怪家家父若兄，生男忍与娼优比。

我思易俗惭无能，隐忧搔短发髼鬠。

自悲瘏口怜孤掌，终冀狂澜止沸腾。

吁嗟乎！截发抟战古丈夫，束发厉志多名儒。

黔黎戴发足清白，迷离扑朔胡为乎。

注:

① 奇衺：qí xié，诡诈，邪伪不正。

② 妍媸：yán chī，美好和丑恶。

③ 鱣堂：zhān táng，讲学之所。

④ 虎帐：军营。

纪梦

梦陟灵岩第一峰，月明环眺碧芙蓉。

湖光近处天风远，送到楞伽烟外钟。

缘横山西麓返横塘

万顷新秧绿正肥，篮舆遄向市门归。

树连远岸风掀浪，山抱平畴雨合围。

田水漫畦声瀺瀺，林烟掠地影霏霏。

野行不尽苍茫感，驯雉何时共息机。

月夜宿还元阁

未脱尘靰^① 得净缘，湖山风月快当前。

松声花影供清赏，负此良宵二十年。

注：

① 尘靰：chén jī。靰，马笼头。尘事的牵累。

九月二十日黎旦，诣郡庙祈晴，
苏静庵、郭南云两令君皆未即至，独坐口占

户槛逾旬石未干，秋霖败稼入愁叹。

二三朋辈朝重集，十六年前苦独看。（己丑秋雨四十余日，同时祷晴诸人，今

惟余在。）

压屋云阴低欲坠，当门风信转偏难。

白头祷祀忧心在，闻道吴嵺^① 又淼漫。

注：

① 吴嵺：wú liú，嘉定的别称。

巡夜即事

夜午冲寒路转遥，街泥一尺雨潇潇。

丛祠灯火人如蚁，争看冬防第一宵。

小病休沐，寄怀蒋醉园学博一首

衙斋把盏忆鸿城，过我高轩失送迎。

赵壹^①尚怜追路意，献之刚寄渡江情^②。

别来所见乾坤异，病里相思肝肺清。

知旧飘零吟兴在，看从铁瓮^③听江声。（醉园近铨丹徒校官。）

注：

①赵壹：东汉名士、文学家。以辞赋驰名，为"陇上三大家"之一，在汉赋发展史上自成一家，独树一帜。其传世名作《穷鸟赋》比喻自己当时如同一只被困住的鸟，走投无路，"思飞不得，欲鸣不可"。虽然表现的是个人的际遇情怀，但确也反映了严酷的社会现实，故易引起共鸣。

②献之刚寄渡江情：此句讲的是王献之的爱情故事。王献之专门写了《桃叶歌》，有"桃叶复桃叶，渡江不用楫。但渡无所苦，我自来迎接"。

③铁瓮：镇江古城名，三国时孙权所筑。

嘉平望夕纪异

江南得雪如祥瑞，数年无雪亦常事。

大官望雪作休征，年年祈祷昭诚意。

花罂水浸杨枝枯，道人西侍东僧雏。

木鱼乍歇铙鼓震，喃喃恍见群龙趋。

龙公似识屯膏耻，不待滕六先惊起。

疾雷闪电破空来，白雨斜飞若流矢。

檐溜潺潺彻夜喧，寒衾转讶回春暄。

四更风力疑剪水，起视屋瓦终无痕。

雨师风伯归何处，朝来重见同云沍^①。

不烦迂叟^②讶非时，五行志传^③皆顽固。

注：

① 沍：hù，冻结。

② 迂叟：yū sǒu，字面意思是远离世事的老人。此处是指司马光，他自号"迂叟"，北宋政治家、文学家、史学家，主编《资治通鉴》。

③ 五行志传："五行志"是史书"志"的篇目之一，汉班固撰《汉书》始创，记载日食、月食、星体变异和各种灾害以及阴阳学说，从此历代正史都承继此体例。

梦中得句，因卒成一绝

经年吟兴苦寒悭，一寸灵台似闭关。

却笑梦中犹得句，诗如合浦待珠还①。

注：

① 合浦待珠还：比喻东西失而复得或人去而复回。

题徐叟子云母子节孝遗像册

母节子孝天下知，中兴名相亲题词。

穹碑尚蠹枫江湄，楼虽已圮石未移。

饮冰茹蘖①先在兹，大书深刻名久驰。

居者行者咸见之，况经孝子诚挚挚。

表扬志以终身持，求名流文巨手诗。

揭贞烈行期昭垂，旌褒②天语如纶丝。

并刊一册相赠遗，不胫遂走天之涯。

观感首及恤纬③嫠，亦有涕泪惭乌私④。

裨补风教扶纲维，伟哉孝子行可师。

胡为毕世嗟数奇，垂老困顿无立锥。

我从澄江见梨眉，八十衰翁歌五噫。

几朝为送归山輀^⑤，至今追忆犹嗟咨。

再瞻遗像为深思，大节既与千秋期。

遇不遇亦奚足悲，内行若此斯无亏，人伦师表实良规。

注：

① 饮冰茹蘖：yǐn bīng rú niè，指生活清苦，为人清白。

② 旌褒：jīng bāo，表彰。

③ 恤纬：xù wěi，忧虑国事。

④ 乌私：孝养父母。

⑤ 輀：ér，古代运棺材的车。

感兴

百僚底愧说忧时，坐对疲甿已汗滋。

趋府早行霜在地，放衙晚退月当墀。

惊心雷雨方祈雪，过耳风谣笑入诗。

谁聚六州重铸错，东南民力恐难支。

嘉平廿一之夕，大风怒号，达旦乃止，晨起则皑皑一白，雪积盈寸矣，喜而书此

龙公试手惊神速，高下银花堆簇簇。

从知一夜风声号，虎啸鼍鸣送滕六。

滕六税驾初迟迟，两旬前忆空祷祠。

祈雪不应雷雨作，先驱岂属阿香^①司。

非时震电知何为，郊原泽溥要可贵。

郁蒸净洗转寒威，宜有祥霙导和气。

遗蝗尽殄麦青青，六沴所伏消无形。

我衰懒斗尖叉韵，乐岁农歌却喜听。

注：

① 阿香：神话传说中推雷车的女神。

头痛戏书

脑筋衰后血难升，欲愈头风苦未能。

无用骈俪今尽废，檄文何处访陈琳①。

注：

① 陈琳：指建安五年，陈琳写的《为袁绍檄豫州文》。在文中，陈琳指责曹操"身处三公之位，而行盗贼之态"，并咒骂其父祖。曹操当时正苦于头风，病发在床，读了陈琳的檄文，竟惊出一身冷汗，跃然而起，头痛也顿时消失。

岁除迎春，舆中口号

吴门迎到九番春，除日东郊仅此晨。

腊雪再经占乐岁，桃符初换少闲人。

旌旗夹道千门喜，天地明朝万象新。

十六年来谁旧侣，白须似我有芒神。（是日所见芒神，白须彪彪，令人忍俊不禁也。）

乙巳元日

吴门匏系① 久，重见岁朝春。

童叟喧奇遇，衣冠困浃辰②。

夷庚③ 通故国（谓川汉铁路将开也），週甲④ 愧陈人。

尚惕冬雷震，还欣瑞雪频。

注：

① 匏系：páo xì，羁滞；不为时用；赋闲。

② 浃辰：古代以天干地支纪日，称自子至亥一周十二天为"浃辰"。

③ 夷庚：平坦大道。

④ 週甲：zhōu jiǎ，满六十年。干支纪年一甲子为六十年。週，同"周"。

偶成

剧甚春寒老自怜，风斜雨横雪漫天。

眷怀邓尉山南路，负约梅花又一年。

感事

时局如棋胜着难，一枰草草势将残。

凤麟尚有桑中喜，鹬蚌方从壁上观。

两戒画江天堑隔，五丁开路地泉干。

官居近傍要离蒙，梦里长虹剑气寒。

韦白二公祠诣祭

并世清芬溯季唐，丛祠犹幸未全荒。

焚香扫地闾阎静，喜雨忧禾意思长。

刺史能诗州有例（"苏州刺史例能诗"，唐人赠香山句也。），国殇合祀祭同堂（东
室即昭忠祠，是日同举祀典）。

只今物议轻文藻，从政风流入感怆。

休沐之夕得句示侃儿

春寒如水额如冰，深帽笼头似病僧。

行过院东还一笑，儿曹方伴读书灯。

有客

有客连朝脱帽过，年来吴会舌人多。

息心渐解侏僶语，握手如闻捉搦歌。

行集宾厨靴橐橐[①]，忆看学舍舞傞傞[②]。

长生不死畴能保，问待河清寿几何。

注：

① 橐橐：tuó tuó，象声词，硬物连续碰击声。

② 傞傞：suō suō，参差不齐的样子。

大风，登石湖北寺佛阁

春光苦被春寒勒，盼到春晴风未息。

今朝轻棹始出城，封姨[①]作剧亦何亟。

横塘西来帆脚蹯，百丈无功船屡仄。

行春桥畔强停桡，九窦喧豗波减减[②]。

偶循麦垄踏虹腰，衣裾几作拼飞翼。

范相祠堂急扣关，入门已带风尘色。

摩挲薜碣眼为明，淳熙御笔留深刻。（孝宗御书"石湖"二字及文穆自记之碑，

尚嵌墙阴也。）

破屋荒凉蛛网摇，难为村甿述嘉德。

池南废院今何有，倚壁寒潭水深黑。

琳宫绀宇久无存，兵燹卅年蔓荆棘。

只余佛阁矗山腰，孤僧饿觊龙象力。

我缘危磴重扪陟，俯瞰石湖在阶城③。

回旋十里抱楞伽，塔影倒漾波心直。

斯时狂吹助澎湃，吟啸似起蛟龙国。

白波如山高复崩，估帆掠水冲不测。

南樯尽偃急双桨，欲前不前趋岸侧。

四山林木声撼空，鹰隼退飞群鸟匿。

湖心双屿浪击撞，如钟噌吰④石破泐⑤。

僧言其上昔横桥，两亭相望势崒崱⑥。

传闻曾讶翠华临，几度观鱼张九罭⑦。

至仁爱物钓不纲，碑题宸翰钦严敕。

红羊劫过独岿然，追颂盛明泪沾臆。

却惭守土恧无能，瑶检云章未修饬。

更闻弗月⑧集中秋，深宵画舸纷如织。

年年冶习狃吴侬，睢州不作谁裁抑。

轩窗徙倚意踌躇，鉴此寒泉为心恻。

归途自讶粟生肌，遑问庭花开未得。

磨盘峪外又回舟，惆怅范村人不识。

盟鸥说虎渺何许，遗迹茫茫耿相忆。

注：

① 封姨：又写作"风姨"，是神话传说中的司风之神。

② 淢淢：yù yù，水流得很急的样子。

③ 阶墄：jiē qī，台阶。

④ 噌吰：chēng hóng，形容钟的声音宏亮。

⑤ 泐：lè，裂开。

⑥ 崭崱：zhǎn zè，高峻宏大的样子。

⑦ 九罭：jiǔ yù，一种带有囊袋以捕捞小鱼的网。

⑧ 弗月：chǎn yuè，串月。

灵岩西麓拜韩蕲王墓道

穹碑五丈出林端，定国元勋字郁蟠。

晚掷骑驴闲岁月，地留遗蜕古衣冠。

援枹红粉应同穴，夹道苍松亦耐寒。

化鹤不来时变剧，再生犹恐将才难。

琴台为灵岩最高处，登眺太湖有作

历尽危坡古寺开，抚琴踞石有高台。

世传艳迹沿讹久，水荡灵湖作势回。

浩浩天风人独立，茫茫烟树影千堆。

浮图五六周遭数，此际都从脚底来。

啄木二十韵

北窗掩书坐，有鸟翩然集。

来栖窗外枝，相隔寻未及。

褐衣覆铜距，项翅斑锦袭。

颠毛渥丹如，四顾迥独立。

乍止意徘徊，欲翔翼又戢①。

瞬睨疾于鹰，㩳②身见严急。

居然善磨厉，殆恐锥钝涩。

忽看俯而啄，一啄必过十。

阁阁复丁丁，振响声倏翕。

谓是稻粱谋，枯条无一粒。

谓将蠹孽除，残柯鲜伏蛰。

胡为不惮烦，奋迅势汲汲。

矫翩怒双眸，攻坚苦不给。

岂因易腾骞③，搜剔遂成习。

爪觜④安足矜，羽毛慎自葺。

弹射不易防，笼笯⑤当尔挚⑥。

淮南有古方，肉疗齫龃岋⑦。

微躯等爵鹬⑧，讵足供鲸吸。

禽言倘可通，馋噱亟收拾。

人谁一鸣惊，我忍三嗅泣。

注：

①戢：jí，收敛；停止。

②㩳：sǒng，挺起，挺立。

③腾骞：téng xiān，飞腾。

④爪觜：zhǎo zī，鸟的爪和嘴。

⑤ 笼笯：lóng nú，鸟笼。

⑥ 挚：zhì，拘禁。

⑦ 业岌：yè jí，高壮的样子。

⑧ 爵鹌：jué ān。爵，通"雀"。比喻微不足道的。

禊日^①，偕长元屙试童军，慨然有作

改制偏争羡鲁芹，风檐扰攘半终军。（三县就试合八百人，多幼童。）

但夸下笔春蚕疾^②，谁问观书亥豕^③分。

世道忧虞今日剧，文章气骨几人闻。

笑看挑菜归休去，景范堂前日未曛^④。

注：

① 禊日：xì rì，禊事活动之日，一般在春季三月上巳日进行。

② 下笔春蚕疾：比喻下笔疾书，一片沙沙的声音，好像春蚕在吃桑叶。

③ 亥豕：hài shǐ，"亥"与"豕"的篆书字形相似，容易混淆。用以比喻因字形相近而讹误。

④ 曛：xūn，天色已晚。

赠高邮汪炳青学博恒

广文官冷不知苦，早识先生中有主。

鸿城连轸十年前，今朝锁院重听雨。

锁院沉沉春昼长，天阴雨急声浪浪。

门前剥啄不得静，无哗战士何颠狂。

偃息俄惊时已久，卓午且歌将进酒。

停樽往复快清谈，抾触情怀为搔首。

先生旧家淮壖东，文游台畔翔儒风。

尚书父子粹经术，同时旗鼓推汪中。

五经无双拟叔重，邗江上下多麟凤。

百年薪尽火犹传，训士总期征实用。

我曾珂里①拜师门，水木清华侍裕园。

十八鹤堂②剩衰草，白首侯芭③空泪痕。

伤心最是藏书尽，丹笈青箱不堪问。

可怜传砚待孙枝，何时亲见箕裘振。

九辩还思宋玉才，麻衣京国初归来。

衣钵感深师弟子，湖云北望凄余哀。

老辈凋零悼梁木，后来之秀兴白屋。

乡里人文迭盛衰，瞭然并入先生目。

先生不厌苜蓿盘，儒林久作胡瑗看。

经义治事诏来者，喜新谁念人师难。

斋居勤劳不暇逸，如含瓦石曾何恤。

礼殿罘罳④栋不骞，泮池礴石泉无溢。

逋租岁岁恤吴农，膏润远逊东邻供。

割廉赴义独肩任，修羊不继无戚容。

子衿欢豫长依恋，黉舍莘莘盛才彦。

菁莪移植到蓬山，十二年中已三见。

古稀过又四年余，孤灯夜写蝇头书。

鸠杖不扶腰脚健，充然道气谁能如。

去官郭泰衣如雪，庭前童子森成列。

试事连朝倚代庖，先生光霁群情悦。

只今科目饩羊侪，士气嚣陵酿隐忧。

横议纷拿恣掊拾⑤，纵横今古人人优。

奇衺浸渍鲜知耻，敢薄忠孝趋自由。

论文校艺复奚事，孰谙藻缋⑥穷雕锼⑦。

狂澜砥柱将焉恃，乾坤纲维在伦纪。

彝常责任寄师儒，万古人心原不死。

先生有道人岂知，不知不愠神怡怡。

伯业⑧齿衰终好学，郑虔樗散只随时⑨。

时艰仕宦谁飞伏，忧危易动唐衢哭。（谓唐右惺广文。）

且息尘机问我师，虚心向往淮南竹。

注：

① 珂里：kē lǐ，对他人家乡的美称。

② 十八鹤堂：李超琼的老师夏路门是高邮人，高邮夏氏堂号叫"鹤来堂"，传说建堂时有十八只白鹤飞来。

③ 侯芭：又名侯辅，西汉著名的文学家，是杨雄的弟子，专攻杨雄的《太玄》《法言》，深得其要旨。

④ 罘罳：fú sī，古代设在门外的一种屏风。

⑤ 捃拾：jùn shí，拾取，收集。

⑥ 藻缋：zǎo huì，华丽辞藻。

⑦ 雕锼：diāo sōu，雕刻。

⑧ 伯业：伯，通"霸"，霸者的功业。

⑨ 郑虔樗散只随时：杜甫《送郑十八虔贬台州司户伤其临老陷贼之故阙为面别情见于诗》有"郑公樗散鬓成丝"之句。郑虔即郑广文，因安禄山之乱，虔任职于其中，平叛后被贬台州。樗，chū，很差的木材，多被闲置，常比喻无用之才。

次殷厚培观察李尧韵

骢马南行忆昔年，绣衣直到锦江边。

尚传御史能言事，真见文官不爱钱。

简自帝心移北鄂，碑留民口遍西川。

看君记事珠全在，勿药应占步履便。

终覆日示前茅诸童子

争夸八比脱拘牵，策论抢才又五年。

试事已同羊告朔^①，文思犹见骥奔泉^②。

卧薪泪赤艰危局，拾芥^③衿青^④弟子员。

知否乱征偏断发，隐忧先望绛荀篇。

注:

①羊告朔："告朔饩羊"的省称。原指鲁国从鲁文公起就不亲自到祖庙祭祀，只是杀一只羊应付一下。后人遂以此比喻办事照例应付，敷衍了事。

②骥奔泉：成语"渴骥奔泉"的省称，意思是像口渴思饮的骏马奔向甘泉。形容文思敏捷，笔法矫健。

③拾芥：捡拾地上的小草，比喻取之极易。芥，小草。

④衿青：衿，衣领。青衿指旧时读书人穿的衣服，以物喻人，借指读书人。旧时也代指秀才。

送赵豹文同年梦泰之官华亭

五茸^①城郭剧春残，凫舄雍容夹道观。

到日万家丝愿绣，公余一卷粝^②能安。

地邻海市楼台幻，臣本书生禁网宽。

好是子方经术润，化成驯雉^③喜同看。

注：

① 五茸：wǔ róng，春秋时吴王的猎场，又称五茸城，在今上海松江。松江别名茸城。

② 粝：lì，糙米。

③ 驯雉：xùn zhì，原意为驯服的鸟兽，后人以此称颂地方官吏施行仁政，泽及鸟兽。

沈阴① 三章章五句

沈阴绵绵春昼冥，十日九雨宵无星。

朱明② 羲驭③ 疑尹邢，何当净扫五里雾，眼快吴山烟草青。

画江半壁分疆符，临淮壁垒银刀都。

璇宫新运神明谟，一夕数惊复何事，角城月黑鸺鹠呼。

紫标百万人嫌少，六街铮铮声了了。

烟销火灭铅沙杳，鸳鸯牒讶月圆初，垂杨不缩西飞鸟。

注：

① 沈阴：积云久雨。

② 朱明：古代称夏季为朱明。

③ 羲驭：xī yù，太阳的代称。

舆中有飞花扑怀，戏占一首

尘鞅① 羁驰日往回，故园空忆好花开。

白头不患芳蕤② 妒，犹向篮舆扑面来。

注：

① 尘鞅：chén yāng。鞅，套在马颈上的皮带。比喻世俗事务的束缚。

② 芳蕤：fāng ruí，盛开而下垂的花。

书扇赠管生济安义华

渥洼 ① 汗血驹，学步已惊众。

丹山雏凤声，试舌无凡哢 ②。

莘莘天下才，千秋推管仲。

后来之秀见吾子，鼻祖遗徽应继美。

握中几尺青珊瑚，待贾善沽休问市。

只今风尚争趋新，相期挺挺扶彝伦 ③，铭心忠孝彼何人。

（李贤年九岁，有"忠孝之道，实铭于心"数语，见《周书本传》。）

注：

① 渥洼：wò wā，水名，在今甘肃安西境内，传说产神马的地方。此处代指神马。

② 哢：lòng，鸟叫。

③ 彝伦：yí lún，常理，伦常。

三月之晦，有事高等小学堂。沈生敬思，学童中翘楚也。
见其清减颇甚，深为之惜，既以业旷志荒警之，复作诗以相勖

一春瘦尽沈郎腰 ①，忆否韶华剩此朝。

人事有涯时易逝，学程无尽路方遥。

织帘家法荒嬉少，蕴玉文思领悟超。

好惜分阴期宝晷 ②，培材属望在英翘。

注：

①一春瘦尽沈郎腰：南唐后主李煜《破阵子·四十年来家国》词中有"沈腰潘鬓消磨"一句，"沈腰"讲的就是沈约。他担任了尚书左仆射，已经算是高官，但他并不满足，还想做宰相。皇帝没答应他，沈约就写信给他的好友徐勉发牢骚。他在信中说："百日数旬，革带常应移孔；以手握臂，率计月小半分。"后人遂常以"沈腰"来形容病容憔悴，抑郁多疾，带有怜悯性质。

②宝啬：bǎo sè，宝爱。

连理行，示雷生亮采、叔涛兄弟

灵岩山头云五色，见之占比韩魏国。

山中嘉树郁清奇，新柯秀挺连理枝。

一枝已作凌云势，一枝又耸昂霄姿。

凌云昂霄气高远，大材为用知有时。

豫章梗楠①岂难得，搜岩②不待生飞翼。

海底十丈青珊瑚，尚有铁网能为力。

骅骝骐骥③千里驹，渥洼汗血凡马殊。

世无伯乐苦皮相，神骏亦自骧天衢。

世间万汇争声价，惟从自待甄高下。

冥灵大椿无岁年，菌芝④昕莫惊开谢。

琪树瑶林迥不侔，荄⑤深托厚根盘螬⑥。

雨露天恩滋异质，山川地脉孕殊尤。

尤物同根足珍贵，况称连璧在同气。

荀龙薛凤⑦得原难，见此双珠心顿慰。

从知五桂三槐门，代盖善气钟灵根。

杏林橘井活枯槁，屋树已似楼桑村。

双岐之麦同颖禾，古来瑞应流传多。

挚槐宋橘昔赓颂，二干一心今则那。

援神契早披仙牒，种仁植义由累叶。

直节培成剑化龙，奋迅风雷鼓鳞鬣。

君家变化尤最神，丰城剑气干星辰。

披华振秀伟时栋，竞秀同扶大雅轮。

注：

① 豫章楩楠：yù zhāng pián nán，豫章、楩、楠，都是名木。

② 搜岩：比喻多方搜求民间遗才。

③ 骅骝骒骍：huá liú lù ěr，均为骏马名。

④ 菌芝：灵芝。

⑤ 荄：gāi，草根。

⑥ 盘蟉：pán liú，蜷曲，盘曲。

⑦ 荀龙薛凤："荀龙"是指东汉时荀淑有八个儿子，人称"八龙"。"薛凤"是指隋朝薛元敬与薛收、薛收族兄薛德音，三人被当世誉为"河东三凤"，分别为鹓雏、长雏、鸷鹗。整个词用于祝贺人得子的贺辞。

感事

帗蒙① 初夏六日晴，定慧寺门撞搪呼。

汹汹麕集非吾徒，大好身手腾猱玃②。

蓬松短发蒙瓠壶③，元衣吉莫④黑云都。

双悬瑷瓀⑤墨两矑⑥，千声邪许摧崑瞿⑦。

金刚罗汉皆枯株，既踣且碎同刲刳⑧。

谁欤抱佛泪泻珠，拳老手毒号僧雏。

倒篌搜攫紫衣襦，绣囊目笑子母蚨⑨。

谓破迷信惩髡奴，玉局⑩髯仙自速辜。

祠堂香火依浮屠，踢翻鹦鹉畴能扶。

秃鹜啼来缚而驱，捉将官里从羁拘。

公孙敢貌前大夫，画中彼美饱伊蒲⑪。

天王执义罚无逋，行人不用空嗟吁，清嘉礼俗推句吴。

注：

① 旃蒙：zhān méng，天干中乙的别称。《尔雅·释天》："太岁在甲曰阏逢，在乙曰旃蒙。"

② 猱㺝：náo chū，虎类猛兽。

③ 瓠壶：hù hú，一种盛液体的大腹容器。比喻虚有其表。

④ 吉莫：皮革名。

⑤ 靉靆：ài dài，形容云彩厚密的样子。

⑥ 矑：lú，视。

⑦ 昙瞿：tán qú，作佛的代称或借指和尚。

⑧ 刲劀：kuī kū，剖割。

⑨ 子母蚨：zǐ mǔ fú，即青蚨。传说用青蚨的血涂在钱上，能够使钱再回来。后人因以"青蚨"代称钱。

⑩ 玉局：棋盘的美称。苏轼曾任玉局观提举，后人遂以"玉局"称苏轼，此处指苏轼。

⑪ 伊蒲：斋供，素食。

石步头

水曲通山步，停桡暑气清。

连村桥上下，列肆石纵横。

生计嗟何细，豪驵①忍独争。

绿阴行不尽，环诉愧疲氓。

注:

① 豪驵：háo zǎng。驵，骏马，壮马。此处比喻骄横狡黠之人。

双梧

筃斋清气满，爱此碧梧阴。

两树高低绿，凉云盍道心。

细篠

墙阴竹几丛，青及墙之半。

娟娟动微风，且作筼筜看。

丛花

繁花一丛丛，红白递深浅。

姊妹笑相逢，谁充金屋选①。

（花初放，甚娇，渐作粉红色，转白始萎，俗名"十姊妹"。）

注:

① 金屋选："金屋之选"的省称，意思是指被贵人选为妻室。

草球

根如青蚓结，叶似翠鸾雏。

匏系空依傍，清泉自灌输。

戏书

庭畔梧桐花，纷飞若飘雪。

簌簌点苍苔，满地黄金屑。

前朝雨过屋角晴，白茸细脱微风轻。

绿阴作盖花盈斗，谁信莱芜宦况清。

暑夜

虚廊夜坐晚凉生，炯炯疏星树隙明。

疑雨疑风频起视，梧桐花落扑檐声。

留园独坐

绿阴如幄午风凉，树底新荷正满塘。

清暑最宜长夏好，不须待问木樨香。

（亭有"闻木樨香"额。）

石径晴光色绀青，长枫细柏绕棕亭。

鸟啼声碎鸣蝉缓，大似笙簧耐细听。

留别士民八首

鸿城赋别六年前，重领金阊地右偏。

父老视犹同志友（谓故人中江凌镜之大令），湖山疑结再来缘。

一分宽未妨新政，两岁丰欣少旷田。

只苦疲劳羁首剧，梦魂长恋惠山泉。

明诏培材责望深，亟思讲舍遍湖浔。

富强自贵开民智，伦纪端须正士心。

城阙鳣堂功合建，渎川象舞彦如林。

向风鼓箧终相踵，珍重脂膏竭不禁。

柔桑如幄稼如云，百里湖波润泽分。

地与水争嫌左计，堧缘堰筑绍前闻。

缪肜泣讼惭身教，王涣行田勉力勤。

太息西山虚籍在，代输棉薄漫欣欣。

山访居焦石郁嵯，劚幽凿险遍岩阿。

细关生计萦鳏急，曲庇豪驵鬼蜮多。

幻术点金谁变化，谤书盈箧任讥呵。

腰缠敢蔑莱芜长，舆论公评谓若何。

三季风浇浴益浮，百僚底独抱深忧。

服妖似憯章身义，容妇偏甘剪发游。

拙比阳城宜下考，喜承元礼得同舟。

阽危无补仍尸素，敢为衰迟怨白头。

充隐无期却爱山，灵岩诸岫屡跻攀。

天平枫叶霞千尺，雪海梅花玉一湾。

陶写宦情春入抱，流连僧话月同闲。

无多遗爱留陈迹，吴下新诗讵忍删。

去时依恋见民情，夹道香多汗亦赪。

错比崔戎靴为脱，自怜同甫剑空鸣。

折腰我愧陶元亮，强项人嗤董少平。

欲问胥江江畔水，当前谁浊更谁清。

临岐休唱古阳关，黄浦东西带水间。

但惧宓琴难化俗，夙师陶甓^①耻偷闲。

素心忧乐区先后，白首瑶华盼往还。

珍重亭林肩任意，匹夫有责况时艰。

注:

① 陶甓: táo pì, 原指陶砖, 泛指古砖。

南汇集卷第十九

初至南汇

盐铁塘西沃壤宽，七棉三稻满沙滩。

帆樯屡碍溪桥小，风雨微兼海气寒。

碧血遗祠凭吊近，黄茅新涨息争难。

江城幽意生机盎，野树田禾入市看。

寄谢李萼仙司马修梅

浊世翩翩韵味清，江淮早岁艳才名。

刘蒉①岂待登科重，谢弈方看岸帻②行。

靴板追随真气在，珠玑错落好诗成。

白头惜别频回首，不止汪伦送我情。

注:

①刘蒉: liú fén，唐代官员，据《新唐书》载，刘蒉"博学善属文，明春秋，沉健有谋，浩然有救世志。宝历二年，擢进士第。时宦官专横，蒉常通疾。太和初，举贤良方士，能直言极谏。是年冯宿等为考策官，见蒉对嗟服，以为汉之晁（错）董（仲舒）无以过。但中宦当途，畏之不敢取。正人传读其文，有相对垂泣者。谏官御史为之扼腕愤发，执政反从而弲之。时被选者十二三人，所言皆亢龊常务，颇得优调。河南府参军李郃谓人曰:'刘蒉下第，我辈登科，实厚颜矣!'"

②岸帻: àn zé，掀起头巾，露出额头。形容态度洒脱，衣着简率不拘。

阅城之日，偶书所见

重闉如瓮中，竹树森森绿。

高拂女墙腰，苍翠满城曲。

想见抱关人，于此幽兴足。

圜阓^①一纵横，形如十字布。

市外稻连畦，平流绕芳树。

指点东西潭，应拟山阴路。

城隅有人家，茅屋俯流水。

灌莽夹疏篱，门巷竹阴里。

市声定不惊，何必深山徙。

一巷越方塘，下有荷花坞。

翠盖与红衣，杳焉不可睹。

秋水深复深，惟见鵁鶄^②舞。

注：

① 圜阓：huán huì，街市，街道。

② 鵁鶄：jiāo jīng，池鹭。

杨棨棠大令以东洋织画二幅见馈。每一凝睇，如置身烟水中，令人有濠濮间想。因掇叙都凡，以志怡赏，得诗二首

崇冈残雪亚，复岭淡烟起。

倒影相蔽亏，寒浸半湖水。

微波碧粼粼，风定浪不止。

暮天云黯淡，晕入清漪底。

何来两虚舟，峭帆张未弛。

野渡寂无人，归棹正双舣。

想见踏沙去，行穿青嶂里。

松竹翳岩幽，疑有隐君子。

澄湖月二更，渔舟恣独往。

西风饱孤帆，右舷趁收网。

流光漾空明，极望接泱漭①。

蟾辉彻底莹，蛟龙不敢上。

萧萧芦荻间，凉鹭宿三两。

声疑冷梦惊，水炫雪衣朗。

悬知船过处，但听菰蒲响。

清景耐凝思，芙蓉忆畴曩②。

注：

① 泱漭：yāng mǎng，广大的样子；浩瀚的水面。

② 畴曩：chóu nǎng，往日；旧时。

到官之初，假寓惠南书院。门前蔬圃稻畦、小桥流水，视乡野不是过。夕阳既下，必徒步徙倚其间，致足乐也，诗以纪之

旬日光阴案牍销，晚凉门外足逍遥。

稻畦露上千珠颗，莎径烟环两石桥。

地傍城隅饶水木，人归市外半渔樵。

宦情淡欲依农圃，田父蔬佣近可招。

聚奎桥夜坐玩月

曲港湛然清，湿银宫阙敞。

龙堂深复深，倒悬玉镜朗。

流云吞吐光陕输 ①，如听银扃 ② 开阖响。

捉月月不近，掬水水初寒。

虹腰徙倚恣环眺，野树尽变青琅玕。

长空雨洗秋意爽，露重渐觉衣裳单。

空轩归卧肃魂梦，再从鹤背乘云看。

注：

① 陕输：不定的样子。

② 银扃：yín jiōng，银质的门扇。扃，原指从外面关闭门户的门闩、门环等，此处借指门扇。

七月既望，拿舟出闸港，将为云间之行漫赋

黄浦东来不见山，轻舠竟日荻芦间。

平流水静青苹合，夹岸阴多绿树环。

秋暑未衰经雨褪，水程易达待潮还。

五茸西指斜阳外，且事咨诹遍市阛。

祷晴偶应，适陆子才学博同年锦埏以诗自郡见寄。
乃甫阅二日，而雨又大至，闵农忧岁，悒悒不自怡，因次元韵报之

我家岷下多梯田，田皆种稻不种棉。

纺织悉得江南估，道远直倍吁可怜。

揭来宦游三十载，所历南北路几千。

棉田当数斯邑盛，苗条葱蔚高齐肩。

淡红黄白色数变，入境四顾花连阡。

只惭不德戾和气，随车雨疑从漏天。

漂摇五日势未已，拊心惕惕恒思愆。

新铃初孕惧摧折，龙公恶剧胡为然。

占风渐有西北信，跂盼^①海甸空云烟。

故人忧岁有同志，诗筒递自松江船。

夜来檐溜声始静，起祷念切难安眠。

晓窗红日忽射眼，失喜竟欲歌丰年。

岂知骤晴等一暴，雨师返驾殊轻便。

未申诚款深自咎，不尔羲驭宁变迁。

安得鲁阳之戈一挥阴翳破，尧曦舜日随风旋。

注：

① 跂盼：qǐ pàn，抬起脚后跟盼望。

夜雨

夜雨潇潇独坐听，朝来檐瀑响初停。

隔窗蜗篆漩如画，近海龙风气亦腥。

壁藓痕添连瓦绿，庭柯叶重压墙青。

关心四境棉铃腐，自闵忧农达旦醒。

书慨

雾合烟驰日影迷，连朝雨意尚凄凄。

盼晴西北风偏少，濒海东南地本低。

水堰浚仪思汉吏，云开衡岳愧昌黎。

无端助虐添箕伯^①，棉稻忧伤意惨凄。

注：

① 箕伯：jī bó，风师，风神。

灾后书事

秋仲魄哉生，风雨亦何恶。

龙吟破长空，鳌动震广莫。

午夜天扤如，仿佛哭声作。

惨慄不能寐，疑虑数惊愕。

惟时东海上，蛟龙方肆虐。

黑浪翻空来，一扫万家落。

顿令膏沃产，悉被阳侯①掠。

哀哀沙畔氓，不论强与弱。

命尽梦未醒，水急路难索。

上树忽覆巢，踞瓦惊解箨。

盘涡一漩起，残喘又飘泊。

呼号气早暗，力敢鼋鼍搏。

圩塘径百里，啮溃等刬削②。

保障既不存，吾民复焉托。

圩西哭且逃，揭厉③不遑顾。

圩东哭不闻，欲逃亦无路。

人言崇沙民，结茅濒海住。

地思与水争，比户皆亲故。

呼啸带刀耘，犷比兽易怒。

一宵葬鱼腹，骨肉难重遇。

悬知入溟渤，骸骼正无数。

可怜圩旁室，橡栵皆倾仆。

死者既狼藉，生者方暴露。

危堤一线间，老稚争蚁附。

爷娘犹窜呼，子女偶惊晤。

鬼影晓憧憧，恍惚见沿溯。

胡然没雾中，讫未临津渡。

魂魄隐余悲，冤苦向谁诉。

我乘舴艋行，不待伍伯呼。

出郭未半里，积潦已断途。

衔尾蜻蛉舟，白粲 ④ 兼青蚨。

计经一日夜，辘辘饥肠枯。

果腹急何择，讵嫌粝食粗。

连船载寒具，妇稚休揶揄。

最惨水上尸，偃仰无差渝。

小或未三尺，黄口抑何辜。

睹之泪横溢，哽咽潜悲吁。

前宵敦匠严，责成在须臾。

桐棺三寸薄，犹胜暴筋肤。

为德感同志，木美亦乐输。

掩骼毕五日，为粥当交衢。

逝者长已矣，生者责在吾。

吾衰愧凉薄，贻害及元元。

敢诿天灾定，自责良弗谖。

遗黎环我前，为尔出矢言。
死必急敛葬，生当效手援。
千百黄篾篷，缚屋聊自存。
不使枵若腹，幸免衣无裈⑤。
往来遍水国，浩浩黄流浑。
西风易消落，好护禾棉根。
补牢未可后，畚臿期千村。
楗竹定程限，勿惮工役烦。
大府饥溺怀，已吁彤廷恩。
帑金不日下，坐见回春温。
敢使太平民，失所悲烦冤。
归来展家书，又恸岷江魂。

（吾蜀七月十九江水盛涨，田庐人畜亦漂没无算，里中书来，始及知也。）

注：

① 阳侯：古代传说中的波涛之神，此处借指波涛。

② 刓削：wán xiāo，磨损；削除。

③ 揭厉：揭，撩起衣服；厉，穿着衣服涉水。形容心急慌忙地涉水。

④ 白粲：bái càn，白米。

⑤ 裈：kūn，古代指有裆的裤子。此处泛指裤子。

夏叟逸帆八十生日，邑人士征诗以寿之，为赋一律

黄浦斜通闸港门，白头人在古风存。
算逾绛县心机少，息养丹田气海温。
畏彦方知争慕义，入香山社定忘言。
昨过偃室觇精爽，拟荐治聋作寿樽。

漫兴

疲劳常惜破愁难，买菊无多且自宽。

盆盎却当屏镜畔，一枝都作两枝看。

狗背儿

狗背儿，水中惨死吁可悲。

面目腐变肢无皮，束缚坚牢深入肌。

谁家稚女不可知，其情不难臆揣之。

深夜水大至，举家逃死无津涯。

哀此无辜未五尺，居平黄犬常倒骑。

仓皇忍惨痛，故故如儿嬉。

冀儿躯轻犬善没，奋跃可出南沙湄。

岂意黑蛟白鼋毒噬恶，狗终毙命犹负尸。

徒令见者骇叹闻者涕洟，不须追咎若爷若娘太左计。

试念抱儿牵犬，心摧泪堕时。

十月十九之夜，附轮舶赴苏，舟中口号

飚轮牵率向金阊，村树飞如退舍忙。

只有吴淞江上月，清辉终夜恋船舱。

六十生日感赋

五十犹全孺慕思 ①，毗陵回首重凄其 ②。

养堂剩渍皋鱼血，故里空规杜宇祠。

百甓有心砭暇逸，三刀无梦忘衰迟。

劳生冉冉惊周甲，却称须髯似雪时。

已竭军储未缓征，珠厓割弃又销兵。

鸿城再到民无恙，马市初开路亦平。

地拓青旸轻转徙，园收白骨莽纵横。

何因片石劳劖刻，愧尔莳南父老情。

暨阳风烈拜阎陈③，奖义祠新及皂人。

耕织不争民气静，文章有节士修驯。

蓝田里约期敦厚，白社诗豪羡率真（谓金湜生都转）。

长恸君山莪④蔚，麻衣如雪去江漘。

丙舍凄凉枣市前，举家上峡独拘缠。

结庐痛念柴扉迮，负土功输碗椁坚。

马鬣封乾轻誓墓，雁行影断正浮船。

期年死丧威何剧，遑问朝云已化烟。

彝陵东下足风波，北望神京涕泗多。

天祸中原妖孽动，地经上海是非讹。

未收南国忧时泪，且听西湖鼓枻歌。

幸有侯芭相慰藉，蜀山浙水付销磨。

道义论交仕路难，何期二妙尽摧残。

捐金垂死惟忧国（王伯芳同年病剧，以万金嘱予为纳之官中以饷军），堕甑忘情早达观（谓凌镜之大令）。

羊傅^⑤丰碑知并峙，虎臣^⑥快事未同看。

浮云晻蔽成终古，县社人来泪尚弹。

白头重入帝京门，荆棘铜驼黯客魂。

浩劫红羊余毒焰，旧交金马失巢痕。

惊呼卧榻容他族，喜见回銮奉至尊。

疏就万言先痛哭，至今耿耿草空存。

忆曳青衫谒毅皇，今来两度拜天阊。

小臣未憾鲇缘竹，大厦谁忧燕处堂。

禹瘠尧臞严咫尺，朱疆汲戆共趋跄。

班联谩诮狐埋掘，赤芾愁难效寸长。

飞车缩地出津沽，锁钥严城迹有无。

亲见沧桑翻世变，又从靴板捧官符。

锡山民乐蚕盈市，吴会人嗤马识途。

妄拟腰缠骑鹤去，岂知会计甚莱芜。

平江送别感民情，酷暑攀辕簇半城。

夹道香花增我愧，万家水镜照人清。

崔戎靴置城隅迥，宓贱琴移海上行。

乐岁风潮偏肆虐，灾随车到苦吾氓。

老去升沉只听天，撞钟未了寺僧缘。

壮心尚欲磨长剑，蒿目时虞急大弦。

中泽鸿嗷声乍息，南山豹隐啸纷传。

人生未死皆忧患，懒诵黄庭内外篇。

尼峄⑦师传万禩⑧尊，彝伦章叙恃微言。

何来猫狗图先入，比纵牛羊麜仅存。

治化心期风偃草，忧危指顾火燎原。

伯宗祈祷吾何慕，矢抱遗经振国魂。

注：

① 孺慕思：指幼童爱慕父母之情，后引申扩大到对老师长辈的尊重和爱慕。

② 凄其：悲凉伤感。

③ 阎陈：指江阴典史阎应元、陈明选，二人在清军攻打江阴城时，奋勇作战，坚守城池八十一天后城陷人亡。

④ 莪蓼：é lù，对亡亲的悼念。

⑤ 羊傅：指羊祜，守襄阳时有德政，死后被晋武帝追赠太傅。

⑥ 虎臣：明代官员，成化年间以贡生入太学，为人慷慨尚义，事亲孝，直言进谏，廉洁爱民。

⑦ 尼峄：ní yì，孔子出生地山东尼山。

⑧ 万禩：wàn sì，万年。

捋须

捋须数数寄闲情，捻断吟髭问几茎。

偶脱便收书卷里，他年应化蠹鱼①行。

注：

① 蠹鱼：dù yú，原指书虫，蛀蚀书籍衣服。本处指啃书本，或指死啃书本的读书人。

车偾^①

步挽车轻捷，飞驰仆渐痡^②。

左旋非坎窞^③，侧下已泥涂。

折臂愁相谴，徐行尚可图。

从来多踬垤^④，此意不能无。

注：

① 偾：fèn，翻倒在地。

② 痡：pū，疲劳致病。

③ 坎窞：kǎn dàn，原为坎穴，比喻险境。

④ 踬垤：zhì dié，稍不注意，便要跌倒。

舟中书所见

小舸中流信棹行，幽篁夹岸绿纵横。

最怜隔水萧萧影，映上篷窗比画清。

咏史

告密飞书满鉝筒^①，早从桃实鉴孤忠。

若为举错循年例，能解阿私见直躬。

韩亿一门参八座^②，袁安五世列三公^③。

锢人盛世知无望，王后谁怜炯耻同。

注：

① 鉝筒：xiàng tǒng，古代官府接受告密文书的器具。

② 韩亿一门参八座：韩亿是北宋副宰相，为人正直，为官清廉。他教子有方，对下一代要求极为严格，所生八个儿子全部担任朝廷显要官员，其

中三人官至宰相、副宰相。

③袁安五世列三公：袁安是东汉名臣，其子孙五世位列三公，势倾天下。

顾君旬侯以重修王蕉雪先生墓来告。先生名守信，下沙人，明初布衣，课徒自给。闻建文逊国，悲愤不食，赋绝命诗而死。邑志载之，然其诗固未之见也，为赋一首

> 布衣潦倒授徒时，靖难功成死惧迟。
>
> 海上至今尊义士，火中当日笑痴儿。
>
> 一家争夺人何与，万古纲常责敢辞。
>
> 坏土重新名教重，还当磨石访遗诗。

前诗既成，旬侯以蕉雪先生绝命诗见示，有"愧我不能诛篡贼"之句，是与方正学同志也，复为一律，以申未竟之意

> 麻衣草履哭声粗，正学①曾甘十族诛。
>
> 篡字大书天地震，愤诗直笔性情符。
>
> 死留斧钺寒燕贼，生本章缝是孔徒。
>
> 凛烈千秋王处士，三杨漫许吓鹓雏。

注：

①正学：即方孝孺，明初著名学者，很有才干，深受明惠帝信任，于国家方针政策多有建议。燕王朱棣攻破南京后被捕，但绝不屈服，后遭杀害，并诛灭九族。

腊夜不寐，乡思綦殷，驰念故山径途之曲折、竹树之菁葱，瞭然在目。琐细记之，即以为梦归图可也

符江北城北五里，隔江遥见立石觜。

乱流东渡傍溪行，层递梯田倚山起。

山头矗立小浮图，石面轮囷覆老樗，

问名野寺传金宝，门前两道分歧途。（金宝山寺前有两路，皆可达吾家。）

循途左出多迂曲，竹筒田畔春芜绿。

长冈西下越桥湾，瀺瀺溪流泻寒玉。

桥西一径逶迤上，回顾云峰俯相向。

松盖山高耸翠屏，到此苍颜重在望。

行行将及石子坡，荒塍西转趋盘陀。

石船春水饶清驶，涟漪漩起天星窝。

石船石榻形殊异，纵横百丈犹难记。

秋初晒稻最相宜，收卷黄云铺满地。

我家旧傍山湾住，土名大字知沿误。

定因大石亘东南，地势恰当回抱处。

修篁细篠碧连山，桂柏樟楠罨画间。

橄榄成林梨栗美，四时青翠拥回环。

层阶十级门高敞，粉墙蔓引藤萝长。

新年两面锦成堆，红梅深浅依墙上。

当门如镜水盈田，杉影亭亭绕岸边。

平冈茆屋榕阴满，儿时书塾余三椽。

西南山脉趋龙德，先人再世栖幽宅。

墓庐双桂尚茏葱，曾见王裒泪枯柏。

宰树还连屋上青，一家窀穸 [①] 在林坰。

山拗下接鱼塘岸，慈竹瞻依涕泗零。

其间面向峰峦秀，笔架丁峰屏左右。

朝朝江气白连城，雨翠晴岚扑襟袖。

嗟予生长聚族居，饥驱卅载悲何如。

愁来细述家山路，魂梦年年恋故庐。

注：

① 窀穸：zhūn xī，墓穴。

丙午元日

腊尽连朝雨乍晴，天从元日倍清明。

丰年有象占云物，僻壤无哗少市声。

输赋乡船衔尾至，追逋肆贾掌灯行。

海隅风土多醇朴，长祝波澜静不惊。

六灶持正学堂由张雏声文学经始，向学日众，可嘉也，书此为学僮勖

市聚留传六灶名，不须增减问升卿。

雅诗孝友推张仲，海甸弦歌比武城。

衰世读书期实用，少年爱国是纯诚。

殷勤更语乡三老，体育多方本卫生。

（闻乡民初以体操为疑，谓伤生也，故及之。）

自题影相

肝肺槎枒入梦惊，自伤愧悔送平生。

三年技熟朱泙曼①，一往途穷阮步兵。

频涉忧危人事苦，终安义命道心清。

华冠盛服中无有，剩见须髯雪样明。

注：

① 朱泙曼：zhū píng màn。《庄子·列御寇》载："（朱泙曼）周人，学屠龙于支离益，殚千金之家。三年技成，而无所用其巧。"朱泙，复姓。

得广宁孙大令书，初颇茫然。既审，知为余门人鉴平所寄，其易名家琠，则向所未悉也，却寄一律以励之

尺书万里性情真，张禄今知是故人。

颇记一家衣互着，定知三异绩无伦。

鸣琴坐对医闾静，祭末新班俭渎春。

更喜盐亭消息好，平反加膳共娱亲。

（生兄士衡，现官盐亭尉。）

迎春

春归浃日月王正（立春为十二日），东郭先朝列仗迎。

路仿登高缘睥睨，人欣兆稔喜晴明。

扶犁偶像形粗具，举觯①宾筵礼尚行。

舆儓八杠花夹道，赢来笑语满江城。

注：

① 觯：zhì，古代饮酒用的器具。

元夕乡行书所见

火树银花未寂寥，乡村犹自惜元宵。

漫嗤佳节方行野，饱看红梅过市桥。

丹砂的砾未全舒，满树奇芳锦不如。

红萼斜撑青篠外，隔篱苦羡野人居。

示学堂诸生

学部专官凤诏新，海隅校舍士莘莘。

方言倘许通重译，国粹终当属五伦。

道在六经赅艺术，功兼三育重精神。

中西教法休轩轾①，人格完全是席珍②。

注：

① 轩轾：xuān zhì，古代车子前高后低称轩，前低后高称轾。比喻高低优劣。

② 席珍：坐席上的珍宝，比喻学者美善的才学。

四月十九至大团指南小学堂开征兵演说会，
即事口占一律，柬徐耐冰诸友

尚武精神属俊髦，敷宣忠孝励朋曹。

教先伦理童心化，国诘戎兵士气高。

亲见缘橦多趫捷①，还期投笔尽英豪。

一韩喜说军中有，不负今朝木铎②劳。

（是日，惟一韩姓应征。）

注：

① 趫捷：qiáo jié，矫健敏捷。

② 木铎：mù duó，铜质大铃，古代宣布政教法令时，边走边振响以引起众人注意。此处以物喻人，比喻宣扬教化的人。

翼辰至新场演说竟，复柬同志

忠节祠堂壮浦东，此乡义烈有遗风。

旧家爱国云礽①继，新学培材里党同。

鼓箧士多髫龀秀，请缨人祝爪牙雄。

横戈跃马书生事，喜见英翘出泮宫②。

注：

① 云礽：yún réng，原意为远孙，引申为后继者，沿袭之义。

② 泮宫：pàn gōng，西周时诸侯所设的学宫，后泛指学宫。

赠医士计叟槐堂

疏髯未白况神清，从识良医见道精。

行地如仙翁矍铄，活人有术剂和平。

诗难愈疟烦移棹，酒可治聋待举觥。

还羡青囊①衣钵在，重来稚子已欢迎。

注：

① 青囊：是古代医家存放医书的袋子，此处以物指人，代指中医师。

即目

衙斋靓且深，隙地不三尺。

枇杷绿上檐，托根何偪仄^①。

晚翠藉名轩，生机常脉脉。

西楹有奇花，翠满苍藤架。

浃月苦淫霖，雨中自开谢。

羡尔子午莲，知时甘速化。

注：

① 偪仄：bī zè，迫近；密集；狭窄；窘迫。

感事

蓬蒿顿壮风云志，荒村疑有蒲轮^①至。

歌吹旌旗会棘门，双瞳对卓皆儿戏。

朝闻捣碎黄鹤楼，亭午踢翻鹦鹉洲。

州前大鼓晚捶破，夜深肉薄^②还寻仇。

干城腹心乃如此，公战他时可知矣。

铁血横飞静掩门，海滨犹有良家子。

注：

① 蒲轮：指用蒲草包住车轮的车子，行走时震动较小，比较平稳。古时常用于封禅祭祀或迎接贤士，以示尊敬。

② 薄：bó，迫近，靠近。

月夜舟赴坦石桥

一出郊坰^①暑便清，平流静夜信舟行。

萤依荇藻疑星点，风入菰蒲作雨声。

斜月渐随村树隐，平田犹听水车鸣。

篷窗坐卧凉如水，愧尔疲氓尚力耕。

注：

① 郊坰：jiāo jiōng，郊外。

掇花行

七月花铃青，八月花衣白。

家家都为掇花忙，筥篮筥箔堆如雪。

掇花望晴不望雨，积雨常愁铃易腐。

却嗤天已三日晴，花绽枝头任泥污。

人言花盛谷无多，田皆种棉不种禾，江东米价今如何。

新场公学成立，喜赋，即柬王用霖恩治、谢仪笙起凤

乌衣门巷海隅开，髫隽肩随鼓箧来。

合士农商新集腋，育身德智广成材。

圣朝宪法公无我，人格规模学可培。

自笑一官轻似燕，堂前重过喜徘徊。

环苇村

隔水隐人家，竹树翳荒荟。

时闻读书声，杂出鸣机外。

想见菰芦中，亦自有人在。

新月

一痕新月比眉纤，斜卧银钩曲两尖。

米价喜占平减易，忧民心事笑掀髯。

（俗谚相传，初三夜月覆则米贵，仰则米贱，斜偃则渐平。七八月间高昂甚矣。今

既平月，果如所占，快哉！）

舟行

野港纷无数，丛芦夹岸生。

路从桥外转，舟似峡中行。

树密村知近，风来苇自鸣。

花船随处有，浃月喜秋晴。

闻张玉泉大令宝璟之讣，诗以志哀

伉爽情怀气味真，衰年友谊淡弥醇。

往时共饮梁溪水，隔岁还寻海上尘。

薤本能锄功未泯，参苓无补病何因。

尺书封寄重收入，愁向西风哭故人。

舟莅沈庄夜归

尽日溪行不见山，重阳近未快登攀。
转因民事添清兴，来往丹枫碧苇间。

抉花已净野田宽，到处村甿任聚观。
好是农闲人不扰，稻棉中稔足相安。

寒苇花开雪满塍，芦丛缺处有渔罾。
忽看水面红波闪，两岸同时上蟹灯。

篷窗月沁客魂清，读遍南华已入城。
赢得居民都听惯，使君船到有书声。

九日乡行，过钦塘感赋

落帽风中兴欲豪，无山喜见大堤高。
偶因民事游能畅，颇羡前人治不劳。
野阔墟烟连海气，秋晴寒翠满林皋。
漫论故里茱萸约，惠麓江亭得几遭。

轮舟过江阴感赋

江头壁垒似蜂窝，细柳营门记屡过。
颇惜毵毵^①生意尽，将军手植已无多。

败塔崚嶒^② 蠹树颠，开窗坐对忆经年。

不知池畔黄花圃，剩否寒香曲录前。

松绕君山暮霭生，忆从松杪瞰江城。

伤心风急黄田外，疑带孤儿哭母声。

注：

① 毵毵：sān sān，枝条细长披垂的样子。

② 崚嶒：léng céng，形容山势高峻。

晓抵金陵

廿年白下今三至，虎踞龙蟠形胜异。

江头坦荡为大途，登车怅惋平生志。

朝暾正上石头城，路绕长干晓气清。

欲问新栽官道柳，何人曾向武昌行。

赠慈溪洪甄宜同年

句章城畔孝廉船，一棹相逢证夙缘。

深感朝云劳绩命，本来吉甫是齐年。

岭瞻双柏开经席（甄宜司教淳安），术擅长桑有秘传。

洒落情怀悲悯意，只今良相逊君贤。

萍踪忆到浙西湖，祠宇忠宣迹未芜。

南宋昔推名父子，东瓯今见古师儒。

君家世德渊源远，叔季人文气类孤。

我愧戴星难化俗，愿看医国起潜夫。

咏怀

秋风摧木叶，萧萧疑雨声。

坐起步前除，西荣余晚晴。

怅然增感喟，流光飞电惊。

顾兹庭前卉，几日霏新英。

摇落倏就悴，物理畴能争。

至人贵不朽，肯任齐萎荣。

寸景忍虚掷，终期贻令名。

名为造物忌，吾闻诸希夷。

惟恐不好名，士品亦可知。

君观三代后，为已复何为。

瑰行①类晻暧②，见赏终虚辞。

飞腾又一辈，势等浮云驰。

轻虚作艳象，楼阁森参差。

玉叶金柯影，翔鸾䰀凤姿。

随风虽灭没，霖雨俨赖之。

真形付一笑，月净天空时。

乔松森郁郁，作盖山之巅。

庇荫既累世，清风流百年。

茯苓附灵根，啖食疑可仙。

隐现不易得，犬吠层云边。

龙鳞早养成，变化何时便。

东坪石盘陀，纵横被十亩。

有似巨鳌身，起伏昂其首。

每当春水生，漩涡喷清溜。

砾砾天星窝，椭圆别奇偶。

石船萦梦魂，恨未终相守。

乞食矢冥报，诗意颇酸楚。

天道岂无知，栗里已千古。

伟元柏下庐，白鸠为翔舞。

惨废蓼莪吟，淡忘藜藿苦③。

孺慕竟终身，寒饿乐环堵。

公论在乡闾，传可独行补。

琼儋古朱厓，岭海重屏蔽。

形胜天东南，引望为雪涕。

南飞鹤已还，邱海相继逝。

我匪为之哀，别有梁木④思。

凄凉狐首情，怅惋牛眠地⑤。

我欲求神仙，元圃访未得。

颇闻昆仑西，池水邈深黑。

鳞爪时隐见，自宝勿用德。

风中云和笙，朝暮吹不息。

黄金积何许，天墉高莫极。

坐见沧海枯，鲲化图南翼。

早入崆峒室，受箓长眉老。

不笑亦不言，握中有奇宝。

道貌轶随光，逸情轻绮皓。

如何罡风动，杀气起蓬岛。

喜为张楷雾[6]，怒掷安期枣[7]。

可怜帝王师，亦奉斗米道。

一朝并蝉蜕，盲瞽独寿考[8]。

行行荆棘丛，铜驼竟无恙。

敌骑尚纷拿，已见太平象。

歌舞日喧阗，天门开荡荡。

独令忧世人，抚剑为惆怅。

龙泉汝知我，热血洒谁向。

景纯[9]喜卜筮，搢绅[10]皆见訾[11]。

南郊江赋成，乃为当陛知。

谠议务匡益，甘谷斥不疑。

峤亮[12]布衣好，正直觇素持。

胡然裸幽秽，被发衔刀为。

彝既彰毅节，璞亦仁无亏。

禳解[13]果何取，传者疑夸毗。

嗣祖岂非福，亦足明夙期。

平原赋豪士，闼焰为偶载。

骇竖[14] 彼何知，终效白儿泣。

从来后起胜，两雄不并立。

黄钺与朱路，缪迹何庸袭。

雨露随顾瞻，雷霆起呼吸。

威斗既倒持，赤纸凭取给。

会有鬺赡文，重编潘傅集。

乡里小儿语，未免失轻薄。

折腰纵不能，胡用恣奚落。

颇疑郡督邮，骄蹇甚溪壑。

公生千载前，见此乃惊愕。

家累不自随，归去宜绰绰。

我醉便欲眠，畴复讥脱略。

饥驱不得止，此生多愧憾。

录录逐风尘，敢谓珠投暗。

有如婆人子，求食事何担。

肩赪肉坟起，饮水耻嫌淡。

盟心石硁如，绝不为利啖。

董龙何鸡狗，岂屑一下瞰。

难拟士无双，亦免黜至三。

十年长百城，信芳吾自勘。

蒿目悯痌瘝，敢学苍鹰怒。

笞朴如及身，每出先誓墓。

矧当新法行，勉留一分恕。
闾阎匪忿争，遑为逆鳞怖。
获上亦知难，共冀匡国步。
大府幸多贤，青眼以拙故。
所忧在江河，孟言为此惧。

羊公识刘宏，宏又得陶应。
此坐终属君，甄赏名实称。
古人不可作，才德胥退听。
束湿恣枭獍⑮，热中导谀佞。
势在使之然，傲愎疑分定。
所以范史云，岁岁尘生甑。

愚公矢移山，天亦鉴其志。
夸父愤逐日，邓林迹神异。
有志事竟成，在我无难易。
如何壮盛心，白首嗟蹇踬。
顾盻鲁阳戈，一挥犹可试。

曩祖山阳公，颇虑潮海鳄。
长篇寓杞忧，多言赐所作。
岂意械朴林，数见风涛恶。
鼓箧果何为，冠冕本源薄。
藩篱抉不存，礼教厌束缚。
绝岛远相和，在冶金齐跃。
堂堂五教敷，雾扫天宇廓。

微闻履踆踆，已变绶若若。

故山深复深，清气出山骨。
近闻荆棘长，已变豺狼窟。
豺饿狼更贪，攫噬任搪突。
哀我人何辜，血肉尽仓卒。
天高呼不闻，山君怒未歇。
却笑狐狸群，窜匿困奔突。

海畔桃源路，年时早竭来。
不须刺船入，岩岫高崔巍。
一径逶迤入，溪流转百回。
人家隐丛竹，篱落绽寒梅。
鸡犬声在瓮，儿童迎作堆。
地平逾十里，客至发新醅。
旧游快雪后，缲马凤凰隈。

贫儿伏蓬枢，糠粃苦不饱。
终岁一悬鹑，露跣神枯槁。
偶作通都游，窥见华堂好。
钟鼎厌梁肉，阶壁炫瑰宝。
归来有余羡，怨怼及翁媪。
便思裂缊袍，釜轹尽捶捣。
意态亦何雄，赤立行就殍。
欲问观瀛客，此情应绝倒。

平生畏要人，暮齿乃见竣。

卤簿避道侧，资供无劳陈。

鸿文缀庭诰，济美宜殊伦。

据鞍索酒意，忧思中轮囷。

服刘倘纯武，白额吾所珍。

无令笑汝拙，孰谓延年瞋。

复贯资九变，本为知言选。

琴瑟甚不调，改弦讵能免。

更张要有序，宫商宜早辨。

急行每易踬，趋步贵实践。

视高气必浮，惧等若敖舛。

廊庙多伟人，小言惭偨偨⑯。

云龙鸟火后，周制犹近古。

祖龙逞师心，赤帝益莽卤。

沿袭二千年，更定待织组。

世无苏令绰，大议付童羖。

条式颇能详，数典却忘祖。

名称差龃⑰甚，甘与东施伍。

宰相读书来，雅语岂无取。

伍两出比闾，简士肇周礼。

汉法选犹精，六郡良家子。

当道重其名，隐寓元缥⑱旨。

简稽⑲在乡民，贵自知方始。

杂进乃繁猥，豺豹逮虫豸。

一丁尚未识，顽悍倍獠倮。

私斗不自惭，身手胡足恃。

补救汰勿疑，将才须国士。

于传固有之，教战先明耻。

吐故以纳新，道引术原妙。

不待九转成，丹岂遂还少。

客言壶峤间，近奉绿绨[20]诏。

但须煮白石，禁作烟霞啸。

不识鸿宝方，饥渴可全疗。

山中青泥髓，流溢满岩窍。

何术尽扫除，须听本师召。

得无仙之人，亦有揠苗诮。

置身欲凌虚，旷想月世界。

银球邈高寒，清境定奇快。

八万二千重，门户原非隘。

疆理浩无涯，山河周两戒。

但愁彼中人，亦分新旧派。

月姊令纷更，纲纪为之坏。

或羡火精强，自嫌阴德惫。

欲改照夜光，朝并阳乌迈。

丹渊玉蟾蜍，遂向扶桑挂。

峩峩清虚府，只恐顿倾败。

滓秽太清言，愿为姮娥诫。

轻舫出西郭，水气接溴漾[21]。

行行度郊原，圆月正东上。

四野浩无声，疏烟逗林莽。

天宇湛空明，吾心同旷朗。

平生爱闲静，乐此秋意爽。

如挹太古雪，肝肺新涤荡。

尘累倏已蠲，悠然濠濮想。

我家隐深竹，篁篠青回环。

世居君子林，雨翠晴岚间。

门前耸苍嶂，平峙少岷山。

亦有樟桂楠，松杉夹碧湾。

岫云朝杳霭，田水夜潺湲。

弃此清静福，涕洟接茕鳏。

白头睇飞鸟，尔倦犹知还。

注:

① 瑰行：高尚的行为。

② 晻暧：ǎn ài，掩藏。

③ "伟元"联：伟元是西晋王裒的字。他悲痛死于非命的父亲，坚决不仕朝廷，而是在父亲的坟墓旁盖起草房，早晚去跪拜祭奠。哭泣的眼泪滴在柏树叶子上，柏树都因此而枯萎了。母亲死后，他只要一读到《诗经》"蓼莪"篇中"哀哀父母，生我劬劳"，没有不痛哭流泪的，于是门人们干脆就不学《蓼莪》这一篇了。藜藿：lí huò，原指野菜，此处泛指粗劣的饭菜。

④ 梁木：字面意思是指栋梁，实为比喻肩负重任的人才。

⑤ 牛眠地：卜葬的吉地。

⑥ 张楷雾：《后汉书》卷三十六载："（张楷）性好道术，能作五里雾。时关西人裴优亦能为三里雾，自以不如楷，从学之，楷避不肯见。"后世遂

用"张楷雾"形容烟雾弥漫的仙境或泛指雾；用"雾术"指代道术，用"学雾"指代学道。

　　⑦安期枣：传说中的仙果，《史记·封禅书》载："臣尝游海上，见安期生，安期生食巨枣大如瓜。"后人就有了"安期枣"之说，以此咏仙道，或称美瓜果。

　　⑧寿考：年高，长寿。

　　⑨景纯：郭璞（pú），字景纯，是两晋时代最著名的方术士，擅长许多奇异方术，是中国风水学的鼻祖，还是文学家和训诂学家，是游仙诗的祖师。

　　⑩搢绅：jìn shēn，指有官职的或当官的人。

　　⑪訾：zǐ，非议，说人坏话。

　　⑫峤亮：温峤、庾亮的并称，两人均为东晋时期官员。

　　⑬禳解：ráng jiě，向鬼神祈求解除灾祸。

　　⑭駃竖：sì shù，呆瓜、笨蛋。

　　⑮咆烋：páo xiāo，原意为猛兽怒吼，此处形容人嚣张或暴怒。

　　⑯俴俴：jiàn jiàn，浅薄。

　　⑰差齵：chà yú，参差不齐。

　　⑱元纁：yuán xūn，即玄纁，黑色的布帛。古代帝王常以玄纁为征聘贤士的礼品。

　　⑲简稽：查核，考察。

　　⑳绿绨：lǜ tí，绿色的厚丝织品。

　　㉑滉漾：huàng yàng，形容广阔无涯；浮动的水。

深夜不寐，忽忆儿时侍寝墓庐情景，
犹在心目，怆焉有怀，记以二十八字

梦回林月半床明，竹簟微闻泪有声。
柞影满衾山气肃，凄凉风露夜三更。

感旧（四先生皆见余所为《符江耆旧录》）

风雪漫天赤脚行，疏髯短杖入柴荆。

饭前遽剧梅花去，送过杉湾有笑声。（陈虞山先生万章）

种竹亲添十万竿，石墙垣外笋争攒。

一家左右皆君子，绿雪频招夏日看。（李香亭先生清成）

负米艰难泣馆飧，槐黄徒跣望龙门。

蓬庐孝友终寒饿，肠断无人问蔡村。（蔡雨亭先生沅）

绕屋修篁护短篱，蔬畦瓜架接江湄。

庭除修洁如心地，长念秋轩煮芋时。（许地山先生日谦）

遣兴

官制今方待改弦，得闲事外且陶然。

雨中徙瓮收檐溜，窗畔支瓶当笕泉。

有戒心因观野史，破穷愁更续诗篇。

朔风动地寒初剧，却喜黄梅放腊前。

长至令节庆贺，礼成口号

一阳初复盼祥征，喜说天阍瑞气增。

新学颇訾缇室①事，壮年正踏暖河冰。

萍乡群蚁应全扫，淮浦哀鸿剧可矜。

瞻拜愿摅仁寿祝，劝分无术泪横膺。

注：

① 缇室：tí shì，古代察候节气之室。该室门户紧闭，密布缇缦，故名。

感事哀淮浦灾民，为劝分作也

淮海惟扬地上游，北屏大郡古徐州。

民风强武传今古，水患连绵历夏秋。

转徙争趋公路浦，哀怜谁赠范家舟。

劝分盼切同饥溺，为览官符涕泗流。

朔风吹面粟生肌，露处凄凉更可知。

老幼相携生亦累，饥寒交迫死何疑。

几家饮鸩甘于醴，一念嗷鸿痛彻脾。

倘上淮壖高处望，定逾郑侠绘图时。

百十圩围筑未完，鸠形鹄面满江干。

篷皆黄篾愁遗火，骨化青怜罕得棺。

已觉蜂屯生楚疫，更防鹿铤 ① 揭秦竿。

一衣带水分南北，莫笑忧天倖苟安。

频闻恩帑 ② 发神京，大府忧危血泪倾。

阅道救灾知有术，文休急难愿同情。

活人阴骘儿孙福，济众豪施侠义声。

我代饥民先泥首，会褒通德筑怀清。

注：

① 鹿铤：比喻为赴险犯难。

② 恩帑：ēn tǎng，皇帝赏赐的钱财。

书怀

尘劳鞅掌属粗官，敢托鸣琴强自宽。

民喜讼争诗兴减，笔多判决楷书难。

台符呵骂浑闲事，家累峥嵘付达观。

仕宦久淹才亦尽，邱公尚尔我能安。

磨蝎何知在命宫，半生未解计穷通。

民安吏隐陶元亮，天寿诗豪陆放翁。

微尚每存冠绶外，私忧端在影衾中。

经纶君国皆新学，合让诗贤讲近功。

即事

圩塘十里北风寒，颇讶荒村有异观。

篱落垂垂乌柏实，眼花先当玉梅看。

舟夜行饭，独步荒原，旷然有作

沉寥 ① 四野静无风，孤影相随皓月中。

寒意逼人清到骨，西湖秋夜尚难同。

注：
① 沉寥：xuè liáo，清朗空旷的样子。

树影

权枒画不成，贴地清迥迥。

徙倚月明中，爱此枯树影。

五团道中

蛟龙似解恤鳏惸，让出膏腴沾雁民。

水去芳原平似簟，溪通浅濑净无尘。

万家荞麦霜天绿，百里菱芦水国春。

客种反争虞芮①讼，廿年鹬蚌利何人。

注：
① 虞芮：yú ruì，受仁德感化而谦让息讼者。

老港出海，小舟以两牛夹岸拖纤，而行人坐牛背鞭之，既速且稳，亦创见事也，纪以一绝

小沟水浅碧沙平，两犊牵舟夹岸行。

牛背鞭鸣船去速，海隅琐事亦奇情。

将至泥城

万瓦鳞鳞港作城，南来三日喜冬晴。

今朝海畔情尤壮，饱听天风浩浩声。

自七团相视塘路，南至泥城，示顾咏葵、储竹君两文学。四日中，二君皆偕行也

堑基近海浅滩平，拓地真当与水争。

计里早知南路阔，沿塘聊背北风行。

作圩堰法先谋野，宜稻棉时再课耕。

讵忍劳民规远利，只惭主诺待功成。

忆领鸿城潦患深，金鸡堤牐筑湖阴。

舟行差免风波险，岁久遥闻瓦石沉。

到眼平芜看似掌，在胸成竹望同心。

桑田从识资人力，已息涛头万鼓音。

汇角

海滨作吏已堪哀，今日还循海角来。

水耐严寒清有骨（土人见冰则曰"水生骨"矣），涛含余怒远如雷。

寥天浩渺鱼云细，初日瞳昽 ① 蜃气开。

雁户欣欣塘遏巩，风潮喜免去年灾。

注：

① 瞳昽：tóng lóng，太阳初出由暗而明的样子。

海畔书所见

海水含光焰，斜迎晓日生。

翻腾疑喷火，潋滟不闻声。

岸近平添漩，澜高远作城。

冰排横磊磊，异彩射晶莹。

芦圩

芦圩辽阔有牛鸣，哀婉遥闻子母声。

何必葛卢方识此，自应舐犊寄深情。

注：

这首诗有一个典故，来自于《左传·僖公二十九年》，讲东夷部落的介国国君葛卢来到鲁国朝拜。双方谈话中，传来了牛叫声，介葛卢听后就说："这头牛生了三只小牛，都被杀了，用于祭祀之礼。从它的叫声可以得知。"鲁国国君马上派人核查，果真如介葛卢所说，真是一个"牛语者"。

乡行归，戏示徐甥子羲

出因民事敢迟迟，冲冒①严寒尚可支。

为告弥甥应慰我，新增十首道中诗。

注：

① 冲冒：顶着，冒着。

水器

水器来从海外精，全收泥滓泻泉清。

公闲卧听琤瑽响，仿佛岩泉溅玉声。

屠伯叹 ①

蜀山青入丹崖缺，崖前染遍冤禽血。

云愁风惨天阴沉，六月霜飞变红雪。

万人侧目瞰屠门，胆破心惊畴敢说。

陇山鹦母却能言，戾气初钟先聚铁。

六州错铸出豸声，群萃侏儒起邦杰。

一朝毛角面生霜，西来遂厕冠裳列。

江阳乍许恣馋吻，鳎部民膏凭嚼啮。

可怜玉津震荡余，蠢蠢余生几殄绝。

黔山之北滇东陲，不成瓯脱成华离。

水西斗入六百里，夜郎自大高旌麾。

铜符金刀左右持，择肥宰割惟所为。

严延苟晞 ② 岂足道，此獠放手尤过之。

磨牙砺齿乐人死，畏死不患输金迟。

灭门破家复何忌，当途月旦早见知。

腐儒出饫琼林宴，墨绶归来育群彦。

断断敢护多牛翁，明逞老拳密飞电。

罗钳吉网 ③ 惯深文，傅粉何郎 ④ 还构煽。

如何几日泪滂沱，大嚼未能转羞面。

草菅人命卒逃诛，又领鸦军挥羽扇。

鬼责人非付等闲，青兕 ⑤ 从知多宪眷。

吁嗟乎！屠伯孽深未受屠，朝官相慰自欺诬。

节楼早荐贤能选，遑念百千骨断血枯皮销肉化之头颅。

注:

①屠伯叹：写这首诗时，作者听说了他家乡县令李镜清的恶行，愤慨不已，从其当日（光绪三十四年十月初九日）日记中可见："偶及甘肃李镜清之摄吾邑，不及十浃月，而杀人至二百有奇。既不取供，亦不禀报，恒以一语牴牾，遂嗔其顶撞，立予斩决等情。中丞为咋舌者久之，谓吾蜀僻远，牧令威权视他省督抚为重也。噫！"

②严延苟晞：严延是三国时期官员，勇猛威武，坚强不屈，不怕死。苟晞是西晋末年名将，别名屠伯。因屡破强敌，铁面无私，威名大震，时人将其与韩信、白起比拟。

③罗钳吉网：这是一个成语。《资治通鉴》载："李林甫欲除不附己者，重用酷吏罗希奭、吉温，二人皆随林甫所欲深浅，锻炼成狱，无能自脱者，时人谓之'罗钳吉网'。"用以指酷虐诬陷。

④傅粉何郎：指三国时魏国官员何晏。他的脸很白，如同搽了粉一样。后用以泛指美男子。

⑤青兕：qīng sì，传说中的犀牛类猛兽。

市人有言余声音宏亮者，因纪一截句

响若洪钟拟不伦，五年前忆觐枫宸①。

姓名初奏天颜动，似为声高独小臣。

注:

①枫宸：fēng chén。宫殿。汉代宫廷多种枫树，故有此称。宸，指帝王的宫殿。

小病

小病侵人苦不支，汗淫如泻畏风欺。

闭门休假心偏急，正是村甿赴质时。

不寐自箴

观白功疏念念非，黑甜乡远我安归。

渴思美睡重衾稳，净扫痴魔一剑挥。

心息相依资道力，形神俱定悟禅机。

数随听视皆仙诀，更挽黄流化雪飞。

（朱子有《观白箴》，"心息相依"与"数随听视"等字，多见于东坡诸贤养生诀中，余不寐时皆用之。而或效或不效者，视心之静躁何如耳。见道未深，朋从憧扰，始以为病吾德也，岂知竟以病吾身，毒楚饱尝，作此以自省，使非吾衰已甚，固犹未必自知也。附注于此，以志悚愧。）

病中

一室萧然夜寂寥，床头水器响萧萧。

病中新得清心法，比听岩泉百虑消。

四十年前迹久湮，忆从山寺访流泉。

岩幽坐听玲珑响，去趁斜阳踏月旋。

丁未元日

衰病真惭百里才，又从上日祝晴开。

两朝霁洽民情喜，八日春先斗柄回。

望阙趋跄天未曙，输供踊跃夜争来。

桃符爆竹俱寥落，年事江城剧可哀。

上日云霁稔有征，放翁诗在定堪凭。

不晴不雨天殊巧，宜稻宜棉岁许登。

米价颇思王导问，塘功愧乏孝宽能。

晚衙重检图民录，椒酒当筵独战竞。

初三之日，大雪骤至，喜赋

岁朝风雨寂无声，四日重阴雪酿成。

推枕颇疑晴有晕，倚窗忽讶砌皆莹。

小园树石增银带，大地山河属玉京。

自笑海疆新改革，冰衔领土尽光明。

丁未初春，奉檄移权上海，留别南汇士民

枕江襟海地繁雄，难纪泱泱此大风。

凫舃乍经移鹤市，鲸呿^① 何意起蛟宫。

田庐迹扫千家哭，饥溺情深众志同。

桑梓敬恭嗷雁息，剡章我愧等攘功。

（陆春帅以"办振尽心，舆情爱戴"列剡章，奉传旨嘉奖之褒。）

江城四面俯清溪，水道回环棹易迷。

牐港近连黄歇浦，钦塘远胜白公堤。

谁从花县留棠荫，群羡棉由废稻畦。

米价即今忧不细，好听布谷快扶犁。

鹤沙春满蔚菁莪，鼓箧莘莘隽异多。

望比虎头经夺席，气摧鹿角教分科。（谓顾旬侯、朱子灏二君也。）

学期实用赅新旧，士裕通才慎琢磨。

万古文明尼峤肇，愿观彬雅②听弦歌。

申画新分五十区，提倡自治在吾徒。

地谋公益群能合，士泯私心德不孤。

人格要从伦理重，民权先赖纪纲扶。

圣朝宪法天同大，端视闾阎慎始图。

七棉三稻屡丰余，底事仓箱八九虚。

俗染牧猪先自误，我惭害马未全除。

枌榆社会期联约，觿鞢年华尽读书。

道艺兼通生计裕，博徒何至遍村墟。

牒如山积笔如刀，俗吏遑辞听讼劳。

越畔田争虞芮久，阋墙戈反应韩操。

侏张③巧试牖穿鼠，愚弄偏甘木教猱。

安得万家还揖让，和亲康乐共陶陶。

濒海原田百里宽，年年新涨接沙滩。

重堤保障今三筑，万顷膏腴亘七团。

鹬蚌息争忘畛域^④，蛟龙退听偃波澜。

土功乍动骊歌促，准拟重来庆巩安。

移官沪渎感离群，两邑原从一县分。

地近王乔飞舄易，齿衰李翕^⑤待箧勤。

春来浦左多佳气，人去江东怅暮云。

遗爱未留留厚望，小诗聊写意殷勤。

注：

① 鲸呿：jīng qù，鲸鱼张口，比喻海涛汹涌。

② 彬雅：bīn yǎ，儒雅。

③ 侏张：zhū zhāng，专横跋扈。

④ 畛域：zhěn yù，界限。

⑤ 李翕：东汉官员，勤政爱民，主持修建了崤山之道、西峡道等，为民称颂。

二月二日雪中作

我来秋正新，我去春将半。

欲去未去时，残雪犹未断。

今朝六出花，亭午飞历乱。

余寒转凛烈，直可亲兽炭^①。

天心岂不仁，阳和吝昭焕^②。

畴见人熙熙，真疑夜漫漫。

微闻老农言，比户忧白粲。

价侔珠玉珍，势须儿女换。

令我悄悄心，默坐增愁叹。

盆梅竟无知，颜色饶灿烂。

去冬久不雪，山茶开颇早。

一株独迟迟，含苞疑就槁。

移植厚滋培，顿觉生机好。

不知春寒剧，花蕊可能保。

花亦何足论，荞麦始堪宝。

昨闻蝗遇雪，异事为绝倒。

冬俯向黄泉，春仰望苍昊。

殄毙正相同，情状耐参考。

遗孽不少留，丰岁慰祈祷。

我去路匪遥，会看连云稻。

（邑士为言：冬雪积一寸，则蝗入地一尺。其毙也，首下向，春雪则蝗亦死；惟首皆上向，亦异闻也。）

日中阳气盛，雪至化亦速。

漫空蝴蝶影，到地若潜伏。

泥泞深复深，路可陷车轴。

怅然思海壖，圩塘甫新筑。

子来意欣欣，不待鼛鼓^③戚。

风劲若凌兢，水深愁独漉。

辛勤良可念，恐未饱糜粥。

明朝宿雾开，晴日满东陆。

一簣^④足观成，好捷^⑤淇园^⑥竹。

注：

① 兽炭：做成兽形的炭，此后泛指炭或炭火。

② 昭焕：zhāo huàn，光明。

③ 鼛鼓：gāo gǔ，大鼓。

④ 一篑：yī kuì，一筐。篑，盛土的竹器。

⑤ 捷：jiàn，同"楗"，堵塞河堤决口所用的竹木等材料。

⑥ 淇园：古代卫国的一座园林，号称"华夏第一园"，盛产竹子。

即事自嘲

料峭春寒势转严，朝来冻墨殢 ① 毫尖。

青头鸡 ② 为移官急，搦管 ③ 频呵亦自嫌。

盆梅开落倚春风，雪作因缘有始终。

总是耐寒高格在，不妨冷处自嫣红。

攀辕卧辙尚非时，未去先劳说去思。

朱漆扁牌金色字，辉煌仍似我来时。

悦耳真疑志感深，中含咨怨试推寻。

吏民尽有殷勤语，我自追维独愧心。

忽忆王髯老气横，好官何至爱虚名。

朱幢来荷金枙出，至竟长洲有颂声。

（亡友王筠庄去长洲时，以送万民伞故枷责里伯，一快事也。）

注：

① 殢：tì，困扰，滞留。

② 青头鸡：鸭的别名，典出《三国志》。

③ 搦管：nuò guǎn，握笔。泛指写作诗文。

去南汇之日，士民走送塞途，怅然感赋

两年尸素愧非才，走送倾城又一回。

忧患方嗟今数见，吏民争盼我重来。

深情恋旧香缘路，苦语临岐耻罄罍①。

好是泛舟秦晋比，诸公早息泽鸿哀。

注：

① 耻罄罍：chǐ qìng léi，比喻关系密切、相互依存、彼此利害一致。《诗经·小雅·蓼莪》："瓶之罄矣，维罍之耻。"

上海集卷第二十

犁旦渡黄浦，戏为短歌

黄浦江头波浪高，烟尘涨天惊鼍号。

小舟一叶冲风渡，腰间自抚伊吾刀。

刀光爚爚①射幽隐，豺虎可殪②鼯鼬逃。

我来岂欲恣禽狝③，疴痒④会与亲爬搔。

有竿许钓任公鳌⑤，有葚许怀在泮鸮⑥。

中流推枕作豪语，忧危心事终忉忉。

注:

①爚爚：huò huò，光亮闪烁的样子。

②殪：yì，杀死。

③禽狝：qín xiǎn，像禽兽一样加以捕杀。狝，原指秋天打猎，此处引申为杀。

④疴痒：kē yǎng，疾病痛痒，比喻要紧事。

⑤有竿许钓任公鳌：此句典出"龙伯钓鳌"，显示其雄心和抱负。后世喻为气度不凡、抱负远大的人。

⑥有葚许怀在泮鸮：典出《诗经·鲁颂·泮水》，传说泮林中的猫头鹰，吃了泮林中的桑葚后，可以改变它的丑音。比喻可以感化。

石路

流水车轻日数驰，交衢往复我何知。

经过仿佛前尘在，花落无痕梦冷时。

耕耤礼成漫赋

雨过春街滑似油，南郊犹幸有平畴。

地原宜稻兼花种，人为观耕戴笠游。

二月光阴惊积潦，九推礼节仿诸侯。

绣衣共切祈年意，劝相须纾米价忧。

二月之晦，由火轮车入苏。既抵吴门，戏成二绝

百里飙轮一晌过，绿杨红杏得春多。

夷亭已入元和路，冷落当年五袴歌。

外跨塘边草正肥，菜花黄衬绿菲菲。

春阳游女新装变，谁识重来老令威。

日本白须温卿领事直由苏州量移重庆，将行，书来告别，赋此赠之

过从疏阔已三年，况赋将离更黯然。

玉节来从徐福岛，珠韬富抵米家船。

葑盘订约新成市，文字论交旧有缘。

长忆苏台倾盖日，琳琅满目酒如泉。

菊花如斗艳勋章，迁地欣闻到我乡。

路入夔巫天设险，水环内外石为梁。

土风已变巴渝舞，佳什行充渤海装。

峡雨栈云遗韵在，西归应许叩诗囊。

朱经田中丞家宝由苏臬擢抚吉林，道出沪江，以所和陈筱帅赠别元韵诗见示，因次其韵送之

澄怀朗抱智珠圆，帝简恩新重抚边。

獬豸荣开龙虎节，骊驹唱入鹧鸪天。

三吴留爱亭疑法，百济欢迎理化弦。

肃慎今关根本计，知公夹袋富青钱。

松花江上碧波圆，三省中权控九边。

产迈燕辽金布地，俗矜丰沛井观天。

旧疆颇忆多荒壤（吉省辉发一带，琼尝数过之，其时皆未垦辟也），新法惟虞急大弦。

闻道鸡林钞寇杂，万家无计秘金钱。

方内何妨用外圆，两强偪处看筹边。

丹心感悦衣沾露，赤手经营剑倚天。

整肃百僚人在镜，交通四远路如弦。

东陲续奏金汤巩，懋赏先颁内府钱。

矜式规方与矩圆，箴言味等蜜中边。

攀辕未及留三日，荫樾真同戴二天。

舐犊情希元驭教（唐辛元驭言："儿子从宦者，人云贫乏不能存，此是好消息。"琼意窃慕之，故尝以教骒云），烹鲜治愧武城弦。

莱芜尘甑劳垂念，刘宠终当有一钱[①]。

注：

① 刘宠终当有一钱：刘宠是东汉大臣。他在各地任职时，简除烦苛政令，

严查官吏的非法行为，政绩卓著。在升职入京时，山阴县有五六位须眉皓白的老人特意从乡下远道赶来送行，每人带了百文钱赠送给他。他坚拒不受，最后只好从许多钱中挑选了一个最大的收下。因此被后人称为"一钱太守"。

读史

入后琅琊地望尊，平开西录客阃门。

文章流布钱愚论，粉黛销沉帝子魂。

仗马耻甘三品料，座狨①潜偃九游轩。

鹑躔析木②浮云满，垂死何人忍负恩。

买丝争愿绣平原，终古沉湘馥芷荪。

还笏转劳鹰犬笑，当关又见虎狼蹲。

屈氂③罢斥犹嫌晚，阅道摧颓岂足论。

差喜④毗陵鸣鼓意，人间羞耻事犹存。

注:

①座狨: zuò róng, 字面意思是用狨皮连缀而成的坐褥, 此处比喻重臣。

②析木: 星次名, 十二星次之一。

③屈氂: qū máo, 即刘屈氂, 西汉武帝时大臣, 宗室宰相。因蛊惑之祸而晋升, 也因蛊惑之祸而送命, 最后家破人亡。比喻世事无常, 旦夕祸福。

④差喜: 幸好。

独夜

琉璃三面净于揩，光线通明治事斋。

凉夜卷帘人独睡，梦回月影在胸怀。

崇庆朱砚涛大令为晦子观察家君，客秋晤于其姊婿彭季和明府坐上，顷以由沪赴宁，又相遇轮舟，为占一律

秣陵一见即心倾，乡里相夸识俊英。

朱季不惭名父子，彭郎原笃至亲情。

风波江上同舟楫，宇宙他时待担撑。

南纪人材渊薮在，白头喜听铁铮铮。

晓入金陵

可怜石头城，我来今四度。

惟有钟山云，依依尚如故。

夹道荫浓昏，多是武昌柳。

老树尽婆娑，相公应白首。

坦坦为大途，官道平于砥。

如何一雨过，马蹄深没水。

暑雨涤尘埃，宜人朝气清。

六朝金粉在，头白有余情。

三韵三首

豺骨臞丛莽，狼饥嗅复置。

吾常亲见之，彼物岂无意。

同类惧相残，人乃毒于猘^①。

甘陵党未钩，潢池兵岂弄。
张禄^②复何为，变名绐^③入瓮。
持赠匪绨袍，絷拘犹勒鞚。

能作风雅贼，自有风雅帅。
终为坐上客，前事等游戏。
悲哉新学新，管鲍^④惭郦寄^⑤。

注：

① 猘：zhì，狂犬，猛犬。

② 张禄：战国时期魏国人范睢的化名，因被魏国诬陷，差点被杀，化名出逃至秦国后，以出色的政治才干被秦王拜相，为秦一统天下立下巨功。

③ 绐：dài，欺哄，欺骗。

④ 管鲍：即春秋时齐国的管仲与鲍叔牙。两人相知很深，交谊甚厚。曾有"生我者父母，知我者鲍子也"之名句。人们常用以比喻交情深厚的朋友。

⑤ 郦寄：西汉初年大臣。据《汉书·郦商传》载："（郦寄）与吕禄友善。高后崩，大臣谋诛吕，时吕禄为将军于北军，太尉周勃不得入，劫郦父商，令其子骗得吕禄出游，周勃乃得以入据北军，得诛吕禄。时天下称郦寄卖友。"

书事

皖公山下电飞驰，弹雨纵横仆节麾。
谁使郭循^①参肘腋^②，浪传余阙殉疆圻^③。
北宫盗亟防风戮，东海狂留战雪诗。
毅魄不期观七窍，飞疏转负圣明时。

流血风潮备御难，仓皇四散走从官。

若为死义皆参佐，又见乘时起凤鸾。

弦诵舍惊瓜蔓速，珩璜[4]声碎剑花残。

帝恩宽大无猜忌，颜跖[5]分明在鉴观。

注：

① 郭循：三国时期魏国官员，后被蜀将姜维俘虏，刺杀了蜀汉大将军费祎。

② 肘腋：原意为胳膊肘与胳肢窝，比喻切近之地，或亲信、助手。

③ 疆圻：jiāng qí，疆界，边疆。

④ 珩璜：héng huáng，佩玉名，杂佩。

⑤ 颜跖：yán zhí，颜回和盗跖的并称，一个是儒者，一个是盗贼。

内江艾雅堂文学庭晰，三十八年前锦江同砚友也。远道来访，出所著《艾氏易解》见赠，云将入都进呈。其年已七十三矣，口占一律送之

天留寒士传书种（其弁言中语），语出君家气早平。

石室卅年星落落，韦编三绝说铿铿。

老犹负策过黄浦，梦屡吞爻话锦城。

绝学仅存知旧在，云泥不隔是神京。

（君将访乔左丞于都门，故云。）

高惠生大令溥为故人东垣司马叔子，长夏见过，诗以赠之

故人真有子，远道一来过。

衡澧家了飘泊，燕辽路坎坷。

至情轻万里，乡梦冷三峨[1]。

知有当归在，炎风奈尔何。

若翁天下士，中岁死勤民。

遗爱三湘永，姻盟两世亲。

忆同京国岁，为返鬼门春。

涕泪思前迹，腾骧②望后尘。

注：

① 三峨：峨眉山有大峨、中峨、小峨三峰，故称。

② 腾骧：téng xiāng，飞腾，奔腾。引申为仕途得意，飞黄腾达。

陆申甫廉访锺琦六十生日，以遗训谢客，僚吏多为诗寿之，亦呈六律

柏府①初开晋寿尊，殷勤谢客孝思存。

算添周甲童颜在，语不忘亲孺慕肫。

耳顺家风原主静，体胖气海定常温。

铁牙金齿赓难老，仕宦情怀胜荜门②。

入洛机云③本二难，鲤庭化雨遍长安。

才名早拔菁莪选，志养能怡苜蓿盘。

榆塞路消鸿雁怨，蓬山人比凤麟看。

玉堂物望归清秘，藉甚声华重掖鸾。

铜驼无恙感沧田，谁扫巢痕到木天。

帝念仓储心简切，民忘飞挽口碑传。

清操阮裕轻私计，新法裴休速运船。

厚重有文宸眷笃，条侯犹逊德才全。

司法经营独立初，皋苏选出紫泥书。

懋官矛绣迁非速，借寇麋台望匪虚。

民自不冤干定国，刑先尚德路温舒。

朝天日近赓萧露，大任从看畀敬舆。

文章报国亦传家，婪尾^④犹开及第花。

禁御愿储颇牧器，扶桑直泛斗牛槎。

封胡羯末^⑤名相埒，玉佩琼琚气自华。

归挈孙枝欢鞠跽，袖中应有枣如瓜。

香分贡树幸同时，樾荫长依赋感知。

只愧衙官输屈宋，终希政枋属皋夔^⑥。

阳城劝学先忠孝，韩愈登朝作羽仪。

白首丹心天鉴动，祝公矍铄起颠危。

注：

① 柏府：御史府的别称。

② 荜门：bì mén，用荆棘编织的门，借指房屋简陋破旧。

③ 入洛机云：西晋名士陆机、陆云弟兄俩。

④ 婪尾：lán wěi，酒巡至末座；最后；末尾。

⑤ 封胡羯末：fēng hú jié mò，四个字为晋朝名兄弟的小名，封指谢
韶，胡指谢朗，羯指谢玄，末指谢川。用以称美兄弟子侄之辞。

⑥ 皋夔：gāo kuí，皋陶和夔的并称，借指贤臣。

中秋后二日，火车入吴门

小醉蓦腾一晌过，车声疑听泻天河。

梦回正见夷亭柳，比似春来绿更多。

沙湖东望水波平，点点渔舟一叶轻。
料得风波终不到，金鸡堤影尚纵横。

娄门树色接齐门，秋稼黄连绕郭村。
惆怅十年晴雨计，关心犹念祝操豚[1]。

篮舆呕轧出林隈，渡口微茫草径开。
行入金阊争属目，人人都识故侯来。

注：

①祝操豚：是“操豚蹄祝篝车”的省称。字面意思是拿一只猪蹄祭祀就希望狭小的高地上收获的粮食装满笼子，低洼处的田地上收获的粮食装满车。比喻付出的很少而希望收获的很多，两者不相称。

友人以近事为询，赋此代答

三古风不存，上下交相弃。
令长名位卑，责望独求备。
唐虞十二官，一邑皆有事。
兼之新法行，中外期一致。
为山倖速成，竭泽初弗计。
起视蚩蚩氓，教育夙未被。
习惯亘千年，见闻深锢秘。
一朝促改革，变化岂容易。
名美实不堪，风潮时满地。

岂闻黄歇浦，立限断抒厕。

又闻栾公社，屏逐等妖魅。

拘束甚湿薪，反对何足异。

譬诸鱼在渊，见网必惊避。

又如水平流，湍激皆有自。

草木具生机，欲速反憔悴。

凡物顺自然，渐进本天意。

胡为立宪初，压力更专恣。

隐忍非所习，辩争宜触忌。

愧无脂韦①骨，讵解工侧媚②。

颇笑光武贤，不识任延③志。

下此更何言，弃置甘弃置。

孌语君勿嫌，中有忧时泪。

尼峄帱载④宏，申商⑤干镆利。

作宰效难期，遑论尧舜治。

何当鹓啸前，快睹麟游瑞。

注：

①脂韦：油脂和软皮，比喻阿谀奉承或油滑。

②工侧媚：用不正当的手段讨好别人；形容用生僻的文词来博取世俗赞赏的不良风气。

③任延：东汉官员，幼时即号称"圣童"，为官后不媚上，不惧势，清正廉洁，关心百姓疾苦，一切以民生为重。

④帱载：dào zǎi，天地之德。

⑤申商：战国时申不害与商鞅的并称，二人同为法家的重要人物。

自庆宁寺至钱郎中桥勘工

六里纡回路未赊，大田棉熟胜桑麻。

图成定比豳风好，学步儿童解捄花。

舆梁低处与潮平，石步欹邪势欲倾。

莫笑老夫能健跳，朝朝涉险有人行。

闵行新设西南区劝学分所成，飞舸莅之。既而同人来书鸣谢，赋此为答

电掣飞艟逐午潮，滨江石步乍停桡。

农争纳稼晴逾好，室有鸣弦市不嚣。

龙偃旌旗增壮彩，雁排童冠蔚英翘。

得朋敢为西南庆，教育精神象已昭。

清绝滔滔演说辞，辩才宏放属元之。

一隅地幸羶无染，万户人犹梦未知。

区域可分心志合，规模虽早效功迟。

好严自治谋公益，团体坚凝在去私。

感遇

灯花焠入台司符，换县合制横迁图。

半世已经生老病，一官竟历长元吴。

釜鱼尘甑我应尔，幕燕帷巢谁与扶。

卅年首剧今岂有，白头还任牛马呼。

噩梦

噩梦棼纭甚乱丝，神魂震慑苦难支。

衰年未得清心法，悔到成童志学时。

哭磐若维汉

伤心荣辱悴中年，飞电惊看欲问天。

病岂自医方竟误，才原有用命难延。

培材意笃轻罗网，学道功深爱简篇。

太息鞠躬宵柝里，吴民空慕使君贤。

中秋犹视景升儿，旬日殷勤感护持。

话别尚为重九约，濒危幸赖故人知。（中江友鹏鸾延盘磐至其家，三日遂以溘逝）

霜红柿实成遗恨，月黑枫林怆梦思。

海上归艎先恸绝，丹崖况听大招时。

蒋兰江大令清瑞以《金山剿 ① 非图》索题，应以二律

颇牧原从禁御来，郎曹未许老奇才。

能文藻忆天庭挼 ②，布恺花看海甸栽。

酌水励清心皎洁，熬波蕴孽气喧豗。

愿为鸾凤枭难化，矢卫闾阎剪巨魁。

武服儒冠胆气豪，泖湾春晓阵云高。

貔貅半自田间出，狐鼠难容穴底逃。

食椹鸮音怀我好，劝耕凫鹥为民劳。

重来更喜弦歌遍，一笑江城早卖刀。

注：

① 剿：jiǎo，讨伐，灭绝。

② 揿藻：shàn zǎo，铺张辞藻。

岁晚书事

由拳江路接云间，暨暨军容水上闲。

颇讶蜻蛉能出险，谁令豺虎竟当关。

群胡胆落装仍在，六客身轻命不还。

岁莫华离畴及辨，如毛盗未过机山。

春来曲

春申江畔春宵长，连云楼阁开中央。

珊瑚嵌宝新收藏，梁间燕子疑孤翔。

比翼乃见双鸳鸯，行人睥睨笑欲狂。

前街歌吹停霓裳，游龙车马何轩昂。

到门屦响畴扶将，大好身手能拍张。

解衣磅礴呼兰汤，杂进羹臛① 陈饻馄②。

消渴还斟冰齿浆，扬斥婴稚③ 呵纪纲。

髯奴蹀躞心凄惶，雷陈胶漆踬且僵。

唐衢善哭终勘勦④，幸哉告密宵飞章。

谓玷帷薄竭筐笼，隐情昵状言哉详。

官符初下犹撞搪，秋风吹冷合欢床。

紫标黄标倾斗量，波斯笑口开不常。

发纵可使谷蠡王，一时巷议纷蜩螗。

乘槎客言独慨慷，绝岛亲见营蜂房。

鸡栖虱处鲛宫旁，海市人人气不扬。

卅万金充陆贾装，惜未挟此归北邙，绣帏长暖春来香。

注：

① 羹臛：gēng huò，菜羹和肉羹。

② 饧餭：zhāng huáng，干的饴糖。

③ 嫛稚：yī zhì，幼小孩童。

④ 劻勷：kuāng ráng，急迫不安的样子。

戊申元日

丁年漫恨付销磨，上日江城喜气多。

元会衣冠纷彩绣，广衢车马织龙梭。

飞轮地看金陵缩，祭末风占玉烛和。

谁念处堂同燕雀，桃符爆竹又欢歌。

迎春舆中口占

迎遍江南八县春，申江又见岁华新。

年头廿度朝冠出，遮莫东君解笑人。

东君识我鬓初斑，垂老犹淹簿领间。

赢得须髯全似雪，八杠一岁一来还。

已集簪裾欢献岁，未联冠盖肃班春。

却欣雨雪知先后，不使行时阻路人。

入自东门路又南，铃辕开处偶停骖。

何因纤道灵祠下，坐对青旂为面惭。

长衢委巷尽经过，夹道喧阗士女多。

一笑年来吴语熟，中含乐岁识民和。

中春捧檄，将莅长洲检理候代，即事述怀，得五言十四首

我来春正中，我去春将半。

欲去未去时，事惧涉棼乱。

忆种碧桃花，当轩自浇灌。

至今蕊未开，留待后人看。

嘉植当护持，敢拟元都观。

郅治希大同，早奉弛刑诏。

方期犴狴清，乃益虎狼啸。

刻轹岂所安，创惩胥自召。

琼哉郑大夫，宽猛握枢要。

市剽息崇朝，敢辞火烈诮。

稂莠必当锄，禾稗要有别。

谁听邻家子，嘉种任蹂折。

不怜赤骭枯，乃取碧瞳悦。

方寸忍自欺，旁睨藐蠓蠛①。

吾师任武威，遑计名誉失。

经界古所重，民生系休戚。

检括责有归，虚昧无从析。

绾籍兼华彝，侨杂恣凌轹。

讼牒丝棼如，鳌算惭巧历。

距脱岂无时，胜乃寒蝉寂。

防口甚防川，吾生耻避谤。

当世得失林，平议推海上。

清可鉴安危，横犹拟直谅。

教乱却堪虞，畴作狂澜障。

纤悉任吹求，心境自清旷。

翁孺活千人，封且施孙子。

商界有奇侠，所全岂仅此。

义问动环球，雁民赖起死。

甫活徐淮瘠，又泛暹罗米。

伟哉病榻中，频闻拔剑起。（谓曾少卿观察铸。）

史传希宪言，教育根本计。

遑荦工界豪，乃知重此事。

再输十万金，校舍宏规备。

公益乐弗疲，初无立锥地。

异哉斫削余，长洒忧时泪。（谓杨锦春司马斯盛。）

兄弟本难得，乃有乙普明。

重利薄恩义，感愧何由生。

自挞亦徒尔，闭户泪纵横。

此家富薏苡，嫛稚成寇争。

理势穷喻禁，令我惭苏琼。

庭讼可电扫，诗筒难响答。

始知风雅林，强附不能合。

髯苏出判杭，篇章颇蹩躠。

胶扰在簿书，静力遂纷杂。

文达匪苛评，令我潜呜唈②。

孙吴有义犬，曾载搜神记。

前宰随园孙，遗事尤足异。

殉节此县廷，犬亦感忠义。

绕枢日悲鸣，卒至死者四。

图之路寝门，观者或知愧。

抒厕纷蜩螗③，报祠复羹沸。

浚渠本利民，豨突④果何谓。

善士惊毁室，急公翻可畏。

蠢蠢岂无心，愚悍难为讳。

自责正旁皇，讵忍急罗尉⑤。

令仆本须才，刘祥以驴况。

奂融文采优，比拟犹无状。

倘莅冠盖场，定作冷面向。

杂逻侏儺音，骄蹇富豪相。

乃闻鹗荐频，竞骋青云上^⑥。

闻昔房彦谦，家以官益贫。

清况胡由致，私计夙未亲。

知耻惧近利，所至殷图民。

耿介不自浣^⑦，阮囊翻见朘^⑧。

官私逋累钜，害恐遗元龄^⑨。

衙斋花木繁，生意常满目。

当轩海棠枝，红云高压屋。

东园梧柳阴，风动散清馥。

而我不留恋，梦早醒蕉鹿。

进尚耻他途，况此桑下宿。

注:

① 蠓蠛：měng miè，轻视，小看。

② 呜唈：wū yì，因悲哀、愤懑而抑郁气塞；形容声音低沉凄切。

③ 蜩螗：tiáo táng，蝉的别名。

④ 豨突：xī tū，原意为像野猪受到惊吓而乱奔。比喻人横冲直撞，流窜侵扰。

⑤ 罗罻：luó wèi，捕鸟的网。

⑥ 这一首讲的是刘祥的典故。刘祥，南朝齐国官吏。此人年少有才，个性刚直，说话很随便，不管他人高低贵贱，想到就说，尤其喜欢嘲讽官

员，贬低权贵。据《南齐书》载：王奂为仆射，祥与奂子融同载，行至中堂，见路人驱驴，祥曰："驴！汝好为之，如汝人才，皆以令仆。"著《连珠》十五首以寄其怀。

⑦浼：měi，沾染。

⑧朘：juān，减少。

⑨这一首诗是写房彦谦。房彦谦是北齐至隋朝的官员，唐朝名相房玄龄的父亲。他为官清廉，所得俸禄大多接济了同事亲友，平时生活很清苦，以至于史书记其"家无余财"。他曾对其子房玄龄说："人皆因禄富，我独以官贫，所遗子孙，在于清白耳。"这一点与李超琼十分相似。元龄即房玄龄。

三月二日，携谔儿为龙华之游

春风拂面醒尘劳，出郭先瞻塔影高。

十里桃花红锦绣，千畦荞麦绿波涛。

僧缘佛会逢迎熟，地近洋场骑乘豪。

攀陟漫夸腰脚健，且教眼界豁儿曹。

火车书所见

昏鸦颇知时，向晚集村树。

所止却非宜，正傍车旁路。

雷轰烟射交，哑哑不敢住。

赠闵桐轩茂才起凤

翛然物外匪闲身，雅度恂恂气味真。

人不间言家有法，贫原非病士安仁。

枌榆结社村居乐，棉稻宜年水利新。

但使乡间公益在，肯因毁室一生嗔。

劳怨胥忘矢协衷，何期蜩沸浦南东。

河渠本为农甿计，薪木偏伤处士宫。

雾噀①公超三里速，风高仲叔五君同。

冲襟浩浩清流驶，长依先生借箸功。

注：

① 噀：xùn，含在口中喷出。

戏书檄尾

河内无端借寇频，经年尸素愧舆情。

当归望断还寻药，王不留行竟不行。

又送春归我尚留，流行坎止本无求。

谁言景重居心净，容尔微云点缀不。

上海集卷第二十一

同人连日为曾君少卿铸、杨君锦春斯盛开会追悼，予亦预焉，感赋一律

不阶^①尺寸是人豪，义问^②仁声望并高。

版筑^③早知兴学重，经营遑恤起家劳。

欢颜士庇千间厦，誓死风平万里涛。

五日少微星^④再陨，为惭教养泪沾袍。

注：

① 不阶：不凭借。

② 义问：善声；美好的声誉。

③ 版筑：原意为打土墙的一种方法，此处泛指土木营造之事。

④ 少微星：原指处士、隐士，此处代指曾、杨二人。

深州桃

深州之桃天下无，冰腴雪肉玉肌肤。

甘美芬香绝清脆，百年贡品珍京都。

花实精华聚为瘿，入秋撷摘名桃奴。

吮之沁齿不留滓，远胜榠李逾醍醐。

州民衣食半赖此，得钱藉纳公私租。

何来干吏刺史吴，到官火急飞官符。

谓桃无用桑为贵，砍去何止十万株。

蚕利待兴饿难忍，比户泪涸相惊呼。

拔茶植桑传自古，崇阳美政劳追摹。

土宜未辨此有毒，误我欲罢张大夫。

只今百事新景图，破坏竞诩为良谟^①。

一州之桃复奚问，四海挺挺争奇觚^②。

坐中北客尽不诬，武陵洞口宜荒芜。

注：

① 良谟：liáng mó，良谋。

② 奇觚：qí gū，奇特，不一般。

有愧

不肯录录乃抱关[①]，髯参短簿[②]皆齐年[③]。

能令公喜令公怒，不自我后自我先。

正用此时来持事，能兼数子知孰贤。

卿辈意亦易复易，败以今度之想当然。

注：

① 抱关：原意为掌握门闩，把守城门。此处借指小吏的职务、卑微的职位。

② 髯参短簿：《世说新语·宠礼》载："王珣、郗超并有奇才，为大司马（桓温）所眷拔，珣为主簿，超为记室参军。超为人多须，珣状短小，于时荆州为之语曰：'髯参军，短主簿，能令公喜，能令公怒。'""髯参短簿"是"髯参军，短主簿"的简称。王珣、郗超为桓温赏识眷拔的下僚，后世遂以"髯参短簿"或"髯簿"指称旧交相识。

③ 齐年：此处指年龄相同的人。其他还有指同一年受朝廷征选，科举制度下同科登第。

万慎子世兄慎书来却寄

离筵风雨忆元和，十二年惊别绪多。

世变益新人似旧，乡音未变客未过（此由其门人钱君携至）。

凄凉白屋池塘梦，怆绝丹崖薤露歌。

珍重两家名德在，回天须奋鲁阳戈[①]。

注：

① 鲁阳戈：《淮南子·览冥训》载：春秋时期，周武王率领诸侯伐纣。周武王的部下鲁阳公与韩国交战，战场上旌旗飘扬，杀声四起，战况异常激烈。正在战斗难解难分之时，太阳即将西沉，天色将晚。鲁阳公举起长戈向太阳挥舞，吼声如雷，"日为之反三舍"，太阳吓得倒退了三个星座，再放光明。鲁阳公终于全歼了敌人。后世遂以"鲁阳戈"形容力挽危局的手段或力量。

次恽季文中翰炳孙原韵

薇省^①归来等弃官，廿年诗酒为承欢。

建牙门第朋簪^②轻，却扫情怀意绪宽。

白首思亲丸和胆，赤心忧国铁为肝。

曲园梁木^③今安放，海内经师再见难。

雅会曾经预率真，两髯老态坐无伦。

漾君早席夔龙^④业，愧我渐如虮虱^⑤臣。

仁寿运衰杨素汰，莱芜民乐范丹贫。

为嗟束湿^⑥思前哲，空忆藩宣^⑦甫及申^⑧。

注：

① 薇省：紫薇省的简称，借指中枢机要官署。

② 朋簪：péng zān，朋辈。

③ 梁木：栋梁，比喻能负重任的人才。

④ 夔龙：kuí lóng，相传夔为舜的乐官，龙为舜的谏官。后世即以"夔龙"比喻辅弼良臣。

⑤ 虮虱：jǐ shī，比喻卑贱或微小。

⑥ 束湿：捆扎湿物。形容旧时官吏驭下苛酷急切。

⑦ 藩宣：fān xuān。藩，通"藩"；宣，通"垣"。本指藩篱及围墙，

引申为藩屏护卫、卫国重臣。

⑧甫及申：甫，甫侯也；申，申伯也。两人均为周朝之名臣。

西山狼

西山之高高且长，白云环卫如玉墙。

灵奇光怪有王气，林深往往多豺狼。

豺毒狼贪产无数，山灵似欲烦呵护。

老狼一出虎门开，从此熊罴皆识路。

狼子六七包野心，西北地震天阴沉。

生狙生貌更狰恶，早蹲九派之江浔①。

时来更入金银海，狂嗥亦动云霞彩。

飞腾几日去复还，夜郎气焰真三倍。

跋胡疐尾②方自雄，搏噬③不恤人为空。

主诺家儿本弱肉，咬骨吮髓何能恫。

狼乎狼乎问尔胡为暴戾复恣睢，岂恃八骏归相随。

漫矜④高处猱升⑤易，会见虞人⑥快寝皮。

注:

①江浔：jiāng xún，江边。

②跋胡疐尾：bá hú zhì wěi。跋，踏，踩，践踏；疐，绊倒。狼前行时会踩到下巴底下垂着的肉，后退时又会被尾巴绊倒。比喻陷入困境，进退两难。

③搏噬：bó shì，搏击吞噬。

④漫矜：màn jīn，自尊自大，自夸。

⑤猱升：náo shēng，猿猴上树，比喻像猿猴似的轻捷攀登。

⑥虞人：古代掌管山泽苑囿田猎的官员。此处泛指猎人。

祈晴感赋

闻道洪流贯粤东，一宵四邑万家空。

正嗟苦雨连旬降，深惧滔天并海通。

鸿雁哀嗷徽郡市，蛟龙横跋楚王宫。

祈晴未暇羞迷信，愁怯朝寒大暑中。

赠问皋都督麦尼士为能 ①

英雄老去喜论文，倜傥豪情尚不群。

百战有功黔郡县，一官无事客将军。

蚕丛道险怀前迹，鸟尽弓藏感旧闻。

握手相看头似雪，哪堪匹马又燕云。

注：

① 问皋都督麦尼士为能：关于此人，李超琼在日记中屡有记载：

1. 光绪三十四年六月二十七日记："归途，便访英国人麦士尼为能于昆山路之恩特司街九号，不遇而返。麦氏昨遇于美领事处，能操华语，自言往随骆文忠公军营入川，在蜀六年乃返，故一诣之，欲以访旧事云尔。麦字问皋，曾保至副将职者。"

2. 光绪三十四年六月二十八日记："英国人麦士尼为能，字问皋，来答拜。与之接谈，操华语甚熟。盖咸同间，尝从骆、左、李、岑诸公从事军营，历保花翎副将加总兵衔，颖勇巴图鲁勇号者。然晚年落寞，苦无所自效，不免穷困，亦可慨也。鸟尽弓藏，使外人有废弃之叹，吾为当道惜之。谈次，知与吾同邑亡友蒋伯遐为昆季交，询及伯遐身后，深为悼惜，亦见其笃于故旧之谊，中人或多愧之耳。"

3. 光绪三十四年八月二十二日记："午后，麦问皋都督士尼（为能）来访。"

西山狼

荒台荒尽无麋鹿，惟见一狼正蹲伏。

狂嗥能使四山惊，毒噬遑问一家哭。

老狼一出虎门开，狼子六七循边来。

生狙生貔更无数，世传凶德谁口裁。

衰世从来多物害，横截江流轻九派。

南行正喜陟^①层峰，野心恶焰同时大。

南阳主诺彼何人，啮骨未足充牙龈。

寝皮食肉积众怒，看尔毚尾行踆踆^②。

注：

① 陟：zhì，登高，上升。

② 踆踆：cūn cūn，迟疑不前、忽停忽走的样子。

清溪华屋

火色鸢肩^①本骏材，眉间黄气^②又重来。

邸庭乔梓^③机衡转，宗衮^④门墙节钺开。

论著钱神知有命，眷深父母信多才。

绝交书不关秋燕，飞傍堂前日几回。

注：

① 火色鸢肩：huǒ sè yuān jiān，如火之腾焰面呈红光，像鹰之飞扬双肩上耸。相术上指飞黄腾达的征兆。

② 黄气：黄色云气。古人以为黄色云气是祥瑞之气，为天子之气。

③ 乔梓：qiáo zǐ，乔木高，梓木低，比喻父位尊，子位下，因此称父子为"乔梓"。

④ 宗衮：zōng gǔn，同族居高位者之称。

客坐喧杂，忽忆郑苏堪廉访《海藏楼诗》有适为此间作者，輾然默诵，戏成一首

潭潭[1]节府森严地，满座冠裳足诙异。

谷口[2]诗人妙写真，尽态穷形有深意。

比似罗家鬼趣图[3]，眴睒蛤蚜[4]无不备。

又如牛渚夜然犀[5]，魑魅毕呈难隐避。

我来追数廿年前，似得七八遗一二。

当时乳臭尚无多，今乃踵集同儿戏。

高谈雅擅新名词，耳语争谋好位置。

注：

① 潭潭：深广的样子。

② 谷口：陕西地名，秦时于此置云阳县。后世多借指隐者所居之地。

③ 罗家鬼趣图：罗聘，清代画家，"扬州八怪"之一，其代表作《鬼趣图》，所画鬼的形态惟妙惟肖，极尽其胜，借以讽喻社会现实，实为古代杰出的讽刺漫画。

④ 眴睒蛤蚜：shǎn shǎn án yá。

⑤ 牛渚夜然犀：然，通"燃"。《晋书》卷六十七载：（温峤）至牛渚矶，水深不可测，世云其下多怪物，峤遂毁犀角而照之。须臾，见水族覆火，奇形怪状，或乘马车著赤衣者。峤其夜梦人谓己曰："与君幽明道别，何意相照也？"意甚恶之。后人遂以"牛渚燃犀"比喻洞察奸邪。

上程雪楼中丞

疾风劲草并时无，勋绩崇隆[1]气类孤。

豹略[2]远恢觇素蕴[3]，鹓行[4]超擢[5]出穷途。

玉麈乍换新旌节（中丞先权黑龙江将军，洎改行省，遂授巡抚），铜柱全收旧版图。

功罪漫劳群喙[6]綦，东隅危栋问谁扶。

注：

① 崇隆：高尚，伟大。

② 豹略：《六韬》中有《豹韬》，因称善于用兵为"豹略"。古时也有用为统治者的名号，《新唐书·朱涛传》就有"左右将军曰虎牙、豹略，军使曰鹰扬、龙骧"。

③ 素蕴：素养。

④ 鹓行：yuān háng，朝官的行列。

⑤ 超擢：chāo zhuó，越级提升。

⑥ 群喙：qún huì，众口，众人的议论。

舆中戏占

拹呵[1]不用日奔趋，入市人争笑白须。

相谑尚推行辈长（市人见余过，多以"老伯伯"相呼），忘形早任牛马呼。

性甘守旧衣冠古，官为亲民声势无。

独愧莱芜尘甑破，连朝飞檄胜追逋。

注：

① 拹呵：huī hē，挥斥，引申为卫护。

读史

殷武周宣道中兴，十年恭默[1]孝烝烝[2]。

早传舜日中天颂，屡讶秦医[3]半夜征。

凭几尚难忘似道[4]，飞书谁复问陈垣[5]。

朝衣东市琼林库[6]，陵庙何因与并称。

注：

① 恭默：庄敬而沉静寡言。

② 烝烝：zhēng zhēng，形容孝德之厚美。

③ 秦医：春秋战国时期，秦人的医学实践日益丰富，涌现出一大批有名的医生，因此人们统称医生为"秦医"。

④ 似道：指贾似道，南宋晚期权相。

⑤ 陈垣：春秋时期齐国的大臣。齐君无道，民不聊生，国家处于危险边缘。陈垣出于公心将其除掉，重新立君主，并采取一系列新政，使齐国得以重新安定。

⑥ 琼林库：唐代皇帝的私库之一。

己酉元日

黄竹犹闻动地哀①，春光疑贺建元来。

天敷瑞雪先三日，人庆新恩遍九垓。

负扆不惊辰极定，占丰有象午晴开。

岁朝清暇浮文减，卅载风尘第一回。

注：

①《穆天子传》卷五载：周穆王往苹泽去打猎，"日中大寒，北风雨雪，有冻人，天子作诗三章以哀民"，其诗首句是"我徂黄竹"，可知"黄竹"为地名。后人即用指周穆王所作诗名。有专家认为此诗系后人伪托。唐朝诗人李商隐《瑶池》诗云："瑶池阿母绮窗开，黄竹歌声动地哀。"

题《千龄会图传》合影册

春申江上德星明，杖履雍容见老成。

人尽忘形征乐易，图频缩影胜耆英。

雄文新列高僧传，洛社还闻雏凤声。（图有空尘僧及五岁童子沈八谐厕焉。）

愧我幡幡难附骥，豫园花木为萦情。

一时佳话已流传，末座姚崇最少年。（姚志梁观察年五十七，自称"末坐少年"。）

乡国又添风雅事，江城争羡地行仙。

好龙逸兴成高会，吐凤才名此合编。（会由叶君棣华璩章、杨君古蕴为之传。）

四续熙朝千叟宴，期颐同赴祝群贤。

湖游诗草

初发苏州，口占自慨

六桥 ① 烟柳已秋残，衔恤 ② 人来带泪看。

空忆南游文字记，此游终□写忧难。

注：

① 六桥：西湖苏堤上的六座桥：映波、锁澜、望山、压堤、东浦、跨虹。

② 衔恤：xián xù，心怀忧伤，含哀。

下榻俞楼 ① 之夜，枕上偶作

东南地静湖山好，自吴于越名称早。

萍踪我欠钱塘游，麻鞋今踏孤山道。

孤山孤立湖西隅，有楼翼山山不孤。

鲁灵光在楼并峙，龙门旧幸亲瞻趋。

先生不来秋欲暮，馨逸惟余丛桂树。

暂容羁客领烟霞，便拟子猷看竹处。

湖光山色相招邀，日落再过西泠桥。

只愁夜梦轻腰脚，不辨楼前路几条。

注：

①俞楼：位于西湖孤山南麓，光绪四年（1878）修建，晚清名家俞樾故居。

晓吟

昨宵梦乍醒，孤鹤动清泪。

朝来问仙禽，可见不可致。

谒林处士和靖祠墓

湖山佳处隐何难，淡泊宜从道上看。

绕墓梅花谁补种，更无鹤与共清寒。

翛然吟咏太平时，此意坡仙岂未知。

配食水仙应不屑，新从蜀本见新诗。（今岁四月，在成都得和靖集四卷。）

生作巢居死便埋，先生亦似妙安排。

半闲堂正当华表，莫是魂归悔计乖。（巢居阁后为墓所在，隔水则葛岭也。）

退省庵瞻拜彭刚直公遗像

大隐元功止一身，江湖闲退作劳臣。

无心立异难话俗，得手锄奸易杀人。

忠孝精神磨铁早（公有"彭打铁"之名，湘楚数省妇孺皆以此呼之，闻之陈舫仙廉访者），文章奇崛画梅新（公喜画梅花，俞楼石刻一株，即极奇峭）。

灵旗^①仿佛湘云冷，愁俟河清祝甫申^②。

注：

① 灵旗：战旗。

② 甫申：是周代名臣仲山甫和申伯的并称。此处借指彭刚直为贤能的辅佐之臣。

三潭石桥

平桥宛转通，徙倚望烟树。

水禽忽惊起，知是鱼游处。

几曲到中亭，不辨去来路。

湖上晚眺

绕湖乌柏叶初丹，水面红霞水底看。

山带斜阳齐倒影，雷峰塔当画图观。

岳忠武王祠墓在栖霞岭下，礼谒既竟作

曾作黄龙台上游，来瞻遗貌泪潜流。

莫须有直冤千古，归去来余土一邱。

百战早撄循国忌，两宫原被阜陵幽。

庸奸误国恒儿戏，铸铁谁模宰相头。

断桥晓望

孤山山不孤，断桥桥未断。

南望白沙堤，垂杨遮一半。

初七日，为灵隐、韬光、三天竺之游，集所至口占之语为长篇，亦以纪行踪也

我来湖中已三日，湖游未厌朝朝出。

爱山心与爱湖同，不作山行嫌自逸。

兹湖胜与山平分，湖山如友难离群。

沿湖百转入山径，林樾犹带湖山云。

泉流汩汩下山口，古寺经坛有龙守。

神鱼三百龙子孙，狡狯能作波涛吼。

山奇更遣峰飞来，峰底泉冷鸣蛰雷。

谁将石骨恣镌凿，洞辕呼杳山风哀。

峰岂能飞泉自冷，转语疑词都可省。

一亭何止百中人，功德林究居何等。

云林三竺源流歧，罗汉中有天人师。

巍巍黄盖金冠缙，谁其献者吾何知。

岩腰竹笕鸣琴筑，不为山庄洗尘俗。

青松挹恨白云惊，忽讶林端起金谷。

舆夫再上苦能索，真待老夫赌腰脚。

力穷始见云海奇，百万修篁护禅阁。

天风浪浪晴午寒，海日江潮楼外看。

雏僧瀹^①雪供清茗，倚栏数遍青琅玕。

下山还觅入山路，月殿云阶更无数。

傅将陷阱诱痍愚，卒赖高牙远营护。

胜境千年归净土，布地金钱起琳宇。

祆庙新碑近插云，伽蓝会有攒眉苦。

西髡毒焰尽消沉，永茂陵旁愤尚深。

不见冬青余几树，南朝遗恨满山林。

当时剩水残山局，卅里笙歌波似玉。

偏安得此好湖山，遑念铜驼②有余辱。

京洛铜驼漫自伤，至今佳丽数钱塘。

自怜归路风前泪，又趁斜阳吊鄂王③。

注：

① 瀹：yuè，煮（茶）。

② 铜驼：铜制的骆驼。多置于宫门寝殿之前，故有时借指京城、宫廷。
文天祥《满江红·试问琵琶》："铜驼恨，哪堪说！想男儿慷慨，嚼穿龈血。"

③ 鄂王：此处指岳飞。

谒于忠肃①祠墓

乾坤震荡手亲搘②，奠定功成死不辞。

却虏语干英庙忌，易储心止宪皇知。

韬钤③黼黻④皆千古，斧锧旂裳变几时。

北望正挥京国泪，怆披榛莽⑥拜荒祠。

注：

① 于忠肃，指明代大臣于谦。其人刚正廉洁，一心辅佐朝政。

② 搘：zhī，支撑。

③ 韬钤：tāo qián，古代兵书《六韬》《玉钤篇》的并称，后人泛指兵书。

亦可借指用兵谋略、武将。

④黼黻：fǔ fú，原指古代礼服上所绣的华美花纹。此处借指辞藻、华美的文辞。

⑤斧锧：fǔ zhì，斧子和砧锧，古代刑具。

⑥榛莽：zhēn mǎng，丛生的草木。

湖上杂诗

段家桥外水平铺，直下中分里外湖。
远近楼台看不尽，西南角抱一峰孤。

山外山光入醉吟，楼居暂亦有仙心。
客怀淡甚还相警，时有钟声出凤林。

水鸥林鸟日飞飞，不见逋仙双鹤归。
夜静一声清唳远，缟衣来过是耶非。

桥过西泠树似云，人家都傍岳王坟。
烹茶争乞忠泉水，清胜湖波问几分。

新成祠宇尽高官，七宝楼台尽壮观。
父老不知偏有说，忠臣比到岳家难。

花港频停柳外桡，里湖乌柏晚萧萧。
舍舟为爱看红叶，步过苏堤第四桥。

入湖几日正秋晴，揽胜穷幽取次行。
天遣湖光重洗濯，一宵雷雨万峰清。

山色苍然水气阴，雨余湖上昼沉沉。
小盘谷在登高近，落帽风中试独寻。

湖云漠漠雨丝丝，山半笼烟态更奇。
尚有逆风孤艇过，跨虹桥外荡多时。

南屏湿翠欲成堆，塔影依山净绝埃。
一瞬并归云海去，钟声亦懒渡湖来。

连艍八九个鱼舟，短桨轻摇艇子头。
蓦地兰桡忽飞去，白跳争向罟[①]中收。

鸣榔过处有腥风，罾网笭箵[②]制不同。
正忆天随鱼具咏，钓车声又响湖东。

孤鹭翩然往复回，苇汀蓼溆[③]自徘徊。
雪衣似惯烟波冷，不为针鱼始下来。

一夜风声骇怒涛，朝来晴色满林皋。
芒鞋踏遍孤山路，又见晨湖画意高。

平林草色绿迷离，闲看村童网画眉。
隔水逋仙知见否，君家双鹤近何之。

桑田沧海不堪论，莫问湖壖漫涨痕。
衰柳一丛秋水上，有人惆怅阮公墩。

少保祠前草树荒，旌题大字尚轩昂。
杀身已展擎天志，冤愤终应胜鄂王。

青山白骨傍先茔，街问南新是旧名。
却怪夺门功第一，荒坟无处觅徐珵④。

花木禅房未寂寥，檐荷塔影在林梢。
坐看盆菊开如碗，不负重阳第二朝。

退省庵前竹万竿，入林都当伟人看。
重游我愧匆匆甚，日暮风狂舟楫难。

峨眉山月早随吾，风露沾衣兴未孤。
月是半轮秋意好，平湖清旷故乡无。

水墨屏风处士诗，每将画意苦寻思。
偶从雨过烟笼处，似得新图快展时。

苏堤遗爱柳条新，改种柔桑泽更匀。
菱荡葑田渔稼利，一湖长作万家春。

葛岭园荒向水湄，临安残局此台池。
风流能占湖山胜，犹胜金源⑤周雀儿。

鸣蛰声凄衰草丛，朝回五日事成空。

漫嗤宰相常儿戏，蟋蟀名犹见国风。

南渡山河余一半，半闲堂⑥为扫遗尘。

太师头已行千里，狭路谁为郑虎臣。

雪翻岩窦注方池，六一泉⑦寒石更奇。

长怪髡奴扃户⑧卧，一鸡飞增独未迟。

注:

① 罟：gǔ，捕鱼的网。

② 笭箵：líng xīng，打鱼时用的竹笼。

③ 蓼溆：liǎo xù，水边生长高大植物的地方。

④ 徐珵：明朝中期大臣，曾被封为武功伯。他身材矮小，但精明干练，很有心计，喜好功名，对天文、地理、兵法、水利、阴阳五行等学问均有研究。

⑤ 金源：金国的别称。

⑥ 半闲堂：南宋宰相贾似道在西湖葛岭修建的别墅。

⑦ 六一泉：泉在西湖孤山西南麓。欧阳修晚号六一居士，曾与西湖边僧人惠勤交好。元祐四年，苏东坡再守杭州时，两人均已过世。忽然有一天在惠勤讲堂的后面流出了一眼清泉。为纪念欧阳修，遂命名此泉为六一泉。

⑧ 扃户：jiōng hù，闭户。

归舟即事

江涨桥西日易昏，卧看月下浙山奔。

梦回桑影沿塘满，知是轮舟过石门。

秋色吴江入望遥，红乌柏树绿杨桥。

眼中景好情犹歉，为别西湖第二朝。

侨京诗草

馆槐四株，高九拙园手植也。今成阴覆屋，满地清阴，偶书四语于楹。

庭槐蔼深绿，日影下无缝。

为我留清风，故人手亲种。

题左忠壮公遗像

忠壮公之死，余尝有诗四十二韵哭之。顷来京师，金坡出遗像索题，率写愁忱，不免愤激，然固纪实语也。

丈夫死国足千古，名姓铮铮遍中土。

不须马革裹尸还，留得英光在眉宇。

我从辽塞曾相识，意气相投渺难测。

严武① 尊前为解刀，陈遵② 坐上看飞檄。

别时热泪倾江滨，薏苡明珠③ 恸故人。

苏台④ 春好劳音讯，沩水秋高苦战尘。

衔须⑤ 怒欲吞强虏，哪问元戎竟如鼠。

舍生早矢作难兄，每忆前言泪如雨。

归元先轸剧无期，定耻旌军有白旗。

便灰⑥ 忠骨留平壤，横海风云许护持。

元菟城郭新祠庙，旌忠⑦ 美谥⑧ 辉星曜。

知心何幸有留侯⑨，褒鄂精神犹可貌。

左雄^⑩张网本同志，一死一生千载事。

只惭垂老入京华，展拳来挥怀旧泪。

铜驼荆棘^⑪痛难胜，文经武略今谁能。

将军已矣空遗像，国手胡为任折肱^⑫（谓金坡也）。

披图感叹情无限，毅魄^⑬如生尚共见。

柴市圜尸两帅臣，倘觅画师应觌面^⑭。

注:

①严武：唐朝中期名将，诗人，与杜甫是好朋友。自幼便性情豪爽，敢作敢为。据说八岁时为了帮母亲出气，就杀了父亲的宠妾，还理直气壮地教育父亲。长大后，带兵理政果敢勇猛，独断专行，为安史之乱后的唐朝稳定立下汗马功劳。

②陈遵：西汉王侯，"性善书"，著名的书法家，"芝英篆"的创始人，很有才干。

③薏苡明珠：薏苡是多年生草本植物，果实可供食用酿酒，并入药。薏米被进谗的人说成了明珠，比喻被人诬陷，蒙受冤屈。

④苏台：即姑苏台，又叫胥台，位于苏州西南姑苏山上。相传为春秋时吴王阖闾所筑，夫差于台上立春宵宫作长夜之饮。因苏台地处苏州，因此有时也用作借指苏州。

⑤衔须：口含胡须，表示极度愤怒。

⑥灰：碎裂，使成灰。

⑦旌忠：表彰忠节。

⑧美谥：褒美的谥号。

⑨留侯：原指西汉名臣张良，此处为称颂功臣左忠壮公。

⑩左雄：即东汉时官员左伯豪，其在任内推行考试选官制度，为完善封建察举制做出了贡献。

⑪铜驼荆棘：形容国土沦陷后的残破景象。

⑫折肱：shé gōng，肱，手臂。原喻指良医，此处指久经磨炼而富有经验。

⑬ 毅魄：英灵。

⑭ 觍面：tiǎn miàn，面对面。

题葫芦汇图

吾乡旧号葫芦汇，累世家居山水间。

垂老未归犹及忆，远游已倦苦难闲。

墓田宰木秋萧瑟，野舍修篁梦往还。

终拟石船祠杜主①，江东长柄②岂相关。

注：

① 杜主：指杜宇，传说中古蜀国国王。武王伐纣的联军中，杜宇率领的蜀国军队是最具战斗力的军队之一，他是推翻暴君殷商纣王的重要力量。战斗胜利之后，杜宇称帝于蜀，号曰"望帝"。他大力兴修水利，发展生产，带领蜀地民众走出了茹毛饮血的蛮荒时代，深受蜀民喜爱。

② 江东长柄：原意为贬义，此处泛指有才干的人。《世说新语·简傲》载：二陆（陆机、陆云）初入洛阳，向张华请教应当拜访哪些当朝权贵，以进入京洛上层交际圈子，实现入仕进取、重振门第。张华"荐之诸公"，但实际上不少权贵打心眼里看不起吴郡江东望族，丝毫不给陆氏兄弟面子。刘道真就是要求见的要员，"陆既往，刘尚在哀制中。性嗜酒，礼毕，初无他言，唯问：'东吴有长柄壶卢，卿得种来不？'陆兄弟殊失望，乃悔往"。张华介绍二陆见刘道真，但刘对江东的两位才俊极不礼貌，竟以"长柄壶卢"相问，其轻辱之态毕现。江东地区为水乡，盛产葫芦等植物，自汉以来，北人以"壶卢"或"葫芦"等代称其地其人，言其地狭人鄙，以示轻视。《太平御览》卷一"百卉部"七引《通语》："诸葛亮见殷礼而叹曰：'不意东吴葫芦中，乃有奇伟如此人！'"殷礼是孙吴的使臣，诸葛亮虽然对他称赞有加，但口气中还是透露出对江东之人的轻视。西晋刘道真问"长柄壶卢"，其意思如出一辙。姜亮夫先生《陆平原年谱》"太康十年"条的案语中指出：

"中原人士，素轻吴楚人士，以为亡国之余。""道真放肆，为时流之习，故于机兄弟不免于歧视。"

将移居伏魔寺，题一绝馆门侧

浮屠三宿尚难忘，忆爱槐阴客解装。

九十日中秋又老，移居浑似去家乡。

澂南来话别，赠诗，当次韵谢之

离筵既醉又新诗，却笑行人戒道①迟。

亭榭竟添三至迹，杯觞莫问再来时。

艰难身世增衰病，留恋情怀为故知。

归隐相邀定何日，连樯上峡看风旗。

老去频年怯赋诗，无聊不是怨衰迟。

自怜乌鸟②神伤久，况际红羊劫过时。

上殿当推辛庆忌③，下僚早谢魏无知④。

江南吏隐邮程近，许为珠韬引仗旗。

注：

①戒道：出发上路。

②乌鸟："乌鸟反哺"之略称，比喻孝亲之人子。

③辛庆忌：西汉著名将领，精于武功，善于谋略，治军有方，为巩固西陲边境立下战功。为人刚直谦逊，诚实敦厚，曾在殿上不顾皇帝愤怒，冒死救下朝中大臣，留下"朱云折槛"的美誉。

④魏无知：秦末时人。楚汉相争时，跟随汉王刘邦。陈平弃楚项羽而

降汉刘邦，就是通过魏无知的引荐介绍，并进而得到重用。后来刘邦政权成立，大行封赏，陈平不肯忘本，向刘邦提及魏无知。刘邦采纳了建议并予以封赏，魏无知被封为高良侯。

题黄石孙侍御曾源《梦隐图》

铜驼无恙边烽寝，丹凤长鸣百鸟噤。

神州又见叶归昌①，泉石烟霞漫高枕②。

归昌世运才华重，西行犹上金天颂③。

看君谔谔气昂藏④，闲泰⑤俱忘谁与共。

我惭衰甚初识君，握手推襟意轶群。

谈深共忍忧时泪，论合参观述德文。

年时大雪花如掌，悔窝坐困形凄惶。

不因棒喝醒痴慵，已分枯余渍燕莽。

感君苦语魂为苏，肺腑笃好何能逾。

况闻谏疏月三上，国宝不数青珊瑚。

抑然冲抱方谦下，每眷刍荛劳假借。

壤流⑥敢诩益高深，岳岳圭棱谓宜化。

至人忘己无异同，如权衡正水镜空。

妍媸轩轾孰恩怨，汲郑⑦骨鲠仍虚公。

激扬清浊良有故，伏虎刲犀先勿怒。

铁汉口学金人缄，直节和光好风度。

只今唇沸浮埃高，息氛静响资贤豪。

志尊主权抑奔竞，九重终待纾忧劳。

一时直声震海宇，行为苍生慰霖雨。

消融意气酌宽严，林沈⑧勋名看接武⑨。

我陈梦呓君勿嗤，君思退隐非其时。

大云遍荫林壑静，我归再寄招隐诗。

注：

①归昌：汉朝刘向《说苑·辨物》载："（凤）晨鸣曰发明"，"夕鸣曰归昌"。《吕氏春秋·古乐》载："听凤凰之鸣，以别十二律。"后人在诗词中借以表示音乐和带有韵律的声音。再大而扩之，比喻夫妻和谐、天下太平。

②高枕：枕着高枕头，谓无忧无虑。也有弃官归隐山林的意思。

③金天颂："金天之颂"的简称。金天指黄颜色的天，古时以为此是祥瑞。

④昂藏：áng cáng，形容人精神饱满有气魄的样子。

⑤闲泰：悠闲安定。

⑥壤流："土壤细流"的省称，比喻微不足道的事物。清顾炎武《与友人书》："而撴埴索途之夫，不足为壤流之一助也矣。"

⑦汲郑：指汲黯、郑庄两人，均为汉朝官员。

⑧沈：通"沉"。

⑨接武：小步前进；继承。

庭中海棠盛开，且渐摇落，戏书一绝，纳之壁间

饭饱花前百转行，海棠春老又飞英。

他年两树高于屋，芋火①僧寮定几生。

注：

①芋火：烘芋头的火。据《宋高僧传》卷十九载：唐代衡岳寺僧明瓒，性懒食残，号懒残。李泌曾在寺中读书，对他的行为感到很奇怪，就在深夜里去拜访他。他看到"懒残拨火取芋以啗之"，并对李泌说："慎勿多言，领取十年宰相。"后来李泌果然发达了，被封为邺侯。

石船居古今体诗剩稿（补遗）

《东游集》

别山旅次题壁

三年前记此经过，尘壁题诗当醉歌。

今日重来寻旧迹，未遭涂抹愧如何。

故人诗兴比侬高，饭颗山①头气自豪。

惆怅天涯尚奔走，郑虔②今已笑藏刀。

注：

①饭颗山：据传是唐代长安附近的一座山。天宝末年，李白与杜甫同为诗坛上的两颗巨星，但李白自负甚高，有点看不起杜甫的诗，曾写了一首"饭颗山头逢杜甫，头戴笠子日卓年"的诗嘲讽杜诗拘束。后人遂用"饭颗山"表示诗作刻板平庸或诗人拘守格律埋头冥作之典。

②郑虔：唐代官员，擅长诗、书、画，曾被唐玄宗称为"郑虔三绝"。与杜甫交好。安史之乱后，因陷伪职被囚禁，为了自救，在自家墙壁上作画，以讨好朝廷，求得免死。最终获得赦免，被贬台州。来到台州后，他以地方官员身份办官学，以教化台州百姓为己任，终于开台州一代文风。

《元和集》

行乡即事

村村谷囷①高于屋，个个菱盆稳似船。

正是江南秋熟候，篷窗坐看亦欣然。

注：

①囷：qūn，古代一种圆形的谷仓。

《江阴集》

报传杨、刘二君 [①] 消息，寄茂萱同年

闻道中郎已被收，晦翁 [②] 早为放翁 [③] 愁。

即今料理犹能及，应有囊间皂荚油。

注：

① 杨、刘为"戊戌六君子"之杨锐、刘光第，二人均为四川人。

② 晦翁：朱熹的字。

③ 放翁：陆游的字。

《吴县集》

舟过木渎，望天平山，未及登

竟日舟行饱看山，天平何意阻跻攀。

重阳辜负登高兴，总是官中苦不闲。

《南汇集》

以近影上继可舅

六年重缺渭阳情，盈尺须添白雪明。

一笑定应怜酷似，此心出处共澄清。

乡行书事

荒江舣棹夜灯初，行饭沙堤信所如。

偶过前村还一笑，有人月下尚挥锄。

儿童结队意相亲，为道今冬乐事真。

枹鼓^① 不惊蒲搏^② 静，待官来看太平民。

注：

① 枹鼓：fú gǔ，战鼓；报警之鼓。

② 蒲搏：pú bó，古代的一种赌博游戏。亦可泛指赌博。

男暮涛敬录

时年七十五岁，一九六三年十二月

（注：以上为李超琼之子李侃于北京图书馆所录。）

蠛豪氏撰

悖言开宗之编

悖言

山言奚至，牧言奚罪。或谰或讹，俶懤斯悖。变飙愤潮，吃掇龃读。
莽断孔烝，毕根贯属。迓圣铤时，盲慢彭怪。颠之欢之，亦当枋戒。

中天下而立，为尧舜之君。

天下莫不与，邦其命维新。

遵先王之法，施泽于民久。

洋溢乎中国，地莫非其有。

今国家闲暇，故将大有为。

交邻国有道，来之则安之。

岂徒齐民安，以胜残去杀。

能保我子孙，有以利吾国。

所谓大臣者，安社稷为悦。

使天下之人，被尧舜之泽。

格君心之非，勿欺也而犯。

若伊尹莱朱，于吾身亲见。

是社稷之臣，故民不失望。

今之事君者，将焉用彼相。

往而不为义，和不以礼节。

则拳拳服膺（义和拳），死而不厌北。

是邪说诬民，罪不容于死。

又从而招之，端斯害也已（端王）。

（山东直隶莠民以练团为名，窜义和拳于其中，浸而鼓动愚民仇教毁堂，聚众抗官，当事不之惩，且抚之奖之。又招而为兵，而祸不可救矣。事既决裂，人咸归咎于端郡王载漪，王固立为皇储大阿哥生父也。）

养为天子父，亲则诸父兄。

庶几无疾病，抑王兴甲兵。

今之所谓良，好刚不好学。（刚毅子良相国自是之见太深，天下事皆易言之。）

愚而好自用，其言之不怍。

赵孟之所贵，嗜秦人之炙。（舒翘展如为尚书出抚团众，以为皆义民也。）

曰先酌乡人，不能谓之贼。（拳首李南英即陕人，其同乡也。）

又有微子启，秀而不实者。（颖之启秀尚书，愎甚，尤党拳民。）

骄且吝其余，此亦妄人也。

米粟非不多，十世希不失。（"希"作"望"字解。）（顺治以后，天下一统，至今十传矣。）

不能期月守，仁不保社稷。

殆哉岌岌乎，天之将丧斯。

故二十取一，望望然去之。（七月二十一日，京师失守，洋兵入犯，六飞西行。）

（大沽之失，天津之陷，京师之不守，为五、六、七三月之二十一日事，亦奇矣。）

天子适诸侯，今乘舆已驾。

东面而征西，于岐山之下。

曰古之为关，中立而不倚。（关中古称天险，据天下之上游，而距江海皆千余里，

不至海口有惊，则京师震动。故今日言地利，以陕为胜。）

出则无敌国，距人于千里。

广厚载华岳，在邦域之中。

得之则居之，信无分于东。

七八月之间，晋国亦仕国。（两宫西行，七月至大同，近已驻跸太原。）

昔者有王命，后来其无罚。（七月廿六日，行在所颁谕旨，有"知人不明，为

朕一人之罪"等语。）

有罪罪在朕，言无以知人。

皆反求诸己，闻者莫不兴。

大败将复之，皆引领而望。

能治其国家，可运之掌上。

举直错诸枉，当务之为急。

利不如人和，曰仁者无敌。

彼陷溺其民，人皆曰可杀。

能肆诸市朝，下之士皆悦。

害人二三子，皆逢君之恶。

王喜以为能，作孽不可活。

仲得君如彼，可以当大事。（荣禄仲华相国总统武卫各军，军械最利。）

兵革非不坚，抑亦立而视。

孰重曰礼重，有贵戚之亲。（礼王为军机大臣领班。）

可以止则止，则何为不行。

谓韶尽美矣，焕乎其有文。（王文韶夔石协揆长于文字，老而病聋。）

知老之将至，听之而不闻。

道不敢以陈，位不谋其政。（礼王与荣王亦皆军机，且在前者。）

而必为之辞，是固恶乎佞。

天下之大老，是为王者师。

于崇吾得见，徐子曰仲尼。（崇公绮管吏部，与徐相国皆充师傅。）

直道而事人，皆有所矜式。（师相尝立愿学堂于京师，以志向往。）

而谋动干戈，无权犹执一。（崇、徐二公皆尊而不亲，大政皆不能与闻，盖正色立朝，

不合久矣。）

不忍则乱大，动天下之兵。

故远人不服，战杀人盈城。（董军门宫保，花门种也。）

回也非助我，烂其民而战。（董福祥以其军先攻使馆，又御敌，皆败，死亡最多。）

然有余裕哉，死而恐不赡。（裕禄总督兼北洋，殉难于杨村之战。）

善贾而沽诸，曰是知津矣。（大沽之台先失，继天津郡城亦陷。）

通实不能容，云邦畿千里。（通州又失，而联军入京畿矣。）

今以其昏昏，寇至则先去。

不耻不若人，仁人之所恶。（崇、徐两师傅以洋兵入京自缢以殉，又祭酒王懿

荣亦死之，其妾亦自杀。）

仁人无求生，人犹有所憾。

杀身以成仁，人伦明于上。

无罪而杀士，有友五人焉。（袁、许、联三君子，人所钦服。徐、立亦为□□。）（徐

用仪、许景澄、袁昶、立山、联元五人者，皆于七月内先后被杀，庶吉士富寿亦与焉。

各国兵踞京都，以待和议之成，且多要挟。）

二吾犹不足，未知其孰贤。

不可以敌众，曰礼之用和。

主且在邦域，拒我如之何。

微邪说暴行，不如是之甚。

事如会同端，尧舜其犹病。

曰今之诸侯，泄泄犹沓沓。（督抚勤王者，惟苏抚鹿传霖一人，而甘肃藩司岑
　　春煊率先迎驾于晋，此外寂如矣。）

　　　　缨冠而往救，雏则为无力。

　　　　子不顾父母，谓之姑徐徐。

　　在位则有庆，曰王之为都。（庆王先归京师，主和议。）

心以为有鸿，章通国皆称。（李傅相奉全权大臣之命，有"该大学士此行，不
　　特安危系之，存亡亦系之"之谕。）

　　　　以废兴存亡，则莫我敢承。

　　　　为君约与国，有善其辞命。

　　　　侧则不能安，天下恶乎定。

　　　　况乎以不贤，当仕有官职。

　　　　无学贼民兴，我至于此极。

大貉小貉也，而居尧之宫。（各国兵入京城，分地盘踞，宫府帑项为所搜掠至
　　六千数百万，二百余年储峙一空。）

　　　　则民散财散，问于我空空。

　　　　人三月无君，国空虚无礼。

　　　　中国废人伦，未有甚于此。

　　　　以如是其急，今既数月矣。

　　放其良心者，恶有甚于死。（哀莫哀于心死，中国今日当同声一哭矣。）

　　　　圣人有忧之，有命戒百官。

不改是谓过，士必得无专。（罪己诏有"无怙，非无专己"之二言，于今日当
　　道病根如见症结。）

　　　　以动心忍性，知国家将兴。

　　　　莫之致而至，皆天也非人。

　　　　凡有血气者，不忘在沟壑。

　　　　耻之愿比死，匹夫不可夺。

政虽不吾以，愿为圣人氓。

忧乐以天下，莫敢不用情。

骥不称其力，龙而放之菹。

由之不得志，自耕稼陶渔。

不仁而在高，无益而又害。

故笔之于书，殷鉴不远在。

侮圣人之言，其为士者笑。

予岂好辩哉，垂涕泣而道。

凡一章，章二百十二句，句五字，字千又六十弁四十八字。

"垂涕泣而道"之言，人或疑其以文为戏而笑之，斥其侮圣人之言而罪之，不佞俱无以自解，而亦不欲求解也。悲夫悲夫，悲夫悲夫！谁使我出此也。

跋

昔坡公羁宦，遏水调于江天；白傅①耽吟，浣酒痕于襟袂②。裙屐联其佳会，虾菜述其隽游。良以滞迹一方托湖山之管领，浮尘十丈藉烟墨以祛除。茧绪独缫，兔毫欲脱，非以寄陶写之工，亮无间悲愉之旨焉。我师天怀踔荦③，渊度翀融，承劬学以燎麻④，闻浩歌而折柳⑤。雄边控驾，星斗卧看。沧海问途，鱼龙起舞。奇情波谲，丽瞩云收。抚半世之功名，早飞壮采；聚百篇之风雅，已压群公。会以脂牵南迁，联帷东下。频移长孺⑥之官，式访澹台之宅⑦。拔薤⑧一本，种桑万株。弹琴流弦外之音，饮水辨江心之味。怀中探簿，代小吏唱名；毂下税薪，与诸生炙砚⑨。春闲萱幄，秋抱藤轩。书味言鲭⑩，瑟心洒德。盖未尝一日忘其所好也。冰霜多暇，折花劝觥；垆箑⑪之余，积草盈尺。爰衷⑫是刻，用谂⑬知音。

累日为年，代检楼罗之历⑭。以官名集，实仿临海之编，务在疏瀹⑮性灵，追攀古趣。然而言者心之声也，词者意之表也。颜公钜手⑯，致厄清贫；叔朗宦情，早经熟烂。蜚鸿唳鹤，眷辍轸于横流；笑齿啼颜，惜余膻于歧路。揽纯钩而欲起，观棋局之不平。热血一瓯，古愁万斛。加以朋笺互答，华刺渐生，通津倦于轮蹄，怀人远于乔岳⑰。鲈香入梦，鹤骨惊寒，未免欣戚相参。激昂独抒，借琴樽以自遣，申松桂而为言。吟鹭陪轩，好山当户。襞⑱幽思于约带，念胜引而求衣。是知元相手编弗屑登夫少作，杜陵心事乃时寓夫短章。嗟乎！万里驰驱，易换雪泥之迹；廿年阅历，都关雨露之心。重劳使君偏耽刻苦，分沾余子讵在词章。读是集也，有识为神蜺⑲之片鳞、威凤之一羽而已。昌煦自惭恂瞀⑳，谬辱齿牙，搜爨㉑下之枯桐，薮阶前之稚卉。座中年少共识彭宣㉒，花底吟安便呼子慎㉓。晨夕饫其绪论，肤髓浃于天亲。所愧六义未谙，一辞莫赘。丐馥有愿脱腕先钞，舁㉔到蓝舆，好从游于彭泽，镌将片石。更借重于郁林膏泽，方溥笙簧继奏。窃不自揣，还须升堂请业焉。

岁在大荒骆㉕季冬之月

受业元和潘昌煦谨跋

注：

① 白傅：指唐朝诗人白居易，因其晚年曾任太子少傅，故称。

② 袤：yǒu，衣袖。

③ 踔躠：chuō zhù，卓越，高超。

④ 燎麻：唐朝李延寿《南史·刘峻传》："峻，字孝标，居贫不自立，与母并出家为尼僧，既而还俗。峻好学，寄人庑（wǔ）下，自课读书。常燎麻炬，从夕达旦。时或昏睡，爇（ruò）其须发，及觉复读，其精力如此。"后世有"燎麻照读"成语，反映的是刘峻家贫而刻苦读书的事迹，后因以用为勤奋苦学的典故。

⑤ 折柳：古人离别时，有折柳枝相赠的风俗，寓含"惜别怀远"的意思。

⑥ 长孺：原为汉朝汲黯的字，此处借指忠直敢谏之臣。

⑦ 澹台之宅：指吴地。孔子弟子澹台灭明南游至江苏吴县东南居住。

⑧ 拔薤：bá xiè。薤，多年生草本植物。《后汉书·庞参传》："拜参为汉阳太守。郡人任棠者，有奇节，隐居教授。参到，先候之。棠不与言，但以薤一大本，水一盂，置户屏前，自抱孙儿伏于户下。……参思其微意，良久曰：'棠是欲晓太守也。水也，欲吾清也。拔大本薤者，欲吾击强宗也。抱儿当户，欲吾开门恤孤也。'"后世以"拔薤"比喻打击豪强暴族，歌颂那些除暴安良的官吏。

⑨ 炙砚：zhì yàn，严寒天烘烤砚台以磨墨写字。

⑩ 言䑣：yán qīng，形容说话精美有趣味。

⑪ 箑：shà，扇子。

⑫ 裒：póu，聚；取出。

⑬ 谂：shěn，知道，劝告。

⑭ 楼罗历：花名册。

⑮ 疏瀹：shū yuè，洗涤，陶冶。

⑯ 钜手：jù shǒu，才华出众者，高手。

⑰ 乔岳：本指泰山，后泛指所有高山。

⑱ 擘：bì，裂，剖分。

⑲ 蜺：ní，寒蝉。

⑳ 怐愁：kòu mào，愚昧。

㉑ 爨：cuàn，灶。

㉒ 彭宣：西汉名臣，深通《易经》，学识渊博。

㉓ 子慎：东汉经学家服虔，字子慎，善文论，经学尤为当世推重。

㉔ 舁：yú，共同用手抬。

㉕ 大荒骆：己巳之年。

合江李公紫璈年谱

李紫璈大令年谱序

合江李紫璈大令以举人官江苏，所至民尊爱之，无贤不肖，皆曰"李侯真慈父母"也。及移他县，则攀辕卧辙以留之，虽久思之勿衰。故言吴中循吏者，必首称君，历八县皆然。光绪三十四年，余养疴上海，君时来过。从宣统二年，余抚江苏，君则先二年卒矣。身后萧条，逋负之状惨哉，盖不忍闻。吴之民出其财而理之，得无累于是，叹遗爱之入人也。远吴人之风尚，亦古今所希觏也。逾年，上海姚君子让以君《年谱》见视，属为之辞。凡五十岁前皆君手述，其后十四年则杨君古醅续成之。余知君久，君之为治也，吾夙详焉，其视民如家人父子，置一身毁誉于度外，非必有绝特可异之行。而慈祥恺悌，息息以民心为心，遂令暴者以惕，懦者以立，仁气之煽，如病得苏。《书》曰"如保赤子，心诚求之"，君有之矣。《年谱》之作，盖本君之日记中，无甚高难行之论，一一皆入理而飀情。而义愤所激，则不平之气，郁勃于行间，虽老而不改，倘所谓朝气耶？君处膏不润，其卒也，几无以为敛，公私亏耗至巨。上海士大夫呼号奔走，天下人皆谈之，今则刊君日记行于世。呜呼！廉吏不可为，此古者伤心之言也。如君身后之穷，凡所得于人人者，岂能术取而力获哉？抚君是编，可以风示牧民者矣。

云阳程德全叙

序

呜呼！此吾亡友李君紫璈之《年谱》也。五十以前，皆君所自述，其后则君友杨君古醅采君日记及诗文稿续成之。君宦吴，凡历八县，所至有仁声。余初识君于元和官署，迨君宰吴县，余适流寓苏州，过从益密。又尝访君于江阴、无锡，故于君之治绩，知之特详。君没之前数日，犹自上海寄书京师，所勖望于余者甚厚。今君逝世七年，余蹉跎白首，志业无成，尚何能序君《年谱》哉？然以君门人潘君由笙暨君子侃之请恳，又恶得无言乎？尝闻西哲亚里斯多德之论政治"一在于维持国家之秩序，一在于增进人民之幸福"，其言盖与《虞书》所谓"安民"、《鲁论》所谓"富教"隐相符合，洵古今中外之通义也。吾国号为共和，迄今四载，礼教固已不存，而法律亦未尽守，地方官吏往往以乱罚严刑为威吓之具，暴征急敛为进取之方。官不爱民，民岂爱官？甚至激其憎怨之心。浸移于国家于此，而欲求治安，譬犹种树然，不惟不灌溉之，且日摧伤之，其不立槁，幸矣，矧望其枝叶繁茂乎？此所以蒿目当世，尤令人思君不置者也。君之为政，不阿长吏，不欺细民，惟日孳孳，以闾阎之休戚为休戚。及君之卒，几无以为敛，公私亏累至十余万金，八县之士民为之奔走呼号，集资以偿。在君当日，特自尽其职耳，何尝有几微要结斯民之意？而斯民之报之，自不容已。民情之向背，不大可见乎？奈何！彼善宦者，方且笑君，以为迂也。如君之治行卓卓如此，列诸《清史循吏传》中，殆不数觏。然立传与否，与君固无增损，八县士民之讴歌，较史传可信多多矣。是编之刊，盖即君之治谱，世有留心民事者，当必有取于斯云。

乙卯八月长汀江瀚序

续李公紫璈年谱序

合江李公之殁，江南八邑人士之被公泽者，皆痛悼焉。上海李君钟珏、姚君文枬、叶君佳棠、顾君言、莫君锡纶、谢君源深、朱君日宣、南汇钱君瑞瑸、朱君祥黻等议为公刻《年谱》，使公生平行谊流传不朽，且以备史馆《循吏传》之采择。公已自述至五十岁，葆光拟为之续。自五十一岁起，讫公之逝，则博采公《石船居日记》《草心庐日记》《衔恤记日册》《湖游十日记》《衔恤日记》《北行日记》《京寓日记》，《古今体诗剩稿》，公牍稿、文稿，公子侃所笔述钞撮成之。自维谫陋，何足扬公之美？特念公生前一见如故，诗札频仍，有知己之感，何敢不摘其大者，以塞诸君之请，且以识公之行谊于万一云。

宣统三年辛亥三月娄县杨葆光（古酝）氏识

自述年谱

合江李超琼手订

始祖尚伦　相传吾宗李氏明初由湖北麻城县之孝感乡八斗坵徙籍入蜀，居合江县东乡。后经张献忠之乱，旧谱失传，自公以前，俱无可靠。

金氏

一世祖　讳先，生子三，三孝、三友、三明。

王氏　墓在合江东乡夏湾左山，前后均有大石，今所谓前石包、后石包老坟者也。

二世祖　讳三明，墓在葛树湾南大坟嘴。生子三，怀德、崇德、乾德。

张氏　墓在葛树湾左山。

三世祖　讳怀德，墓在夏湾宅后。生子五，晋瑜、晋璠、晋琰、晋珍、晋瑛。

陈氏　墓在松树山。

四世祖　讳晋琰，墓在状洞园。生子一，深。

王氏　墓在四角田宅后。

五世祖　讳深，生子四，文斌、文璧、文芳、文辉，是为四大房之所始。

墓在状洞园。

赵氏

张氏 墓均在状洞园。

六世祖 讳文芳，生子二，棁、槃。槃早夭。

陈氏 墓均在状洞园。

曾祖 讳棁，卫守备衔，貤赠中议大夫，墓在大字湾宅后。生子三，仕仲、仕廷、仕臣。

王氏 貤赠淑人。

祖 讳仕仲，国学生，诰赠奉政大夫，晋赠中议大夫。墓在龙德山，俗名"高石坎"。生子四，光祜、光祥、光祁、光祊。

陈氏 诰赠宜人，晋赠淑人。墓同。

考 讳光祜，字霁岚，诰赠奉政大夫，晋赠中议大夫。墓在龙德山。

胡氏 诰赠宜人，晋赠淑人。墓在紫荆湾西。

黄氏 诰封宜人，晋封淑人。

道光二十六年丙午冬十一月二十日子时，超琼生于四川直隶泸州合江县东乡中汇支大字湾宅内，时祖父母均在堂，父霁岚公年三十九岁，母黄宜人年三十七岁。先是姒胡宜人于辛卯生女兄静诚，适赵文渊，旋于甲午岁弃世。吾母黄宜人始来归，丙申生女兄静莹，适冯良植。戊戌生长兄朝东，庠名超元。庚子生女兄静恒，适徐复元。壬寅生女兄静灵，适张邦道。甲辰生女兄静明，适徐骥元。乙巳生次兄朝寅，以仲父衍先公光祥无子，次兄嗣之。超琼之生也，霁岚公梦仲父送一孩于怀，曰以还吾兄。超琼既长，先考尝为述之，初命名朝昱。

二十七年丁未 两岁

二十八年戊申 三岁

九月，季弟朝升生，庠名超瑜。

二十九年己酉 四岁

三十年庚戌 五岁

二月，以痘症为医者所误，投以凉药，致浆不时应，濒于危者数矣。王父卿伯公素精岐黄术，时方自外归，一药而起，乃有再生之幸。

咸丰元年辛亥 六岁

女弟静昕，适何宗泮，是岁生。

二年壬子 七岁

正月与次兄偕入塾，从先云龙师（天锦），受句读。

三年癸丑 八岁

四年甲寅 九岁

五年乙卯 十岁

十二月十九日，王母陈宜人弃养，葬地为郑姓所阻，暂殡于龙德山，大人结草庐于殡侧，寝处其中，旦夕悲号，琼与次兄常分日往侍。

六年丙辰 十一岁

七年丁巳 十二岁

六月二十四日，王父卿伯公弃养。时大人以王母之丧庐墓已二年矣，然王父尚存，每黎旦拜墓毕即归侍，夜则视安寝乃驰诣庐次，率以为常。五月中，王父病骤作，乃昕夕不去侧。及遭大故，与王母合葬龙德山之阳。窀穸既安，遂居庐三年，未尝一日去墓侧。庚申释服，又逾月乃返。琼于数年中亦与兄弟恒随侍焉。

八年戊午 十三岁

元日，大人命作诗，有"梅落栏干雪尚凝"之句，盖眼前实景也。甚蒙奖勖，谓读书可望有成。嗣是三载间，皆昼读于塾，夜侍于庐，大人为吾兄弟讲授经史。

九年己未 十四岁

五月，伯氏以州试冠军入邑庠。九月，滇匪李永和之乱起，攻扑叙州府城，距吾里不三百里，一水可通，遂时有风鹤之惊也。

十年庚申 十五岁

是岁从李辉山先生读，名先春，后二十年始入邑庠。八月，吾家以食指日繁始析爨，婶氏吴及四叔雨田公、五叔祝三公与大人分而为四，不异居而异庖，非大人意也。

十一年辛酉 十六岁

自析爨后，家中旧逋，大人悉身任而独偿之，不欲为诸父累，然仅分授田七十亩，所入不敷。甫逾冬春，遂以空乏，大人处之晏然。是岁，无力延师，琼辈皆从伯氏读。八月，滇匪扰及吾里，时大人以秋社在白沙场大庙，贼至，不之觉，赖李君敬魁，字花村，急以相闻，偕登北寨山。途中，与大兄掖而趋焉乃免，阖家俱避兵南乡，寄居董、冯两戚所。贼去已净，逾二月始归。

同治元年壬戌 十七岁

仍从伯氏在永洪寺读。四月，粤匪石达开大股窜经吾邑西南，各乡里中大扰，家方奇窘，几以一日再食为难，耕获樵汲之事，与兄弟皆身任之，学业虽未尽废，颇作辍焉。

二年癸亥 十八岁

是年，从王清源师，讳寅亮，纳溪恩贡生，读于泸境之太平山，去家五十里而遥。师与大人挚交，知吾家之穷，不以束修相责，然塾中食用亦几不给。

三年甲子 十九岁

四月，应科试，不售。是夏，米价翔贵，里中十室九空，道殣相望，吾家惟糠粃藜藿以自给，由夏而秋，日难一饱。伯氏以乡试赴省，而大人际此穷饿，毫无戚戚容，惟日以经史课琼兄弟。琼辈亦于薪爨之余吟咏弗辍，固未甚以年荒为苦也。

四年乙丑 二十岁

五月，岁试，学使为怀宁杨礼南先生（秉璋），以诗古入选，取入县学第五名，是岁仍从王师读。

五年丙寅 二十一岁

仍读王师所。八月二十四日，内子来归，王石臣先生（柱）次女也。十二月，科试列优等第五名补廪。

六年丁卯 二十二岁

王师移馆于安贤乡黄金寺，挈季弟仍往受业。三月，大人病噎，药少效，以是岁方届大比，不令琼兄弟在家久侍。六月，遂赴成都。是科省试，琼卷为房师兴国石芝生先生（会昌）呈荐堂备，未中。八月杪，归里。而大人之病已剧，医药弗灵，犹力疾至菜河坝宅省视叔祖忠山公。九月十五日，长子廷毅生。逾月既望，大人遽尔弃养，奉侍无状，惨罹鞠凶，抱恨终天，无以为人，无以为子，痛恨永无底极。又以生计奇窘，附身附棺未能丰备，真有毕生莫赎者，悲哉悲哉！是冬，即安窀穸于王父母墓之左，遵遗命也。

七年戊辰 二十三岁

二月，方居庐读礼，族叔字暄先生（光澈）为谋一馆，讫未得就，遂邀为成都之行，欲于省垣肄业。始至寓旅舍中，时邑令以事撤任，在省为人所控，以重资贿和，欲得余为居间，许重酬，既峻拒之，犹相嬲不已，乃徙寓以避，旋因病归里。夏间，伯氏以家计益艰，习贾至彭山，染疫，几客死，丧资而返，举室嗷嗷，甚矣，其惫也。

八年己巳 二十四岁

春初，仍无糊口策。字暄叔复资以路费步入成都，肄业于锦江书院，山长新津检讨童懘莼先生（棫）甚加激赏。九月，荐琼于温江张云程观察（鹏万）家课读，从学者为观察之孙锡恩、锡煨、锡龄及其外孙李修言，时观察亦寓居省垣也。

九年庚午　二十五岁

以是年复逢大比，辞张馆，仍读于书院。二月，伯氏亦至。山长为通渭牛雪樵先生（树梅），前官蜀臬者。八月，乡试不售，闱后即还里。邑侯嘉定瞿怀廷大令（树荫）纂刻《合江县志》，招余及舅氏黄继可先生垂入局编校，腊初乃竣事。

十年辛未　二十六岁

正月，复入省垣，以云程观察仍延课读也。七月十五日，次子廷恪及长女孪生，女逾月而夭。

十一年壬申　二十七岁

仍馆张宅。秋八月，执贽于章邱马叔度先生（德澂）之门，以制艺从请业也，先生时官四川知县。

十二年癸酉　二十八岁

辞张氏馆，仍寓其家，与观察次子旦卿茂才（仲羲）及华阳赖子谊（永恭）、资阳汪朗斋（致炳）、江津戴政甫（臣邻，后更名汝钊）、井研宋子城（国埔）、富顺林子鹤（祖皋）、中江刘少芸（声琦）同习举业。二月，次子廷恪殇。三月，回泸科试，与伯氏偕应拔萃科，傥得而失。八月，乡试未售，学使高邮夏路门先生（子镠）取贡优行。冬，于里中措北上资，假贷甚艰，仍赖从堂叔父字暄先生（光澈）于族中嘘活，乃克借银三百余两，始就道。十一月十八日，生第三子廷昂。

十三年甲戌　二十九岁

新正四日启程，偕胡翰周表兄（焕文）买舟东下，由沪航海而北。三月六日，入都。六月二十六日，保和殿朝考，列二等二十一名。七月初六日，礼部带领，诣乾清门内引见，奉旨以教官用，旋于吏部注册候选，留京未归，与合州陈子蕃中翰（昌阳）同住四川新馆。是岁，季弟超瑜入邑庠。

光绪元年乙亥　三十岁

秋，应顺天乡试，未售。同邑陈海珊观察（本植），时办理奉天边务，以书来招,遂襆被出关,为之襄理文案。十二月,得保选缺后,以知县选用。

二年丙子 三十一岁

二月,随观察巡历海城、盖平、岫岩、安东各海口,东出凤凰边门,查丈升科地亩。于沿途,见露棺不葬者不可胜计,甚至槥既朽败,骸骼纵横,令人惨目。因言于海珊,为之拟示谕禁,勒限三月一律收葬,有主者,责之亲属;无主者,责之保邻。并禀请上游,通饬辽左右各属,一体遵办,永禁停棺积习。一时残骸败棺之得以掩藏者,以数千计。六月,回京乡试,卷为房师蕲水张仲模先生(楷),力荐未售。冬,仍赴奉天。

三年丁丑 三十二岁

二月,奉檄管理东沟榷务,并帮带靖边营练军马队。东沟地濒海,在安东县南一百二十里,凡鸭绿江上游诸山所产材木,悉萃于此,京津估客越海来集,运售颇旺。然元年五月以前,犹为匪首宋三好等踞为己利,巢穴既荡,奏准化私为官。而两载以来,税法未能画一,弊窦日滋。余为厘剔而更订之,严偷漏而不涉苛细,勤讥察而力戒留难。陋规既裁,禀请优给丁胥口食,痛惩抗弊,收款必涓滴归公,务令上下晓然,无中饱私索之可訾议,商民咸便之。是岁,所受东钱,以百二十余万计,盖视前二岁赢十之四五。其后,余在局又两年,亦未尝稍绌焉。六月,始留须。冬,随勘围场,北至吉林伊通河之辉发城。朔雪边风,往来二千余里。

四年戊寅 三十三岁

是岁,仍管东沟榷务。时海珊所办边务略定,清丈地亩一律告竣。北改兴京通判为抚民同知,于旺清咸厂两边门外,添设通化、怀仁二县以隶之;南则于凤凰城设凤凰直隶同知,于叆阳、凤凰两边门外,添设宽甸、安东二县;并改岫岩通判为知州,而均隶之厅,计同知以下共设正佐学官等二十三员。海珊亦遂拜备兵东边之命,驻扎凤凰城。其间设官建寺,画里分疆,列戍屯兵,立关征税,修衙署,筑城池,创书院,置义学诸大端，余皆从而赞助之，岁必偕其巡历，尤以冬残腊尽为恒。冰天雪海中，束马悬车，备经险阻，凡佟佳鸭绿之水、龙冈长白之山，古迹则丸都不耐之遗墟，阨塞则萨尔浒、沙卑城之故地，靡不躬亲跋涉，登览纵观。五过兴京，再谒永陵，于国家亿万禩发祥所自之区亦获仰瞻，形势不可谓非此生之幸也。四月，以边务在事出力，得保加同知衔。九月，痔病大作，溃而成漏，几至殒命，再逾旬日乃起。

五年己卯　三十四岁

三月，报捐免选训导，以知县分省补用，并加级请赠王父母、父母为奉政大夫宜人，母封宜人。六月，由东沟入凤凰城。途次，仇家坊山水暴涨，马蹄于急湍中，几占灭顶之祸。骑兵杨德春（天津人）等驰救，乃免。七月，复试京兆，中式顺天乡试二百七十六名举人，房师为闽县周郁斋先生（云章，内阁中书），座师为汉军徐荫轩先生（桐，礼部尚书）、长白志蔼云先生（和，吏部侍郎）、吴江殷谱经先生（兆镛，吏部侍郎）、嘉善钱湘吟先生（宝廉，刑部侍郎）。九月二十六日，次兄朝寅在籍病逝，逾年乃得讣音，可悲已。

六年庚辰　三十五岁

二月，由辽左入京复试，列一等四十五名。三月，会试，卷为房师嘉定廖毅似先生（寿丰，官编修），阅荐以额隘见遗，挑取誊录第三名。四月，偶病风温，医者误投发表之药，继用燥烈，遂至大困。宜宾赵宝书世叔（敏熙，是科进士，官终广西知县）百方相救，乃起。而尤赖同年乐山高东垣农部（联璧）维持之力，为余选医药、视卧起、检饮食，数十昼夜不少倦，乃获死而复生，可感已。八月杪，扶病南旋。冬中十日，始抵里门，盖离家又七年矣。

七年辛巳　三十六岁

四月，携毅儿再出。六月，复至辽左凤凰城，仍为海珊经理笔札及署中诸事。

八年壬午 三十七岁

春夏之交，朝鲜内乱大作，至八月乃定。东边，与其国仅鸭绿一水之隔，防务颇重，军书旁午，海珊悉以见委，辄揣其情势而为借箸之筹，力以张皇为戒，倖亦未误事机。因于其间参考，故藉谘访往来通事商贾，为朝鲜八道舆图一帙。九月，有京师之行，于天津与富顺萧廉甫太守（世本）订交。

九年癸未 三十八岁

二月，由辽左携毅儿至都。伯氏有孝廉方正之征，亦自蜀来，同寓南柳巷永兴寺。四月，会试榜出既，再落第，遂于吏部呈请分发，签掣江苏。五月杪，出京。复过凤凰城，与海珊话别。八月初，乃南行。海珊以数年襄助之情惓惓不已，出万金为赠。余一再辞之，谓他日有余，仍以见返，作为借款未为不可，乃受而存之晋商家，取息以备需次之费。九月三日，抵吴会，随班听鼓。甫至六旬，适得季弟书，言吾母病痰外窜，经络如核如瘕，聚散不定，倚闾之望綦切，遂请急归。腊既尽，始克抵家，母病已痊可矣。逾夕岁除，膝下团圞之乐得自意外，愉快无已。

十年甲申 三十九岁

四月，再出。比至沪上，始知海珊观察病殁于沈阳旅次。盖言者掯撼不根之谈，率以诬劾。钦使出关查办，既为湔雪，而海珊因病咯血既久，遂不起。余与相依日久，情谊笃厚，其诸郎皆稚，义当往视。其从弟绍三司马亦自籍来，遂偕赴沈，复为过凤凰城，清厘其公私未了之事。六月杪，始同其眷属扶枢而南。伯氏挈毅儿亦出都，会于上海。即护海珊之枢逆江而归，余始复诣苏州。十一月，奉檄入谳局。

十一年乙酉 四十岁

二月二日，纳姬人陈氏（浙之绍兴人，其父如高，贾于吴）。三月，廷毅在籍完姻，同邑蒲君肇纲女也。八月，分校江南乡试。入闱后，有以关节来嘱者，余峻拒之，复婉喻以理之不可欺、法之不可玩，其人惭惧而止。九月十一日，揭榜，荐中娄县王廷樑、泰兴周维申、上元张文江、合肥黄汉清、望江方兆霖、江宁张传仁、芜湖汪一元等七人。又副榜一名，为高淳孔繁露。其出余房而未售者，尚八十有六人。苏州府学附生王承藻，文尤有根柢，神韵独超，亦落孙山，最为惋惜。

十一月十九日，吾母就养来苏，内人挈儿辈随侍而至，季弟率澍侄暨张氏女兄甥国磐亦来。是月，以海防即用班捐例，上游因镇江府之溧阳县知县员缺，以余题补，考语为"心地明白，任事安详"。次年，奉部复核准。

十二年丙戌　四十一岁

正月，赴丹徒鞫盗，并察客腊乡民闹漕之案。回省，据实缕陈。上宪有疑其徇护者，后复委大员推究，悉如余言。五月，赴铜山鞫狱，七月始归。

八月十八日，到溧阳任。溧邑经粤逆之乱，伪侍王李世贤踞为巢穴，城乡焚杀之惨至酷且久，以致兵燹既息逾二十年，民间元气终未苏复，乱后复业者十仅五六。客民之自江北、皖、豫、两湖来者垾于土著，积不相能，动辄生衅构讼。而赌博、盗劫之害尤炽，赌风以土民为最，自城厢市镇，以至四达之路、孤僻之村无在不有。昼则支架撑棚，夜则燃烛列炬，名目张胆，习为固然。官禁偶严，即联舟水乡，毫无忌惮。外则衿棍包庇，内则丁役分肥，历任均有无可如何之势。武生周万勇者，坐食其利，博徒皆归之。被害之家指控六七年，前令悬赏饬挐，游行自若。余受事第三日，察知该犯方在城南村中聚赌。老役陈茂者，年七十余矣，平日不直其所为，因于深夜召入，手缮硃签予之，期以翼辰必解案，并派干丁四人偕往。果应时拘获，当经严讯得实，禀准褫革，监禁五年。一时，诱赌、嗜赌之徒始悚然，知敛迹。其不悛者，时掩捕而痛惩之，积棍则于左面照例刺字，若辈以此为大辱，皆相率避境外。有乞戚族承保自请改行者，则概予自新，责令专一业，以观后效。数月以后，人人知令在必行，遂鲜再犯。复作戒赌俗歌一篇，刊印散布，期于家喻户晓。嗣后，丝、稻登场，乡民卖茧、粜谷之资，不丧于博，四野颇以是为颂声。

盗劫之风，则以客民为盛。其性习本多强悍，而轻去乡里，又半皆无业之徒，藉垦荒为名，只身游荡者，所在皆有三五群聚。则剽劫杀人，实则所得之赃，有仅敝衣一二袭、钱数百文者。邑界东接宜兴、荆溪，南连皖省之广德、建平，西则高淳、溧水、句容，与正北之金坛，俱犬牙交错，久为萑苻出没之场。夜劫于此，朝窜于彼，缉拿甚不易。前任皆老病，视事捕务尤弛。遂至西南各乡镇匪徒有白昼制油捻，纠伙党，毫无顾忌者，民不安枕已五六年，绅耆言之无不慄慄。余受事甫七日，即有铜官村民人朱阳春被劫一案。旬日中，获犯许受原、刘蕾春等，并起获原赃，讯实禀办，一时传为罕见之事。盖邑虽患盗，而真赃、正盗之获久无所闻，捕役以获盗得赏之优，解犯时又厚给津贴，始相率振奋。后虽间有盗案，节次拿获易金贤、周小二、何老模等多名，悉置于法，并缉获邻境正盗时应有、邓良远、李仔菖、宋憘退、杨正洪、吕澪仔、姜衼金、王曰胜等，解归金坛、宣城、建平及浙之长兴讯办，匪党颇视余境为畏途。冬初，遵照保甲章程，实力举办，客民则责令公举保长，另行编造门牌，五家连环互保，其无保及形迹可疑者概行驱逐，以绝窝顿。复于入境各要路设立稽查分局，清其来源，盗风乃由此渐熄。

邑中向无好讼之习，亦以客籍错处，动因睚眦相争饰词肤愬。余于三八放告日，用细审原告法穷诘其投牒，所由虚诬者立予惩责，无情者遂不敢尝试，可喻释者或当堂曲为开导，俾自行请息，怀牒而归。概不轻准，准则速审速结，不令淹滞，案头无三日之牍。廪贡王文虎与鄂民丁登仕等争田结讼，先后七年，积卷逾二尺许，两造同日具词。余检全案，即夕综考数过，一讯而结。高邮人仲彦标捏词牵控周、杨等姓二十余人，具呈十三次，前后情节无一相符，皆其手缮之牒。余接阅一周，立予重责，援砵笔判其牍尾掷还。乃持以控于府，发回时仍就原牒一一指诘之，无可置辩，自谓再挫，亦无敢怨也，始终未传及被告，案遂以销。

腊中，闻坊间有淫书，名《倭袍传》者，流布各省，而板实藏于溧城。雪夜微行，入华姓肆中，果得之，并搜出《何文秀唱本》之板，皆淫亵异常，悉数起案，劈而毁之，其印出之百余部，亦付焚如，颇用自快。是岁十月之朔，生长女淑馨，姬人陈氏出也。

十三年丁亥　四十二岁

正月，撰《劝谕客民禁约》十四条，计三千六百余字，刊印成册，发给客籍之户，于客民痼习剀切指示，导以更化之方。人给一编，期于家喻户晓。其有识者，皆欣然鼓舞，转相劝戒，颇渐易其旧俗。臬宪仁和张公富年见之，深为激赏，谓近来牧令教民无若余之尽心者。

二月，举行县试，拔石铭第一。先是邑中文风颇盛，兵燹后户口凋散，士多废学，应试文童视承平时仅四分之一。而谫陋为多，礼教因亦寖失，童试皆不衣冠、不应名，仅于学署取结，人或数张，凭结索卷。故入场仅四百余人，而给卷常近千，每至滋闹，官亦无点名之册。余先期手缮示条，约以四事：取结只准一张，非衣冠不准入场，非应名不准给卷，交卷必领签照。出，仍饬书于其取结时，按名造册，分起缮牌，依次听点，届期鱼贯而进，终试无一人梗令者，里居士大夫皆以余能挽数十年陋习为幸。盖余自莅任，观风即以礼度约束，生童课日必坐堂皇，面校其文艺得失，仍谆谆以勖学砥行为劝勉，榜后则召集前列之士宴集署中，与之考论古今、咨询利弊。其素行不饬者，即于卷内批斥，导以湔改之方，课资则于膏火外捐廉优奖，并购经史等书择尤给发，以为鼓励。士林相习日久，故令焉易从。其义塾学童，时亦召之来署背诵经书，以功课之勤惰为赏罚，乡塾则因公便道考核，并刻《教戒幼童示谕》及绛州李子潜先生所著《弟子规》《朱子》《小学》等书遍为颁给，以资蒙养之助。又以邑人士鲜习古学，特设经古季课，捐俸买惠得区王姓客民田六十余亩，以岁租为课资，生童中颖异者始欣然肆力于古。

五月，大雨浃旬，湖河漫溢，圩田淹没者以二十余万亩计。月望，设坛祈晴三日，幸应。余躬循垄亩，指示疏濬之方，民多乐从，得以陆续补插。秋后，勘实被淹未莳之田，仅三万余亩，概请缓征。先是民间报荒类多不实，官亦不为履勘，惟命舟一行至古溇而返。古溇，邑中最低洼之所也。村外有土阜，历任勘荒皆登此一眺，公事遂毕，土人因名之曰"勘荒墩"，相传为笑柄。其荒数则按成核减，以区董之强懦为准。驳之多寡，书役得以高下其间，赋额既亏，灾户亦鲜有实惠。余于保长报荒之后，谕将荒田坐落圩段、花户姓名，逐一开送清册。迨勘时，同鱼鳞册携带前往，按图以索，虚实立见。所至皆屏去驺从，惟布鞋、草笠，与田夫、农父蹀躞塍间。虚捏者丈量不符，立予惩责，故乡民无敢肆其欺者。往岁勘荒，有"荒废"名目，即取之荒户，亩至数十文不等，书役、练保及区董等藉以自肥，官中厮仆亦得染指。余先期示禁，所莅荒区，必面为父老言之，不令妄费一钱，不令稍有供应，积弊颇革。

九月，作吾族子孙命名字派《百字诗》一首寄蜀，将刻石丘垄间，此再从叔父字暄先生志也。诗曰：朝廷洪雅化，世绪溯符东。远祖居湖广，初明至蜀中。开基根植厚，贻泽子孙隆。嗣乃迁遵义，时因遇献忠。棠华联孝友，桐梓乐和雍。昭代恩新沛，吾家业复崇。诗书敦士范，耕稼劭农功。继起希昌炽，芳型在敬恭。大宗声通骏，余荫福延鸿。百禩从兹纪，名宜次序同。月杪，伯氏挈侄廷猷自籍至署。十月，为季弟超瑜报捐教职，援郑工新例也。十二月，得选东乡县教谕。

十四年戊子 四十三岁

二月，季弟携眷回籍，将赴东乡任也。三月，以前任都司荆溪徐公龙彪父子于咸丰庚申守城殉难，死事最烈，身后一子复以穷饿死，惟存一孙名吉生，年十三岁，无以自立，念其为忠烈之遗，不可不加意存恤，捐廉倡募，共得洋钱五百圆，交其族人沅之、憩泉两君，为之经理。五月二十三日，廷毅生长孙女巽则。

秋，苦旱不雨，祈祷无灵，山乡及离水较远之田干涸特甚，遂至颗粒无收。九月，勘实以闻者至二十三万二千二百余亩，再四吁请，蒙上宪准免征其下忙条银及冬漕米石。余复请蠲上忙，重受申饬，终不能得，益深自疚。勘灾之际，犹未得雨，农人迫于种麦，咸共焦盼。余益心如焚，深夜刺臂血作疏吁天，而仍不获立应。自维不职，致干天和，贻害斯民，罪无可逭。每于夜中起祷，痛恨而泣，竟夕不寐，怔忡眩晕之病由是而起，未敢告人。重九后三日，始得甘霖，亟劝谕乡农多种二麦，并捐购麦种，与方伯黄公颁发下县者分给之。十月，开办赈务，捐廉钱二百串，为绅民倡就邑中劝募，合之上宪委解之三千金，易钱共一万四千串，以为冬春两赈，计口给食。所赈人数，盖二万九千有奇，然各区绅董意见多岐，土、客尤不免畛域。自审户以至散赈，缪轕滋多，未能有条不紊。而吾母于冬时时抱病，余以侍疾之故，亦不克躬自临之。虽境内灾势较邻邑为轻，亦无转沟壑，散而之四方之人，而事未尽心，时用自咎。

十二月，撰《劝办备荒事宜》四条，曰：修治水利；预防蝗孽；严备虫灾；推广积谷。刊布之。又以民间时有自尽之事，刻《增辑急救方》一册，广为传播。盖余到任后，以方治服鸦片毒者皆得免于死，其斗殴及刃伤未殊，一经报验，必手为敷治，虽势极沉重，亦率无恙。人皆谓余有秘方，故付之梨枣，以公诸世云。

十五年己丑 四十四岁

正月，举行县试，以曹善章冠军。二月二十三日，生第四子廷侃，姬人陈氏出。是月，续奉宪发赈银六千两、洋壹千圆，遂复加赈一次，并购稻种分给贫民，顺直协赈委员施子英刺史（则敬）亦以钱七千串来，自行查户添赈。境内被灾各户，不特无饿殍之患，且人人果腹，得以尽力春耕。夏初，蚕、麦俱庆丰收，所获数倍。晴雨亦复应节，民情大安，斗讼之稀，几于庭无人迹。四月，拿获建平盗犯屠日全、石汶财、周老六、沈亦顺、刘华三等五名，并所掣赃物，讯实移解建邑，归案究办。

五月，以先后捐赈千数百金奖给花翎，并为伯氏请加国子监典簿衔（去冬，已援郑工例，由廪贡报捐教谕），季弟请加翰林院待诏衔，毅儿、昂儿暨廷策、廷猷两侄均奖叙国子监生。是岁，恭逢两次恩诏，赏加二级。

六月九日，奉檄调署苏州府元和县事。二十九日，交卸溧阳篆务。七月十八日，到元和任。十月初，蒙宪饬调补斯缺。是月二十二日，廷毅生长孙洪颐。时苏境以八月念五大雨至月之四日乃止，淫霖败稼，农田十九成灾。先后履勘情形，分别轻重，剔荒征熟。又于其中厘为三等，计减征米二万二千石有奇，减征银亦逾二万，以纾民力。县为省城附郭钜邑，与长洲、吴县分治省会，政务最繁，吏役之舞法舞文，尤未易收抉。莅任之后，密察而勤考之，摘发皆出若辈意外，渐乃知所忌惮，仍随时随事劝诫殷勤，奖其率者，惩其不变者，始皆惕然、怵然，不以殃民为得计。有所谓经造者，征收银米之造版、串发由单皆所经手，催科亦倚之。每图皆有一人倚为世业，鱼肉平民，侮弄良善，府弊甚深。小民畏之甚于官府。乡民词讼类由伊等包揽，诡诈万状，不易发觉。余因案证，旁敲侧击，究出经造陆庆芳有前项情弊，立提讯重处，不令狡脱。复出示晓谕，显揭其所以愚弄之术，渠辈伎俩遂无所施。旋随各大宪于元妙观设筹赈局，礼请乡绅吴谊卿编修（大衡）等襄办三县赈务。由城绅下乡，按户查造灾口清册，核实给赈。

十二月既望，以民力竭蹶，输赋为艰，据情申请，蒙大府举以入奏，所有苏州一府属县应征漕白粮米，概准蠲免停征。时斜塘、甪直二镇乡民以抗租滋事，聚众数百人，势颇汹汹。余单舸驰谕之，立皆解散，勒令董保等交出首、从数犯，归案重惩。祀灶日，闻陈墓、唯亭一带有佃户转向业主索讨已完之租，势将滋事，复驰往开导，以情理曲喻之，乡民皆帖然知悟。越三日，昆山张家库村民以讨租纠毁陈文浩家，白昼聚众千余人，情甚凶恶。其地与元和界仅隔一桥，父老数人于桥西扼守，不令境内村民东过一步，且语众曰：若辈毋听昆民煽，毋从恶，毋妄动，致贻贤父母忧。以故，境中独安堵无事。余闻之，且幸且感云。

十六年庚寅 四十五岁

是岁，闰二月。春间先后续放春赈，加赈二次，灾口亦皆核，实无遗滥，以民无流莩，遂即领款。于境内为以工代赈之法，增筑甿字等圩岸及葑、娄两门外官塘驿路，其车坊、章练塘、淀泾等处桥梁之圮者，亦分路修复之。复以绅董吴大根、沈国琛、张履谦等之请，于金鸡河创筑长堤二道。金鸡河者，邑东南各乡入城必由之路也，在葑门黄石桥东，本命金泾浐，一名金鸡湖。东达斜塘、吴淞，南连独墅湖，北通娄江。河面辽阔，每值西北风作，波浪如山，行舟屡覆，南岸圩田亦久患冲塌。详由大府委员会同勘估开办。西堤自黄石桥东起，至花柳村止，筑长三百六十一丈。东堤自花柳村东起，至斜塘西止，筑长三百十九丈。即招募各图穷民，挑运城中堆积之瓦砾，为之计工，给以口食，共拨赈余钱一万四千五百钏有奇，以充经费。沈、张两绅复捐重资以补不足。堤成，而民便之，咸呼为"李公堤"。张绅等匄德清俞荫甫先生为文以记之，勒诸石。因人之力而余尸其名，是可愧已！

四月，举行县试，拔潘昌煦冠其曹。夏秋，雨旸时若，岁遂丰收，乃业户虑佃民之狃于抗租也。九月杪，稻未尽登，遂纷纷投牒，请预立严法以钳制之。余以农甿虽愚，得此稔收，万不至昧良若此，但宽以时日，可保其自乐清完。而业田者多绅衿，皆笑为迂缓。某大绅于广坐中聒聒不已，谓非严刑峻法，必长顽佃刁风。余以正论折之，且痛斥其谬，在坐者皆失色。又以斜塘佃户姚银和一案，余但责其完租而释之。外间讹传其撕毁告示，讯无实迹，置之不问。一时物议哗然，谓李某敢于得罪大绅，而又不为业户痛惩刁佃，将来必无以银米完纳者。冬漕之误，咎由自取，不卜可决。寅僚绅士中讪议者有人，挤毁者有人，即相知者亦无不代为余危。钜公某遂以"赋从田出、粮从租办"之言，向大府力陈，请撤余任。上官虽不之听，而每以"为政不难"数语为戒勉，余心感之。

而催科则仍以至理至情剀切晓谕，其始终延欠者始惩警之，完者遂极踊跃。迨十一月，开征漕米，业户亦输将恐后，五日收数倍于同城二县，司、道库款批解亦未后时，始之讪者、毁者乃无言，为余危者，又转为余幸且贺焉。然余心固有恧然不安者也。

吴中私租之重，业户待佃之苛，周庄陶子春上舍（煦）著有《租覈》一书，言之綦详，于挽回补救之方，亦筹虑周备，然非大力者请于朝以行之不得矣。余去冬访得其书，录呈藩宪贵筑黄子寿方伯。方伯亟赏之，因许余为同志。谋见诸施行，既沮于势，而方伯又移任鄂藩以去，余所志卒不获展。虽未听指嗾以残吾民，而民之毒苦，自若宁以其竭终岁勤动之资以满业户之欲，官中分业户贪饱之余以充赋课，而遂以催科不拙为喜乎？

是冬，海州流民倪揸臣等六百数十人、安东流民王锦昌等三百数十人以逃荒为名，结党窜至甪直一带。乡民闻其经过常熟、新阳各境，皆恃强肆扰，势甚汹汹，因有空宅避之者。余亟白大府，率炮艇驰往查办，勒令悉数来城，按名给以口粮，押递回籍。该流民等一再梗令，择其尤悍之惠家绵等四人痛惩之，皆帖耳以去。盖此辈皆江北无赖之徒，狃于故智，每岁必相率南下，伪造官给路票，恐吓乡愚，一经渡江，由苏而浙。至来年春末乃返，沿途骚扰，挟妇女老弱以为坐索之资，乡民莫可如何，必饱其欲乃去。而利仍为强悍者所得，鸠形鹄面、情形可怜者不过日获一食，再食，食亦不必皆饱也。大姚浦等村民为余言，十年、十二、十三等年各村受害最甚，虽尝诉之，官以其人众也，或不之问，或偶驱之，去而复来。此次甫经入境，即为驱除尽净，盖人人额手称庆云。十二月，长孙洪颐以病风殇。廷猷侄于八月旋蜀，在里完姻。

十七年辛卯　四十六岁

吴中抢孀逼醮之风相沿已久，虽屡申例禁，乡愚未知警惧，视若弁髦。往往有新寡之妇，缞麻在身，已为人搂抢。嫁卖者，大都其夫族、母族不肖之徒，勾串地痞为之，邻里亦视为常。然不之阻救，非节烈妇女丧身殒命，则皆不以告官。即告，亦恒悯其愚而曲恕之，仅笞责枷号了案，村氓益无所畏忌，浸以成俗。二月初，田泾东有孀妇费朱氏被抢一案，当经访闻拿获，置首从费阿四、江加万二犯于法，余人亦予严惩，乡人始言之咋舌，谓此辙之不可蹈焉。四月二十一日丑时，次女淑韫生，亦陈姬出。

五月，苦旱，吴农以插秧不可后时，而小暑已近，皇皇然若不可终日。余随上官及同僚于沧浪亭设坛祷雨，幸获灵应，嘉禾因得遂生。当雨之未至也，捐廉劝浚周庄等处河道，绅耆亦踊跃为之，收工最速。七月，酷暑异常，夜凉最甚，疫疠大作，民间死亡相继，为数年来所无，亟购方配药以施治之，活者颇众。十月，县试，所录第一为陆蕖。其第二名汪荣宝，年甫十四，亦聪颖士也。

是冬，举办保甲，先后周历乡村，遍查户口，劝令民间家置一梆，有警则四邻并击，远近立时救应，以为防捕。仍责十家联保，稽查窝匪，俱邀同绅董，公举诚实勤敏之衿监耆民以经理之。甲长、牌长悉加拣择，历三月之久，事始就绪。境中亦深悉官之所为，实保卫闾阎之计，颇极鼓舞。各镇、各村巡逻、守望之密，为向来所无。忌者乃以虚饰毁余，中丞刚毅公遂以余所禀情形为欺蒙之语，迨府宪魁公亲历稽查，无一不符。余亦力请上游复核，事乃大白。廉访陈公湜转盛称余所办为独有条理，可为他县法，令同寅取以为式。且谓以本年一岁通较之，惟元和无盗劫之案，尤为明效大著。余惟愧谢不敏而已。

十八年壬辰　四十七岁

保甲既成，汇各绅董所开户口都为总册，以乡领都，以都领图，以图领村，以村领户，而丁口产业胥系焉。计元和境内为乡者十六，为都二十有六，为图三百九十有七，靡不核实遍查。缮册为二分，以一存署内，其一则发交本图。而分境内之地为八段，选总董八人，分督各图董保。

于户之迁徙、丁口之增减，随时查核更注。约以五月、十一月送县核对，以为常法，事举而民不扰。去秋开办时，以近年防营棋布，勇丁之携有家口者与吴民杂处，而流民之假托混冒者亦麕集于中，城市、乡镇皆有之。查察既多为难，匪徒遂易混迹，因会禀请由各营先行查明某弁某勇、寄住何所、家中男女若干人，给以营式小门牌一面，仍造册移县，听候复查。与居民一体编入十家牌内，假充兵勇之辈，遂无能隐混。大府深韪之，通饬各属仿办。大阅时，制府刘公坤一犹以此议为诘奸良策，能发前人所未发，实时下切要之计，嘉许再三焉。

正月，纳次姜吴氏。二月，命昂儿赴湖南兴宁县，以三月十九日赘婚于乐山高东垣同年（联璧）署中。七月初一日寅时，三女淑循生，亦陈姬出。

是秋，天久不雨，农田日患焦燥。时前抚刚公已移粤东，新抚奎公峻莅任伊始，为政一主安静民气以和。余辈共祷雨于沧浪亭，先后设坛者三，皆不五日立应，吴中遂获中稔。然镇江之丹徒等邑以旱成灾，飞蝗之害则近如常熟、金匮均不免蔓延，而境内独无其患，可谓倖免。惟念农甿于七月、八月车戽灌救，用力最劳，工本尤费，秋勘案内请略为宽减，以示体恤。上游亦曲从所请，民力以纾。

是冬，火患频仍。余以吴中之俗，凡被火之户，人以"火老鸦"名之，必七日以后，或火后而天适雨雪，始能入他人之门，否则，虽至亲密友亦不相收恤。虽租赁房舍，人皆忌之，以致偶有火灾，其延烧之家老稚妇女皆相率露处，常逾数昼夜惊悸未定。益以风露交侵，往往因以病毙。而陋习相沿日久，变之不可，禁之不能。适城内地三图之县华庵住僧云溪不守清规被控，僧既于惩办之际畏罪自尽，庵院亦拟充公，即改为无忌公所，用以暂为被火灾民栖止之地，拟定章程，禀蒙督抚以次各宪批准照办，并饬各州县仿行之。十一月，奉饬知以十四年海运案内蒙保直隶州知州在任候补。

是冬，举行大计，抚宪奎乐峰中丞会同刘岘庄制府，循三载考绩之典，分别举劾，以余列入"卓异"荐诸朝，其考语为"明敏勤能，殚心民事"，自顾实不足以当此。而隶苏藩司之三十三州县中，惟余一人与此选焉，尤令人念名实之不易副，而悚然滋惧也。

十九年癸巳　四十八岁

正月，浚章练塘镇市河。先是庚寅夏秋间，余以赈余之款存县未缴，藉可大兴水利，而该绅董各执异议，致此工延久未开。然自道光二十九年一浚，历今已四十余岁矣，市中淤塞既深，水仅盈尺，船之重载者不能入，估舶皆望而却步，市面久已萧索，其镇外各港亦多壅遏。久晴久雨，农田皆失其利。而居民二千余户偶遇天旱，汲饮且无所资。陈季蕃孝廉（世培）以余课试颜安书院，命题发策，屡及此也，乃商之绅富商民，捐集钱三千串，议兴是工。余复禀由藩库借拨钱三千串以足之，而即该镇酌抽茶捐钱文，分年缴还司库。以新正八日开工，天适畅晴，民夫皆踊跃从事，匝月而毕。长合三千一百五十三丈，其深以尺计，由五而八不等。商农大欢，以匾额、牌伞来，却之不可。同时，陈墓镇市河亦开浚如式。

民人张松林偕妻龚氏来，首其子和尚忤逆。鞫之，年十九耳，痛哭引咎，且自言曾以母病割股，验之良信。讯龚亦信。余以其天性之笃，而未闻教化，以致漓其真也。引其子及父母至前，尽诚以导之，三人者皆悔而流涕。余亦声泪俱下，不能自已，左右厮役亦有泫然以袖掩面者。松林夫妇乞携其子归，允之。和尚乃左右手挽其父母之袖，且涕且欢以去。

三月，科试，文童取夏鼎第一。四月中，肝阳上越，渐苦不寐，医治逾月乃解。六月，命昂儿入都，应京兆试，廷式侄与偕。自夏徂秋，公私事最为繁赜，病乃复作，然未非自暇逸也。

九月，有经造沈永廷串同马快徐胜诬指嘉定客民金耀方行窃，私行锁铐诈赃一案，讯既得实，尽法惩之，抄其家，赃具在，尽给金领归。友人以上年曾办地保朱廷玉诬良一案，部中方以失察归咎，将有降级之罚，谓余不必详报，徒自取累。余仍决意治之，卒论如法。朱廷玉者，虎丘地保也。知剃头匠顾阿世闯窃邻妇金饰，赃甚钜，唆令匿赃于墙隙中，而教其诬张氏子阿松接受。阊胥门外总巡某大令信之，笞阿松以千计，其母来诉，余移提归案，一面密访得匿赃之所。一讯而得其实，立释阿松，论廷玉、阿世如律，赃亦搜出给妇领。张氏感甚，见余舆从经过，必迎而叩谢。而部胥乃以是持短长，亦不足计者也。惟病势入冬益剧。

十月中，太守闽县王可庄公（仁堪）急病，一日遂不起。哭之甚恸，与同寅数人经纪其丧，感悼之余，不寐至十七昼夜未交睫，怔忡大作，内热如焚，肢体倦惫，面目黧瘦，大异平时。冬至前数夕，濒于死者屡矣。旋幸医药有应，病乃渐减，然迄岁杪，亦未脱然。

是岁，以十五年海运案内蒙督抚宪奏保俟补直隶州后，以知府升用，并于徒阳赈务捐赈银千三百两有奇，奖叙三品封典，父母、祖父母均赠中议大夫、淑人，并以本身貤封曾祖父母如其官。

二十年甲午　四十九岁

正月，访实阊门内有陆陆氏者，淫鸨也。所买良家女，逼之为贱，动辄苛挞，甚且以烟签烧红，刺其手足。缉得之，验讯既实，痛惩而致之法，实发黑龙江给披甲人为奴。并诱卖甥女之周姓，亦徙诸远省。而以唐女还之其家，陈姓则另为择配。事上闻抚军，录案、通饬，谓苏省似此者不少，而无人发之而惩之矣。

月之元夕，藩垣牌示，以余与阳湖令叶怀善对调署理，仍饬俟钱粮报解清楚，始赴调任。盖余自己丑秋，由溧阳至元和，其岁即以水灾停征，无涓滴之入。而首县供亿抚、藩、臬三宪署事甚繁，又连值大府迁调，迎来送往，供张无休月。元和在三县中缺最瘠，支持既逾五年，赔累以数万金计。中丞奎公及廉访陈公皆洞悉之，署首府林公复时以为言谓"身处窘乏，而口不言贫，不肯干求，如李令者，为吴中一人，上官不为之计，实无以彰公道"。客腊，中丞即数为藩司言之，方伯邓公既无词可诿，历月余牌始出。知阳湖上忙钱粮可于奏销前扫数也，故以报解限余，而实则接任接征自可接解，向来调缺委署，固有恒例。朋辈欲余争之，余置之一笑，若不知有此迁调者，仍一意治所任事。四月杪，奏销已过，正项钱粮报解已清，叶任尚欲稍待，遂复听之。

六月既望，方伯乃饬吴县暂行兼理，俾余赴调任，遂于月之二十七交卸，七月朔日接任阳湖事。时倭人犯顺，兵衅已开，沿海警信频闻，督抚飞檄饬令各郡邑办理团防，期以壮声威而靖内寇。到任之始，即周察境内往来冲要各隘，筹维布置，仍集十八乡绅董周咨利害，因地制宜。陆上舍孝隆拟上章程十条，简而易行，费不繁而事可集，遂通饬各乡仿行之，设局稽查，派丁巡缉，锣梆、旗帜、枪械，无局不备。其城中，则与武进令吴君炳禀商，太守詹公由府县捐廉，为之倡绅户、商家共集资募勇，设局于营田庙。由总捕李君彦钟管辖训练、巡查。开办数月，地方幸安静，无盗窃患。

余念客辽中久，东陲形势向颇熟悉，日本之亟争朝鲜也。其心必叵测，倘不预为之计，严为之防，藩封果失，而欲恃鸭绿江为界，画凭以防守，则势无可恃，而害有不胜言者。因于七月中，条上《防制倭夷》一策，为三千数百言，陈之抚部奎公、廉访陈公，盖廉访公方奉召募军北上也。廉访旋寄语，欲余面谈。八月初，因入省一行，复因其垂问拟上四条，深以二祖以上陵寝为虑，谓朝鲜万不可失，内地万难为防，指陈沿边险隘要害及添募马队等事。陈公深韪之，时平壤尚未失也。至十月，而我军一溃再溃，敌已深入，九连城、凤凰城皆为倭所踞，其内犯之路皆前策所陈及者，不幸多言而中，可悲已！

余之去元和也，士民若有余恋，以牌匾、伞衣来馈者踵相接，峻拒之，亦不可却。到阳湖将匝月矣，娄门外绅耆复以此类物一舸西来，必收而后已。及余偶至省门，舆从所过，市人指呼曰："此吾李官也。"争簇拥来观，若甚依依者。深愧无善政以及之，转滋惭悚而已。是秋，常郡苦旱。七月，再逾旬雨不至。余等设坛虔祷雨次，赴横山之潜灵观请水，俱获灵应。而膏泽未优高区田畴，禾渐枯槁。询悉东漏湖可决以资灌溉，而乡民惮劳惜费，且恐雨甚则反有浸溢之患。余力持之，始聚舌逾千，三日夜而决，获救之田至数万亩。其各乡之傍山者，则终干煤成灾。九月初，亲历查勘，遍及十六乡之境，实在无收田至三万九千肆百三亩二分八厘，俗所谓"花荒"也。据情申请蠲免应征银米，司中一再批驳，以时艰孔亟、需饷甚殷为训责。余亦再陈"民生之不可不恤，所减之数无损国计"为言，始获照准。而同城之武进，其西乡受灾尤钜，所减数倍于我。使非漏湖之决，人咸以为灾，必相埒云。冬杪，旧病仍作，特较在元和为稍轻耳。

二十一年乙未　五十岁

自客秋倭警频闻，岁杪则山东之威海亦失，江北海州一带地皆濒近，势若不可终日者。江南人情汹汹，相率迁徙，由冬而春而夏，几无宁日，境内团练未撤，幸以安静，即盗劫之案亦复绝迹，固初意所未及料者也。

二月九日，季弟亮侪殁于东乡学官任内。先是廷榖侄夫妇在余署，客腊甫生洪预孙。春间，坐卧不宁，急于归省，吾母亦思返蜀，先命儿辈随内子前行，榖亦偕就道。其自常启行之第三日，即吾弟不禄之日也，悲哉！比榖至东乡，则已不及见矣。既得讣，而不敢使吾母知，是以不敢使吾母得遂归计，可恸已。三月，岁试，童子军七百数十人，以恽宝椿为之冠。五月，创订《篆洞园李氏族谱》十卷成，先是吾家自明初由楚迁蜀，家居合江，洎三明公兄弟遭流贼之乱，避地入黔。康熙初始复业，旧谱遂以失传。越三世，为晋琰公兄弟五人。晋琰公生一子，为深公，是为篆洞园四房所自出之祖。深公第三子讳文芳，琼之高祖也，生梲公，是为曾祖。曾祖生王父卿伯府君，常与族曾祖风亭公创为族谱，以先世之远而无考也。以三明公之祖讳尚伦公者为断，以为始祖焉。谱仅手录而犹未备，吾父霁岚府君续为之，于道光二十二年始定谱稿，作序记之，名曰《赖先家乘收族谱》，然卒未成书，亦未付剞劂。琼自儿时庭训，即常及此，以为两世未竟之业，必期克成。先志十年来，屡次函嘱各房钞寄存亡、生卒、名氏，幸来者已逾五六。去秋莅此，公事恒稀，遂随时编订，仍仿欧阳公谱为表式，先冠以世系图一卷，次为长、次、三、四房世系表四卷，自三明公以下，为家传上、下二卷。汇订名派、诗服、制图、室庐、茔墓图、迁徙记、族规、族禁及宗祠、义庄为杂记一卷，搜订艺文一卷，末附别支谱略一卷，而以诰命为卷首，以弁之成作谱，凡例十九则。以四月召韩继善聚珍版排印，七月初乃竣工，共成二百部，每部四本，而三十年之夙志乃偿，亦幸伯氏箸臣在署，得以共相商榷也。

是岁，晴雨应时，春熟秋成俱庆大有，民气益和，官中几无事，而悲愤忧危之日为多，则以倭奴犯顺，我军皆不能御侮，而当事惟以"和戎"为上策，岁币之巨，旷古未闻。又割弃辽左、台湾以畀敌，虽俄、法二国仗义执言，代为索还辽境，而台湾数十万生灵惨遭屠戮，皆谋国者有以陷之。而一时辱国偾事之徒皆晏然，各有所利，不加诛戮，混迹百僚之底，有饮泣椎心而已。不瘳之症，益以剧焉。

夏间，于安尚乡添设经正书院一所，亦几犯不韪而始成，而其中文学之士，则以余衡文之不私，待士之诚久而群相推颂，若甚浃洽者。八月朔，省中饬回元和，任时以公亏未能弥也，禀请展缓。二月交卸，九月叶任不愿即来，藩司复札令各暂留署。盖六月奎中丞卸事，长安赵公舒翘抚吴，叶为其所特赏，不欲一日离故也。而叶与余不洽，方恣意谗毁，时以蜚语相中，朋辈皆为余危，亦惟尽心力于己任已耳。得丧祸福，一切听之，所谓"臧氏之子焉能使"也。

十月既望，赴江宁一谒署督张尚书之洞，面陈地方情形也。十一月，以升西乡七都一图顺龙桥庵浜南北，东通富春桥，以至后新桥，再南至舍沟，北至河母桥等港，为该地水利所关，淤塞已久，居民皆贫。因无力疏浚，邑绅恽庶常嘉乐为言，余捐廉四百十万钱以倡之，乡富卜方城捐钱二百铞，乃获开工。历月余，遂告竣，民咸乐利焉。以秋初疫疠之盛，祷于刘仙师云山庙，获应也。徇绅耆请为申请封号，大府为据情达于朝。

是岁，族谱告成，复以所作杂文排印，是为《石船居杂著剩稿》，亦订二册云。

光绪二十二年丙申　公年五十一岁

以下杨君古醖编，情详前序。

是年，公在阳湖县任。出周钧甫（同穀）于狱，钧甫尝与修《畿辅通志》，在葆光之后，以病伤人，淹禁已十有六年。公怜其才，为言于上官而释之，闻者感诵。《日记》中记武进西乡烈女王殷氏事甚详，作《晦烈行》哀之。又有《溧阳陈贞女》诗，皆以彰节烈，刻《石船居古今体诗》十二卷、《柜轩笔录》二卷。顾印伯谓公诗在蜀贤中，可及赵沆静（树吉）、李眉生（鸿裔）。闻陈方伯湜之丧，为诗哭之。《与高蔚然驾部、拙园大令书》言常州改建致用、今古两精舍，易八股试帖，而专课天算舆地、经史词章，实为有益地方之举。吾泸川南书院宜可仿行，且蜀中书院皆官主之，尤易为力，果克有成，我辈当各为捐助，则人材可由此而出，亦桑梓之幸也。三月，县试，录送徐思允等七百六十八人。倡修门母桥水利。编订《符江诗存》一卷，得诗百八十余首，公自为后序。

八月，受替阳湖士民香花致送，皆不忍别，即于是月到元和县任。九月十九日，公第四子、行十三者生，籅室吴氏出也，命名廷谔，字师謇，又字慕一。公春在阳湖，秋至元和，一年之中，感事伤时，每有郁疾，或眩晕，或呕泻，或腹痛患痢，而力疾从公，不以疾病弛其负担，爱民之忧于此益信矣。

光绪二十三年丁酉　公年五十二岁

是年，公在元和任。正月中，赴抚辕时，有跅弛之马驰而伤人，本奉饬禁，首县羁之，武巡捕蒋福栋、杨同顺包庇驰马者，向长洲令力索其马，至于再四，公斥之。抚、藩皆恚，太守以下多嘱公委婉谢过者。公坚不应，愿以微罪去，然上游惮于公论，亦终无以易之。公集中有《感事》二律，正记其事也。有决曹吏童传清病剧，其妻金氏绝粒不食，既而夫死遂殉焉，公作诗表之。

是岁，蜀东大无，公母黄太夫人闻之，感叹累月，屏易钗钏，凑库平银千两助赈，川督奏请照例建坊。吴中亦雨旸不若，公每下乡劝相问民疾苦，以民食益艰，每谓忝为民牧，无以济之，其何以自解？木工姚荣廷者，缫丝二十八两有奇，色黯甚，出门求售，而即为委员所获，路人均为不平，门官出为排解，委员得脱，而委员诡辞耸听词，连门官及兵交县讯究，将成巨狱。公廉其情，屡以小民苦累、兵弁屈抑状为上台言之，终以先人之言为主，不之听。会姚父及邻右咸来赴诉，公谓丝缫于家，既非包揽，售未出城，亦非绕越，况与委员所称"获到纯白之丝三四十斤"之数不符，遂释荣廷，而还其丝。主厘局者闻之大怒，而公以民故，虽参劾不惜也。

七、八月间，太夫人病甚，公忧虑不知所出，延医尝药，寝馈不安，至三十余日之久。公祷于神，请减己岁以益母寿，始获痊焉。冬十一月，岁试童子军，录送潘诵耆等二百八十余人。一粤西求寄籍考试之卢人麟，年甫九龄，文字挥翰即成，亦奇童也。公为每月资助之，且揄扬焉。武试以茅茹为首。公素性淡泊，所往来皆悃愊无华、留心民瘼，不以得失介怀之士。有同乡宋君存忠而被议，泰然若忘，以笔墨自遣，尝有句云："春风三月闲庭院，内子行厨我应门"，公之取友，必端于此，可慨。

光绪二十四年戊戌　公年五十三岁

是年，公在元和。春间，德皇之弟亨利将至，上海通商衙门请旨命巡抚奎公往迓，公以为有亵国体，与奎公共相悲愤。二月晦，公第六子妇高宜人病殁，公称为"孝敬贤淑之佳妇"也。自太夫人以下，皆悼惜之。三月，铺税药牙昭信票之令叠至，公谓民方困而朘削之，于集款亦无济，有《铺捐谣》《药牙叹》《和友人感愤》诸作。

　　闰三月杪，公奉调权知江阴，交卸元和县事，吴民惜公之去，立"民不能忘"碑于署门外。公于四月初莅江阴，迎养太夫人于署，公兄与女兄等皆至，公犹子廷策、廷敬因公兄之病复来。七月，公女兄之适张君邦道者病殁于署，年五十有七。公《日记》中称其"年三十二，而寡其家，片瓦寸椽皆为其弟荡尽，曾无怨怼。事母至孝，竭诚致敬，先意承志，母病数月，服劳不懈，愿减算以益慈龄。然既没，不敢使太夫人知也"。分驻江阴之自强军有为窃盗者，公每直言于当路，不之省。兜率庵僧慧根被人扼喉死，凶手无主名，公祷于城隍神。不十日，邢大碗、孙贵郎相继投案，鞫之信，置之法。公笃于世谊，周郁斋中翰为公己卯房师，官况清贫，身后萧然，公每年皆有重资济之。八月初八日，皇躬不豫，皇太后垂帘听政，杀杨深秀、杨锐、林旭、谭嗣同、刘光第等六人。

　　九月，公命其子及子妇、两犹子送其女兄张孺人、第三子妇高宜人之枢回蜀。犹子廷叡及嗣甥张国磐至。公甥徐可琼病没于署，亦不敢使太夫人知也，即令第九犹子及张道区及其家属回籍。浚白沙等港，河工三千六百余丈，蔡泾等处河工三千二百余丈，足溉农田数千亩。民力不足，公捐资助之。张黑皮通自强军营勇为盗首，公悬重赏获之，讯之，即善臣曾从霆庆等军，立功至游击，贫而为盗，至罹于法，公虽悯之而无如何。因谓承平之后，弁勇安顿不善，不特不能保其勋阶，且不保首领，良可慨矣。江阴皂者于姓，前明乙酉之变事既定，传新县官至，皂往执役，见冠服不类，归而自缢死。公检县志无之，证之毛聚奎所为《皂人传》，建祠于大门内，落成之日，公亲出行礼。方孝子顺庆，卖锡者也，笃孝不倦，公为文以传之。冬漕之际，有乡民遗洋八十余。童子邹锡君年甫十六，拾得而还之，酬以小龙洋，辞二而受其三。更有农民邹根全，拾得杨库镇吴姓之知医者遗洋百二十七元，亦还之，而不受其酬，惟求方药以疗其母之疸。此公平日以伦理劝士民，竟睹化行之美，各给联匾，以为俗励。岁将除，闻有谭吴氏者，年八十有八，与媳葛氏、孙媳孙氏三世寡居，贫不能自存，而贞志不改，公书"一门节孝"字旌其门，给以馈岁资。

公之莅江邑也，方苦潦。及视事，则雨旸时若，蚕、麦俱获丰收，秋收稻每亩至六七石、棉花至二百余斤，花铃一茎有多至十三四铃者，公集中《花铃歌》即记其事。

光绪二十五年己亥　公年五十四岁

是年春，公在江阴任。公注意风化，劝举贞孝节烈（在溧阳已行之），兹又采访老农高景中，年六十有一，乐善不倦，事母至孝，母年八十余。病，景中割股，疗之而愈。其妻早亡，有子，守义不娶。其邻刘金芳，佣也，母目瞽，日夕跪而舐之，虽未愈而母忘其苦。公皆以匾旌之，并助以甘旨资。监生陈兆麟，实一无辜，臬司入陈名倬言以为沙棍，公讯而释之。二月，科考，第一场公以王家枢为冠，因招复日乃其葬父之期，不至，公甚嘉之。录送郭祖宪等七百余人。补考中有姓勇者，亦奇姓也。有梦琴观察（泰）尝守常州，每与公谈时事、忠孝之诚，往往相与雪涕，且有"入吴五年，惟识一李"之语，至是，与公订昆弟交。

三月，吴门地中多出黑米，无锡尤多，太夫人体本甚健，惟初间因积滞而淹淹若病，安危莫定，医药亦无效。公每逢母病，辄惴惴不寐，至是侍疾二十余日，日夕惶惶已。请病假，代者未至，而太夫人于二十四日弃养，寿正九十。公哀毁几于灭性，苦块中述太夫人居心、行事中称。太夫人早年贤孝，食贫相夫。夫殁教子以义方，居常诲之曰："人必读书，始能明理，始知立品，亦始可望成名。"及公居官迎养，则又诫以"宜耐烦、勿造孽"。公服官二十年兢兢守训，著称循吏，诚所谓"有是母，乃有是子"也。五月下旬，公奉太夫人灵榇出江阴，上而寅僚绅士，下至耆白妇孺，路祭夹道，沿江走送，遥致哀慕，益以见太夫人之教忠之美至矣。舟行二日，泊于枣市桥，殡于养牲局殡舍之西院，眷属俱偕居胥门内燕家巷，而公独留。吊者不绝于道，公子弟眷属亦时来省。是月，科试案发，前因葬父未应复试之王家枢亦入泮焉。七月六日，遇太夫人百日期，公始至隆庆寺受吊，奉主至燕家巷寓宅。二十八日，公箧室陈宜人卒，年三十有二，公《草心庐日记》中谓宜人十八岁归公为箧室，"恭慎慈和，为太夫人所怜爱"。丙戌生女淑馨，己丑生子廷侃，后又生女淑循、淑韫。宜人已受封诰，以五品礼敛之。

九月，移住乌鹊桥南。望日，公奉太夫人灵榇，自殡舍登舟，及陈宜人之枢泊于胥门。公兄及两姊、两甥、公子昂、犹子敬与三稚女皆从祖祭，僚友数十人。越七日，始达沪江，上江轮，由鄂至宜昌换船，迳赴合江。公以交代未了，携子侃仍返吴门。知交之爱公者，皆倾囊以助。十一月初，公款悉清。旬有二日，乃挈第四子侃、门下士潘编修偕行，由汉口赴宜昌。十二月初，乘麻阳船上驶。二十日，出夔州。除夕，抵涪州泊。

光绪二十六年庚子　公年五十五岁

元旦，发涪陵。既望，公抵里门，自是遍谒祖墓，经营窀穸，备极忧悴。二月，公女淑韫殇，公作《哀辞》悼之。三月，葬太夫人于松盖山左趾鱼塘湾吉壤小祥，后为成都之行。五月初，返里誓墓，再出。旬有一日，遂率公子侃偕潘编修以行。是月十七日，公兄箸臣先生卒，年六十有三。公至七月初始知之，恸甚。过汉口，上轮船，晦日至吴淞。时京畿有义和拳之乱，各国启衅，沪上惊扰。

六月二日，遂抵苏寓。公同年王君伯芳以抚部鹿公将帅师勤王，愿以万金助饷。公以王君在官节衣缩食，简于酬应，人皆以悭吝目之，乃于军国大计不惜倾囊，公忠之义足以风世，即为言于鹿公。既而，王君病殁，其与凌君镜之皆吴之循吏，与公深交而被劾者。王君之姜高氏矢志殉夫，先断一指以疗夫病，不愈则绝粒十日而殒，公属王君之同乡为高氏请旌。七月，公座师徐荫轩相国缢于宝文靖祠园，以殉国难。八月，闻两宫西幸，公不胜悲愤，麻衣啜泣，北向凄怆，乃缀辑"四书"为五字句，名曰《悖言》，以志时变。

公尝读孙文定公《南游记》，为读礼时作，首引驾言出游，以写我忧自明其志，因于九月初约曾随入蜀之潘庶常为西湖之游，往返十日，有《湖游十日记》，即景感怀，不忘君国，盖欲消忧而忧更不能释也。忧心殷殷，忿火中炽，怔忡屡发，困惫日益不支。故自月望之后，《日记》中多诲后之言，使子孙勤学敦品，以期不负于人，自以不得马革裹尸、病死无益为恨。公自去春三月杪哭母，而血遂大耗；本年至墓次，又哭至呕血，至性所感，诚有不能自已者，而病益不支。冬至之日，读前人理学书，自悔于"立心""制行"概未之讲，大负初心，特立《晚矣录》专志过失，冀以日涤旧污，公自省之诚至于如此。十二月，公子昂携妇至，因闻公病来侍也。

光绪二十七年辛丑 公年五十六岁

是年春，公在吴门居忧。尚书赵舒翘、协揆刚毅揆以外人责言，俱遭显戮。是二公者，皆尝莅吴，公谓爱憎任意脧削吴民者，而竟不保首领。四月既望，公挈公子谔由沪至嘉定，吊前浙抚廖穀似中丞于里第，公庚辰会试荐卷房师也，旋归吴。月初，公第二嫂旌表节孝成孺人卒。五月，上川督奎乐峰制军书，以近闻开经济特科，不患怀才者之难于自见，而患射利者之得遂其私，因举所知者数人。公自谓"从新津童悫荦先生游，而知立身之当有节概；从通渭牛雪樵先生游，而知临民之当尽恳诚"。此二语，实足概公生平。

六月，公携二仆航海入都。所过塘沽，近车道之村颓垣败堵，仅存遗址。紫竹林及河北等路焚毁无遗，城墙拆毁尽净改为马路。过杨村，为直督裕禄死事地，谈者犹追咎及之。丰台旧以芍药名，今惟敌兵盘踞，胜境殆不可问。永定门城垣已为洋兵堕逾数丈，以作车道，大车直至圜丘之旁。公为之触目心伤。解装泸州试馆。二十四日，公服阕。二十五日《日记》云："不孝以己亥三月二十四日遭太淑人之丧，例以二十五月而服阕，盖与古人所谓三年之丧，短已多矣。日昨为服阕之期，今礼实然，不孝忍言阕哉？官吴日久，见彼都人士居父母之丧，每届除服之日，戚友相率致贺，心窃非之。然使不孝留吴，昨日必有踵门为礼者，呜呼！此何事也，而可言贺耶？习俗之误，而群焉安之，诚有不忍言者。故不孝此行迹，诚可议而心之欲避乎？是亦正有难为外人道者矣。记于此，非欲后人之见谅，欲吾子孙世世勿狃于俗情，以重不孝之罪而已。衔恤之痛，终天无以自释，曾何阕之敢云耶？"公之孝思不匮如是。

公在都有所闻见，关于大事必记之。如粤督陶子方制军（模）有疏请屏绝阉宦，去周秦至今之毒。张冶秋大司空（百熙）奉派承修宫殿跸路，疏请崇节俭，以服远人而纾民力，皆几罹不测。美士李佳白为公官吴时旧识，至是访之于细瓦厂，述及去夏被围于东郊民巷者两月，性命之克延，不啻一丝之属，而稚子尤为可悲，言之犹哽咽也。论及拳匪之恶，不能无介介于纵之者，其指目之人，亦吾中土人士所侧目者。然乱形虽至此极，于孔孟之道固无所与，盖圣人以攻乎异端为戒，而首祸者皆显背之。公深韪其言，且见其妻子皆彬彬有挚意，公谓"一坐之顷，见其父子慈爱之笃、夫妇如宾之礼、朋友情文之至，非由伪为，恐吾华犹有愧之者"。又闻客秋联军入城之初，先为拳匪及积痞惯贼纠结抢夺，溃军亦混迹其中，闾阎大受其毒，而内城尤甚。日本兵官知之，截拿搜捕，立死于枪排者将二千人。又以所获，送刑部讯实，斩决亦数百人，京师多年稔恶之辈几于净尽，人咸快之。而南城外美人分管之界，则始终枹鼓不惊，官民交口颂之。近日，盗劫频闻，回视外人盘踞之际，有地方之责者能无抱愧？是崇文门外犹飞尘涞涞，高逾数丈，车马驰驱，则咫尺不见人车者。言当洋兵踞守时，日日令居民洒水于途，筑之，平之，无敢或怠，否则鞭挞交下，虽贵官不免。一经交还，乃有此象耳。八月初五日，为各国兵官交还大内所存接收之期。公衣冠往观，由正阳门入城，于大清门外下车，由中门入门者执呵甚厉。以公冠服整肃无阻之者，历端门，至午门，庆郡王奕劻方与各国兵官骈立门外。左侧姜总兵桂题之兵五百名列队于前，而神机营左右翼步卒亦植立于后。右则日本兵数百人列队于上，美利坚兵列队于下。军乐大作，日、美兵演习阵法，若东向揖别者。姜军亦指麾而前，情若送之。俄，金鼓皆止，遥见庆邸偕各国兵官自午门入，逾一时乃出，盖点交各宫殿云。迨传呼执事毕，则有各门兵役肩枪架等物，分诣各门，照常驻守庆邸，亦自内出。少顷，日、美兵集队启行，乐声又作，知者谓所作为得胜鼓庆凯旋之音也。其先之左右互进，盖行两军相见之礼。庆邸以我兵多，不娴礼节，故与婉辞。然士卒之精壮强武与步伐之整齐，姜军实不之逮，而神机营卒伍则尤难望其肩背。其最可耻者，驻守禁门各兵，疲癃衰惫，且类皆官弁，其弁服之敝陋，更不堪形容，洋兵多指笑之，见之令人气短。迨九月初，公复入正阳门，见大清门内外修治一新，丹碧辉煌，巍然改观。而西人于左侧亦土木繁兴，城垣之上建有巨楼，规模甚壮。又缭垣皆作睥睨，而于中迭筑台形与碉类，外人之思深矣。岂特卧榻之下，任人酣睡已耶？公谓"居今日而犹侈言筹边筹海者，可谓梦呓计，惟坦然相处，待以不疑，而一以修明内政，庶其可乎？"公之谋国，固若是其深且远也。

九月二十七日戊子，合肥傅相李公鸿章薨于位。是月，公移住伏魔寺。公之此来，高蔚然驾部、澂南侍御昆季实主之，所至之处，糊屋、扫地，行厨用物，无一不备。公《日记》中所谓"遇我之厚，情均一家，食则食，车则车，无主客之迹，其诸郎亦遇事尽力，胜于我之自谋"。公之道义交，固有择人而施者。其时，诸君子皆久处京华，于十数年来朝局之变迁与诸贵显之相倾相轧，驯至积为党祸，酿成戊戌庚子之变乱，皆洞悉其所由，言之凿凿。公每上下其议论，为之感事而痛心，浩叹弥日。

光绪二十八年壬寅　公年五十七岁

春，公在京师。改奖案内为公犹子廷儆以典史，归湖北补用，承先志也；公子廷昂改名廷驹，以知县分湖南。二月初二日，公以"卓异俸满"，由吏部郎官带领引见。慈圣御座在后，皇上恭己南面，天颜咫尺，而尧癯禹瘠，望之，显然忧以天下，令人悚愧。初四日，奉旨"卓异俸满，前任江苏元和县知县李超琼著循例俸满，准其卓异，加一级注册候升，钦此"。公自谓微官无效，谬附剡章，虽属具文，亦天恩也，即日行谢恩礼。时鸿胪寺已毁，就兴隆寺鸿胪公所行之。

三月，公附轮南下，仍住吴门乌鹊桥旧寓。五月朔，苏藩牌示，以公权知无锡县事。二十四日，赴县受事。六月，不雨，公作誓城隍神，文祷于祠，不数日乃大雷雨。缉私营官宋姓者来见，公谓其人亦在帮者，上游知之，而复用之，以为枭党多与之通，或能以情相避，足畅官销。岂知雠务未受其益，地方已罹其害，凡著名帮匪多为其营舱长哨官，倏来倏去，其党遂依草附木，麝集其中。此邦劫案叠出，类皆由此上之人。若知之，若不知之，以直言为忌，难哉。公子廷毅偕公犹子廷敬自蜀来。公出西郭，至各米栈盘积谷，经董咸凑于栈，分存提验，皆干洁无病之稻。邑中向以积谷分储于各米栈，每岁春秋风晒即责之。而以栈票存卷，少有亏短，亦责之栈，较他县仓存为善。盖锡、金固米业最盛之区，而栈商又多殷实之户也。

八月，蝗蝻集丛薄畦稻间，公亲往捕之，作《治蝗书》千数百言。乡董言天授乡之蝗，驱棚鸭嗛食之，只鸭俄顷可嗛半舠，日可食至七次，以千鸭计，虽万千蝗，可以立尽殄灭最速，费亦甚轻，较之扑打收买为便，不特可推行各乡即施之，异县亦无不宜。

有王文毓者，盗卖英商兰因在之茧百包于宝成栈。兰屡求提茧，公虑肇衅不之应，兰挟英副领事翟化南来胁公往提。公譬喻百端，翟虽明敏，而兰持之急，必欲公往。公至其舟，即已驶轮，公在舟中喻以王文毓卖茧于宝成，得洋以去，今提宝成茧，是与朋串无异。且既欲将文毓解沪，倘宝成无茧，必向文毓归价，则文毓仍不能解。二人者憬然悟，亟返轮送公归。公与外人交际侃侃如是，使其折冲樽俎焉，有败事如今之外交者耶？

九月，公留颔下须。公子毅返蜀。两江总督刘公坤一薨于位。十月，宿儒吴挚父自日本归，过锡，公往见之，为公言：中国固大可为，在得人耳。内外得十数能臣，合力图之，未始不可收效，而无如用人者之方求遂其私而不为国家计、不为天下计也。公深佩其言。十二月，公犹子廷猷至。公祈雪得应，足殄蝗蝝，甚以为喜。是岁，南解曹清泉第三艺显斥东林语多纰谬，公于《题东林九贤图册诗》中直斥其非，不顾时忌，每遇讼案之悖伦理者，辄自谓化导无方，引以为耻。公于是年以"治心、养生、知耻"为致力之方。

光绪二十九年癸卯　公年五十八岁

公在锡山已阅半年，政通人和，雨旸时若。然公以民好斗讼、骨肉相残，往往父子、祖孙、兄弟、甥舅相率争讼，因手书朱谕，谆谆告诫。正月之始，即以悬之大堂。是月，公遣嫁女公子淑馨于同年高楷之次子笃先，字季睦。

五月，上游以公调署吴县，两邑士民颂德政、志去思不绝于道。有王孝廉世忠留诗云：公去我民思，公来我民贺。可奈一年中，春风吹已过。实与公未识面也。闰五月初三日，赴吴县任。十五日，公室王夫人卒于合江里第，公为之举丧。六月，溧阳士民思公旧德，立"去思碑"。八月，公从弟朝昆及公甥徐子莪自蜀来。月杪，上游以公请补南汇县知县。十月，公子廷毅、犹子廷敬各挈其眷属及陈宜人所出之女公子淑循自籍来侍。十一月，举行县试，录送雷学懋等二百六十人。

公治吴中以"弭盗贼，励风俗"为急，而各营往往庇盗，甚有哨弁率兵为盗，而上官亦徇徇之。公鞫治无所讳，盗风因之稍戢。吴俗浇薄，少年多作女子装，以发复额，谓之前刘海，自沪至苏，风行若狂。公曰此荀子所谓"乱世之征"，其服组其容妇也，示儆而严惩之。今集中有《吴中少年前刘海行》等篇，于奇衺之俗，深有慨焉。

光绪三十年甲辰　公年五十九岁

二月，公犹子廷毅、廷昺及甥何德辎自蜀来。十月，女公子淑馨自泸州来省视。自铁大臣清查之后，端制军欲将附征之类概行入额。公沥陈西山民生疾苦，其附征田四千八百亩请不即入额，而农务局尼之，竟不得请。是时，各属多盗类，皆营卒为之，而所称青红帮者，亦群起应之，民不堪命。公屡言于上官而皆不之听，惟获盗则严鞫之，不稍宽假，亦不听祖护之词而已。盖是年俄、日于东三省开战，内地震动，伏莽亦多窃发。公之治吴，一如在无锡、溧阳时，孜孜不倦，而讼狱之繁、奔走之劳、事之掣肘则又过之，寒暖之不时、时事之愤激辄以致病，而公力疾从事，从不告劳云。

光绪三十一年乙巳 公年六十岁

三月初二乙亥，公第一孙生，公子毅所出也，命名洪廙。县试录送王龙等三百九十五人。六月，公卸吴县事，启行之日，商民妇女焚香跪送，途为之塞；绅耆饯于道周，所在多有。

七月初一日，公接南汇县印。公子廷侃赴日本留学。廷昂入都，以道员送引。初，公至南汇，恶其俗之凉薄，手撰《示禁恶俗》八条，冀除邑中积患而洗其旧染。其地素有"棉七稻三"之谚，盖以种木棉者多。而夏秋以来，淫雨连绵，大风拔木，花铃已悉为所伤。又海潮冲激堤岸，尽没二、三团居民，及逼近川沙之七团，溺毙数百人，其逃出者亦一无所藉。公载棺椁、糗粮躬自收恤散放，而地方绅耆见公实政图民，亦各财力兼尽。浙、湖、沪上义赈闻之，咸来助赈。公又将各团堤岸尽行修固，以工代赈，而谢君源深、朱君日宣等修浚都台浦河工，皆公力主之。同时，川沙被水居民三万余，所存仅三分之一，而皆不得食，助赈为之束手。上游知救灾恤民非公莫属，益筹款以恤灾民。故自秋徂冬，南邑之民无一夫失所者，公之泽孔长矣。公集中有《灾后纪事》及《狗背儿》之诗，读之，犹令人悱恻也。

光绪三十二年丙午 公年六十一岁

二月，公犹子廷燏等回蜀。公清介，一无所染，私用大为支绌，钱贾亦相率坐视，故族戚之来求事者纷纷散去，公犹资以路费。公犹子廷穀亦回蜀。四月，陈中丞莅任后，札禁下僚屈膝，改为一揖，并裁减从者，公牍中不用"卑职"字。公谓此举可保全士大夫气节，转移廉耻之枢纽，必有耻而后可责以有为也。公弟仲培甥徐子莪来管收发。五月，公犹子廷昺回蜀。六月，公犹子廷敬生第三子，取乳名曰"汇孙"。公第二姊适徐氏者，五月病殁，公谓为"庄和勤俭"者也。公子廷侃自日本回。七月，奉谕旨预备立宪，高蔚然侍御有"谨释宪法文义"之奏，谓始于陆宣公制草，公谓蔡邕《和熹邓后谥议》中已有"蠲正宪法六千余事"之语。公以二十九年署吴县任内，海运获奖在任以直隶州知州候补，三十年海运获奖补直隶州后以知府用。八月，公女兄归赵氏节孝李孺人讣至，公悲悼不已。十五日，公子廷骦在津门生子、公第二孙也，取名"洪暠"，乳名"津孙"。

是岁，江北大无，居民聚于清淮至三四十万，大府檄捐，公亟以千金应云。公是年在南汇任，海滨之民好讼，公终日坐堂皇，动至宵分，案无留滞，每借以激扬风化，惩创凶顽，函牍皆手自批答。出则巡视各学堂，以忠信笃敬训诫学子。每为演说，学以修身为本之义，并教民勤奋筑塘、筑圩，百废俱举。而暗中选择绅董，剔除觚觚，尤有得人之助。然以时事日非，挽回无策，动至郁怒伤肝，时而晕眩，又以所处卑湿、两足肿溃出水，公力疾从公，未尝稍懈，邑之士民亦衔感入骨。每逢家祭，悲思恸哭，久而不渝，教孝之诚，感动行路矣。

光绪三十三年丁未　公年六十二岁

正月，上游以公调署上海县事。二月，公交卸南汇而行，士民焚香走送者，一如在无锡、吴县时。即至向所惩处而改行者，亦共陈其感服爱戴之意，涕泗横流，而不忍公之去也。及莅上海，当四达之冲，廿二行省之人，或去或来，良莠不一，无头命案月数数见，华洋杂处，交相串结，至于侮辱，每致酿事。公莅任后，处以静镇，平心论事，以安内攘外为心，而亦不露圭角。俄、日议和之后，日本人在沪之不逞者往往来预民间事，公峻拒之，其于地方有利必兴、有害必除。绅董皆得所禀承，邑无废事，冠盖往来，酬接之繁，不卑不抗。吕尚书海寰之入都也，公随沪道送之江干，官商领袖麇集，拥挤无伦次。公于众中越次揖送，谓尚书曰：公此行入都，当为持危扶颠之事，尊主庇民，毋负天下望也。尚书为改容，称谢而行。

公于民事无不尽心，而尤注意水利。上境之马家浜、东华漕澾、庄家沟三处河工，计三千四百余丈，连及南境之马家浜一千二百余丈，淤塞五十余年，农商交困。公举董开浚，由钱君瑞瑸、谢君源深、朱君日宣等次第派段挑浚，而南邑乡民之规避者阻之，毁及河工局房及经董家室，而各董感公知遇，无退缩之心。闵君起凤为首事人，公集中有《赠闵桐轩茂才》一诗，即纪其事。十二月，公出勘虹港，水面仅五六尺，深只二三尺，失浚已三十年，近浦为尤甚。遍谕地甲，嗣后乡民卖田，不得书半港为界，致洋商侵占港路为水利之害，并详定某某等图田土，概不转给道契。公于劝学，以改移风气为切，为学阐扬正教，戒以沾染气习。诗集中有《闵行新设劝学分所》两律，实为顾君言等作，亦其一端，而其苦心深意，亦深可敬已。

是冬大计，公以"慈惠及民，循声卓著"者，得"卓异"云。公是年又以明保奉传旨嘉奖之命，盖自三十一年至是，已三奉纶音矣。

光绪三十四年戊申 公年六十三岁

二月，上游以公调权长洲县事。马家浜、华漕澾河务均毕工。三月，公女兄适冯氏者卒于家。四月，公从弟朝植之母杜孺人亦卒于里第。七月，曾少卿观察（铸）卒，曾以闽人占籍嘉定，以抵制美货知名。去春，米价奇昂，贫儿滋事，公言于上官筹款，请其购暹罗米百余万石，设平价局于沪上、吴中，遂以晏然。于其殁，公亲往吊之，且挽以联。八月，公莅官契局，凡田、房买卖□准于中，费内□提二成，以助学费，公力也。

葆光适以访友至，公《日记》中谓"华亭杨某，年已七十有九，丰采、步履如五十许，夙以诗名，曾作令浙中，庚子摄龙游后遂告归，与余谈甚洽。询以养生之术，自云一生无机心，似颇得益，若服食之类，固无以异于人也"。公备述之，而"有旨哉"之誉，由今思之，公之耿直无亿逆之心，而以公私交迫之故，仅得中寿，亦可伤已。九月初八日，公为十二公子廷侃娶泸州高剑门（榍）之女为偶。中国公学诸生见屏，非其罪。适提学使樊公过沪，公为言之樊公，且曰：兴教劝学为公责任，恐置之不问，将无以自安。厥后，樊公于学务均及厘剔，殆公以一言感之欤？公女弟行八者卒于里门，公兄弟姊妹行盖凋谢尽矣。十月，议开蒲肇河，以顾君言主之。公所称"老成练达，乡党中最推重之士"也。

十月二十一、二十二等日，连闻德宗景皇帝、孝钦显皇后龙驭上宾，公以三十四年复畴之恩，天崩地坼，罹此大变，往北恸哭，悲不自禁。

十一月，公至浦东莅视，谢董源深、朱董日宣创筑之塘工善后局、高陆行工巡局、淞沪防营房及军装库、军医室类，皆整洁轩敞，为之色喜。公从弟朝植卒于沪寓，公为殡殓。公笃于内行，中议公及黄太淑人之逝，已隔十余年，每逢寿日忌辰，未尝不设祭恸哭，追悔无穷。推及兄弟子侄，事事出以至情，其待上下之交亦复如是。故长洲之调本已接替有人，而绅耆吁求上官体察民情爱戴，遂止不行。其时，南汇绅民偕来致颂德政。昔公历官之地，去溧阳十四年，而溧人树"遗爱碑"于县门。在江阴，奉讳回籍，及再至吴门，而澄之乡人犹以伞馈。既卸吴县事至南汇，西山耆民既为刊碑湖上，复赍送牌伞至南邑。久而不忘，可为今世无实之名风矣。

沪上海疆冲要，显者南北之行不绝，公跌宕公卿间，每加评仄，题有许其清德者，独于前黑龙江巡抚程雪楼中丞。则曰：程公在黑龙江副都统两年，任将军、改巡抚先后四年，筹款悉以归公，各局司之从无涉手一钱。而此数年中则支廉俸，以至向章为己应得之款，综计十九万金有奇，除公私支用，交替日存银十一万数千，概交后任，作为公用。后任怜其囊无余资，假以路资而行，乃转为言者所劾。公谓为清议不伸，志士所以灰心也。今公未刻稿中有"上程中丞"一诗，即以寄慨。是冬，议建待质公所。闵行兴办农学，皆公创为之。

宣统元年己酉 公年六十四岁

元旦，奉上谕传旨嘉奖，以苏抚年终举劾一疏举公名，而公于是四沐褒嘉矣。二月春分，同人集九果园，为葆光预祝八十生日。公欣然愿与，且先客至，流连光景，谈宴极欢。盖公日夜图民，偷半日之闲，以为娱情之举，然晨出暮归，时仍随手了却数事也。闰二月，女公子淑循论婚于湖北候补道永川黄楚楠（秉湘）之三子卣，字叔畅，公允之。十一日，公于是夜逝世。公子骟注《日记》后云："先君平居，每至亥刻就寝。未寝前则写日记，数十年未尝或辍。是日晚餐后，清理案牍讫，入内，课七妹淑循读，为之讲解，旋归寝室，适表兄徐子莪白事，与之谈数刻始就寝，众皆出。忽闻按铃声，陈姓仆入，则先君云心慌，命呼徐表兄及从弟廷敬，至已不能言，但以手指茶杯。饮之，茶与痰俱下，伸足瞑目而逝。"

公《日记》中是日犹出应客，相视商船、会馆、马路，又会勘徽宁会馆与商船所争之地而归，得病不及一刻，可谓无疾而终矣。公身后不名一钱，而公私亏累至十余万金，以署中财物核计，而李君平书等及八邑绅耆各有帮款赙赠，至今仍不能尽偿。良由迩来州县漕银概征不敷解，公当时"述州县困难"禀中谓不敷，固州县所同。而历任二十余年，故里未增一亩之产，深以诉穷为耻，无竞利之心，以地方之钱，办地方之事，仅犹所谓例用。此外，如捕盗缉匪，赏格路费，有一案给至四千余元者；或兴一善举，捐廉以为之倡；或创一要工，独立以成其事。穷氓而罹无妄，抚恤之，以全其命；寒畯而为出群，培植之，以成其材。以至课士、劝农之膏奖，时瘟、大疫之医药救死扶伤，恤囚埋骼，往往不待计决而毅然行之。非必须禀报之案，虽所耗甚钜，不以入之公牍。如署阳湖时，河母桥水利淤塞十余年，小旱即枯涸，估工须六七百千，而捐款只二百，民实无力，立捐四百千以应之，始克蒇事。此虽为例外之款，而实皆分内之用。"凡寅僚戚友之待赒恤扶持者，亦不敢见义勇为，贸然为从井之救"，公之言如此，亦可见公知有民而不知有身，知有人而不知有己，固以理学而为循吏者也。若以八邑人士之仰望，而以公为有要结斯民之心，则犹浅之乎测公矣。

李紫璈先生年谱跋

先生此谱，五十年前皆自订；五十后至卒之年，其友人杨君葆光踵成之。率多采先生所著录，固犹其自订也。守彝尝考谱之名，昉于汉郑康成之谱《诗》，宋郑渔仲尤重谱牒之作，详于《通志》。谱名至不一，如氏姓谱、族谱，则皆大著于宋，其以年为经，以事为纬，盖创于太史公之年表。表与谱名异而实同，其小异者，以所表之年或非一人一事，特变直行为旁行，以便阅者耳。唐之词章家如杜、韩，后多有为之年谱者，然皆本其所为文与诗，如少陵《壮游》一章，固前人所谓自订之年谱也。《论语》所载孔子自叙进学之年，尤其最初者也。年谱盖他人为之，不如自订之为得实。守彝窃念自西学东渐，世局日变，重小己而轻家族，为吾社会必历之阶。族谱之尚，自是殆不免废坠。而所谓一己之年谱，必将见重于世，盖小己之关于社会如是其重，苟其人为命世之杰，特使其生平事业卒湮没，而无所表著其于世人所思慕慨叹，为何如也？守彝曩尝两得先生手书，以得读先君子所著为大幸，举其中百数十言，谓为守官者所宜服膺，故虽未接风采，久已心仪其为人。今读是谱，载列县政绩颇详，益征先生言不虚发也。顾自今祸变方殷，所在盗贼既实繁有徒，而小民之困于大军后者，其待苏息弥，亟求如先生之在官已渺不可得，披兹谱能无慨然？前者，儿子时祇侯官于吴，持守彝书晋谒先生，推念先君子之故，所以教诲提携者，不异家人子弟。去年，时祇摄常熟县事，守彝因游乌目之山，入署晤胡君敦性，先生门下士也。今以避地，与胡君同客申浦一夕，手兹编相示，将与杨君谋付剞劂，嘱赘数言，杨、胡二君之为人，可观其于先生生死之际矣。

壬子春正月　桐城方守彝谨跋

附章

我读李超琼

　　辛丑深秋，新明同志携《李超琼古今体诗笺注》来舍，约我写几句话。苏州早就流传着地方官吏清廉爱民的故事，像三国时代郁林太守陆绩，因归苏无装，取巨石以压舟，名曰"廉石"；唐代苏州刺史王仲舒鬻宝带助建"宝带桥"。清代元和县令李超琼带领民众于金鸡湖筑堤抗灾，俞樾名之曰"李公堤"，这更是苏州人熟知的故事。然而，李超琼不仅是一位勤政爱民的地方官吏，还是一位才情横溢、才思敏捷的诗人。杨古蕴在《合江李公紫璈年谱》中说："顾印伯谓公诗在蜀贤中，可及赵沅静（树吉）、李眉生（鸿裔）。"你知道吗？新明和其女儿添云的《李超琼古今体诗笺注》，给我们带来了深入了解李超琼的超人情怀和卓绝诗才的机缘，为此，我乐意为这部书写几句话。

　　李超琼，字惕夫，号紫璈，四川合江人，生于清道光二十六年（1846），卒于宣统元年（1909），享年六十四岁。幼年，入塾读书，后随贡生王清源学。二十四岁，就读于成都锦江学院，数年内，边读书，边于张家课读。三十岁，在陈海珊观察辽左军府任幕僚。后来，历任溧阳、元和、阳湖、江阴、无锡、吴县、南汇、上海等县县令，所到之处，发展生产、兴修水利、疏浚河道、重教兴学、培育人才，受到各地百姓爱戴，留有德政。李超琼"生平喜为诗"（《石船居古今体诗剩稿》自序），留下九百余首诗，合刻成《石船居古今体诗剩稿》。

李超琼生活于清末道光、光绪、宣统年间，正处于封建王朝即将全面崩溃的时代，外有列强侵略，倭寇肆虐，内有朝廷腐败，人民遭受深重的苦难。李超琼诗深刻地、全面地反映了当时的社会生活，具有多方面的思想意义：

首先，忧国忧时的爱国精神。面对列强觊觎、蹂躏我国神圣领土的社会现实，李超琼时常忧愁郁闷，自谓"老成忧乐关时局"（《曲园先生以雪后口占一律见示，敬次其韵》）。他时刻关注边境安危，"忧国心长梦枕戈"（《寄怀乐山高东垣同年联璧兴宁》），他曾协助陈海珊观察条拟预筹保护东藩事宜，并亲手绘制朝鲜地图，"壮岁客辽左，手绘朝鲜图。虯结往来恣考证，六易稿复重钩摹"（《题景海屏太守澄清所绘海道图》）。他憎恶列强入侵，歌颂抗敌英雄，左冠廷军门奋战倭寇，兵溃殉国，他赋《哭左冠廷军门宝贵四十二韵》："骄虏围重合，狂熛焰不穷。血流全被体，力竭尚弯弓。神定归横岭，星俄殒碧穹。裹尸偿马援，瞑目惜臧洪。"李超琼许多忧国忧时的篇什里，洋溢着感人的爱国热忱。

其次，勤政爱民的政治品格。李超琼最可贵的人格力量，表现在他的勤政爱民，为官清廉公正，从政辛勤劬劳，关心民生疾苦。他任县令数十年，常常巡行乡里，观稼劝农，能做到"野民半相识，村民多可呼"（《二百亩村》）。他所到之处，兴修水利，发展农业生产，为民造福。俞樾《李公堤记》："邑侯李公超琼，下车之始，咨访疾苦，以兴锄利氓为己任。"（《春在堂杂文》五编卷一）他曾筑金鸡湖堤，浚章练塘，有诗写道："堤筑金泾栽柳遍，塘沿章练载花行。"（《光州吴粤生大令镜沆开浚镇洋荡泾三渠既成，有诗见寄，次韵和之》）。他颂扬古代清廉官吏，并以之为榜样，"文翁化三蜀，黄霸终九卿"（《读〈循吏传〉，戏书三十韵》），称颂西汉蜀郡太守文翁大兴水利，兴办学校；西汉名臣黄霸清正廉洁，执法严明。又说："自愧阳城拙，还输虞愿清。"自己在常州做官，比不上刘宋时代的虞愿清廉。称颂李嘉乐的品德操行，《上廉访李公宪之嘉乐，即次其韵》："绣衣持节按中吴，俭德清操示楷模。"他忧民之所忧，乐民之所乐，《雨夜口占》："初蚕戢戢不宜风，几日狂飙已半空。多少蚕娘中夜泣，哪禁愁叹与民同。"当他看到农作物"麦塍翠浪风掀长，菜花围作黄金相。纵横浅树含深绿，三里五里皆柔桑"的时候，不禁欣喜如狂，高唱"江南膏沃无逾此，对之良为吴农喜"。(《舟泊无锡，闻制府尚在常州，遂偕归安沈期仲佺、中江凌镜之焯两大令为惠山之游，欢宴竟日乃归，复作诗以报少谷》)

其三，兴教办学，重视人才培养。李超琼在将离上海县令任"检理候代"的时候，写诗抒怀，云："史传希宪言，教育根本计。"赞扬"工界"能"再输十万金，校舍宏规备"。(《中春捧檄，将莅长洲，检理候代，即事述怀，得五言十四首》)他意识到培养人才的重要性，所以在即将离开吴县县令任时，谆谆嘱咐："明诏培材责望深，亟思讲舍遍湖浔。富强自贵开民智，伦纪端须正士心。"他主张办学要兼用新旧学，勉励学生要全面发展，"旧家爱国云初继，新学培材里党同"(《翼辰至新场演说竟，复柬同志》)。"道在六经赅艺术，功兼三育重精神。中西教法休轩轾，人格完全是席珍。"在清末时代，李超琼能有新旧学兼重、中西法并用、德智体全面发展的教育观，难能可贵。

其四，热爱苏州，歌唱苏州。李超琼与苏州有特殊的缘分。当时苏州府有三首县，李超琼就担任了元和、吴县两个县令，长洲县令委任状已下，但未实际到任。他在苏州任职、生活的时间很长。在任职阳湖、江阴、南汇、上海等县令时，还不时回到苏州，所以他对苏州的地域文化、民俗风情、自然景色都非常熟悉。在苏州写作的诗篇，或则描写、表现苏州的诗作，特别多，在其整个诗集中所占比重比较大，成为李超琼诗集中一道亮丽的风景线。他深爱苏州，"宦吴为有好湖山，谁信幽居胜此间。绕屋扶疏苍翠满，十年乡梦最相关"（《吾家竹树翁蔚，蔽翳四周，虽际岁寒，青苍不改。偶为朋辈话及，怃然在念，漫成数截句，以张其胜》）。他用诗歌唱苏州之美，歌唱苏州的自然美和人文美。湖景如太湖、石湖、沙湖、陈湖、金鸡湖，山景如天平山、灵岩山、虎丘山、渔洋山，园林名胜如拙政园、狮子林、留园、沧浪亭。这些美景无一能逃遁出李超琼的诗笔。"行春桥下雾横风，欐桌看山暮霭中。恰有别船黄菊到，石湖亲见卖花翁。"（《舟出石湖，与小艇卖菊者遇，得数十本载之》）"玲珑奇石长莓苔，绿玉青琼磊作瑰。大好园林清景在，经年曾未得闲来。"（《沧浪亭公宴提学，藉得游眺》）两诗写湖山园林美景，景色如画。"千家安静市，六浦去来帆。岁稔民情乐，堂新士气诚。"（《甪直》）"问俗还堪幸，风熏栗里长。"（《周庄》）两诗写乡里之人文美，民情欢乐，风俗醇厚。

其五，敬重苏轼，效学苏诗。李超琼诗歌有一个鲜明特点，他敬仰苏轼的文章气节，效学东坡雄奇的诗风。他每年于苏轼生日，总要带领友人、儿辈为之做寿，如《东坡生日命儿辈邀同林生静庵之祺、潘生酉笙集苏祠为寿，用林文忠公伊犁双砚斋是日诗韵，作长句示之》。又，"尽容蜀党寿髯仙"（《东坡生日，集同人于苏祠为寿，强成一律》）。为苏轼祝寿的诗篇，在整个诗集中还有不少，寄托了李超琼对前辈的无限敬仰之情。他屡屡称赞苏轼的才能，"长公诗文无不奇，千年上下谁等夷"（《东坡生日，命儿辈邀同林生静庵之祺、潘生酉笙集苏祠为寿，用林文忠公伊犁双砚斋是日诗韵，作长句示之》）；"文章气节动深慕，非淫祀亦非阿私"（《七月二十八日为苏文忠公忌辰，白云尖孙氏馆其归神之所也。地在署前，故特举告祭之礼，诗以纪之》）。李超琼熟读苏诗，常用苏轼诗韵写诗，如《登浸浦寺楼，用东坡横翠阁诗韵》《秋怀二首，用东坡韵》《祷雪郡庙，用东坡〈雾猪泉祈雪〉韵，柬鹿邑王筠庄树棻、凌镜之两大令》，如此之类极多，不赘述。李超琼全面效学东坡诗歌的艺术风格，形成自己的"清逸"诗风，参见下文的李超琼诗艺术特征的相关论述，这里从略。

李超琼诗集，长期由其后裔保存着，未曾对外披露，因而知之者甚少，评骘者更罕。其弟子潘昌煦评曰："奇情波谲，丽瞩云收。抚半世之功名，早飞壮采；聚百篇之风雅，已压群公。"（《石船居古今体诗剩稿·跋》）所论只就宏观言之，并无具体分析。笔者长期从事诗学研究，却从未接触过李超琼诗歌。应新明之约后，我细心读完《石船居古今体诗剩稿》，深入咏涵、体识，特对其诗歌艺术特征，作如下的概括和阐论：

首先，李超琼诗歌想象丰富奇特。

潘昌煦评李超琼诗为"奇情波谲，丽瞩云收"，扼要指出李超琼想象力丰富，诗思奇特。李超琼善于飞驰艺术想象，上天入地，古往今来地展开奇思遐想，《祷雪既数日，夜常不寐。廿一将曙，雨声大作，始获一睡。而梦境迷离，匪夷所思，醒后拉杂纪之，亦聊志吾过云尔》："终宵盼雪眠不得，雨声引入华胥国。直排阊阖叫天阍，苦语上诉披胸臆。不知天帝远莫闻，只讶上界多尘氛。巍巍庭宇暗阴翳，非烟非雾兼非云。咫尺不辨瑶台路，隔帘似有蝇声怒。玉龙鳞甲渺难攀，白凤回翔不肯住。踌躇踯躅迷西东，金银气满蓬莱宫。广寒清虚杳何许，芙蓉城阙昏濛濛。"他将梦境描写得迷离恍惚，诗思要眇恣纵，曲折地抒写他在人世的遭际与感慨。又如《雪莲歌赠王筠庄》："异哉雪中长雪莲，万朵擎出云霞边。不知根深几千尺，乃能上透层冰坚。有花可似红衣鲜，有叶可青是田田。天风吹空香益远，瑶台仙子来翩翩。"诗句先写天山雪莲，形象鲜明生动，诗思纵逸，接着又拓开思路，更写太华峰头、秦陇之外、三十六国、居延等地的雪莲，奇花异彩，目不暇接，生动地展现出李超琼艺术想象的丰富奇特。长篇古体诗、歌行体等诗作中，固然可以见到李超琼诗歌丰富的想象力，而他的许多古乐府诗、律绝组诗中，如《五十生日感慨》《重检辽友先后来书综所述往事，诗以纪之》等，表现这种艺术特征，也很精彩。

其次，李超琼诗语言散文化。

李超琼大量律绝诗，特别是五七言律诗，语言凝练，对偶工整，雕词琢句，他自称"呕心长吉我深惭"（《中宵》），然而，从总体上考量他的诗歌语言，自然流畅，带有散文化的倾向，他的大量古体诗、歌行体以及部分绝句诗，多记述，好议论，善说理，明显具有这种语言特色。《过宝带桥》："澹台湖心暮烟起，澹台湖西暮山紫。长桥桥门五十三，叶叶归舟荡秋水。"《题万肖园同年立钧〈焚香省过图〉》："君来接君语，君去见君图。语长意未尽，图在疑可呼。"两诗如若口语。《前出门行》："元日上高堂，忍泪尤暗落。问汝惨何深，问汝欢何索。远游今岁始，明朝万里京华去。安托阿母六十余，白发不满梳。为儿破涕一强笑，谓且待汝光门闾。"叙离别情，语言明白流畅。《祷雪既数日，夜常不寐。廿一将曙，雨声大作，始获一睡。而梦境迷离，匪夷所思，醒后拉杂纪之，亦聊志吾过云尔》："天鸡三号不见人，徒倚云阶谁可语。安得造父之驾王良驭，直到琼楼玉宇花飞处。忽疑身落岷峨间，若有人兮招我还。推挤者谁岂汝怨，臧氏之子乃能使我开心颜。"运用杂句体，长短句参差错落，充分表现出语言散文化的特征。

其三，李超琼诗艺术风格多样化。

李超琼诗的艺术风格多变，时而清逸，时而沉雄，时而豪放，时而超旷，时而浑融，呈现出多样化的特色。清逸如《岁暮巡乡，舟中杂诗》："金鸡湖上晓晴开，解缆今朝向北来。澄绝沙河风浪静，波痕绿到唯亭回。"沉雄如《读史三首，与子蕃同作》："经术误国有若此，絮斋忧色空尔为。佞臣之头不得斩，朱云地下应含悲。安昌侯张禹遗臭无已时，即今亦有尚方剑，何人折槛立丹墀？"豪放如《晓发榛子镇，途遇大风》："我歌未竟风已息，马蹄得意车隆隆。长安竞羡红杏红，谁念扬仁大地中。"超旷如《去官乐七章，章七句，为少谷赋，并柬镜叟》："青山白云知我心，十年旧约今方寻。鸥隐烟波蓑笠便，龙吟风雨松楠深。去官之乐乐何似，岩栖谷汲自兹始，黄独长镵吾往矣。"浑融如《过菱塘村》："竹树迷离密绕村，绿阴深处见鸡豚。人家正在溪桥畔，一路蓼花红到门。"农家乐之情，化入景物描写中，意境浑融。李超琼诗语言清雅质朴，少见丽语艳词，艺术想象丰富，诗思纵逸，所以，李超琼的大多数诗以"清逸"为其主体风格，读其诗集，自能体识此理。

其四，李超琼诗各诗体兼备。

李超琼善于继承前代诗人的艺术传统，成熟地运用古体、歌行、律诗等体裁样式。古体诗中除常规的五、七言体以外，还有三言体，如《五杂俎》；四言体，如《独漉篇》；杂言体，如《东坡生日，命儿辈邀同林生静庵之祺、潘生酉笙集苏祠为寿，用林文忠公伊犁双砚斋是日诗韵，作长句示之》。短篇古体诗有五句体，如《沈阴三章章五句》；六句体，如《莲花巷寓庐遣兴》；七句体，如《朱明三章章七句》；八句体，如《过宝带桥》。其体与律诗不同，用韵可平可仄，不用对偶。此外，又有五平五仄体，如《宋松存同年以五平五仄互用及全平仄诗四首见赠，依韵答之》。律绝体中，除了常见的五、七言律诗、绝句外，又有小律，即三韵律诗，如《甲午清明日有事虎邱，先集拥翠山庄。时轩外杏花已落，感念陈迹，仿香山体作小律一首》；六言绝句，如《初至苏州》。李超琼根据表达的需要，灵活运用多种体裁样式增强了诗的表现功能。

李超琼尤其喜欢将若干首古诗、律诗、绝句蝉联起来，合成组诗。古体诗的组诗如《咏怀》（二十七首）；律诗的组诗，如《五十生日感怀》（十二首）；绝句的组诗，如《行县杂诗》（四十五首）。这些组诗，思想内容丰富，表现手法多样，诗思沛然，极大地拓展了诗的表现功能，给读者带来丰富的审美感受和情感体验。

总之，李超琼广泛汲取前代诗人的艺术营养，特别是唐宋人优良的传统，他的诗有"唐音"，唐诗的神韵；有"宋格"，宋诗的意趣。李超琼诗是唐宋诗风融合的产物。"唐音宋格两无成"（《拙诗编校既成，因题卷末，用香山〈赠元九李二十〉韵》），这是他自谦的话，其实，他的诗"唐音宋格"两已成。

李超琼诗的艺术特征，很像苏诗，苏轼的诗歌。苏诗题材内容广阔，诗体兼备；苏诗富于想象，长于比喻，善于体物。苏诗用笔恣逸，气格超旷。苏诗好引论，多说理，语言散文化。苏诗的种种艺术特色，无一不在李超琼诗集中可以找到其痕迹。这是李超琼长期以来崇拜苏轼、效学东坡诗结出的艺术硕果。

新明和他的女儿添云长期致力于中国文化的研究，从事中国古籍的校勘整理工作，先后参与点校了《鹤庐画趣》《鹤庐画识》《读书随笔》《过云楼书画录初笔》《过云楼书画录再笔》《楚游寓目编》《顾文彬日记》等"过眼烟云——过云楼历代主人手书精粹"丛书（"十三五国家重点图书"，文汇出版社出版），尤其是点校出版了《李超琼日记》后，深为李超琼的人格和诗风所折服，便着手李超琼诗歌的点校注释工作。他们以苏州工业园区档案馆收藏的《石船居古今体诗剩稿》为依据，再加上藏于北京图书馆的手稿本《上海集第二十一卷》，构成一部完整的李超琼诗集，逐篇加上标点，对生僻字、词语、典故作简要注释，便于读者阅读。从《石船居古今体诗剩稿》原刻本到《李超琼古今体诗笺注》，章新明、章添云做了大量工作，趁本书即将出版的时机，向他们父女表示祝贺。

吴企明

二〇二一年十一月十二日于苏州城南莲花苑寓所

（作者系苏州大学文学院教授。）

图书在版编目（CIP）数据

李超琼古今体诗笺注 / 苏州工业园区档案管理中心编；章
新明，章添云校注. — 上海：文汇出版社，2022.1
ISBN 978-7-5496-3715-7

Ⅰ．①李… Ⅱ．①苏… ②章… ③章… Ⅲ．①古典诗歌－
注释－中国－清后期 Ⅳ．①I207.22

中国版本图书馆CIP数据核字（2022）第018154号

李超琼古今体诗笺注

编　　者 / 苏州工业园区档案管理中心
校　　注 / 章新明　章添云
责任编辑 / 吴　斐
装帧设计 / 刘　啸

出版发行 / **文匯**出版社
　　　　　　上海市威海路755号
　　　　　　（邮政编码200041）
印刷装订 / 苏州市大元印务有限公司
版　　次 / 2022年1月第1版
印　　次 / 2022年1月第1次印刷
开　　本 / 787×1092　1/16
字　　数 / 300千
印　　张 / 48.25

ISBN 978-7-5496-3715-7
定　　价 / 268.00元（全二册）